獅子の女神

シャノン・ドレイク
河村　恵 訳

ランダムハウス講談社

COME THE MORNING

by

Shannon Drake

Published by arrangement with Kensington Books,
an imprint of Kensington Publishing Corp., New York
through Tuttle-Mori Agency, Inc., Tokyo.

獅子の女神

登場人物

メリオラ・マカディン…………ブルー・アイルの領主の娘
ウォリック・ド・グレアム……ナイト
デイヴィッド一世………………スコットランド国王
ダロ・ソーソン…………………メリオラの叔父。スカル島の領主。ヴァイキング
アン・ハルステッダー…………ダロの恋人。領主の娘
ユーアン・マッキニー…………メリオラの恋人。マッキニー一族の族長
イグレイナ………………………ユーアンの妹
タイン領主ピーター……………ウォリックの友人
エリアノーラ……………………ウォリックの恋人。ピーターの妹。未亡人
アンガス…………………………ウォリックの側近
ファーギン神父…………………メリオラの領地の民
ウルリック・ブロードスウォード…………ウォリックをつけねらう男
エティエンヌ・レンフルー……ノルマン人の領主

プロローグ

スコットランド、国境地帯
一一二七年

おれは死んだ。敵の巨大な戦斧《せんぷ》で殺され、新しい世界に足を踏み入れたに違いない。だが不思議なことに、よく知っている場所のような気がした。広大な平野に生える甘い香りの草と、国境地帯に涙のしずくのように散らばった、澄んだ湖のにおいがする。おそらくここは天国なのだろう。地獄なら、こんなに甘いにおいはしないはずだ。花やあざみや土の豊かな香りに満ちているはずがない。ようやくなんとか目を開けると、半月と満月の中間の月が空に輝いているのが見えた。その月が血のように赤い不気味な光を地上に投げかけている。

そのとき、体に痛みが走った。どうやら死んではいないようだ。おれは生きている。頭がまっぷたつに割れたかのようにずきずきと痛み、思わずうめき声をあげそうになったが、本能がそれを押しとどめた。歯を嚙《か》みしめながら両肘を突いて少しずつ身を起こし、あたりを見まわした。

暗闇《くらやみ》のなか、大勢の人間が血まみれになって倒れているのが見えた。夜気の甘い香りは、草や花だけが放っていたのではなかった。あたり一面を染める血が放つ、不愉快な甘さでもあったのだ。

ここは殺戮《さつりく》の悲しみに満ちている。彼はぼんやりと思った。かつてそうだったように。そして、いつかまたそうなるに違いない。

突然、体の痛みが激しさを増し、再び意識を失いそうになった。彼はふと、夜気に濡《ぬ》れた草が肌に触れているのに気づいた。軽い傷はひりひりし、重い傷はまるで地獄の劫火《ごうか》に焼かれているかのように痛んだ。

死んでいる。たくさんの人が死んでいる。おれもじきに死んでしまいそうだ。

彼は殺された者たちとともにとり残されていた。今横たわっている場所からさほど遠くないところに、土と石でできた小屋があった。なかで暖炉の火が燃えているのが見てとれる。大虐殺を逃れた者たちは、あの小屋で傷の手当てをし、これからのことを考えているのだろうか?

お願いです、神様。父もあの小屋にいますように。おれの一族も。

一瞬、心に希望の灯がちらついたが、同時に恐怖もこみあげてきた。

生きていようと死んでいようと、父がおれを置き去りにするはずはない。

ふと彼は左手の下にある冷たい肌に気づき、左側に目を向けた。その瞬間、心の底からぞっとし、体が震え始めた。背筋には熱いものが這《は》いあがってくるのに、四肢は凍りついたように冷たい。目には涙があふれてきた。

父、グレイト・ウィリアムは敵の剣に胸を貫かれ、ブルーの瞳を頭上の空に向けて、彼の隣に横たわっていた。

「父上!」

彼はかすれた声で苦悩の叫びをあげた。父の頭に手をのばし、濃い赤褐色の髪を指でそっとすく。「おれを置いていかないでください、父上! あんまりです、おれを遺《のこ》していくなんて……」

彼は戦いに備えて身支度を整えることも、剣を扱うこともできた。兵士たちは彼のことを背が高くて力も強く、将来有望な若者だと口をそろえて言っている。だが父の亡骸《なきがら》を目にした今、彼は自分がただの少年にすぎないのを思い知った。どんな冗談を言って笑っていたとしても、どれほどの誇りを持っていたとしても、彼はまだ子供だった。勇気や力だけではなく、知恵も慈悲の心も判断力も、とうてい父親には及ばなかった。

だが年齢の問題ではないし、泣けば現実が変わるわけでもない。愛情で死者をよみがえらせることも、戦場での結末を変えることもできないのだ。今、彼は戦士にならなくてはいけない。彼の目にたまっていた涙が頰を流れ落ちた。彼に多くのことを教え、多くのものを与えてくれた偉大な父親は死んだのだ。そのとき月が雲の陰から姿を現わし、大虐殺の現場がよりはっきりと見えた。数十メートル先に、誇り高く、端整な顔だちをした叔父のエアリンが横たわっていた。彼は生前と同じようにウィリアムのすぐそばにいて、甘く豊かな香りを放つ草の上で、天を抱きしめようとするかのように両腕を広げていた。

「ああ。叔父上！　あなたまでおれを置いていくなんて……ひどすぎます」

叫び声が猛烈な勢いで喉もとまでこみあげてきて、口から飛びだしそうになった。だがこのときも、本能がそれを押しとどめた。音をたててはいけない。彼は苦しみの叫びを、草地の向こうにまで響いていたであろう声を、喪失の怒号を、憤怒《ふんぬ》と苦悩のうめきを抑えこんだ。本能のおかげで、ここにいることを知られずにすんだ。彼は足音を耳にして、叫び声とともに、今日のひどく陰惨な出来事が引き起こした苦々しい胸のつかえをのみこんだ。

足音……。

夜、人目を忍ぶかのように草地を静かに歩く音がする。さらに、こちらに向かってくる人影がいくつか見えた。彼らは、死を免れたスコットランド人が集まっている粗末な小屋を囲み始めた。

彼はかたずをのみ、やってくる男たちに――敵に目を凝らした。

じっと横たわる彼の横を、彼らは通りすぎていく。

父上！　彼はまたしても叫びたくなった。父と兵士たちに、敵が音を忍ばせて歩きまわっていると、危険が迫っていると警告したかった。

けれども父は死んだ。そして叔父も。

おれはひとりきりだ。彼はその惨めで恐ろしい事実を思いだした。一族の生き残りは、もうおれひとりだけだ。おれを愛してくれた人たちがおれの名前を呼ぶことは二度とない。

彼は待った。

そして見守った。

最後の敵が急襲に備えて小屋の裏に姿を消すと、彼は身を起こした。ゆっくりと立ちあがったとたん、激しい頭痛に襲われて意識を失いそうになった。いったん動きをとめて痛みが和らぐのを待ち、力を振りしぼって意識を集中させる。やがて彼も、人目を忍ぶように草地を歩き始めた。


ロウランド地方のマキニッシュ一族の長マイケルは、暖炉のまわりで交わされる会話に耳を傾けた。ゲール人とケルト人の最古の故郷であるダンケルドで末息子として生まれたマイケルが国境地帯にあるこの土地に移ってきたのは、ここを代々所有していたマックニー一族の末裔《まつえい》である妻と結婚したときだった。だが、もはやマックニー一族は領主ではない。この土地には、はるか昔から次々と征服者がやってきていた。ローマ人は気性の荒いハイランド人と険しい地形に阻まれたものの、ヴァイキングはいまだにときおり襲撃し続けているし、イングランド人や、新たに貴族となったノルマン人のような自称イングランド人にいたっては絶えずやってくる。彼らはこの肥沃《ひよく》な土地を求め、その一部となった。つまり、土地を手に入れる代わりにスコットランド人となったのだ。

そう、今や彼らはスコットランド人だ。しばしば野蛮人と見なされる彼らは、ローマ人にも征服されなかった。ローマ帝国の将軍アグリコラは、当時スコットランドに住んでいたカレドニア人を打ち破ったのちローマに呼び戻され、まもなくローマ帝国はブリテン全土を放棄した。その後は、ケルト人やチュートン人のさまざまな部族や、ピクト人、スコットランド人、ブリトン人、そしてアングロサクソン人までもが移住してきた。以来、スコットランド王国は種々の部族が住む土地となり、偉大なるケネス・マカルピンがダルリアダ王国というスコットランドの王となった日から、ひとつの統一国家となり始めた。

スコットランドがデイヴィッド一世の統治下にある今、この地帯には平和らしきものが訪れていると言えるだろう。デイヴィッド一世の妹はイングランドのヘンリー一世の后《きさき》となり、奸智《かんち》にたけた父親のマルカム三世は征服王ウィリアム一世と戦った。マルカム三世は勝利をおさめたわけではないが、スコットランドの独立とほぼ全土を守った。その父親や前任者の兄たちから生きた教育を受けて王位に就いたのが、デイヴィッド一世だ。彼はイングランドで育ち、同国の力添えにより成功をおさめる一方で、ノルマン人の征服の結果に苦しめられた一族の姿を見てきた。もはや若くはないものの、賢明で、慎重で、国王として円熟期にあると言えるだろう。事実、彼は、王位というものがつねに不安定で、世界は危険に満ちているということを決して忘れない。ノルマン人の宮廷で育ったという生いたちを不快に思う者もいるが、彼は古代の王家の血筋をいくつも引いている。母親は、征服王の侵略以前に王位継承者であったサクソン人、エドガー皇太子の姉だ。またデイヴィッド一世は、戦いの力も、同盟の力もよく知っている。だがスコットランド人は、マイケルがそうであるように、国王の生いたちやノルマン人に対して嫌悪感や不信感を抱いているにもかかわらず、祖国の国王を支持して守る。デイヴィッド一世はノルマン人の流儀や学問を多々とり入れながらも、リーダーとしての力量を、そして己と祖国の独自性を守ろうとするひとりのスコットランド人としての力量を示してきた。彼は戦士だ。いつでも戦いに出る覚悟はできている。南の隣国とは安定した関係が続くときもあるが、国境地帯ではしばしば争いが起きる。デイヴィッド一世の心算は、国境地帯をスコットランドの領土として守り続けることだけではない。彼は国境線を押し広げ、イングランドを祖国の中心地から遠ざけたいと切に願っている。そのために彼は、親しいノルマン人の有力な一族に国土を分け与えてきた。与える土地は、有能で如才ない国王らしく、古くから続く一族の長が死に絶えて、後継者争いが起きそうな土地を選んでいた。そういったとり計らいによって、国王は祖国の歴史ある民族に、異なる民族のさらなる到来を、しぶしぶにではあっても受け入れさせた。デイヴィッド一世は即位した一一二四年に暴動を鎮圧したが、この国の好戦的で険しい土地柄からすれば、今後も何度か暴動が起こるのは間違いない。封建法はその大半が施行されてまだ一世紀にもならず、古めかしい考え方に基づいているものだ。スコットランド人を統治するのには権力と武力、そして抜け目のなさが必要となる。これまでのところ、デイヴィッド一世は有能な国王であることを証明してきた。それでもまだ、彼の力量が試される脅威は主にふたつ残っている。それはこの国境地帯と、つねに優位にたつ機会を虎視眈々《たんたん》とねらっているヴァイキングだ。歴史を学んだ結果、デイヴィッド一世は、サクソン人の王ハロルド二世がノルマン人にイングランドを奪われた主な要因は、南部からノルマン人が侵攻したのと同時期に、北部からヴァイキングも襲ってきたせいだと考えた。ヴァイキングはハロルド二世を直接倒したわけではないが、その力を弱めたのだと。

また、この国境地帯での激しい小競りあいは、どれほど力のある国王でも抑えることができそうになかった。実際、今夜マイケルは、わずかな時間でなんとか大勢の族長やその部下たちをかき集めたものの、レンフルー卿《きょう》の猛攻を受けていた。レンフルー卿はノルマン系の貴族だが、自分が受け継いだ広大なヨークシアの土地だけでは満足できず、デンマーク軍の傭兵《ようへい》を仲間に引き入れて北へと行軍してきたのだ。彼らは行く先々で農民たちを逃げまどわせ、教会や修道院で略奪を働き、女性たちを陵辱したという。今朝その知らせを聞いたマイケルは、この土地を守るために、部下や一族、そして仲間たちに召集をかけたのだった。今や、彼らの大半が命を失ったか、失いかけている。そしてこの暖炉のまわりでは、生き残った者たちが現状について話しあっていた。

大柄で雄牛のようにたくましいセアー・ケアンが立ちあがって小さな暖炉に薪《まき》をくべ、両手を火にかざした。炉火の光が明るさを増し、彼の顔を不気味な赤に染める。

丘を染める血のような赤に。

マイケルは得体の知れない寒気に襲われながらセアーを眺めた。視界がぼやける。この小屋のなかに赤い霧がたちこめているような気がした。

「われわれが助けを求めているというのに、国王軍はいったいどこにいるんだ?」セアーが言った。「要請はとうに伝わっているはずだ。これだけの攻撃を受けたというのに、援軍の影も見えないとは!」

マイケルは暖炉を見つめた。「遅れている理由がなんであれ、国王を責めている時間はない。今はわれわれだけの力でなんとかしなければ」

「そうだ。マイケル様の言うとおりだ!」マイケルの隣にいるファーガス・マンが言った。ファーガスは弟と長男を目の前で殺された。次男と三男は生き残っているとはいえ、このやせた熟練の老兵士は冷静さを失うことなく、懸命に現状を打開しようとしていた。「問題は国王軍ではなく、これからの数分間になにをするかだ。負傷者を連れて丘を越え、湖のそばの岩山へ逃げこんではどうだろう？　そして、部隊を再編制する。敵が追ってくるとすれば、しばらくは丘陵地帯の同胞のところに身を寄せているべきだ」

マイケルは鈍い衝撃音を耳にして眉をひそめ、ちらりとセアーを見た。「小屋の警備には誰があたっている？」

「戸口にはマクブライドがいます」

マイケルはセアーに扉を開けてマクブライドの無事を確かめるよう合図した。戦士たちのあいだに緊張が流れる。セアーが貧弱な木の扉をすばやく押し開けると同時に、叫び声がした。黄色い髪をした北欧人の兵士が鋭い槍《やり》でセアーの肩を貫いたのだ。セアーが雄牛のような雄叫《おたけ》びをあげるあいだにも、大勢の敵がなだれこんでくる。さらに、わらで覆われた窓からも押し入ってきた。ものの数秒で、小屋に避難していた二十人あまりのスコットランド人は命を落とすか、傷を負った。

剣をかまえているのがもはやマイケルひとりとなったとき、鎖帷子《くさりかたびら》と革の防具に身を包んだ長身の男が戸口から入ってきた。レンフルー卿だ。彼は短く刈った赤褐色の髪を指ですいてほほえむと、一瞬のうちにファーガス・マンの三男パトリックの髪をつかみ、短剣を喉もとにあてた。そして、族長であるマイケルを見すえた。

「おや、これは領主のマイケル様ではないか」レンフルー卿はゲール語の発音をまねて言った。黒い目を細めるとともに、薄い唇をゆがめて残忍な笑みを浮かべている。「剣をおろせ、マイケル。そうすれば少年の命は助かる」

「その手にのってはいけません、マイケル様！」パトリックが叫んだ。

「条件は？」マイケルは尋ねた。

「条件だと？」レンフルー卿はまわりの部下たちに顎で指図した。「さっさとこいつらの両手を縛れ。くれぐれも慎重にな。こいつらはさまざまな部族の血を受け継いでいる。おまえたちのように優秀なヴァイキングの血もたっぷりと入っているから、獣のように戦うはずだ。そうだろう、ラグワルド？」レンフルー卿はセアーを刺した北欧人をちらりと見てから、セアーに視線を落とした。彼はぐったりと床に横たわっている。攻撃される心配はなさそうだと見てとると、レンフルー卿はマイケルに視線を戻した。「剣をおろせ、マイケル。今すぐだ。さもないと少年を殺すぞ」

「どのみち最後には殺されます！」パトリックは恐怖を抑えこんで重々しい口調で言った。

おそらく少年の言うとおりだろう、とマイケルは思った。だが現状では、パトリックを死に急がせても意味はない。彼は剣をほうった。

レンフルー卿はいかにも満足そうにうなずいた。「こいつも縛れ」彼はマイケルをさして命じた。

レンフルー卿の隣にいた北欧人が命令に応じた。マイケルはされるがまま背中で両手を縛られ、レンフルー卿に視線を向けた。

「次はどうします?」マイケルを縛り終えたヴァイキングが尋ねた。

「全員縛りあげろ。みな服従させて、わたしの捕虜にする」

男たちは次々と両手を縛られた。作業がすべて終わると、マイケルが先ほどヴァイキングがした質問を繰り返した。

「次はどうするんだ?」

レンフルー卿は笑みを浮かべた。「次? さて、どうするかな。おまえたちはどいつもこいつも、人質としては役たたずだ。奴隷として働いてもらうのはどうだろう? 実際、イングランドでは、誇り高きサクソン人が主人に仕えているんだからな。なかなかいい考えだ……いや、だめだ! わたしは絶えず背後を警戒しなければならなくなる。となると、選択肢は限られるな。部下たちに気晴らしをさせてやるとするか。これからおまえたち哀れな野蛮人どもを、ひとりずつつるし首にする。最初はあいつだ!」レンフルー卿はセアーをさして命じた。「すでに虫の息だが、やつの体重なら派手に落ちてくれるだろう。それに、綱の強度も確かめられる」

襲撃者たちは、両手を縛られたスコットランド人たちを蹴《け》ったり小突いたりしながら、外へ出ていった。セアーの巨体を動かすのには苦労していたが、その顔には笑みさえ浮かべていた。最後に出たのは、セアーを刺した北欧人だった。彼は一瞬、足をとめて言った。「悪く思うなよ、立派なスコットランド人とやら。苦しむ時間はほんのわずかですむからな」

自分の悪意に満ちた冗談に愉快そうな笑い声をあげ、北欧人は小屋を出ていった。

「マイケル様は剣を手放してはいけなかったんです」パトリックがむっつりとした表情で言った。「そうすれば、やつらのひとりくらいはしとめられたのに」

夜気にのって、敵たちの低くしわがれた笑い声が聞こえてきた。そのときふいに小屋のなかで鈍い衝撃音がした。奥の窓際に追いやられていたパトリックの背後で、大きな人影がかがみこんでいる。パトリックははっと息をのみ、口をつぐんだ。

「いったい今のは……」マイケルが言いかけたとき、パトリックは縛られていた革紐《かわひも》から自由になった両手をかかげてみせた。人影が立ちあがった。それはグレイト・ウィリアムの息子、ウォリックだった。マイケルは戦いの最中に、ウォリックが倒れるのを、父親に折り重なるのを見ていた。ウォリックは死んだものと思っていたのだ。だが、彼は生きていた。全身泥と血にまみれているものの、泣きはらしたブルーの瞳は燃えるように輝いている。その目で、ウォリックは小屋のなかに横たわっている男たちの亡骸を見まわした。まだ十四歳にもならないのに、彼はたいていの大人よりも背が高い。広い肩は、いずれ筋肉がついて高く盛りあがるに違いない。ウォリックが実際に戦いに出たのは今回が初めてだったが、マイケルは彼が野原で父親に剣術を教わっている姿をよく目にしていた。

「神の恵みだ」マイケルはつぶやいた。

ウォリックはマイケルのほうに歩き始めた。「きみはお父さんとお兄さんの紐をほどくんだ」ウォリックは落ち着いた口調でパトリックに告げた。「おれはマイケル様の紐をほどく」だがウォリックがマイケルに近づいたとき、ヴァイキングの兵士が再び戸口に姿を現わした。「なにごとだ？ 死んだしらみのなかで幼虫が生き残っていたのか！ 今度はこいつの首をつるしてやるぞ！」

ウォリックはマイケルが投げ捨てた剣に手をのばした。それを見て、金髪で巨漢のヴァイキングが笑い声をあげた。「子羊が狼《おおかみ》を相手に戦うつもりか？ さあ、かかってこい。楽な死に方はできないぞ。おれが切り刻んでやるからな！」

筋骨たくましいヴァイキングが笑いながら戦斧を振りあげた。ウォリックは数秒間相手を見つめたあと、大声をあげた。その声が風に運ばれて宵闇《よいやみ》に響き渡る。ウォリックはまっすぐ敵に突進し、男は斧を振りおろす間もなく幼虫の剣で喉もとを貫かれた。レンフルー卿が金で雇った北欧の兵士は膝を突いて倒れた。動揺の色を浮かべていた瞳がどんよりと曇り、彼が息絶えたことがわかった。

その場にいた者たちはその光景を凝視していた。パトリックは父親を縛る紐を切る途中で手をとめていたし、マイケルは全員につるし首が待っているのを忘れていた。

「なにをしているんだ？」外から怒声が聞こえた。

「急げ！」マイケルは命じた。

再び、ウォリックとパトリックは無言で仲間たちの紐を切る作業にとりかかった。また別の敵が姿を現わすと、ウォリックはくるりと振り向いて対戦した。今回は相手は剣士だ。鋼のぶつかりあう音は、敗者の生き残りが神に許しを請うているはずの小屋のなかで騒ぎが起きていると、外の敵に警報を発した。

今度はスコットランド人のほうが有利だった。戸口から入ってくる敵はみな、奇襲を受けるからだ。じきに小屋のなかは一面、血の海となり、兵士たちは死体の山に足をとられた。今やレンフルー卿の部下たちは逃げ腰になり、あわててよろめきながら、報復しようとするスコットランド人たちから逃れようとしていた。

外の月明かりの下で激しい戦いを繰り広げていたマイケルは、軍隊が近づいてくる音にすぐには気がつかなかった。戦斧で敵の頭を打ちのめして振り向いたとき初めて、馬で駆けてくる人影を目にするとともに、とどろくような馬の蹄《ひづめ》の音を耳にした。

国王だ。国王が来てくれた。国王軍の兵士たちが戦いに身を投じてくれた。

もはや多勢に無勢だ。敵は、殺した者たちの横たわる野原で、次々に息絶えていく。デイヴィッド一世が慈悲深い命令を出すと、生き残った敵は武器を投げ捨てた。依然として聞こえるのは、鋼と鋼がぶつかりあう音だけとなった。

マイケルは、そのひとりがあの少年――ウィリアム・ド・グレアムとして知られ、偉大《グレイト》なるウィリアムと呼ばれた男の息子、ウォリックだと知った。彼にもノルマン人とヴァイキングの血が流れている。ウォリックの父親は、デイヴィッド一世とともに国境地帯から北方へ、さらに東へと旅をした。幾度となくヴァイキングに侵略され、しばらく支配もされた土地へも行った。ド・グレアムという名前は、ノルマン語でも英語でも〝灰色の家の出身《フロム・ザ・グレー・ホーム》〟という意味だ。だがその名前は、もともとは少年の母親のものかもしれない。言い伝えでは、スコットランド最古の人々のなかにウォリックの母方の一族がおり、国境地帯にグレイムという名を持ちこんだとされている。国境地帯に住んでいた彼の母方の親族は、輝かしいスコットランドの歴史とともに生きた一族だったかもしれないのだ。キリスト教信仰が始まってまもないころ、古代の国王ファーガスのもとにグレイムという将軍がいた。彼は国王の軍隊を率いて、ローマ帝国が〝野蛮人〟――つまり古代スコットランドの諸民族に対抗して築いた壁を破壊した将軍だ。そのときの跡、グレイムの溝《グレイムズ・ダイク》は、まだ古い残壁に残っている。とはいえ、事実は誰にもわからない。名前の由来はさまざまだ。ただのトーマスや、マイケルや、ファーガスという名前の者もいれば、父親の名前を家名にする者もいる。マイケルの場合は、曾《そう》祖父がイニッシュという名前だったので、今はイニッシュの息子《マキニッシュ》という氏族の一員だ。北欧人がオラフの息子エリックと名乗るのと同じだろう。北欧人ならばエリック・殺人棍棒《ブラッドメイス》というふうに名乗る可能性のほうが高いが。国王の家名、キャンモアも父親からとったもので、古いゲール語では〝大きな頭〟という意味だ。

それが高貴な名前となった。

だが、あの少年がどういう祖先の名前を受け継いでいようとも、さほど重要ではない。今、彼は男としての自分の価値を見せつけている。

苦悩をはねのけ、死をも恐れず、勇敢に立ち向かっているのだ。

まわりの敵がすべて倒れても、ウォリックはまだレンフルー卿を相手に戦っていた。鍛錬と経験を積んだレンフルー卿に乱打され、逆襲されても、一歩も引かなかった。

ウォリックは父親の剣を見つけ、その剣で戦っていた。レンフルー卿が大胆にも息をついたとき、少年は攻めかかった。敵も容赦なく反撃してきたが、ウォリックは落ち着きを失わなかった。レンフルー卿が力で勝る分、少年はスピードと鋭敏さで対抗した。それでも、何度も打ちのめされ、あざと血にまみれた少年が最後に屈するのは必然に思われた。レンフルー卿は相手を殺すまで攻撃の手をゆるめるつもりはないようで、たくましい腕で繰り返し剣を振るって攻撃していた。

だが、ちょうどレンフルー卿が剣を頭上に振りあげ、最後の一撃を加えようとしたときだった。ウォリックは剣を振りあげて、レンフルー卿の肋骨《ろっこつ》のすぐ下を突いたのだ。

レンフルー卿は致命傷を負い、ウォリックの剣をつかんだ。尊大ながらも、呆然《ぼうぜん》とした、そして信じられないといった表情で少年を見すえながら。

しかし死から逃れることはできなかった。レンフルー卿は少年の足もとに倒れ、ぴくりとも動かなかった。ウォリックは剣をとり戻そうともせず、身を震わせながらたたずんでいた。

いつしか、軍馬に乗ったデイヴィッド一世がマイケルのすぐ後ろに来ていた。国王は軽く馬を突いて前に進めた。「すばらしい。あの若獅子《ライオン》は誰だ?」

「陛下の臣下、あそこに横たわっているグレイト・ウィリアムの息子、ウォリックでございます」マイケルは疲れ果てた様子で答えた。

「そうか!」

「ウォリックはわたしが引きとります。ウィリアムの妻、つまりあの少年の母親でわたしの遠縁にあたるメンフレイヤは、歴史ある一族の最後のひとりでしたが、とうに亡くなりました。あの子にはもはや血縁者がおりません。仲間が家族になるべきです」

「少年の仲間に、家族になるのはいいが、面倒はわたしが見よう。今後はわたしが彼の後見人となり、必ずや偉大なる戦士に育てる。そしてわが闘士にするのだ」

統一スコットランドの国王デイヴィッド一世は、少年が立つ、死体の海のただなかへと軍馬を進めた。

「若きグレアムよ!」デイヴィッド一世は呼びかけた。彼は、国民が話していると思われる三つの言語すべてに熟達している。古〝スコットランド語〟――すなわちゲール語と、〝チュートン語〟――すなわち英語、そして征服王ウィリアムほか、多くの子孫を残した従者の騎士たちによって伝えられたノルマンフランス語だ。今、国王が使ったのは、ゲール語のアクセントが強く、音節をあいまいに発音するスコットランド語だった。少年が反応を見せないと、デイヴィッド一世は再度呼びかけた。「グレアム!」

ウォリックはようやく呼ばれているのに気づいたらしく、顔をあげて国王を見た。デイヴィッド一世は、これからさらに背がのびてたくましくなりそうな少年をじっくりと観察した。彼は決して愚か者ではない。長年にわたって帝王学を学んできたし、ノルマン人の王たちの力を思い知らされてきた。また彼らの弱点から、強さとはなにかを学んだ。つまり、強さは人にかかっていると。

イングランドのノルマン人から多くを学んではいても、デイヴィッド一世はスコットランドの国王であり、スコットランドに忠節を誓っている。ここは彼の王国なのだ。そして彼はすべての臣下を、友人を、敵を、慎重に評価する。すぐに相手の長所と短所を見つけ、その人柄を見きわめるデイヴィッド一世が今、少年を評価した。

「グレアム家の者だな」デイヴィッド一世は穏やかに言った。

ウォリックが肩をこわばらせた。彼はようやく身を動かして、親族の遺体が横たわっている戦場を見まわした。

「そうです」たった今、巨漢の敵を殺したばかりのウォリックは、鋭いブルーの目で国王を見すえた。下唇が震え、瞳は涙でうるんでいる。彼の親族は全員死んでしまったのだ。「そうです、陛下。わたしだけが生き残りました」

「きみの父上は立派で偉大な男だった。わたしには大切な戦士であり、友人でもあった」

「はい、陛下」

デイヴィッド一世は、戦いと裏切りのなかを生き抜いてきた男たちを見まわした。今はみな無言で、ことの成りゆきを見守っている。国王は馬からおりて、剣を抜いた。英雄的行為をほめたたえることほど、国民の忠誠心と愛情を得られるものはない。

「ひざまずけ、少年よ！」デイヴィッド一世は命じた。

最初、ウォリックは国王の意図が理解できないようだった。おそらく殺されると思ったのだろう。

「ひざまずけ！」

ウォリックが片膝を突くと、デイヴィッド一世は剣を彼の肩に置いた。「われ、神の庇護《ひご》によりこの統一スコットランドの国王であるデイヴィッド一世は、戦場におけるすばらしき働きに対して、今この場で汝《なんじ》をナイト爵に叙する」剣を少年の肩に置いたまま、国王は戦場の兵士や、武装した護衛と貴族たちを見まわした。「ウィリアムの息子ウォリックよ、汝の父親の一族、そして母親の一族に敬意を表わし、これより汝はサー・ウォリック・ド・グレアムとなる。この場にいる者たちはみな、汝の勇気と一連の活躍の証人となった。偉大なるウィリアム・ド・グレアムの息子ウォリックよ、今はまだその称号の裏づけとなる土地を与えられないが、汝は今日より領主《レアード》・ライオンとして知られ、わが闘士となるであろう。今後われは、今宵の働きに対して、必ずや汝に利益をもたらすつもりだ。いずれ時が来たら、汝は多くのものを、おそらくは有利な婚姻によって得るであろう。サー・ウォリック・ド・グレアム、レアード・ライオン！　汝の父の名誉は汝のなかで生き続ける」

ウォリックは顔をあげ、血と汗と泥にまみれたまま国王の片手を握った。少年の目は涙で輝いていた。国王は最高の贈り物で、父を、そしてほとんど覚えていない母をたたえてくださった。「陛下」ウォリックは声を震わせて言った。「一生、陛下にお仕えします」

「レアード・ライオン、期待しているぞ」デイヴィッド一世は真剣な口調で言った。「立つがよい、少年よ」

命じられたとおり、ウォリックは再び立ちあがった。

「きみはグレアム家の者だな」

「はい、陛下。グレアム家の人間はわたしひとりになってしまいました」少年は疲れ果てた様子で答えた。

「今宵はたしかにそうかもしれない」国王はやさしく言った。「だが、いずれは自らの家族を持つだろう。わたしを信じるんだ」

デイヴィッド一世の思いは早くも未来へと移っていた。なぜなら、彼は国王だからだ。この王国に生まれたばかりのナイトは、また新たな手駒《てごま》となった。

人生というゲームはまだ始まったばかりだ。この少年の使い方は何通りもある。

第一部

ヴァイキングの娘

第一章

この十年で戦い方は少々変わったものの、レアード・ライオン、ウォリックはいまだにどの武器よりも剣を好み、父ウィリアムの形見となった両刃の大剣を使っていた。

今、ウォリックはみごとな軍馬にまたがって、敵の襲撃を受けるロハルシュの砦《とりで》を丘の上から見ていた。彼が五十人ほどの騎馬隊を率いて鎮圧するべき反乱軍は、話に聞いていたよりもずっと数が少ない。だが、砦を守っている兵士はわずか二十人で、あとは工芸職人や石工、聖職者、そして砦の内外に住む自由民だけだ。つい最近工事にとりかかったばかりの石づくりの建物が早くも破壊されている。彼らは包囲攻撃には対処できても、打って出ることはできない。守るには十分だが、攻撃するには人数が足りないのだ。だが今や、食料や水、攻撃用の矢、壁をよじのぼってくる敵にかける油も不足し始めているようだ。一方の反乱軍は、砦に石や火のついた布の玉を投げこむ投石機や、門を壊すための破城槌《つち》、壁を越えるための梯子《はしご》など、襲撃用の武器を準備しているのが見てとれた。

遠くから反乱軍を観察しながらウォリックは眉をひそめた。予想していた状況とは違う。

隣国のイングランドが、ヘンリー一世の逝去後、娘のマティルダと甥《おい》のスティーヴンが王位を争って混乱状態にある今、ノルマン人貴族の多くはここぞとばかりに権力争いに躍起になっている。ウォリックの騎馬隊が属するスコットランドの国王軍も、たくましく、勇敢で優秀な兵士をそろえていることで有名だ。だが、ここで戦っている男たちは、革の鎧《よろい》や胸当てといった防具さえつけていない。お粗末きわまりない盾しか持っていない者もおり、戦略や戦いの知識などほとんどない、ただの農民にしか見えなかった。服装もみすぼらしく、スコットランド人というよりは、このロウランド地方ではよく見かけるノルマン人のようだ。ヘンリー一世の死はたしかに、イングランドのみならず、この国境地帯や、イングランドとスコットランドの国交にも多大なる混乱をもたらした。だが、この状況はやはりおかしい。ナイト爵は戦いにかかる資金がすべて国王の負担となるので、ウォリック自身は立派な軍馬に乗り、完全に武装していた。ウールの下着の上に、軽くて目の細かい鎖帷子をつけ、さらに鮮やかな濃いブルーのサーコートをはおっている。胸の防具は金属の一枚板だし、兜《かぶと》も部下たちは革製のものだが、彼は金属製のものをかぶっている。サーコートと、馬の豪華な飾り衣装に刺繍《ししゅう》されているのは、ウォリックの紋章である、空を飛ぶ鷹《たか》だ。彼は兜の奥から、サーコートと同じ濃いブルーの瞳に不穏な光をたぎらせてあたりを見つめた。

ここはずっと昔に戦った場所の近くだ。あれからずいぶんいろいろなことがあったが、またここに戻ってきた。あのときのおれはまだ子供だった。ぼろぼろの服を着て、未熟で、盾も鎧もなしで戦っていた……。自分のために……。

丘の下にいる男たちはなんのために戦っているのだろう？　あのときのおれたちは、ろくな武具もつけていなかったにもかかわらず、祖国を守るために死にもの狂いで戦った。

だが今、砦を襲撃している男たちは……。

「ウォリック様？」右腕であるアンガスに声をかけられて、ウォリックははっとわれに返った。背後では馬たちが落ち着きのない動きをしている。

「まるで農民の軍隊だな」ウォリックは言った。

「こうしているあいだにも連中は砦に火を放ちますよ」アンガスはそっけなく言った。

「ああ。だが、なぜ……」ウォリックはつぶやいた。その答えをじっくりと考えている暇はない。どれほど情けなく見えても、アンガスが言ったとおり、彼らは国王の砦を守る者たちを殺そうとしているのだ。ウォリックは片手をあげて、高い崖《がけ》の上という有利な地点からの突撃を指示した。これから同胞を大勢殺すのだと思うと心が乱れたが、自分の部下を失いたくはなかった。

ウォリックは馬にまたがったまま後ろを向いた。「できる限り生けどりにしろ！　情けをかけるわけではない。情報を得るためだ。頼むぞ、みんな！　アンガスとトーマスはおれと一緒に投石機を壊しに行く。ティボルド、ガース、マクタヴィッシュの三兄弟は槌を持っている男たちをとらえろ。残りの者は門の前にいる連中を襲って、梯子を奪え。さあ、行くぞ。神のために、国王のために、祖国のために！」

ウォリックは片手をさげて愛馬のマーキュリーを膝で突いた。騎馬隊は轟音《ごうおん》をたてて崖を駆けおり、包囲された砦の救援に向かった。

反乱軍は百人ほどで、数ではウォリックの騎馬隊を上まわっていたが、どう見ても彼らに勝ち目はなかった。ウォリックは殺戮を望んではいない。忠誠を誓う対象が違うというだけで人を殺すのは、どうしても気が進まなかった。だが、これまでも大勢の立派な人間がそのために死んでいった。ノルマン人にもスコットランド人にも、山間《やまあい》に暮らす部族にも、そしてヴァイキングにさえも、善良な人間はいたにもかかわらず。今回の反乱軍は、古代ケルト族のように見えた。古代ピクト人のように体に彩色している者もいる。

彼らはまるで北欧神話の狂戦士《ベルセルク》のように戦っていた。

応戦するうちに、敵がほとんど慈悲を求めていないのを知ってウォリックは動揺した。ひっきりなしに複数の敵が襲いかかってくるため、生けどりにするのは不可能で、殺す以外に打つ手はない。さらに不可解なことには、進退を叫びあう男たちの言葉には、ノルマンフランス語、ゲール語、古サクソン英語、ノルウェー語などさまざまな言語が入りまじっている。おまけに彼らは仲間同士で励ましあって死ぬまで戦うか、逃げだすかのどちらかだ。

スコットランドのロウランド地方には逃げこむ場所はいくらでもあった。うっそうとした森や、なだらかに起伏する広大な丘陵では、稲妻のように奇襲することも、すばやく撤退することもできる。反乱軍の一部は狂ったように戦い続けていたものの、しだいに逃げだす者が増え始めた。だが深い森へと追いつめると、敵は再び襲いかかってきた。ようやく激しい戦いを終えてウォリックが振り向いたとき、アンガスはひとりの男と向かいあっていた。アンガスが大きな戦斧を敵に向かって振りおろそうとした瞬間、ウォリックは馬を急がせた。

「アンガス！　生けどりにしろ！」

ウォリックの指示で、アンガスは斧《おの》をおろした。敵は今の言葉を理解した様子だったが、森のほうに視線を向けて、悪霊が襲いかかってくるかのように目を見開く。そして無謀にもアンガスに向かって突進してきたので、アンガスは自衛のために斧を振るうしかなかった。斧は兜をつけていない頭を打ち、敵は死んだ。この男はとらえられて質問に答えるよりも死を選んだのだとウォリックは悟った。

「すみません、ウォリック様。だが、やつはわざとまっすぐ向かってきて、おれに斧を振るわせたんです！」アンガスは驚いた様子で言った。

「ああ」ウォリックは死んだ男を見つめて、かぶりを振った。「ろくな武具も持たずにここまで必死に戦い、生き残るのを恐れるとは、いったいどういうやつらなんだ？」

「おれにわかるわけがありませんよ、ウォリック様」

「生き残っている者が砦にいないかどうか探してみよう」

ロハルシュの砦は小さく、古代ケルト族の建築物を土台とした塔となっていた。中庭は粗末な木の壁で囲まれ、近隣の自由民や居住者、あまり力のない族長や領主の奴隷たちがそこで市場を開く。塔の番人で、数多くの戦いを生き抜いてきた老戦士でもあるサー・ガブリエル・ダロウは、投石機が壊されて大いに安堵《あんど》していたが、やはり今回の襲撃に戸惑いを覚えている様子だった。彼によれば、突然、体に彩色を施した男たちが次々と森から飛びだしてきて、手あたりしだいに人々を殺したあげく、ロハルシュを明け渡さなければ、砦を攻め落として皆殺しにすると告げたそうだ。

「こんな野蛮なやり方は初めてだ。ましてやこれといった理由もないのに」サー・ガブリエルはウォリックに言った。

「理由はたくさんありますよ」アンガスが言った。「イングランドの国王が亡くなって、甥が王位を奪うような時代ですからね」

ウォリックはアンガスに向かって片眉をつりあげてみせた。ヘンリー一世を尊敬していたデイヴィッド一世は、王女マティルダを支援している。だが国王をよく知るウォリックは、口には出さなくとも気づいていた。デイヴィッド一世は、可能ならばこの機に乗じてスコットランドの領土を広げようとしていると。

「ここにはノルマン人貴族も来る」サー・ガブリエルはさらに言った。「領地を広げ、家来を増やし、より多くの人間に忠誠を誓わせるためにな。ヴァイキングは襲撃、略奪、強姦《ごうかん》、そして殺人もするが、目的は生活を豊かにすることだ。だが今日の連中は、破壊と虐殺、そして土地を荒らす行為しかしていない。まったくわけがわからんよ」

サー・ガブリエルが話しているあいだに、トーマスとガースが反乱軍のひとりを連れてきた。男はこめかみと胸から大量に出血して意識を失いかけている。ウォリックは男のそばに行き、小さな塔の一室にある暖炉の前で石の床にひざまずいた。

「おまえは誰のために戦っているんだ？　今回の襲撃は、イングランドのマティルダ王女を支持するスコットランド国王に反発するものなのか？」

男は目を開き、ウォリックを見てあいまいな笑みを浮かべた。「息子はいるかい？」

「いや、まだいない」

「じゃあ、わからんさ」

「おまえはもう助からないだろう。もしもおまえに息子がいて、問いに答えてくれるのなら、おれがその子の面倒を見よう。おれの保護下で、おまえのように戦う男に育てる。もう一度きくぞ。おまえは誰のために戦っているんだ？」

男は咳《せき》をし、だらりと血を吐いた。「もう遅いんだ。だんなも血が出ているじゃないか。みんな同じだ」

ウォリックは切り傷を負ったのに気がついていなかった。たしかに出血はしているが、痛みは感じない。「そうだな。あちこち傷だらけだ。だが、おれは倒れない。万が一倒れたとしても、あとのことはおれより強い者が引き受けてくれる。息子をおれにあずけるんだ。おれなら国王の保護も受けられるようにしてやれるぞ」

男は苦しげに首を振った。「もう間に合わないさ……」彼は激しい痛みに歯を噛みしめた。

「必要とあればどんなことでも——」

だが、男は身を震わせ息絶えた。人間は誰でも、領主や国王であろうと、死を免れない。

「男が死そのものよりも恐れることとはなんなんだ？」サー・ガブリエルが言った。

「愛する者の死ですよ」ウォリックは静かに答えると、立ちあがって部下たちに視線を向けた。「ほかに生存者は？」

「全員逃亡したか、死亡しました」トーマスが答えた。

「兵士を守備にまわせ」ウォリックは言った。「わが騎馬隊から十五人の兵士と必要な品を残していきます、サー・ガブリエル。今回の襲撃の理由がはっきりするまでは守備を強化しておいたほうがいいでしょう」

「永久にわからないかもしれないぞ」

「わかると思います……最後には。人はみな、なにかを求めて戦うものです。今回のような戦いは氷山の一角で……おれたちにはまだその全貌《ぜんぼう》が見えていないだけという気がします」

二日後、ロハルシュの防壁と守備体制を強化し終えると、ウォリックの騎馬隊は残留要員を除いて砦を出発した。

騎馬隊は都スターリングへ戻る前に、スコットランド国王の権威によって揺るぎない国境へと向かった。スコットランド人領主たちの繁栄や兵力や忠誠心に気を配ると同時に、イングランドの小さな城に立ち寄るためだ。タイン領主のピーターは彼らを歓待してくれた。騒動がしょっちゅう起こる国境地帯にあるにもかかわらず、彼はうまく領地の平和を維持していた。タイン城は強固で、訓練を受けた兵士も六十人はくだらない。スティーヴンとマティルダとの紛争のさなかにあっても、ピーターは頑として中立を保ち、領地がスコットランドの国土に近接していることから、デイヴィッド一世にはずっと忠誠を誓っていた。

ピーターはウォリックと同い年で、彼の父親はデイヴィッド一世とともにヘンリー一世の王宮で育った貴族だ。ウォリックからロハルシュでの詳細を聞いたピーターは、やはり困惑の表情を見せた。「イングランドにはおびただしい数の分派がある」彼は言った。「ある日、スティーヴンの支持者がひとり殺されたかと思えば、次の日には、ヘンリー一世の娘に忠誠を誓う人間が五人拷問にかけられる。奇妙なことなら毎日起きているよ」

「だが、スコットランドは国内の問題だけで手いっぱいだ。イングランドの問題にまで巻きこまれたくはない！」

「そうは言っても、大勢のノルマン人やアングロノルマン人がスコットランド国民を名乗っている現状では無理だろう。しかもわれわれイングランド人はみな、デイヴィッド一世がこの機会につけ入るんじゃないかと警戒しているんだからな」

「それはわかるが、もしも今回の黒幕がイングランドの王位継承問題にかかわる人間なら、なぜスコットランド国王に対して反乱を起こすんだ?」

「何者かが騒ぎを起こしているのは確かだが、それが誰かは定かでない。もちろん、油断なく気を配ってはおこう」

「スコットランド国王に目を光らせておくという意味じゃないのか?」ウォリックはにやりと笑って、疑わしそうに尋ねた。ピーターは抜け目のない人間で、遠慮もしないが、無謀なまねもしない。

「さあな、スコットランド国王の王座は今のところ安定している。一方、イングランドはあの調子だ。ぼくは損しないほうにつくよ」

ウォリックは笑った。ふたりが酒をくみ交わすあいだに、夜もふけていった。暖炉の火がゆっくりと消えかけたとき、ウォリックは廊下の暗がりで待っている女性の姿を目にした。エリアノーラだ。ピーターは長年の友人で、たとえ敵同士になったとしても、それは城の外だけでの話になるだろう。ここでは戦いで疲れきったウォリックもリラックスし、なかば寝そべるように椅子に身をあずけていた。それが今、全身の筋肉がはりつめた。ウォリックは彼女にあいまいな笑みを見せ、グラスに入ったエールを飲み干した。「ピーター、おれはこれで休ませてもらうよ」

「そうだな。今日は疲れただろう」

「ああ」

「おれの妹がしびれを切らしたのかな？」ピーターが楽しそうに片眉をつりあげた。

「どうやらそうらしい」

「そうよ、お兄様！」エリアノーラが声をあげた。「戦いや、ただ死ぬためだけに森から這いだしてきた、愚かな怪物のような人たちの話はもうたくさんだわ」

ウォリックはエリアノーラのそばへと向かった。富裕なイングランド領主の未亡人である彼女は、何年も前からウォリックの恋人だ。とはいえ、会える機会はめったになかったが。エリアノーラはかすかにほほえんでウォリックの片手をとり、薄暗い廊下の先にある彼女の部屋へと導いた。彼女の豪華な部屋には弱い明かりがともされ、香料入りのろうそくが燃えていた。エリアノーラの衣服はすぐに床へと散らばった。揺らめく明かりとろうそくの影のせいで、彼女の豊かな胸がより際だって見える。エリアノーラは経験豊かで、とても情熱的だった。ウォリックは彼女を抱き寄せて唇を重ね、両手で胸のふくらみを包みこんだ。エリアノーラが歓《よろこ》びの声をあげ、さらに多くを求めてくる。彼女はひざまずいてウォリックの剣の鞘《さや》をはずし、彼の高まりを片手で包んだ。戦いのことはすぐに彼の頭から消えていった。

ウォリックはタイン城にもう少しとどまるつもりでいたが、デイヴィッド一世からの使者が来て、スターリングへ戻るようにと告げられた。なにかあったに違いない。ウォリックはピーターとエリアノーラに別れを告げ、早々にスターリングへ向けて出発した。デイヴィッド一世は頻繁に国内を移動するが、今はそこを居城としている。

ある晩遅く、ウォリックの騎馬隊は国王の旗を持った護衛兵と出会い、デイヴィッド一世の名において誰何《すいか》された。ウォリックはすぐに名前を告げ、護衛兵は長年の友、サー・ハリー・ウェイクフィールドだとわかった。彼は国王に仕える年配の相談役だ。ウォリックは馬からおりてサー・ハリーに挨拶《あいさつ》をした。「なにか新しい動きがあったんですか？　また戦いが起きたとか？」

「いや、そうではない、レアード・ライオン！　単なる護衛任務だ。古顔の領主が他界され、そのご令嬢が国王に謁見する運びとなったので、わたしが彼女の身の安全を任されたのだ。先日の戦いの話は聞いたよ。きみが大勝利をおさめたことは国じゅうの噂《うわさ》になっている」

ウォリックは頭をさげたものの、本当はそのほめ言葉を否定したかった。目的がわからない血迷い人を大勢殺した以外に、おれがなにをしたというのだろう？

「この先にもうひとつ雑木林がある」サー・ハリーは言った。「きみの隊はゆっくり休みたまえ。何者も、わたしの誰何なしには通らせない」

「感謝します、サー・ハリー。アンガス、お言葉に甘えて、今夜はここで野営しよう。トーマスにみんなに知らせるよう言ってくれ」

伝令が隊列の後ろへと伝わった。アンガスは、ウォリックが護衛がひとりでは気を許さないのを知っている。つまりウォリックがアンガスに休めと言うのは、ウォリック自身が先に数時間、寝ずの番をするという意味だ。サー・ハリーは役にたてて満足げな様子でウォリックに会釈をした。「きみはロハルシュの侵略者をあっというまに片づけたそうだな」

「ええ、サー・ハリー。しかし、やつらは再び襲ってくる気がしてなりません」

「国王の新たな敵か？」

「古かろうと新しかろうと、国王に敵はつきものですよ」夜は馬をつないでおくので、ウォリックは同行の騎士見習いのひとりに軍馬をあずけた。そのときふと木の葉がざわめいているのに気づいた。ウォリックが剣を抜いて振り向くと、別の兵士が馬でやってきた。「サー・ハリー……」兵士は不安を覆い隠すために、威嚇するような口調で声をかけた。

「心配はいらない、マシュー。レアード・ウォリック、国王の闘士だ。戦いから戻られる途中だよ」

「ああ、これはレアード・ウォリックでしたか」マシューはいくらか安堵した様子で言った。「今夜は敵が現われてもわれわれにお任せください！」

「これまでになにか危険なことがあったのか？」

「いいえ。しかし危険はつねに隣りあわせにあるものでしょう？　ましてや今回は、長年領主を務めた方が亡くなり、遺されたのはご令嬢ひとりですから」

「では、われわれは明日、あなた方が野営を撤収したあとで出発しましょう。そうすれば尾行する者がいてもすぐにわかる。いかがですか、サー・ハリー？」ウォリックは女相続人の護衛という単純な任務に実は助けが必要なのではないかと思いながらも、それをほのめかす言い方は避けた。

「レアード・ライオン、それは好都合だ！　令嬢には従者も何人かいるのだが、彼らはスターリングに着き次第、そのまま引き返す手はずになっている。彼らがきみたちとすれ違えば、われわれは無事城塞《じょうさい》へ向かっているということだ」

「わかりました。それではそのように」

「マシュー、おまえはこの道を南へ向かえ。わたしは北へ移動する」サー・ハリーが命じ、マシューは言われたとおりに馬を南へと向けた。それからサー・ハリーはウォリックに向かって片手をあげた。「では、ごゆっくり」

サー・ハリーが北へ向かい、松明《たいまつ》の明かりが遠ざかると、焚《た》き火が見えた。例の令嬢と従者たちが休んでいるのだろう。雑木林の少し先だったが、突然、暗闇に動く人影が見え、ウォリックはふと好奇心をくすぐられた。道端にある樫《かし》の大木に片手をかけて、焚き火のまわりに集まる人影に目を凝らす。

火は広い空き地の中央で勢いよく燃えさかり、青や金、藤《ふじ》色、そして深紅の炎が夜空に向かってあがっていた。ウォリックのところからでも、その前を女性がひとり動きまわっているのが見える。顔だちまではわからなかったが、不思議な美しさを持っているのは感じられた。かすかにあたりを覆う霧が彼女をこの世のものではないように見せているのは、夜遅いせいだろうか？　炎の輝きを受けて銀白色の長いドレスは虹《にじ》を映しだし、金髪はかすかに赤く彩られている。妖精《ようせい》さながらに焚き火のまわりを踊る彼女は、古代ケルト族の王女のように魅力的で、その場にいる者たちの目を釘《くぎ》づけにしていた。やがて彼女は話を始めた。水晶のように澄み、不思議な魅力を持つ声で、聖コロンバの物語を語っているらしい。

「コロンバがどんな罪を犯したのかは誰にもわからない。けれども彼は、神の手で力を与えられてアイリッシュ海を渡り、われらが聖なるアイオーナ島にやってきた。そこで彼は大きな修道院を建て、人々は彼のもとに集まるようになった。それまでにも、キリストと教会の物語を伝えに来た者たちはいたけれど、コロンバは違っていた。彼はわれわれケルト族の美しきものを保護してくれる芸術家であり、学者でもあった。彼の修道士たちは長いあいだ苦労して、すばらしい書物を手書きしてくれた。けれどなによりも、彼は戦うナイトだった。人々に、そして神に彼の意志の強さを証明したのは、偶然訪れたネス湖で巨大なドラゴンが襲いかかってきたときのことだ。ドラゴンは人々を悩ませ、子供をさらい、貢ぎ物である大勢の美しい乙女を食していた。コロンバはもはや許すまじとドラゴンに挑みかかった。ドラゴンは深く暗い湖の底から姿を現わして、大きな頭についた水を振り払い、コロンバに向かって火を噴いた。けれども彼が巨大な盾を持ちあげて火をはね返したため、ドラゴンは目を焼かれた。そしてコロンバは大刀を抜き、ドラゴンをしとめた。おなかをすかせていた人々は、ドラゴンを料理して食べたという」彼女は両腕をあげ、背のびをしたかと思うと、大きく体を折り曲げておじぎをした。体のまわりに、髪が金色の雨のように流れ落ちる。彼女が再び身を起こして両手をあげたとき、ウォリックは思った。あの女性は実に魅惑的で、プライドが高く、自立心が旺盛《おうせい》で……間違いなく気性が激しい。彼女の護衛役に選ばれなくてよかった。血迷い人との戦いのほうがまだ楽だ。

物語は終わり、拍手が雑木林に響き渡った。そしてリュートの音やハープの穏やかな音色が聞こえ、笑い声や楽しげな話し声のなかダンスが始まった。

ふいに音楽が耳ざわりな音を奏で、甘い音色は夜の闇に消えた。「国王の臣下のノルマン人たちが来ているぞ」誰かの声のあとに、ひそひそ話が始まり、まもなく沈黙が訪れた。

ウォリックは樫の木に寄りかかったまま歯嚙みした。たしかにデイヴィッド一世は大勢のノルマン人を招いてきた。ウォリック自身、ノルマン人とともに戦うこともあれば、ノルマン人を相手に戦うこともある。それでも、なぜか先ほどの言葉には心を乱された。ウォリックは国王から多くの利益を受けてきた。戦うときには、ウールのタータンの上に鋼鉄製の立派な防具をつける。だがあの若い女相続人の従者たちは、ほとんどがウールのチュニックを着ていた。長くたっぷりとしているので動きやすいし、ひだの部分には多少の防御性もあるからだろう。一方、ウォリックが着ているタータンの模様は、母方の一族、ストラサーン家でもっとも刺繍の上手な者が父のためにデザインしたものだ。ウォリックはスコットランド人そのものだった。聖職者や詩人たちが、しばしばスコットランド人を野蛮人だと書いているのは知っている。キリスト教の世界では大半が、スコットランドはローマに征服されるべきだった、そうすればヨーロッパ全域がローマ人から道路、水道、法律、文学など多くのものを得ていただろうという意見だ。ウォリックもたしかにそう思う。もちろん、ケルト族の美しい宝石をつくる技術には右に並ぶ者がないし、ここ何世紀かにアイルランドとスコットランドの修道士が果たした功績は実にすばらしい。だが、敵から学ぶことも必要だ。ノルマン人と戦うのなら、国境地帯の敵味方と同等の武装をするべきだ。

サーコートの下の防具はノルマン人のものであっても、おれはスコットランド人だ。父はこの祖国で居場所を得るために血を流した。おれも、何度もそのために血を流してきた。

ウォリックは樫の木から離れた。疲れた。少し眠ろう。国王が今度はなにを考えているかは神にしかわからない。

けれどもひとりの踊り子に悩まされ、ウォリックはよく眠れなかった。踊り子は彼の夢のなかで軽快なステップを踏み、流れるように動きまわった。炎のせいで深紅に染まった豊かな金髪が彼女の動きに合わせて渦を巻き、いつも顔を覆い隠した。

ウォリックは踊り子の顔が見たくて手をのばした。

すると彼女はくるりとまわり、霞《かすみ》のなかに姿を消した。

第二章

こんもりとした森を抜けると、町が見えた。スターリングの町だ。

灰色の牝馬《ひんば》にまたがったメリオラは、国王の城塞がある町を見おろした。この町は歴史が古く、ローマ人のブリテン遠征よりもはるか昔から古代の部族たちが住んでいた。今こうして、夕暮れどきの薄明かりが渓谷や岩山や川をうっすらと染める光景はとても美しい。城壁は誇らしげにそびえたち、それをとり囲む起伏に富んだ広大な風景は秋の色に彩られている。川面《かわも》に映る夕日は、まるで宝石か星々のようにきらめいていた。遠くの野原には点々と羊の姿が見え、ふたりの子供と犬たちがそれらを集めていく。城壁の手前にある川の近くでは、魚売りの女性たちが夫の獲物を売ろうと大声を張りあげている。武具師が仕事をしているのだろう、金属の触れあう音も風にのって聞こえてくる。

丘陵、森、美しく険しい岩山。メリオラはスターリングが大好きだった。もちろん祖国のすべてを愛しているが、ここスターリングは、岩だらけの海岸や崖に荒波が打ちつけるブルー・アイルとはまったく違う。すべてが穏やかで、平和で、のどかだ。

この見晴らしのいい場所からは川下も見えた。テントがいくつか張られ、仮設住居が建てられている、はるか下流のヴァイキングの野営地までもが。メリオラは妙に興奮を覚え、軽く下唇を噛んだ。叔父が近くにいる。もしもなにかあっても、叔父がそばにいるわ……。

「レディ・メリオラ、そろそろまいりましょう」

メリオラはうなずいた。声をかけたのはサー・ハリーだ。メリオラを迎えに来たデイヴィッド一世の臣下で、彼女の従者ではない。こんなに早く国王に会いに来るつもりはなかった。今はまだ喪に服しているのだから。父が死ぬなんて、とても信じられなかった。なにも考えられないし、なにも感じられない。ただ父を恋しく思うだけだ。だがデイヴィッド一世の臣下が迎えに来たとき、メリオラは自分の立場を悟った。国王が護衛をよこした以上、こちらからも連れていきたいとは言えなかった。ここまでは数人の領民がついてきてくれたが、侍女のジリアンだけを残して、従者の武装兵はこのまま引き返す。彼らはブルー・アイルに戻って、メリオラの留守をあずかるのだ。メリオラはブルー・アイルの女主人として、デイヴィッド一世に知ってもらいたかった。彼女が国王を信頼しているように、国王も彼女を信頼してよいのだと。メリオラには国王に遣わされた護衛だけではなく、戦いで勝利をおさめた国王軍の騎馬隊もついているということだった。

とにかく国王を信頼するしかない。

わたしは父の後継者としてデイヴィッド一世に忠誠を誓い、亡き父に話すつもりで、正直に一生懸命話をしよう。それが最善策だ。

「メリオラ様、おれたちはここまでです」

メリオラが振り向くと、ユーアンはいかにも心配そうな顔をしていた。残ってほしいと言われるのを待つかのようにじっと彼女を見つめている。昨夜、彼らのあとに武装した国王軍が着いたと聞いてから、ユーアンはずっとふさぎこんでいた。

でも、どれだけユーアンに見つめられようと、心配されようと、残ってほしいと言うつもりはない。これはわたしがひとりで対処しなくてはならないことだ。

「わたしもすぐに戻るわ。きっとみんなが恋しくなるでしょうね」メリオラはユーアンにほほえみかけたあと、ほかの従者たちに話しかけた。「ダーリン、ピーター、ガレス、付き添ってきてくれてありがとう。ブルー・アイルをわたしだと思って守ってね。故郷はあなたたちに任せるわ。こんな遠くまで来てくれて、本当にありがとう。国王の兵士がしっかり守ってくださるからわたしのことは心配しないで」

「やはり最後までお供しましょうか」ユーアンは視線をメリオラにすえたまま言った。

「おやおや、お若い方、城はもうすぐそこですぞ。それにあなた方の大切なレディは、わたしが命を懸けてお守りします。国王の兵士はみな同じ覚悟でおります」国王に選ばれた使者、サー・ハリー・ウェイクフィールドの口調は決して冷たくはなかった。サー・ハリーは、ユーアンよりも自分のほうが護衛としてははるかに有能だと思っていた。なんといっても彼は多くの戦いを生き抜いてきた戦士であり、国王からナイト爵の称号に叙せられている。一方のユーアンは氏族のひとりで、南部の国民――次々とスコットランドに流れこんでくるノルマン人に大きな影響を受けた人々から見れば、田舎の戦士にすぎなかった。

「わたしは大丈夫よ」メリオラはユーアンが大好きだった。子供のころからの親友で、黒っぽい金髪に灰色の瞳をした彼は、ハンサムでまじめで、頼りになる存在だ。そのユーアンは今、メリオラの身を案じていた。領民も側近もみな、彼女が国王に呼ばれたことを案じている。メリオラは、領主や女主人はみな国王に敬意を表わさなくてはならないのだと言って彼らを安心させた。実際、彼女には今の立場を守る自信があった。国王はメリオラの名付け親だ。会えばいつも喜び、かわいがってくれる。それに、サー・ハリーのことも昔からよく知っている。指揮官である彼のほかにも、デイヴィッド一世から遣わされた護衛役の武装兵が五人いる。町はもうすぐそこだ。どう見ても危険はなかった。

「サー・ハリー、しばらく失礼させていただけますでしょうか。留守中、故郷を守ってくれるユーアンと少し話がしたいので」メリオラは言った。

「もちろんですとも、レディ」

メリオラが馬を駆って森へと引き返すと、ユーアンもあとを追ってきた。彼女の牝馬が、ユーアンの去勢馬に鼻をすり寄せる。メリオラは手をのばして彼の顔に触れた。「わたしのことは心配しないで」

ユーアンはうなずいた。「心配はしていないよ」

「でも、悲しそうな顔をしているわ」

ユーアンはぎこちない引きつった笑みを見せた。彼女と言い争うつもりはないようだ。

「ユーアン、わたしは強いのよ。自分の面倒は自分で見られるわ」

「メリオラ、デイヴィッド一世は国王だ。みんなきみに忠告しただろう――」

「わたしは国王陛下に忠誠を誓うのよ」

「陛下はきみに領土を治める力はないとお考えになるよ」

「でも、わたしにはあるわ」

「メリオラ、話しあうときは十分気をつけるんだ。下手な反抗やむちゃなまねはするな。きみはわかっていないようだが、もし非難されたら……とにかく危険だ」

「どうして？」

ユーアンは突然剣を抜き、メリオラの喉もとをめがけて振った。だが彼女はそれを予期していたし、自分の剣を細長い革製の鞘におさめて腰につけてもいた。ユーアンが自分の言い分を証明しようとした瞬間、ふたりの剣はまじわった。

「これでも、ユーアン？」メリオラは穏やかに言った。

ユーアンは、もっとすばやく動けなかったのを悔やむかのように目を伏せ、頭を振った。

「わたしは大丈夫よ。信じて」

「ああ、信じるよ。きみのために祈っている、レディ・メリオラ」

メリオラは申し訳なく思い、ほほえんだ。彼女が弱いことを証明するはずだったにもかかわらず攻撃を簡単にかわされたユーアンは、ひどく屈辱を感じている様子だ。メリオラは少しずつ馬を近づけ、あたりに誰もいないのを念入りに確かめてから、身をのりだしてそっと彼の唇にキスをした。

「レディ・メリオラ・マカディン！」サー・ハリーの声が聞こえた。「そろそろ出発しないと暗くなりますぞ！」

メリオラはきちんと馬に座り直し、もう一度ユーアンにいたずらっぽい笑みを投げかけた。「わたしは大丈夫よ。約束するわ。愛している。わたしの心はいつだってあなたのものよ」

ユーアンはうつむき、ゆっくりと馬を前に進めた。そしてメリオラの片手をとって、やさしく唇を寄せた。彼女の目を見つめるグレーの瞳には、献身的な愛情がこめられていた。「たとえなにがあっても、おれはきみを愛している。約束するよ」ユーアンの表情は別れを告げているかのようで、メリオラは耐えられなかった。

サー・ハリーの心配そうな呼びかけにもかまわず、メリオラは再び身をのりだし、もう一度ユーアンにキスをした。「すぐよ。わたしはすぐに戻るわ、ユーアン」

森から出たふたりは別々の方向へと馬を進めた。城へ向かってゆっくりと山をくだるとき、メリオラは先ほど告げられた言葉を思いだしていた。〝国王陛下は、今日あなたにお会いしたいと望んでおられます。どうしても今日じゅうにと。お話がたくさんおありだそうです〟

わたしも国王に話がたくさんあるわ。

メリオラは考えもしなかった――まさか自分の思いを、望みを、これからするつもりのことを、きちんと国王に告げる機会が持てないかもしれないとは。

「メリオラ、わたしはきみのためによくよく考えてこの結婚を決めたのだ」デイヴィッド一世は毅然《きぜん》とした口調で言った。彼はメリオラの抵抗を感じた。それはまるで夏のぎらつく日ざしのように、彼女の全身から発せられていた。

年月を経ても、デイヴィッド一世に衰えは見られなかった。むしろ以前よりも強くなり、自信も深まったようだ。そして、国王は策略家でなければならないという意識がさらに高まっていた。何百という兵力よりも、同盟のほうがはるかに有効な場合もあるのだ。多くの経験を積み、ある程度人を見る目を養った今、デイヴィッド一世は友人であれ敵であれ、決して人を生まれで判断したりはしなかった。権力にとりつかれた一部のイングランド人たちが南の国境地帯を攻撃したとしても、王妃はイングランドのノーサンブリアの出身なので、彼女の親族の多くは自分を支援してくれるはずだとわかっている。また彼自身、イングランドのヘンリー一世のもとで教育を受け、多くの教えや、領土、そして妻を与えてもらった。だがヘンリー一世が二年前に逝去してからというもの、その甥のスティーヴンと娘のマティルダが王位を争い、イングランドは混乱に陥っている。この騒動で各派閥が支援を競いあううちに、イングランド貴族は力を増した。国境地帯のイングランド領主は危険な存在で、これからも目が離せそうにない。もちろん領主たちがデイヴィッド一世を恐れているのは明らかなので、彼も王国の境界線には十分注意を払っていた。

しかし、まだヴァイキングの問題がある。

デイヴィッド一世は、相手がヴァイキングだという理由だけで反感を持ったりはしなかった。イングランドの王家ノルマンディー家でさえ、ヴァイキングの貢献によって発展してきたのは確かだ。ヴァイキングは、フランスからイングランド、アイルランド、そしてロシアや地中海沿岸まで、そしてもちろんスコットランドにも侵略してきた。これらの島々を初めてその恐怖に陥れた大侵略は今から数世紀前にさかのぼるが、ヴァイキングの脅威を軽く考えられるほど遠い昔の話ではない。前世紀の初めには、デイヴィッド一世の祖先である国王が、イングランドの大半を治めていたデーン人、クヌート一世への忠誠を誓わされた。そしてマグナス・ベアレッグスとして知られるノルウェー国王マグナス三世が、容赦ない攻撃によりオークニー諸島およびヘブリディーズ諸島を占領して、デイヴィッド一世の兄と正式な条約を結んだのはほんの四十年ほど前、一〇九七年のことだ。そう、ヴァイキングは国境地帯の領主たちよりも危険だ。国土をヴァイキングに奪わせるつもりはない。彼らは脅威だ。

これからも目が離せそうにない。

デイヴィッド一世が父親を亡くしたばかりのメリオラを呼んだ主な理由も、ヴァイキングがとても危険な存在だからだった。メリオラの忠誠の誓いを受け入れたあと、彼女の将来——当座の将来に関する計画を告げたのも、ヴァイキングが危険だからだ。

メリオラの母方の祖先も、亡き父親のアディンも、スコットランドとデイヴィッド一世に忠実だったが、彼女はヴァイキングの血を色濃く引いている。メリオラには危険な親族がいて、危険な野望を抱いているのだ。と同時に、彼女はすばらしい遺産を受け継ぐ相続人でもある。つまり、彼女の存在そのものが危険なのだ。たとえ本人は国王に忠実であるつもりでも、操られる可能性があるのだから。デイヴィッド一世はメリオラの名付け親だった。彼女が生まれたときには、キリスト教に改宗したばかりのアディンのそばに立ち、彼女の成長を見守ってきた。しかもアディンが妻の死を嘆き続けて再婚を拒み、男の相続人を遺そうとしなかったので、メリオラの将来については時間をかけて考えてきた。そして今、彼女の後見人として、デイヴィッド一世は自分の判断に心から満足していた。彼の国王としての信条は、貧しい国民の声に耳を傾けること、そして功労者にはすぐに褒美《ほうび》を与えることだった。

メリオラは王国でも一、二を争う豊饒《ほうじょう》な土地の相続人であるばかりか、若くてとても美しく、健康で活発だ。アディンの生前、メリオラがほしいと遠まわしに頼んでくる者が何人もいたが、デイヴィッド一世はそういった申し出をことごとくはねつけてきた。これほどすばらしい褒美を与えるに足る者はほとんどいなかったからだ。この褒美を受けるには、スコットランドへの愛と、スコットランド王家であるキャンモア家への忠誠、そして新たに高まりつつある愛国心が必要だ。スコットランド国王はイングランド国王に対して、ある程度の敬意を表わすように強いられてきたと言っても過言ではない。それでも、二国間の境界線ははっきりと引かれていた。そしておそらく、戦争と外交の両方によって、国境線はいっそう強固なものとなるだろう。

必ずやメリオラはわたしの意図を理解し、したがってくれるはずだ。デイヴィッド一世はそう自分に言い聞かせた。自分がいい国王であることはわかっている。実際、新しい法律を導入したり、新たな交易を開拓したり、貨幣を鋳造したりして国民から尊敬を集めている。強くて聡明《そうめい》な国王であることは明らかだ。だが同時にわたしは戦士であり、政治家でもある。慈悲深くも、無慈悲にもなれるのだ。とはいうものの、今、顎をこわばらせてたたずみ、かたくなに黙りこんでいるメリオラを見ていると、無慈悲になるのは簡単ではなかった。

だが、メリオラにはヴァイキングの親族が多すぎる。ヴァイキングは危険だ。これからもずっと危険な存在だ。

ふたりがにらみあいを続けてずいぶんたった。さすがにもう十分だろう、とデイヴィッド一世は判断した。

「きみの結婚はもう決まったことだ。メリオラ、わたしの立場は理解してくれるだろう?」

デイヴィッド一世はていねいな、それでいてきっぱりとした口調で告げた。

メリオラはそれでも返事をしない。

たたずむメリオラは石像のように見えた。まるでこの城の国王の広間を飾るために、才能ある芸術家の手で刻まれた作品であるかのように神秘的で美しい。彼女は国王と互角に見つめあっていた。わずかな動きや表情にも本心はまったく表われていない。大理石のようになめらかな肌をした顔は無表情のままだし、深いブルーの瞳はじっと国王にすえられている。この娘はわたしと戦うつもりでいる。だが、今この場でではなさそうだ。なぜだろう?

メリオラはまだデイヴィッド一世の言葉に異議を唱えてはいないが、なにひとつ同意してもいなかった。亡くなった父親が領有していた土地を、このまま自分が受け継ぎたいという申し出が却下されてからずっとだ。デイヴィッド一世がメリオラをスターリングに呼び寄せたのは、彼女の縁談を決めたことを伝えるためだった。ところがなんとメリオラは、結婚しなくてもブルー・アイルの女主人であり続けることを許してもらえると期待して、表敬訪問に来たのだ。デイヴィッド一世には、メリオラが話をしたがっているとわかっていた。わかっていながら、そのチャンスを与えなかった。すぐに自分の計画へと話を進めた。

メリオラはその話に関心を見せなかった。

デイヴィッド一世は、ふんだんに彫刻が施された椅子の肘掛けを握りしめた。北欧の王の孫娘、メリオラに会うのは久しぶりだ。この娘はなにを考えているのだろう？　ヴァイキングが危険なのは彼女自身も知っているはずだ。彼らは長い年月のあいだに、幾度となくそれを証明してきた。デイヴィッド一世自身、何度か自ら進んでヴァイキングと条約を結んだし、敬意を払ってもいる。北方の島々は、今や大半がヴァイキングの族長の支配下にあるからだ。だが、メリオラの父、アディンのような者はふたりといない。彼はヴァイキングであるにもかかわらず、スコットランドの一部になることを受け入れた。ヴァイキングで、統一スコットランドに属することを心から望む者はまずいないし、アディンの一族は今でも、スコットランド沖にある多くの島々を支配している。事実、スカル・アイランドの領主であるアディンの弟のダロは今、デイヴィッド一世と交渉するために、スターリングのすぐ外で野営している。つまりメリオラには今もなお、父親の生まれ故郷からやってきた強力な親族がいて、彼女が望めば助けてくれるのだ。もちろん、デイビッド一世は負けるつもりはなかった。王国の領土なのだから、自分の思いどおりにするつもりだ。

メリオラはまた、スコットランドでも歴史あるゲール人一族の子孫でもあった。母親の家系から見れば、デイヴィッド一世のもっとも忠実な臣下であってもおかしくはない。デイヴィッド一世は人格形成期のほとんどをノルマン人の王宮で過ごしたものの、母親がサクソン人の王族であることは周知の事実だ。父方の祖先をたどれば偉大なケネス・マカルピンにいたる。なかには、スコットランド国王の家系は古代エジプトにまでさかのぼり、スペイン、アイルランドを経て、スコットランドに移ってきたのだと言う者もいる。一国をまとめる国王としてデイヴィッド一世は、血統が重要になる場合があることと、血のまぜあわせは努めて慎重にしなければならない場合があることを学んでいた。

メリオラが生まれたときには、血のまぜあわせにそこまでの配慮はなされなかったと聞いている。とにかくアディンがやってきて、メリオラの母親を見て、射とめたというだけだ。花嫁もそれを望んでいたのか、最初はそうでなかったのかは、誰にもわからない。いずれにせよ、ふたりの血がまじりあい、両親の長所だけを受け継いだ娘が生まれた。美しい曲線を描く細くてしなやか体に、彫りの深い顔。動きは天使さながらに優雅で、印象的なブルーの瞳がかもしだす力強さと、神話的、あるいは神秘的な雰囲気は、まるでアディンの生まれ故郷、北欧の女神のようだ。炎のように赤みがかった、豊かでつやのある金色の髪は、今は編みも結いもせずに背中に垂らしてある。きっと、ブルーのリネンのゆったりとしたシフトドレスを身につけたときにおろしたのだろう——こういった飾り気のない服装のほうが、忠誠心をより強く表わせると計算して。実の父親に会うときと同じ姿で、ごく自然に愛と献身を誓えば、国王に自分を実の娘のように信頼してもらえると考えたに違いない。

飾り気のない服装をしたメリオラはいっそう堂々として見えた。ひときわ大柄だった父親の血を受け継いで、女性にしては背が高い。その彼女は今、肩をこわばらせ、背筋をのばして立っていた。長身にもかかわらず、母親に似て体つきは華奢《きやしや》だ。高い頬骨に大きな目。美しい弧を描く蜂蜜《はちみつ》色の眉。小さくて形のいい鼻に、ふっくらとした唇。だが、今は少しばかりきつく結ばれているように見える。それがわたしの命令に対する反応なのだろうか？

そうに違いない。

それに、喉もとの血管が激しく脈打っている。メリオラはわたしに腹をたてているのだ。怒り狂っている。

デイヴィッド一世はほほえんだ。少なくともメリオラは自分の立場をわかっているらしい。必死に怒りを表わすまいとこらえている。

国王の笑みは消えた。もしくは、大逆をたくらんでいるか、だ。メリオラはヴァイキングの血を引いている。それも色濃く。ヴァイキングは危険だ。

メリオラの結婚式はできる限り早急に執り行なおう。

「どうかね？」デイヴィッド一世は答えを促した。

「陛下のお立場は理解しています」

そう、メリオラはわたしの立場は理解しているのだ。

受け入れられないだけで。

デイヴィッド一世にもメリオラの立場は理解できた。彼女はわたしが国王であることの意味がまだわかっていない。メリオラはわたしの立場を理解するだけではなく、国王にしたがわなければならないのだ。

「それでは、この縁談を受け入れるのだな?」

「わたしがこれまでずっと、陛下のもっとも忠実な臣下であったのはご存じのはずです。父と同じように」

メリオラは一瞬沈黙した。おそらく自分の感情と闘っているのだろう。

偉大なアディンが亡くなってまだまもない。彼は熊《くま》のようにたくましい男で、神のように背が高く、赤みがかった金髪と、豊かな顎《あご》ひげ、そして氷のように冷たく光る瞳を持っていた。男たちはアディンを尊敬し、女たちは憧れた。にもかかわらず、ゲール人の妻が他界したあとも、彼は妻との思い出に忠実であり続けた。結婚生活がどのように始まったにせよ、アディンは妻を愛していたのだ。妻の死後、彼がつねに行動をともにしたのは娘のメリオラだった。乗馬も、読書も、戦いの訓練も、航海も娘とともにした。もしかすると、アディンはヴァイキングのやり方も娘に教えたのかもしれない。襲撃や略奪、そして他人の土地を手に入れる方法も。

なぜかデイヴィッド一世は、アディンが忠誠を誓って以来、一度も彼を疑ったことはなかった。だが、すこぶる健康であったにもかかわらず、アディンは亡くなった。友人や族長たちとともに酒を飲んでいるとき、彼は突然身を縮め、まっ青な顔をして倒れたということだ。

メリオラはその晩ずっとアディンのそばに座り、大きな手を握りしめていたという。そして、アディンが息を引きとったあとも、彼がキリスト教の洗礼を受けた礼拝堂で埋葬布に覆われているときも、そばについていた。

メリオラは眠らず、礼拝堂を出ようとも、食事をしようとも、祈りをやめようともしなかった。友人や、ゲール人の変わり者のファーギン神父が、父親と別れるときが来たとようやく彼女を納得させられたのは、亡くなって三日後のことだったという。

メリオラはデイヴィッド一世を見つめ、咳払いをした。「もう一度言わせていただきます、陛下。父は陛下のもっとも忠実な臣下でした。わたしはすべてをその父から学びました。わたしももちろん陛下に忠誠を誓います。ですが、わたしを信頼し、結婚相手は自分で決める自由を認めていただけるのならば、今以上に陛下に忠誠をつくすつもりです。もちろん、わたしが選んだ夫も、陛下のもっとも忠実な臣下となるはずです」

「よくぞ言った、メリオラ。きみは若者らしく熱心に忠誠を誓ってくれた。だが、きみは若く、とても美しい女性だ。きみ自身ときみの土地の両方を望む者たちにとって、きみはとても心をそそられる存在なんだ」

「実は、領民にとても有能な男性がおりまして――」

「きみに仕える者だろう。領主に値する者ではない」

「わたしは誰にも支配されるつもりはありません」メリオラはしっかりと抑えこんでいた怒

りを一瞬あらわにし、鋭い口調で言い放った。

デイヴィッド一世はほほえんでうなずき、真剣な表情でメリオラを見つめ返した。「きみの意志の強さは重々承知している。わたしが案じているのはきみの剣の腕前なんだ」

「剣の腕前なら自信があります」メリオラは平然とこたえた。「達人たちに教わりましたから。生き残るすべに驚くほどたけた者たちに」

侵略のすべにもだ！　デイヴィッド一世は警戒した。この強情な若い女相続人を納得させることよりも、もっと急を要する問題がほかにあるのだ。メリオラにはひとりだちするだけの力はないし、彼女の叔父に対しては疑いを抱いている。たしかに、アディンのように婚姻によってスコットランドを祖国としたヴァイキングもいる。しかしアディンの弟ダロは、これまでときおり国王軍と衝突を起こしてきたし、年もまだ若く、その仲間たちも全幅の信頼を置けるとは言えない。それにアディンはスコットランドの女相続人と結婚したが、ダロの忠誠心はいまだに疑わしい。だが、今回はそれをどうこう言うつもりはない。アディンの砦、ブルー・アイルについてはすでに心を決めている。

「メリオラ、心にとどめておくがいい。わたしは国王だ。最高君主であり、きみの名付け親でもある。わたしはきみの幸福を両親から託されていた。そしてこれは、きみの幸福を考えて決めたことなのだ。きみの強さと意志の力には拍手を送るが、それでもやはり――」

「強さと意志の力と機転です、陛下。砦が包囲されたとき、救いとなるのはたったひとりの剣士ではありません。兵士たちに指示を出す領主の能力です。そしてわたしは、自分にその能力があると自負しています」

「メリオラ」デイヴィッド一世は我慢の限界に達した。「きみにとって……そしてスコットランドにとってなにが最善かを見きわめるわたしの能力を信頼するんだ」

「わたしが弱くて愚かな女だからですか、陛下？　女だから自分で判断できないと？」

デイヴィッド一世はメリオラの露骨な皮肉と抵抗の強さに驚き、立ちあがって彼女に歩み寄った。国王がすぐ前に立っても、メリオラはしっかりと目を合わせ続けている。そのとき一瞬、彼女のまつげが頬を撫《な》で、震えているのが見てとれた。その震えが、国王に対して言葉が過ぎたことを不安に思っているせいか、それとも自分の思いどおりにならないことに怒りを感じているせいなのかは、わからなかったが。

「きみにふさわしい男はすでに選んである」

「陛下がお選びになったのは、わたしの領地を与える相手です。わたしはその添えものでしかありません」デイヴィッド一世に向けられたメリオラの視線に力がこもった。彼は、メリオラがまだ赤ん坊のころから知っていた。彼女が今、その関係を利用しようとしているのは明らかだ。デイヴィッド一世がメリオラを幼いわが子のように膝の上にのせたいと思っていることを。

もちろん、メリオラはそんな扱いをするほど子供ではないし、デイヴィッド一世もそんなことをするつもりはなかった。だが、こんな言い争いはもううんざりだった。彼は国王なのだから、勝ちは見えている。大軍を指揮できる国王が、小娘をひとり祭壇にあがらせるくらいわけはないのだ。にもかかわらずこうして話していると、自分が勝っているという気がしないことにデイヴィッド一世はいらだちを覚えた。

「もうさがってよい、メリオラ」彼はそっけなく告げた。

「でも、陛下――」

「さがってよい！」

「では、おおせのとおりに。わたしは心から陛下に敬意を表わしております。けれど、大変遅い時間ではございますが、わたしは失礼して故郷に帰らせて――」

「だめだ、メリオラ。帰ってはならない」

メリオラの優美な眉がつりあがった。「わたしはとらわれ人なのですか、陛下？」

「きみはわたしの客人だ」

「客人？」

「そのとおりだ」

「わたしが帰りたいと言ったらどうなさいます？　もちろん、結婚式まででですが」

「そのような望みは持たないことだな。非常に厄介な事態になる」

「それは、わたしが剣の扱いにたけていないからですね」

「おやすみ、メリオラ」デイヴィッド一世は毅然として言ったが、彼女は引きさがろうとしなかった。

「どうやら陛下は、人の心のなかにある強さを、そしてその強さには性別も筋力もまったく関係ないのだということを理解なさっていないように思えます」

「話はもう終わりだ、メリオラ」

「陛下は力をお持ちです。けれども、もしわたしが機転をきかせてこの城を出られたら、わたしは自由だということになりますね？」

デイヴィッド一世は身をのりだし、彼女の鼻先で荒々しく指を振った。「用心したほうがいい。でないと、この城どころか、きみの部屋に閉じこめられるはめになる」

「そうかもしれませんね」

「ほう？」

メリオラは目を伏せた。「陛下――」

「頼むから、これまでにしてくれ！」デイヴィッド一世が大声をあげると、ようやくメリオラも歯を嚙みしめて口を閉ざした。彼は、喉もとまで出かかっていた言葉をぐっと抑えた。メリオラをスターリングに呼び寄せたのは、彼女の縁談を決めたことを告げるためだけではなく、花婿の候補者に会わせるためでもある。少し前に使者から報告を受けたので、その戦士――レアード・ライオンがじきに帰還するのは間違いない。帰りが遅れているのは、メリオラにつけた護衛のあとについていたためだという。

しかしレアード・ライオン——ウォリックにもまだ、縁談のことは話していなかった。アディンの突然の死で、ようやく心をかためたのだ。今や国王軍でもっとも尊敬される戦士に成長したウォリックへの褒美には、メリオラこそがふさわしい。この十年間、褒美として与えられる豊かな土地はほかにもあったが、そこには老齢の女相続人がいた。それでは、ウォリックに失った家族を与えてやることはできない。また若い女性ならいくらでもいるが、メリオラほど豊かな土地を持っている娘はめったにいなかった。ウォリックの将来のことはこれまでずっと気にかかっていたが、そんなときにアディンが死ぬとは想像もしていなかった。あのノルウェー人は、まるで神そのものに、永遠の命を持つ北欧の最高神オーディンのように見えた。アディンは若くしてゲール人の花嫁を手に入れた。娘が生まれたときも、彼自身がまだ子供同然の年齢だった。その娘と豊かな土地を、これほど早くほかの人間に与えることになるとは。

デイヴィッド一世は頭痛を覚えた。レアード・ライオンは意気揚々と戻ってくるだろう。忠実で、剣の腕も強く、武勇の誉れ高い戦士に対して国王が与える花嫁が、反抗的であるばかりか、軽率にもそれを周知の事実にしようとしているとは……。

「メリオラ」デイヴィッド一世は腹だたしげに言った。「わたしに敬意を払ってこの言い争いをやめ、そっとしておいてくれ」

「わかりました。それではおおせのとおりに」メリオラは穏やかな口調でこたえたが、ブルーの瞳にはまだ危険な光が宿り、声には怒りがこもっていた。

「本当かね？」国王は腕組みをした。

「わたしは陛下のお心を乱しているようです。ですから、役にたたない機転を発揮させて、陛下をそっとしてさしあげることにしたわけです。陛下の囚人……いいえ、客人であるわたしには、どうしたって陛下の偉大な力から、あるいはこの城塞からは逃れられませんから」

「きみはわたしの忍耐力を試しているのか？」

「まあ、そんな。失礼いたしました。陛下を困らせるつもりはないんです。ただ、知力はとても強力な道具だとわかっていただきたいだけです。ましてや今、その力と可能性を証明しろと挑まれているように思えるものですから」

「メリオラ、思うがままにその知力を発揮させるがよい。扉のすぐ外で待っている臣下の者が、きみを部屋まで送り届ける」

「ご存じでしょうが、陛下。神の前では、たとえ国王であっても乙女に結婚を強いることはできません」

メリオラは落ち着いた口調で言ったが、デイヴィッドには逆に厳しく非難されているように感じられた。彼女は怒りを抑えこんでいるのに、わたしは癇癪《かんしゃく》を起こしている。そんな事態は耐えがたい。わたしは国王で、メリオラは手駒だ。彼女はわたしがここぞと思う時と場所で操る駒なのだ。

「神の前では、きみは驚くはめになるであろう。きみがその気なら、わたしも力と機転を発揮させることにしよう。わたしのことを見くびるんじゃないぞ。腕力のほうは、きみの未来の夫に任せるつもりだが」

メリオラがふいに甘い笑みを見せた。彼女に対して怒りを感じていたにもかかわらず、デイヴィッド一世は心にあたたかいものがこみあげてくるのを感じた。メリオラは美しく、気まぐれで、激怒していたかと思えば、次の瞬間にはやさしい目で見つめてくる。この娘はわたしの名付け子なのだ。

「陛下、挑戦をお受けします。もちろん、お互いに承知しているとおり、わたしがこの城から逃げだすのはまず不可能です。けれども万が一逃げだせたら……そのときは、自分の未来は自由に選ばせていただけますか？」

「逃げだせはしない」

「わかっておりますが、もしもできたら？」

「逃げだせるはずはない。それに、わたしの心は決まっている」

「それほど自信がおありなら、取り引きは成立ということでよろしいですね？」

「メリオラ――」

「逃げだせたら、わたしは自由の身です」メリオラはそれで問題は解決したかのように言い、晴れやかな笑みを浮かべたまま、ふいにデイヴィッド一世に歩み寄った――子供のころと同じように。そして国王の肩に両手をかけて爪先立ち、頬にキスをした。

「そんな約束はしない！」デイヴィッド一世はいかめしい口調で言った。

「それでも逃げだせれば、わたしは自由になれるのです。わたしは陛下と父から多くのことを学びました。所有は男性に、財産を守る大きな力を与え、自由は女性に、交渉する大きな力を与えると。それに陛下、わたしは剣の扱いにも熟達していますし、知力にも自信があります。わたしは陛下が思っておられるよりも強いのです。陛下にそれを理解していただけるよう祈っております」メリオラは決意をこめてきっぱりと言い、背を向けて歩き始めた。

彼女は背筋をぴんとのばし、顔を高くあげて、雲の上を漂う女神のように優雅に歩いていく。胸をはって、ゆっくりと。

おそらくメリオラは国王に呼び戻す時間を与えているのだろう。もっと話しあい、言い争い、彼女の未来についてなにか別の結論を導きだす機会を。

突然ほほえみ、キスという昔ながらの愛情表現までしてみせたが、メリオラはやはり頑固で、しっかりした、怒りに燃える若い女神だ。

「きみの結婚相手は、妻に暴力を振るう酔っ払いの老人にしてやる！」デイヴィッド一世はメリオラの背中に向かって毒づき、いらだたしげに彼女のあとを追った。たしかにメリオラは、まさに鋼鉄のような意志を持っている。彼女なら、最後の審判の日に、神を相手に言い争いだってするだろう。

大広間のすぐ外では、思ったとおり、古い友人で、デイヴィッド一世が国王になる前からの臣下であるサー・ハリー・ウェイクフィールドがメリオラの付き添いとして待っていた。

「サー・ハリー！」

「なんでしょう、陛下？」

「メリオラとわたしは、ちょっとしたゲームを……どうやら知力の勝負をすることになった。きみは彼女が無事に部屋へ戻るのを見届け、わたしが呼ぶまで部屋から出ないように見張ってもらいたい」

「承知いたしました、陛下」

メリオラはほほえみながらもデイヴィッド一世に挑戦的なまなざしを投げかけ、サー・ハリーの腕に片腕をかけた。「どのような勝負でも、わたしが国王に勝てるわけはありませんのに！」彼女はばかげていると言わんばかりに笑い声をあげた。「見張りがあなたでよかったわ、サー・ハリー」

ふたりは廊下を歩き始めた。デイヴィッド一世はその様子を見守りながら、自分に言い聞かせた。たかがひとりの女性の監視に、鎖帷子に身を包んだ熟練のナイトまでつけたのだから大丈夫だ。

いや、部屋の見張りはふたりにしよう。そして、メリオラはいかなる状況でも国王の許可なしに城から出てはならないと、みんなに知らせよう。

メリオラが出ようとしたら……。

そう、連れ戻されるだろう。

鎖で縛られて。デイヴィッド一世は険しい表情で考えた。


〝楽にして、あなた。力を抜いて……〟

最初の情熱が燃えつきると、エリアノーラはおれの傷を調べた。〝かすり傷だ〟とおれが言うと、〝それでも傷には違いないわ〟と彼女はこたえた。〝感染症にかかるかもしれない。楽にして。そっと手当てをするから……〟

やさしい言葉をかけながら、エリアノーラは二の腕に受けた切り傷に薬を塗ってくれた。それがすむと、おれの上に這いあがり、すっかり満足した様子で横たわった。彼女の裸体は炎の明かりを受けてつややかに輝いている。もう何度も一緒に過ごしたので、エリアノーラはどこをどんなふうに撫でればいいか心得ていた。彼女の笑い声はハスキーで、その愛し方は雌の虎《とら》のように激しい。彼女と会ってから国王に呼び戻されるまで、ほんのわずかな時間しかなかった。あの戦いに困惑と怒りと動揺を覚えていたおれは、いい相手ではなかった。だが、おれが怒りや疲労を抱えて会いに行っても、エリアノーラは決して気にはしない。何日でも、何時間でも、何分でも、時間にかかわりなく、彼女独特のやり方で気分転換をさせてくれる。見返りはなにも求めずに……。

物思いにふけっていたウォリックはわれに返って、隣にいるアンガスに視線を向けた。

「ウォリック様?」

「もうじきスターリング城に着きますよ」

「ああ」

ウォリックは後ろを振り返り、あとに続く騎馬兵たちを見た。数多くの武器を扱う訓練を受けた兵士たちだ。昨晩野営をしたにもかかわらず、彼らはまだ疲れがとれていない様子だった。おそらく戦いより、行軍で疲れたのだろう。先日の戦いではみんなよく戦ってくれた。なぜ襲撃が行なわれたかはいまだに説明がつかない。だが、何者かに扇動されたものだという確信を強めるにつれ、ウォリックはますます気になった。たしかに、ヘンリー一世の娘と甥が王位を争っている今、イングランド北部の貴族たちはことのほか危険だ。だがサー・ガブリエルが言っていたように、ノルマン人領主たちはたいていもっと大きな兵力と目的を持って攻撃をしかけ、土地や富や称号を求める。今回の敵はなにに対して反旗を翻しているのか、あるいはどのような反逆を成しとげようとしているのか、目的がはっきりしない。

アンガスの言うとおり、ウォリックがとりとめのない考えごとをしているあいだに、一行はスターリング城の門に近づいていた。城壁に沿って松明が赤々と燃えていて、夜も活気づいて見える。だが夜空はさらに美しかった。きれいに澄み渡り、星々がまるで黒い海に投げこまれた宝石のようにきらめいている。

ウォリックは手綱を引いて馬の歩みをゆるめた。「アンガス、先に行ってくれ」

アンガスは眉をつりあげて難色を示した。「ウォリック様、あなたはこの騎馬隊の長で、スターリング城は目の前ですよ。国王陛下はあなたの口から報告を聞くのを待ちわびておられます。あなただって、早くお会いしたがっていたではないですか。そのためにおれたちは全速力で馬を走らせてきたんだし、陛下にも使者を送って今夜着くと知らせて――」

「ああ、そのとおりだ。だが夜は長いし、思っていたよりも早く着いたから時間にも余裕がある。それに、まだなんと報告すればいいのかわからないんだ。陛下には、おれは到着し次第、すぐにうかがうと伝えておいてくれ」

アンガスはまだ納得できないようだった。「ウォリック様、川下にはヴァイキングが野営しているんですよ」

「知っている」

「まさかひとりで行くおつもりでは――」

「ひとりだよ。川下にいるヴァイキングは、陛下と交渉するためにやってきた者たちだ。スコットランド人を皆殺しに来た、頭のおかしい凶暴な連中ではない。だいいち、川下には行かないよ。おれはしばらくこの土手にいるつもりだ」

「なんのために？」アンガスはけげんそうに尋ねた。

「ひとりきりの時間を持つためさ」

「城の私室でもひとりきりになれますが――」

「だが、頭上に星が輝いているわけではないだろう。おれのことは心配いらない。文明の地に戻ってきたのだし、門はすぐそこだ。このあたりをうろつく危険人物はせいぜい漁師程度だろう。それでもちゃんと用心はするよ。兵士たちを連れていってくれ。そして陛下にお会いして、おれはまもなく到着すると伝えてくれ」

「ですが、もう鎧も胸当ても、鎖帷子もつけていないのに――」

「短剣がある」ウォリックは穏やかにこたえ、パース出身のジェフリーを見た。彼は〝ガル・オークラハ〟つまり鎧持ちの少年だ。ウォリックの持ち物すべてに注意を払い、つねに両刃の剣と盾、鎖帷子、そして胸当てを磨いて手入れをしてくれる。ウォリックは昨夜戦闘用の服を脱いでいたので、シンプルなタータンとウールのマントという姿は、これまで戦ってきた未開人に近かった。

「ウォリック様――」

「アンガス！」ウォリックはうなるように言った。「おまえはいいやつで、よき保護者だ。今はよき友人になって、おれに少し安らぐ時間をくれ」

ウォリックは騎馬兵たちの列に向かって片手をあげた。そして馬を川下へと向け、夜の闇のなかに走り去った。

アンガスは去っていくウォリックを見守りながら、かぶりを振った。たったひとりでは軍隊ではないのに。

おれは自分の体にヴァイキングの血が流れているからこそ、この状況を案じているのだ。文明の地だと！　アンガスはひとり鼻で笑った。たとえ空に星が輝いていても、夜の闇のなかではどんな危険が待ち受けているか誰にもわからないのだ。

第三章

「男性なんてみんな暴君だわ！」スターリング城の自室のドアを閉めるなり、メリオラは言い放った。彼女はたった今、サー・ハリーにとびきりの笑顔を見せて、護衛をしてくれたお礼を丁重に述べたばかりだった。

ジリアン・マクレガーはその言葉に片眉をつりあげただけで、すぐにタペストリーづくりに戻った。彼女はメリオラを育てたも同然なので、侍女というより友人といったほうがはるかに近い。ジリアンは落ち着き払っていて、その指は規則正しいリズムを刻んでいた。

「あなたは国王陛下のことが大好きなんだと思っていましたわ」ジリアンは言った。「それに、謁見にも自信満々で臨まれたじゃありませんか」

一瞬、メリオラはジリアンのようになりたいと願った。彼女はなにごとにも動じないように見える。メリオラの母の侍女で親友でもあったジリアンは、激動の時代をみごとに生き抜いてきた。彼女にとって、今みたいに平和な世界は楽しいに違いない。四十歳を超えているというのに、ジリアンの顔は穏やかで、しわもなく、とても美しい。髪はうっすらと銀色になっているものの、それがかえって象牙《ぞうげ》色の肌と薄いブルーグレーの瞳を引きたたせている。

ジリアンがようやくメリオラに視線を向けたとき、その瞳は愉快そうに輝いていた。おそらく国王との謁見の結果を知っているのだろう。ジリアンも相談役たちも、こうなると忠告していた。ユーアンでさえもそうだった。デイヴィッド一世はメリオラをブルー・アイルの女主人のままでいさせてはくれない、すぐに結婚させるつもりだ、と。

「いくら好きでも、陛下が暴君だという事実は変わらないわ。あなたはどうやら、謁見でなにを告げられたか正確に知っているようね」

「ええ、城内の召使いたちはみなその話をしていますから。誰もが申し分のない縁談だと考えていますよ。それに忘れてはなりません。デイヴィッド一世にはあなたの結婚を決める権利があるんです。なんといっても国王ですからね」

「そうだとしても、国王という言葉が暴君と同義語である必要はないでしょう?」

「メリオラ様、冷静に考えてみれば、あなたもデイヴィッド一世は賢明な国王だと認めるはずです。陛下は国民から支持されているし、流血は極力避けようとしていらっしゃる。ほら、陛下が王位につかれた一一二四年には、大きな戦いがいくつかあったでしょう。数年前にも、氏族間で暴動が起こったし。陛下には、スコットランドの要塞や城を信頼できる臣下でかためる必要がおありなんです。イングランドの王族同士で問題が起きている今は特に」

ジリアンの話には一理あるとわかっていても、メリオラの怒りはおさまらなかった。「それよ、イングランドの問題。陛下はこの混乱を逆に利用なさるわよ。国境線を押し広げるおつもりだわ。陛下は一部の男性しか信頼なさらないの。女性は誰も信頼なさらないのよ」

「メリオラ様——」

メリオラはすばやくジリアンが座る椅子の前へ行き、床に座りこんだ。「なぜ陛下はわたしの忠誠心を理解してくださらないのかしら?」

ジリアンは膝の上のタペストリーを持ち替えたあと、ため息をついてメリオラを見つめた。そして、きっぱりと正直に答えた。「それはあなたがヴァイキングの娘だからですよ」

「お父様は陛下に忠実だったわ」

「あなたのお父様はもう亡くなられたんですよ」ジリアンは先ほどよりもやさしい口調で言った。「それに、国王であるのは楽なことではないんです。ましてや、気が荒くてプライドの高い族長たちや、由緒ある一族の末裔である貴族たちだけでなく、新たな侵略者や移民たちまでやってくる国土を治めるのは、とても危険な仕事です」

「たしかにお父様は亡くなったし、わたしたちの領地はいつも危険にさらされているわ。でもお父様は、愛する故郷をわたしに遺すことを決めていたでしょう」

「お父様はお母様と結婚することで、その愛する故郷を手に入れられたのですよ」

メリオラはいらだたしげに背中をそらした。「あなたもわたしと言い争いをするつもりなの？　あの土地がもともとはお母様のものなら、なおさらわたしのものになるのだわ」

「わたしがあなたと言い争う、ですって？　なにについて？　どうせわたしの言うことなどお聞きにはならないでしょうけれど、それでも最善をつくしてあなたに事実を――事実として理解し、受け入れるべきことをお教えしましょう。あの土地は慣例にしたがってあなたのお母様が受け継いだものだけれど、しっかりと守り続けたのはお父様なんですよ。その事実を肝に銘じておいてください！」

メリオラは立ちあがって、まるで猫のように落ち着きなく部屋のなかを歩きまわった。もしも逃げだせれば、わたしは自由になれる――デイヴィッド一世が好むと好まざるとにかかわらず。なぜならこの城から出られれば、国王とある程度歩み寄れるまで、叔父に助けを求められるのだから。デイヴィッド一世は、ユーアンと結婚したいと告げる機会も与えてくれなかった。話を聞けば、国王もわたしの選択に満足してくれたはずなのに。

ユーアン・マッキニーは父方の氏族の族長で、生まれも育ちもスコットランドだ。母方の一族には少しだけヴァイキングの血も流れているが、問題にはならないだろう。古代にさかのぼれば、マッキニー一族はメリオラの母の一族から譲り受けた土地を支配していたし、数百年にわたって、スコットランド国王に数えきれないほどの兵士を提供してきてもいる。また、ナイト爵に叙せられた者の多くが、今や統一スコットランドとなった国のために血を流してきた。デイヴィッド一世なら、気高く誇り高いマッキニー一族のひとりを喜んでブルー・アイルの領主に迎えるはずだ。

だが、デイヴィッド一世はそんなことを知らない。わたしに説明する機会さえ与えてくれなかった。デイヴィッド一世はわたしの忠誠の誓いを受け入れておきながら、国王軍最強の戦士であり、国王の闘士でもあるレアード・ライオンとの結婚を決めたと告げたのだ。

「やはりデイヴィッド一世は暴君よ」まだ怒りがおさまらないまま、メリオラはジリアンに向かって言った。「陛下はわたしを思いのままに動かせると思いこんでいらっしゃるわ。このわたし自身にかかわる決断でも、わたしはすべて陛下のおっしゃるとおりにすると。そんなことは許せないわ」

「メリオラ様！」ジリアンは声をあげた。「あなたはずっとブルー・アイルで暮らしてきたから、それが大きな世界のほんの小さな一部にすぎないと認められないんですよ。いい加減、道理をわきまえてください。デイヴィッド一世は国王なんですよ。許すとか許さないとかいう相手ではないでしょう！」

メリオラは残念そうにかぶりを振った。「昔は違ったわ。わたしたちが今したがっている惨めなしきたりのほとんどは、ノルマン人が始めたものよ。お母様はずいぶん前に亡くなったから、正直に言えばあまりよく覚えてはいないけれど、いくつか昔の話をしてくださったわ。スコットランドがまだ未開の地だったころは、いろいろな民族が住んでいて、何人もの王がいて、古代の神を信じていたそうよ。そのころは、女性も男性と同じように土地を所有できたとか。お母様は魔術崇拝の話もしてくださった――」

「異教徒の話なんておよしください！」ジリアンは注意し、胸の上で十字を切った。

メリオラはほほえんだ。「魔術崇拝の信仰――つまり異教徒の考え方では、大地は母で、女性は尊敬され、愛されるものなの。つまり、浅ましいノルマン人のせいですべてが変わる前なら、わたしは領地を単独で支配していたかも――」

「そうかもしれないし、そうでなかったかもしれません。まだおわかりにならないんですか？　あなたがそうやって反抗することを、陛下は恐れていらっしゃるんですよ。あなたには理解できないかもしれませんが、ヴァイキングの脅威はまぎれもない現実です。ヴァイキングがスコットランドの領土を奪ったことは、今でも人々の記憶に残っているでしょう。あなたのお父様はスコットランド人であることを証明して、デイヴィッド一世の親友になられました。陛下は間違いなくあなたを愛してくださっているはずで――」

「だけど、わたしの権利は少しも尊重してくださらないわ。わたしはこれまでに一度も、疑いを持たれるようなふるまいはしていないのに。わたしは陛下に、ただ愛と忠誠だけを捧《ささ》げたくてここに来たのに、その結果がこれなの？」

「もう一度言いますよ。ノルマン人や時代のせいにしようとしまいと、あなたには子供と同じ程度の権利しかないんです。そしてヴァイキングはすぐ近くにいます。陛下は、本来スコットランドの国土であるべき土地を、これ以上彼らに引き渡すおつもりはないのですよ」

「そんなのひどすぎるわ！　わたしは正当な相続人なのよ。ノルマン人なんて大嫌い！　わたしが自分の土地も受け継ぐことができないのは、すべてノルマン人のせいだわ！」

「あなたが生まれる前だって状況は同じでしたよ。あなたのお母様のことは大好きでしたけれど、娘のあなたに、昔は女性も多くの権利を有していたなんて話をするべきではありませんでしたね。あなたがどう思おうとも、陛下にはあなたを――そしてあなたの土地を、結婚相手として選んだ人間に与える権利があるのです」

「それなら、なんとかして自分の手で状況を変えなくてはならないわね。陛下をかわせれば、きっと自由への道が見つかるわ」

「陛下をかわす？　かわすって？」

「つまり……この城から逃げだすのよ」

「なんですって？」すばやく動きまわるメリオラを見つめながら、ジリアンは立ちあがった。

「もしもこの城から逃げられたら、わたしは自由になれるの」

「陛下がそうおっしゃったんですか？」

「わたしはたった今陛下にお会いしてきたばかりなのよ」メリオラは答えをはぐらかした。

「きっとそうなるわ」

「本当に間違いないんですか？」

「逃げることができれば、結婚について交渉させていただけるよう陛下に話をもっていけるわ。そこで取り引きをすれば、陛下も約束を守らざるを得ないでしょう。スカル・アイランドの族長であるダロ叔父様は今、スターリングに来ているのよ。陛下と話しあうために呼ばれたの。きっと叔父様もその部下たちも、われらが立派な国王デイヴィッド一世が道理をわきまえる必要に迫られるまで、わたしをかくまってくれるわ」

「メリオラ様、国王が道理をわきまえる必要に迫られることなんて、めったにありは――」

メリオラは首を大きく左右に振った。「そんなことはないわ。よくあるわよ。いちばん多いのは、戦場で自国の兵士が他国の兵士に勝てないと悟ったときよ！　わたしたちの国を見て。さまざまな地域が、今やひとりのスコットランド国王に統治されているでしょう。これは人々が自ら婚姻によって共存してきたせいでもあるけれど、ひとりの国王がほかの国王よりも強力になったためでもあるわ。だから陛下はわたしの話に耳を傾けるべきなのよ。わたしは陛下にとって脅威になり得るんだもの。離れ島を支配しているヴァイキングたちは、間違いなく脅威となり得るわ」

「メリオラ様、この国の歴史はよくご存じでしょう。あなたが言うヴァイキングの大半は、もう何百年も前からこの国に住みついているけれど、彼らはたいてい独立した立場を保ち、島々の多くを支配しています。陛下が警戒しているのは、まさにそういう状況にいる、あなたのヴァイキングの親族たちなんですよ。陛下にとってあなたは危険な存在なのです。そして本当に危険だと陛下が判断したら、あなたは脅威となるまもなくたたきのめされてしまうでしょう」ジリアンは慎重に諭した。「お願いですから、自分の立場をもっとよく考えてください。そして陛下はあなたの運命に立ち入るしかなかったのだと理解してください」

メリオラはしばし沈黙してジリアンを見つめた。困りきった顔をしている彼女を見ていると申し訳なく思う。でも、どうしたらわたしの立場を理解してもらえるのだろう?

メリオラは下唇を噛んだ。どうすればいいのかわからなくなって、ふいにわっと泣きだしたくなる。父が死んだなんて信じられなかった。心から愛していた父のいないこの世は、とてもむなしく感じられる。父のような人はほかにはいない。父は生粋のヴァイキングで、人の何倍もたくましかった。それでもいちばんすぐれていたのは知性と力、そしてやさしさだ。父はわたしが母のことを忘れないよう、絶えず母の話をしてくれたし、戦士や神父、芸術家、そして詩人たちを家に招いて、大広間を国じゅうでいちばん居心地のいい場所にしてくれた。さらに乗馬や、剣で身を守るすべを、そして重い石弓の扱い方までも教えてくれた。また父の目を通して世界を見ることで、わたしはいろいろなことを学んだ。信仰や国や生まれた環境が違っても、人は男性も女性もみな、関心と尊敬を受ける価値があること。友人がとても大切であること。権力と富は神からの贈り物であると同時に責任でもあること――つまり、わたしを〝レディ〟と呼ぶ人間には、気配りを求めるのではなく、つねに気を配ってあげなければならないと。さらに父はわたしを愛し、強さと思いやりと自立を教えてくれた。父と同じように、母もとてもすばらしい人だった。陽気な笑い声ときらめく瞳、そして太陽のようにあたたかい笑顔に恵まれ、誇り高く毅然としていた。戦士である夫にはまさに理想的な妻だった。母はわたしに、父とは別のすばらしい体験をさせてくれた。ゲール人の昔の物語を聞かせてくれ、美しいケルト族の工芸品を見せてくれた。そしてわたしは母から、気骨を持つこと、自分を信じること、つねに本心を正直に告げること、そして自分の権利のために戦うことを教わった。

だけどもう、ふたりともこの世にはいない。しかも、ようやく父の死という悲しみを抱えて生きるすべを学んだばかりなのに、わたしの立場は想像していたよりもはるかに危険だとわかってきた。わたしは最愛の父を失ってひとりぼっちになったばかりか、自立する自由まで奪われ、単なる誰かの〝獲得物〟になる危険にさらされている。父が亡くなった直後はユーアンがそばにいて、わたしが悲しみに浸るのを誰にも邪魔させないでいてくれた。だけど今、わたしはひとりきりで、顔も知らない浅ましい男性に与えられようとしている。本当はわたしが受け継ぐべきものも、すべてあっさりとその男性に奪われてしまう。ああ、どうすればいいのだろう？　ずっと友人だった男性を、わたしを支え、安らぎを与えてくれていた男性を、永久に忘れろというの？　わたしの心はそれほど簡単には変わらない。わたしの愛を安易にほかの男性に捧げることはできないわ。

「メリオラ様、お願いですから、わたしに恐ろしい思いをさせないでください。この件はもう少しゆっくり冷静に考えるべきですわ」

メリオラはジリアンに歩み寄り、彼女の小さな両手を握った。「とても冷静になんてなれないわ。わたしだって冷静になろうと、陛下にきちんと話をしようとしたのよ。だけど、陛下は話を聞こうともしてくださらなかった。結婚相手のレアード・ライオンという人の噂は聞いたことがあるわ。わたしはノルマン人の妻にさせられるのよ」

ジリアンは首を横に振った。「わたしが聞いた話では違いますよ」

「国王がイングランドにいるときに仕えていた、年寄りで浅ましい、傷だらけのノルマン人よ！　野営地で国王軍を見たでしょう？　兵士は全員ノルマン人だったじゃない！」

「遠くから見ましたけれど、立派な鎧をつけていたからといってノルマン人とは限りませんよ。メリオラ様、陛下があなたの結婚相手にと考えておられる男性は、ノルマン人ではないと思います。わたしも召使い部屋で噂を耳にしてきました。こういうときは召使いの噂話がいちばん信用できますからね。レアード・ライオンはノルマン人ではなくて、国王と出会ったとき、ひとりでノルマン人の兵士たちに挑みかかっていた少年だったそうですよ。栄光に輝く戦士だと聞きました」

「たしかにライオンね！」メリオラは不満そうに言った。「ライオンとはよく言ったものだわ。ノルマン人がみんなそうであるように、きっと彼も自分のうなり声を聞くのが好きなんでしょうよ。この世界には正しいものなどなにもないけれど、その名前はぴったりかもしれないわね。動物の世界では、獲物を狩ってくるのは雌で、雄はそのあいだのんびりと日光浴をして寝ているのよ。それと同じ。まさに同じだわ。その雄ライオンは、きっとわたしの土地で日光浴をしながら昼寝をして、わたしの一族の報酬を横どりするのよ」

「まだお会いしてもいないのに」

「会いたくなんかないわ。会ってしまったら、わたしの運命が決まるような気がして怖いの」メリオラはジリアンの肩越しに窓へ目を向けたあと、再び彼女を見つめた。「それにあなたは忘れているけれど、わたしはもう、ほかの男性に永遠の愛を誓ったのよ」

ジリアンもメリオラを見つめ返した。「それも愚かなことですよ。あなたには誰かになにかを誓う権利などなかったのですから」

「お父様はわたしの選択を祝福してくださったわ！」メリオラはむきになって言った。父は実際に、ユーアン・マッキニーとの結婚を許可したわけではない。それでもふたりの友情には、それもかなり親しいことには気づいていた。メリオラは物心ついたころからユーアンを知っている。ふたりは三歳違いで、メリオラがまだ幼いころから、ユーアンは彼女の守り役を任されていた。ユーアンの父親は〝ザ・マッキニー〟と呼ばれる族長――つまりアディンから与えられた土地を持つ、もっとも大きな一族の長だった。ユーアンの父親が他界したあとは、ユーアンがあとを継いで〝ザ・マッキニー〟となった。彼は子供のころから物静かなやさしい男性で、メリオラが激怒しているときも冷静に話を聞いてくれた。怒るのは、彼女がそのときの状況を正しく理解していないと指摘するときだけだ。メリオラは先ほど別れたときの、ユーアンの目が忘れられなかった。

あの目はまるでさよならと告げているようだった。

ふたりはともに湖で泳ぎ、馬で野原や崖の上や丘陵を駆けた。ともにラテン語やフランス語、英語、ゲール語、そしてノルド語までも学んだ。また遊び半分に科学や数学をかじり、ギリシア悲劇やイタリアのロマンス小説などを読んだ。ユーアンとなら一緒に笑えるし、論じあえる。草むらに寝そべったり、ずっと無言のまま座っていたりすることもできる。しかも彼はわたしの話にちゃんと耳を傾けてくれ、決してふいをついたりしない。ユーアンと一緒に人生を歩めれば、きっと幸せだろう。

父を失った苦しみに耐えるうえに、見知らぬノルマン人が父のあとがまに座るのを黙って見てはいるわけにはいかない。そんなの耐えられないわ。わたしは愚か者ではない。世の中のしくみも、国王というものもちゃんと理解している。だけど、わたしには戦う力があるのに、デイヴィッド一世の臣下が父の——いいえ、わたし自身の地位に座るのを許すことはできない。

戦いもせずに、このまま人生を奪われるわけにはいかない。

メリオラはまたしても窓に目を向けた。窓はかなり小さい。石づくりのこの頑丈な城塞は、防御用につくられたものだからだろう。

でも、すぐそばに川が流れている。川にさえ出れば、叔父の部下に会えるに違いない。

「いつまでも言い争いはしていられないわ！」メリオラは意を決した。

ジリアンのことも忘れ、メリオラはジリアンの寝室である奥の小部屋へと急いだ。この部屋の窓はいくらか大きく、狭間胸壁となっている木の台におりられるようになっている。窓から出るのは簡単そうだ。それに、まだ建設中の胸壁に足場が組まれている。闇にまぎれれば、誰にも見られることなく下までおりられるだろう。ジリアンが持っている地味な茶色のマントですっぽりと身を包めば、門もあっさりと通してもらえるに違いない。

そのあとはどうする？

川岸で小舟を盗むしか手はなさそうだ。いいえ、盗むわけではないわ。メリオラはほほえんだ。デイヴィッド一世は、スコットランドで初めて自分の肖像硬貨を発行した君主だ。小舟の持ち主には国王の姿が刻まれた立派な硬貨を置いていこう。

「メリオラ様？」ジリアンが声をかけた。

メリオラはうろたえた。「タペストリーづくりを続けて、ジリアン。動揺させてしまってごめんなさい。しばらくひとりでいたいの」

メリオラはふたつの部屋を隔てるドアをそっと閉めた。

音をたてないようにしてジリアンの旅行鞄《かばん》のなかを探り、お目当てのマントを見つけた。それを身にまとい、フードを深々とかぶる。濃い茶色なので、夜の闇にとけこみそうだ。

メリオラはゆっくりと窓の下の腰かけにのり、細い窓から体を押しだした。そしてそっと胸壁に飛びおりて、足場のある場所へと急いだ。

そこでいったん立ちどまって、胸壁から足場までの距離をはかった。息を吸いこんで、自由のために命を危険にさらす覚悟が本当にあるのかどうか自分に問いかける。

自由は危険を冒す価値のある贈り物だ。これまでに何度も、人がそう言うのを聞いた。何人もの人がそう言っていた。

足場へと跳びついたとき横桁《よこげた》につかまり損ねたら、かなりの高さから落ちるはめになる。

決断は賢明な行動だと父から教わった。可能かどうか判断するのよ。そして可能なら……。

勇気を出して行動するだけ。

メリオラは後ろにさがった。

走って……飛んだ。

横桁をつかみ、ぶらさがってまた一段下の桁をつかむ。そして次の段、さらにまた次の段へとおりていった。

最後の数メートルはひと息に地面まで飛びおりた。

夜だからといって、スターリング城の中央広場には人がいないわけではなかった。夜には川で釣りをしていた漁師たちも戻ってくるし、妻たちは最後の物々交換を終えて家路を急ぐ。ウールや染料や食料品を売る商人も店を片づける。メリオラは彼らのなかにとけこみ、門に近づくと、城を出る行商人のすぐ後ろについた。傍目《はため》には、夫に遅れまいと早足で歩く妻に見えるはずだ。

城壁の外に出ると、行商人は村に通じる南向きの道に入った。メリオラは彼とは別の道を進み、ほとんど走るようにして川へと急いだ。

こんな時間でも波止場はかなり活気があった。メリオラは波止場から川下へと進路を変えた。ダロの野営地は南の野原なので、川下へ移動しておきたかった。

土手沿いを急ぎ足で進むと、やがて無人の手漕《てこ》ぎ舟が土手に引きあげられているのが目に入った。念入りにあたりを見まわしてみたが、人影はまったくない。メリオラはその舟へと駆け寄った。櫂《かい》は二本ともあるべき位置にある。盗むつもりはなかったので、彼女はドレスのポケットに片手を入れ、小さな銀貨をとりだした。舟を川に出したら、もともとあった場所に投げておこう。

メリオラは岸から小舟を押しだし始めた。そのとき突然、土手からなにかが起きあがったように見えた。

彼女は凍りついた。

なにかではない。誰かだわ。男性だ。わたしと同じように黒っぽいマントを着ていて、そびえたつように大きい。

メリオラがはっと息をのむと同時に、男が低い声で叫んだ。「泥棒！」

彼がつかまえに来る前に船を出せるかしら？　無理だわ。

男はすでにメリオラの近くまで来ていた。彼の歩幅は大きく、足どりは流れるように速い。彼女には川に逃げたいと祈る時間もなかった。

近づいてくる男性を見つめながら、メリオラは冷静でいようと、考えようと、計算しようと努めた。だが、男の優美ですばやい動きに、全身がパニックを起こしていた。剣があれば自分の身を守れるのに、持たずに逃げだしてきた。

考えが浅かった。

ふくらはぎに短剣はつけているけれど、相手は完全武装しているかもしれない……。舟では速く逃げることができない。走ったほうがいいわ。メリオラは走ろうと背を向けた。

だがその瞬間メリオラはつかまった。大きくて鋼鉄のような両腕に包まれ、思わず息をのむ。逃げようとしたものの足があっというまに地面から離れ、体が土手にたたきつけられた。

メリオラは必死に息を吸いこんだ。

立ちあがろうとしたが、だめだった。男は今にもメリオラに襲いかかろうとしている。彼女はふくらはぎに手をのばした。短剣をつかんで必死に抵抗し、なんとかあおむけになる。そして両腕をあげて、男の胸にねらいを定めた。

だが一撃を加えるまもなく、メリオラは手首をつかまれた。長い指が、彼女の手首に燃えるような痛みを走らせる。メリオラは短剣を落とした。

次の瞬間には、鋼鉄のような筋肉の見知らぬ大男にまたがられ、息ができなくなった。

「さあ、言うんだ！」男は低くかすれた声で怒鳴った。「この泥棒め！　あの舟でどこへ行くつもりだったんだ？　答えろ。早くしないと喉を切り裂くぞ！」

第四章

青白く揺らめく月明かりのなか、男にのしかかられながらも、メリオラはなんとか恐怖を振り払おうとした。恐怖に支配されたら、まともに頭が働かなくなるからだ。

見たくないほどはっきりと男が――男の体つきが見える。いまいましいことに顔はフードの陰に隠れて見えないが、マントの下の体がたくましい筋肉に覆われているのはわかった。男の衣服を見て、メリオラは再び混乱した。彼のマントは〝タータン〟と呼ばれる、手間のかかるスコットランド独特のウールだ。水が入らないよう糸をきつく織りあげたもので、糸はそれぞれ植物性の染料で着色され、特定の地域や一族を表わす模様を描く。最近では、タータンの生産量はかなり増えていた。織工たちが一本の棒にしるしをつけて正確な色合いと染めた糸の数を記録しておき、同じ配色を何度も繰り返していくのだ。これはスコットランド独自のもので、国王の要請で移住してきたノルマン人のものではない。衣服から推測する限り、この男はノルマン人ではないということになる。

どうせこの泥のなかで喉を切り裂かれて死ぬのなら、男が何人であろうと関係ないでしょう？　だけど喉を切り裂くって、なにで？　この人は短剣を持っているの？　そうに決まっている。わたしと同じように、ふくらはぎに鞘ごとつけているに違いない。剣はどうだろう？　剣の鞘はつけていなかった……いいえ、つけていたかしら？　この人はどこから来たの？　川岸には小さな石づくりの小屋があり、近くで馬が草をはんでいる。あの小舟はこの男のものだったの？　それとも彼は、戦いの装備を積んだ、暗がりにぼんやりと見えるあの大きな軍馬に乗ってきたのだろうか？

　この男はわたしを殺すつもりかしら？　こんな土手で、ひとりなにをしていたのだろう？　メリオラの体は震え始め、そんな自分にひどく腹がたった。死を迎えるのと、戦いもせずに死ぬのとでは、まったく違うのだ。

「どきなさい！」メリオラは命じるように言った。

だが、牛のような大男は彼女の言葉を無視している。負けるものですか。

　この男はどこかの貴族の家来に違いない。典型的な育ちのいいスコットランド人という感じだ。長身で、威圧感のある体つき。きっとナイトとして立派に役目を果たしているのだろう。剣の訓練を受け、並みはずれた腕前を持っているのはまず間違いない。実際、力が強いのは確かだ。こうして上にまたがられていると、体が粉々に砕けてしまいそうな気がする。

「あなたは頭が悪いの？　それとも耳が聞こえないのかしら？　おりなさい！」メリオラは厳しい口調で命じた。

それでも男は動かない。メリオラは好奇の目で見つめられているのを感じた。男の顔はフードに覆われたままだ。

「小娘が舟を盗もうとするとはな」男はあっさりと言った。

メリオラには男の体と脚が見えた。マントの下に着ているのは、シンプルなウールのタイツに、リネンのシャツ、そしてマントと同じような模様のオーバーシャツかチュニックだ。粗末なものではないが、重労働を、あるいは長くつらい旅をしてきたかのように汚れている。うまくいけば、あともう少しだけ長く、ほんの少しだけつらい旅を続けてくれないかと頼めるかもしれない。

「なにも盗もうとなんてしていないわ」メリオラは自分の声がかすかに震えているのに気づき、心のなかで顔をしかめた。「もう一度言うわよ。早くおりなさい！」

ほっとしたことに、男はようやく耳を貸してくれた。彼はメリオラの手を引いて目の前に立たせた。男は、女性にしては長身のメリオラよりもずっと背が高い。すぐそばに立ったまま動こうとしないので、彼女はいっそう落ち着かない気分になった。今わたしは、危険そうな見知らぬ男と川岸にふたりきりでいる。男は、泥棒の疑いをかけた相手がまさか国王の被後見人だとは気づくはずもない。実際、不敵にもわたしをすでに泥のなかにねじ伏せている。

なんとか持ちこたえるしか手はない。戦士である父からこの世で最初に学んだ教訓は、敵には決して自分の弱みを知られてはならないということだった。

「さあ、よく見て。わたしは泥棒ではないわ！」メリオラはてのひらを広げ、代金として置いておくつもりだった銀貨を見せた。「でも、南へ行く手段が必要なのよ。これだけのお金を払ってもかまわないわ。あなたもすでに長い旅をしてきたようだけれど、少しばかり道草をくってもあなたの主人にはたぶんわからないでしょう。わたしを南へ運んでくれれば、あなたは舟を失わずにすむし、この銀貨が手に入るのよ……いいえ、もっと払ってもいいわ」

「今、払えるのか？」

男が手をのばした。メリオラが勇気を振りしぼってじっとしていると、男は彼女のフードをおろし、じっと顔を見つめてきた。

メリオラは男の手を押しのけたが、遅かった。自分の顔ははっきりと見られているのに、男の顔はまだほとんど見えない。

彼女は激しい憤りを覚えた。この男は泥の上に投げ倒されていない。マントはきれいなままだし、フードも額まで深々とかぶっている。

「わたしにさわらないで」

「さわってはいない。マントに触れただけだ」

「二度と触れないで。今度そんなまねをしたら、命の保証はできないわよ」

「本当かな？」男はさりげなく尋ねた。どうやら彼にはたっぷりと時間が余っているらしい。

だけど、わたしには時間がない。

メリオラの忍耐力はもう限界だった。「あなたは無礼なふるまいをしないよう、もっと注意するべきね。警告しておいてあげるわ。わたしはこの国のレディなの。つまりわたしの役にたってくれればあなたは利益を得ることができるし、危害を加えれば死ぬというわけ」

男はふいに片手をあげて、小舟を指さした。どうやら男はようやくメリオラの立場と状況を——そして、それによって彼が得られるであろう利益を理解したらしい。彼女はほっとして急いで短剣を拾い、小舟に乗りこんだ。小舟を漕ぐ櫂は中央に固定されているので、その席は男のためにあけ、這うようにして船尾へと移った。

男は小舟を岸から押しだし、浅瀬を離れると同時に乗りこんだ。そして難なくバランスをとって中央まで進み、座席について櫂をとる。一度すばやく櫂で水面を波だたせただけで、小舟は滑るように水面を走り始めた。

わたしがどれほどがんばっても、この男ほど速くは漕げないだろう。

安堵を覚えてもいいはずなのに、メリオラの心は乱れたままだった。フードの陰から男がこちらをじっと見ているのを感じる。陸が遠ざかると男が話しかけてきたが、その声は深くてハスキーで、どこか威圧するような響きがあった。

「レディ？」

「漕ぐことだけに集中して」

「こんな時間にレディひとりでいるとは。人殺しに泥棒、強姦魔に盗賊……単なる出来心で罪を犯す輩《やから》がいてもおかしくない時間に」

この男はわたしを脅すつもりなのかしら？　そうよ。そうとしか考えられないでしょう！

「ご存じのとおり、わたしはヴァイキングの友人からもらった短剣を持っているの。どんな剣よりも刃が鋭いし、扱い方はそのヴァイキングから教わっているから、かなりの腕前よ」

「ああ、そのようだな」

「もう二度と、先ほどのような不意打ちをかけるのはやめてちょうだい。もしもわたしに危害を加えるつもりなら、本当に考え直したほうがいいわよ」メリオラは恐怖がこみあげるのを感じながらも、落ち着いた声を出すように努めた。

男は警告に対してはなにもこたえず、まだメリオラの状況についてあれこれと考え続けていた。「夜に川岸でレディがひとり、手助けを求める……いや、脅して助けろと命じる。こういう状況が意味するものはひとつしかなさそうだな。話してくれ、レディ。それほど必死になって、いったい誰から逃げようとしているんだ？」

「そんな質問をするのは……相手にわたしの身の代金を要求するため？　あなたに話すことはなにもないわ。黙って漕ぎなさい。銀貨を何枚かあげるから。金貨でもいいわよ」

「今やきみはおれの手中にあるんだ。言うなれば、おれの思いのままだ」

メリオラは男を見つめ、ちらりとでも不安は見せまいと心を決めた。「誓うわ」彼女は穏やかに言った。「わたしを無事に送り届けてくれれば、危害を加えることで得られる以上のものをあなたにあげる。だけどわたしに手を出したり、なんらかの危害を加えたりすれば、たとえこの場で心臓を切り裂かれなくても、必ずや苦悶《くもん》の死を迎えるはめになるでしょうね。剣で貫かれ、棍棒《こんぼう》で打ちすえられたあげく、血まみれになって火に焼かれ、すさまじい苦痛にのたうちまわるのよ。そして最後には遺体を切り刻まれて、カラスのえさになるの」

「きみは横柄なだけではなく、血に飢えてもいるんだな」

「あなたって本当にいやな人ね！　なにも知らないでわたしを批判するなんて――」

「きみは自分に力があると思っている。となると、きみが逃げてきた相手は国王しか考えられない」男は身をのりだした。「理由はなんだ？」

メリオラはぎゅっと歯を噛みしめて、怒りと震えの両方を抑えようとした。わたしはふくらはぎに短剣をつけているし、武器の扱いは十分心得ている。

だけど、訓練と実戦はまったく別物だと今わかってきた。土手で男に押さえつけられてからは、短剣を拾いあげるチャンスなどまったくなかった。今、男が本当に脅しをかけてきたらどうなるの？　短剣をとりだして、報復できないほどの重傷を負わせられるだろうか？

戦いの必勝法のひとつは、戦うタイミングを、注意をそらすタイミングを、そして交渉するタイミングを見きわめることだ。

「なぜそんな質問をするの?」戦いは避けたくて、メリオラは尋ねた。「わたしはあなたにかなりの報酬を払えるわ。身の代金なんて要求する必要はないのよ。あなたはお金を受けとって、すべておしまい。そのほかになにを知る必要があるの?」

ウールのマントの下で、男のたくましい肩が上下したように見えた。「単なる気まぐれだよ、たぶん。きみにはかなり好奇心をそそられているからね。それから、おれは十分満ち足りた暮らしをしているから、きみからの報酬は別に必要としていない」

メリオラはため息をついた。「じゃあ、黙ってわたしを目的地まで送り届けることに集中して。わたしには川岸であなたをとらえさせて、絞首刑にすることだってできたのよ」

「それは妙だな。おれにはきみがこの国の法律とはかかわりを持ちたがっていないように思えるが」

メリオラはいらだたしげに息を吐いた。この男は一部始終を知りたがっている。いいわ。真実を話してあげよう。「わかったわ。気晴らしに身の上話が聞きたいのなら、話してあげる。わたしはスコットランド人なの。父は厳密にはスコットランド人とは言えないけれど、母方の先祖はこの国の要となるほどの歴史ある一族よ。あなたの推測どおり、国王はわたしの後見人。最近、父が突然亡くなって、デイヴィッド一世はわたしを領地ごと、自分の友人であり臣下でもある、忌まわしくて浅ましくて卑劣なノルマン人に与えようと決めてしまわれたの。だけどわたしはその申し出を受け入れないことに決めたのよ」

「ああ……」男はつぶやいた。ようやく同情してくれたのだろうか？　「なるほど」

「これであなたも理解して、わたしを助けてくれるわよね。お金にはさほど関心がないようだけれど、あなたを今よりももっとお金持ちにしてあげるわ」

「まだよくわからないな」

「なにが？」

「きみはいったいどこへ行くつもりなんだ？」

「川下よ」

「なぜ？」

「親族がそこにいるから」

「川下ではヴァイキングが野営しているだけだぞ」

「ええ、知っているわ」

「きみはヴァイキングのダロの親族なのか？」

「ダロはわたしの叔父よ」

「つまり、ビヨルン・ハルステッダーの親族でもあるのか？」男は鋭い口調で尋ねた。

「いいえ」メリオラは男の口調に驚きながらも、気をよくしていた。今度ばかりは、男のほうが話についていけないからだ。「ハルステッダーはデンマークの出身でしょう。父はノルウェーの族長の息子よ」

「デンマーク人とスウェーデン人とノルウェー人が手を組んで戦ったのは周知の事実だ」
「そうね。そしてヴァイキングがスコットランド国王のために戦ったのも」
「それでもきみはヴァイキングを国王と戦わせるつもりなのか？」
「まさか！　どうしてわたしの叔父が国王に武器を向けるなんて決めつけるの？　わたしは
ただ、自分の気持ちと立場を国王に説明するために少し距離を置こうとしているだけよ」
「自分の気持ちを説明するのなら、流血や反乱を引き起こすのがいちばんじゃないのか？」
「流血や反乱なんて引き起こすつもりはないわ！　父はヴァイキングだったけれど、あなた
が想像できないほど、このスコットランドを、統一スコットランドを愛していたのよ。あき
れたわ。あなたって本当に無遠慮な人ね！　今回のことがなにかあなたに関係あるの？」
「いや……なにもないよ」男はつぶやいて、ふいに右の櫂へと注意を向けた。扱いに苦労し
ているのか、受け口のなかで櫂をひねりまわしている。
「なにをしているの？　そんなふうにいじくりまわしてはだめよ。気をつけないと……櫂が
はずれそう……」
メリオラが言うそばから、櫂は川へと滑り落ちた。
「あっ！」男ははっと息をのんだ。「大変だ！」
「なんということをしてくれたの？」メリオラはうろたえた。この男は危険なの？　それと
も、単なるうすのろなのかしら？

「櫂が……」男は悲しそうに言った。

「そうよ！　櫂が……」

「穴から滑り落ちてしまった」

「あたり前でしょう、ばかね！　櫂をひねって受け口からはずしてしまったんだもの！　しっかり持っていなければ当然――」

「しまった！」男が突然、叫んだ。

「なんなの？」

「もう片方も落ちた」

「信じられないわ。どうしてそんなにまぬけなの？　わたしにあれこれ質問をしているあいだ、櫂をしっかり持ってもいられないなんて」

「レディ、申し訳ない。だが、心配は無用だ」男は明るい口調で言い、ふいに立ちあがった。

「今度はなにをするつもり？」メリオラは男を見あげて尋ねた。

「心配するなと言っただろう」

「心配するな、ですって！　冗談じゃないわ。こんなことは言いたくないけれど、あなたは気のきかない、うすのろよ。あなたのおかげでわたしは正真正銘、最悪の事態に――」

「泳いで岸に戻って、別の櫂をとってくるよ」

「時間がかかるじゃない！」

「安心して休んでいればいい。きみのために……もちろん、金貨のためにもきっと戻ってくる。心配しないでくれ。戻ってきたら、必ずきみの行きたい場所に連れていくと約束する」

「どうしてこんな仕打ちができるの？　わたしは必死なのよ。時間がないの。いったいなにを考えているの？　あなたなんか馬の鞭《むち》でめちゃくちゃに打たれて――」

「拷問にかけられる？　それとも、火あぶりの刑はどうかな？　刑車は？」

「それがぴったりよ！」メリオラは動揺のあまり叫んだ。彼女はこれまで、召使いからは親切にされた経験しかなかったし、人はみな唯一無二の存在だと教わってきた。そして神の目から見れば、身分の低い人間ほど深い同情を受けるに値するものだと。

だが、ここまでひどい愚か者に悩まされたことはなかった。それなのに、今そんな目にあわせるなんて、神様はあんまりだ。こんな深刻な危機にあるときをお選びになるなんて。しかもこの男は、ただの気のきかないのろまではない。無礼にもわたしをばかにし、挑発する。

「刑車にかけたあと、生きたまま火あぶりの刑にするわ」彼女は腹だたしげにつぶやいた。

「きっと戻るから」男は水に飛びこもうと、マントを自分の座っていた座席に脱ぎ捨てた。

メリオラはついに男の顔を見た。

男は熱くたぎった、力強い目をしていた。メリオラはいつしか彼と見つめあっていた。

メリオラは驚きを覚えながら、男をしげしげと見た。肩までのびた赤褐色の豊かな髪に、精悍《せいかん》な顔だち。角ばった顎と高く広い頬骨が、彼をいかめしく威圧的に見せている。印象的な目はコバルトに近い濃いブルーで、眉はくっきりと弧を描いていた。

彼はまだ若いが、年齢のわりに老成して見えた。とても男らしくて、並みはずれた存在感がある。その堂々とした姿に、メリオラは落ち着きを失った。しかも彼は、決意を秘めた目でじっと見つめてくる。

「待って――」

「いや、レディ。きみはここで待っていてくれ。このましばらく漂っていけばいい……きみが行きたがっている川下へ向かって。じっとしているんだ。すぐに戻る」

「違うの、待って!」メリオラは叫んだ。

だが男は川に飛びこんだあとだった。櫂もなく、川面に漂う小舟にメリオラを残したまま。

ほとんど動かない小舟に。

まったく、なんていまいましい人なの!

男が水中に姿を消すと、メリオラは身を震わせた。だが不安を振り払い、再び自分の苦境に意識を向ける。あの男はわたしの状況をまったく理解していない。このままじっと漂っているわけにはいかないのに。一刻も早くヴァイキングの野営地まで行かなくては。デイヴィッド一世がわたしの逃走に気づいて追っ手を出す前に。

遠くで男が水面に顔を出した。

「戻ってきて！」メリオラはまたしても叫んだ。

だが、男は再び川にもぐってしまった。顔を出したのは小舟からかなり離れた場所だったし、男はみごとなフォームで力いっぱい泳いでいる。メリオラの声が聞こえるはずもない。

ふと、小舟がずいぶん遠くまで来ていることに気づいた。どちらの川岸からも離れている。

それでも、わたしが行きたい場所はまだまだ先だ。

メリオラは毒づいた。「櫂を二本とも落とすなんて、なんてまぬけなの！」

川は濁っているし、このあたりは深そうだ。櫂は影も見えず、拾いあげられる可能性はまったくない。もしも水面に浮かびあがってきてくれれば……。

彼女は川面を見まわした。だめだわ。運命の女神がほほえみかけてくれるとは思えない。

櫂はもう見つからないだろう。

メリオラは座ったまま、夜空に浮かぶ月を見つめた。小舟はまったく動いていない。せめて流れにのって、もう少しましな場所まで連れていってくれればいいのに！

彼女は膝の上で両手を握りしめた。父さえ生きていてくれたら！　デイヴィッド一世がわたしの話に耳を傾けてさえくれていたら。どんなに論理的で的を射た話でも、それが女性の口から発せられる場合には誰も聞こうとしないという現実が腹だたしくてたまらない。

デイヴィッド一世なら少なくともわたしの訴えを検討はしてくれるだろうと本気で思っていた。彼はスコットランドを統一し、より強い国をつくりあげたすばらしい国王だ。その国王にそむきたくはなかった。言い争いをしたくも、もちろん傷つけたくもない。

それでもほかに選択肢はない。これはわたしの人生なのだから。国王というのは、大勢の人々の人生をもてあそびたがるものだ。それは国王の仕事の、国王であることの一部なのだ。

だけど自立はわたしの一部であり、わたしが求めてやまないものだ。国王に反抗したいのではない。ただ、国王と歩み寄るためにより有利な立場にたちたいだけだ。

あれこれと考えていると、恐怖がこみあげてきた。わたしが本当に自分に逆らったと知ったら、デイヴィッド一世はなにをしかけてくるだろう？

自由を手に入れたら、わたしの忠誠心を証明すればいいわ。

それはそうと、さっきの愚か者はどうしたのだろう？　わたしをだまして裏切るつもり？　もうずいぶん時間がたったのに、まだ戻ってこない。

もう少し待ってみる？

いいえ。川のまんなかでなすすべもなく漂っていてもしかたがない。

メリオラは立ちあがり、岸までの距離を目測して、マントと靴と靴下を脱ぎ捨てた。夜気は涼しいし、水は冷たそうだ。それでも、思いきって川に飛びこむしかない。彼女はブルーのドレスを脱いでリネンのスリップ一枚になり、ぎゅっと歯を噛みしめた。水泳は得意だ。岸までの距離も、水の冷たさもなんとかなるだろう。

意を決して、メリオラは川に飛びこんだ。

冷たい水が彼女の体を包みこんだ。

ウォリックは浅瀬まで泳ぎ着き、最後の数メートルは歩いて土手へとあがった。そこでしばらくあおむけになって横たわり、深呼吸をしながらかぶりを振る。そして笑った。つまりこのおれは、どこかの金持ちの家来に見えたというわけだな? たしかにおれの服は戦いで汚れているし、旅で疲れきった顔をしてもいる。それにしても、いったい彼女は何者だ? 女相続人だ。昨夜焚き火の前で踊り、聖コロンバの話を語っていた、プライドの高い金髪の美女だ。そういえば、サー・ハリーから彼女の名前は聞いていなかった。デイヴィッド一世はその女相続人を、残忍なノルマン人の老騎士に、あるいはそう彼女が思いこんでいる相手に与えようとしている。たぶん彼女の思っているとおりだろう。国王は誰の妻にするつもりなのだろう? 国王は自分に仕える者には必ず褒美をお与えになる。そして、国王に仕える者の多くはノルマン人の家系の出だ。

今夜は風もなく穏やかだ。あの女性が誰であれ、何時間も小舟に乗ったままになって、怒り狂うかもしれない。

もう少し彼女の気持ちを理解してやればよかった。たとえ束《つか》の間でもおれはエリアノーラと過ごせたのだから、政略結婚を拒んでいるあの娘にもっと同情してやるべきだった。ましてや相手は、彼女から見れば極悪非道の侵略者だ。

だが、領主の娘に政略結婚はつきものだ。彼女は幼いころからそれを学んでおくべきだった。おれが誰に忠誠を誓っているかは言うまでもない。おれは国王の臣下だ。つまり、今とっている行動からすれば、彼女は国王の敵となる。

彼女にはノルウェー人の血が流れているから、実感がないのだろう。ヴァイキングはいくら同盟や条約を結ぼうとも危険な存在だ。彼らはプライドが高くて気性も荒く、自分たちの流儀で支配しようとする。デイヴィッド一世は統一スコットランドを治めているが、王座は決して安泰ではないと、自分たちはまだ激動の時代を生きていると承知している。この統一スコットランドを維持するのはつねに戦いだ。

それでもやはり……。

ウォリックは一瞬、小舟に乗っている女性に哀れみを覚えた。彼女はまだ若い。川岸でとらえた瞬間に、高貴な生まれだと、そして危うい立場にいるとわかった。彼女は怒り、むきになっていたが、とても美しかった。長身で、若くて、しなやかで、豊満で……神秘的だ。彼女の語る話を聞き、踊りを見ていたとき、そう思った。彼女はたしかに貴重な宝だし、デイヴィッド一世がこの貴重な宝を利用しないわけがない。それに彼は、初めてスコットランドへ来て王位についたとき、小さな反乱を制圧するのを手助けしてくれたノルマン人ナイトの多くに借りがあるはずだ。ウォリックは、あの女性が老いぼれたノルマン人の妻になるのをいやがるのも無理はないと思った。おそらく相手は彼女の二倍、もしくは三倍の年齢で、彼女から見ればいまだに外国人なのだから。

だが、もしも国王がこの背信行為に気づいたら、彼女の状況はますます惨めなものになるだろう。おれがどれほど同情を寄せても、国王がすでに心を決めているのなら、できることはほとんどない。彼女の逃走を知ったら、国王はひどく怒るに違いない。

あの狂人たちとの戦いに遣わされたのがこのおれで、女相続人の護衛を任されたのがサー・ハリーでよかった、とウォリックは改めて思った。だが、やはり……。

国王には黙ったまま、適当なころあいを見ておれが自力で彼女を連れ戻そう、とウォリックは決心した。国王というものは往々にして行動の選択肢がないのだと彼女を納得させよう。そう努力することはできる。成功するかどうかは疑わしいが。

ウォリックは夜空を見あげた。ゆうべは彼女のせいでとんでもない夢を見たし、彼女の一行には国王が派遣したノルマン人部隊だと誤解された。だが今夜は、川くだりをする彼女にかなり楽しませてもらった。これもエリアノーラのおかげに違いない。彼女のことを思いだすといつも気持ちが和らぐ。エリアノーラはイングランド人だが、イングランドへの忠誠心も彼女の美点のひとつなのだから、大目に見なくてはならない。エリアノーラは自分の意見を口にしながらも、おれの考えや意見もちゃんと心にとめてくれる。そつがなく控えめな一方、情熱的で大胆なところもある。一緒にいて楽しい友人でもあり、刺激的な恋人でもある。それなのについ最近まで、エリアノーラとの結婚はまったく頭に浮かばなかった。それは彼女が未亡人だからではなく、イングランド人だから——それに、おれの幸福と未来は、土地を持つ女相続人との結婚によってもたらされる可能性が高いとわかっていたからだ。だが、おれもエリアノーラも貧しくはない。おれ自身にもストラサーン家の相続人である母から受け継いだ土地があるし、エリアノーラにも亡き夫から受け継いだ遺産がかなりあるはずだ。

エリアノーラとの結婚は道理にかなっているのかもしれない。デイヴィッド一世はイングランド人のなかで育ったし、イングランドの混乱に乗じて国境線を押し広げるつもりだ。国王もおれと彼女の結婚は好都合だと考えるに違いない。

はっきりと言われたことはないが、エリアノーラもおれとの結婚を喜んでくれるはずだ。彼女はすでに、ヘンリー一世の命令どおりに役目を果たしたのだから、もはや自由に好きな場所で結婚できる。ゆうべともに過ごしたとき、おれはもう少しで結婚について切りだしそうになったものの、思いとどまった。昨日の戦いで不安を覚えたのと、デイヴィッド一世に許可を得る必要があると気づいたせいだ。だがやはり、考えれば考えるほど、国王もエリアノーラは理想的な妻だと認めてくれるに違いないと思えてくる。

ウォリックは川面を見てそっとつぶやいた。「ああ、そうだ。誰かは知らないが川にいる娘よ。エリアノーラに感謝の意を表わして、おれはできる限りめだたないようにきみを城に連れ戻す。きみの問題がこれ以上深刻なものにならないようにしてやろう！」

彼女の計画は、どう解釈しても反逆罪すれすれだ。あの女性は自分がどれほど重大な犯罪行為をしているかわかっているのだろうか？　国王に対する陰謀をくわだてた罪で斬首刑《ざんしゅ》に処されかねないことを。

ウォリックは立ちあがり、静かに口笛を吹いた。すると漆黒の軍馬、マーキュリーが川岸を早足で駆けてきて、土手をうろついていたみすぼらしい老漁師を驚かせた。その老人は小舟を探しているようだった。あの女性が夜の旅の手段に選んだ小舟のそばでウォリックが休んでいたのは、まったくの偶然だった。彼は昔から水辺が大好きだった。土手に寝転んで星や夜空を眺め、血のにおいに汚されていない涼しいそよ風を感じていると、いつも心が癒《いや》される。スターリングの町も気に入っている。静かで、ときおり漁師が通りかかるほかは、誰にも邪魔されない。

老人は信じられないほどまごつき、嘆いていた。「ここに置いたのは確かなのに」老人はひとり言をつぶやき、ウォリックを見た。「わしは頭がおかしいわけじゃありませんよ、だんな。ときどきひとり言を言う癖があるんです。なにしろ、魚は無口なもんでね。ところでだんな、このあたりで小舟を見かけませんでしたか？　たぶんひとりでに川を流れていっちまったと思うんですが」

「残念ながら、そういう小舟なら見かけたよ」ウォリックはデイヴィッド一世の肖像が刻まれた銀貨を一枚とりだして漁師に渡した。「小舟の代金としてとっておけ。明日おまえがまたここに来るころには、小舟が戻っているようにしておこう」

老人はどんよりとした目を見開いた。「こいつはすごい。こんな銀貨をもらえるんなら、あそこのあばらやをぶっ壊して焚きつけにしてもかまいませんよ！」

「好きに使うがいい」ウォリックはマーキュリーの背に飛び乗った。「ああ、待ってくれ。焚きつけはいらないが、その代わりにちょっと頼まれてくれたら、もう一枚銀貨をやろう。おまえの小舟はあそこだ。小舟には女性がひとり乗っていて、あとでおれが迎えに行く。川下へ行けばすぐ見つかる。おまえは小舟が岸に着かないかどうか見張っていてくれ」

「わかりました、だんな！　おおせのとおりに！」老人は嬉々《きき》として叫んだ。「しっかりと見張っています！」

「おまえの名前は？」

「はい、わしはミルフォードといいます。あなた様のお名前は？」

「おれはウォリック……」

「レアード・ライオンですね！」老人はうれしそうに叫んだ。

ウォリックは眉をつりあげた。「おれがそれほど有名だとは思ってもいなかったよ」

ミルフォードは楽しそうに笑った。その声は喘息《ぜんそく》を患う鳥の鳴き声のようだった。

「レアード・ライオンは有名なんてもんじゃない。スコットランド人はみんな、敵を打ち負かす戦士が大好きですからね……その戦士が敵方でない限りは。お知りあいになれてうれしいですよ！　信じられんかもしれませんが、わしも若いころには、国王に仕えるウィリアムという名の戦士のお供をしたもんです。あなたのお父上のことは尊敬しておりましたよ。そして今夜、わしはあなた様にも忠誠を誓います」

父に対する賞賛の言葉に、ウォリックは苦笑してうなずいた。

「ありがとう。たしかに父は偉大な戦士だった。それに、おまえの忠誠を得られてうれしいよ、ミルフォード。できる限り早く戻る」

ウォリックはマーキュリーを軽く突き、スターリング城までの短い距離を駆け抜けた。門番に身分を告げて中庭に入ると、馬を若い厩番《うまやばん》にあずけて、城内の自室へと急いだ。

すでにかなり遅い時間になっていた。いや、かなり早い時間と言ったほうがいいかもしれない。川であの女性と一緒にいた時間は予定外だった。ウォリックがナイトの居住区に続く長い廊下に入るやいなや、国王の従者であるエアーのアランが声をかけてきた。

「レアード・ライオン、国王陛下がお待ちかねです」

「わかっているよ、アラン。だが見てのとおり、ずぶ濡れなんだ。着替えたらすぐに陛下のところへ行く。これほど夜遅くまで眠らせずにお待たせするつもりはなかったんだが」

「レアード・ウォリック、陛下は眠らずに待っておられたわけではありません。じき夜が明けますから、目を覚まされたのです。早くあなた様に会いたがっておられます」

ウォリックは肩をすくめた。「わかった。今行く」

ウォリックはぬかるみを歩くような靴音をたてて大広間へと向かった。デイヴィッド一世は広間のなかを歩きまわっていた。どうやら長い話になりそうだ。ウォリックは動揺した。反抗的な女相続人を置き去りにしたのは、自分の過ちを考え直す時間を与えるためで、完全に見捨てるつもりはない。だがこの様子では、彼女を連れ戻しに行くまで少し時間がかかりそうだ。簡単すぎるほどあっさりおさまった反乱の報告をしたら、あの女性のことを国王に話したほうがいいかもしれない。

夜明けはもうすぐやってくる。川の水が満ちれば、それだけ危険も増す。それに彼女が会いたがっているヴァイキングも、昼間はあたりを歩きまわるだろうから、彼女に近づく可能性がある……。早く連れ戻さなければ。できれば逃走したことは秘密にしてやりたい。だが、もしできなければ……。

彼女が国王の怒りを買うのは必至だ。

さもなければ、彼女は自由を求めて無謀なまねをし、おれたちふたりともが反逆罪に問われる危険がある。

絞首刑、あるいは斬首刑に処される危険が。

馬につないで四つ裂きの刑にされる可能性すらあるだろう。

ヴァイキングはとても危険な存在になり得る。それが思い違いだったためしは一度もない。いかなるものでもヴァイキングは危険だ。たとえ美しいヴァイキングの娘でも。

おそらく、おれの背筋に熱い震えを走らせているのは、虫の知らせというやつだろう。ましてや、相手がヴァイキングの美しくわがままな娘では……。

「陛下」ウォリックは大広間に入り、片膝を突いておじぎをした。「ご報告いたし――」

「いや、きみの功績についてはひと言の報告も必要ない。すでにきみの働きを絶賛する言葉をたくさん聞いておる」

「アンガスがさぞかし大げさに言いたてたのでしょう」

「アンガスの報告よりも先に、使者たちから聞いていたのだ。それはそうと、ずぶ濡れではないか、レアード・ライオン」

「途中、川に立ち寄りましたので」

「ああ、きみは昔から水辺が好きだったな」

「星もです。失礼いたしました。まっすぐ戻るべきだったのでしょうが――」

「余暇は好きに過ごせばいい。それだけの働きは十分に果たしてもらっているからな。だが、きみは川に落ちたのか?」

「泳いだのです」

「おかしなやつだな。今夜は少々冷えるというのに。水の精でも追いかけていたのか？」

ウォリックは苦笑した。「残念ながら、水際に近づきすぎて濡れただけです」

「ほう」デイヴィッド一世はもっと深いわけがあると気づいたが、今はそれ以上尋ねなかった。「どのような冒険をしたのかはともかく、きみは勝利をおさめて帰還した。ごろつきどもを追跡し、砦の警備を強化するために部下を残し、みごとにわれわれの面目を施した。しかしなによりも重要なのは、きみが巧みに、そして忠実にわたしを支えてきてくれたという事実だろう。政治の風向きがどう変わっても、きみは左右されなかった」

国王の言葉に、ウォリックは片手をあげて礼儀正しく感謝の意を示した。「陛下もご存じのとおり、わたしは子供のときに忠誠心を身につけましたので」軽い口調で言ったあと、真顔になって続けた。「実は、今回の反乱が気になってしかたがないのです。数ヵ月前の西方での反乱、その数ヵ月前の、国境地帯の北方と東方での反乱とそっくりでした。本当はなにごともないはずの場所で、目に見えぬ未知の敵が紛争を引き起こしているようなのです」

「アンガスから聞いたが、きみが戦ったごろつきどもは、ひとりとしてまともな訓練を受けていなかったそうだな」

「はい。それが不思議でならないのです。われわれが戦ったのは、ほとんど読み書きもできず、教育も受けていない自由民、それとおそらくは最近ノルマン人の領地となった土地の農奴たちでした。死よりも生きるほうを恐れ、戦いに追いやられた男たちです。ひとりの例外もなくみな森に逃げこむか、死にました。なんとか生けどりにしようとしたのですが、彼らはさながら悪魔と戦うかのように必死でした。今のところ、彼らの話の意味もまったくわかりません。前の二度も同じです」

「小さな反乱は昔からつねにあるものだ。しかもヘンリー一世が逝去なされた今は、みんなすぐに人の意見に左右されて、マティルダとスティーヴンの争いに参加する。そしてそのさなかで、少しでも権力をつかみたいがために騒ぎを引き起こすのだ」

「人はなんらかの目的を持って戦うはずです。それならば兵士たちはマティルダか、あるいはスティーヴンかの支持を唱えていたでしょう。それにスコットランドに関して言えば、ロウランド地方で陛下を国王と……最高君主として認めない者はまずおりません。思うに、われわれにはまだその正体のわからない敵がいるのではないでしょうか？　やむなく殺さざるを得ない哀れな愚か者たちよりも、もっと大きな力を持った何者かが。わたしはその黒幕が正体を現わさないことが不思議であると同時に、怒りを覚えます」

「ヴァイキングだろうか？」デイヴィッド一世が顔をしかめた。

「ヴァイキングが信じる神は、大胆かつ勇敢に戦う者をたたえています。いまだかつて、わたしは戦場で身を隠すヴァイキングに出会った覚えがありません」

「結局のところ、敵が誰であろうとも、われわれに勝利をもたらすものは力だ、ウォリック。答えを得る手がかりがないのに、あれこれ考えていてもしかたがあるまい」

「しかし、無視するわけには――」

「無視はしない。もちろん、今以上に警戒を強める。そして、ウォリック、そのための取り決めについてこれから話するつもりなのだ」

「それはかまいませんが――」

「レアード・ライオン、実は先ごろ、ある者の死によって広大な土地が手に入ることとなったのだ。わたしは、ようやくきみにふさわしい土地を見つけられてうれしく思っている。勝ち目のない敵に立ち向かう少年時代のきみに出会ったときから、きみはわたしの偉大な闘士になるとわかっていた。これまできみに失望したことは一度もない。きみに栄誉を授けるゆえ、きみはその土地の領主となって、大いにわたしの役にたってもらいたい」

ウォリックは好奇心と関心、そして警戒心を抱いた。数週間の留守中にこの王国で起きた出来事は、まったく把握していなかった。どこの土地が手に入ることになったのかはわからない。だが、かなり前から国王が〝すばらしい褒美〟を約束してくれていたものの、彼はその褒美がどんなものか、あるいはなぜそれを見つけるのにこれほど時間がかかるのか、深く考えないようにしていた。〝すばらしい褒美〟は口先だけだったのかと思うときもあったが、さほど気にはならなかった。父と親族が死んだ夜から、ずっと国王にしたがってきたのだ。

エリアノーラ……。

広大な土地、とデイヴィッド一世は言った。どこの土地かをきいたら、エリアノーラとの結婚話を持ちだそう。ウォリックは奇妙な胸の震えを感じた。ついにそのときが来た。今夜、褒美をいただける。土地を、家を、そしてじきに家族も。求めていたものを、切望していたものをもらえるのだ。「陛下、わたしは当然ながら好奇心をそそられ、感謝もしております。ましてや、妻にしたい女性を見つけたのですから――」

「妻?」デイヴィッド一世は片眉をつりあげてさえぎった。

「はい、なかなかいい相手だと思います。よくよく考えた結果、わたしは自分にふさわしい女性を、陛下に認めていただける妻を見つけたと――」

「いや、ウォリック。残念だが認められない」デイヴィッド一世はいらだたしげに言った。

「その領地には女相続人がいるのだ」

「今なんと?」ウォリックは驚いた。不安を覚えたが、その理由はわからなかった。

デイヴィッド一世はもどかしげにかぶりを振った。「その領地は女相続人と結婚することによってきみのものとなるのだよ、ウォリック。領主であった偉大なる戦士が死んだ。だが、彼には娘がいる。きみとの結婚によって、彼女は領地の女主人という地位を保ち、わたしは彼女の血筋に敬意を払う者たちとの平和を保てる。その領地というのは、すばらしい入り江に沿った本土の沿岸地域とひとつの島で、ヘブリディーズ諸島への玄関口となる場所だ。古くより続く族長たちの忠誠心がどのようなものかは、きみもよく知っているだろう。彼女の母親はスコットランドではかなり歴史ある家系の出だし、土地の豊かさは保証する。

ウォリック、きみはこの世で代償を伴わないものはほとんどないと学んだのかもしれないが、なかには痛みを伴わない代償もあるんだ。その女相続人に会えばきっとわかるだろう。それに想像してみてくれ。領地には、その土地とほぼ同じ歴史を持つ石づくりの砦がある。ローマ人が自然の岩を生かして築いた土台の上に、この地にやってきた最初のノルマン人が、陸と海から襲いかかる敵に対して建てた強固な砦だ。波は激しいと思われるが、各島々やイングランド、アイルランドなどとの交易は絶え間なく行なわれている。穀物は豊かに育つし、羊や牛の発育もよい。これまで大勢の者たちがその豊かさを得るためには手段を選ばなかったし、大勢の者たちがその土地を守るために命を落としてきた。地の利のよい土地であるからこそ、領主の座につく者は絶対にスコットランド人でなければ、スコットランド国王に忠実な者でなければならない。ヴァイキングの支配地が近すぎる土地なのだ」

デイヴィッド一世の口調がしだいに真剣味を帯びてきた。ウォリックも真剣な口調でこたえた。「もちろん感謝いたします。ですが——」

「ウォリック、これまでもわたしの役にたってくれていたのなら、これからもそうしてくれ。拒む理由はなにもないはずだ。今も言ったとおり、わたしがきみに与えようとしているものを手に入れるためなら、みな手段は選ばないだろう。絶対的な力で支配しなければ、大勢の人間が死ぬことになるに違いない。その女相続人——レディ・メリオラの土地をしっかりとわたしの手中におさめていられるように、最大限の注意を払わなければならないのだ。

なぜなら砦は島に立っているものの、領地は本土にも及んでいるし、そこにはハイランド地方に直接通じる小道があるからだ。あの土地はハイランド地方の族長たちの領土と海とに接している。もしも北欧の隣国のいずれかが再び襲撃してくるようなことがあれば、族長たちがどんな手に打ってでるかわからない。だが、領地の畑は肥え、職人たちは高い技術を持っているし、武具師は間違いなく、国でいちばん腕がいい」

「重ねて光栄に思います。しかし――」

デイヴィッド一世はまたしても鋭い口調でウォリックの言葉をさえぎった。「まさかきみは、妻にしたいと言っていた女性を辱めたのではないだろうな?」

「そういったことはありません。その女性とはしばらく前から恋人として交際しておりました。最近まで結婚を考えていなかったのは認めますが」

「恋人だと!」国王は眉をひそめた。「彼女の家柄は? 彼女の父親や兄弟や叔父は、きみをとがめずに結婚を許すと――」

「陛下、彼女は未亡人で、イングランド国王から次の夫を自由に選ぶことを許され――」

「イングランド人か!」デイヴィッド一世はいらだたしげに言った。

「陛下の后もイングランド人ではありませんか。わたしが結婚したいと思っている女性は、レディ・エリアノーラです」

「ああ」デイヴィッド一世はウォリックを見て肩をすくめた。「たしかに彼女は美人だ」

ウォリックはうつむいた。奇妙な興奮を、始まりの予感を覚える。国王がおれに嘘《うそ》をついたことはない。国王が広大で肥沃《ひよく》な土地だと言うのなら、本当にそうなのだろう。おれは貧困を知っているし、大地の恵みだけで生きていた時期もある。また、国王の城で暮らしたときもあるが、何度豪華な食事をとり、何度柔らかなベッドで眠っても、自分の家だと感じたことはなかった。親族が死に絶えてからは一度もだ。おれが求めているのは富ではなく、家と呼べる場所なのだ。それでも、エリアノーラとの結婚は本気だった。おれはレディも高級娼婦《しょうふ》も乳搾りの娘も、そして売春婦も知っている。だがおれの心をとらえたのはエリアノーラだった。彼女とは似合いの夫婦になるはずだったのに……。ウォリックは、言い争っている相手が国王なのか自分自身なのかわからなくなった。「陛下、わたしはこれまでさまざまな場面で陛下のお役にたってまいりました――」

「そうだ！　だから、これからもわたしの役にたち続けるのだ。わたしはきみに、きわめて貴重な褒美を与えようとしているのだぞ。きみは途方もない富と力を得られる好機を棒に振るつもりか？」国王は憤然として言った。

デイヴィッド一世は生まれついての国王だった。イングランドの国王を、両親を、そして兄たちをずっと見てきた。彼は笑顔も、哀れみの表情も、さらに怒りの表情も決断の表情も自在に浮かべることができる。今デイヴィッド一世は威厳ある憤怒の表情を見せていた。

「いいえ、そのようなつもりはございません。本当に感謝しております。それでも――」

「エリアノーラとのことは残念に思う。わたしも彼女のことは好きだ。だが、きみは愚か者ではない。わたしがもう何年も前から、国王の闘士としてふさわしい称号と地位をきみに授けようとしていたのは知っているだろう。きみの結婚でエリアノーラがあまり失望しないよう、わたしがとり計らっておこう。父上の死によってわたしに仕えるようになったときから、きみはわかっていたはずだ。きみは政治にかかわる定めにあると……平凡な男として死ぬ定めではないと。きみの務めはわたしに……そしてスコットランドに仕えることだと自覚しているはずだ」

体から冷たい川の水がしたたるのを感じながら、ウォリックはじっと立ちつくしていた。国王と言い争うことと、スコットランドへの忠誠心を疑われることとはまったく違う。デイヴィッド一世の言うとおりだ。おれはこうなるとわかっていたはずだ。予測していたはずだ。代償の伴わないものはないと。

それでも、豊饒な土地をもたらすという理由で女性をあてがわれると思うと、いい気持ちはしなかった。エリアノーラと共有したぬくもりや笑い、そして情熱は、スコットランドのために忘れてもいい。だが、国王に忠誠を誓ってはいても、父やたくさんの親族が死に絶えた日からずっと、なによりもおれが願い続けてきたことがひとつだけある。

おれは子供がほしい。家族が。

もしもその豊饒な土地をもたらす女性が腰の曲がった魔女のような老婆だったら、唯一の夢を奪われる。

「もう少しその土地と……女相続人の話をお聞かせください。わたしの陛下と祖国への忠誠心をお疑いになっては困ります」ウォリックはもっと具体的な質問をしたかったが、邪魔が入った。大広間の扉が勢いよく開き、半狂乱になった細身の女性が駆けこんできたのだ。

「陛下！」

女性は豊かな銀髪を振り乱しながらデイヴィッド一世に駆け寄った。「陛下！」女性は震えながら深々とおじぎをして、話を続けようとした。だがそのときウォリックがいるのに気づき、困り果てたような顔をした。ウォリックが水を床にしたたらせていることには気づかなかったが、国王がナイトと会談中だったと知って、明らかに狼狽《ろうばい》している。やがて彼女は不安そうにウォリックを見つめ、きまり悪そうに話し始めた。「陛下、も……申し訳ございません。その、お邪魔をするつもりはなかったのですが――」

「かまわない。話せ、ジリアン。どうしたんだ？」

「でも、陛下――」

「早く話せ、ジリアン！」デイヴィッド一世はもどかしげに言った。

ジリアンはウォリックから視線を引き離して、ようやく国王へ目を向けた。「彼女がいなくなりました」

「なんだと？」

「メリオラ様がいなくなったのです」

「いなくなっただと?」デイヴィッド一世は怒鳴った。

白髪の女性は身をすくめてうなずき、またしてもウォリックに不安そうな目を向けた。そして唇を湿らせて、しぶしぶ国王に視線を戻した。「メリオラ様は……逃げだしたのです」

「まさか」

「でも、どこにもおりません」

「どうやって逃げたというんだ? 扉の前には見張りがふたりもいるというのに」

「窓から出たようです、陛下」

「だが、かなりの高さがあって飛びおりるのは――」

「足場を利用したのでしょう。窓から胸壁に出て、建築用の足場に飛びついたのだと思います。メリオラ様は敏捷《びんしょう》で度胸があって、頭の回転も速いですし、それに……」

「それに、なんだ?」デイヴィッド一世の声はうなり声に近かった。

「命知らずです」

「なんということだ!」デイヴィッド一世は腹だたしげに声を荒らげると、大広間の中央に置かれた長いテーブルに拳《こぶし》をたたきつけた。「いまいましい娘だ。それにしても……なんということだ!」彼は同じ言葉を繰り返した。「裏切り者の小娘め。彼女が本当にわたしに盾突くとは思っていなかった。必ず捜しだしてやる。いかなる裏切りをたくらんでいようともとめてみせる！　わたしに逆らおうとしたことを後悔させ、裏切りの代償はきっちりと払わせる。彼女にどのような罰を与えようとも、それだけの正当な理由があるのだから――」

「失礼ですが、陛下。血圧があがりますよ！」ウォリックは注意を促した。だがふいに、はっとして寒気を覚えた。気づくべきだった。だが、まさか……。

「彼女は必ず見つかるでしょう。さしつかえなければ、いなくなったという娘はどなたなのかお聞かせ願えますか？」ウォリックは慎重に尋ねた。

とり乱していたデイヴィッド一世は、ウォリックをじっと見つめた。国王の目にはまだ、激しい怒りと不信の色が浮かんでいる。それでも非難の言葉はそれ以上口にせず、つりあがっていた眉もしだいにもとに戻っていった。やがて国王はいくぶん穏やかな口調で言った。

「その娘というのはメリオラだ、レアード・ライオン。メリオラ・マカディンだ。まんまと逃げたとは。信じられん！　彼女を見くびっていた。あの小娘が命を懸けてまでわたしに逆らうとは、夢にも思わなかった！」

デイヴィッド一世はまだ質問にきちんと答えてはいない。ウォリックには詳しい事情を知る必要があった。どうしても！

「陛下、メリオラ・マカディンとは何者なのですか？　裏切りとはどういう意味です？　彼女は囚人なのですか？　悪事を働いた罪人なのですか？」

「彼女はわたしが客として招いた、気高き古い友人の娘だ。罪人ではない……いや、言い直そう！　罪人ではなかった。だが、今は裏切り行為を犯したに等しい。まったく、わたしが情け深い人間でなかったら、今この瞬間にも彼女を裏切り者と呼ぶところだ！」

その言葉だけではまだ、ウォリックの推測があたっているかどうかはわからなかった。彼はなおもくいさがった。「なぜ彼女はそこまでして逃走をはかったのです？　素行のよくない人妻か――」

「素行のよくない、か。そうとも言えるな。なにしろ、わたしの命令に……きみと結婚せよという命令に逆らうのだから。彼女がきみの妻となる女相続人なのだよ、レアード・ライオン」

「わたしの妻？」

「そうだ！」

やはり考えていたとおりだった。すぐに気づかなかったとは、おれはなんと愚かだったのだろう。川で出会った女性はおれの未来の妻だった。あのとき気づいていてもおかしくはなかったのに。サー・ハリーと話をしたときにも、あの女相続人が国王に謁見するのと時を合わせておれが呼び戻されたのだと気づいてもおかしくはなかったのに……。

メリオラはおれから逃げていたのだ。このおれこそが、彼女が結婚を命じられた、〝忌まわしくて浅ましくて卑劣なノルマン人〟だった。そして彼女はおれと結婚することより、ヴァイキングの叔父のもとに逃げこむほうを選んだ。

ウォリックはごくりとつばをのみこんで怒りを抑えこんだ。

メリオラがおれを利用しようとしたのは、国王からだけではなく、結婚から——このおれからも逃げるためだったのだ。彼女が口にした言葉がすべて思いだされる。なんと傲慢《ごうまん》だったことか。

だが、メリオラはおれが誰か知らなかったのだ。おれだって彼女を知らなかった。ウォリックは合理的に解釈しようとした。けれどもふいにこみあげた怒りは、理屈ではおさまらなかった。メリオラの立場に対して抱いたわずかな同情と理解は、じりじり照りつける陽光を浴びた霧のように消え失《う》せた。彼女が、国王がおれに与えようとしている女性だったとは。

なんともすばらしい。おれはずっと妻と家族を望んでいた。そして、やさしくて情熱的な恋人を妻にしようと思ったまさにそのとき、わがままな小娘を与えると告げられたのだ。頑固で、向こう見ずで、意固地で、まだ国家の形成など理解できないほど若い娘を。メリオラは軽率で、無謀で、腹だたしくて……。

ウォリックは出会ったときのことを思いだして、ふと考えた。

若い。

そうだ。少なくともメリオラは若い。やさしさがないのは明らかだが、愛情は？　ひとかけらもないだろう。あたたかさは？　氷同然だ。情熱的か？　おれから逃げることに情熱を燃やしていることだけは確かだ。

だがおれがもっとも恐れていたのは、その女相続人が、念願の息子を産む能力のない老婆ではないかということだ。

メリオラは間違いなく老婆ではない。

歯も抜けてはいなかった。どうやら人生というものはなにごとも駆け引きのようだから、その点は譲らざるを得ないだろう。メリオラは肌も顔だちも美しいし、体つきもすばらしい。それに健康そうだった。そう、健康そのものだった。そして頭がよく、敏捷で、度胸があった——彼女の侍女が言っていたとおりに。

だが、それだけではない。ウォリックはすでにそれに気づいていた。メリオラはただ若くて健康なだけではない。鍛えあげられてもいるのだ……身も心も。彼女は氷のように冷ややかで、その決意はとてもかたかった。そして美人でもあった。それから……先ほど思い浮かべた言葉はなんだっただろうか?

そう、〝成熟〟だ! だが、メリオラが自由になりたいという向こう見ずな願望を抱くのは、自分が若くて弱いことをわかっていないからだ。自分自身をどういう危険にさらしているか、おそらく理解できていないのだろう。さもなければ、自分の危機をすべて承知したうえで、それでもかまわないと思っているに違いない。結婚相手がノルマン人だと思いこんでいるメリオラにとっては、結婚させられるよりもひどいことはないのだ。彼女は短気で気性が激しく、意志の力だけで運命を変えられると確信している。

意志の力だけで国王に逆らえると。

だがメリオラの顔を見る前から、おれは彼女の声を聞き、焚き火の前に立つ姿を見て、彼女の夢に悩まされた……。

メリオラは自分のことを知らないのだとわかってはいても、ウォリックの怒りは募るばかりだった。エリアノーラを失う悲しみよりも、メリオラ・マカディンに対する怒りのほうが強いと気づいて、彼は狼狽した。残念ながら、心よりもプライドのほうが勝っているのだろう。ほんの数分前までは、川で出会った女性にある程度の同情を覚えていた。だが、あのときはおれも別の未来を思い描いていた。おれの人生はここで、この大広間で、十五分もたたないうちに変わってしまった。世の習いとはこういうものだ。おれはエリアノーラを、メリオラは自由を得られない。もはやメリオラに同情の余地はなくなった。彼女はもはや気の毒な状況に置かれた若い女性ではなく、強情で反抗的な、デイヴィッド一世の不忠の臣だ。

そこでウォリックは思いだした。メリオラはまだ川の上にいる。ヴァイキングの叔父に合流するつもりで。

「わたしがその女性を見つけてきます」ウォリックは国王に告げた。

「なんだと？」デイヴィッド一世は心ここにあらずといった感じで尋ね、かぶりを振った。

「きみは戦いから戻ったばかりだ。彼女の捜索にはほかのナイトを行かせる……いや、軍隊を出そう。それとも――」

「わたしにお任せください、陛下。疲れてはおりません。必ず彼女を見つけてまいります」

ウォリックは、メリオラの発見に多くのものがかかっていることも、自分が彼女の居場所を知っていることも、口にはしなかった。デイヴィッド一世はすでに心を決めている。議論の余地はないだろう。メリオラはおれの妻となる。だからおれが見つけるのだ。彼女の氷のように冷ややかな態度はきっと変わらないだろう。それは確かだ。メリオラにおれを受け入れろと、求めろと、あるいは多少なりとも愛情を持てと強いるのは無理だ。そんな無駄な努力をしてののしりあうつもりはない。だが国王に対して、そしておれ自身に対して服従を強いるのは可能だ。だからおれはそうする。

ウォリックはジリアンにうなずきかけ、国王におじぎをしてから、大広間を出た。靴はいまだにがぼがぼと音をたてている。

絶対にメリオラを見つけてみせる。

廊下に出ると、ウォリックは立ちどまって考えた。反抗的な未来の花嫁を連れ戻す前に、するべきことが、くだすべき命令がいくつかある。

メリオラを見つけたあかつきには、ウォリックが彼女を閉じこめておくつもりだった。

「アンガス!」ウォリックは、自室の近くにあるアンガスの部屋に飛びこんだ。

まだ早朝だった。アンガスは長い時間眠っていたわけではなかったが、ウォリックに呼ばれて瞬時に起きあがり、反射的に剣へと手をのばした。

「武器をつかむ必要はない……今のところはな」ウォリックはそっけなく言った。「陛下にお会いしてきたよ——」

「ああ、ではお聞きになったんですね」アンガスはウォリックをじっと見つめた。

「ああ、聞いたよ」どうやらおれが星の下や川のなかで油を売っているあいだに、おれの運命はスターリングじゅうの人間に知れ渡っていたらしい。

「まあ、その……レディ・エリアノーラはわかってくださるでしょう。レディ・メリオラが受け継ぐ土地のことなら知っていますよ。想像を絶するほど美しい土地です。ウォリック様は海がお好きだから、あそこ以上にうってつけの土地はありません。それに、レディ・メリオラのこともきっとお気に召すでしょう。まだ若いですし、一度、彼女がまだ赤ん坊のころに見かけましたが、最高にかわいらしかったですよ。ゆうべ、おれたちの近くで野営していた女相続人は、つまりサー・ハリーが護衛していたレディは彼女だったんです。知ってさえいたら、ぜひ会わせてくれと頼んでいたんですがね。もちろん女性は変わるものですが、彼女はわが祖国でいちばんの、いや、それ以上の美女に成長したらしいですよ。ウォリック様も彼女に会ったら必ず気に入ると——」

「アンガス、おれたちはもう出会ったようなのだ」

「いつ、どこでですか?」アンガスは不思議そうに尋ね、そこでふいに気がついた。「ウォリック様、びしょ濡れじゃないですか」

「ああ。メリオラと会ったのはまったくの偶然だ。お互いに誰かわかっていなかった」

アンガスはゆっくりと眉をつりあげた。「濡れているのは彼女のせいなんですね?」

「そうだ」

「とにかく体をふいて着替えないと!」

「まだいい。これからまた彼女を捜しに行かなければならないからな。彼女も水辺が好きなようだ。少しずつ彼女のことがわかってきたよ」

「そうなんですか? おれも一緒に行きましょうか?」

「いや、ひとりでいい」

「そこで正体を明かすおつもりですね!」

「いや、まだ話さないよ、アンガス。だが、ここに連れ帰ったら……とにかく、そのときは彼女を閉じこめておきたい。はっきりいつとは言えないが、おれが彼女を連れて戻ってきたら陛下にお知らせしてくれ。サー・ハリーとトリスタンにも知らせたほうがいいだろう。きみにはここの廊下をしっかりと見張っていてもらいたい」

「彼女がウォリック様から逃げるとお思いなんですか?」

ウォリックは不敵な笑みを見せた。「メリオラがおれから逃げようとするのはわかっている。だが、そうはさせない。彼女がなにを考えていようともな。おれはただ、彼女の意志がどこまで強いのか知りたいのだ」

第六章

夜の土手にたどりつくころには、メリオラは疲れ果て、体も冷えきっていた。暗闇のなかで方向感覚を失ったため、反対側の土手に着くまでかなりの時間がかかったような気がする。

メリオラは、最初の土手にあったのと似たような漁師の小屋を――とてもありがたいことに、冷たい夜風を防いでくれそうな、石と泥でできたあばらやを見つけた。ヴァイキングの野営地はすぐそばだったが、彼女はほんの少しだけのつもりで休みをとった。本当は早く出発したかったが、体は震えているし、疲労困憊《こんぱい》している。泳いだせいで、思っていた以上に体力が奪われてしまった。そのうえ父が亡くなってからはよく眠れず、この数週間は寝不足でもあった。その小さなあばらやでまどろみ、目を覚ましたときにはもう日がさしていて、漁師たちが川に出ていた。昨夜メリオラが借りた小舟も見えた。小舟はまるで彼女を待つかのように、川岸からほんの数メートルのところを漂っている。なんと、日の光のなかでは櫂も見えた。二本とも、小舟のそばの川面に浮いている。今日は昨夜と同じくらい冷え冷えとしているのに、服とマントは小舟に置いたままだ。遠くはない。二、三分泳げば小舟に着き、ヴァイキングの野営地まで乗っていけるだろう。それに土手を歩いているところを見つかったら、かなり面倒な状況になるに違いない。やはり小舟は必要だ。

もうまぬけな男に櫂を落とされることもない！　そういえば、彼はどうしたのだろう？　結局、戻ってはこなかった。それとも、戻ってきたのかしら？　あばらやにいるわたしを見つけられなかったのかもしれない。きっと、わたしは無事叔父に会えたか、暗闇のなか彼のせいで死んだと思っているのだ。運がよければ、彼は自分の愚かさに罪悪感を覚え、そもそもわたしを襲ったのが間違いだったと後悔するだろう。

川は深くて幅も広く、とても冷たい。体は痛むし、歯ががたがた鳴っている。それでもメリオラはなんとか我慢して水に入り、泳ぎ続けた。懸命に泳げば体があたたまってくるはずだ。もはや本当に選択の余地はない。時がたつにつれ、また川を泳ぐのは愚かな行為だったとますます思えてきたが、もうこのまま続けるしかなかった。国王に謁見して以来、わたしがとった行動はすべて愚かだと思われてもしかたがない。たとえ今ここで、凍死あるいは溺《でき》死《し》するのを免れたとしても、首を切られて死ぬ可能性はあるだろう。だけど、わたしには武器がいくつもあるわけではない。一国の王が民の未来を意のままに操る権利があると思いこむのはやむを得ないが、その未来が自分のものである場合には、どんな手段を用いても闘わずにはいられないのだ。決して愚かな行為では終わらせない。わたしが正しいことを証明するために目的を果たしてみせる。絶対に凍死などしない。小舟にたどりついて櫂を固定し、叔父に会いに行く。わたしは水泳が得意なのだから、必ず泳ぎきるわ。

息継ぎのために顔をあげたとき、ついに小舟が見えた。メリオラはほっとした。さほど遠くないところにヴァイキングの野営地も見える。男性たちはきびきびと動きまわり、女性たちは料理をしている。

まもなく目的地に着く。そうでなければならない。デイヴィッド一世が今すぐにもわたしの捜索を命じるかもしれないのだから。うまくいけば、ジリアンは昼ごろまでわたしがいなくなったのに気づかないかもしれない。

だが、あと一回強く蹴れば小舟にあがれると思ったとき、メリオラは水とは違う抵抗を感じた。突然、体を引っぱられて、思わずはっと息をのんだ。誰かが水中にいる。わたしをつかんで溺《おぼ》れさせようとしている。

誰かの手がウエストにまわされた。メリオラは恐怖に駆られて必死に身をよじり、その手に爪を突きたてた。手が離れ、彼女の体が沈み始める。メリオラは空気を求め、水面に向かって懸命に足を動かした。

ほとんど息を吸うまもなく、再び両手がメリオラをとらえた。たちまちパニックが襲いかかってきた。間違いなく、敵はわたしを溺れさせようとしている。今度は嚙みついてやるわ。メリオラは何者かの腕に歯をたてたが、そのとたんものすごい力で押し戻され、驚いて思わず口を離した。彼女は愕然《がくぜん》とし、死を確信した。体にまわされた腕は鋼鉄の帯のようにかたい。けれども体は水中へではなく、川岸へと引っぱられていく。あれほど必死に泳いだのに、結局は岸に連れ戻されるのだと気づいて、メリオラはがっくりした。

敵の顔を見ようと、足をばたつかせ、身をくねらせようとする。だがほとんど動くことも、息をすることもできなかった。それから数秒もたたないうちに、メリオラは土手にほうりだされていた。体が冷えきっていて、戦えそうもない。それでも敵が襲いかかろうとしたとき、彼女は両手で粘り気のある泥をつかみ、相手の顔めがけて投げつけた。泥があたった瞬間、メリオラは這って逃げだそうとした。

ところが男は素足で泥を踏みこんで、ふいにメリオラの行く手をさえぎった。彼女は方向を変えたものの、男に両腕でウエストを抱えこまれ、そのまま地面を転がった。メリオラは両の拳を力いっぱい男にたたきつけながら、スターリング城にいればよかったと心底思った。国王から逃げられれば自由を得るチャンスが生まれると思いこんでいた自分の愚かさが、今は呪《のろ》わしかった。怪物のように水中から姿を現わしたこの男はいったい誰？　わたしがなにをしたというの？　こうする以外に、国王に理を説く方法があった？　わたしはここで辱められて殺されるの？　メリオラはふくらはぎにつけた短剣に手をのばした。死にたくない。怖いけれど、怯《おび》えた子羊のようにただじっとして、戦いもせずに殺されるわけにはいかない。彼女は短剣を高く持ちあげ、振りおろそうとした。

「きみは裏切り者で泥棒で……そのうえ殺人者にもなりたいのか！」声が聞こえた瞬間、メリオラは長い指に手首をつかまれ、悲鳴をあげて短剣を放した。男が彼女をあおむけにしてのしかかろうとする。両手は頭の上で押さえつけられ、真上に険しい男の顔が浮かびあがった。

襲いかかってきた男の顔を見て、メリオラははっと息をのんだ。

「あなたは！」櫂を二本とも落とし、わたしを川に置き去りにした、あのうすのろだ。どうやら彼は昨日の襲撃については罪悪感を覚えなかったらしい。またしても襲いかかってきたのだから。

「おれだ、レディ。戻ってくると言っただろう」

「本当に不愉快で卑劣な人ね！　わたしを川に置き去りにしたあげく、襲いかかって溺れさせようとするなんて！　よくもそんなまねができるものだわ！　覚悟しなさい。あなたは厄介な状況に陥ったのよ。間違いなく重い罰を受けることになるわ。この代償は――」

「それはどうかな？」

メリオラは口をつぐんで男を見あげた。彼の目は夜気よりも冷ややかだった。まるで北極の霜のようだ。顔つきは険しくはりつめている。

彼は戻ってきた。夜が明けてから。戻ってくるべきではなかったのに。そもそもわたしと出会ったことを悔やむべきだったのに。レディ・メリオラがスターリング城から逃げだしたという噂が広まるころには、遠くにいるべきだったのに。

やはりわたしの身の代金を要求することにしたのだろうか？　わたしを殺すつもりなの？　いいえ、そうは思えない。わたしを殺したってなんの得にもならないもの。だけど彼は、今すぐにでもわたしの首をしめかねないような顔をしている。わたしの体が震えているのは、冷たい空気のせいだけではなさそうだ。

メリオラは落ち着こうと、じっと動かずにいようと努めた。そして戦うのをやめ、逃げだす機会が来たら力を奮い起こせることを祈った。「いいこと」彼女は真剣な口調で言った。「あなたはとんでもない間違いを犯しているのよ。わたしが誰か知らない――」

「いや。きみが誰かはちゃんと知っている」

「そう。でも、たしかに陛下とは意見が衝突しているけれど、あなたがわたしを溺れさせようとしたとお聞きになったら――」

「溺れさせようとしたのではない。そのつもりだったら、きみは今ごろ死んでいたはずだ」

「じゃあ――」

「きみを川から助けだそうとしただけだ」

「助ける、ですって？　嘘つきね！　あんなに乱暴で情け容赦なく――」

「嘘ではない。乱暴で情け容赦ないのはきみのほうだ。引っかいたり嚙みついたりして抵抗するから、無理やり引きずりあげるしかなかったんだ……手荒ではあったかもしれないが」

メリオラは目を細めた。本当かしら？　どう見ても彼は怒っている。わたしをひどい目にあわせたがっているわ。だがそのとき、彼が震えていることにも気づいた。わたしの体に危害を加えないよう必死に自分を抑えているようだ。メリオラの胸に新たな不安がこみあげた。

「どうして水中でわたしに襲いかかってきたの？」

「きみが小舟までたどりつくとは思えなかったからだ」

「水泳は得意なのよ」

「なるほど。だからゆうべはどこにもたどりつかなかったというわけか」

「寒くて疲れていたからよ」

「それに体も弱っていた」

「わたしはひとりでも大丈夫だったわ」

「だが、今はおれと一緒だ」

「まだわかっていないのね？　あなたは重い罰を受けるはめになるのよ。きっと——」

「腹を割かれて、つるし首にされたうえ、四つ裂きにされるのかい？」

メリオラは男をまじまじと見た。現実にそういう運命が待ち受けているかもしれないというのに、なぜそんなにふざけていられるのかしら？

「そうよ！　本当に今すぐわたしを起こさないと、陛下にお願いして、あなたが今言ったとおりの罰を与えていただくようにするわ。腹を割かれて、つるし首にされたうえ、四つ裂きにされるのよ。そしてばらばらになった体は燃やされて、灰は風にまかれるんだわ！」

男は立ちあがってメリオラを見おろした。「レディ、そうはならないと思うぞ」

男が彼女に片手をさしだすと、メリオラは呆然として彼を見つめた。彼女は手を借りるのを拒み、ゆっくりとひざまずいてから、男に疑いの目を向けて急いで立ちあがった。

陽光を浴びて立つメリオラの全身に男が視線を走らせる。彼女は顔がかっと熱くなり、赤らむのを感じた。リネンのスリップ以外、すべて脱ぎ捨ててきたことが悔やまれてならない。濡れた布は肌にはりついて、体を隠すどころかさらけだしている。実際のところ、上等なスリップよりも、あちこちにこびりついている泥のほうが、はるかにしっかりと体を隠してくれているのかもしれない。男に奇妙なまなざしでじっと見つめられ、メリオラは落ち着かない気分になった。彼はまるで競りに出された乳牛を見るような目で見ている。そのまなざしにあたたかさはいっさいなく、ただ値踏みされているのが感じられた。彼女はまたしても男の体の大きさに圧倒され、あとずさりして全速力で逃げたくなった。でも、男に追いつかれて、また泥の上に投げ倒されるのがおちだ。ほかに逃げだす方法はきっとあるわ。

「それでは、行くか」男が言った。

「行く？」

「そうだ」

「どこへ?」

「国王のところに決まっているだろう。きみがおれに、腹を割かれてつるし首にされたうえ、四つ裂きにされ、燃やされて灰を風にまかれる罰を与えられるように」

彼がわたしをからかっているのは明らかだ。この男は無法者だわ、とメリオラは思った。きっとそうに違いない。あるいは、国王に恨みを抱くハイランド地方の族長か。どうにかしてわたしを誘拐し、国王との交渉に人質として利用するつもりなのだ。

「さあ、早く!」男はもどかしげに言うと、メリオラのほうに向かってきた。彼女は警戒しながら、あとずさりした。

「あなたはまだ、この状況がよくわかっていないのよ。わたしはあなたを助けることも、危害を加えることもできるのよ。なにか問題を抱えているのなら、助けてあげる。わたしを無事に叔父のもとへ送り届けてくれたら、叔父がたっぷりと報酬をくれるわ。お金だけではなく、舟で遠くまで連れていってもくれる。それから――」

「彼もおれの腹を割いてつるし首にしたうえ、四つ裂きにできる。そうだろう?」

メリオラは首を左右に振った。「いいえ。信じてちょうだい。ヴァイキングだからといって、決して凶暴ではないのよ。みんなわたしが頼んだとおりにしてくれるわ。実を言えば、わたしも暴力が大嫌いだし――」

「とても信じられないな!」

「もちろんときには脅しが必要なときも――」

「自分より劣った人間を相手にするときは、か?」

メリオラはかぶりを振った。「ひどいわ。そんなことはひと言も言ってないでしょう?」

「ああ。だが、ほのめかした」

「ほのめかしてなんかいないわ」

「レディ、きみの小舟が待っているぞ」

男が指さした小舟は今、川岸から一メートルほど、ふたりからも六メートルと離れていない場所に流れてきていた。

メリオラは首を横に振った。「あなたがわたしをどこへ連れていく気なのか正直に言うまで、ここを動くつもりはないわ」

「いいだろう。さっきも言ったとおり、国王のところだ」

メリオラはすぐには信じなかった。「どこの国王?」疑わしげに尋ねた。

男は腕組みをした。「国王はひとりしかいないぞ、レディ」彼がとても強い口調で言ったので、メリオラは急に怖くなった。この男は本気だ。わたしをからかっているのではない。本気でデイヴィッド一世のもとに連れ戻すつもりなのだ。

「いやよ……」メリオラは息をのんだ。「信じられない。本当にわたしを国王のところに連れ戻すつもりね。わたしを売るつもりなんだわ!　国王からもらえるご褒美が目当てなんでしょう。あなたが川にわたしを置き去りにしたのは、国王にとってわたしがどれほどの価値がある人間かを探るためだったのね。あなたって人は最低だわ。欲深い無法者よ。よくもそこまで残酷で冷淡な裏切り行為ができる——」

「裏切り者はきみのほうだろう、レディ」

「まさか！　あなたはわかっていない。わからないわ……いいえ、わかろうとしないのよ！　わたしは国王を裏切っているんじゃないわ。交渉する手段を求めているだけで——」

「国王に逆らうために……国王がきみを与えようとしている夫を拒むためにだろう？」

「国王が与えようとしているのはわたしだけじゃないわ……わたしの領地もよ！」

「きみのように高貴な女性の結婚には、つねに土地が絡むものだ」

男は〝高貴〟という言葉を強調した。彼はわたしを嘲笑《あざわら》っているのだ。わたしを高貴だとはまったく思っていないのだ。そう気づくと、メリオラはさらにいらだちを覚えた。「国王が気にかけているのは土地のことだけよ」

男は片眉をつりあげた。「いや、土地だけではないと思うぞ。おそらくはヴァイキングの侵略も気にかけておられる」

「あなたって本当に愚か者ね。気をつけなさい。わたしはヴァイキングの娘なのよ」

「それこそまさに国王がもっとも気にかけておられる点だろうよ」男はいらだたしげに言った。「いい加減にしろ、レディ。きみの未来に国王は無関係だと思っているのなら、きみは最初から愚かな子供じみたふるまいをしていたということだ。この世はすべて権力と土地をとりあうゲームだということは、きみだって当然、承知しているはずじゃないか。おれたちはみな、そのゲームの駒なのだ。さあ、もう行くぞ」

メリオラはかぶりを振って、さらにあとずさりした。「あなたはわたしの話をちゃんと聞いていないわ。わたしの言っていることを本当に理解していたら、助けてくれるはずよ。あなたはスコットランド人でしょう。わたしの代わりに怒ってくれてもいいはずだわ！　国王が褒美を与える相手はノルマン人なのよ。おべっか使いで、国王の腰巾着《こしぎんちゃく》のひとり——」

「きみはその男が、単なるおべっか使いで、国王の腰巾着のひとりだと思っているのか？」

「そうよ。そういう意味では恐ろしい男だわ！」

「しかもノルマン人だと？」

「ノルマン人の征服をどうして忘れることができるの？　イングランドが奪われたのよ」

男は肩をすくめた。「妙だな。きみの相手はスコットランド人だと聞いたが」

「それは嘘よ」メリオラは、男が自分の立場をわかってくれるように祈った。「その人の父親は、デイヴィッド一世がイングランドにいたときの家来だもの。その人が自分をなんと呼ぼうと関係ないわ。彼が侵略者のノルマン人であることは事実なのだから。みすぼらしい、ぞっとするようなノルマン人の老騎士なんて——」

「みすぼらしい、ぞっとするような老騎士だって？」

「そうよ！　わかってくれる？」

男は両手をあげて肩をすくめた。「たしかにそれは気の毒だな。哀れで不幸な状況だ」

「じゃあ、助けてくれる？」メリオラは期待をこめて尋ねた。

「それは……」

「お願い！」メリオラは男に歩み寄り、泥だらけの顔と対照的な、きらきらと輝く瞳を見つめた。そして、かたずをのんで祈った。

男はほほえんだ。

「助けてくれるのね！」メリオラはささやいた。

男は彼女の両手をとり、自分の手で包んだ。「たとえ今この瞬間に太陽が空から落ちてきてもだめだな」彼はあっさりと答えた。

メリオラは歯をくいしばって数を数え、必死に落ち着こうとした。だが、効果はなかった。怒りに任せて両手を引き戻す。この男はわたしを罠《わな》にかけた。わたしをばかにしているのだ。彼女は自分に言い聞かせた。くれぐれも慎重にしなくてはだめよ。言葉と行動のひとつにわたしの未来がかかっているのだから――命と身の安全は言うまでもなく。

それでもやはり効果はなかった。

メリオラは力いっぱい、しかも男がとめるまもないほどすばやく、彼を平手打ちした。ところが、てのひらが男の頬にあたった瞬間、彼女は後悔した。男の目がナイフのように鋭く、冬の氷のように冷ややかな光を帯びたからだ。

彼女は背を向けて逃げようとした。

男がメリオラのスリップをつかみ、布地が裂けた。それでも彼女は走り続けた。男が追いかけてくるのに気づいて、再び川へと進路を変える。深いところに飛びこんで、うまく泳いで逃げられればいいけれど……。

冷たい水がメリオラの肌を刺した。土手にいても凍えるほど寒かったが、水はもっと冷たい。彼女は深みへともぐったが、無駄だった。まるで川底に棲《す》む悪霊のように、メリオラを待ち受けていたかのように、男が現われた。彼女はまたしても、いつのまにか土手へと引きあげられ、押し倒されていた。自分を見おろす男の目に浮かんでいる怒りの激しさに、メリオラの体は震えだした。スリップはずたずたに裂け、裸同然だ。男と視線を合わせたくなくて、彼女は目を閉じた。次に彼がなにをしてくるのかと思うと、恐ろしくてたまらなかった。

「だ……だめ……や……やめて」

「なにをやめろと言うんだ?」

「やめて……」

「ああ! 強姦か? 純潔を奪うことか? そもそもきみに純潔なところなどあるのか?」

メリオラははっとして目を開き、水晶のような男の目を見た。「あなたって本当に傲慢な人ね。わたしを国王のもとに連れ戻したいのなら、そうすればいいわ。念願のご褒美をもらえるわよ。だけど、指一本でもわたしに触れたら――」

「ああ、そうだな。きみは今、完璧《かんぺき》で高貴で美しい体をさらけだしている！　とてつもなく心をそそられるよ！」

男の嘲るような口調にメリオラは言葉を失ったが、目はそらさなかった。

「放して！」

「放す、だって？　これほど心をそそられているのに？　きみの完璧で高貴で美しい体を放すなんてできそうもないよ」

「どうしてこんなにわたしを苦しめるの？」メリオラは叫んだ。恐怖と屈辱と、どちらが勝っているのかわからない。だがどちらも彼女をいっそう命知らずに、いっそう向こう見ずにさせていた。「わたしに危害を加えるつもりはないんでしょう。わかって――」

「ああ、それは場合によるな。きみが言うとおり、ヴァイキングといってもさまざまだ。ノルウェー人、デンマーク人、スウェーデン人。だが、自分の利益になるよう〝交渉〟するのはみんな同じだ。おそらくきみの叔父は、きみを無傷で返してもらいたがるだろう。そこで、交渉が行なわれるというわけだ。スコットランドにはいまだに、きみにかなりの額を支払うであろう反体制派がいる。しかも、きみが傷物かどうかなど、さほど気にはしない」

「わたしの叔父に殺されたくなければ……」

「殺されたくなければ、どうしろというんだ？」

メリオラは頬が赤く染まるのを感じた。のしかかる男の体の重みと、素肌に触れる空気の冷たさを感じた。男はこちらに目を向けているが、なにを見ているのかはわからない。ああ、あたたかいスターリング城で毛布の下にもぐりこみ、目を閉じていられたらいいのに。体の震えがひどくなってきた。今日は涼しく、川は冷たかった。この震えは恐怖とはなんの関係もないとメリオラは自分に言い聞かせたが、嘘だとわかっていた。真剣に考えないと、言葉が出てこなかった。

男がメリオラの頬に触れ、拳で顔を撫でた瞬間、彼女は息をのみ、さらに激しく震えた。ささやきかける男の声は低くかすれていて、なぜかメリオラの肌へとしみこみ、心に触れる気がした。「ああ、実に高貴だ！　高貴な顔、高貴な胸、高貴な……とにかくすべてが高貴なのに違いない。そうだろう、レディ？　なんとすばらしく、美しい、高貴なる賜《たまもの》だ！」

恐怖が増すと同時に、怒りまでこみあげてきた。メリオラはパニックに陥り、男に殴りかかった。だが今回は彼も用心していたため、一撃を加えることはできなかった。男がメリオラの両手首をつかんで押さえつけ、怒りに顔をこわばらせて彼女を見つめる。もはや彼はからかってはいなかった。「やめたほうがいい」

「あなたこそ地獄へ落ちたほうがいいわよ」メリオラは吐き捨てるように言い返した。だが、そのときの男の目つきにどきりとして、すぐに話を続けた。そうでないと、どれほど強い恐怖を覚えているか明かしてしまいそうだった。

「寒くて凍えそうだわ！」メリオラは叫んだ。「このままではあなたの目の前で死んでしまうわよ。そうしたら、もとも子もないでしょう」

「死にはしない。死ぬとすれば」男はじっくりと考えた。「おれが完全に理性を失って、きみの首をしめたときだけだ」

メリオラは男をにらみつけた。「なにかするつもりなら、さっさとすればいいわ。そうでないなら、放して！」

「気づいているか、レディ？　きみは駆け引きもしたし、命令もした。あらゆる口のきき方をした……ただひとつを除いてはね」

「それはなに？」

「懇願だ。きみはたぶん、〝お願い〟という言葉を使うことに慣れていないんだろうな」

「よく使うわよ」

「じゃあ、なぜ使わないんだ？」

「わたしに襲いかかるような欲得ずくのろくでなしには言い慣れていないからよ！」

男は目を細めた。「今、試してみればいい。だめでもともとだろう？」

「放して。お願い」

男はほほえんだ。

「ねえ、放して。お願いよ！　なにをしているの？　放してくれると言ったじゃ――」

「おれは試してみればいいと言っただけだ。だが、きみはおれを欲得ずくのろくでなし呼ばわりしたからな」

メリオラは歯嚙みしながら考えた。彼がなんと言おうと、しっかりと自分を抑えなくては。放してもらうためには、どんなことを言われても、おとなしくしたがうふりをするのだ。

「寒いの。お願い――」

「当然だ。びしょ濡れのうえに、裸同然なのだから」

「お願い――」

「おまけに、冷たい川で泳いだ」

「寒い理由はわかっているから――」

「おれのおかげで少しはあたたかくなっただろう？」

メリオラは首を横に振った。「よけい寒くなっただけだわ」静かに言った。「これほど寒いのは生まれて初めてよ」

「まだ心から怖いと思っているか？」

メリオラは眉をひそめた。もちろんよ！　でも口が裂けても、この男には言わないわ。

「あなたみたいな卑怯者《ひきょう》なんか怖くないわ」

「それは残念だな。そろそろ放してやろうと思っていたのに！」

「そんな！」メリオラは悔しさのあまり叫んだ。「お願い。怖いわ。だから放して」

男はメリオラのほうにかがみこんだ。「きみは怖がってなどいない。だから怖がらせてやるよ。きみの家系と国王が自分を守ってくれると思っているのなら、大間違いだ。きみは今おれと一緒にいて、おれはきみを放すつもりはない。きみは、おれがなにをするつもりなのかわからない。きみは国王の被後見人だ。つまりきみは国王のものなのだ。ところがきみは自分を、そして自分の体を危険にさらしたわけだから、反逆の罪を犯していることになる」

「違うわ！　わたしはただ――」

「裸同然の姿で寒さに震えながら、きみよりも十倍強い見知らぬ男と川岸にいる、という状況に陥っただけにすぎないというのか？」

メリオラは黙りこんで男を見つめた。彼が本当に国王に忠誠をつくしているのなら、わたしに手出しはしないだろう。腕力だけですべてを牛耳れるわけではないと証明してみせる。

彼女はしばらくのあいだ目を閉じていたが、やがてわなわなと震えながら男を見あげた。

「お願い！　もうあなたが怖くてたまらないし、とにかく寒いの。わたしが間違っていたわ。わたしをデイヴィッド一世のもとへ連れ戻しに来たのなら、そうして。お願いよ。国王には謝ってお許しを請うわ。とにかく、さ……寒いの」

またしてもメリオラは目を閉じて激しく身を震わせた。ある程度までは嘘ではない。唇は紫色になっているはずだし、両手を押さえつけられているのはとても怖い。

「おれはなぜきみを信じられないのだろう?」男がつぶやくと、メリオラはぱっと目を開けて視線を合わせた。

「知らないわ」彼女は不愉快そうに言った。「わたしは本心を告げているわよ」

男は首を左右に振った。「きみは嘘つきだ。下手くそな、二流の嘘つきだ。だが、これからはそうでなくなる」

そう言いながら、男は立ちあがった。メリオラはあわてて離れた。彼が手を貸すつもりなのは百も承知だ。

彼女は片手をあげて訴えた。「さわらないで……。自分で立つわ。一緒に行くから」

メリオラはぎこちなく立ちあがった。あまりの寒さに歯ががたがた鳴り、思わず自分の体を抱きしめる。これほど心細い気持ちになったのは生まれて初めてだ。男は先ほど川に入る前に服を脱いでいたが、まだウールのニットシャツは着ていた。彼がそれを脱ぐのを見て、メリオラはたじろいだ。すると彼はいらだたしげに悪態をついて彼女を引き寄せ、濡れたニットシャツを着せた。なにも着ていないよりはましだった。メリオラはうなだれて、今やぶるぶると震えながら、男の前にじっと立っていた。

「来るんだ」

男はメリオラの手をとり、小舟に向かって歩きだした。彼女はもう抗《あらが》うつもりはなかったものの、寒さのせいでほとんど体が動かず、ついよろめいてしまった。彼がまたしても毒づき、足をとめて彼女を両手で抱きあげる。落ちないよう彼にしがみついたメリオラは、その体のたくましさを意識して動揺を覚えた。むきだしになった男の腕や胸や腹部には、筋肉がくっきりと浮きあがっている。この男はナイトに憧れる誰かの家来ではない。すでに戦士だ。武具を扱う訓練を受けた、国王軍のナイトだ。

男は小舟に乗りこんでメリオラをおろすと、舟を漕ぎだした。そして彼女がだいぶ前に脱ぎ捨てたマントとドレスを指さした。

「服を着ろ」

メリオラは服を手にとり、ニットシャツの上に着ようとした。

「レディ、さしつかえなければおれのシャツを返してもらいたい」

「でも、さしつかえがあるわ――」

「なぜ？　きみの頼みはすべて聞いてやっただろう？」

「もう二度と裏切るようなまねはしないから」

男はその言葉に笑顔を見せた。「それでもシャツは返してくれ」

メリオラは男を見つめた。またしても怒りがこみあげてくる。この男はわたしをいじめて楽しんでいるのだ。まったく信じられない。彼が国王の臣下であり、わたしという〝高貴なる賜〟は彼にとって嘲りの対象だなんて。

「わかったわ」メリオラはそう言うと、ニットシャツを脱いで男にほうった。

男がそれをつかんだ。ふたりの視線が絡みあう。素肌に冷たい風を感じながらも、メリオラはわざと時間をかけて衣類の山からドレスを探した。ドレスを見つけたあとは、着るのに苦労しているふりを装った。そのとき、男がすぐそばに来て彼女のマントに手をのばした。

メリオラはぎくりとした。からかいの度を超したかと思い、恐怖がこみあげてくる。

男はマントを投げんばかりにして彼女の頭にのせた。

そして再び腰をおろし、メリオラをにらんだ。彼女も負けじとにらみ返した。

彼は自分のニットシャツに手をのばした。と同時に、片方の櫂が滑り落ちそうになった。

「櫂が！」メリオラは叫んだ。

男はつかもうとしたが、遅かった。櫂は川のなかに落ちてしまった。彼は悪態をついた。

「また同じ過ちを犯すなんて信じられない！　あなたって本当に愚か――」

「それ以上言ったら首をしめるぞ！　今度は心配いらない！」

男はニットシャツをほうり、するりと川へ飛びこんだ。櫂を捜しに行ったのだろう。

そのときメリオラは、もう片方の櫂はちゃんと固定されているのに気がついた。急いで場所を移動して、櫂一本で漕いでみる。最初は動かなかったものの、櫂を受け口から引き抜くと、うまく水をかけるようになり、左右交互に漕ぐことで、まっすぐ進めるようになった。

だが櫂を左側に沈めたあと、急に持ちあがらなくなった。メリオラはなんとか持ちあげようとして、はっと息をのんだ。男が追いついてきている。彼が拾ってきた櫂を小舟にほうりあげると、メリオラは持っている櫂で男を殴ろうとした。彼は水中にもぐり、舟の反対側に顔を出す。すると、彼女は振り向いて彼の肩をつかんだ。そのとき、メリオラは気づいた。わたしは戦いを始めてしまった。もしも勝てなかったら……。

彼女は恐怖のあまり、狂ったように櫂を打ちつけた。気がつくと川面をたたいていた。男の姿は見えない。

メリオラは震えながら腰をおろした。目に涙があふれ、胸に恐怖がこみあげる。彼女はなんとか深呼吸をし、自分に言い聞かせた。人を殺してはいない。たとえ殺したとしても、あれは自己防衛だ。あの男になにをされるかわからない状況だったのだから。

それでもメリオラの胸は痛んだ。わたしが殺したのは誰？　国王の若い兵士。ナイト。国王に忠実な臣下。きっと彼はこれまでに何十人という敵と戦い、勝利をおさめて帰還してきたのだろう。わたしはその彼を冷酷にも、美しい秋の日に川で殺してしまうなんて……。

メリオラは太陽を見あげた。正午はとっくに過ぎているようだ。もう午後なの？　ふいにおなかが鳴った。人を殺したばかりだというのにおなかがすいているかと思うと、ぞっとした。だが動揺したまま、いつまでもここに座っているわけにはいかない。進まなくては。ヴァイキングの野営地まで行かなくては。あと二、三時間もすれば、また日が暮れるのだから。

ぶるりと身を震わせて、メリオラは落ち着こうとした。

そのとき彼女はまた叫び声をあげた。男が戻ってきたからだ。彼は死んではいなかった。まるで水の悪霊のように、突然、勢いよく川から飛びだしてきて小舟の縁に手をかけたかと思うと、あっというまに乗りこんできた。持っていた櫂をもぎとられた瞬間、メリオラは殺されると観念した。両手で頭をかばって身をかがめ、男の強烈な一撃に備えた。

メリオラは心のなかですばやく、聖母マリアに祈りを捧げた。

だが祈りの言葉が脳裏から消えても、なにも起こらなかった。彼女はようやく顔をあげた。

男はメリオラを見てはいなかった。小舟の中央に座って、両方の櫂をもとに戻している。メリオラは思いきって息をした。おそらくそのまま黙っているべきだったのだろう。だが、とても黙ってはいられなかった。

「生きていたのね」

「きみにはもううんざりだよ」

「そんなつもりはなかったの」

「殺すつもりはなかったというのか？　とてもそうは思えないな」

「でも、あなたは……」

「きみを殺さない？　そうだ、レディ。おれはきみを殺したりしない」

「なるほど。あなたはわたしを生きたまま、無傷で国王のもとに連れ戻したいのね」

男が驚いてかぶりを振った瞬間、メリオラには彼が必死に平静を保とうとしているのがわかった。「ああ。レディ・マカディン、きみの言うとおりだ。おれはきみが死んだり、けがをしたりすることは望んでいない。きみはたしかに、戦いについて多少の心得はあるようだ。おそらくきみはとても勇敢なのか、どうしようもなく愚かなのだろう」

「もう少しであなたを殺せたのよ」

「いいや、レディ。それは違う」

「でも、戻ってくるのにずいぶん時間がかかったじゃない」

「様子をうかがっていたんだ」

「ゆうべ姿を消していたときも……」

「やはり様子をうかがっていた」

「ずっと?」

「いや。ずっとではないが、ほとんどだ。ゆうべ、きみは岸まで泳ぐのがやっとだった。ひどく疲れていたし、寒さのせいで休まずにはいられなかった」

「わたしを見ていたのね」

「ああ、見ていた。あのあばらやで震えていたきみは、再び川に入って――」

「ひどいわ。この人でなし!」

「そんな言い方をされるということは、きみに好かれていないのかな？」

「今すぐ死んでもらいたいと思っているくらいだわ」

「レディ、こんなことをしていたら、きみのほうが先に死ぬことになるぞ」

メリオラは一瞬沈黙してから、静かに言った。「わたしは自由になりたいだけなのよ」

男はメリオラを見つめた。「誰だってそうじゃないのか？」彼は少し間を置いてからこたえた。そのあいだも熱心に舟を漕いでいた。まもなく、昨夜ふたりが旅を始めた岸に着いた。

小舟を引きあげるとすぐに、男はメリオラを岸へとおろし、彼女から目を離さずに口笛を吹いた。そのとたん、昨夜草をはんでいた大きな馬が、土手の上の林から、ゆっくりとふたりのほうに駆けてきた。メリオラはその馬をしげしげと見た。あれは軍馬だ。大きくて、よく手入れされているけれど、あちらこちらに傷跡がある。まだ若いが、すでに実戦経験があるのだろう。間隔の開いた目、幅の広い肩、がっしりとした腰、たくましい四肢。鎧兜を身につけた男性を乗せても、かなりの速さで駆けられるに違いない。

馬は男に鼻をすり寄せた。メリオラはいつしか男をまじまじと眺め、不安を募らせていた。いったいこの人は何者なの？

「よし、マーキュリー、いい子だ！」男は馬に言った。

「もしかして、マーキュリーの鞍袋《くらぶくろ》に少しパンでも入っていないかしら？」メリオラはそんなことを尋ねてしまった自分自身に驚いた。

たとえ入っていても、この人がわたしに分けてくれるはずはない。わたしは彼を殺そうとしたのだから。

だが、男は肩をすくめた。「入っているかもしれない」彼は革の鞍袋を開け、なかから四角い包みをとりだした。そのなかにはパンだけではなく、チーズと乾燥肉ひと切れも入っていた。意外にも、男は包みごとメリオラにさしだし、樫の木の下を指さした。彼女はそこに座り、パンにかじりついた。胃が痛むほどの空腹感が消え去るにつれて、惨めな状況にあるにもかかわらず、満足感と喜びがこみあげてきた。

メリオラは川面を眺めながら食べ続けた。二、三分もすると満腹になったが、まだ足りないふりをして、少しずつ食べ物を口に運びながら男をじっと見つめる。彼は隣には座らず、立ったまま思案顔で川に視線を据えていた。

「あなたは戻ってきてからずっとわたしを観察していたの?」メリオラは尋ねた。

「きみが城のあたたかいベッドよりも、泥壁のあばらやで眠るほうが好きなのなら、邪魔しては悪いと思ってね」

「あら、でも今は邪魔をしているじゃないの」

男は肩をすくめた。「きみが動きだしたのはもう昼近くだったし、疲れた様子だった。少なくともあのときはそう見えたから、溺れ死んだきみを連れ戻すはめにならないように邪魔をしたのさ」

「それはご親切に」

「じきにまた暗くなる」

「泥壁のあばらやも、寝てみるとなかなか快適よ」

「大嘘つきだな。きみはあたたかくて快適な場所に慣れている。そしてまわりの男たちは、きみが快適でいられるようにと一生懸命世話をするのだろう」

「あなたはそういう親切心なんて信用していないでしょうね」

「おれが信用していないのは、人の弱みにつけこむような人間だ」男はメリオラの隣に座りこんだ。彼女は彼の古典的な整った顔だちと、そこにうかがえる険しさに、改めてどきりとした。まるで岩のようだわ。男が呼吸するたびに筋肉が波打つさまを見て、彼を殺そうとしたときのことを思いだし、かすかに寒気を覚えた。わたしは女でよかった。男だったら、十五分とたたないうちに返り討ちにあっていただろう。だけど、それがどうしたというの？この人は若くてたくましい、貴族の出の戦士だ。ゆうべは彼を甘く見ていた。彼はわたしをデイヴィッド一世のもとに送り返すつもりでいる。そしてわたしはまだ逃げるつもりだ。

季節は晩秋……もうすぐ冬になる。日は長くない。樫の木の下でそよ風に吹かれていると、この黄昏《たそがれ》どきがとても美しく見えてきた。風が川面と戯れてさざ波をたて、さわやかですがすがしい香りが頬を撫でる。おなかもいっぱいになり、マントに包まれていると、あたたかく、生き返った気分だった。自信とともに、体力も戻ってきた。今ここに誰かが来てくれさえすれば。助けてくれれば。通りすがりの人には、どう嘘をつけばいい？　川には漁師が何人かいる。早くも暗くなり始めているのだから、みなじきに戻ってくるだろう……。

「考えるのもやめておけ、レディ」

「なにを？」

「漁師に助けを借りて、おれから逃げようとすることだ。そんなまねをすれば、おれはその漁師を殺さなくてはならなくなる。つまり、その人が死んだらきみの責任というわけだ」

メリオラは顔を赤らめた。こんなに簡単に心を読まれてしまうなんて。彼女は立ちあがって、両手についたパンくずを払った。男も隣で立ちあがり、馬を指さした。

「レディ、行くぞ」

メリオラはためらった。この場で陵辱されるのを、あるいは殺されるのを恐れていたときには、スターリング城に戻るのもいい考えに思えた。けれどももう、自分を待っているのは国王の激怒だけだとわかっている。デイヴィッド一世はいったいどれほどお怒りだろう？　国王としての権力を証明するために、わたしにどれほどの罰をお与えになるかしら？

「さあ、レディ！」男の口調が厳しくなった。

メリオラはごくりとつばをのんでかぶりを振った。今ならこの人にも、わたしが意地をはるのは反抗しているからというより、むしろ恐怖を感じているからだとわかってもらえるかもしれない。「わたし……行けないわ。あなたとどこへも行くつもりはない」彼女はつぶやくように言った。

「だめだ。もう少しだけはない」「とにかくもう少しだけ――」男は静かに言った。

メリオラはじっとしたまま、改めて男をまじまじと見た。ドレスはまだ濡れているものの、ちゃんと身につけているし、風は冷たいが気持ちがいい。また気力が戻ってきた。ここはスターリング城に近い。近すぎる。チャンスはどんどん失われていく。この人を説得するか、あるいはだしぬくしかない。でも、すでに櫂で彼を殴ろうとし、二度も短剣を向けた今、説得は難しいだろう。短剣は泥のなかに落ちたまま、とり戻していない。メリオラは立ちつくしたまま、見あげるような男の背の高さを意識して、ぶるりと身を震わせた。やはりこの人はわたしを不安にさせる。まだ若いにもかかわらず、すでに成熟した大人であり、鍛えられた戦士だ。たくましくて印象的で、威圧するような雰囲気がある。彫りの深い顔だちは荒々しく無表情で、わたしの全身に震えを走らせ、パニックとぬくもりの両方が入りまじった奇妙な感覚を引き起こす。

メリオラは唇を湿らせた。「わたしたちには、話をする機会が、お互いのことを知る機会があったでしょう」知りすぎた。この人はわたしに触れ、のしかかってもきた。そしてわたしは彼の体の感触を、彼の香りを、あたたかさを知っている。「わたしはあなたと一緒に行かないの！」彼女は繰り返し、一歩男からあとずさりした。「わかって。あなたは今、自分が主導権を握っていると思っているかもしれないけれど、状況は変わるものだわ。ヴァイキングの野営地は川を渡ればすぐそこよ。ここでわたしが叫べば聞こえるかもしれない。わたしがどれほど叔父の近くにいるか、考えてみて。もちろん、あなたなら漁師のひとりくらい簡単に殺せるでしょうね！　だけど、相手が戦士ならどう？　だからお願い。わたしの話を聞いて。耳を傾けて。考えて。わたしはあなたとは行かないわ！」

男はメリオラに一歩も近づこうとはしなかった。ただほほえみ、怒りといらだちをこめて、かぶりを振った。「ああ、レディ、きみは間違っている。きみはおれと一緒に行くことになるんだ。どこであろうと、いつであろうと、おれが言うとおりに」

「それに関しては、陛下の意見をうかがうわ！」メリオラは鋭い口調で言い放った。

「いい加減に覚悟を決めろ！　きみがおれを脅す材料にしているのはヴァイキングか？　それとも国王なのか？」

この人は怒っている……それでいて、おもしろがってもいるわ、とメリオラは思った。彼が再びかぶりを振りながら背を向け、ふたりが使った小舟を土手の上へと引きあげる。彼女はそのチャンスを逃さなかった。

彼の馬は大きいけれど、乗馬には自信がある。なにしろ、ヴァイキングの娘なのだ。手助けなしで裸馬に飛び乗るのは無理でも、あの馬には鞍がついている。それにわたしは身のこなしが軽いし、馬は子供のころから乗ってきた。

あぶみの位置は高かったが、メリオラはうまく左足をかけて、軽々と軍馬の背に飛び乗った。心臓が早鐘を打つのを感じながら、かかとで馬を軽く突く。「さあ、お願い。お願いだから走って。わたしを助けて！」

大きな馬は前へと跳躍し、宙をかいて地面におりたった。

馬は疾走し始めた。メリオラは涼やかな風を感じた。地面が足もとを飛ぶように過ぎる。メリオラは勝利の、そして自由の気分を味わった。

そのとき口笛が聞こえた。

馬はふいに足をとめて宙をかいた。メリオラはなんとか振り落とされずにすんだものの、馬はまわれ右をして再び駆けだした。さっきまでいた場所へと。電光石火のような走りだ。前方に男の姿を見て、彼女は息をのんだ。このままでは彼は跳ねとばされてしまうだろう。

だがまたしても軍馬は足をとめ、メリオラは勢いあまって馬の頭越しに飛ばされた。

幸い、落ちたのは柔らかい地面だった。それでも、体じゅうの骨が折れ、頭がぱっくり割れたかのように感じられる。

メリオラはすぐに立ちあがって、自分の足で走るべきだとわかっていた。実際、そうしようとしたが、頭がくらくらした。頭上を見あげると、黄昏は夜へと変わり、空には星たちが姿を現わし始めていた。

「きみは本当に愚かで頑固な女だな！」

「いや!」メリオラは必死に叫んだ。

だが、もう遅すぎた。男の両手がメリオラの体に触れ、骨折やけががないかどうか確かめていた。親密な触れ方だったが、彼女に拒んだり怒ったりする権利があるようには思えなかった。彼はうんざりしたように鼻を鳴らしたあと、メリオラが抗議するのをものともせずに彼女を抱きあげた。そして狩人《かりゅうど》が獲物をかつぐようにメリオラを肩にのせたまま馬に乗った。

たしかにわたしは獲物なのかもしれない。

わたしはこの男に狩られてしまったのだ。

ふたりは夜の闇のなかを馬に乗って駆けた。男は戦利品を国王のもとへ持っていくのだ。

第七章

メリオラはいつしか眠ってしまっていたらしく、目を覚ましてしばらくは頭が混乱していた。だが軽やかに走る馬の背に揺られてスターリング城に近づくにつれ、自分はまだ男の肩にかつがれているのだとわかってきた。彼女は疲労困憊し、体が芯《しん》まで冷えきっていた。男が城の門番に呼びかける声を聞いたときは、うれしいとさえ思った。中庭に入ると、蹄の音が石を打つ音に変わった。

男はメリオラをかついだまま馬をおりた。彼女は身を起こそうとしながら祈った。もう一度元気が出せますように。大声を出して助けを呼び、この熱狂的な忠臣から逃れられますように。おろしてと要求できますように。幸い、おろしてくれるように言うまもなく男はメリオラを地面に立たせたが、彼女がよろめいてあおむけに倒れそうになると、すばやく受けとめて再び両腕で抱きあげた。

「レディはおけがをされているのですか、レアード?」厩番の声がした。「誰か国王陛下にお知らせしに――」

「いや、疲れと寒さで弱っているだけだ。おれが彼女の面倒を見て、陛下に知らせておく」

メリオラは憤然として、男の腕から逃げようともがきながらも、はっと動きをとめた。厩番の少年が彼をなんと呼んだかに気づいて、不安げな目で男を見あげる。

領主《レアード》。

彼が戦士なのは……ナイトか、あるいは裕福な主人に仕える兵士に違いないのは、遅まきながらも気づいていた。重い武具を扱う訓練を受けていなければ、これだけがっしりとした体格にはならないからだ。

けれども、ただのナイトではなく、レアードだった。

男はメリオラに見つめられたまま、大広間に――国王の居室に通じる正面玄関ではなく、居住区の出入口のひとつへと入った。

「レアード？　ええと、サー、わたしをどこへ連れていくつもり？」

「おれが陛下に会えるまで、きみを休ませておける場所だ」

メリオラは怒りと無力感を覚えながら、なおも男を見つめた。「今日一日の恨みを晴らすために、わたしは絶対にいつかあなたを殺すわ」

「レディ、きみがおれの存在を消したがっているのはわかっているが、それでも自分の命より、きみの命を守るほうがはるかに難しいだろうな」男はいらだたしげに言い、広い歩幅で廊下を奥へと進んでいく。メリオラは不安な面持ちであたりを見まわした。この区画は王室、そして国王が全幅の信頼を置く側近や闘士たちの居住区だ。

メリオラは男の腕のなかでもがいた。「今すぐわたしを陛下のところへ連れていって」

「いつまでも要求ばかりしていても無駄だぞ、レディ」

「いまいましい人ね。いったいわたしをどこへ連れていくつもりなの？」

「地下牢《ろう》でないのは確かだ」男は愉快そうに答えた。「それも悪い考えではないがね」

男は廊下の途中で足をとめ、片足で重い木の扉を押し開けた。

「ここは……」

メリオラは言いかけてやめた。扉の向こうは広い部屋だった。壁にはみごとなタペストリーが飾られ、壁際の大きな暖炉の前には豪華な毛皮が何枚も敷かれている。

「ここは誰の部屋なの？」

「おれのだ」男はなかに入るとすぐに、アーチの奥にある小部屋へと向かい、メリオラをベッドにおろした。

メリオラは跳ねおきたが、彼にすぐに押し戻された。「ここで待っていろ」

メリオラは必死で首を横に振った。たしかにひどく疲れてはいるが、今は、この男のせいでこれまでになく動揺している。どうやら彼はデイヴィッド一世に対して大きな影響力を持っているようだ。もはや言い争いをしている時間はほとんどない。丸一日以上も逃げていたのだから、国王は本当に激怒しているに違いない。「お願い！　お願いよ！」彼女は再び起きあがり、片手をそっと男の腕にかけた。「やめて！　わたしをここに閉じこめていかないで。助けてちょうだい。わたしは国王陛下に敬意と愛情を抱いていると誓うわ。今回は陛下が間違っていらっしゃるのよ。わたしを与えようとなさっている相手は、卑劣で――」

「浅ましい老いぼれのノルマン人、ウォリック・ド・グレアム」

「そうよ！　知っているでしょう！　ああ、あなただって別の道があるとわかってくれるはずよ。あなたが助けてくれさえすれば――」

「だが、助けるつもりはない。失礼するよ、レディ。すぐに戻る」

男は扉へと向かい、メリオラもかぶりを振りながらあとを追った。

「待って！」

「なんだ？」男は足をとめ、いらだたしげに振り向いた。

「ここを出るのに手を貸してちょうだい。お願いよ。おぞましいノルマン人から逃げだすのを手伝って。約束するわ。わたしには、あなたが想像できないほど高価な報酬を払えるの。ヴァイキングの黄金よ」

男は、不安そうにごくりとつばをのむメリオラに歩み寄った。そしてハンサムな顔をいぶかしげにかしげて彼女を見おろした。

メリオラは両手で拳を握った。「本当よ」

「へえ」

「山ほどあるわ！」

男はにやりと笑った。「心をそそられるな。だが、今夜はもうたくさんだ。それに、おれが黄金に関心がない場合はどうする？」

メリオラはどきりとした。「どういう意味？」あわてて尋ねたものの、残念ながら彼がほのめかしていることはちゃんとわかっていた。さんざん人をばかにしておいて、今さらなにを言うのだろう？　とはいえ、たしかにわたしは川で彼を誘惑しようと……そしてじらして油断させようとした。あれは思っていたよりも功を奏していたのだろうか？　この人はどこから見ても男らしいけれど……。

彼が女性を誘惑するのは簡単だ。若くてハンサムだし、鋼鉄のようにたくましい体つきをしている。笑顔は官能的でさえある。この人はまたわたしをばかにしているの？

男はメリオラを見つめ、彼女の心を読んだかのようにゆっくりほほえんだ。「黄金ならかなり持っている」片腕をのばして豪華な部屋を示した。「略奪品だ。戦いで得たものだよ」

「それでも男性はみな、より多くの富を求めるものでしょう？」メリオラは唇を湿らせた。

「そうかもしれないが、富の意味は人によってそれぞれ違うんじゃないか？」

「国王にとっては違わないわ」メリオラは苦々しげにつぶやいた。

男は肩をすくめた。「黄金のほかにはなにをさしだせる？」

「宝石、ケルト族の芸術品。古代の宝石のなかには、信じられないほどすばらしいものがあるわ。それから、古代の写本に絶品の鎧兜、馬――」

「だが、それらは厳密にはきみの財産ではないんだろう？　母方の一族から受け継いだものだから」

「間違いなくわたしの財産よ。所有者が誰であろうとかまわない。おれが期待しているのはそういうものではないんだ」

男の目を見つめたメリオラは、まるで炎と氷が同時に全身の血管を流れるような、奇妙な感覚を覚えた。ふいに彼から逃げだしたくなる。その気持ちは、スターリング城を逃げだしたとき以上に強かった。だがアルコーブに追いこまれているため、逃げ場はない。彼女は思いきって大胆な行動に出ようと心を決めた。

「あなたは昼間、わたしの〝高貴な美しさ〟を嘲ったじゃないの、レアード。今さらそれをどうしたいと言うの？」

「おれは長いあいだ出征していたんだ」男は肩をすくめて言った。「きみならいい気分転換になるかもしれない」

「その気があれば、これまでにいくらでも……」

「陵辱する機会はあった？」

「ええ」

「ああ、機会は何度もあった。だが、国王の被後見人を陵辱する、だって？」男は恐怖に怯えるふりをして、遠まわしにからかった。

「それなら誘惑するほうがましだというの？　あなたは、わたしが自分の身を危険にさらすのは国王に対する裏切り行為だと言ったわよね。こういう取り引きをすればあなただって反逆罪に問われるんじゃない？」

「今ここで取り引きをしようと躍起になっているのはおれではないよ、レディ。おれは自分のしたいようにするだけだ。交渉を持ちかけているのはきみなのだから、おれの心配をする必要はない。それよりもきみに必要なのは、自分自身の心に問いかけることだ。この結婚から逃げるために、きみはどこまでするつもりなんだ？」

「どこまでだってするつもりよ」メリオラはうつむいてつぶやいた。

「本当に？」

「あなたの条件は？」

「きみだ。今すぐに、ここできみがほしい」

「まさか。そんなばかげた取り引きはできないわ。あなたが裏切るかもしれないのに」

「それならどうする？」

「どこかで会いましょう……わたしがあなたに逃がしてもらって、ヴァイキングの野営地に着いたら」

「きみが約束どおりに来るという保証は？」

「信じてもらうしかないわ」

「きみがまた国王の兵士にとらえられた場合はどうする？　それでもおれに対する借りは消えないぞ。おれはきみをここへ連れ戻した褒美がもらえなくなるんだからな」

「黄金や財宝には関心がないはずじゃなかったの？」

「これはまた別の取り引きだ」

「約束は守るわ。たとえなにがあろうとも。今すぐにわたしを逃がしてくれたら、必ず借りは返すと誓うわ」

「嘘ではないだろうな？」男はメリオラの顎を持ちあげ、目を見つめた。彼女は激しく震えながらも、身をよじって彼の手を振り払ったりしないよう必死にこらえた。

「嘘ではないわ」メリオラはごくりとつばをのみこんだ。もちろん嘘に決まっている。だけど、わたしが無事叔父に会えれば、このナイトはまた追いかけてきても殺されるだけだ。世の中とはそういうものだと教えてあげよう。そうすれば、わたしは借りを返さなくてすむ。

「借りはいつ、どこで返すつもりだ？」

メリオラはためらった。返事はくれぐれも慎重にしなければいけない。どうやら彼は本気のようだ。本当に逃がしてくれそうだ。わたしをからかい、嘲ったけれど、今は求めているらしい。使える武器は、狡猾《こうかつ》さでも、嘘でも、ごまかしでも、なんでも使うしかない。だけど、嘘でも少しは真実をまじえなければ、彼にはすぐに見破られてしまうだろう。

「北西に向かって馬で一時間ほど走ったところに森があるでしょう。ちょうど谷から急に高くて険しい山となるところ。あそこは国王陛下の領地だと知っている？」

「ああ」

「あの奥に、昔、隠者が住んでいた小屋があるわ。陛下が狩りをするときにお使いになるから、いつも手入れが行き届いているの」

男はゆっくりと片方の眉をつりあげてメリオラを見つめ、またしても彼女に落ち着きを失わせた。「その小屋ならよく知っている。先を続けろ」

「わたしを逃がしてくれたら」メリオラは小声で言った。「次の満月の晩に、そこであなたと会うわ」

「次の満月の晩？」

「そうよ」

「二週間後か？」

「ええ」

「本当に来るんだな？」

「誓うわ」

「気をつけろよ、レディ。誓いを破ったら、絶対に許さない。もし破れば、きみの魂も命も危険にさらされるはめになるぞ」

「行くと言ったら必ず行くわ」

男はメリオラを見つめたままうなずいた。「必ずだぞ」彼は静かに言った。「それでも最後にもう一度だけ考えるチャンスを与えよう。きみは本当にこの取り引きをしたいのか?」

メリオラは落ち着きなく息を吸って吐いた。「したいわ!」

男はふいに背を向けて暖炉の前へ行き、燃える炎を見つめた。「きみの逃走に手を貸すつもりはないぞ」彼はとげのある口調で言った。怒りのせいでいつにも増して太い彼の声に、メリオラはますます落ち着きを失った。「この部屋を出るのは許すが、きみはまたひとりで城を抜けださなくてはならない」

「もともとあなたの助けは期待していないわ」メリオラは唇をなめて不安そうに言い、扉を見つめた。

「ものの数分で連れ戻されるはめになるかもしれないぞ」

「わかっているわ! それはわたしに任せて。城を抜けだす方法は心得ているから」

「そのようだな」男はそっけなく言って振り向き、再びメリオラを見つめた。「だがきみがとらえられて、例のノルマン人と結婚することになったら、どうやって約束を守るんだ?」

「もしもまたとらえられたら、なんでも陛下のおっしゃるとおりにするわ。そうすれば、とらわれ人ではなくなるもの」

「だが、婚約者はどうする?」

「方法はいくらでも……」

「老人をだます方法か？　浅ましくてよぼよぼのノルマン人の臣下を？」

「そんなことを言うなんて卑劣だわ」

「いいや」男は真剣な口調で言った。「まだ取り引きは成立したわけではない。きみがちゃんと約束を守るのかどうか確かめておきたいんだ。卑劣ではなく、周到なだけだ」

「わたしは誰に対しても負い目なんてないのよ。自分の意思に反して利用されるのだから、そのノルマン人がわたしの行動を気に入ろうと気に入るまいと知ったことではないわ。だからもちろん、あなたとの約束は守るつもりよ」

時がたてばたつほど緊張が高まっていく気がする。メリオラはずっと扉を見ていた。分厚い扉だけれど、開けば自由を手に入れられるのだ。今は、逃げだすためならばなにを言っても、なにをしても正しいと思えた。

「それでは、本当にいいのか？」

「どういう意味？」

「取り引きは決まりか？」

「ええ、そうよ！」メリオラは吐き捨てるように言った。

男は片手をあげて扉をさした。「行け」

彼の横を通るときも、メリオラは彼から目を離さなかった。この人はきっとなにかたくらんでいる。扉に着いた瞬間、近づいてなにか言ってくるに違いない。だが彼はなにも言わず、平然とメリオラを眺めているだけだった。そのとき彼女はふと、男の喉もとが激しく脈打っているのに気づいた。この人はぴくりとも動かずに黙って見ている。わたしはもうすぐ彼から逃げられるのだ。それなのに、なにが気になるのだろう？

気になるのは、彼のわたしを見る目つきだ。まるで魔女か悪魔を見るような、神に見捨てられた、このうえなく恐ろしい生き物を見るような目をしている。

メリオラが扉を開けても、男は彼女を見ていた。彼はまるで虎のように、獲物を求めてうろつく狼のように跳びかかって、わたしをずたずたに引き裂くつもりなのだ。今は狡猾な捕食者さながらに様子をうかがい、ここぞというときになったら行動を起こすつもりに違いない。ゆうべ、わたしが苦しんでいるのをひと晩じゅう見ていたように。

やはり男は動かない。メリオラは扉を開けて部屋を出た。ほんの一瞬だけ扉にもたれかかり、いきなり開くのではないかと身がまえる。だが、それもなかった。彼女は深呼吸をして、廊下を駆けだした。

足音を忍ばせて出入口へと急ぐ。今が何時なのかは見当もつかないが、日はとうに暮れている。中庭に出れば、闇と陰が姿を隠してくれるだろう。もうこれ以上の危険は冒せない。厩に忍びこんでわたしの馬を見つけよう。門番にうまく言い訳をして、無事に通過できたら川にかかる橋を渡り、全速力で馬を走らせる。なにがあろうとも、絶対にとまらない。

メリオラは角を曲がり、この居住区に入ったとき通った出入口へと向かった。だがあともう少しのところで男性がぬっと現われ、彼女は足をとめた。

番兵だわ。廊下をふさいでしまいそうなほど体の大きな男性だ。

メリオラはあとずさりした。たぶん姿は見られていないだろう。

「レディ・メリオラ！」

メリオラははっと息をのみ、さらに後ろへとさがった。男性はサー・ハリー・ウェイクフィールドだった。まさに昨夜彼女がうまくかわした相手だ。

「さあ、レディ。ゲームはもう終わりですぞ」

「サー・ハリー、道をあけてくだされば……」

「おわかりでしょう。それはできかねます」

メリオラは向きを変えて反対方向へと走った。角を曲がったものの、この居住区には不案内で、どこへ向かっているのかわからなかった。だが、出入口がほかにもあるのは確かだ。あそこだ。この先にアーチが見える。逃げ場を失った鼠《ねずみ》のように同じ場所をぐるぐるとまわり始めているのに気づき、うろたえていたメリオラは、アーチへ向かって左に曲がった。けれどそこには――中庭へ出られるはずの出入口には、また別の兵士がいた。誰かは知らないが、どことなく見覚えのある男性だ。かなり大柄で、頭は禿《は》げ、右頬にはひどい傷跡がある。つらく長い戦いを何度もくぐり抜けてきたかのような哀れな姿を見て、ふいにメリオラは悟った。わたしは重大な過ちを犯してしまった。デイヴィッド一世は、わたしが逃げだしたのを知り、国王軍のなかでももっとも冷淡で凶暴で欲深い兵士にわたしを捜しに行かせたのだ。わたしは必死になっていたあまり、まんまとその追っ手にだまされてしまった。あの男は、この城全体に警戒態勢が敷かれるのを知っていたはずだ。おそらくはその計画にひと役買ったに違いない。

禿げ頭の兵士に姿を見られていないことを願いながら、メリオラはすぐに引き返した。死にものぐるいで廊下を駆けていくと、左側にタペストリーのかかったアルコーブがあった。そのタペストリーの奥に滑りこみ、壁にもたれかかって息をはずませる。そして深呼吸をしながら、これからどうするかを考えた。上の階へあがって、もう一度胸壁から逃げられそうな場所を探してみる？　しばらくは隠れて様子を見る？　国王が番兵全員に、強情な若い娘を捜せと警告した今、どうしたら逃げられるだろう？

メリオラはふと、このアルコーブにいるのは自分だけではないと気づいた。彼女は息を殺した。誰かいる。わたしと同じように隠れている者が。それとも、わたしに襲いかかるチャンスを待っている者だろうか？

こみあげてくる恐怖をこらえて、メリオラは自分に言い聞かせた。こういうアルコーブは、よく秘密の逢《あ》い引きの場所になるものだわ。ここにいる人は、きっとわたしと同じように姿を隠したがっているに違いない。

そのとき廊下を歩いてくる足音が聞こえ、メリオラは身がまえた。「彼女を見たのか？」

男性がもうひとりに話しかけた。

「はい、レディ・メリオラはこっちにいらっしゃいました。ですが、そのあとどっちへ行かれたのかはわかりません」

「トリスタンに、彼女はきっと南側の出入口へ向かうと警告しろ」

声と足音が聞こえなくなった。メリオラはじっとしたまま待った。やがて、小さなささやき声が聞こえた。「メリオラ・マカディン?」女性の声だ。

女性だって男性のようにあっさり裏切る可能性はある。メリオラは黙っていた。

「メリオラ!」ためらいがちな、不安そうなささやきだった。「アン・ハルステッダーよ」

メリオラは長い息を吐いた。「こんなところでなにをしているの?」アンは、デンマーク人の族長の末息子とマキニッシュ家の女相続人の娘だ。父親はアンの誕生後まもなく殺されたため、彼女は母親の親族とともに暮らしている。故郷はヘブリディーズ諸島の北部にあり、メリオラの島に近いので、ふたりは昔から親しくつきあっていた。「どうしてここに?」

「あなたから話してちょうだい。どうして捜されているの? なにをしたの? どうしてここに隠れているの?」

「なにもしていないわ」メリオラは落ち着いて答えた。タペストリーに覆われたアルコーブの暗闇にも目が慣れてきた。ほんの三十センチ先にいるアンの姿も見分けられる。このアルコーブは昼間、タペストリーをあげて美しい木彫りの椅子が置かれるので、居住者や来客にとって内輪話のしやすい場所だった。そして夜には、メリオラが聞いた限りでは、もっと個人的なことが行なわれるという。どうしてそんなことができるのか、彼女はいつも不思議でならなかった。今夜、アルコーブはこみあうものだということはわかったけれど。

「本当よ。なにもしていないの。ただ、番兵……らしき人を避けているだけ」メリオラは言った。「父が亡くなったのは知っているでしょう？　国王はわたしの後見人なの」

「ええ、聞いたわ。あなたを兵士のひとりと結婚させるおつもりだそうね」

「そうなの。だからわたし、ここを……出ようとしているのよ」

「困った事態になったわね」アンは同情をこめて言った。

「アン、あなたはどうしてここにいるの？」

アンはしばらくのあいだ黙っていた。

「アン！」

「わたし……人と待ちあわせをしているの」

「誰と？」

またしてもアンは黙りこんだ。

「アンったら。わたしはかつてないほど困った事態に陥っているのよ！　あなたがなにを言おうと、これ以上悪くはならないわ」

「ダロよ」

「なんですって？」メリオラは驚きのあまり、危うく叫びそうになった。

「しいっ！」アンはあわててメリオラの口に片手をあてた。メリオラが首を小刻みに振ってもう声は出さないと伝えると、アンはようやく手を離した。

「ダロですって！　ダロ叔父様と？」さほど驚くことでもなかったのかもしれない。金髪でハンサムなダロはとても勇敢で大胆な男性で、亡くなった友人から受け継いだ、アイリッシュ海のスカル・アイランドという小さな島を領地としている。少々気性は激しいが、たいていの場合はデイヴィッド一世に協力し、アディンの存命中は平和な関係を保っていた。だが今、ダロはある問題について国王と話しあう――あるいは和解するために、川下で野営しているはずだ。メリオラは、叔父が今もそこにいるものだとばかり思っていた。

「お願い、誰にも言わないで！　デイヴィッド一世の権力が強大になった今、わたしの親族はダロとはかかわりを持ちたがっていないのよ。彼は一族に厄介ごとをもたらすと言うの」

「大丈夫よ。わたしは絶対に裏切ったりはしないわ。だって彼はわたしの叔父だもの！」メリオラは断言した。もしも自分が今これほど困った状況に陥っているのでなければ、彼女は愉快に思ったことだろう。アンは昔からしっかりした穏やかな女性で、決してダロのような男性と許されない恋をするようには見えなかった。

　再び足音が聞こえ、メリオラははっと息をのんでアンを見つめた。このままでは、ふたりそろってここから引きずりだされるのも時間の問題だ。メリオラは迷ったあげく、アンの両手を握りしめて言った。「ダロ叔父様に、わたしが助けを求めていると伝えて。城にとらわれていて、じきに国王の臣下と結婚させられると。でも、無茶はしてほしくないわ。人の命が失われるのはいや。わたしは……わたしは戦いを求めているんじゃない。逃げたいだけなのよ!」

「メリオラ、なにを――」

「さがって!」メリオラは毅然とした口調で言った。「お願いだからわたしをがっかりさせないでね!」

メリオラはアンを軽く突いて、暗闇の奥に押し戻した。そのあと、番兵が近づいてくる足音を聞いて、するりとタペストリーの陰から出た。

「おられたぞ! おお、レディ、やはりここでしたか!」サー・ハリーが腹だたしげに大股で歩み寄ってきた。

「お供がなくてもわたしはひとりで歩けるわ、サー・ハリー」メリオラはそう言って彼に背を向けたが、禿げ頭の大柄な男性もこちらに向かってきた。「ひとりで歩けると言ったでしょう!」

メリオラはその男性の目つきが好きになれなかった。彼女は男性の横を駆け抜けようとしたが、つかまえられてしまった。

「サー・ハリー!」メリオラは大柄な兵士の手から逃れようともがいた。「サー・ハリー、この野蛮人に伝えて。わたしはひとりで――」

「サー・ハリーはもういませんよ、レディ」男性の声は太くかすれていて、強いハイランド訛《なまり》があった。

「放して。あなたなんか知らないわ。わたしはサー・ハリーと国王陛下にお会いしに行く――」

男性はメリオラの体の向きを変えた。「サー・ハリーはご用がおありなんですよ。おれがお供します――」

「ひとりで行けるわ」

「そうは思えません」

「もう走らないわよ。あなたはわたしを追いかけてきたんでしょう。これから国王陛下にお会いしに行くから、そうしたいのならついてくれば――」

「レディ、もう真夜中ですよ。こんな時間に、あなたの癇癪で国王陛下をわずらわせてはなりません」

「癇癪ですって？　いいわよ！　じゃあ、わたしは自分の部屋に戻って陛下が呼んでくださるのを待つから、あなたもついてくればいいわ」

「だめです」

男性はメリオラの腕をしっかりと握った。彼女は自分の腕を、そして彼の目をじっと見た。その目はどこか荒々しく、非情な色をたたえていた。

「一緒に来てください。さあ、早く」

「たった今あなたは、国王陛下は――」

「国王陛下のお邪魔をしてはいけません。レアードのところへ行くんです」

「いやよ。行くものですか！」メリオラは身をよじって男性の手から逃れようとした。彼の腕を爪で引っかき、もがいたが、無駄だった。男性はほとんど彼女を抱きあげるようにして廊下を歩いてく。メリオラはそのあいだもずっと、引っかいたり、たたいたり、蹴ったり、嚙みついたりしたが、効果はなかった。必死にもがいていたせいで、彼女は部屋に着いたことすら気がつかなかった。

男性は扉を開けて、メリオラをなかに押しこんだ。

スタート地点に戻ってきてしまった。失望のあまり、彼女はあえいだ。

メリオラにとって悪夢となった男が、彼女に背を向けて暖炉の前に立っていた。ウールの下に清潔なシャツを着て、まだ濡れている髪を後ろに撫でつけている。

「お連れしました、レアード」禿げ頭の男性が言った。

「ご苦労だった、アンガス。ありがとう」彼は後ろを振り返りもせずに平然と言った。

アンガスはばたんと扉を閉めて出ていった。

メリオラは、暖炉の前に立つ男の背中をいぶかしげに見つめた。自分の負けを悟ると同時に、激しい怒りもこみあげてきた。

「この詐欺師！　あなたは嘘つきで最低の人だわ！」メリオラの体も声も怒りに震えていた。「わたしを逃がしたのは、見張りの番兵が連れ戻すとわかっていたからでしょう。わたしに恥をかかせるためだけに――」

「きみを逃がしたのは、自分がしようとしていることがいかに無駄であるかをわからせるためだ」彼はいらだたしげな口調でさえぎった。「きみはおれに二度も短剣を向け、櫂で殴り殺そうとしたというのに、まだわかっていない。もううんざりだ。きみのゲームにつきあうのはこれで終わりだよ」

分別のない行動だとはわかっていたが、メリオラはどうしても抑えられなかった。自分の世界は粉々に砕け散ったように思える。それもすべて、この実に不愉快な戦士のせいだ。メリオラは彼に駆け寄って、背中を両の拳で激しくたたいた。そして怒りの言葉をぶつけたが、彼の卑劣さを言い表わす言葉は見つからなかった。「汚らわしいうすのろ、いまいましいろくでなし！　あなたは嘘つきで、陰険で、本当にずるい男だわ。絶対に許さない――」

男が振り向き、メリオラは一歩あとずさりした。彼は目を細めて言った。「これはきみ自身の愚かな行動と裏切り行為の結果なのだから、許そうと許すまいとおれにはなんの意味もない」

「なんの意味もない、ですって！　あなたにとってはすべてが意味のないことなんでしょう！」狂ったようにメリオラは再び男に飛びかかり、今度は胸板を拳で殴った。だがこれも彼にとっては意味のないことなのだろう。「あなたが自分を何様だと思っているのか知らないけれど」彼女は吐き捨てるように言った。「わたしは決してあなたを許さないし、忘れもしないわよ。きっとあなたをひどい目にあわせてやる。絶対に仕返しをしてやるわ！」

突然、男が電光石火の早業でメリオラの両手首をきつくつかんだ。彼女はもがいたものの、体を揺さぶられて抵抗するのをやめ、彼を見つめた。一瞬、殴り返されるのかと思うほどその目は荒々しかったが、仕返しされることはなかった。「きみがおれを許そうと、忘れようと、この先一生復讐《ふくしゅう》をたくらんで生きようと、知ったことではない。だが、警告だけはしておこう。おれはきみにチャンスを与え、きみは約束をした。約束をした以上は、必ず守ってもらうぞ！」彼は怒りを抑えた口調で言った。

約束？ なんの約束だったかしら？ ああ、そうだった。森の小屋で会う約束だわ！

「冗談じゃないわ！ 守るものですか！ 嘘をついて、わたしをだまし、からかっておいて――」

「からかった、だって？ 取り引きを持ちかけたのはきみだろう！ 不誠実で信頼できないのはきみのほうだ。だが、取り引きは成立したのだから、約束は守ってもらう。きみがなんと言おうとね。おれは取り引きをやめるようにと、きみに勝ち目はないと、警告さえもした。チャンスがあるたびに――」

「公平なチャンスは一度も持てなかったわ！」

「国王に逆らおうとすれば、そうなるのが当然だ」

「あなたは国王じゃないでしょう！」

「だが、きみがおれの手中にあるのは確かだ」彼はメリオラを押しやった。

「こんなことをして、あなたになんの意味があるの？」彼に近づいてはならないと自分に言い聞かせながら、メリオラは腹だちまぎれに叫んだ。「陛下は今就寝中だから、わずらわせるわけにはいかないわ。だから教えて。なにかあなたに重要なかかわりがあるの？」

「ある。だから陛下は就寝中でも、おれが会いに行くのを待っておられるんだ。きみに関する話でね。そういうわけなので、失礼するよ」

男はメリオラの横を通って扉へと向かった。彼女は涙をこらえて男を見つめた。彼を追いかけてもう一度殴りつけたかったが、脇《わき》でぎゅっと両手を握りしめる。もうすでに危険なほど彼を怒らせてしまっていたし、仕返しをされて触れられるのもいやだった。「あなたを呪ってやる！」メリオラは憎しみをこめて叫んだ。「何度も繰り返し呪ってやるわ！」

だが、彼はとりあわなかった。直感が警報を発していたし、自分でもどうかしているのはわかっていたが、メリオラは彼を追いかけて拳を振りあげた。だがまたしても手首をがっちりとつかまれて、殴ることはできなかった。彼はふっくらとした唇をきつく結び、険しい表情でメリオラを見つめた。

メリオラは探るような目で彼を見あげた。「どうしてわたしをこんな目にあわせるの？　あなたは誰なの？」

彼は片眉をつりあげたかと思うと、ふいにほほえんでメリオラの手首を放し、嘲るように深々とおじぎをするまねをした。「そうだったな。これはうっかりしていたよ。おれたちはまだ正式に自己紹介をしていなかった。おかしなものだな？　おれたちはもうとっくに知りあいになっているというのに。だが、きみの質問に答えるのならば、おれが問題の彼だよ、レディ。きみが結婚することになっている男だ。みすぼらしい、よぼよぼの老いぼれノルマン人、ウォリック・ド・グレアムだ。しかし、おれの父はノルマン人ではない……まあ、多少はノルマン人の血が流れているかもしれないが。そしてヴァイキングでもない。母はロウランド地方の歴史ある一族の出だ。つまり、わかっていると思うが、おれは決してみすぼらしい、よぼよぼの老いぼれノルマン人ではなく、みすぼらしい、いずれはよぼよぼになる、さほど老いぼれてはいないスコットランド人だ。さて、もう失礼してもかまわないだろう？　本当に陛下にお会いしなくてはならないんだ。きみの行方を心から案じておられたからな」

ああ、神様。わたしは考えてもみなかった……。

このときばかりはメリオラも驚きと狼狽のあまり、動くことも話すこともできなかった。ウォリックが扉を開けても、彼女はまだ動けなかった。身を震わせ、愕然として立ちつくしたまま彼の背中を見つめていた。

やがてメリオラはわれに返り、小声で言った。「待って！」まさか。そんなはずはない。そんな……。彼とはいろいろあったのに。気づくべきだった。感じるべきだった。いいえ、やはりそんなはずはないわ。彼は嘘をついているのよ。冗談だわ。ひどい冗談に決まっている……。

「待って！」メリオラは叫び、今度は走ってあとを追いかけた。

「なんだ？」ウォリックは足をとめて振り向き、鋭い口調で言った。

メリオラは心臓を激しく鼓動させ、息をはずませながら、ウォリックにつめ寄った。「あなたじゃないわ……あなたのはずがない。お願いだから意地悪はやめて、本当のことを教えて。あなたは仕返しにわたしをからかって――」

ウォリックが戻ってきて、メリオラがよけるまもなく彼女の顎をつかんだ。彼の力はとても強く、メリオラはとても逃げられそうになかった。「きみに仕返ししたいのはやまやまだが、これはそうじゃない。おれはウォリックだ。ライオン、あるいはレアード・ライオンとして知られるレアード・ド・グレアムだ。そして、きみはもうじきおれの妻となる。きみはこの状況を好ましく思っていないと言っていたな。正直に言って、その言葉は信じている。きみは自分の気持ちを実にはっきりと告げてくれた。だが、これだけは言っておく。きみも間違いなくおれの好みではない。こうして自己紹介もすんだ今、はっきりと言えるのは、きみは強情で、わがままで、幼稚で、おまけに驚くほど愚か者だということだ！　だが、すでに賽《さい》は投げられた。きみはおれの妻になる。きみがあくまで戦うというのなら、そうすればいい。だが、おれがこれまでずっと戦いのなかで生きてきたこと、おれよりも強い戦士はほとんどいないことを忘れるな」

メリオラは心の底から恐怖と狼狽を覚え、肌にくいこむウォリックの指から顎を引き離した。「地獄に落としてやるわ！」

ウォリックはほほえんだ。「きみならそうするだろうな。そして、必ずやおれたちの結婚生活も地獄になるだろう」

彼は再び背を向けて去っていった。メリオラはまだ震えていた。あんな言い方をするべきではなかった。ウォリックもわたしと同じようにこの結婚を望んでいないのなら、まだすべてを白紙にする可能性はありそうだ。

「レアード・ライオン、待って――」

メリオラの目の前で扉がばたんと閉じられた。

「待って！」

彼女の声にこたえたのは、太い閂《かんぬき》がかけられる鈍い音だけだった。

「お願い！」メリオラは扉にすがりついて懇願したが、遅すぎた。

彼は行ってしまった。

呪われたのはわたしのほうだ。

第八章

ダロ・ソーソンは誇り高い男であり、すぐれた戦略家であり、勇敢な戦士だ。また、滅亡しつつある一族の数少ない生き残りでもある。何百年ものあいだ、彼の父親の一族は〝海の災い〟として恐れられていた。彼らは大ブリテンの島々やフィンランド、ロシア、地中海を襲撃し、セーヌ川をくだってパリまでをも脅かした。多くの場所に拠点を築き、彼らが襲撃した場所にはそのほとんどに、今でもヴァイキングの名前や習慣、作法、衣服、技術などが残っている。だが、世界は変わりつつあった。

イングランドも比較的最近まで七つの王国に分かれていた。これをウェセックス国のアルフレッド大王が統一して海からの侵略者に対抗したが、その後もヴァイキングの支配は続いた。交渉や武力によって、そして婚姻によってエドワード懺悔《ざんげ》王のもとにイングランドが統一されるまでは、デーン人たちが北部の王となっていた。またスコットランドでも多くの国が乱立し、王や族長が亡くなると、その座をめぐって争いが起こった。北部の辺境地帯にはたくさんの島があり、ヴァイキングたちはときおり襲来しては略奪、強姦、強奪、そして破壊行為を働いていった。なかにはその地にとどまる者もいた。するとその島は、古くからそこに住む人々と、新しくやってきた戦士との結婚によって、より強固になった。実際、スコットランドの沿岸、特に北部沿岸に点在する島々の多くは、今でもヴァイキングの王、あるいは族長によって支配されており、程度の差こそあれ、異人種間の結婚が頻繁に行なわれている。ダロから見れば、多くの人がすぐにヴァイキングを野蛮人扱いするのが不思議でならなかった。なぜなら、イングランドとスコットランドとの戦いが文明的だったとは思えないし、大ブリテンの島々に住む人々は、アングル人、ピクト人、ガリア人、スコットランド人、ジュート人とみな種族が異なり、それぞれがそれぞれの土地を故郷にしようと戦ってきたからだ。だが、いずれにしても、襲撃が繰り返された時代は終わりを告げようとしており、世界は文明化されたとまではいかなくとも、体制が整ってきているのは確かだ。またヴァイキングについての伝説はたいていおもしろおかしく語られるだけで、ヴァイキングになったのは生まれ故郷では生活していけなかったからだという事実が指摘されることはなかった。生まれた土地は狭すぎて彼らを養うだけの食べ物が実らず、冬になると魚もほとんどとれなかったため、ヴァイキングにならざるを得なかったのだという事実だ。とはいえ、それが問題だと思っているわけではない。この世界にはヴァイキングがいたほうがいいとダロは信じていたし、彼自身、アイリッシュ海に小さな島を持っている。アディンの島ほど雄大な土地ではないが、故郷と呼べる、支配できる、花嫁を連れていける場所——スカル・アイランドを。

夜もかなりふけたころ、ダロはスターリング城の廊下を警戒しながら歩いていた。長身で、筋骨たくましい体格ながら、足音をたてずにゆったりとした動きで歩く。危険や戦いのなかを生きてきたため、猛戦士のように戦うことも、鷹のように音もなく敵に忍び寄ることもできるのだ。十歳のときに兄のアディンとともにノルウェーをあとにして以来、ダロは兄から多くのことを学んできた。ときには、音もなく忍び寄る方法が、いかなる武力にも劣らない力を持つ。とはいえ、彼は声をかけられるのを恐れているわけではなかった。今夜はこの廊下にいる正当な理由がある。ダロと部下たちが町のすぐ北側に野営しているのは、デイヴィッド一世と交渉するためだった。さらなる貢献と交換に、さらなる土地を求めに来たのだ。ダロがここにいる理由について、問われるはずはなかった。今夜の彼は客なのだから。

だがダロはこの時間まで——中庭で店を開く商人たちがみな片づけを終えるまで待っていた。城のなかで逢い引きができるのは、この時間帯しかなかった。夜が明ければ、今度は農民が農産物を運び入れたり、魚売りの女たちが夫がとってきたものを売り始めたりするのだ。

ダロは自信に満ちた足どりで廊下を進み、アルコーブに着くと、人気がないのを慎重に確かめたうえで、タペストリーの隙間《すきま》からなかに滑りこんだ。そして、ほとんど声を出さずに彼女の名前を呼んだ。

「アン?」

「ダロ!」アンはささやき、すぐに彼の腕のなかに滑りこんだ。ダロは、ただ彼女のぬくもりを感じ、唇を触れあわせ、情熱に酔いしれるという喜びに浸った。その感情はいまだに彼を驚かせ、畏敬《いけい》の念をも抱かせた。女性なら、上品な者もそうでない者も大勢知っている。娼婦だって相手にしてきた。セックスなど人生においてはたいしたものではないし、出世したいのなら娼婦を相手にしたほうが気楽なくらいだ。だが、女性のぬくもりがこんなに刺激的なものだとは、女性を胸に抱くことが最後の行為よりも大きな意味を持ち得るとは、アンに出会うまでまったく知らなかった。そして、女性の香りや瞳の輝き、笑い声、自分を見るまなざしを思いだして、夜眠れなくなるものだとは。

もちろん、欲望を感じていないわけではない。この城塞を設計した建築家は、きっとどこかの乙女に道ならぬ恋心を抱いていたに違いない、とダロは思った。なぜなら、こういったアルコーブは今のような逢い引きにうってつけだからだ。ここは人目につかず、危険でもあるがゆえに刺激的なのかもしれない。

ダロは全身の血が熱く燃えたぎるのを感じた。最初はふたりとも話をせず、お互いの名前をささやくだけだった。やがて、キスの味と情熱に導かれて、ふたりはすばやく、しゃにむにお互いの服を探った。ダロがアンを抱えあげ、彼女は彼にしがみつく。時間がないことが、ふたりの欲望を募らせ、さらなる興奮をもたらした。ダロは、アンが自分と同じくらいいちずで、大胆で、みだらな欲望を抱いていることがうれしかった。たちまちダロはアンを奥の壁に押しつけ、彼女は長い両脚を彼の腰にまわした。ダロが押し入ってきた瞬間、アンは彼の肩を噛んで叫び声をこらえ、震えながらもしっかりと彼を抱きしめる。ダロの動きが激しさを増すにつれて、アンの歯もより深く彼の肩にくいこんでいった。やがてダロが情熱を解き放つと、彼女も全身を震わせてクライマックスを迎えた。アンが力なくダロにもたれかかる。そして貴重な数秒間、ふたりは夜と暗闇と影とに包まれ、お互いのすばらしさに浸っていた。だが、ダロは時間を気にしていた。実際、情熱が燃えあがるのも、身を引くのも彼女より速かった。ダロはアンを床におろし、服を整えてやった。だが自分の服をろくに整えるまもなく、アンがまた抱きついてきて、声を震わせながら悲しげにささやいた。「ああ、ダロ。どうしたらいいのかしら？　耐えられそうにないわ。きっとなにか方法が――」

「いったいどうしたんだ？」ダロは鋭い口調でさえぎった。先日開かれた国王主催の晩餐会《ばんさん》のあと、大広間の外でほんのわずかなあいだだけこっそりと会ったが、あれからいったいなにがあったのだろう？　あのときは結婚について、そして彼女の後見人であるおじと親族にその話を持ちだす方法について話しあった。アンは、まず反対はされないと自信を持っていた。アンの祖父は族長だったそうだが、父親はすでに他界しており、彼女は母親の兄弟と継父に育てられた。土地を持っている女相続人ではないが、母親はアンが結婚するときのために、父親が娘に遺したヴァイキングの黄金とケルト族の遺物をとっておいてくれたという。

アンはダロに両腕をまわしたまま彼の目を見つめた。「ダロ、みんながわたしを修道院に入れることに決めたのよ！」

「ちょっと待て。みんなとは誰だ？　どうしてそうなったんだ？　このあいだまでそんな話は出ていなかったじゃないか。なにがあったんだ？」ダロはいらだたしげに言った。先日、彼はまっすぐ国王のもとへ行って、アンとの婚約の許しを得たかったが、彼女はまず親族に話す必要があると言ってとめた。親族にヴァイキングとの結婚を認めてもらうには、ダロがもう二度と海へは出ないこと、そしてスコットランドに故郷を求めてやってきた者たちと同じく、彼も今はこの国に定住していることを理解してもらわなければならなかったからだ。

「あなたと結婚するつもりであることを話すチャンスもなかったわ。おじのポードリックがいきなりこの城のわたしの部屋に来て、わたしを修道院に入れる手配をするつもりだと言ったの。わたしが父から受け継いだヴァイキングの黄金やケルト族の遺物を修道院に寄付すれば、凶暴な襲撃で手に入れた償いができると言うのよ。おじはヴァイキングを憎んでいるの。ヴァイキングと名がつけば、それがデンマーク人だろうがノルウェー人だろうがスウェーデン人だろうが関係ないのよ。わたしは父の血を引いているから、このままお祈りも献身もせず、年をとったら魂を売るような恐ろしいまねをすると考えているの。わたしは母方の親族……つまり、おじの家族の名誉を汚す危険人物なんですって。本当に、誰にもひと言も話すチャンスがなかったのよ。ああ、領主のマイケル様と話せてさえいればよかったんだけど。でも彼は今、国王の任務で留守なの。彼ならきっとわかってくださるわ。いつも、人が信頼できるかどうかは生まれた場所ではなく、信念と忠誠心によるとおっしゃっているもの。おじの話では、国王陛下もヴァイキングは危険だと賛同なさったそうよ。デイヴィッド一世もヴァイキングの兵力を恐れていると」

「彼らの指図は受けない。一緒に逃げよう」

アンははっと息をのんで、悲しそうにかぶりを振った。「ダロ、それは無理よ。国王軍が追いかけてくるわ。あなたには国王軍に対抗するだけの兵力がないでしょう」

「ずっと遠くに逃げればいい。おれの島へ。必要とあらばノルウェーまでも」

「ああ、ダロ！」アンは彼の顔に触れ、もう一度かぶりを振った。「あなたを愛しているのよ。そんなことはさせられないわ。あの島はあなたにとってとても大切なものでしょう。国王と戦うべきでは――」

「誰とも戦うべきではない！　兄のアディンは尊敬され、崇拝され……信頼されていた」

アンはまたしても息をのんだ。「ダロ、忘れていたわ……ああ、どうしたらいいの――」

「なにをだ？」

「メリオラが今ここにいるのよ。彼女は苦境に陥っているの。ノルマン人の領主と結婚させられると言っていたわ。でも、わたしが噂で聞いた結婚相手はウォリック、レアード・ライオンなのよ。たぶん彼女は、陛下が少年だったウォリックを見つけたときの話を聞いて、彼がノルマン人だと思いこんでいるんだわ。彼がスコットランド人だとは知らないのよ。それとも、陛下がお決めになった相手は別の男性なのかしら？　よくわからないわ。とにかくメリオラは城を抜けだそうとしていたの。だけど見つかってしまって……というよりも、わたしがタペストリーの陰に隠れていることが見つからないように、自ら番兵の前に出ていったのよ。あなたの助けを求めていることを絶対に伝えてくれと言われたわ」

ダロはうつむいて、しばらくのあいだ目を閉じていた。まったく、デイヴィッド一世もアンの親族もくそくらえだ。ハイランド人は野蛮人の一歩手前だし、スコットランド人やイングランド人の〝文明化〟されたやつらだって、ひどく野蛮な刑罰や処刑を行なっているというのに、やつらはヴァイキングであるというだけでおれを差別するとは。しかもアンのおじは、本人の意思をききもせずに彼女の人生を指図しようとしている。一方、デイヴィッド一世はチェスの駒のごとくメリオラを利用する。たしかに、メリオラはおそらくレアード・ライオンを知らないのだろう。アディンがスターリング城に来るときも、彼女はブルー・アイルで客をもてなすほうを好んで、あまり一緒には来なかった。国王が偉大な闘士の功労に報いるつもりなら、メリオラとブルー・アイルはまさに最高の報酬だ。

ウォリックにはなんの恨みもない。あの男とは何度かともに遠征に出かけたし、そばで戦ったこともある。だが、おれや、おれたちヴァイキングがのけ者にされるのは――姪《めい》の相続に関する発言権がこのおれにないのは、許せない。ましてやこのスコットランドでは、忠実で信頼できる臣下のなかにも、ヴァイキングの血が流れている者は大勢いるのだから。

「メリオラはどこへ連れていかれた?」

アンは心配そうにダロの目を見つめた。「メリオラは、人の命が失われるのはいやだと言っていたわ。助けてほしいけれど、あなたにはくれぐれも慎重に、と。あなたの命や未来を危険にさらしてほしくはないのよ、ダロ」

「どこへ連れていかれたか知っているか?」

アンは首を左右に振った。「いいえ、サー・ハリーともうひとり男性の声が聞こえたけれど。陛下のところではなく、レアードのところへ連れていくとしか——」

「ウォリックの部屋だ。あそこへ連れていかれたんだろう」

「きっと厳重に見張られて——」

「扉には閂がかけられているだろうな。それにメリオラが脱走をはかった場合に備えて、見張りがひとり残っているに違いない。誰かの助けがなければ、逃げだすのはまず無理だ」

「ダロ」アンは静かに言った。「彼女に手を貸せば、あなたは陛下の敵になってしまうのよ。わたしたちに希望はなくなる——」

「どのみち現状では希望が持てないんだ。だが、もしデイヴィッド一世がメリオラを報酬として利用するつもりなら、おれが彼女を手に入れれば話しあいの余地ができる」

「あなたも陛下と同じようにメリオラを利用するつもりなのね」アンは悲しそうに言った。

「おれは違う。メリオラは兄の娘だ。彼女は、おれなら守ってくれるとわかっているから、おれに助けを求めたんだ」

「だけど、彼女を守ったら、わたしたちは負けるわ」

ダロはぐっと歯を噛みしめた。「メリオラがなにをしようとしているのかはわからない。実際に会うまではわかりようもない。今は彼女の脱走を助けるしか手がないんだ。もちろん守ってもやるつもりだ。だがそのためには、メリオラをここから逃がさなくてはならない……」彼はいったん言葉を切り、やさしい目でアンを見つめた。「きみも連れて」

アンは大きく息を吸いこんだ。「わかったわ……いいえ、やっぱりだめよ。陛下はあなたを殺そうとするに決まっているもの」

「ほかに手はないんだ。慎重に行動しよう、アン。まずは扉の見張りが誰か調べる必要があるな」ダロはタペストリーをあげて廊下の様子をうかがった。「またここで会おう」彼はすばやく告げた。「明日の晩だ。一日じゅう注意を払っているように心がけてくれよ。おれもそうする」ダロは彼女にキスをして立ち去りかけたが、また戻ってきて、もう一度情熱と約束に満ちたキスをした。「明日の晩だ。おれを信じろ」

デイヴィッド一世は私室で暖炉の火を見つめながらワインを飲んだ。あたたかくゆったりしたローブに身を包んでいても、彼は戦士に――衣服の優雅さとは裏腹にたくましく見えた。

「エリック・ブラッドアクス」デイヴィッド一世はウォリックをちらりと見て思案顔で言った。「二世紀足らず前のノーサンブリアの王だ。クヌート一世はイングランドの大部分を支配し、マグナス三世はスコットランドの大部分を手に入れた」国王はウォリックに目をすえた。「だが、アディンほど非凡な男はいなかった。誰が彼の死を予言できただろう？　ましてや、彼の娘が曲芸師のまねごとをして逃走するとは、いったい誰が想像しただろうか？」

「彼女は戻りました」ウォリックは穏やかに言った。

「結婚式は二週間以内に行なう」

「彼女にお会いになりますか？」

「いや。今はどこにいるんだ？」

「わたしの部屋です」

「本当に反逆をたくらんではいないんだな？」

ウォリックは自分でも意外なことに、国王のメリオラに対する怒りをこれ以上募らせたくはなかった。「彼女はただ自由を求めていただけです」

「ダロがこのスターリング城に来たのは、わたしと交渉するためだと言っていた」

「わたしは以前、ダロとともに戦ったことがありますが、彼は勇敢で、頭の切れる男です。まさにアディンの弟です」ウォリックは慎重に言葉を選んだ。

「だがヴァイキングだ。姪の自由でいたいという思いを知ったら、ダロがわたしに対して悪感情を持つのではないかと心配でならない。当然、メリオラは彼の助けを求めていたはずだ。きみは本当に、彼女がダロと反乱をたくらんでいたのではないと言いきれるんだな?」

「はい。わたしには、メリオラが武器をとって陛下と戦うつもりだとはとても思えません」

本当にそうだろうか? 彼女は運命から逃れるためにはなんでもするつもりだった。

デイヴィッド一世はふんと鼻を鳴らし、またワインを飲んだ。「メリオラにはもううんざりだ。だが、きみには警告しておこう。聞くところによれば、彼女には領地の本土のほうに住む若い恋人がいるそうだ。彼もヴァイキングの血なら、わたしにも流れていると聞いております」

「陛下、ヴァイキングの血なら、わたしにも流れていると聞いております」

「わたしはヴァイキングを嫌っているのではない。単に、信用していないだけだ。とにかく、メリオラは戻ってきた。それに現時点では、どうやらわたしよりもきみのほうが、彼女に対して好意を持っているようだな」

「彼女はどういたしましょうか? わたしの部屋なら逃走の恐れもありませんし、彼女にとっても安全かと思いますが」

「きみの好きにするがよい」デイヴィッド一世はかぶりを振った。「きみに言われたとおり、わたしは今、国境地帯の襲撃事件に悩まされている。ダロがアディン同様に忠実な男かどうか、ぜひ確かめたいものだ。襲撃は王国を分裂させる。国境地帯の小競りあいに気をとられていては、わが国の北部をねらう北欧の支配者たちに目が届かないからな。メリオラ・マカディンには用心するのがいちばんなのだ……」国王は両手をあげた。「彼女の世話を頼む。すべてきみに任せよう。もしもまた問題を起こすようならば、追い払えばいいだけだ」

「今なんと?」

「一生、わたしの客でいてもいい」デイヴィッド一世は平然と言った。「地下牢か修道院に入れてもいいし、一ダースもの妻を持つサラセン人と結婚させてもかまわない。わたしに逆らう者は、たとえ名付け子でも許さん。背信行為をすれば、メリオラの命はない。わたしは公正で、情けもあるつもりだ。だが、裏切り者は死ぬ。それが法というものだ」

「彼女が裏切るとは思えません。ヴァイキングはもう何世紀も前から、敵として友人として、われわれとともに生きてきました。実際、陛下の先祖たちはヴァイキングを利用してきたではないですか。マルカム二世は、ノルウェー人であるオークニー諸島のシグルズ伯爵と娘を結婚させることにより、北部での影響力を強化しました。ご存じのとおり、マルカム二世はストラスクライドの同盟で、国境をロジアンのトウィード川とソルウェー湾を結ぶ線にまで広げています。その結果、スコットランド国王としての彼の力は国じゅうに伝わりました」

「歴史と戦略なら知っておる、レアード・ライオン。だからわたしは結婚によって力を得ようとしているんだ。だが、同盟や平和的手段では不十分な場合には、血の雨を降らす手段しかないだろう」

それからまもなく、ウォリックは奇妙な寒気を覚えながら国王の私室をあとにした。部屋を出るやいなや、急いで近寄ってくる足音が背後から聞こえ、彼は振り向いた。

それはメリオラの侍女、ジリアンだった。

ジリアンは疲れた様子で、心配そうに尋ねた。「レアード・ライオン……メリオラ様は元気なのですか？」

「ご存じのとおり、彼女は鋼鉄のように丈夫だからな」

「ええ、でも……」

ウォリックは片眉をつりあげた。

「メリオラ様に会えますでしょうか？」

「近いうちには」

「どうかメリオラ様にあまり厳しくしないであげてください。彼女は、お父様が亡くなるとは、自分が思い描いていたのとは違う人生を歩まなければならないとは思ってもいなかったのです。あなたが嫌いなわけではないのですが、恋人がいましたので」

「知っている」ウォリックは長いあいだジリアンをじっと見た。「その恋人とはどこまでの関係なんだ？」

「子供時代からの友人ですから、かなり親しいと――」

「どの程度親しいんだ?」

ジリアンはウォリックの顔を見て彼の真意を理解するなり、怯えたような表情を浮かべた。「まあ、まさか……」

「どうなんだ?」ウォリックは険しい口調で言った。

「まさかそんなことは……でも……わかりません」ジリアンは声を落とした。

「正直に答えてくれてありがとう」

「どうか……」

「なんだ?」

「どうかメリオラ様を傷つけないであげてください」

「そんなつもりはない」

「本当に……」

「もしも彼女がその恋人を愛しているのなら、おれは気の毒に思うだけだ。だが、おれは自分の血を受け継いだ子供がほしい。わかるだろう?」

ジリアンはうなずいた。「今度メリオラ様に月のものが来たら、必ずお知らせします」

ジリアンを見ているうちに、ウォリックはなぜか心を動かされた。この女性がメリオラに対してこれほど献身的な愛情を抱いているということは、反抗的な未来の花嫁にもどこかいいところがあるに違いない。「あなたの正直さと、誠意と、メリオラへの愛情を信じよう。

だから案ずる必要はない。おれは彼女に恨みはないんだ。おれを裏切らない限り、彼女を傷つけたりはしないよ」

「あなたを裏切ったときは……」

「そのときは……」ウォリックはジリアンを見つめた。彼女が心配しているのは明らかだ。

「そうだな」軽い口調で言う。「おそらく、彼女を殴って海に投げこむだろう。では、失礼。彼女に会えるときは知らせるよ」

ウォリックはジリアンと別れ、廊下を足早に歩いた。彼は疲れていた。メリオラ・マカディンを自分の部屋にあずかったことを後悔していた。昨夜はまったく眠っていないが、今彼女のそばで眠るつもりはなかった。まだ死にたくはないからだ。メリオラと話をするあいだアンガスに休憩をとらせ、彼が見張りに戻ったら部屋を借りよう。結婚式までどうするかは、目が覚めてから決めればいい。アンガスが見張っていれば、彼女が逃げだす恐れはないだろう。閂をかけた扉を部屋のなかから開けることはできないし、ナイトの居住区の部屋は窓が細長いため、メリオラがいくらほっそりとしていようと、そこから抜けだすのは不可能だ。唯一の出口は扉だけだ。そして、万が一彼女がそこから逃げだそうとしたら、アンガスが命を懸けても阻止するだろう。

おれとブルー・アイルの女主人との結婚話はどこまで伝わっているのだろう？　エリアノーラはもう知っているのだろうか？

心は痛み、体は疲れている。エリアノーラの愛撫《あいぶ》が恋しい。こんなとき彼女が一緒にいておれの額を撫で、体を熱く燃えたたせてくれたらいいのだが……。

レアード・ライオンはまだ戻ってこない。

メリオラは何時間も部屋を歩きまわっていた。数分ごとに、彼が戻ってきたと思いこんではびくりとした。一度扉を開けようとしたが、閂がしっかりとかけられていて、彼女は悪態をついてまた歩きまわった。すると扉が開き、禿げ頭の男性がほほえみかけた。「レディ、なにかご用ですか?」

「自分の部屋に帰してもらえないかしら?」

「残念ながら、できませんね」

「体が汚れているし、おなかもぺこぺこなの」

「今、用意させます」

「でも――」

扉が閉まった。メリオラは再び暖炉の前を行ったり来たりした。まもなくノックの音がして扉が開いた。アンガスが部屋に入ってきて、そのあとに数人の召使いが続き、料理ののったトレイに、すばらしい浴槽、石鹸《せっけん》、タオル、それに湯の入った桶《おけ》を何杯も運んでくる。彼らはトレイをトランクの上に置くと、浴槽を暖炉の前に置いて熱い湯を入れた。

「なにか足りないものはありますか?」アンガスは礼儀正しく尋ねた。

「いいえ、完璧よ。だけど、レアード・ウォリックの部屋ではあまりくつろげないわ」

「おや、レディ。レアード・ライオンのものはなんでも自由に使ってかまわないんですよ」

「だけど、着替えの服もないのよ」

アンガスは一瞬ためらったあと、部屋に入ってベッドの足もとに置かれているトランクを開けた。そして繊細な刺繍《ししゅう》が施されたシルクのドレスをとりだして、メリオラにさしだした。

「これでよろしいですか?」

メリオラはためらい、やんわりと言った。「わたしのではないわ」

「今はあなたのものですよ、レディ」

メリオラはアンガスを見つめた。驚いたことに、自分の頬が赤く染まっているのがわかった。彼のさしだしたドレスは別の女性のために買ったものだとお互いにわかっているせいだ。

「まだ誰も袖《そで》を通していません」アンガスはやさしい口調で言った。「居心地がお悪いでしょうが、あなたをこの部屋から出すわけにはいかないんですよ。ウォリック様はまだ国王陛下のところです。今日はお疲れになったでしょうし、鼻に泥がついていますよ」

彼女はうつむいた。「そう。しかたないわね。親切にしてくれてありがとう、アンガス」

「お役にたてて光栄です、レディ」アンガスは部屋を出ていった。

またしても閂がかけられる音がした。メリオラは落ち着かずに部屋を歩きまわった。ふとトレイの上の瓶をのぞきこむと、なかには色の濃いビールが入っていた。飲んでみると、ビールはとてもおいしかった。彼女は浴槽に目を向けた。入りたいけれど、今すぐにもウォリックが戻ってくるかもしれない。

だけど、もう彼には裸同然の姿を見られているわ。

彼が誰なのか知る前に。

それに、疲れているし、不安だし、泥まみれだ。疲れと不安、そして絶望はどうにもできないけれど、泥は流せる。メリオラはトレイにのっている魚の燻製《くんせい》やパン、チーズを少しずつ口に運びながら、服を脱ぎ始めた。ビールを飲み干すころには、裸になって浴槽に入っていた。最初、湯は熱すぎたが、そのうちに気持ちよくなってきた。彼女は髪を湯に浸して泥と川の汚れを落としたあと、浴槽に背中をあずけてあたりを見まわした。

浴槽は銀で縁どられ、とても豪華だった。部屋にあたたかみを与えている壁のタペストリーは、どれも狩りの場面を描《か》いたもので、ヨーロッパ大陸のフランドル地方、おそらくはベルギー北西部のブリュージュでつくられたものだろう。ベッドはかなり大きく、熊や鹿《しか》やビーバーなどの毛皮が積み重ねられている。立派な鎧兜の部品が壁に立てかけられていたり、いくつかあるトランクの上に置かれていたりした。暖炉からさほど離れていない棚に置かれた鎖帷子は、騎士見習いの少年が磨きあげたばかりのように光り輝いている。レアード・ライオンなのに、なぜか彼の紋章は鷹だ。父の紋章によく似ているわ。メリオラはそう思いながら目を閉じた。正直なところ、ウォリックは予想していた男性とは違っていた。国王から縁談が決まったと告げられる前から、レアード・ライオンの噂は聞いていた。スコットランド人なら、彼のことは誰でも知っている。彼は多くの強いナイトが忠義をたてる、指導者でもあるのだ。だがレアード・ライオンは、デイヴィッド一世が王位に就くためにスコットランドにやってきたとき、ノルマン人とともに同行してきたと聞いていた。だから彼は老人だと、少なくとも国王と同じくらいの年齢だろうと思っていたのだ。彼の戦いと馬上試合での功績は群を抜いているという。それどころか、国王の執事長や、ロウランド地方からハイランド地方、各諸島、そしてその先にいたるまで、屋敷から屋敷へと人を楽しませて渡り歩く吟遊詩人に言わせれば、レアード・ライオンは腹だたしいほど完璧だということだった。それに、彼が話すのはノルマンフランス語だけだと思っていた……。

そのほうが逃げるのも楽だったのに。残念だわ、とメリオラは思った。ウォリックは想像していたほど不愉快な人間ではなかった。だけど彼がわたしの人生を支配し、わたしの領地を――わたしの立場を奪うという事実は変わらない。わたしの幸せを壊すという事実は。ユーアンと永遠の愛を誓ったことを思いだして、彼女は目を閉じた。それが今はどう？　わたしたちが分かちあった愛情と友情は、どこかへ消えてしまった。

そのとき、閂がはずされる音がした。メリオラは身を起こし、浴槽の縁を両手で握りしめた。アンガスなら、入ってもかまわないかどうか必ず尋ねてくるはずだ。

だけど、アンガスではなかったら？

アンガスではない。扉が開きそうなのに、入る許可を求める声が聞こえないもの。

メリオラはすぐさま浴槽から飛びだし、タオルを体に巻きつけた。部屋の隅に、ウォリックの鎧兜と並んで、みごとな彫刻を施された両刃の剣が立てかけてある。彼女がその場所へと急ぎ、片手でタオルを押さえながら、もう片方の手で剣をつかんだ瞬間、扉が開いた。

ウォリックが戻ってきた。

メリオラは彼を見つめた。背中に暖炉の炎を受けているにもかかわらず寒気を覚える。そして、心は熱く震えていた。

ウォリックはメリオラを見て、浴槽とタオル、そして剣に気づいた。彼が無言のまま、険しい表情を浮かべて歩み寄ってくる。彼女は恐怖を覚えた。

彼にわたしの殺害を命じるほど、国王の怒りは激しかったのだろうか？

「来ないで！」メリオラはタオルが落ちるのもかまわず、両手で剣を握りしめた。

だがウォリックはその言葉を無視した。青い氷のような目を彼女に据えて、その前に立つ。

メリオラがじっとしていると、ウォリックは剣の刃をつかんで、自分の胸にぴったりと押しつけた。「さあ、おれを殺せ」

「やめて！　その気になれば本当に――」

「では、試してみるんだ。それほどおれが憎いのなら――」

「あなたを憎んでなんかいないわ！　あなたにけがを負わせたくはない――」

ウォリックは刃先を胸から押しやったかと思うと、メリオラの手から剣をもぎとって、部屋の向こう側へと投げ捨てた。彼女は自分が裸であることを痛いほど意識していたが、ウォリックは気にしてもいないようだった。

「国王陛下には、きみが戻ってきたこと、そして今はおれがあずかっていることを話した。おれは疲れ果てた。もうくたくただ」

ウォリックがなにを言おうとしているのかはわからなかったが、ふいにメリオラの全身に寒気が走った。胸の先端がかたくなり、手足が震え始める。彼女はタオルを拾いあげて体を覆うと、あわてて彼の話に割って入った。「どうぞ眠って。わたしは邪魔しないから――」

「邪魔したくともできないよ。きみはこの部屋を使えばいい。またあとで話そう」

ウォリックは扉へと向かったが、ふと足をとめ、メリオラに背を向けたまま言った。「二度とおれに武器を向けるな、メリオラ。もしも向けるのならば、殺すべきだ」

扉が開き、閉まった。閂がかかる音が聞こえる。メリオラは床にうずくまり、タオルに包んだ体を震わせた。ウォリックはわたしを嫌っている。憎んでいるのだ。自分の未来が今まで以上に悲惨なものに思えてきた。だけど、なんとか逃げる方法はあるはずだわ！　逃げるのはわたしのためだけではない。ウォリックのため――彼の強さ、瞳、そしてわたしを見つめるまなざしのためでもあるのだ。さらにわたしが彼に武器を振るえないためでもあり、寒くて身を震わせているにもかかわらず体が熱くほてっているためでもあった……。

ウォリックはなかなか眠れなかった。おそらく疲れすぎているのだろう。何度も寝返りを打って、ようやくまどろみ、夢を見た。

ウォリックはエリアノーラの夢に浸った。やさしさと、香油と、痛みを和らげる薬。彼女はあたたかい体で、ささやきで、言葉でおれを包みこんでくれる。彼女はおれの下になり、上になる。彼女の髪がおれの胸をくすぐって……。

金色の髪――黄金色の、長く豊かで官能的な髪がおれを撫で、絡みつく。

エリアノーラの髪は黒だ。そして瞳も。

だが、夢に出てきた瞳はブルーだった。夢のなかでウォリックとともに横たわっているのはエリアノーラではなく、メリオラだった。彼女は全裸で立ちあがり、彼を見おろしている。そして北欧の神の子のように、彼に剣を振りおろそうとしていた。ウォリックが武器をとりあげようとしてもみあいになり、彼女は彼の下になった。彼女は大きな空色の瞳を彼にすえた。ウォリックは彼女の首をしめたかった。剣を喉もとに振りおろしたかった。そして……。

彼女に触れたかった。

彼女が……ほしかった。

またしても彼女はウォリックの夢に現われた。ただし今回は、彼女の顔も目も見えた。はっきりとした形を成していて、触れるのはとてもたやすかった……。

第九章

ダロは予定どおりにアンと落ちあった。今や、多くのものが危険にさらされている。話はほんのふた言三言ですませるつもりだった。だが……。

ふたりの唇が重なった。濃い闇のなかで、ダロはアンの愛を感じた。そして戦いを、流血の惨事を、戦いに明け暮れていた時期を、国王の怒りを、復讐を思い浮かべた……。

やはり、アンからは離れられない。

ふたりが息をはずませて話を始めたのは、しばらくたったあと——ダロが考えていたよりも数分あとのことだった。

「なにか新しい噂は聞いたか？　メリオラはまだウォリックの部屋にいて、扉の見張りはアンガスひとりだそうだが」

「ええ。国王陛下はひどくご立腹されているらしいわ」

「怖いのかい？」

「いいえ……」アンは嘘をついた。

ダロはほほえんだ。「覚悟はできているか?」

「ええ。でも、わたしはこの居住区に詳しくないし、なにをすればいいのかわからないわ」

「おれを信じろ。行くぞ。おれの手をとって勇気を出すんだ!」ダロはアンの手をとってタペストリーの前に立ち、廊下の様子をうかがった。誰もいない。ふたりは廊下を歩き始めた。

「ダロ、やっぱりこれは愚かな行為だわ!」アンは息を切らせながらささやいた。「メリオラのことで陛下のお気持ちを変えるには軍隊が必要よ。それにブルー・アイルのような恵まれた土地は、決して危険にさらしてはいけないわ。ああ、わたしがヴァイキングと結婚するのを不道徳だと言う人もいるというのに、ヴァイキングの叔父に助けを求めるメリオラはどう思われるのかしら? きっとあなたには追っ手がかかるわ。陛下が知ったら、あなたを殺せと命じるに決まっている――」

ダロは立ちどまり、アンを抱き寄せてキスをした。「きみはおれの命だ。きみのためなら死んでもかまわない」

「わたしはいやよ。あなたには生きていてほしい。あなたが死ぬくらいなら、修道院に入ったほうがましだわ。たとえ別の女性と結婚しても、あなたには生きていてほしいの」

「なんとかなるさ」ダロは再び歩き始めた。だが、ふいにアンを引き寄せて壁にぴったりと背中をつけ、角の向こう側を盗み見た。

「アンガスだ」ダロは小声で言った。「間違いない」

「知りあいなの？」

ダロはアンのほうに首をかしげてにやりと笑った。「アイオーナ島出身の尼僧の息子だ」

「尼僧――」

「彼の父親は狂戦士だった。母親はその男に陵辱されたんだよ。アンガスはハイランド地方の荒野で育ち、母親はそこで野蛮な領主と幸せな人生を送ったという話だ。その家族が殺されて以来ずっと、アンガスはウォリックにしたがっている。勇敢で忠実だが、気のいいやつだ」ダロはいったん言葉を切り、今の状況を検討した。「そう、いいやつだ！」アンにほほえみかけた。「しばらくしたら……叫んでくれ」

「叫ぶ？」アンは正気を失ったのかというような目でダロを見た。

「悲鳴をあげるんだ。地獄の悪霊に追いかけられているかのように。アンガスがきみを助けに来たら、暗がりになにかがいて驚いたと告げろ。二、三分は話をして彼を引きとめるんだ。そのあいだにおれはメリオラを連れだすから、厩にいちばん近い、南側のアーチで落ちあおう。そうしたら兜とマントを調達して、酔っ払った兵士のふりをして馬で逃げる」

アンは唇をなめた。なにか言おうと口を開いたものの、唇が震えただけだった。

「きっとうまくいくさ、アン」

「そうね」

「男ひとりと女性ひとりでも、軍隊にできないことを成しとげるというのはよくある話だ」

アンはうなずいた。

「できるかい？」

「ええ。きっと……きっとうまくいくわ」

ダロはアンの手を握りしめたあと、反対側からウォリックの部屋に近づくため、そっとあとずさりした。

「うまくいったら、そのあとどうするの？」アンは静かな声で言った。だがダロはすでに姿を消していたし、彼女は悲鳴をあげなければならなかった。恐怖のあまり、それらしい悲鳴があげられるかどうか自信がない。アンは一度試してみた。だが出てきたのは、一メートル先にも届きそうにない、息のもれる音だけだった。彼女はもう一度試した。

甲高い悲鳴が廊下に響き渡った。

アンは目を閉じて、こちらに向かって歩いてくる重苦しい足音に耳を澄ました。

そして目を開けた。口のなかが乾いて、言葉を発しようとしても声が出なかった。

アンガスが目の前にいた。頭の禿げた屈強な戦士だ。これほど怖い思いをするのは生まれて初めてのような気がする。この人はきっと、わたしの正体を見破ってしまうだろう。メリオラを連れだしに行ったダロは見つかって、わたしたちはみな反逆罪に問われ……。

拷問にかけられ、腹を割かれ、はりつけにされたあげく、首を切られるに違いない……。

「大丈夫かい？　顔がまっ青だぞ。話してごらん、娘さん。なにがあったんだ？」

アンガスは一見凶暴な男のように見えたが、話しかける声はとてもやさしく、目には思いやりがあふれていた。

「ご……ごめんなさい」アンは口ごもりながら言った。それは本心からの言葉だった。彼女は心から申し訳なく思い、心から恐れていた。「わたし……わたし、廊下でなにか見たような気がして。でも、自分の影だったんです。松明の明かりがつくりだした単なる幻」

アンガスはあたりを見まわした。「たしかに、このあたりには誰もいないぞ」彼は眉をひそめた。「きみは誰だい？　こんな夜遅くに歩きまわって、なにをしているんだ？」

「その、今まで病気にかかった友人のところにいて、自分の部屋に戻る途中なんです。お騒がせしてしまってごめんなさい、わたしったらどうしようもない愚か者ね」嘘を重ねるにつれて、どんどん言葉が口をついて出てくる。でも、この人はわたしの言葉を信じているの？

「部屋まで送ってあげたいところだが、残念ながら、おれはここを離れられないんだ。だが大丈夫だよ。スターリング城の廊下に危険なんかありっこないんだからな」

「ええ、本当に」アンはほほえんだ。「わたしは自分に驚いたんです、サー。友人のせいで想像力がたくましくなってしまったんでしょう。友人はアイルランド人なので、とても迷信深いんですよ。ほら、アイルランドには、いたずら好きの化け物や幽霊や妖精《ようせい》が夜に泣き声をあげるという物語があるでしょう」

「さあ、行きなさい、娘さん。この廊下にはいたずら好きの化け物なんていないよ」

アンはにっこりほほえんで、逃げるようにその場を去った。

メリオラが恐怖と失望にとらわれて、われを忘れていたとき、扉の重い閂が持ちあげられる音がした。ウォリックが戻ってきたのだろうか？　彼女は扉からあとずさりした。だが扉が音もなく開き、ダロが廊下に立っているのが見えると、メリオラは小さく喜びの声をあげた。ダロはすばやく自分の口に指をあてた。「早く来るんだ、メリオラ。血を流したくないのなら……まあ、今のおれは、少しくらいなら血を流してもかまわない気分だが、とにかく急いで、静かにここを出るんだ」

警告は一度で十分だった。メリオラは廊下へと駆けだし、ダロが扉を閉めて閂を戻すのを待った。彼女は叔父に質問しようとしたが、彼はまたしても指を口にあてた。そして姪の腕をとって廊下を進むよう合図した。メリオラはうなずき、無言でダロと一緒に全力で走った。

国王一家、ナイト、廷臣から、曲芸師、音楽家までそろった晩餐会を終えてかなりたったころ、ウォリックは再び国王の私室で話をした。

ウォリックは眠ったものの、疲れはとれていなかった。メリオラには近寄らないようにしているにもかかわらず、彼はブルー・アイルの夢を――ブルー・アイルの領主になる夢を見るようになっていた。今夜のデイヴィッド一世は自然のままの毛皮を肩にかけていて、いつにもまして猛々《たけだけ》しく見えた。まるでハイランド地方の族長のようだ。その国王は今、部屋を歩きまわりながら、火かき棒で床に想像上の絵を描いていた。

「この土地を任せられるのは、心から信頼できる臣下だけなのだ、ウォリック」デイヴィッド一世は言った。「ここにその島があり、海をはさんだ真正面の本土には、ロウランド地方とハイランド地方とを結ぶ、かつてのローマ街道がある。島が防波堤となっているおかげでこの小さな入り江は荒波の影響を受けないため、侵略者に対する防衛の拠点としても、貿易船の埠頭《ふとう》としても格好の場所だ。しかも島には難攻不落の城塞が立っている。それもローマ人のおかげだ。言い伝えによれば、そこは彼らの最後の砦で、ハイランド地方の部族と衝突したときに逃げこんだ場所だという。いっとき征服王ウィリアムの軍勢に奪われたのが幸いして、彼らが連れてきた建築家や石工たちが砦の壁を建て直し、強化してくれたらしい。父の治世にその城塞をとり戻したのが、メリオラ・マカディンの母方の祖父だ。わたしは二度とあの城塞を手放すつもりはない。もしも間違った人間の手に渡れば、敵が背後からなだれこんでくるだろう。このスターリング城にもあっというまにやってくるに違いない」国王は言葉を切ってウォリックを見た。「申し訳ないことをしたな。きみは長年わたしのために戦ってくれたというのに。きみの結婚相手に敵を押しつけるつもりではなかったのだ」

ウォリックは国王にこたえようとして、ためらった。彼は不思議でならなかった。親族や友人たちの死体のなか、剣を手に立ちあがった夜のことは今でも覚えている。あれ以来、彼らの仇《かたき》を討つことだけを目標に生きてきた。おれが国王のもとで名高いナイトになったのは、あの夜の痛みを振り払おうと、ひたすら敵を倒してきたからだ。いつか国王から褒美をもらえるのはわかっていたが、これほどすばらしいものだとは思ってもいなかった。広大な土地、悪魔をも寄せつけない城塞、牛、羊、工芸職人、石工、封建的な地域社会。メリオラのことは気の毒に思うが、こんなすばらしい褒美がもらえるのなら……。

しかたがない。メリオラがなんとしても結婚を拒むのなら、塔のなかにでも閉じこめておくしかないだろう。

「きっと和解できるでしょう」

「結婚式は二週間後、満月の夜に行なう。この結婚の正当性にただひとつの疑問も残らないよう、できる限り多くの貴族や戦士を……そして敵までもを参列させたいと思っている」

「二週間後」皮肉なものだ。次の満月の夜。メリオラが、おれから自由になるための代償として、夫以外の男性と会う約束をした日だとは。「まだ妻ではない女性をあずかっておくには、少々期間が長いですね。式までメリオラをどういたしましょう？」

デイヴィッド一世の言葉も口調も手厳しかった。「眠り薬でものませて、鎖でしばりつけておけ！　すでに言ったとおり、メリオラはきみの好きなようにしてかまわん。ただし式の前には、侍女や城仕えのレディたちの手で、彼女に花嫁にふさわしい服装と身づくろいをさせるよう手配しろ。式はすべて伝統にしたがって執り行なわれる」

ウォリックは愉快そうに片眉をつりあげた。「眠り薬をのませ、鎖でしばって地下牢に入れておくのですね。陛下！　花婿がそのような仕打ちをしてもいいものでしょうか？」

「メリオラがきみの部屋にひとりきりでいるときには、窓をすべてふさぎ、近くの足場はとり払い、廊下に番兵を並ばせてやる」デイヴィッド一世は杯をウォリックに渡して、ワインを注《つ》いだ。「きみの未来に乾杯だ、サー。神がきみに力をくださるように祈ろう」

「力はすでに陛下からいただきました。神のお助けによって、それをうまく使えるように祈ります」ウォリックはまたためらった。「陛下、メリオラは意地っぱりのようですね」

「それは十分に承知しておる。だが、意地のはりあいならわたしも負けない。引きずってでも、必ずメリオラを祭壇の前に立たせてやる」

「それでも結婚を拒むかもしれませんよ」

「そこまで強情をはるのならば」デイヴィッド一世は目を細めた。「彼女はその報いを受けるはめになるだろう。つまり、彼女から土地をとりあげて、きみに与える。父が征服王ウィリアムからとり戻した土地を手放すつもりはない。ブルー・アイルを失うような事態には絶対にさせない。失うくらいならば、メリオラには暗い地下牢で一生過ごしてもらうつもりだ。気の毒には思うが、わたしは本気だ」

デイヴィッド一世の口調は冷徹とも言えるほど真剣だったが、ウォリックには、国王であるというだけで、ひとりの若い女性にそれほど残酷な仕打ちができるとは信じられなかった。

「それは難しいのではないでしょうか、陛下。メリオラが領民からとても慕われているのは間違いありません。彼女の母方の一族は以前、ブルー・アイルを支配していましたし、アディンは公正で偉大な領主でした。その彼らの子孫の名誉を汚すのは――」

「反乱に、つまり領民の死につながる。そしてきみは今後何年も、地獄のような生活を送るはめになるだろう。だが、わたしは絶対に、あの土地が敵のくいものにされるのを許すつもりはない。ましてや今、イングランドは混乱に陥っているし、ヴァイキングの脅威だってまだすぐそばにあるのだ。きみなら、わたしの気持ちはわかるだろう」

ウォリックがじっと見ていると、デイヴィッド一世はいらだたしげにたくましい両腕をあげた。「わたしもメリオラに危害を加えたくはない。だが、わたしは国王だ。なんとしても彼女は命令にしたがわせる！」

「はい、陛下。おおせのとおりに」

「メリオラにはきみの口から、今彼女が置かれている状況を知らせてやってもいいぞ」

ウォリックはそうしなければならないと思った。

メリオラが実際に置かれている状況は、彼女に対する最強の武器になるかもしれない。

アーチのところでダロとともにたたずみながら、メリオラは興奮と不安に身を震わせていた。叔父が来てくれるとは思っていなかった。来ることが可能だとは思っていなかったのだ。助けてもらうことはできないとあきらめていた。

わたしは長いあいだひとりきりだった！　待ちわび、恐れ、開き直っていた。ウォリックが戻ってくるのを恐れてびくびくし、戻ってこないと怒りを覚えた。そのうちに、城にいる者たちはみな晩餐会に出席していたのだとわかった。わたしがここに閉じこめられているあいだ、彼もそこにいたのだ。

そんなときにダロが来てくれた。叔父にせきたてられてわたしは全力で走った。そして今は、叔父とともに待っている。なぜなら、アンも一緒に逃げるからだ。これは、なにか過ちを犯しても誰にも助けてはもらえない、無謀で大胆な計画だ。三人だけの力でやらなくてはいけない。なにがあっても人に知られてはならないのだ。

時がたつにつれてメリオラは不安になってきた。それでもアンガスを殺してはいないと聞いて、心からほっとした。

メリオラは恐れていた——見つかってしまうことを、剣が抜かれることを。

そして血が流されることを。

「どうしてアンはこんなに遅いのかしら？」メリオラは叔父にささやいた。

ダロの表情はかたく、なんの感情も表わしてはいない。やがて彼は頭を垂れた。「もう少し待って来なかったら、おれたちは出発するしかないな」

「そんなのだめよ。アンのおかげで叔父様がわたしを――」

「おまえはアンがタペストリーの陰にいるところを見つからないようにしてくれた」ダロはもどかしげに言ってメリオラにほほえんだ。「アンに聞いたんだ。おまえを連れてここを出れば、おれも少しは威厳がとり戻せるし、おまえの人生に意見を言う権利が持てる。たぶん、アンにはなにも言えなくなるだろうがな」

「叔父様――」

「メリオラ、おれは馬とマントと兜をとってくる。アンを見逃さないように目を光らせておいてくれ。逃げるチャンスは一度しかない」

「ええ。それも今しかないわ」メリオラはつぶやいた。ふたりはすでにウォリックの部屋から逃げてきた。これから一緒にヴァイキングの野営地まで行くのだ。

そう、わたしたちは逃げなくてはならない。

逃げるか、裏切り者として死ぬかのどちらかだ。

昼のあいだ、ウォリックはアン・ハルステッダーの行動にはまったく注意していなかった。さほど親しくはないが、アンのことはよく知っている。彼女は、貪欲《どんよく》に利益を求め続けたレンフルー卿によって大勢の人間が殺された国境地帯の土地の領主、マイケル・マキニッシュの遠い親戚《しんせき》だった。大きなはしばみ色の瞳に栗《くり》色の髪をしたアンは、しなやかな体を持ち、思いやりがあってよく笑う愛らしい女性に成長した。だが、今夜の彼女はどこか変だ。両手の指を組みあわせ、うつむいたまま廊下を駆けてくる。まるで誰かに尾行されていないかどうか確かめるかのように、視線をしきりに左右に投げかけている。ウォリックは暗がりになった壁にもたれて、近づいてくるアンを眺めた。

こんなとんでもなく遅い……いや、早すぎる時間に、アンが歩きまわっているのはおかしい。しかも、人目を忍ぶような動きをしている。ウォリックは好奇心をそそられると同時に、友人の親族であるアンのことが心配だった。それに、すぐに自分の部屋に戻るのは気が進まなかった。これまではメリオラと会わないようにしていたが、今は、国王の命令にしたがわなければ彼女は相続権を奪われると告げなければならない。

ほかに寝る場所を見つけない限り、二週間もメリオラをおれの部屋であずかるのは無理だ。今おれは、彼女をからかった報いを受けているのだ。メリオラは刺激的すぎる。彼女が授かる子供はおれの子だという確信が持てるまでは、距離を置いておきたい。アンガスを見張りにつけておけば、彼女は安全だろう。おれも含めて、すべての男性から。

スターリング城は安全な場所だ。それなのにアンは、なにかを恐れるかのようにこそこそしている。彼女が近づいたとき、ウォリックは暗がりから出て、礼儀正しく声をかけた。

「アン」

アンはぴたりと足をとめ、まっ青な顔をしてウォリックを見つめた。

「レ……レアード・ライオン！」

「こんな夜遅くになにをしているんだ？」恋人との逢い引きか？　考えられる答えはそれくらいだ。アンは昔からかわいらしい、穏やかな娘だった。だが、その生まれのせいで、ときおり親族からつらくあたられている。

「じ……自分の部屋に戻るところなの」

「どこから？」

「その……病気になった友人のお見舞いから」アンは嘘をついた。それも、下手な嘘だった。

「こんな時間に？」

アンはうつむいたあと、顔をあげてウォリックを見た。「どんな時間であろうと、わたしにはもう、誰かを訪ねる自由な時間はあまりないかもしれないわ。おじのボードリックがわたしを修道院に入れると決めてしまったんですもの」

アンが恋人と会っていたのは間違いない。しかも声の調子からすると、かなり大切な恋人だ。若い女性は恋に夢中になるものだ。それもたいていの場合は、不適切な相手に恋をする。

「きみは修道女になる気はないのかい？」

「ええ、ないわ」アンはあっさりと答えた。「結婚したいんだもの」

「それをおじ上に話したか？」

アンは白い頬を赤く染め、またしてもうつむいた。「おじはわたしのことをふしだらだと思っているの。わたしが父の血を引いているという理由でね。しかもわたしが修道院に入れば、この国でヴァイキングが教会に対して犯した罪を清める役にたつと言うのよ」

「人は普通、人に対して罪を犯すものではないかな。それに、クリスチャンではない者が教会を破壊したからといって、カトリック教会に対して罪を犯したと言えるものだろうか？」

アンは驚いて息をのんだ。「そんなことを言うなんて、神を冒瀆《ぼうとく》するようなものよ」

「神を冒瀆しているのではないよ、アン。おれは教会で教えを受けた。それにキリスト教に改宗したヴァイキングは大勢いる。きみの父上が生きておられたら、きっとそうしていただろう。だが、彼は殺された。父上が本当に教会に対して罪を犯したのかどうかはわからないが、いずれにせよ父上の罪をきみが代わりに償う必要はない」

アンの目が希望に輝いた。「あなたがわたしの親族にそういう話をしてくれれば、きっとみんな耳を傾けるでしょうね。わたしが自分でおじに話して、理解させられればいいんだけれど……あるいは誰かが、一族の長であるマイケル様に話してくれさえすれば。でも、近ごろマイケル様は戦いに明け暮れていらして、わたしの将来のことはおじのポードリックに任されたままなの。おじはあなたを賞賛しているから、もしも……」

アンはしゃべりすぎたと気づいたかのように、ふいに混乱したかのように、話をやめた。

そこへ、メリオラの侍女、ジリアンが駆けてくるのを見て、アンははっと目を見開いた。

ジリアンはアンの姿を見て唇を噛み、心配そうな表情でウォリックの横に立った。「レアード・ライオン、お話ししなくてはならないことがあります。急ぎの用件です」

「わかった、ジリアン。アン、話の続きはまた今度にしよう。きみの求めているものが神にも国王にも反していないと納得できたら、助けになってあげられるかもしれない」ウォリックは後ろにさがって、アンを通らせた。

「レアード・ライオン、メリオラ様が……」

ジリアンはそこで言葉を切った。走ってきたため、息が続かないようだ。

「メリオラがどうした?」

「またいなくなったのです」

「どうしていなくなったとわかるんだ?」

「メリオラ様に服を届けに行ったんです。でも……お姿がありませんでした」

「そんなばかな!」ウォリックは荒々しい口調で言った。「扉には重い閂がかかっているし、アンガスが見張りを……」だがジリアンの目を見て、彼女の話は真実だと悟った。

「アンガスが誰ひとり通すはずはない」ウォリックはジリアンをしたがえて早足に歩いた。

ウォリックの部屋の扉は開いていた。アンガスがなかにいて、悪態をつきながら壁をたたいたり、アルコーブを調べたりしている。立ちあがってウォリックのほうを向いた彼は、奇妙な表情をしていた。アンガスはやさしい男だが、巨体をした強面《こわもて》の戦士だ。これほど心もとなさそうな顔を見せるのは、おそらく生まれて初めてだろう。アンガスはメリオラの見張りがどれほど重要かわかっていたし、ウォリックから彼女は油断ならないと忠告されていた。

「ウォリック様、メリオラ様は霧みたいに消えてしまいました。ジリアンが来たとき、門はちゃんとかかっていたのに、ごらんのとおりもぬけの殻だったんです。おれはウォリック様のためなら命は惜しみません。だからわかって――」

「ああ、わかっているよ」

「メリオラ様はどこかから抜けだしたんです」

「出口はないはずだ」

「煙突は?」ジリアンが背後から期待をこめて言った。

ウォリックは振り向いてジリアンを見た。白髪まじりの髪に、卵形の顔。その姿には威厳があるし、端整な顔はどれだけ年齢を重ねようとも美しいままであるに違いない。その彼女が心配そうな表情を浮かべているのを見て、ウォリックは思った。ジリアンはメリオラを愛しているが、彼女が気づいていないことを――先ほどデイヴィッド一世が言ったことを悟っている、と。つまり、メリオラの運命にはスコットランドの防衛と国力がかかわっており、それゆえ、彼女はただの駒でしかないことを。

「ジリアン」ウォリックは冷ややかに言った。「煙突をのぼったのなら、メリオラは黒こげになっているはずだ。暖炉にはまだ火が燃えているんだからな」

アンガスはいらだたしげに悪態をついた。「門はたしかにかかっていたのに！」

「廊下から離れたときはあったか？」

「いいえ。まさかこのおれが……」アンガスは言いかけたが途中で言葉を切り、かぶりを振った。「廊下からは離れていませんが、女性の悲鳴を聞いて、角の向こうへは行きました。ものすごい声だったので、てっきり誰かが襲ってきたのかと――」

「どんな女性だ？」

「あの娘、アン・ハルステッダーで――」

「ああ、アンガス。おれたちはだまされたんだ！」ウォリックは毒づきながら大股で部屋を出た。アンガスもすばやくあとについた。

「だまされた？　あんな小娘に？　彼女はひとりでしたよ。間違いありません」

「ああ、ひとりだった。三文芝居の役はな！」ウォリックは南側のアーチへと、アン・ハルステッダーが去っていった方向へと急いだ。

ウォリックは夜の闇へと飛びだしたが、人影はなかった。厩へ駆けつけると、空の馬房がいくつもあった。とはいえ、国王の兵士や客が絶えず出入りしているので、たいした意味はない。ウォリックはマーキュリーの世話をしてくれた馬手ジョシュアが干し草のベッドで眠っているのを見つけ、彼を揺り起こした。

「ジョシュア!」

「はい?」少年は眠そうに目をこすりながらウォリックを見た。「レアード・ライオン。あなた様の馬は手入れしておきました――」

「おれの馬のことをききたいのではない。ここへ馬をとりに来た者はいるか?」

「酔っ払ったヴァイキングだけです。三人ともよろめき、馬に乗るのもやっとでした」

「どれくらい前のことだ?」

「その……ほんの少し前でしょうか。よくわかりません。眠ってしまったので」少年はおずおずと答えた。

「マーキュリーはどこにいる?」

「あそこです、レアード・ウォリック。今、鞍をお持ちします」

「時間がない」ウォリックはすでに手綱を見つけ、馬に乗ろうとしていた。危険な戦いや旅を何度もともにくぐり抜けてきたマーキュリーに対して、彼は深い愛情を抱いていた。「今夜はもう一度頼むぞ」ウォリックはマーキュリーに話しかけながら、立派な鼻に手綱をかけた。そして鞍をつけていない馬に飛び乗って前へと進める。そのときには、アンガスもジョシュアのそばに立っていた。

「ウォリック様！　ヴァイキングの野営地に行くのなら、おひとりでは――」

「ダロのノルウェー人部隊にひとりで立ち向かうつもりはない。野営地の手前で彼らをとめられればいいのだが。だめなら……ダロが姪を連れ去った手口をおれも使うしかない」

「ウォリック様、お待ちください！」アンガスが叫んだが、ウォリックはメリオラをすみやかに――そしてなにごともなく連れ戻すには、スピードだけが頼りだとわかっていた。

ウォリックは眠そうな門番に身分を告げて門を通りすぎ、全速力で馬を走らせた。三人は川に沿って北へ向かったはずだ。馬で川を渡るには北の橋を使うしかない。

二十分ほど走って、ウォリックは橋のまわりに広がる森に着いた。月はすでに沈みかけ、灰色の空もほのかにピンク色に染まり始めている。森の小道に入ると、すぐ前方に彼らが見えた。マントを着て馬に乗った三人組だ。ふたりはほぼ橋にさしかかっているが、三人目は少し遅れていて、まだ橋には達していなかった。

体格や馬の乗り方から見て、三人目は女性だ。彼女はいったん馬をとめて後ろを振り返り、追われていないかどうか確かめていた。

メリオラだ。顔は見えなかったが、あのマントは前にも着ていた。追いついたぞ。

ウォリックがかかとでマーキュリーの横腹をそっと突くと、馬はさらにスピードを出してこたえた。彼が近づいてきていることに彼女が気づいている様子はない。ウォリックは難なく追いついて、馬に乗ったまま彼女に手をのばし、自分の馬へと乗せ替えた。彼女は驚きのあまり抵抗できないようだった。その顔はフードに覆われているため、よく見えなかったが。

「まったく、いまいましいやつだ！　今度は鎖でつないでやるぞ！」ウォリックは腹だたしげに告げた。「手に負えないにもほどがある。もしも国王陛下のためでなかったら……」

ウォリックは最後まで言わずにおいたものの、その意味は明らかだった。彼が手綱を引いてすばやく馬の向きを変えたとき、彼女はあっと声をあげて、口ごもりながらなにか言った。だが、彼はそれを無視した。

ウォリックが振り返ったところ、あとのふたりは彼女がとらえられたことにまだ気づいていなかった。彼は再びマーキュリーをそっと突き、猛スピードでスターリング城へと戻り始めた。もう彼女はとり戻した。ダロとの話しあいはあとでいいだろう。今は鎧兜もつけていないし、武器もろくに持っていない。しかもここはヴァイキングの野営地のすぐそばだ。

彼女はまだはなをすすりながら、うめき声をあげている。だが抵抗してはいなかった。猛然と走る牡馬《ぼば》から振り落とされまいと、たてがみにしがみついているだけだ。やがて彼女は急に身をよじって逃げようとした。

「じっとしていろ！　馬に踏まれて死にたいのか？」ウォリックは厳しい口調で言った。

「お願い……聞いて――」

アンガスが近づいてきたのを見て、ウォリックは手綱を引いた。その瞬間、彼女は彼の手からするりと逃げだした。ウォリックは悪態をついて手綱を強く引き、馬からおりてあとを追った。そして彼女をつかまえ、落ち葉のベッドの上に組み敷いた。

「メリオラ、嘘ではない――」

「やめて、お願い！」彼女が泣き叫ぶ。彼女が急におとなしくなったことをけげんに思い、ウォリックは視線を落とした。

彼がとらえたのはメリオラではなかった。

第十章

ウォリックの部屋では暖炉の火が赤々と燃えさかっていた。だがアン・ハルステッダーは暖炉の前に座っているにもかかわらず、身を震わせていた。ウォリックは暖炉にもたれかかり、険しい顔で彼女を見ていた。アンの隣に座るジリアンは不安そうな表情を浮かべている。

アンガスは、自分の体で補強するかのように扉に寄りかかっていた。彼はいまだに、こんなか細い女性が扉を打ち破ったのだとはとても信じられなかった。

「わたしは……メリオラが困っているのを、番兵から逃げているのを知っていたの。だけど、彼女はなにも悪いことはしていないと誓ってくれたから……」アンはつらそうに言って唇をなめた。「あなたがメリオラの結婚相手なのかどうか、はっきりとは知らなかったのよ。だって、そういう噂は聞いていたけれど、メリオラの話では……。とにかく彼女は、征服王ウィリアムの兵士のようなノルマン人と結婚するのだと思いこんでいたの。彼らのせいで、イングランドの由緒あるサクソン人貴族の暮らしがどれほど惨めなものになったか、みんな知っているでしょう。それに国境地帯ではまだノルマン人に脅かされ続けているわ」

「アン、今夜きみがすばらしい演技をしたことは認める。だがメリオラは、自分が誰から逃げようとしているのか、ちゃんと知っていたんだよ」ウォリックは穏やかに言った。「彼女は自分なりに将来の計画をたてているが、それは実現しない。それどころか彼女が原因で戦いが起こり、多くの人間が殺される可能性もあるんだ。メリオラが不用意な行動をとれば、彼女の叔父の命もないだろう」

アンは飛びあがった。「だから陛下には知らせないで。お願いよ、レアード・ウォリック。陛下に知らせてはいけないわ。きっと戦いになって人が死ぬ……」アンの声はしだいに小さくなった。涙が頰を伝い落ちていく。「愚かな戦いよ！　もしもハロルド二世がヘイスティングズの戦いの直前に、北方へ遠征してノルウェー人と戦ったりしなければ、彼はイングランド王のままでいられただろうと信じる歴史家がどれだけいるか考えてみて！　イングランドの政情が不安定な今、スコットランドの混乱に乗じて国境地帯を侵略しようと虎視眈々とねらっている貴族はきっと大勢いるわ！」

アンはふいにウォリックの足もとにひざまずいた。「お願いよ、レアード・ライオン。あなたは賢明な人だから、人の気持ちがわかるでしょう。ダロは自分の生まれた国よりもスコットランドを愛しているの。今回のことで人の血が流されるのを防ぐためなら、わたしはなんでもするわ。あなたなら……あなたなら、それをくいとめられるでしょう」

「アン、立ってくれ」ウォリックはアンの肘を支えて立ちあがらせ、やさしく椅子に座らせた。「おれも流血の惨事は避けたい。たしかにおれ自身、ヴァイキングだからという理由だけでダロを疑いの目で見ていたときがある。だが、彼はすばらしい戦士だし、味方に引き入れることができれば、大きな戦力になるだろう。そしておれも陛下と同じように、きみの考えに賛成だよ。戦う敵を見誤るのは愚かなことだ。ダロが自分の姪を連れだした罰を受け、裏切り者として死ぬような目にあうのを見たくはない」

「ああ！」アンの顔はいっそう青ざめた。

アンはダロを愛している。心から愛しているのだ。ダロに危害が加えられるのを黙って見ているくらいなら、彼をあきらめ、自分が罰を受けたほうがましだと思っている。これほど無私無欲の愛はめったにない。メリオラ・マカディンの無謀な行動にダロが愚かにも加担したことはともかく、ウォリックはアンを助けてやりたくなってきた。

ウォリックはしばらくのあいだ暖炉の炎を見つめていた。

「デイヴィッド一世にすべてを秘密にしておく方法は、おそらくひとつだけだな」

「どんな方法？」アンが尋ねた。

彼は肩をすくめた。「おれひとりでメリオラを連れ戻しに行く」

「だめです。むちゃはやめてください、ウォリック様！」アンガスが激しい口調で言った。「おれだって死にたくはない。ましてやこれから大きな戦いが控えているというのに！」

「大きな戦い……」アンが悲しそうに言った。

「アン、おれの結婚のことだよ」ウォリックは苦笑した。「アンガス、誰か、信頼してダロへの伝言を頼める者を見つけてくれ」

「はい、ウォリック様。でも、こんな危険を冒す前に、どうかおれを安心させてください」

「アン、きみは自分の部屋に戻れ」

「戻ってどうするの？」アンは不安そうに尋ねた。

ウォリックは片眉をつりあげた。「眠るのはどうかな？」

「とても眠れそうにないわ。心配でたまらないの」

「ならば、部屋に戻って心配していればいい」

「だけどもしも陛下が――」

「陛下には知らせないと言っただろう」ウォリックは厳しい口調で言った。

「でも、またメリオラが逃げたことを知られたら、きっと――」

「知られはしない。おれはデイヴィッド一世からメリオラの処遇を一任されている。彼女はおれの許しを得て、ダロと一緒に行ったことにしておけばいい」

アンは下唇を噛んでウォリックを見つめたあと、立ちあがって歩み寄り、彼の片手をとってキスをした。「ありがとう」彼女は誠意をこめて言った。

ウォリックはアンの顎を持ちあげた。「それほど恩に着る必要はないよ。うまくいくと約束はできないし、陛下はその気になればすぐに真実を探ることもできる。とにかく今は部屋に戻ってじっとしているんだ」

「朝になったらどうするの？」

「なにも知らない、単なる国王の客として、自分のすべきことをする。そして根気強く待つんだ。おれに時間をくれ」

「時間なんてあるの？　陛下が真実をお知りになったら、もしなにか問題が起きたら……」

「なにも起こらないよ、アン。誰にも疑いを持たせないように気をつける。おれを信じろ」

「ダロもそう言っていたわ」

「ダロはメリオラの一件で腹をたてているし、きみを愛している」ウォリックはほほえんだ。

アンはウォリックを見つめて、穏やかな口調で言った。「メリオラは自分の結婚相手がどういう人かわかっていないのよ。でも、これだけは知っておいて。彼女は誠実だし、わたしにはない勇気を持っているわ。だから……自分の信じるもののために戦っているだけなの」

「自由と恋人のためにね」ウォリックはそっけなく言った。「だが、それは手に入らない。さあ、行くんだ。おれにはするべきことがたくさんある」

「わたしはアンに付き添っています」ジリアンが言った。

ウォリックがうなずき、女性たちは部屋を出ていった。

「おれが送っていきましょうか？」アンガスが尋ねた。

「そうだな。部屋まで送ってやってくれ。おれはダロに使いの者をやり、陛下と話をする」

「アンに嘘をついたんですか？　国王に真実を話すおつもりで？」アンガスが困惑顔で言う。

ウォリックは首を振って、にやりと笑った。「おれは守らない約束はしないよ。陛下と話はするが、今夜の出来事はいっさい話さない。今、アンとダロにとって、おれよりもすばらしい友人はいないだろうな」

アンがついてきていないと最初に気づいたのはメリオラだった。彼女は引き返そうとしたものの、ダロにとめられた。

「よせ！　もうじき野営地だ。あとで部下に捜しに行かせる」

「アンの馬はついてきているわ。アンはきっと落馬したのよ。けがをしているかも――」

「落馬したのではない」

「追っ手につかまったのなら、とり戻さないと！」

「今引き返したら待ち伏せされる可能性がある。そうなれば終わりだ。このまま行こう」

「叔父様、それはできない――」

「メリオラ、行くしかないんだ」

「だけど叔父様は――」

「メリオラ！　おれはまぬけじゃない。戦いのしかたも、戦ってはいけないときも心得ている！　おれたちは野営地まで行くんだ」

ダロはひどく心を痛めているはずなのに、少しもそれを表に出してはいない。メリオラは罪悪感と不安に襲われた。わたしのせいだ。叔父とアンに反逆行為をさせたのはわたしだわ。

野営地の手前でダロが名前を告げると、彼の部下、ラグナーとセインがふたりを出迎え、馬からおりるのを手伝った。ダロはさっそく、スターリング城までの道を調べに行くようノルウェー語で命令を出した。それからメリオラの肩に腕をまわし、木と革でできた仮設住居が並ぶなかを歩き、彼自身が建てた住まいへと案内した。ヴァイキングは仮住まいを建てる達人だ。外国の沿岸地帯を侵略してきた数世紀のあいだに、その技術を磨きあげたのだろう。メリオラは広間の奥の小部屋をあてがわれた。下女が洗面用にと、小さな銅製のボウルを持ってきてくれる。小部屋には精巧なつくりのケルト風の浴槽もあり、赤々と燃える炉のそばには、あたたかい毛皮でできた簡易ベッドもあった。ふとメリオラは思った。叔父はこの部屋をひとりで使うつもりだったのだろうか？　それとも、スターリングでアンと結婚して、ここに連れてこようと思っていたの？　毛皮のベッドに横になりたいけれど、まだ眠るわけにはいかない。メリオラはアンのことが心配で、すぐに広間へと戻った。ダロは大きな石づくりの暖炉の前に座り、あたためたワインが入った杯を両手で持って、物思いに沈んでいた。

「部下の人たちは戻ってきた？」

「ああ」

「アンはどうなったの？」

「どこにもいなかった。どうやら道に迷ったのでも、けがをしたのでもないようだ」

「でも、待ち伏せしていた追っ手はいなかったの？　城塞の兵士たちは……」

「いなかった。ラグナーの話では、足跡からして、ひとりで馬に乗ってきたやつがアンを連れ去ったらしい。部下たちは城に向かう途中、別の馬に乗った男と出会ったそうだが」

メリオラは息をのんだ。「わたしたちがいなくなったことは、出発してすぐにばれたのね……。でも、部下の人たちは軍隊に会わなかったの？　尋問されなかったの？　もしも叔父様がわたしの逃走に手を貸したことを陛下がご存じなら……」

ダロは顔をあげて姪を見た。「国王の軍隊がこちらに向かうはずだ」

メリオラはふいに悲しくなって、叔父から顔をそむけた。こんなに恐ろしい状況に陥ってしまうとは。わたしのせいで人の血が流されることなど、望んではいなかったのに。わたしはいったいなにを期待していたのだろう？　わたしが叔父のもとで抵抗すれば、デイヴィッド一世は剣を抜かずにわたしの話に耳を傾けてくれるとでも？

メリオラはダロに駆け寄って、椅子のそばにひざまずいた。「叔父様、ごめんなさい。わたしが間違っていたわ。叔父様に助けを求めるべきではなかった……」

ダロはブルーの瞳をメリオラに向けて頭を振った。「おれたちはもともと向こう見ずだろう？　おまえもおれもそういう人間なんだ。おまえがおれを巻きこんだのではない。おれは自分から首を突っこんだんだ。理解できないのは、今おれたちが戦いをしていないことだ」

「準備を整えなくては。国王軍はすぐにも――」

「部下たちに道を見張らせているが、誰も来る気配はない」

「それなら、アンはどこにいるの？」

ダロはそっとため息をついた。「おそらく、アンを連れ去ったのはウォリックだろう。おまえと間違えたのだろうが、アンは無事に城へ戻っていると思う。なぜ国王がおれを処罰しないのかはわからないが」

「わたしは城に戻るわ。陛下に、これはすべてわたしのせいだと話せば――」

「だめだ。それではなにも解決しない。部下たちが道と橋を見張っているから、城で少しでも動きがあればすぐにわかる。おまえは少しやすめ。おれもそうするつもりだ」

「やすんでなんていられな――」

「やすまなければだめだ。でないと的確な判断ができなくなる。頼む、少し眠ってくれ」

「眠れないわ」

「眠るんだ」

「叔父様がなんと言おうと、こんな狂気の沙汰《さた》に叔父様を引きずりこんだのはわたしよ。わたしがつらい思いをさせてしまったんだわ」

「おれが自分で決めたことだ」

「怖いわ……こんなに怖い思いをするのは初めてよ。今なにがどうなっているのか、なぜまだ誰も地響きをたててこちらに向かってこないのかわからないなんて……」

「待とう」ダロはメリオラを見た。「おれたちにできるのは、待つことだけだ」

「わかったわ」メリオラは寝心地のよさそうなベッドが待っている小部屋へと歩きだしたが、ふと振り返って叔父を見た。「でも、わたしのせいで叔父様の命を危険にさらすつもりはないわよ。陛下に逆らったのも、叔父様を引きずりこんだのもわたしなんだもの。代償が必要なら、わたしが払うわ。わたしは、叔父様のもとへ行けば、陛下が話しあいをしてくれると、叔父様の力を考慮に入れてくれると思っていたの。陛下は取り引きをするしかないだろうと信じこんでいたのよ。でも今は、あらゆるところで虐殺が起きると思えるだけだわ」

「メリオラ、おまえはおれの兄の娘だ。陛下はその大事な事実を忘れている」

「偉大なアディンは陛下の盟友だったし、わたしは陛下の名付け子よ」

「そしておれはヴァイキングで、おまえはヴァイキングの娘でもある。女が花嫁として出されるのは世の習わしだ。結婚すれば、おまえはもうデイヴィッド一世にとって脅威ではなくなる。だが、おれだってずっとデイヴィッド一世に味方してきた」ダロは吐きだすように言った。「国王はそのことも忘れている」彼は険しい表情で姫を見つめた。「今回の一件におれがかかわったのは、おまえに対する愛情からだけではなく、激しい怒りを感じているからでもあるのだ。もう今さら、後戻りはできない。だが、なぜおまえが国王に逆らうのか、その理由を正直に話してくれないか?」

「陛下に逆らうつもりはないわ。ただ、わたしの話に耳を傾けてほしいだけで――」

「それは、若き族長のユーアンにかかわる話か?」

メリオラは一瞬ためらってから答えた。「ええ。ユーアンはあの領地の人間よ。国王に深い忠誠を誓っているスコットランド人なの。陛下が話を聞いてくれさえすれば――」

「それは無理だな。ユーアンはいいやつかもしれないが、鍛えられたナイトではない。国王の敵と戦う力がないのだ。もしおれがあの島を奪おうとしたら、彼は抵抗できないだろう」

「叔父様はわたしの力もユーアンの力も見くびっているわ」

「すまない、失言だった。ユーアンは勇敢で賢い、すばらしい青年だ。がっかりするな。それに、レアード・ライオンは別の女性と結婚するつもりだという噂も聞いた。ウォリックも、おまえ同様にこの結婚に乗り気ではないのかもしれない。彼には長年の恋人がいるそうだ。その女性はおまえと違って土地は持っていないが、良家の出だとか。うまくいけば、なんとかなるかもしれない。とにかくおれは疲れた。少し休息が必要だ。おまえも眠ってく

「ぐっすり眠れますよ」

中年の女性が、ワインの入った杯を持ってきてくれた。先ほどの下女、インガという名の丸々とした中年

メリオラはうなずいて小部屋に戻った。

れ。どのみち、スターリングからなんらかの知らせがあるまで、手の打ちようがない」

簡易ベッドに横たわると、昨夜よりも恐怖がこみあげてきた。わたしは自分のことを強いと、そして叔父のことも強いと思っていた。たしかにダロは強くて誇り高い。だがそれは、命を懸けてもわたしを守るという意味になりかねないのだ。ヴァイキングの伝説には、死ぬまで戦う戦士や、勝算もないのに戦いに突入する狂戦士の話がたくさんある……。

もちろん、わたしはそんなつもりはない。わたしには他人を殺す権利などないのだから。だけどデイヴィッド一世には親切で慈悲深い面もあれば……容赦のない面もある。

どうして眠れるというの？

だが、ワインは驚くほどよくきいた。横にはなってもひと晩じゅうあれこれと考えて眠れそうにないと思っていたにもかかわらず、メリオラはものの数分で目を閉じていた。

そして、考えごとに悩まされることもなくなった。その夜は。

一日が過ぎた。二日目も過ぎた。メリオラが最悪の事態を恐れながらダロの部下たちの戦闘訓練を見ているあいだも、なにも起きなかった。

ダロは部下をスターリング城へ送りこんだ。それによると、アンは元気で、なにごともなかったかのように王妃の世話をして、いつもどおりの生活をしているらしい。そして、ウォ

リックとメリオラの結婚が正式に発表されたということだった。また、ヴァイキングがよからぬ行為をしたという噂も流れておらず、デイヴィッド一世が兵士に戦いの準備をさせている様子もないそうだ。

メリオラは動揺し、毎晩、気がつくと夜明け近くまで眠れずにいた。ウォリックはなにをしているのだろう？　彼の顔があまりにもはっきりと思いだせる自分に不安を感じる。絶えず彼の夢を見る自分に戸惑いを覚えた。彼の声も、手の感触も、話し方も、はっきりと思いだせる。ときおり、彼を敵にまわしてしまったことを後悔するときもあれば、彼がそばにいるような気がして、はっと目を覚ますときもある。ウォリックはもう見知らぬ他人ではない。

だけど、彼はどうするつもりなのだろう？

メリオラもダロの部下たちと戦いの訓練を始めた。するとダロが古い剣をくれた。ダルリアダ王国の遺跡から掘りだしたもので、ローマ帝国時代にケルト族のプリンセスが持っていたものだという。その剣はメリオラがこれまで使っていたものよりもはるかに軽く、長い時間振ることができそうだった。しかも頑丈だ。こういった小さめの武器はたいてい、重い武器で攻撃を受けると簡単に折れてしまうが、その心配もなさそうだった。

また一日が過ぎた。やはりスターリング城にはなんの動きもなく、みなそれぞれの仕事をしていた。結婚式の準備は着々と進められているらしい。ダロとともに時を過ごすにつれ、メリオラは彼の部下たちと仲よくなり、訓練したり、笑いあったり、ゲームをしたり、北欧の神々や神殿のすばらしい物語に耳を傾けたりした。だがそのあいだも、不安は募る一方だった。ダロの部下のなかには、国王に攻撃をしかけようと提案する者もいた。

「いや、おれたちは待つ」ダロは部下に告げた。

メリオラもダロも、ブルー・アイルでなら勝つ見込みはあると信じている。あの城塞は数ヵ月包囲されても持ちこたえられるからだ。だがここでダロが動くとなると、公然たる反逆になる。意見の相違によるいさかいではなく、国王と武器で戦うことになるのだ。そしてもしも負けたら、多くの首がはねられる。今は待つのが得策だった。

ヴァイキングの野営地に来て丸一週間たったころ、メリオラは夜ベッドに入ってふと気づいた。わたしは叔父の身を案じながらも、ずっとウォリックの幻に悩まされている……。

それなのに、ユーアンのことは一度も思いださなかった。夢に現われる男性はウォリックだった。彼の目を、刺すようなブルーの瞳をはっきりと見た。彼の顔を、立ち姿を見た。彼の手の感触すらも感じた。そして、体が妙に熱くなるのも……。

使者の姿が最初に目撃されたのは、スターリング城の門から馬に乗って出るところだった。使者はひとりで、武装はしておらず、掲げる旗には青地に大きな鷹が飛ぶ、レアード・ライオン――ウォリック・ド・グレアムの紋章がついていた。

深夜に使者がスターリング城を出るのは、珍しいことだった。ダロの部下はその知らせを聞くなり、眠っていた領主を起こした。ダロは経過を見守り、使者の動きを報告するよう部下に指示した。

使者が別の場所へ行く可能性もあるが、ダロは自分のところに来るとわかっていた。レアード・ライオンはなにをたくらんでいるんだ？　彼がわざわざ取り引きをする必要がないのはわかっている。国王に命じられた結婚なのだから、ヴァイキングがメリオラの逃走を助けたと報告しさえすれば、国王軍の兵士は全員、ウォリックの指示にしたがうだろう。そうなれば容赦なく人の命が奪われる。もちろん国王軍にも犠牲者が出るに違いないが、彼らはもっとつまらない理由でお互いを徹底的に打ちのめすことで知られている。

使者が橋を渡ったと聞き、ダロは野営地の前に立って使者を出迎えた。

「レアード・ライオン、ウォリック様の使いでまいりました。武装はしておりませんので、あなた様の野営地から無事に帰していただけるようにお約束願います」使者は流暢《りゅうちょう》なノルウェー語で告げた。ダロは、ノルウェー人を使者として選んだウォリックに感心した。そのこと自体に彼が礼をつくそうとしているのが感じられる。

「無傷でお帰しすると約束しよう」ダロはこたえた。「用向きはなんだ？」

「レアード・ライオンのお言葉はあなた様だけにお伝えしろと言われております、レアード・ダロ」

ダロがうなずくと、使者は部下たちに促されて馬をおり、ダロの仮住居へと案内された。

ダロは使者にワインをすすめた。

「レアード・ウォリックがきみをよこしたのは、おれの求めているなにか……あるいは誰かが彼の手中にあると告げるためか？　彼のねらいは交換か？　おれの命と取り引きをするのはひどすぎると伝えてくれ」

使者は喉の渇きをワインで癒すと、首を横に振った。「わたしは脅迫や取り引きをしに来たのではありません、レアード・ダロ。ウォリック様は、レディ・メリオラのもっとも近い血縁者であるあなた様に、結婚についての相談がなかったことを残念に思っております。当然ながら、レディ・メリオラには結婚を拒む権利が――」

「当然ながら？」ダロは苦笑いをした。

使者は肩をすくめた。「ええ、レアード・ダロ、レディ・メリオラは結婚を拒んでもかまいません。ただし、花嫁がいてもいなくても、国王陛下は彼女の領地をウォリック様に治めさせるおつもりです」

ダロはデイヴィッド一世の大胆な決断に驚いた。おそらく多くの者が不満をもらすだろう。

だが同時に、彼らはいやおうなく気づかされるに違いない。彼らが領有している土地は国王のものであり、彼らの権力ははかないものだと。手に入れたものは失う可能性もあるのだだ。と。ノルマン人に征服されはしなかったものの、スコットランドにはノルマン風の封建制度が伝わった。もし男性だったなら、メリオラは今よりもはるかに大きな力を持っていただろう。だが、女性では子供同然の権利しかない。メリオラひとりでは領地を相続できないのだ。

メリオラがウォリックを拒んだからといって、デイヴィッド一世が別の夫を選ぶことはない。いや、彼女が夫を持つのを許しはしないだろう。あの土地を手に入れておしまいだ。

ダロは使者をじっと見てため息をついた。

「レアード・ライオンは、おれからメリオラにそのことを告げろと言うのか?」

「それはあなた様のご自由です。レアード・ダロ。お気が進まなければ、ウォリック様がお話しされます。ウォリック様はここへレディ・メリオラを連れ戻しに来るおつもりです。できれば、彼女が逃走したことを国王陛下に隠したまま。あなた様のお招きを、しかもすみやかにいただけるのを待っているのです」

ウォリックがおれの招きを待っている。ウォリックに対するダロの評価はいっそう高まった。ウォリックは流血を避けるつもりだ――避けられるものならば。避けられなければ、彼は強力な国王を後ろ盾に全兵力をあげてやってくるだろう。

「ウォリック様は和解を願っております」使者はさらに言った。「ご自身の手を奥方の親族の血で染めて、結婚生活を始めたいとは思っておりません。彼はあなた様に贈り物をさしあげたいそうです」

ダロは片眉をつりあげた。「贈り物？」

「はい。女性という贈り物です。あなた様の……そしてその女性の願いを知って、ウォリック様は国王陛下、およびマキニッシュ家の族長であるマイケル様と話をされました。おふたりは長年の盟友でございます。ウォリック様はあなた様を弁護なさいましたし、マイケル様もいとこのポードリック様や国王陛下と話しあわれました。その結果、アン・ハルステッダー嬢との婚約については、あなた様にすべてお任せすることになりました」

ダロは心底驚いた。ウォリックは脅しもしなければ、剣を抜いて襲いかかってもこない。まったく異例の方法でおれに勝とうとしているのだ。〝親切〟という狡猾な方法で。

「彼の話が真実だという証拠は？」ダロは用心深く尋ねた。

この話は罠かもしれない。

「ウォリック様がこちらに来る際には、アン・ハルステッダー嬢を連れてまいります。それに、ウォリック様は必ず約束を守る方です。約束は彼にとって神聖なものなのです」

ウォリックは一度アンを連れ去ったのに、また帰してくれるつもりなのか？　それにマキニッシュ家やデイヴィッド一世と話をするあいだ、なにごとも起こさずにいてくれた。これでみな、今までどおりに国王と接していける。ウォリックはメリオラとアンを交換することを要求しているのではない。ただ、メリオラは結婚を拒否すれば相続権を失い、領地も失ってしまうと忠告しているだけだ。

あとはメリオラ次第だ。財産を奪われることに彼女がさほど動揺するとは思えない。実際、おれは喜んで姪の面倒を見るつもりだ。だが、冷たく荒々しい波が島と本土の海岸線を激しく打ちつける場所でも、メリオラは自分の故郷を、あの島を愛している。ブルー・アイルの女主人として、口論に耳を傾けたり、ささいな問題を解決したり、病人やけが人を介抱したりすることを、そしてなによりも、芸術と伝統を生かし続けることを愛しているのだ。それに、メリオラはすばらしい語り手でもある。ケルト族はかつてヨーロッパを支配していたが、ローマ帝国の優れた兵器に倒れたあと、生き残った者たちはイングランド西部やウェールズ地方、スコットランド、そしてアイルランドにやってきたと言われる。メリオラはノルウェーの伝説だけではなく、母方の民族の古代の戦士や、ケルト族やスコットランド人についての物語も知っている。彼女はヴァイキングであると同時に、母親の娘でもあるのだ。メリオラは水晶のように澄んだ魅惑的な声で歌を歌うし、詩人や芸術家たちはメリオラに会いに島へとやってくる。メリオラはそれを誇りに思っているはずだ。

メリオラはたとえどんな犠牲を払おうとも、ブルー・アイルの女主人という身分をあきらめはしないだろう。彼女がここまでデイヴィッド一世に逆らっているのは、国王にはブルー・アイルを奪う力も意思もあることに気づいていないからだ。

「レアード・ライオンのもとに戻ってよろしい」ダロは使者に告げた。「おれの代理を務めてくれたこと、そしてアンを妻に迎えられることに感謝していると伝えてくれ。彼の親切は忘れないと。彼がここに来る際の身の安全は、必ずや保証すると約束しよう。このおれも約束は守る。彼と生まれ育った環境は違うが、おれにとっても約束は神聖なものだ。偉大なるレアード・ライオンをかつての戦いの同志として、友人として、そして姪の夫として迎えるのを楽しみにしていると伝えてほしい」

使者は満足げにうなずいた。「必ずお伝えします、レアード・ダロ」

使者が去ると同時にラグナーが入ってきた。「脅迫ですか? それとも要求でしょうか? 戦いの準備をしますか?」

ダロは首を横に振った。「国王の闘士、レアード・ライオンがここに来るとみんなに知らせろ。ウォリックはおれの未来の花嫁を連れてくる。決して彼に手を出させてはならない。彼に近づく者は誰であれ、おれの怒りと剣を受けるはめになる」

「メリオラ様はどうなるのです?」

ダロは肩をすくめ、正直に答えた。「結婚を承諾しなければ、あの領地は国王が没収して、レアード・ライオンに与えるそうだ。デイヴィッド一世は高貴な両家による世紀の結婚を計画しているわけではない。政治的な駆け引きをしているのだ。なにがあろうと気を変えるつもりはないだろう」

「メリオラ様を起こすよう、インガに伝えますか?」

ダロは首を振った。「今はそっとしておいてやってくれ。城を逃げだして以来、あいつはろくに眠っていないんだ。ウォリックが着くまでは眠らせておこう。事情を説明するのにたいして時間はかからない。メリオラは喜びはしないだろうが、安心はするだろう。これまでずっと、何百人もの死者が出るかもしれない戦いが――たとえ生きのびても一生お尋ね者となる戦いが起きると思っていたんだからな」

国王の臣下、レアード・ライオンが来るという知らせは野営地全体に広まった。彼はダロの客で、ここにいる多くの者がかつてともに戦った男であり、国王の闘士であるから、丁重に迎え、手厚くもてなすようにということも。

部下たちの大半は、ダロがメリオラを連れて戻ってきたときからずっと漂っていた、戦いの気配が消えたのに気づいた。国境地帯の小競りあいで戦うのと、反乱を起こすのとはまったく別物だ。しかし世界はすでに変化し、今も変わりつつある。ダロがこの地にやってきたのは、さらに広い領地を与えてもらえるようデイヴィッド一世に直訴するためだった。彼らはヴァイキングであると同時に、誰もがそうであるように、寒い冬にはあたたかい家で妻や家族とゆっくりくつろぎたいと望む狩人や農民でもあるのだ。

ほとんどの者はこの知らせを聞いてほっと胸を撫でおろした。

だが、ヴァイキングたちにウルリック・広刃の刀《ブロードスウォード》として知られる男は興味をそそられた。スコットランドで北欧人の家に生まれたウルリックは、ほんの数日前に小部隊を率いてダロの野営地に来て、仲間に加わったばかりだった。ウルリックは彼らのなかでも腕自慢の者たちと互角に渡りあい、ワインを浴びるように飲んではよく笑い、よく話す、剛胆な男だった。彼は野営地に兵力と労働力を提供するとともに、必要な場合には、南の国境地帯にある自分の故郷で歓待するとも申しでた。

ウルリックは国王とスターリング城の動向をずっと間近で見ていた。メリオラを連れて戻ってきたダロ。野営地の警備を始めた忠実な部下たち。そして今や、生意気な少年から国王の闘士に成長したウォリック、つまりレアード・ライオンがこちらに向かっているという。それらが意味するものは明らかだった。ウォリックは偉大なるアディンが治めていた領地を、女相続人のメリオラを介して与えられるのだ。メリオラの美しさは、多くの吟遊詩人の語る物語で有名だ。たしかに、メリオラを実際に見た今、彼女についての話は決して誇張ではないとわかった。

メリオラは貴重な宝だ。

しかもヴァイキングたちがウォリックや国王とは戦わないとなれば……。

メリオラを奪うのは、最高の娯楽になりそうだ。だが、それは彼女が美しいからではない。たとえ彼女がいぼだらけの醜い老婆でもそうするつもりだ。そしておれは、目隠しをしてでも彼女を陵辱する――彼女がウォリックに与えられた褒美である限り。

だが、メリオラは醜くない。輝くブルーの瞳と太陽のような黄金の髪を持つ、女神のような美女だ。誇り高い女性だと聞くが、誇りなどはくじけばいい。おれは激しい怒りを抱いて成長し、学んできた。人を服従させるこつは心得ている――男も女も。

召使いたちが走りまわって料理をしたり、ごちそうの食材にする牛を選んだりするのを眺めながら、ウルリックは動くのなら今だと思った。彼は部下のひとり、ハンに合図をして言った。「出発するぞ。みんなを集合させ、予備の馬を一頭……いや、二頭用意して、野営地の南西の出入口で落ちあおう」

ハンは片眉をつりあげた。「なにをするつもりですか、ウルリック様？」

ウルリックは片手を宙で振った。「復讐だ。アディンの娘はどこにいる？」

「ダロの住居です」

「ダロも一緒か？」

「彼女は奥の小部屋で眠っていて、ウォリックが到着するまでは起こさないように言われていると聞きました」

「見張りはついているのか？」

「ダロの部下たちが住居の前を見まわってますが、しょせんここは野営地で、砦ではありません。彼女も捕虜ではないので、逃げたり、血のつながった叔父に戦いをしかけたりもしませんからね。小部屋には世話係の下女がひとりいるだけです。住居といっても木と革で建てた、にわかづくりのものですし。下女が左奥にある鹿革の出入口から小部屋に出入りしているのを見ましたよ」

「それは好都合だ」

「しかし、なにをするつもりなんです？　国王との戦いが起きないのなら――」

「おれたちで起こすまでだ。先ほど言ったとおり、出発するぞ。おれたちは今夜、ヴァイキングのふりをするんだ」


メリオラは目を覚まさなくてはいけないと思った。そうせざるを得ない、奇妙な感覚を覚えた。だがどういうわけか、ひどく眠くてしかたがなかった。眠りは深く、とても心地よかった。夢に悩まされることもなかった。もしかしたらインガが、よく眠れるようにと特別なハーブをワインにまぜていたのかもしれない。毛皮のぬくもりも気持ちよかった。

「メリオラ様！」

自分を呼ぶ声には緊迫感があり、メリオラはたちまち危険を感じた。

部屋はまだ暗いが、夜明けは近いようだ。広間にも、野営地のあちこちでも松明が燃えているが、外からもれ入ってくる光がほの白い。最初はそばにいる男性の影しか見えなかった。

「叔父様？」メリオラは眠気と闘いながらささやいた。

「いいえ。叔父上の部下です。あなたを助けにまいりました」

「なにが起きたの？」

「国王が交渉人を送りこんできたのです。ダロ様がご自分の主張を通されるまで、わたしがあなたを連れだすことになっています。われわれはひそかに姿を消さなくてはなりません。意味はおわかりですね？」

「芝居をするということ？　叔父様は、わたしが姿を消したと知って驚くふりをするの？」

「ええ。どうかご協力ください。誰にも気づかれずにここを出なくてはなりません」

「わかったわ」メリオラは少しふらつきながら立ちあがった。男が片腕をまわして彼女を支える。メリオラは顔をあげて男を見た。彼はヴァイキングの兜をかぶっているが、革の胸当てだけで、鎧は身につけていない。彼女は賢明な判断だと思った。なぜなら、鎖帷子や鎧は動きにくいし、音で行き先を知られてしまうからだ。

「どこへ行くの？」

「安全な場所です、レディ。急いでください」

住居の出入口のほうから何人かの声が聞こえた。誰かがやってきたらしい。

「ドレスを着る時間だけちょうだい」

男は背を向けた。メリオラはすばやくベッドの足もとにあったドレスをリネンのスリップの上に着て、靴をはいた。

「このマントを着てください。フードを深くかぶって。でも堂々と歩くんですよ。早く」

マントを着るとき、ベッドの横に置いてあったケルト族の剣が目に入った。叔父からもらったものだ。男が歩きだすと同時に、メリオラは細い革の鞘を腰につけ、剣をそこに滑りこませた。男に追いついたときには、マントに覆い隠されて見えなくなっていた。

男がテントの革の一部を押すと、出入口になっていた。ダロは交渉人になんと話すつもりなのだろうかと考えながら、メリオラは先に外へ出た。叔父はもうしっかりと計画をたてているはずだ。告げられたことにはすべて応じ、求められたとおりに姪を返すと約束して……。

メリオラは野営地を見渡した。闇のなか、松明があちらこちらで燃えていて、人々が動きまわっている。野営地には彼らの仮住居が点在し、まわりには招かれざる訪問者をしめだす木の壁が建てられていた。

「下を向いて」

「心配はいらないわよ。みんな叔父様の部下だもの」メリオラは自信に満ちた口調で言った。

「誰が信頼できるかなど、わかったものではありませんよ、レディ。兵士はやってきては去っていくものですし、忠誠を誓う相手も変わります。誰にも気づかれずに姿を消すに越したことはありません。今は危険な時期ですからね」

メリオラはフードで顔を隠し、下を向いたまま歩いた。ふたりは誰にも声をかけられないまま野営地の門に着いた。そこには馬に乗った男たちが何人か待っていた。メリオラと彼女を助けに来た男の分の馬もある。

「門番はどうしたの？　ここには見張りがひとりいるはずでしょう？」メリオラは尋ねた。

「レディ、門番はすぐに戻ってきますよ。とにかく早くここを出るべきです」

「ラグナーはどこにいるの？」

「ラグナーはダロ様の右腕ですから、今はおそばについていますよ。さあ、叔父上を信じるのです。彼はあなたのために戦っているのですから、逆らってはなりません」

「待って。わたしのせいで叔父様に戦いをさせるつもりはないわ。戦いなんて誰にも――」

「レディ、戦いといっても剣を抜くわけではありません。叔父上は知力で戦っておられるのです。しかしそのためには、あなたが無事でいることが必要なのですよ。叔父上の戦いを不利なものにしてはなりません。急ぎましょう」

メリオラは男たちを見まわした。ほとんどが、金属製であれ、革製であれ、顔を覆うつくりの兜をつけている。まるで戦いに備えるかのように、鎖帷子の上にサーコートを着ている者や、革の胸当てをつけている者もいた。この男たちに見覚えがないように思えるのは、兜で顔を覆い隠しているせいだろうか？

彼女はあとずさりした。「叔父様と話をしてからよ」

「時間がありません」

メリオラを呼びに来たヴァイキングの男が彼女を馬の背に乗せた。気がつくと、メリオラは男たちに囲まれていた。十人以上はいて、みな武器を持ち、殺気だっている。

「いやよ……」

男がメリオラの後ろに飛び乗ろうとしているのを察すると、彼女は馬を突いた。すると馬はいななき、鼻を鳴らして前脚を蹴りあげた。

ヴァイキングは力強く飛びあがり、両腕でしっかりとメリオラをとらえた。彼女は恐怖を覚えた。わたしは男につかまれたまま地面に落ち、馬に踏みつぶされてしまうに違いない。

だがヴァイキングは馬にまたがったまま持ちこたえ、部下たちに叫んだ。「出発だ！」

「いや！」メリオラは悲鳴をあげた。しかし、彼女の悲鳴は風に流されて消えた。

そして彼らは闇のなかへと疾走し、ダロの野営地から遠ざかっていった。

第十一章

ウォリックにはダロが策略をめぐらすとは思えなかった。だから状況を慎重に検討した末、もっとも信頼できる部下を数人——アンガス、パース出身のトーマス、ウィック出身のレム、ゲリット・マクライル、そしてもちろんアン・ハルステッダーを連れて野営地に着いた。アンをダロに返してもヴァイキングたちの攻撃を受ける可能性はある。だが、まずその恐れはないだろうと思った。ダロは約束を守る人間だ。本気でアンと結婚し、子供をもうけたいと望んでいる。おれがそのチャンスを与えたのだ。誇りと責任感とが、姪と愛する女性との取り引きを邪魔したとしても、ダロは愚か者ではない。メリオラがおれの妻にならなければどうなるかを知った今、兄の領地が奪われるのを黙って見てはいないはずだ。

野営地のなかにあるダロの住まいに向かって馬を進めながら、ウォリックはヴァイキングには工夫の才があると認めざるを得なかった。歴史から見れば彼らは侵略者だが、定住すればすぐれた建築家にもなる。ヨーロッパを渡ってブリテンの島々に移住した民族の大半は、彼らの文化や芸術や信仰を持ちこんだ。そしてヴァイキングはいろいろな場所へ旅をして、多くの民族のよいところだけを学んできたのだ。ヴァイキングのように立派な船をつくれる民族はほかにはない。そして彼らの建築の才能は、ここに、この野営地へと受け継がれている。彼らの仮住まいほどすばらしい小屋は見た覚えがなかった。

ダロは自分の住居の前で立って待っていた。身長はウォリックと同じくらいで、金色の髪と顎ひげに赤い炎のような筋が走っていた。

ダロはウォリックが馬からおりるのを待って、挨拶代わりにしっかりと彼の片腕を握った。

「ようこそ、レアード・ライオン」

「ああ、ダロ。来られてなによりだ」ウォリックは真剣な表情でうなずいた。言葉にはしなくとも、ダロがアンの姿を捜しているのはわかった。

「アン？」ウォリックは後ろを振り向いた。彼の呼びかけで、アンが前に歩みでた。最初はおそるおそるだったが、ダロが小さな声をあげるなり、アンは彼に駆け寄った。ダロは目を閉じ、しばらくのあいだ彼女をやさしく抱いていたが、やがてウォリックに顔を向けた。

「借りができたな」

ウォリックはうなずいた。「おれもこうしてふたりの姿を見ていると、うれしく思うよ」

ダロはほほえみ、アンに視線を戻した。「きみの親族が結婚を認めてくれたのか？」

アンはにっこりほほえんで、ちらりとウォリックを見た。「ええ。レアード・ウォリックのおかげよ。国王陛下がおじに、わたしたちは似合いの夫婦になると言ってくださったの。そしてわたしたちが結婚すれば、あなたの兵力も味方にできると」

ダロはアンの額にキスをした。「アン、言葉にならないくらい幸せだよ。ラグナーに部屋へ案内させるから、ウォリックとメリオラと話をするあいだ、そこで待っていてくれ」そしてウォリックに言った。「おれたちの結婚式はすぐにあげられるのか？」

「ああ、おれとメリオラの結婚式の翌週だ。必然的に、きみはキリスト教に改宗してもらうことになる」

「改宗しよう。キリスト教の神がアンをおれに授けてくれたのなら、その神に服従してもかまわない。ラグナー？」

ラグナーはアンに片手をさしだした。彼女は最後にもう一度輝くような笑みをダロに投げかけると、巨体の戦士とともに去っていった。「レアード・ウォリック」ダロは自分の住まいを顎でさした。

ウォリックはダロの先に立ってなかに入った。無防備に背中を見せているのは意識していたが、ダロの背後にはアンガスたちが控えている。もしここで裏切り行為があれば、圧倒的な人数の差でおれたちは死ぬだろうが、その前に敵も十人以上は倒せるはずだ。

だがダロはウォリックのそばに来てワインを注いだだけだった。「お先に失礼する」ダロはワインを少し飲んでから言った。「毒を盛ろうとしているとは思われたくないのでね」

「ヴァイキングはそんなことはしない」ウォリックはそっけなく言って、ダロから杯を受けとった。「だが、毒味には感謝する。きみは使者におれの身の安全を約束してくれたのだから、きみの部下のことも、ワインのことも、恐れてはいなかった」

「心おきなくもてなしを受けてもらうために、どんなに小さな疑いも消しておきたかったのさ」ダロは自分の杯にもワインを注ぎ、ウォリックを見ながら飲んだ。「きみのしてくれたことは、実に意外で、寛大だった」

ウォリックはにやりと笑った。「おれは当然のことをしたまでだ。いまだに北欧から侵略者たちがやってきては、おれたちの島々で破壊行為をし続けている以上、ヴァイキングに対してデイヴィッド一世が危惧《きぐ》を抱くのは理解できる。だが、おれたちの真の敵は外国人ではないと思う。イングランド国内が分裂し、血で血を洗う争いをしている今は、ノルマン人が侵略してこないように国境地帯を強化するほうが得策だろう。それに国王はアディンを信頼しておられたのだから、彼の弟も信頼すべきだ」

「ああ。だが国王は、兄の土地がヴァイキングの領地になるのを恐れて、きみに与えようとしている」

「あの領地はアディンの死によって、とても重要な土地になったのだ。ヴァイキングが領有する島はこれまでにも多々あったし、今でもある。だが、デイヴィッド一世はブルー・アイルを手放すつもりはない。あの島は戦略上重要な位置にあるからな」

ダロはうなずいた。「結婚を承諾しなければ領地から追いだされると知っていたら、メリオラは逃げなかったはずだ。きみもこんなに腹だたしい思いをしなくてもすんだだろう」

「もう彼女には話したのか？」

ダロは首を横に振った。「メリオラはこのところあまりよく眠っていなかったから、ゆうべきみからの伝言を聞く前に、ゆっくりやすめるよう彼女のワインにハーブを入れさせたのだ。そろそろ起こして、きみに会わせる前に状況を説明しておこう」

「インガ！」ダロが出入口へと歩きながら声を張りあげると、長い髪を三つ編みにした中年の女性がひとり入ってきた。「メリオラを起こすんだ。おれが話をしに行くと伝えろ」

インガは言われたとおり、メリオラの小部屋へと向かった。

「しかし不思議だな」ダロは言った。「メリオラにはあれだけの仕打ちをされたのだから、きみは彼女を拒むことだってできたはずだ。それに、きみは国境地帯の領主の未亡人と結婚するという噂を聞いたぞ」

「メリオラを追いだしておれがブルー・アイルを手に入れたら、反乱を起こす領民が出てくるだろう。そうなれば、おれは彼らを殺さなくてはならなくなる。忠誠心を持つ者たちを殺したくはないよ」

ダロはうなずき、ワインの杯を持ちあげた。「レアード・ウォリック、それならばおれはきみを歓迎しよう。きみのおかげでおれはアンと結婚することができるんだ。きみには心から感謝しているよ。できれば、おれがメリオラを心から愛していることを忘れないでいてくれるといいんだが。きみがメリオラを殺さずにいてくれることを願っているよ」

ウォリックは苦笑した。「暴力を振るうつもりはない。自分の身を守るとき以外は」

ダロはかぶりを振った。「きみはメリオラをわかっていないな」

「かなりよくわかってきたような気がするが」

「たしかにメリオラは強情だ。だが、今自分が置かれている立場を理解すれば、故郷がなによりも大事だと思えるはずだ。すぐにわかるさ。ああ、インガが戻ってきた。メリオラの部屋に入っても大丈夫か、インガ？」

インガは困り果てた顔をしていた。ちらりとウォリックを見て、ノルウェー語で言う。

「メリオラ様はいらっしゃいませんでした」

「いなかった？」ダロは眉をひそめた。

これは策略なのか？　ウォリックは思った。ダロはいかにも驚き、困惑している様子だ。だが、演技かもしれない。

「いなかったとはどういう意味だ？」ダロはインガの答えを待たずに奥へと向かい、小部屋との仕切りをさっと押し開けた。ダロの後ろについていたウォリックにも、部屋には誰もいないのが見てとれた。そして、なぜか胸がしめつけられるような思いがした。化粧台の上に、象牙の櫛《くし》と並んで、ドラゴンの頭がふたつついた金のブレスレットが置かれている。部屋にはメリオラの香りが漂い、ベッドはたった今起きたばかりであるかのように乱れていた。ウォリックはかがんで、ベッドに敷かれた毛皮やリネンに触れてみた。まだあたたかい。

「もしかしたら、メリオラは……アンに会いに行ったのかもしれない。あるいは、きみが来たのを知って、野営地のなかを散歩でもしに行ったのか」ダロが狼狽して言った。

「あるいは策略か？」ウォリックは穏やかにほのめかした。

ダロははっとして、かたく口を結んだ。剣を抜くか、疑惑を否定するか迷っているようだ。

ダロは後者を選んだものの、歯噛みしながら言った。

「おれは約束を守る男だ。メリオラをどこかへやってはいないし、隠してもいない。だいいち、そんなことをしてなんの得になるんだ？　メリオラがいてもいなくても、きみは富を手に入れる。領民の死はきみにとって遺憾なことかもしれないが、デイヴィッド一世がきみにあの領地を与えるという事実は変わらないのだ」

ダロは嘘をついていない。ウォリックはそう思いながらも、心の奥底に残るほんのわずかな疑念をぬぐい去ることができなかった。

「ラグナー！」ダロは叫んだ。

ヴァイキングの男がすばやく入ってきた。

「メリオラの姿が消えた」

「消えた？」ラグナーはその言葉の意味がわからないかのように、面くらった顔をしている。

「そうだ。いなくなったのだ！　野営地のなかを捜索し、誰かメリオラを見たものはいないかどうか、なにか不審な動きはなかったかどうか調べろ。いきなり姿が消えたはずはない」

ラグナーの後ろにはアンガスがいた。ウォリックはかすかにうなずいて、アンガスたちもヴァイキングたちについていき、本当に捜索するのかどうか確かめるよう合図した。

ダロはウォリックをじっと見た。「断じておれが行かせたのではない。ひょっとしたら、おれたちの話を聞いたか……おれの知らぬまに目を覚まし、きみがここに招かれたという話を聞いたのかもしれない。おれがアンと引き替えに、メリオラをきみに引き渡すと思いこんだのだろう。だが、彼女は自分からそうすると申しでていたんだ。メリオラはプライドが高いし向こう見ずだが、決しておれを国王と戦わせるつもりはなかった。誰かの血が流れるのはいやだと言っていたからな」

おれがダロに切り刻まれ、大量の血を流すところなら、メリオラは喜んで見るだろう。ウォリックはそう思ったが、口にはしなかった。

「この野営地のなかを走れば、必ず誰かが姿を見かけるはずだ。行き先に心あたりは？」

「これといってない」ダロは先ほどよりも心配そうな口調で答えた。「おれに黙って逃げだすなんて、メリオラらしくない」

「そうか」

そのときラグナーが、血を流している大男を背負って入ってきた。ウォリックとダロが急いで駆け寄ると、ラグナーは男を火のそばに横たわらせた。男は剣で貫かれてひどく出血し、ほとんど意識がない状態だった。

「門番をしていたオソです」ラグナーは早口でダロに告げた。「先ほど襲われたそうです」

「誰にだ?」ダロが尋ねた。

ラグナーは首を左右に振った。「わかりません。十人ほどの男たちはみな兜をつけていたし、あっというまのことだったとか。兜やマントや盾やサーコートについていた紋章に見覚えはなかったようです」

オソはあえぐように息を吸いこんで、ダロの片腕をつかんだ。「男たち……たくさん。馬で……南へ。聞こえた……湖のそば……岩山。そこから……国境へ」

オソは目を閉じた。なんとか伝言を伝えると、死を迎える覚悟をしたかのように彼の体から力が抜けた。オソがダロに対して深い忠誠心を抱いているのは明らかだった。

「インガ! 止血をして助けを呼べ。ラグナーは野営地の警備にあたるんだ」ダロはすばやく立ちあがった。「レアード・ウォリック、おれは馬であとを追う」

ウォリックはすぐに外に出て、口笛を吹いてマーキュリーを呼んだ。まったくメリオラときたら。いやな予感がする。彼女は、叔父の部下を装う愚か者の集団に、自ら進んでついていったのだろうか？

偽物だと見抜いていたのだろうか？

だからこそ、ついていったのか？

「ウォリック、メリオラは必ず見つける」ダロが言った。

「ああ」ウォリックは馬に乗ってダロを見た。「おれも一緒に行く」

「部下たちにあとから来るように命じたから——」

「時間がない。おれの部下たちもあとから来るだろうが、おれたちだけで先に行こう」

「そうだな。時間を無駄にはしたくない」

メリオラは危機に陥っているのか？　それとも、また騒ぎを起こしているだけなのか？

ウォリックにはわからなかった。だが今度彼女をつかまえたら、たとえ手足を鎖でしばって地下牢に閉じこめても、もう二度と逃げられないようにしてやるつもりだった。

月が空高くのぼったころ、彼らはようやく速度を落とした。メリオラはいつしか、小さな湖を見おろすようにそびえたつ岩山に来ていた。あたりには崖や洞窟《どうくつ》がいくつもあり、迷路のように入り組んだ自然の地形が、防御と隠れ家の役目を果たしてくれそうなところだ。

「馬の世話をしろ」ヴァイキングの男は部下に命じ、馬からおりて彼女に手をのばした。

メリオラは本能的に、走って逃げようと思った。だが、十人以上の男たちに囲まれている今は無理だ。

「おりろ」男はメリオラの抵抗をものともせず、彼女を地面におろした。

「さわらないで」

「レディ？」

メリオラは闇のなかであたりを見まわした。湖の岸辺に岩窟がいくつかあった。人間も、馬さえも身を隠せそうに見える。

「来るんだ」男は片手をさしだした。「例の国王のしもべから逃れられる場所があるぞ」

「あなたから逃れられる場所はないの？」

男は笑みを浮かべた。「例のノルマン人のことはよく知らないんだろう？」

「戦いは起こしたくないわ。あなたは何者なの？」

「おまえの叔父上の部下だよ、レディ」

「嘘よ」

「一緒に来い」

男はメリオラの片腕をつかみ、前へと押しやった。彼女は長いマントの下で剣が腿にあたるのを感じた。今は抜くつもりはなかった。まだそのときではない。

男はメリオラを促して、湖の岸辺から、険しい岩山の上へと続く起伏の激しい小道を歩かせた。不気味な場所だが、彼女はこういった岩だらけの土地には慣れていた。この景色は、故郷の海沿いの土地にとてもよく似ている。こういった岩山はよく知っていた。岩はとがっているものも、なめらかなものもある。あちらこちらに小さな洞窟がたくさんあって、狐《きつね》がやっと入れる程度のものもあれば、広くて深いものもあるだろう。冷たい風が吹きすさび、月は雲に覆われていた。メリオラは、いともあっさりとだまされて誘拐に協力してしまったことに狼狽するとともに、自分の身が危険であると感じていた。

「叔父はなにも知らないんでしょう?」

「ノルマン人のしもべとの結婚を拒んだのはおまえだぞ」

「戦いを引き起こすつもりね」

「戦いはつねに起こるものだ。気をつけろ。道はますます険しくなる。さあ、手を引いてやろう。そのほうが速く動ける。おまえが落ちてしまっては困るからな」

メリオラはあとずさりして、男をにらみつけようとした。だが男の顔は兜で覆われているため、たとえ次に会う機会があったとしても見分けられそうもなかった。

「いやよ。これ以上は行かないわ。あなたは誰なの? なにをするつもり? もしも叔父がけがをしたり、少しでも罪を負わされたりするはめになったら、あなたを生かしては――」

「さすがは偉大なるアディンの娘だ! だが、アディンは死んだ。おまえはもはや、おれのなすがままなのさ」

メリオラは目を細めた。「思い違いをしないで。わたしは今でも父の娘よ!」

だがすぐに、もっと慎重に考えるべきだったと後悔した。男が剣を抜き、刃先をメリオラの喉もとに向けている。

「おまえはきっとおれの言うとおりにするさ、レディ」

わたしはなんて愚かだったのだろう。見知らぬ男を信用して、叔父の野営地をこっそりと抜けだすなんて。この男は本当に何者なの？　わたしを殺すつもり？　わたしはこの男のたくらみに必要な駒なのだろうか？

「わたしを殺す気？」メリオラは恐怖がこみあげるのを感じながらも、軽蔑《けいべつ》をこめて言った。

「どうしても殺してほしいと言うのならばな」

「まだ死にたくはないから、動くわ」メリオラはいらだたしげに言って、剣を押しのけた。心臓が激しく打つのを感じながら、すばやくドレスの裾《すそ》を引き寄せてたくしあげる。足もとは不安定だけれど、もしかしたら男は、わたしがこういう土地をうまく進んでいけるとは思っていないかもしれない。ああ、少しでもチャンスがあればいいのだけれど。

メリオラはすぐに歩きだして、崖を探した。まわりには小道がいくつもあって、さらに上へとのぼるものもあれば、くだるものもある。まるで空から巨大な石を投げたかのように岩が散らばっていた。

「あなたは本当にヴァイキングなの？」メリオラはとげのある口調で尋ねた。

「まあ、イエスでもあるし、ノーでもあるな。ヴァイキング、ノルマン人、スコットランド人、どれも似たようなものだ。なによりも大事なのは、おれはおれだということさ」

「臆病《おくびょう》者ね。女性をこっそりと連れだして、その罪をわたしの叔父になすりつけるなんて」

「たいした違いはないだろう？　ダロがおまえを裏切っているのは確かなのだから」

「どういう意味？」

「レアード・ウォリックはおまえを連れ戻しに来ていたんだよ。それが真実だ。おまえの叔父はアン・ハルステッダーと引き替えに、おまえを渡すつもりだったのさ」

「叔父はそんな取り引きをするはずがないわ。もしもウォリックが来ていたのなら――」

「それも、おまえの叔父の招きでな」

「それなりの理由があるのよ」

「そんなことはどうでもいい。ライオンはいつまでも吠《ほ》えていればいいさ。おまえという褒美はやつの手には入らないんだからな。ことによると、やつは今ごろ死んでいるかもしれない。善意でおまえを迎えに来たのに、当の本人は姿を消していた。ヴァイキングの卑劣なたくらみだとやつは思い、非難の言葉が飛び交って、剣が抜かれる！　すばらしい光景が目に見えるようだ。レアード・ウォリックは約束どおり、アンを連れて到着する。それなのになんとレディ・メリオラはいない。またしても姿を消していた。これはダロの裏切り行為だ！ふたりの偉大なる戦士たち――ヴァイキングのダロ、そしてスコットランド国王の闘士、ウォリックは互いを責める。そして……いずれかが息絶える。間違いなく、死ぬのはスコットランド人のほうだな。たとえおまえの叔父に勝っても、やつはダロの部下に殺される」

少しずつ慎重に歩を進めるにつれ、メリオラは心配でたまらなくなってきた。野営地でなにが起きたかについては、あえて深く考えないようにしよう。わたしはなんとかしてこの状況から逃げださなくてはいけない。父のもとで育ってよかった。裸にならない限り、わたしには武器がある。それに幸い、この男はわたしから武器をとりあげようとは考えなかった。

「それなら、なぜこんなところに来たの？　叔父もウォリックも、非難しあったまま死んでしまうのに」

「ここは野営地から離れてはいるが、その結末がわからないほど遠くはないからさ。最終的には国境地帯へ向かう。状況次第では、おまえを故郷に連れていってやれるかもしれないぞ。先ほども言ったが、たとえウォリックが生き残ったとしても、まだおれにはおまえがいる。やつの褒美が。領地の女主人が。やつのこれまでの貢献に――やつがもたらした多くの死に対して授けられるはずのものが。それではなぜ、おれがおまえをこんな岩だらけの場所に連れてきたのか？　レディ、その理由は、おれがおまえの富のすべてを奪うため――レアード・ライオンの手に入るはずだったものを奪うためだ」

男の一メートルほど先にいたメリオラは、一度くだってまた別の岩山に続く小道を見つけた。彼女は二、三歩急いで坂をのぼって待ち、男が切りたった岩の縁に立った瞬間、ふいに振り向いて力いっぱい突いた。

男は驚いて毒づき、よろめきながら後ろにさがった。剣が男の体にあたってがちゃりと音をたてる。たいしたダメージは与えられなかったが、走って逃げる時間はできた。

メリオラは駆けだした。

岩や崖、芝や雑草、そして土の上を飛び跳ねるようにして、メリオラは走り続けた。最初は下へ、すぐ近くの岩に暗い洞窟がいくつもあるのを見つけてからは上へと。だがかなりの高さまでのぼったとき、ふいに男にマントをつかまれ、彼女は悲鳴をあげた。男はメリオラをとらえ、容赦なく引きずりおろそうとする。メリオラは頭上の岩にしがみついていたものの、やがて手が離れ、下へと落ちてしまった。メリオラの重みで男も後ろに倒れたが、彼はすぐに起きて、彼女にまたがろうとする。メリオラはふくらはぎにつけた短剣に手をのばした。小さな装飾用の武器だけれど……どうかもう一度時間稼ぎをするだけの働きはしてくれますように。これほど不快で恐ろしい思いをしたのは生まれて初めてだ。男がのしかかってきたとき、メリオラは慎重に彼の脇腹にねらいを定めた。この小さな刃では、革の胸当てを貫くことはできないとわかっていたからだ。

短剣は男の肋骨をとらえた。男がうなり声をあげ、あとずさりする。メリオラは強く突いて彼を倒し、立ちあがった。

男がよろよろと立ちながら剣を抜く。メリオラもマントを脱ぎ捨てて剣を抜いた。それからは命懸けの激しい戦いとなった。男は強かった。攻撃はすべてかわしているものの、この細い剣ではいつまで持ちこたえられるかわからない。男はとどめの一撃を加えようと、大きく剣を振りかぶった。メリオラはその隙を突いて、剣を下から上へと振りあげて男の腿を切りつけ、攻撃は身をかがめてかわした。男はうなりながら、前のめりになった。

さらにメリオラに押され、男は倒れた。

メリオラにはもはや戦う力は残っていなかった。彼女は岩の上をすばやく走って逃げた。

「いずれおまえをぼろぼろになるまで痛めつけてやる。もはや容赦はしないぞ。おまえのプライドも魂もすべて失うほどにな。覚えておけ！」男はメリオラの背中に向かって怒鳴った。単なる脅しではないと思うと、彼女は恐ろしくてならなかった。

今度つかまったら、男を殺すしかない。

そうしなければ殺されるだろう。

メリオラは男から少し離れた場所まで逃げたあと、姿を見られていないことを祈りながら、洞窟のひとつに駆けこんだ。なかはまっ暗だった。彼女はじっとたたずんで、目が慣れるのを待った。

そして、暗がりのさらに奥へと足を進めた。

ウォリックとダロ、そしてアンガスの三人は正体不明の無法者たちを追って湖のそばの岩山に着いた。馬の足跡はそこでとぎれている。ウォリックが馬をおりてあたりを見ると、何者かが木の枝で土をはいて跡を消した跡があった。だが、ぞんざいになされていたので、馬たちは洞窟のひとつに向かったのがわかった。ウォリックは片手をあげてダロとアンガスに黙っているように命じ、再びマーキュリーにまたがった。三人は洞窟へと歩を進めた。あと少しというところで、甲高い悲鳴のような声が聞こえた。そしてふいに、馬に乗った戦士たちが、湖のそばの洞窟から夜の闇に飛びだしてきた。

顎ひげのある大柄な男が、棍棒を振りながらウォリックに襲いかかってきた。彼は両刃の剣を抜き、棍棒をかわして反撃した。男は湿った地面へと落ちたが、今度は別の男が襲いかかってくる。剣と剣が激しくぶつかったとき、ウォリックは背後でダロとアンガスも敵と戦っているのに気づいた。敵の数はかなり多い。ウォリックは一瞬考えた。もしもこれがダロの罠で、彼がヴァイキング側に寝返ったら、おれとアンガスは窮地に立つだろう。だが、そのことをゆっくり考えている暇はなかった。生き残ることで頭がいっぱいだった。

敵は次々と攻撃をしかけてくる。ウォリックは全力で剣を右へ左へと振った。敵は革の胸当てをつけているが、ウォリック自身もシャツとウールのタータンの下に金属製の胸当てをつけていた。どんなに信頼できる相手と会うときも、必ず防具をつけることにしているのだ。敵の大きな刃がウォリックの胸を切り裂こうと迫ってくる。だがマーキュリーが機敏に動き、彼を刃の届かない場所へと連れ去ってくれた。おかげでウォリックは剣で敵の胸を切り裂くことができた。同じようにしてふたり目の敵も倒した。

ウォリックが振り返ると、ダロも死闘を繰り広げていた。もしも彼がメリオラの誘拐にかかわっているのなら、仲間を殺すのもいとわないだろう。アンガスも敵と戦っている。ウォリックが友人に加勢しようと向かったとき、洞窟からまた別の男が飛びだしてきた。

ウォリックはマーキュリーを洞窟へと急がせた。メリオラはあのなかにいるのだろうか？洞窟のすぐ外でウォリックは男と衝突した。湖の水位は洞窟にまで達していて、馬たちのまわりに冷たい水しぶきが舞いあがる。メリオラはこの洞窟のなかにいるに違いない。早く彼女を見つけて、けがをしていないかどうか確かめなくては。ウォリックは新たな力がわいてくるのを感じた。戦斧と剣を持って襲いかかってくる敵に、彼は容赦なく反撃し、激しい怒りをこめて切りつけた。戦斧が割れ、敵はそれを投げ捨てた。剣と剣が激しく打ちあう。鋼のぶつかる音は、雷鳴よりも大きく感じられた。ウォリックの次の攻撃が敵の首をとらえ、敵は血がほとばしる喉もとを押さえながら水のなかに落ちた。ウォリックは馬をおり、剣をかまえたまま洞窟に駆けこんだ。「メリオラ！」

返事はない。そもそも、メリオラがおれの呼びかけにこたえるだろうか？　ウォリックは皮肉っぽく考えたが、洞窟のなかには馬が数頭いるだけで、人の気配はまったくなかった。

ウォリックは急いで外に出た。ちょうどアンガスがひとり敵を殺し、ダロも目の前の敵に向かって剣を振りおろすところだった。

「生けどりにしろ！」ウォリックが叫んだが、時すでに遅く、ダロはかろうじて急所をそらすのがやっとだった。敵は倒れ、ダロが馬をおりるのと同時に、ウォリックも駆け寄った。ふたりはともに、瀕死《ひんし》の男の上にかがみこんだ。

「レディ・メリオラはどこだ？」ウォリックは厳しく問いつめた。

「おまえたちは何者だ？　おれの姫はどこにいる？」ダロもノルウェー語で問いかけた。自分の死を悟った男は、彼を見あげて笑みを浮かべた。

「おまえも道連れだ！」男はそう叫んで短剣をとりだし、ダロの胸に突きたてようとした。

ダロは男の手首をつかみ、攻撃をそらした。男はウォリックに視線を据えた。「もはや褒美はない。黄金は色あせ、奪われた。残念だな、レアード……。ヴァイキングの娘、ヴァイキングの宝……彼女はおまえのものにはならない」

「彼女はどこだ？」ウォリックは男の髪をつかみ、頭を持ちあげた。「どこに――」

男は答えないまま、血を吐いて死んだ。

ウォリックはいらだたしげに毒づきながら、そしてダロが男の口をふさぐために殺したのではないかという疑惑と闘いながら、立ちあがった。「ウォリック様、死んでいる人間よりも馬の数のほうが多いです」アンガスがそう言って、崖を指さした。

「そうか！　敵はもっといるぞ。崖だ。崖には洞窟がほかにもたくさんある」

「わたしはこのあたりを捜しましょうか？」アンガスが尋ねた。

「おれは東側を捜そう」ダロが言った。

「おれは西側を捜す」ウォリックはうなずいた。

「メリオラ！」声をあげたダロの腕を、ウォリックがつかんでかぶりを振った。

「だがあいつを捜さないと――」

「慎重に行動しなければだめだ。敵はまだいる。見つかる前に見つけたほうがいい。向こうはメリオラを人質にしているんだぞ」

ダロは唇を引き結んだ。「そうだな」声を殺して言った。「慎重に、音をたてないようにして捜そう。おれの野営地にいた裏切り者の残党もだ！」

「見つけたときには……」ウォリックは怒りを押し殺して言った。

「殺してやる。やつらはおれの野営地で暮らし、パンを食べさせてもらいながら、おれを裏切ったあげくにメリオラを奪ったんだ！」

「ああ、殺してやろう。やつらが何者で、なぜメリオラを連れ去ったのかききだしたらな」

メリオラはもう、どこまで深く洞窟に入ってきたのかわからなくなっていた。ほとんど光はさしこんでこないが、恐れることなく奥へと進む。こういう場所によくいる危険な動物はなんだろう？　狼？　狼はこんな高いところまでのぼってこられるのかしら？　わからない。ほかの動物は？　たとえば熊はどうだろう？　ああ、あたりを見ることさえできれば……。

夜が明ければ、もっと身動きがとりやすくなるだろう。この暗闇のなかでは、敵もこちらもお互いに姿が見えない。でも、岩山でも機敏に動けるわたしにとっては、夜が明けたほうが都合がいい。わたしを捜しながらでは、向こうはさほど速く動けないはずだ。

メリオラは腰をおろして洞窟の壁にもたれかかった。あの男は近くを歩いている。わたしを捜している。わたしを殺したくてうずうずしているのだ。

そして外には、ほかにもあの男の仲間がいる。

彼女は息をするのがやっとだった。

そのうちに、メリオラは洞窟の入口がぼんやりと見えるのに気づいた。先ほどまで雲に覆われていた月の光がさしているらしく、入口の形だけは見える。彼女は目をしばたたいたあと、鋼で貫かれたかのように身をこわばらせた。誰かいる。

物音は聞こえなかった。メリオラの心臓が早鐘を打ち始めた。あの男に見つかったの？

いいえ、そんなはずはないわ。それに、今はもうなにも見えなかった。入口に男の大きな人影が見えたのは気のせいだろうか？　夜が、月明かりが、わたしの恐怖が見せた幻なの？

メリオラは目を閉じて耳を澄ました。

かすかな足音……。

誰かが……歩いてくる。暗闇のなかをわたしのほうに、慎重に足音を忍ばせて、少しずつ近づいてくる。

息をとめてじっとしていたら、姿を見られずにすむだろうか？　それとも、やはり気づかれるかしら？

メリオラは息を殺し、暗闇に目を凝らした。人影が見える……。

やはり誰かがいる。あの男の呼吸が、脈拍が、心臓の鼓動が感じられる気がする。足音はどんどん近づいてくる。今度はきっと殺されるわ。

そのとき姿が見えた。やはり男だ。ほんの一メートルほど先で背を丸め、暗闇のなか、わたしのほうをじっと見ている。わたしの姿が見えるのだろうか？　もうこの暗さに目が慣れたの？　ああ、神様。わたしはまだ有利な立場にいるのかしら？

こちらから攻撃しなければ、じきに男は襲いかかってくるだろう。しかも今回は確実に。恐怖が稲妻のようにメリオラの全身を駆け抜けた。チャンスは一度しかない。この暗闇のなかでは、ねらいをひどくはずしてしまうかもしれない。彼女は短剣に手をのばした。全力で、敏速に攻撃するのだ。もしも男に致命傷を与えられなければ……。

男が動き始めた。わたしの姿を見たのだ。感じたのだ……。

メリオラは叫び声をあげながら飛びあがり、片腕を振りあげた。そして、満身の力をこめて短剣を振りおろした。

男はすんでのところで身を起こし、悪態をついた。メリオラの短剣は男の喉もとを突き損ね、胸当てにあたったのだ。布地が裂ける音はしたが、体にはあたっていないとすぐにわかった。死を確信したメリオラは毒づき、悲鳴をあげ、狂ったように男を蹴りつけ、爪で引っかき、拳で殴りつけた。だが力の限り戦っても男の力には勝てず、彼女は手首をつかまれて短剣をもぎとられた。地面に倒されて体の上にまたがられ、メリオラは動くことはもちろん、息をすることもろくにできなくなった……。

「さっさと殺せばいいわ！」切りつけられるのを覚悟してメリオラは言い放った。

第十二章

刃は落ちてこなかった。

「さっさと殺せだと?」低くハスキーな声に、メリオラははっとした。どうやらわたしは死なずにすむようだ。だけど、考えてもみなかった。

彼女は震えながら深く息を吸いこんだ。どれほど生きたいと願っていたか初めて気づいた。

「レアード・……ライオン?」メリオラはささやいた。暗くて顔はまだ見えないが、彼の声や手の感触、そして香りさえも、ひどく懐かしく思えた。

「ああ」ウォリックはそっけなく言った。「気づいていなかったのか?」

「気づくわけがないでしょう」メリオラは身を震わせて言った。ウォリックは怒っている。そう、わたしを軽蔑しているのだ。だけど、わたしは死なずにすんだ。「なにか言うとかして、知らせてくれればよかったのに」

「ほう」ウォリックの声には少しばかりおもしろがっているような響きがあった。「おれだとわかっていたら、違う挨拶をしてくれたのかい？　どうもおれは頭が混乱しているようだ。たしか、おれから逃げてきたのはきみのほうではなかったか？」

「思い違いをしていたのよ……てっきりあのヴァイキングかと」

「あのヴァイキングだって？　ヴァイキングなんてどこにでもいる。このおれだってヴァイキングの血が流れていると聞いているし、当然ながらきみもヴァイキングだろう」

「スコットランド人でもあるわ」

「だが、ヴァイキングの娘であることは確かだ」

「いまいましい人ね。あなたと間違えたのは、わたしを――」

「誘拐した男か？　きみは喜んでついていったのではないのか？」

ウォリックの言葉にメリオラは屈辱を覚えた。「お願い」彼女は冷ややかに、礼儀正しく言った。「わたしを殺すつもりがないのなら、立たせてもらえる？」

「じきにな。きみはまだおれの質問にきちんと答えていない。もしもおれだとわかっていたら、挨拶は違っていたのか？」

答えはイエスだ。言葉はまったく違うものになっていただろう。わたしは死にたくなかった。ウォリックは強くて頼もしい男性だ。国王の臣下で、命じられていない限りわたしを傷つけはしない。だけど、あの男は……。

どこか卑劣で、恐ろしいものを感じた。邪悪なものを。

「ええ。違っていたわ」メリオラは疲れた声で言った。「あなたを殺そうと思ったことは一度もないもの」

「一度もない？　櫂で殴ったときも？」

「わたしは自分の人生を生きるために戦っているだけよ。誰の死も望んでいないわ」

「そうか。それはいいことを聞いたな。だが、ダロと一緒にスターリング城を抜けだしたときには、おれと彼が剣をまじえて死闘を繰り広げる姿は想像しなかったのか？」

「まさか。そんなことを想像するわけがないでしょう！」

ウォリックは闇のなかで鼻を鳴らしたが、メリオラにはそれを侮辱だと告げるチャンスはなかった。なぜなら、彼の背後からなにか動く音が聞こえたからだ。

「ウォリック……」メリオラは耳打ちして警告した。

ウォリックは瞬時に立ちあがり、前に出てメリオラの盾となった。彼女もすぐに立ちあがった。今度は誰が来たのかはわからないが、敵が大勢いたのは知っている。少しずつあとずさりしていると、先ほど落とした短剣が見つかった。メリオラがちょうど剣をつかんだとき、ひとり目の男が大きな戦斧を振りかざして洞窟に飛びこんできた。ウォリックは驚くほど巧みに斧をかわし、剣を振るって男の胴をとらえた。男は斧を振った勢いあまってかわすことができず、剣に刺し貫かれた。

さらにふたりの男がやってきた。ウォリックは死んだ男から剣を引き抜いた。メリオラも駆け寄って、ウォリックの喉を剣で突こうとした男と戦い始めた。

「さがっていろ!」ウォリックが怒鳴った。

「ここは〝ありがとう、レディ〟と言うのが筋でしょう!」メリオラは怒鳴り返したものの、相手の男が剣を掲げて歩み寄ってくるので、後退せざるを得なかった。このままではすぐに壁際に追いこまれてしまう……。

そのとき男が背中に攻撃を受けて後ろを向いた。ウォリックは両方の男と戦っていた。敵も無能ではない。彼らは同時に襲いかかり、さすがのウォリックも剣を宙にはねとばされてしまった。メリオラは急いで前に出て声を張りあげた。「ウォリック、わたしの剣を……」

ウォリックは空中でメリオラの剣をつかみ、振り返りざまに油断した敵の腹部から喉もとまでを切りつけた。さらに再び向きを変え、もうひとりの敵も真正面から切り裂いた。

「地獄に落ちろ!」ウォリックがののしった。メリオラはぶるぶると震えていた。三人も死ぬなんて恐ろしい。だけど、わたしだって死にたくはなかった。わたしはなにもしていないのに、この男たちはわたしを苦しめ、殺すつもりだったのだ。

「どうして……」メリオラが言いかけたとき、ふいに洞窟の外からダロの声が聞こえてきた。

「ウォリック?」

ウォリックはすぐには返事をしなかった。メリオラにはウォリックの目は見えなかったが、彼には見えるのか、彼女をじっと見つめていた。

「ここだ、ダロ。彼女を見つけた！」

「ひとりでいたのか？」

「ああ。もう敵はいない！」ウォリックはメリオラに手をさしだした。彼女はひどく震えていて、たとえ見えたとしても彼の手をとることはできなかった。ウォリックがメリオラの手をとって引き寄せる。彼女はウォリックに寄りかからないと歩くこともできなかった。

ウォリックはもどかしげにメリオラを抱きあげ、足早に入口へと向かった。

「震えているじゃないか。それなのにおれのそばに来て、敵と戦ったのか？」

「ええ。あのときはそうしたほうがいいと思えたのよ！」

入口には月明かりがさしていた。メリオラはダロもウォリックも血まみれなのに気づいた。

「叔父様！」メリオラは息をのんだ。ダロが致命傷を負ったのではないかと心配でたまらなくなり、ウォリックに地面におろされるなり叔父に駆け寄った。ダロも姪を抱きしめる。

「けがをしたのね！」

「ほんのかすり傷だ」

「おれたちはほんのかすり傷だ。だが、湖のそばにはいくつも死体が転がっている」ウォリックが言った。

メリオラはめまいを覚えた。恐怖がこみあげてくる。あの男たちはいったい何者なのだろう？　それでも、叔父とウォリックが殺しあわずにすんで、心からほっとしていた。

「死体……」メリオラはつぶやいた。

「あいつらは何者だ？　誰がどうやってきみをここに連れてきた？　きみが進んでついてきたのか？」

メリオラの唇はまだ震えていた。「あなたと間違えた男は、叔父の命令でわたしを迎えに来たと言ったの。叔父とあなたが交渉しているあいだ、彼がわたしをひそかに連れだす手はずになっていると。でも門番の姿が見えないので、おかしいと思ったのよ。あの男は……」

「あの男……つまり、話をしたのはひとりだけなのか？」ウォリックが鋭い口調で尋ねた。

メリオラはうなずいてダロに視線を向けた。「ええ、そうよ。見覚えのない男だった。たぶん今度会ってもわからないでしょうね。ずっと兜をかぶっていたから。でも声は……それから目はわかるわ」

「部下に裏切り者がいたというのか！　われわれにまじって暮らしていたとは」

ウォリックはじっとダロを見ている。メリオラは思った。ウォリックはダロを信頼しているのだろうか？　それともこれはヴァイキングの策略だと思っているの？

メリオラははっと息をのみ、ウォリックを見すえた。「あの男はあなたに復讐をしたがっていたわ」月明かりの下で彼を見ているうちに、メリオラは熱い震えが蛇のように背筋をくねくねと進んでいくのを感じた。たくましい体に敵の返り血を浴び、鋭い目で見つめてくるウォリックは、まわりにある岩のように強固に見える。メリオラは彼から視線を引き離し、叔父へと向けた。「わたしはあの男と戦い、切りつけてやったの。あの男は言っていたわ。あなたは褒美を手に入れられないだろうと……ぼろぼろになるまでわたしを痛めつけてやると。あの男は叔父様たちが戦って、共倒れになるのを望んでいたのよ」

「戦ったあとはどうした?」ウォリックが尋ねた。

メリオラはふたりの血まみれになった服を見た。「逃げてきたの。さっきはまた見つかってしまったのかと思って……。叔父様たちは湖のそばにいた男たちと戦ったのね」

「ああ。だが、残された馬の数は、死んだ男たちの数よりも多かった」ダロが言った。

「徒歩で逃げたやつもいるのだろう。この事態を説明できるやつが」ウォリックが言った。

「こんな岩山ばかりのところでは、永久に見つかりそうもないな」

「下へおりて、野営地に戻ろう」

メリオラはまだ、これまで感じたことのない恐怖に身を震わせていた。「まだ敵が残っているんじゃない?」

「もうとっくに逃げてしまったよ。まだいるのなら、おれたちかアンガスが見つけているはずだ」ウォリックが言った。

それでもメリオラは安心できなかった。「つまり、やつらは野放しになっているのね。だけど、いったい何者だったのかしら？　野営地の内部に詳しいのは間違いないけれど――」

「そのとおりだ」ダロは腹だたしげにさえぎった。「ときおり、かつてともに戦ったヴァイキングたちがわずかな縁を頼って野営地に来ることはあるが、このような裏切りは初めてだ。殺したやつらに見覚えがなくとも、連中が野営地にいたのはまず間違いない。部下に命じて死体を回収させよう。連中を知っている者がいるかもしれない」

メリオラはまだ震えていた。怖くて確かめられないけれど、ウォリックの視線を感じる。彼がわたしの心を探るように見つめているのを感じる。ウォリックはわたしもダロも嘘をついていると思っているのだろうか？

そのときメリオラは気づいた。わたしはいつも、ウォリックから逃げようとして当の本人に助けられている。わたしは彼を短剣で刺そうとし、もう少しで喉もとを切り裂くところだったのに。櫂で殴り、剣を向けもしたのに。そのほかにも、出会って以来ずっと、ひどいことばかりしてきたのに。

ウォリックはダロと親交を結んでいる。ふたりが戦わずにすんでよかった、とメリオラは思った。ふたりが殺しあわずに、叔父がわたしのために死ななくてよかった。

だけど叔父は、国王から与えられるなんらかの利益とわたしとを交換することに同意したのかもしれない。いいえ、叔父がそんなことをするはずはないわ！

でも、叔父はウォリックと一緒にわたしを捜しに来た。

「そうね。とにかくおりましょう」メリオラは不安そうに言い、ふたりに背を向けて小道をくだり始めた。くだるにつれて、彼女はいっそう歩みを速めた。

それでもウォリックはメリオラと同じ速さでついてきた。彼はなにも話さなかったし、メリオラも話すつもりはなかったが、ついに湖のある崖下へと近づいたとき、彼女はもう黙っていられなくなった。「わたしとアンを取り引きしたの？」メリオラは苦々しげに尋ねた。

「とうてい公平な取り引きとは言えないな」ウォリックはつぶやくように答えた。

「彼女は広大な土地を持っていないものね」

「彼女は辛辣《しんらつ》な口をきかないからだ」ウォリックは鋭く言い返した。

「それで、取り引きしたの？」

「いいや」

「それならアンは今どこにいるの？」

「ダロの野営地にいる」

「嘘つきね。やはり取り引きをした――」

「違う。取り引きはしていない。アンとダロの件はきみとは無関係だ」

「本当に？」

「その話はあとだ」馬たちとともに待っているアンガスの姿を見て、ウォリックは言った。

「よかった。レディはご無事だったんですね！」アンガスが声をあげた。

「ああ」ウォリックは簡潔にこたえて、メリオラに言った。「馬に乗っていけるか？」

「もちろんよ」

本当に大丈夫だろうかと思いながら、メリオラは乗ってきた馬に向かった。だが再びその背に乗る間もなく、ウォリックが彼女のそばにやってきた。「やはり危険を冒すのはよそう。おれが乗せていく」

メリオラはうなだれ、深呼吸をしてから、ウォリックを見ずに小声で言った。「もう逃げるつもりはないわ。今はくたくたに疲れているし、逃げる場所もないでしょう。たとえ逃げたとしても、あなたにつかまえられるだけだわ」

「それはどうかな。きみはいずれ、自分の思いどおりに行動できるようになるだろうが、今はおれの馬に乗ってもらおう。おれはきみの体を気づかっているだけだよ」

ウォリックの水晶のような瞳と視線が合ったとき、メリオラは彼が嘘をついていることを悟った。彼はわたしを信頼していない。これからも決して信頼することはないだろう。

でも、それが問題だというわけでもない。メリオラはウォリックに抱きあげられてマーキュリーの背に乗り、彼もその後ろにまたがった。彼女は疲れていた。不安で、窮屈で、寒くて、体じゅうが痛い。絶対に認めるつもりはなかったが、メリオラは目を閉じてウォリックにもたれかかり、背中に彼のぬくもりと強さを感じる喜びに浸った。

無言のまま野営地へ戻ると、ダロとウォリックの部下たちやアンにあたたかく迎えられた。メリオラは、いったいなにがどうなったのかウォリックと叔父に問いただしたかったが、ゆっくり話す時間はなかった。ふたりはこれから、血にまみれた体を洗わなければならないからだ。メリオラ自身もふと気づけば泥と血にまみれていたし、戦いと逃走中にできた傷がひりひりと痛んでいた。インガはメリオラを奥の小部屋へと連れていき、またしても世話をしてくれた。銅製の浴槽に熱い湯が満たされると、心配や不安を抱えながらも、メリオラは湯に身を沈めた。髪も洗い、インガの手を借りて乾かした。そのうち心も落ち着き、彼女は柔らかなリネンとあたたかいウールの服に着替えてワインを飲んだ。

そこにウォリックがやってきた。

ウォリックは、入浴でさっぱりした体をウールの服と長いマントに包んでいた。ハンサムな顔には冷ややかな表情が浮かんでおり、ひどくいらだっている様子だ。「アンをここに連れてきたのはおれが自分で決めたことで、取り引きのためではない。メリオラ・マカディン、きみに関して言えば、おれとの結婚は義務ではないんだ」彼はメリオラの前に立って言った。

「今度はどんな手で侮辱するつもり？　あれだけ執拗《しつよう》にわたしを追いかけてきながら、結婚は義務ではない、ですって？　わたしをからかっているの？」

ウォリックは深刻な表情で首を横に振ったあと、口もとにかすかな笑みを浮かべた。「からかうどころか、もしもおれとの結婚を望むのなら、きみのほうからおれに申しこむ必要がある。しかも丁重にだぞ、レディ」

「あなたとの結婚なんて絶対に望まないわ」彼のきつい口調にメリオラの胸は痛んだ。

メリオラの気のせいか、ウォリックの笑みはさらに冷ややかになった。「だが、これは国王陛下の命令だ。これまでアディンが領有していた島と土地は、今後おれのものとなる」

「ど……どういう意味なの？」

「土地はすべて陛下のものだ。もちろん、いかなる状況でも領主の力と世襲制度は無視できないが。アディンが領有していた土地は陛下のものだ。陛下は今後、あの土地をおれに領有させることを決められた。きみと結婚しようとしまいとね。そして現時点では、おれにはきみと結婚しないほうが明らかにいいと思える。おれは夜が明けたら出発するから、なにか言っておきたいことがあれば、その前にすませてくれ。結婚式が中止になることはよくあるものだ。おやすみ、レディ・メリオラ」

ウォリックは首をかしげて部屋を出ていき、完全にメリオラを解放した。

ウォリックは広間でダロと顔を合わせた。ダロは炉火の前で彫刻を施した椅子に腰かけていた。ウォリックが姿を見せると、ダロは立ちあがってワインの杯をさしだした。

「メリオラに話したんだな」

「ああ、決めるのは彼女だ」

ダロはうなずいた。「メリオラはきみと結婚するはずだ。国王の決心がどこまでかたいかに気づきさえすれば……」彼の声はしだいに小さくなった。「先ほどおれたちが殺したやつらの死体が運ばれてきた。部下の話では、連中がこの野営地に加わったのは一ヵ月ほど前だそうだ。話す言葉が少し変わっていて、妙な一団だと思ったと言う者もいる」

「ノルウェー人ではなかったという意味か？」

「あるいは、連中はノルマン人のいる土地か、どこかよそで暮らしていたのかもしれない。ノルマンフランス語に、ノルウェー語、古ゲール語、古サクソン語までも話していたらしいが、やつらのノルウェー語には訛があって、同じ種族だけで暮らしていたようには思えなかったらしい。それはとても奇妙なことだ」

「たしかにそうだな」ウォリックはワインを飲んだ。おかしい。この話がすべて真実なら――今回のメリオラの逃走がダロと彼女の策略でないのなら、なにか妙だ。危険なにおいがする。メリオラの話では、問題の男はおれに褒美を与えないために、彼女を奪うか、場合によっては殺すつもりだったという。おそらく、メリオラと結婚しようがしまいがおれがあの土地を手に入れることを知らないのだろう。そのことを知っている者はごくわずかだ。アンガス、おれ、国王……。おれが話したのはダロだけで、メリオラも今知ったばかりだ。

「ヴァイキングがヴァイキングを裏切ることはめったにない」

ウォリックは片眉をつりあげた。ヴァイキングには報酬目当てで動く傭兵部隊もいる。

「少なくともこういう形でではない！　かつてデンマーク人がノルウェー人と、ノルウェー人がスウェーデン人と戦うことはあったし、男たちは土地と女を求めて戦ってきた。だが、ヴァイキングのなかで暮らすヴァイキングが、こっそり相手を裏切るようなまねはしない」ダロは小声で毒づき、さらに言った。「おれたちは戦士だ。堂々と戦い、自分の腕力で相手に立ち向かう。陰謀や策略をめぐらしたり、卑劣な手段で攻撃したりはしない」

「ああ、裏切りはおれたちに任せてくれ！」ウォリックは苦笑いをして杯を持ちあげた。ワインを飲み干すと、彼は立ちあがった。「ご厚意に甘えて少しやすませてもらうよ、ダロ。今夜は長く……きみの言うとおり奇妙な夜だった。おれには敵が何人いてもおかしくはない。敵の正体がつかめればよいのだが」

「首謀者は逃げ、手下どもは殺された。手がかりはなにもない」

「本当に敵がいるのなら、やつはまた姿を現わすだろう」

「これからどうするんだ？」

「朝になったらスターリング城に戻る」

「メリオラは？」

「彼女が一緒に来ようと来まいと、おれは戻る。陛下の命令は伝えた。あとは彼女が選んだ道を進むだけだ」

「わかった」ダロがうなずき、ウォリックは休息を求めて広間を出た。メリオラのおかげでこの数日間は忙しく、とても疲れていた。

ダロのもてなしは最高だった。彼が提供してくれた快適な寝室は古い石づくりの羊飼いの小屋で、広くはないが、ヴァイキングたちによってきれいに手入れされていた。簡易ベッドには毛皮が何枚も重ねられ、煙突もきちんと掃除してあって、ワインとパンとチーズが用意されている。アンガスほか部下たちは小屋のそばの下屋に集まっているので、ウォリックは眠って朝を待つことにした。

アンガスたちは下屋の前に焚かれた火を囲んでいた。ウォリックは彼らにおやすみを言うと、ひとりきりになれる小屋に入った。マントを脱ぎ、剣を横に置いて、暖炉のそばでのびをする。それからパンを手にとって食べ、暖炉の火を見つめながらワインを飲んだ。メリオラはこれからどうするのだろうか？

不思議なことに、つい今し方ほどメリオラが無防備に見えたことはなかった。入浴したばかりの彼女は甘い薔薇《ばら》の香りがした。洗いたての髪は光り輝き、大きな瞳も暖炉の炎に照らされてきらめいていた。疲れきっているからか、彼女は繊細で、女性らしく、やさしく、そしてか弱そうにも見えた……。

いや、岩のように弱く、鋼のキスのようにやさしく、だ。さんざんな目にあわされたあげく、絶対に結婚はしないとまで言われたのに、それでもおれはメリオラを信じるのか？　今夜、あの洞窟で、彼女は本当におれを敵と間違えたのだろうか？　それとも、おれも無法者同様に憎むべき存在だから、喉を切り裂きたかったのか？　さらに言えば、彼女は本当にヴァイキングに脅されたのだろうか？　やつらは、ずっと彼女とともに行動していたのではないか？　疑問は次から次へと浮かんでくる。どれもみな、真実と、信頼と、領地にかかわる問題だ。ダロも一枚噛んでいるのか？　首謀者は仲間が死んでいるのを見て、あっさりと逃げたのだろうか？　わからない。

だが、次の手はメリオラ次第だ。おれにできることはすべてした。決めるのはメリオラだ。ウォリックは薪がはじける音を聞きながら目を閉じた。そう、決めるのは彼女だ。メリオラが結婚を選ぶか選ばないかで、おれが剣をまじえる相手は、彼女かブルー・アイルの民のどちらかとなる。今のところ、どちらがいいのかはわからない。だが、おれが正しい行動をとったのは確かだ。ダロとアンのためにひと役買い、メリオラに無情でつらい真実を告げた。毎晩自分のベッドで、短剣を喉もとに突きたてられて目を覚ますのではないかと恐れるあまり、ぐっすりと眠れないのはごめんだから。なのにおれは、先ほど別れたときのメリオラの姿をずっと思い浮かべている。輝く髪と目に、天使のような表情をした雪の女王を……。

ウォリックはいらだたしげに悪態をついて立ちあがり、再びワインを注いだ。

ウォリックが出ていったのを確かめてから、メリオラは広間へ行ってダロにつめ寄った。

「嘘でしょう、叔父様。そんなことがあるはずがないわ。いくら国王でも勝手に――」

「メリオラ、国王には望むものを手に入れる力があるのだ。それにノルマン式のやり方を思いだせ。おまえは女だ。あの土地は相続できない」

「あそこはお父様の領地だったのよ。男性でなければというのなら、叔父様が相続――」

「アディンがあの土地を領有していたのは、おまえの母親と結婚したからであり、自分の親族から受け継いだわけではない。母親には相続できなかったから、国王が母親と土地をアディンに与えたのだ。実を言えば、そのときすでに大部分はアディンのものになっていたが」

メリオラは長いあいだダロを見つめたあと、暖炉の前の椅子に座りこんだ。彼女の瞳に大きな涙が浮かび、ダイヤモンドのようにきらきらと光って、両手に落ちた。

「わたしはどうすればいいの?」メリオラはつぶやいた。

「選ぶんだ」ダロは静かに告げた。「ユーアンはおまえを愛している。それは確かだ。国王の最後通告に応じない道を選んでも、頼れる者がいないわけではない」

「領民は反乱を起こすわ。国王のノルマン式のやり方を黙って受け入れたりしないはず」

「そうだろうな。だがその反乱は、さらなる暴動へと発展するのを防ぐために、すみやかに、そして厳しく鎮圧されるだろう」

メリオラは立ちあがり、火のほうを向いた。

「ユーアンを心から愛しているのなら、おまえの選ぶ道は明らかだ」

メリオラは暖炉の前にかがみこんだ。「わたしはあの島も愛しているのよ。わたしが生まれ育った、わたしが受け継ぐべき土地なんですもの。ウォリックはなにも知らないじゃない。陛下はどうしてこんなにも軽々しく、わたしのものを与えてしまわれるの?」

「国王はあの土地を自分のものだと考えているんだよ、メリオラ」

メリオラは疑念に満ちた目をダロに向けた。「それにウォリックは、あっさりとアンをここに……叔父様のところに連れてくる手はずを整えてしまったわ。彼女の親族は大のヴァイキング嫌いなのに、レアード・ライオンが話をしたら諸手《もろて》をあげて賛成するなんて」

「ウォリックは人に道理を説くすべを心得ているのさ」

「女性に道理を説くのは下手よ!」メリオラはいらだたしげに言った。今感じているこの激しい怒りは、ウォリックに向けられたものだろうか? それとも自分自身に対してなの? もしもわたしがユーアンを愛していたら――かつてそう思いこんでいたように詩的で崇高な愛情を抱いているのなら、すべて彼のためにあきらめるだろう。もちろんユーアンを愛してはいる。だけど、われを忘れるほど熱烈な愛ではなかった。わたしはブルー・アイルを捨てられない。わたし以外の女性が、両親の暮らしていた部屋を使い、すばらしいタペストリーや布がかけられた広間を歩く姿は絶対に見たくない。メリオラは両手をぎゅっと握りしめた。そういうものを大切に思う自分自身がいやでたまらない。でも、わたしは島の礼拝堂や市場を愛している。ちょっとしためごとを解決したり、子供の成長を見守ったりするのはわたしの喜びなのだ。それに領民も快く思わないだろう。わたしに義理だてする者のなかには、抗議の意を表わすために……死ぬ者もいるかもしれない。

メリオラは立ちあがった。「叔父様の意見は?」

「聞いてどうする? おまえの心はとうに決まっているんじゃないのか?」

「叔父様はウォリックが嫌いではないのよね」メリオラは鋭い口調で言った。

ダロは姪に歩み寄った。「おまえはおれたちが、おまえの権利と名誉のために戦う姿を見たかったのか?」

メリオラはうつむいて、首を横に振った。「いいえ」

「それならおれの意見を言おう。ウォリックと結婚しろ。ユーアンは立派な青年だが、国王が求めている男ではない。おまえがウォリックを嫌っているのは、彼の人間性ではなく、国王の命令でおまえを支配しようとしているからだろう。彼は確固たる地位にあるが、国王にとっては手駒のひとつでもある。たしかにおれはウォリックが嫌いではない。たいした男だと思っている。彼はずっと正々堂々と行動してきた。きっと真の勝利者となるだろう」

「彼が負けるはずはないでしょう? 権力を、ブルー・アイルを手に入れるのだから……わたしと結婚してもしなくても」

「そうだ。その点をよく考えてみろ。おまえが彼と結婚してもしなくても、彼にはブルー・アイルが手に入るんだ。これだけいろいろとあったあとでは、彼はまずおまえと結婚しないほうを選ぶだろうな」

「今夜の事件はわたしが引き起こしたわけではないわ！」

「だが、証明はできない」

「叔父様は真実を知っているでしょう！」

「知っているとも。だが、証明はできない」

彼女は動揺し、身をこわばらせた。暖炉の前を往復したあと広間を出ていこうとする。

「メリオラ、どこへ行くつもりだ？　結婚したくないと言うのなら、逃げる必要は――」

「逃げるのではないわ。ウォリックに会いに行くの」

「自分がしようとしていることについて、少し時間を置いて考えてみたほうがいい」

「どれだけ時間をかけて考えても、わたしのとる道はやはり同じだと思うわ」メリオラは絶望したように言った。

「メリオラ、これだけは言える。もしもおれが国王なら、やはりウォリックにブルー・アイルを任せるだろう。あそこを治めるのに彼ほどふさわしい戦士は思いつかない」

メリオラはごくりとつばをのみこんだ。どうしてみんなその理屈が納得できるのに、わたしにはできないのだろう？　「どうしても行かなくてはならないの。少しでも先のばしにしたら、絶対に行くのをやめてしまうから」彼女は静かに言うと、足早に出ていった。

ウォリックがまだ暖炉で躍る炎を見つめていると、扉をノックする音がした。続いて彼の名前が呼ばれ、メリオラの声だとわかった。

「レアード・ウォリック？」

ウォリックは立ちあがり、扉を開けた。そこに立っていたメリオラは、やはり天使のように愛らしく、豊かな髪は滝のように背中に垂れていた。彼女を見つめながら、ウォリックは改めて、アディンの娘はまさに貴重な褒美だとひそかに認めた。あばたひとつないきれいな肌に、完璧な歯並び。彼女はまさに絶世の美女だ。メリオラがじっとこちらを見つめ返してくるのを見て、ウォリックは彼女がここに来た理由を悟った。ダロは姪のことをよく理解している。やはりメリオラは故郷を捨てるつもりはないらしい。だが今、ここまで来ておきながら、彼女はまだ口を開けずにいるようだった。

「入るといい」さんざん騒ぎを起こしたことで居心地が悪そうにしているメリオラを見て、ウォリックは快感を覚えた。「ワインを注いであげよう。プライドがのみこみやすくなる」

「憎らしい人ね」

「ワインはいらないのか？」

「いるわよ！」

ウォリックはワインを杯に注ぎ、暖炉のそばの床に敷かれている毛皮をさした。「一緒に座って飲もう」

メリオラはすぐには座らなかった。杯を受けとってひと息にワインを飲み干してから、ようやくへたりこむように座り、ぼんやりとウォリックを見つめた。

「足りないのかい？　きみのプライドはかなりの量なのだな」

「いやがらせはやめて」

「いやがらせではない。手助けだ」ウォリックはメリオラの杯にお代わりを注いだ。

メリオラは二杯目を急いで口に運び、目を閉じて言った。「わたし、するわ」

「するって、なにを？」

「なにを、ですって！」メリオラは苦々しげに言った。「結婚よ」またワインをひと口飲んで、暖炉の炎を見つめる。「わかってちょうだい。こんなつもりではなかったの。あそこはわたしの故郷よ。愛する土地なの。あなたは強奪者なのよ」

「おれは戦士だ」ウォリックはかすれ声で言った。「ああいう土地には戦士が必要なんだ」

「戦士はほかにもいるのに」メリオラはつぶやいたあと、ウォリックと目を合わせ、礼儀正しい口調で言った。「努力すればお互いに礼儀正しくできるようになるわ。島の城塞はとても大きいの。陛下の望みどおり結婚しても、魂はそれぞれ自分のものにしておけばいいんじゃないかしら。部屋を別々にすれば、きっとうまくいくわ。そうしましょう」

ウォリックは信じられないという目でメリオラを見た。立ちあがり、杯を石の暖炉の上に置く。そして腕組みをして彼女のほうを向いた。「だめだ」

メリオラも少しばかりふらつきながら立ちあがって、ウォリックを見つめ返した。「だめってどういう意味？」

「お断わりだ。そんな結婚ならしない」

「でも」メリオラは深呼吸をした。「あなたには恋人が……愛する女性がいるんでしょ？」

「ああ。きみが辞退してくれれば、おれは彼女との結婚も選べる」

「そんなことをしたら、領民の反感を招くわよ」

「だろうな。だがおれは忍耐強く、道理をわきまえている。時がたてば領民も理解してくれるさ。ところで、きみはこんなつもりではなかったと言ったが、恋人がいるのか？」

メリオラは頬を薔薇色に染めて目を伏せた。

「ほかに結婚したい人がいるのは知っているでしょう」

「それなら、そいつと結婚すればいい」

メリオラはさっと視線をあげてウォリックを見た。「あなたは道理をわきまえた人間なんでしょう。これまでも如才なくふるまってきたわ。アンと叔父を喜ばせもした。叔父は今や、あなたこそブルー・アイルの領主になるべき人間だと信じきっているわ。それでいいのよ。わたしたちはただ、お互いに口出しさえしなければ――」

「だめだ、メリオラ。そんな結婚生活を送るつもりはない。その青年がほしいのなら、手に入れればいい。だが、おれは手に入らないぞ」

「で……でも……あなたは……」

「だめだと言ったらだめだ。言っただろう。きみはおれに結婚してほしいと申しこまなくてはならないと……それも丁重に。だが、きみはまだなんの申しこみもしていないし、間違いなく丁重でもなかった。それどころか、どういう結婚生活を送るか指図しようとした」

「わたしは現状で合理的に考えて――」

ウォリックは愉快そうに、だがきっぱりと首を振った。「現状では、きみはおれの手中にあるんだ。それでは丁重に申しこむんだな。そうすれば考えてやる」

今やメリオラは言葉を失い、まっ青な顔でウォリックを見つめていた。背を向けて小屋を出ていこうとしたが、ウォリックが片腕をつかんで引き戻した。そのとき彼の頭にある残忍な考えが浮かんだ。彼女に負けてたまるか。彼女がおれの人生を複雑にするのは許さない。

「謙虚さはすばらしいものだぞ。ほんの少し謙虚になるだけで、とてもいいことが起きる」

メリオラはつんと顔をあげ、ウォリックをにらんだ。

「どんな服を着ようと、どんな言葉を話そうと、あなたは卑劣なノルマン人のしもべだわ」

「今のはとうてい丁重とは言えないな」ウォリックは礼儀正しくこたえたが、その口調と手にこめた力で警告を与えた。

メリオラはうつむき、下唇を嚙んだあと、怒りをこめた目でウォリックを見つめ返した。

「サー、どうかわたしと結婚してください。そしてわたしが受け継いだものをこれからも持ち続けることをお許しください」

「よくなった」ウォリックは手の力と同じくらい強い視線でメリオラを見すえながら言った。「謙虚ではないが、だいぶましにはなったよ」

「それで答えは?」メリオラは声を張りあげた。

「ノーだな」

「なんですって?」メリオラは憤慨して、ウォリックにつかまれた腕を離そうとしたものの、逆に引き寄せられてしまった。

「結婚するのはかまわないが、きみの思いどおりにさせるわけにはいかない」

「とにかくわたしの話を聞いてくれれば――」

「いや、話を聞くのはきみのほうだ。正式な結婚は法的な問題を引き起こす。おれは息子をもうけるつもりだ。おれと結婚するのなら、おれの妻となるのなら、すべておれの言うとおりにしろ。取り引きも条件もいっさいなしだ」

ウォリックはメリオラが震えているのを感じ、もう少しでかわいそうに思うところだった。もう少しで。だが今夜、彼女は本当におれを殺そうとしたのだ――メリオラは別の敵と勘違いしたのだと言いはってはいるが。

「それで、きみの答えは?」ウォリックは厳しい口調できいた。

「わかったわ……」メリオラは小声で言った。

「なにがわかったんだ、レディ?」

「すべてあなたの言うとおりにすることがよ!」メリオラは怒りをこめて言い放った。

「よろしい」ウォリックはメリオラの腕を放して、顔をそむけた。「明日は午前中に出発したい。結婚式は二日後だ。国王や同胞が大勢列席する予定になっている。早く戻って、できるだけ眠っておけ」

「はい、レアード。おおせのとおりに!」メリオラは叫んでくるりと背を向け、またウォリックに触れられるのを恐れるかのように、よろよろと歩きだした。彼は触れなかった。そのまま彼女を行かせた。だがそのとき、ウォリックは自分も震えているのに気づいた。

メリオラを妻とするのは決してつらいことではない。むしろ、期待に胸が熱くうずいている。もう一度彼女に触れたくてたまらないことに気づいて、心が乱れている。

おれは四六時中警戒して暮らさなくてはならないんだぞ。ウォリックは厳しく自分に言い聞かせた。そうだ……。

たしかにおれは気をつけなくてはいけない。だが急に、メリオラを妻にしたくてたまらなくなった。彼女が味方になることを選ぼうと、敵になることを選ぼうと。ふと気づけば、彼女を塔や地下牢に閉じこめるはめになっていようとも。

結局、おれは花嫁がどこにいようとかまわないのだ。恐れていたとおり、戦いはすでに始まったようだ。

第十三章

午前中、出発の準備をしているとき、メリオラはウォリックから、デイヴィッド一世が彼女とダロの逃走に気づいていないことを聞いた。だがウォリックに憤慨していたので、メリオラは礼を言わなかった。ダロはもちろん、ウォリックに感謝していた。それに、アンと一緒にいられてとてもうれしそうだ。そんな叔父を見ていると、メリオラは腹だたしくてならなかった。ダロとアンは来週スターリングの礼拝堂で結婚式をあげる予定になっており、はた迷惑なほど幸せそうにしている。運命の嵐《あらし》に苦しんでいるのは今やメリオラだけだった。

それでも、メリオラはウォリックについてあれこれと考えずにはいられなかった。気がかりなのは彼の恋人のことだ。本当にその女性を愛しているのなら、ウォリックはどうして抗議もせずに国王の命令を受け入れられたのだろう? たぶん、恋人との関係は続けるつもりなんだわ。そう気づいて、メリオラは下唇を噛んだ。彼は自分の生活を分けようとしている。妻と称号と領地と家族を手に入れる一方、別に愛人を持つつもりなのだ。

でも、その気になればウォリックはわたしを拒むことができた。わたしが敵であるヴァイキングと共謀したと国王に思われたら、称号や領地どころか、命があったかどうかもわからない。ウォリックがわたしを妻にしたがっているとは思わないが、彼が自分の領地の平和のために、ほかの女性と結婚したいという欲望を抑えこんだという事実は認めざるを得ない。スターリング城へと向かうあいだも、ウォリックはメリオラと距離を置いていた。彼を見ていると、メリオラは背筋に震えが走るのを感じた。結婚を頑として拒み続けていたのはわたしのほうだ。ウォリックは受け入れていた。何度も何度も、わたしを連れ戻しに来た。だけど彼はわたしを心底嫌っている。そう思うと、結婚するのがますます恐ろしくなってきた。

城壁の近くまで来ると、メリオラは馬を進めてウォリックに近づいた。彼はメリオラを見ても話しかけはしなかった。「ウォリック？」

「なんだ？」

「国王陛下はわたしがどこにいたと思っていらっしゃるの？」

ウォリックはちらりとメリオラに視線を向けた。「なんだって？」

「陛下はわたしがどこにいたと思っていらっしゃるのかしら？　わたしが叔父と城を抜けだしたのに気づいていらっしゃらないのなら――」

「きみがダロと一緒にヴァイキングの野営地にいたのはご存じだ。きみはおれの許しを得て、結婚前のひとときを叔父と過ごすために城を出たことになっている」

メリオラはこたえなかった。ウォリックは賢い人だ。今回の状況をよく考慮してくれた。それに、ときには親切にもなれる。彼にはいろいろ言ったけれど、わたしが思っていたようなノルマン人ではなかった。

それに決して老人でも、よぼよぼでもない。けれど今は、ウォリックの若さとたくましさがかえってわたしを不安にさせる。結婚式がもっと遠い将来の話ならばいいのに、とメリオラは思った。彼は息子をほしがっている。男性はたいていみなそうだ。いつもは勇敢なメリオラも、愛の行為には臆病だった。アンがタペストリーの陰でダロと話をしていただけでないのはわかっているが、自分がそういう関係になるのは、相手がユーアンでも想像したことがない。ユーアンとはともに笑い、キスをし、触れあい、草地に横たわって膝枕《ひざまくら》をしあった。彼のことを夢にも見た。けれども、激しい情熱は一度も覚えなかった。メリオラはユーアンへの愛情を、詩人がうたうロマンティックな愛の詩のような崇高なものになぞらえていた。

わたしはほとんどなにも知らないけれど、ウォリックは多くの経験を積んだ戦士だ。戦いについてはもちろん、さまざまな土地も、多くの女性たちも――そしてもちろん恋人のこともよく知っている。

「それで?」

メリオラはウォリックに見つめられているのに気づき、頬を赤らめた。

「それでって？」彼女は小声で言った。

「ここは〝ありがとう〟と言うべきだろう」

「ありがとう」メリオラは感情のこもらない口調で言った。

ウォリックはもう少しだけメリオラを見つめたあと、馬を先へと進めた。メリオラは下唇を噛んだ。どうしてすぐに彼に対して身がまえてしまうのだろう？　わたしももう少し賢くならなくてはいけない。まだ故郷を失う可能性だってあるのだから。

でも、ユーアンはどうするの？　わたしたちの希望や夢、尊敬、愛情、そして信頼は？

ユーアンは今のまま生きていける。一族の長として別の女性と結婚をし、妻をやさしくいたわるだろう。ふたりは仲よく暖炉の前に座るに違いない。きっと彼は幸せになるだろう。

その一方でわたしは……。

わたしはブルー・アイルの女主人であり続けるための代償を払う。それでいいのだ。

一行がスターリング城に着くと、門番が出迎えた。中庭で、メリオラはおとなしくウォリックの手を借りて馬をおりた。そこへ驚いたことに、国王が出迎えに来た。スコットランド特有のウールを身につけたデイヴィッド一世は、どこから見ても武闘派の国王だ。「メリオラ！」デイヴィッド一世は彼女の両手をとった。その声には父親のような愛情がこもっていたが、どことなく鋭かった。メリオラがしたことを国王がまだ許していないのは明らかだ。

「顔色もいいし、元気そうだな。ダロは式に間に合うように来るのか？　もう二日後だぞ」

「ウォリックとはよく知りあえたか?」

「はい、陛下」

「ええ。よく知りあえました」メリオラは小声で答えた。

「それならよろしい。ああ、ジリアンが部屋まできみに付き添っていこうと待っている。あとで食事を運ばせるから、ゆっくり休んで結婚式に備えるといい。きみの聴罪司祭はヘッジウィック神父が務めることになっているが、明日の晩も会いに行けるそうだ。さあ、行くがよい。あさってはきみにとって記念すべき日になるぞ」

国王はメリオラの肩に両手をかけて、額にキスをした。「さあ、早く」

メリオラはそのとおりにした。振り返ってウォリックの表情を、このあと彼と国王とのあいだでどんなやりとりがなされるのか確かめたくてたまらなかったが、なんとかこらえた。少なくとも、しばらくのあいだはウォリックと離れていられる。言い争いを、非難を、言い訳がましい反撃をせずに静かに休める。

だが、待ち望んでいた安らぎを得ることはできなかった。

「まったく、向こう見ずなまねをなさいましたね!」ジリアンが言った。「どういう結果を招くかも考えずに——」

「勝てると思ったのよ。もしも勝っていれば、わたしは勇敢で立派だと賞賛されていたはずだわ。でもだめだったの」

「勝ち目のない戦いをすることは、勇敢でも立派でもありませんよ」

「まさか国王陛下がわたしから完全に先祖代々の土地をとりあげるおつもりだなんて知らなかったんですもの！」

「今後は敵をよく見きわめることを学ぶべきですね」ジリアンはそう言ったあと、メリオラを見てそっとため息をつき、両腕で彼女を抱きしめした。「ああ、メリオラ様。大丈夫ですよ。本当です。ウォリック様がどういう方かわかってきました。きっとうまくいきますよ」

メリオラもジリアンを抱きしめたが、自分の思いは口にしなかった。わたしもウォリックという人がわかってきた。そしてウォリックにもわたしという人間がわかってきただろうが、彼はわたしのことを好ましく思っていないはずだ。ああ、もしもユーアンのことがなければ、もしもさまざまな事情がわたしたちを敵同士にしなければ……。

もしもウォリックに恋人がいなければ……。

〝もしも〟の話ばかりだ。うまくいくはずがない。

その日、メリオラはなんとか毅然とした態度を保っていられた。それは国王の大広間で開かれた夕食会で、ウォリックの隣に座っているときだった。ウォリックの友人や同輩たちはからかいや祝福の言葉を述べ、城仕えの女性たちは彼をほめたたえて幸運を祈った。ほとんどの人から見れば、こういう運命から逃れようとするわたしは頭がどうかしているのだろう。未婚でも既婚でも、女性たちはあからさまにレアード・ライオンの気を引こうとする。彼は恋人を愛しているのだろうけれど、ほかの女性も大勢知っているに違いない。そう思うと、メリオラの心は乱れた。

メリオラもまた、懸命に愛嬌《あいきよう》を振りまいた。若い男性にも、老人にもお世辞を言った。相手がスコットランドの旧家の出か、それとも新参者のノルマン人貴族かと区別したりはしなかった。食事はとらず、酒ばかり飲んだ。自分がほろ酔い気分で蜂鳥のように動きまわっているのはわかっていた。席についているときはウォリックに見られているのを感じたが、彼とは目を合わせないようにした。メリオラはウォリックがほかの人に見せる笑顔を眺め、ふたりのあいだに置かれた杯を握る彼の手を見つめていた。ウォリックの横顔はとても魅力的で、指は長い。声は低く、彼が話すたびにメリオラは全身に震えが走るのを感じた。彼女は惨めだった。自分の人生をとり戻したかった。と同時に、ばかげているかもしれないが、ウォリックの人生も考えずにはいられなかった。逃げだしたいという気持ちはこれまで以上に強かった。彼に心を奪われてしまったからだ。メリオラは、彼に触れられるのを恐れながらも、それがどんな感覚か想像している自分に狼狽していた。今夜のように、ほかの人たちに囲まれるなか、ふたりが会話をするのは初めてだ。これまで一度も、ほかの人と笑ったり話をしたりするウォリックを見たことがなかった。彼に対して男性たちが向ける尊敬の目も、女性たちが向ける憧れのまなざしも初めて見た。

ようやく夜が終わった。幸い、メリオラは酒のおかげですぐに眠ることができた。翌朝は頭痛がし、その日は夜になるまで部屋のなかをうろついては、窓の外を眺めていた。

ジリアンが昨日よりもはるかにやさしい口調で言った。「暖炉のそばに入浴の支度ができていますよ。お湯は熱くしておきました。地中海のローズオイルをたっぷり入れたから、きっと心が落ち着くでしょう。あとでシナモン入りのあたたかいワインを持ってきます。今夜は気を楽にしてぐっすり眠りなさい。明日は大変な一日になりますからね」

メリオラは喜んで熱い湯に身を沈めた。香りを楽しみながら目を閉じて、かすかに甘いワインを口に運ぶ。明日はどうやって耐えればいいのだろう？　出会って以来、衝突しかしてこなかった相手との結婚式を、どうすればのりきれるの？　ウォリックのそばにいると不思議な感情がこみあげてくるとはいえ、彼がほかの女性を求めているのをわかっていながら、どうしてわたしに触れるのを許せるだろう？

ああ、わたしは会ったこともない女性に嫉妬《しっと》しているのかしら？

「メリオラ様、わたしは調理場へ行って、もう少しワインをとってきます」ジリアンは心配そうに付け加えた。「大丈夫ですか？　まさか……」

「戻ってきたときにもわたしはここにいるわよ」メリオラは笑い声をあげたが、本当は泣きたい気分だった。「今さらどこへ行くと言うの？　わたしがまた姿を消したら、あの偉大なレアード・ライオンが大喜びするだけだわ」

ジリアンは反論しなかった。メリオラは気がめいり、またしても目を閉じてワインを飲み干した。まだ足りない。今夜はどうしても眠らなければ……。

湯が冷めてくると、メリオラはため息をつきながら立ちあがって、大判のタオルで体を包み、暖炉の前にかがみこんで乾かした。それから髪を櫛ですき、柔らかな毛皮で縁どりされたブルーのドレスを着る。扉が閉まる音がしたので振り返ると、ジリアンが戻ってきていた。ジリアンはまっ青な顔をしていて、とりに行ったはずのワインは持っていない。そのうえ、すでにたたんである衣類をたたみ直したり、整える必要のないものを整えたりと、意味のない作業をせわしげにしていた。

「ジリアン、なにかあったの？」

「これ以上なにかあるはずがありませんでしょう！」ジリアンは淡々と答えた。

「ごまかすのはやめて」

「メリオラ様、今は幸せではないでしょうが、わたしの言葉を信じてください。今が過ぎればきっと――」

「ジリアン、お願いだからなにがあったのか早く教えて！」

ジリアンは嘘をつけず、メリオラの目を見て言った。「国王陛下はひどくお怒りです」

「つまり……」ふいに恐怖を覚え、メリオラは息ができなくなった。もうすべてわたしの手を離れてしまったのだ。国王は、なにがあろうとわたしからは領地をとりあげると心を決めたに違いない。「結婚式は……とりやめなのね？」

ジリアンは首を振った。「いえ、そこまでひどくはありません」

「本当に？」

「陛下はどれほどあなたが反抗していたかも、しばらくヴァイキングとともにいたことも、別の男性と結婚したがっていたこともご存じです。だからウォリック様に、初夜を公開してはどうかと提案なさったのです」

メリオラは恐怖のあまり床に座りこんだ。そういったことは珍しくない。特に貴族のあいだでは、花嫁の両親が娘の若さと純潔を花婿に印象づけたいと望む場合や、結婚したふたりが心から愛しあっていて、公開することに無頓着《むとんじやく》な場合などに多い。メリオラもそういう習慣があるのは知っているが、関心を持ったことは一度もなかった。彼女が知っている新婚夫婦は、家族や友人と祝宴を楽しんだあと、夫婦の寝室という人目のない場所に入っていった。

「ああ、なんてこと」メリオラはつぶやいた。

「やはり話すべきではありませんでした」ジリアンは悲しそうに言った。「だけど、前もって知っていたほうがいいのかも……」

メリオラはさっと立ちあがり、扉へ向かった。ジリアンが駆けてきて、彼女の前に立ちふさがった。「メリオラ様、もう逃げてはいけません。逃げたところで――」

「逃げるわけではないわ」

「じゃあ、どこへ行くんです?」

「ウォリックの部屋よ」ジリアンはまだ道をふさいでいる。「本当にウォリックに会いに行くだけなの。通してちょうだい」

しぶしぶながらもジリアンは道を空けた。当然のことながら、ドアの外ではアンガスが見張りをしていた。「なにかご用ですか、レディ?」彼は礼儀正しく尋ねた。

「ウォリックに会いたいの」

アンガスは驚きを隠してこたえた。「ご案内します」


いちばん大きな浴槽でも少々窮屈だが、やはり湯につかるのは気持ちがいい。ウォリックの部屋の浴槽は彼個人のもので、守護獣ガーゴイルと天使をかたどった銀細工が施された、ベルギーのブリュージュからの輸入品だった。湯はやけどしそうなほどに熱いが、古傷の痛みやうずきを、そして心をもいくらか癒してくれる。今夜は独身最後の夜だ。明日はブルー・アイルの領主となる。島を囲む水晶のように澄んだ海と空の美しさからその名がついたとデイヴィッド一世が言っていた。数日後には、その島が自分の住みかとなる。再び国王の命で呼びだされるまではしばらく時間をもらえるだろう。これでようやく家が持てる。妻も。

妻だ……まあ、妻と言えるだろう。

もしもメリオラがまだ奥の手を隠し持っていなければ。ウォリックは背中を浴槽にあずけ、目を閉じた。おそらく、彼女との結婚を受け入れたおれは愚か者なのだろう。デイヴィッド一世の怒りは本物だった。メリオラは危険だ。だが、おれは大丈夫だ。つねに彼女を警戒し、絶対に信頼したりはしない。メリオラは自分は敵だと、おれたちに平和は訪れないと明言した。それでもおれは彼女の土地と同じくらい、彼女がほしくなってきている。ゆうべの彼女には本当に頭にきた。ほかの者には笑顔を見せ、冗談を言って笑い、愛想を振りまいていた。若い男たちは引き寄せられるようにしてメリオラに近づき、彼女の話に耳を傾けていたものだ。彼女は目をみはるほど美しかった。あの場にいた男性はみなおれをうらやましがっていた。そしておれもいつのまにかメリオラに心を奪われてしまっていた……。

もちろん、おれはメリオラが危険だということを決して忘れないし、彼女がおれの心にともした炎も消すことはできる。魂を危険にさらしたりもしない。メリオラが魅惑的なのは最初からわかっていたし、興味をそそられてもいた。彼女がおれの妻になるのはうれしいことだ。たとえ危険で、無謀な妻であろうと。

それでも、洞窟でヴァイキングの奇襲を受けたときのメリオラの身のこなしはみごとだったと認めざるを得ない。彼女が武器の扱い方を心得ていることもわかった。メリオラはたしかに強い。だが、おれは彼女よりさらに強いことを証明する必要がある。メリオラに同情するつもりも、彼女と心を通わせるつもりもない。彼女を求めるのは別の話だ。純然たる本能だ。単なる強い興味だ。いったん好奇心が満たされれば、メリオラもほかの女性と同じになるだろう。今のように、彼女のことばかり考えたりしなくなるはずだ。欲望というのは、ときに残酷な感覚だ。ナイフよりも鋭く、意地悪く体を痛めつける。

国王はまだメリオラにひどく腹をたてている。デイヴィッド一世はあれほど激しく反抗する女性に慣れていないのだろう。国王は初夜を公開することを提案したが、その考えには反対だ。実際のところ、メリオラに対する欲望は募る一方だが、それでも今はまだ早い。子供を持つつもりならば、その欲望を満たす必要があるのは確かだが。おれがほしいのはほかの男の子供ではなく、自分の子供だ。すべてが自分の命令どおりに進行しつつある今、国王はいろいろと情報を与えてくれるようになった。デイヴィッド一世によると、ジリアンがメリオラのことを理解してもらおうと、彼女があそこまで自由にこだわる理由をなにげなくもらしたそうだ。恋人である青年の名前はユーアン・マッキニーで、立派な若者ではあるが強い戦士ではなく、侵略者を遠ざけておくほどの力はないということだった。

メリオラ自身も恋人がいたことを否定はしなかった。彼女をふしだらだと責めるつもりはない。男にも女にも、恋愛に対する欲求はある。ただ、メリオラの結婚相手はおれなのだから、彼女はおれを裏切っているというだけの話だ。

だが、おれはメリオラとの結婚を決めた。国王がなにを命じようと、彼女にしたがい続ける覚悟を決めている領民もいるだろう。そしておれが求めているのはまさにそんな、人々の結束がかたい領地なのだ。それにメリオラを抱くのは決して苦痛ではない。気性はともかくとして、彼女は若く、しなやかで官能的な体をした美しい女性だ。おれの妻となったら、とことん愛しあうつもりだ。だが、メリオラの過去は無視できない。もしも自分の妻がほかの男の子供を宿していたらどうする？　その子を母親からとりあげられるだろうか？　子供は孤児にして、母親は悲嘆に暮れさせるのか？　いや、そんなまねはできない。

ああ、だが自分の子として受け入れられるか？　それもできない。

誰の子か知る必要があるのか？　ある。それは疑問の余地もない。今おれがいちばん気になっているのは、まさにそのことなのだ。戦場でたくさんの死体に囲まれて、ひとりぼっちになったと知ったときの気持ちは、今でもはっきりと思いだせる。デイヴィッド一世は、おれもいずれ自分の家族を持てると言った。あのときから家族は――自分の家族を持つことはおれの夢だった。生きがいだった。だからどれほど時間がかかろうとも、おれはメリオラの過去について知らなくてはならないのだ。

扉をノックする音が聞こえ、ウォリックははっとして、浴槽から出ようと身がまえた。驚いたことに、返事を待たずに扉が開いた。彼は身をこわばらせ、剣をつかもうとした。

危険な相手はめったにノックをしない。ウォリックはそう自分に言い聞かせた。

「レアード・ライオン――」アンガスの声が聞こえ、扉の向こうから、大柄な禿げ頭の男性が顔を突きだした。

「お願い、自分で言わせて！」

女性の声はメリオラだった。彼女はすばやくウォリックの部屋に入ると、扉を閉めてアンガスをしめだし、扉にもたれた。ウォリックは再び浴槽に背中をあずけてメリオラを見た。ときには、危険な相手がノックをすることもあるようだ。彼は自衛のために剣をとるべきかどうか迷いながらも、メリオラから目を離さずにいた。そのうちに、今の彼女はひどく動揺しているものの、怒ってはいないのがわかった。メリオラはとり乱していて、おれが入浴中なのも気にかけていない様子だ。まるで釘づけにされたかのように扉にへばりついている。

ウォリックは浴槽の縁にかけていた片手をあげた。「きみが来るなんて驚いたよ」

メリオラは動かない。

「おれに話があって来たんだろう？　いったい……どういう用件だ？」

メリオラは深呼吸をした。目はきらきら輝き、白くなめらかな喉もとは脈打っている。彼女の唇が動いた。これが別の女性なら、彼女がかしこまって頼みごとをしに来たのだと思っただろう。だがメリオラが結婚に同意し、自分の要望もはっきりと告げた今、彼女がなにを言いだすつもりなのか、ウォリックには想像もつかなかった。

メリオラは長いあいだ扉のそばに立っていた。柔らかなブルーのドレスが彼女の豊かな胸を強調し、髪は炉火の光に照らされて金糸のように輝いている。ウォリックの体はまるで愛撫されたかのように熱くなった。メリオラは信頼できないヴァイキングの娘だが、彼女の姿を見ただけで、彼は自分を抑えられなくなった。

ウォリックは再び片手をあげた。「メリオラ、結婚式はまだ明日だ。だが、このままここにいてことを急ぎたいと言うのなら……」

「お願い!」メリオラは扉から離れた。ウォリックは、彼女の目が輝いているのは、涙でうるんでいるせいだと気づいた。驚いたことに、メリオラは駆け寄ってきて、浴槽のそばにひざまずいた。「やめてちょうだい。どうかお願いだから」

「メリオラ、きみには結婚しない道を選ぶこともできるんだ。国王の命令はおれにはどうすることもできない。たとえおれが命令を拒んで首をはねられても、国王は別の男を選ぶだけだろう。だがそれでも、この結婚がいやでたまらないのなら――」

「結婚の話ではないわ」

ウォリックは両手をあげた。「それではなんの話なんだ、メリオラ?」

「ああ、お願いよ。わたしをさらし者にしないで!」

ウォリックは片眉をつりあげた。メリオラは初夜を公開することを聞いたのだ。噂がこんなにも早く城内を駆けめぐるとは! しかも、もっとも意地悪な形で伝わるものらしい。なぜなら、彼女はそれが単なる〝提案〟でしかなく、おれは承諾しなかったことを聞いていないからだ。ただ、どれほどメリオラを求めていようとも――その気持ちは痛いほど募っているが、ふたりのあいだに生まれる子供が自分の子供であることははっきりとさせたかった。

「お願い、お願いよ。こんなまねはさせないで！」メリオラは小声で言った。

「ああ！」ウォリックは静かに言った。〝こんなまね〟とはもちろん初夜を公開することだ。

「お願い」

こんなにも弱々しく魅力的なメリオラは初めてだ。ウォリックは手をのばして彼女の頬に触れ、乱れた金色の髪をそっと払った。絹のような感触に心をそそられる。今ここで彼女を浴槽のなかに引きずりこみ、初夜を公開するなどという計画には終止符を打ちたい……。おれの残忍な計画にも。

だが、メリオラのおかげで、おれはずいぶんひどい目にあった。

「陛下はひどくご立腹だ」ウォリックはメリオラを見つめ、いかめしい口調で言った。

「あなたならとめられるでしょう」

メリオラの瞳に動揺の色が浮かんでいるのを見て、ウォリックはためらった。「正直に言えば、おれもその考えには当惑した。ましてや、きみの過去には疑わしい点があるのだからな。だが、家族についてのおれの気持ちは前に告げたとおりだ。おれがほしいのは、おれの血を引く子供だ。別の男性の子供ではない」

「あなたは復讐がしたいの？　初夜を公開することに同意したのは、わたしが結婚前に別の男性と交際していたからこの結婚は無効だとあとから言えるようにしておくため？　あなたはわたしをさらし者にしたあげく、それをわたしの不利になるように利用したいのね！」

「おれは初夜を公開することを承諾していない」ウォリックはメリオラを見つめて言った。

彼女は一瞬きつく目を閉じて、再び開いた。

「承諾しないで」

「さっきも言ったとおり、陛下はひどくお怒りだ。きみは陛下の感情を害したのだろう。プライドを傷つけたのだ。もしかしたら陛下は、真実を明らかになさりたいのかもしれない。きみは深い仲の恋人がいると言っていただろう」

「言っていないわ。あなたが勝手にそう思っているだけよ」

ウォリックは、そんなことはたいした問題ではないというかのように肩をすくめた。

「誤解よ」メリオラはつぶやいた。

「なにが誤解なんだ？」

「父の名誉に誓って言うけど、深い仲の恋人なんていないわ」

ウォリックはじっとメリオラを見つめた。全身の筋肉がこわばるのを感じながらも、無表情を保つように努める。彼女はまだ苦しんでいる。必死になって懇願している。おれが触れても気にかけず、頬を撫でても身を引かなかった。

「明日はなんの日か覚えているかい？」ウォリックは静かに尋ねた。

「当然よ。忘れるはずがないでしょう？　結婚式の日だもの」

ウォリックは首を振った。「明日の夜は満月だ。覚えているか？　きみを逃がしてやれば、森の小屋で、きみがおれと……ほとんどなにも知らない赤の他人と会う約束をした日だ」

メリオラはうなだれた。「あのときは必死だったから……」

「きみは誓ったんだぞ」

「それほど必死だったのよ」

「約束は守ってもらうと言ったはずだ」

「そうだったかしら？」

「ああ。だから守ってもらう。初夜を公開したりはしないが、おれの望みは果たす。つまりきみは自分が純潔であることをおれだけに証明すればいいわけだ。式と祝宴がすんだら出発する。約束は快く、穏やかに守ってくれ。反論したり、嘲ったり、文句を言ったりするな」

メリオラは怒りを抑えようとしたが、抑えきれなかった。「よくもそんなまねが――」

「もしいやなら、陛下がおっしゃるように公開してもいいんだぞ……」

メリオラは身を震わせて息を吐き、ウォリックと目を合わせた。うろたえると同時に、怒りを覚えているのだろう。ふいに自分が浴槽のそばにいて、彼の裸体を見ていることに気がついたのか、メリオラはわずかに顔を赤らめてあとずさりした。

「いったいなにが望みなの？」

「おれが手に入れようとしているものについてくることだ」ウォリックは断固として言っ

た。

「広大な土地よ！」メリオラは怒りをこめてこたえた。

「土地はきみと結婚しなくても手に入る」ウォリックはそっけなく言った。「おれの望みは話しただろう」彼はいらだちを覚えた。メリオラにはこれまでさんざん苦しめられてきた。今、おれが邪険にしているのも無理はないだろう。それに、この先の長い年月がかかっているのだ。おれの息子が、家族が、人生の夢そのものが。それに彼女が少しくらい苦しむのは自業自得というものだ。「香水をつけて、やさしく、かわいらしく、愛想よくするんだ。そして口をつぐみ、おれの言うことはすべておとなしく聞く」

「じゃあ……」メリオラはごくりとつばをのんだ。「初夜を公開したりはしないのね？」

「ああ」

「本当に？」

「本当だ。おれは必ず約束を守る」自分の妻を見せ物にするつもりはない。

メリオラは今や早くこの部屋を出たいと言わんばかりに、すばやく立ちあがった。

「メリオラ」ウォリックが呼びとめた。「おれに嘘をついてはいないだろうな」

「ついていないわ。本当よ」

「言っておくが、決して嘘はつくな」

メリオラはうなずくと背を向け、部屋を出ていった。

ウォリックは再び浴槽に身を沈め、物思いにふけった。初夜の晩、メリオラは予期せぬ思いをすることになるだろう。不安を抱かせたおれに激怒するかもしれない。この三文芝居は、おれがどれほど将来のことを真剣に考えているか彼女が悟るまで続けるつもりだ。だが……。

いや、メリオラはしばらくのあいだは感謝するだろう。一時的には救われるだろう。

そして、苦しむのはおれのほうだ。

第十四章

眠りにつくのが遅かったので、メリオラは翌朝の午前中をほとんど眠って過ごした。昨夜は告解を聞きにヘッジウィック神父がやってきたが、彼女にはなにが罪でなにが罪でないのか判断がつかなかった。長いあいだ懸命に考えた末、とりあえずプライドと不服従の罪に対する許しを請い、それで終わりにした。そのあとは、延々と部屋のなかを歩きまわった。神が、愛の理《ことわり》に逆らえと命ずる国王への服従をわたしに求めるはずはない。いったいどうすれば、わたしを嫌い、信頼してくれない夫を尊敬できるのだろう？　その原因が、多少は自分にあるのはわかっているけれど。まったく、誰も彼もに腹がたつ。父にさえも。わたしを無慈悲な他人の手にゆだねて死ぬなんてひどすぎるわ。

眠りにつくとき、メリオラは目が覚めたらすべては悪い夢でありますようにと祈った。だがようやく目を覚ました瞬間、そうではなかったとわかった。ジリアンはメリオラが起きるのを待ちわびていた。これから結婚式の準備をしなくてはならない。

昼過ぎには本格的に準備が始まった。城仕えの女性が三人、支度を手伝いに来た。メリオラとしてはひとりきりになりたかったが、そういうわけにはいかないものらしい。そのなかには、かつて母の友人だったレディ・メアリー・ドゥーガルがいた。

「まあ、すてきよ。お母様にも見せたかったわね!」みごとなアーミン毛皮で縁どりされたドレスを着たメリオラを見て、メアリーは声をあげた。メアリーは細身で上品な美人だが、どこか陰があるのは、夫と娘が粟粒熱《ぞくりゅうねつ》で亡くなり、長男は国王の軍務で戦死したせいだ。末息子のダーリンも国王軍の兵士なので、彼女はいつも彼まで失うのではないかと恐れているように見える。

「ありがとう。わたしも母がここにいてくれたらと、もっと母のことを覚えていたらと思うわ」メリオラは言った。

「お母様はあなたほど背が高くなかったし、髪はとび色で、目はもっと緑がかっていたわ。でも、笑顔や顔の輪郭はそっくりよ。お母様は美しくて、よく笑う人だった。そして、あなたのお父様の心をとりこにしたの」

「そう、獣を飼い慣らしたのよ!」レディ・ジュディス・ラザフォードが、宝石を埋めこんだ十字架のついた繊細なネックレスを持ってやってきた。

「まあ、ジュディスったら」メアリーはたしなめた。そしてメリオラに意味ありげな笑みを向け、ジュディスが噂好きであることを伝える。

「あら、本当のことじゃないの」ジュディスはふんと鼻を鳴らした。

「メリオラはお父様を敬愛していたのよ」メアリーは戒めるように言った。

「今のはどういう意味なの？」メリオラは尋ねた。

ジュディスは口をかたく結んだまま答えなかったが、三人のなかでいちばん若く、最近未亡人になったばかりの官能的な美女、レディ・サラ・マクニールが穏やかな笑い声をあげた。「この国へ来たとき、あなたのお父様は凶暴な獣だったとジュディスは言っているのよ」

「父はヴァイキングの戦士だったけれど、礼儀をわきまえた人だったわ。思いやりがあってやさしくて――」

「たしかにそうね。笑顔で人を大勢殺したんですもの！」サラが言った。

「国王陛下の命令でしたことよ！」ジュディスはサラに釘を刺した。「レアード・アディンはヴァイキングだったけれど、善良な人に……国王の臣下になり、新たな祖国に忠誠を誓ったの。だからあなたのお母様もお父様を敬愛なさったのよ」ジュディスはメリオラに言った。

「あなたがこれから夫を敬愛するようにね」サラが言った。

メリオラはジュディスの言葉は気にならなかった。彼女はただ思ったことを口にしただけで、悪気はない。だけど、サラの目には悪意が浮かんでいる。サラはなぜわたしを侮辱するのだろう？　わたしをばかにして笑っているようだし、いくら口調は明るくても、そのひと言ひと言が胸に突き刺さる。

サラはなおも話を続けた。「ああ、でも戦士なら、思いやりや礼儀なんて関係ないわね。むしろ邪魔になるんじゃない？　あなたのお父様は荒々しい方だったけれど、それでみごとにお母様を口説き落としたのだから、戦士は思いやりや慈悲の心がなくても問題ないのよ。戦士にとって重要なのは……武勇ね」

「レアード・ウォリックは国王の闘士よ」メアリーはむきになって反論した。「これ以上武勇の誉れ高い男性はいないわ」

サラは暖炉にもたれかかり、口もとにあいまいな笑みを浮かべた。メリオラに向けた視線は、戦場での武勇のことを話しているのではないことをはっきりと示していた。「ええ、もちろんよ。これまでに大勢の女性たちが偉大なレアード・ライオンのことを夢に見てきたわ。土地を持っている、いないにかかわらずね。夢に彼が出てきたと言う人もいるわ。タインにレディ・エリアノーラという人がいるの。彼女は本気で再婚を望んでいたのだけれど、ウォリックと結婚できないのなら、もう誰とも結婚はしないそうよ。彼ほど強くてすばらしい武勇を持ったナイトには二度と出会えないからですって」

サラがいやがらせをしているのはわかっていたので、メリオラは彼女がなにを言っても、つゆほども動揺を見せまいと心を決めた。

「レディ・エリアノーラは賢明な方のようね。結婚は必ずしも女性にとって望ましいものだとは思えないもの。彼女は自由を……とても貴重なものを失わずにいられるわ。政略結婚が多いなかで、彼女は幸運よ。彼女の人生に踏みこんできて、あれこれ指示する人間が誰もいないなんて」メリオラは言った。

「まあ、どうやら自由を望む人に限って、自由を失うようね。エリアノーラも一度は結婚を命じられて、従順にしたがったそうよ。でも今は、自由に夫を選ぶことができるわ。彼女が誰を選ぶのか楽しみだわ」サラはそう言って、ほほえんだ。「とてもきれいよ、メリオラ。そろそろ時間だわ」彼女はメリオラに歩み寄って、静かに言った。「うまくいくように祈っているわね。あなたがこの結婚がいやで城から逃げだし、ウォリックに恥をかかせようとしたことは、城じゅうの噂になっているの。ほとんどの人は、あなたが鞭打ちの刑を受けて追いだされるべきだと思っているわ。それに間違いなく、エリアノーラのほかにも、喜んであなたの代わりになる女性はたくさんいるわよ」

「国王陛下が彼女たちにそれをお許しにならないのが残念だわ」メリオラは愛想よく言った。

「男性は必要に迫られて結婚しても、好き勝手しているように思えるわ。あなたの言うとおりね。わたしは今の自由を大切にすることにするわ」サラは言った。「夫たちが何人死のうと、戦いはいっこうに終わりそうもなく、彼らの妻は未亡人として遺される。だけど、悲しいことに妻たちも死ぬわ。出産や病気、あるいは事故でね。そして遺された夫は新しい妻を探すのよ」またしてもサラはほほえんだ。

メリオラは骨の髄まで凍りつくのを感じた。サラはわたしが死ぬことを願っているのだ。

「もうじきお式の時間よ。わたしたちは先に教会へ行かなくては。さあ、行きましょう、ジュディス、サラ」メアリーはメリオラにウインクをして、ふたりを部屋の外へと送りだした。それから、メリオラの頬にキスをした。「サラはエリアノーラの親友だから、憤慨しているだけなの。あなた、本当にきれいよ。これなら、花婿もすべてを許してくださるわ！」

メアリーは許さなければならないことがどれほどあるか知らないのだ。メリオラはそう思いながらもほほえみ、礼を言った。

ようやくジリアンとふたりだけになると、メリオラはかぶりを振った。「やはり耐えられないわ」

ジリアンは鼻を鳴らした。「メリオラ様は決して臆病者ではないでしょう。あんな意地悪女の言うことなんて気にすることはありません！あんな女を恐れる必要はないのです！」

「サラを恐れているわけではないわ。ただ気分が悪いだけ」メリオラはジリアンの両手をつかんだ。「わたしにはできないわ」

「耐えなくてはなりません」

「助けて。なにかちょうだい……薬でも、お酒でもなんでもいいわ」

ジリアンがメリオラの頭の上あたりに視線を向けて、咳払いをした。メリオラは扉が開いたままだったのに気づき、おそるおそる後ろを振り返った。

そこにはウォリックが立っていた。氏族を表わす長いウールのタータンを肩にかけ、鷹の紋章のブローチでしっかりととめた彼は、まばゆいほどだ。彼の後ろにはアンガスがいる。

「なにをしに来たの？」メリオラはウォリックに尋ねた。「教会に着くまで会ってはいけないはずではなかったかしら？」

「ああ。だが、おれが来てよかっただろう？　ちゃんと教会まで行けるように、手を貸してやれる。アンガス、レディになにか探してやろう。ああ、あそこだ。トランクの上に、ワインの入った杯がある。とりあえずあれでいいだろう。すぐに持っていってやれ」ウォリックは声をひそめ、メリオラだけに話しかけた。「大勢の出席者の目の前で、きみに聖餐式のワインをがぶ飲みされては困るからな」

ウォリックはおもしろがっているのだろうか？　それとも、ただばかにしているだけなの？　どちらでもいいわ。アンガスがワインを杯に注いで持ってきてくれたので、メリオラは感謝の笑みを浮かべた。そのときふと、ウォリックが自分をじっと見ているのを感じた。

「それを飲んだら行こう」ウォリックはいらだたしげに言った。

「飲みすぎないでくださいね、メリオラ様。気を失ったりしたら大変ですから」ジリアンが注意した。

メリオラはウォリックを見つめ続けた。「そうね。でも、気を失うことができればどんなにいいかしら」彼女は静かに言った。

ウォリックはメリオラを見すえていたが、その目にはなんの感情も浮かんでいなかった。彼は彼女の片腕をとった。「それでは行こうか、レディ？」

それは誘いではなかった。ウォリックはすでに歩き始めていて、メリオラも彼についていくしかなかった。

「教会は満員だ」ウォリックは明るい口調で言った。「国王陛下が大勢の立会人を招待して、一世一代の見ものになさったんだ」

メリオラは一瞬、不安を覚えた。「あなた……まさか……」

「まさか、なんだ？」

メリオラは唇をなめた。「約束を破ってはいないわよね？」

「きみは破るつもりなのかい？」

メリオラは首を横に振った。

「おれは必ず約束を守る。そう言っただろう？」

ウォリックは大股で歩くので、ついていくのが大変だったが、メリオラも背が高く、速く歩くのには慣れている。「ねえ」彼女はかすかに息をはずませながら言った。「あなたの恋人も教会にいるの？」

驚いたことに、ウォリックは突然足をとめてメリオラを見つめた。

「なんだって？」

「あなたの恋人も教会にいるのかときいたのよ」

メリオラにはウォリックがなにを見ているのか、あるいは考えているのかわからなかった。あまりに長いあいだ彼に見つめられていると、今の質問をとり消したくなる。メリオラは自分がわざと彼を挑発していることに、そして動揺していることに気づいた。人生には当然のようになされ、当然のように求められることがたくさんある。男性は利益のために妻をめとり、快楽のために愛人を持つ。

だけど、わたしには共感できない。そんな運命を黙って受け入れることはできないわ。

「行きましょう。どちらでも変わりはないわ！」メリオラは思わず声を荒らげた。だが次の瞬間、アンガスとジリアンが後ろにいるのに気づいた。彼女の言葉までは聞きとれなかったようだが、ふたりはきまり悪そうに少し距離を置いていた。

メリオラは再び歩きだした。ウォリックも彼女の腕をとってついてくる。「それが大きな問題か？」しばらくして彼が尋ねた。

「なにが？」

「もしもエリアノーラがここにいたら……祭壇のすぐ前の席に座っていたら？」ウォリックはさりげなく尋ねた。

「別にたいした問題ではないんじゃないかしら」

「おれを信頼しろ。大事なのはこれからだ」

ふたりはすでに教会の入口に着いていた。ありがたいことにメリオラは、廊下から中庭に出て、夕暮れのなかをここまで歩いてきたのをほとんど覚えていなかった。おそらくワインがきいたのだろう。教会のなかでは何百本ものろうそくに火がともされ、まるでこの世のものではないかのように美しくきらめいていた。その光に照らしだされたものはすべて夢で、現実ではないように思える。そのせいかメリオラは、まるで自分が光の上に浮かんでいて、ことの成りゆきを見守っているような気がした。今起きていることが現実とは思えなかった。

デイヴィッド一世は教会の奥でしびれを切らして待っていた。一刻も早く後見人としてメリオラを祭壇へと送り届け、彼女との関係を絶ちたくてたまらない様子だ。メリオラは出席者の数に驚いた。国王が自分のために盛大な結婚式を開いてくれたことに心を打たれてもおかしくなかった。だがメリオラには、これが愛情からではなく、彼女とブルー・アイルが今やウォリックのものとなったことを人々に印象づけるためだとわかっていた。

祭壇までの距離は果てしなく思われた。メリオラはまたしても、ワインを飲んでおいてよかったと思った。彼女は自分に言い聞かせ続けた。わたしは今、光の上にいる……。

聖歌隊が賛美歌を歌い、司祭が祭壇に立った。やせこけて陰気で、このうえなくいかめしい顔をした男性だ。司祭の話はとめどなく続くように思えた。メリオラがひざまずき、頭を垂れていると、司祭は聖餐杯を持ってきた。彼女はウォリックにからかわれたように、その杯をつかんでワインをがぶ飲みしたいという激しい衝動を覚えたが、なんとかこらえた。今は神を、国王を、あるいはウォリックを恐れぬふるまいをするべきではない。

驚いたことに、メリオラはいつのまにか再び立っていた。立ちあがったことは覚えていない。彼女の指には銀の象眼細工を施した指輪がはまっていて、司祭が〝ふたりは神とこの場に集まったすべての立会人の前において夫婦となった〟と告げていた。

そしてメリオラはウォリックが触れるのを、彼の指が髪に滑りこみ、頭を後ろに傾けられるのを感じた。彼の唇がぴったりと重ねられ、舌が彼女の唇を開かせようとする。メリオラはもっと控えめなキスをするものとばかり思っていた。ウォリックの口がメリオラの唇を覆い、舌が押し入ってくると、彼のぬくもりと初めて味わう感覚で胸がいっぱいになった。キスの経験はあるのに。その喜びや、かすかな興奮は味わったことがあるのに……。

メリオラは息ができなかった。ウォリックには抗えないように思えた。彼の手からは、髪に絡みつく指からは、強く押しあてられる唇からは、触れあう体からは、逃れられなかった。この人はやはり戦士だ、と彼女は心底思った。鋼のようにかたく、岩のように揺るぎない。メリオラはウォリックのにおいを吸いこみ、彼を味わった。ウォリックがわたしの体のなかにいて、息を盗み、力を奪っていくような気がする。背筋をしびれるような震えが走り、目の前に炎がちらつく。ふと司祭の咳払いと、招待客たちの笑い声や満足そうなどよめきが聞こえ、メリオラは体を離そうともがいた。だが目は開かず、息もできなくて、立っているのがやっとだった。膝の力が抜けそうだけれど、このままずっと彼を味わっていたい……。

そのとき、ウォリックが唇を離した。メリオラは唇が濡れてはれあがり、ひりひりと痛むのを感じた。

メリオラは身を震わせた。ウォリックの感覚をぬぐい去りたいけれど、絶対にできないだろう。なぜかすでに、わたしは彼を忘れられなくなってしまった。目を閉じるだけで、彼を感じることができそうな気がするのだ。

「なんのつもり?」メリオラはとり乱した様子でささやいた。大勢の人がいることも、あたたかい笑い声も、喝采《かっさい》も意識していた。

「少しは見せ場が必要だろう」

ウォリックはメリオラの腕をとって祭壇に背を向け、歩きだそうとした。彼女がよろめくと、ウォリックが支えてくれた。教会を出たとたん、ふたりは招待客たちに囲まれた。

メアリーが近づいてきてメリオラを抱きしめた。「あなたほど美しい花嫁は初めてよ!」「もう少しで気絶しそうになる花嫁は初めてだわ!」サラはまるで愛情がこもっているかのような口調で言い、メリオラの頰にキスをした。

だが、メリオラは気にしなかった。なぜなら、その次に抱きしめてきたアンの愛情は本物だったからだ。「うっとりするほどきれいだったわよ。あなた方ほど美しくて気品あふれる夫婦はいないわ。あなたはみごとな金髪で、ウォリックは濃い赤褐色の髪。それにふたりともとても背が高いわ。きっと美しい子供が生まれるでしょうね！」

メリオラはアンを抱き返した。「次はあなたの番ね」

「あなたとウォリックには本当に感謝しているわ。ウォリックがいなかったら、きっと恐ろしい結末になっていたに違いないもの。ダロはあなたやわたしのために陛下と戦い、命を落としていたかもしれないわ。そして国王軍はひどく弱体化し、陛下は敵に襲撃されて打ちのめされていたかもしれない。だけどウォリックが慈悲をかけてくれたおかげで、わたしたちはみんなこうして生きていられる。おまけに幸せになれるのよ」

メリオラとしてはこんな結果を望んでいなかったが、それを今アンに思いださせる気にはなれなかった。

「おお、メリオラ、きみの父上もさぞかし誇りに思っていることであろう！」デイヴィッド一世の声が聞こえたかと思うと、メリオラは振り向かされ、抱きしめられ、額にキスをされた。彼女はされるがままになっていた。今や、そうするしかなかった。どうやらわたしはまた国王のお気に入りになったようだ。それとも、これは罰なのだろうか？

「そうでしょうか？」メリオラは穏やかに尋ねた。

「本当だとも。いずれはきみもわたしに感謝するようになる」

メリオラは納得できなかったが、とりあえず笑みを浮かべておいた。スターリング城から出れば、たとえ結婚したばかりの夫が一緒でも、自由にできるのだ。今は国王と言い争いをするつもりはない。中庭では客たちにワインがふるまわれ、披露宴に備えて召使いたちがテーブルや料理を運んでいる。すぐに大騒ぎになって、人々が先ほどウォリックが見せた以上の娯楽を求めないとも限らない。

デイヴィッド一世は召使いを手招きしてワインを持ってこさせると、ひとつをメリオラに渡し、ひとつは自分がとった。「乾杯！」国王が大声で言うと、人々は静まり返った。彼は自分の杯を掲げた。「統一の力と強さに。偉大なる両家を結びつけ、われらが祖国の力をさらに強めるこの結婚に。わが戦士と彼の花嫁に。そしてわれらが統一スコットランドに！」拍手がわき起こった。メリオラはワインを飲みながら、国王の招待客や友人知人、そして初対面の人たちから次々と祝福の言葉を受けた。ふと、なんとなく不安を覚えて振り向くと、サラにじっと見つめられていた。気づかれてもサラは視線をそらさず、どこか脅迫めいたあいまいな笑みを浮かべる。メリオラはサラから顔をそむけ、若いナイトが言った言葉に笑い声をあげた。

メリオラはウォリックと並んで祝宴の席についたが、いろいろな余興が用意されていたおかげで、ふたりで話をする必要はなかった。デイヴィッド一世は道化師や踊り子、手品師、曲芸師などを手配していた。やがて夜はふけていった。ジュディス・ラザフォードはワインで顔を赤く染め、帽子をななめにかぶって、夫と並んで座っていた。サラは酔っ払ったナイトをからかっては笑い声をあげている。おそらく彼をあおっているのだろう、とメリオラは思った。案の定、サラはメリオラにほほえみかけたかと思うと、ナイトになにか耳打ちした。若いナイトはふいに立ちあがり、上機嫌で叫んだ。「いざベッドへ、レアード・ライオン！　あなたはこの国いちばんの美女と噂される花嫁をめとられた！　われわれでしっかりと見届けよう！」

メリオラには、サラが意地悪をしているのだとわかっていた。頬がまっ赤に染まるのを感じながら、ウォリックが約束を覚えていて、今すぐになんとかしてくれるように祈る。これだけ大勢の人々が熱狂したら、どうしようもなくなってしまう。わたしとウォリックはふたりとも服を脱がされ、ベッドに投げこまれるだろう。そんなの耐えられない。

ウォリックが立ちあがり、若いナイトに向かって杯を掲げた。「いいだろう。夜もふけた！　少しばかり時間をもらえれば……」

ウォリックはメリオラの手を引いて立ちあがらせた。そして彼女を連れてテーブルを離れると、あちらこちらで足をとめてはちょっとした会話を交わしながら、ゆっくりと時間をかけて進んでいった。

「どうするつもりなの？」メリオラはささやいた。

「逃げる」

テーブルのいちばん端に来ると、ウォリックは口笛を吹いた。軍馬マーキュリーが堂々と姿を現わし、中庭を軽やかに駆けて人々の注意を引きつけたあと、主人の真正面で足をとめた。ウォリックはメリオラを抱きあげて馬の背に乗せ、自分も後ろに飛び乗った。

「逃げるつもりだぞ！」誰かが叫んだ。

「つかまえよう！」別の誰かが口をそろえた。

「逃がすな。お楽しみは始まったばかりだぞ！」

だが、つかまるはずはなかった。馬に乗っている者などひとりもいなかったし、馬たちは厩にいたのだから。ウォリックたちは門を駆け抜け、夜の闇のなか、森へ向かって全力で馬を走らせた。

ウォリックは約束を守ってくれて、わたしたちは城を抜けだした。目を閉じて風を感じているうちにメリオラは緊張感が解け、彼の胸に背中をあずけた。ウォリックの心臓の鼓動や、力強い動作のひとつひとつが感じられる。城を抜けだすのに必死だったメリオラは、それ以外のことはあまり考えていなかった。これからのことは。

今度はふいに、森の奥深くにある小屋が近すぎるように思えてきた。ふたりは避けられないものに向かって猛スピードで疾走していた。

最初の二十分ほどは全速力だったが、やがてウォリックは馬を気づかってスピードをゆるめた。小川に着いてウォリックが馬に水を飲ませているとき、メリオラも水を飲みたいと訴えると、彼がゆっくりと抱きおろしてくれた。彼女は小川へと駆け寄った。川の水はひんやりとしていておいしく、ほてった体を冷ましてくれる。メリオラはたっぷりと水を飲んで顔を洗い、また水を飲んだ。それから顔と喉を冷やし、髪が濡れないようにゆっくりとまとめる。そして、わざと時間をかけて同じことを繰り返した。

ウォリックはしばらく黙っていたが、やがてもどかしげに言った。「もう行くぞ」

「ここの水はおいしいわ。満月も出ているし。まだ時間はたっぷりあるでしょう」

「さあ、メリオラ」

ウォリックに迎えに来てほしくなかったので、メリオラはしぶしぶ立ちあがり、彼には目を向けずにマーキュリーのところへ戻った。ウォリックが手をのばし、苦もなく彼女を引きあげて前に乗せる。月の光がゆっくりと駆けていくふたりを森の小屋へと導いていく。メリオラには、あっというまに着いてしまったように思えた。もっと遠かったはずなのに。

ウォリックは馬から飛びおりて、メリオラを抱きおろした。

メリオラは背中にウォリックを感じた。彼のささやき声はハスキーで、耳にあたたかい吐息がかかった。

「さあ、着いたぞ。借りを返し、取り引きを終えるときが来た!」

メリオラはウォリックを振り払って逃げたかった。だが、その必要はなかった。

ウォリックは後ろへとさがり、マーキュリーの世話をしに行った。

メリオラは森のなかの空き地に立ちつくしたまま、呆然と小屋を見つめた。なにひとつ夢ではなかった。あたたかく香りのよいワインも、ろうそくの光も、もはやつらい現実を和らげてはくれない。

わたしはウォリックと結婚した。わたしたちは夫婦なのだ。

たしかに、人生には代償がつきものだわ。

第十五章

メリオラはウォリックの先に立って歩いた。後ろは見ないようにした。いつしか彼女は、この場所で会おうと提案したときのことを思いだしていた。わたしは彼が誰かも知らないのに、魂を売ってでも国王の命令から逃れようとしていた。ウォリックには力があるという単純なこともわからなかった。あのときは、あとでなんとかごまかせると、逃げてしまえば問題にはならないと、すべてうまくいくと思いこんでいたのだ。

すべては狂気の沙汰だった。なぜこんなことになってしまったのだろう？　わたしはもっと賢かったはずなのに。でも父の死を嘆き悲しんでいたわたしは、父の跡を継いで故郷を安息の地にしていくことで慰めを得ようとしていた。そんなときにデイヴィッド一世に呼ばれ、スターリングにやってきた。話をすれば、国王にわかってもらえると信じて……。

それなのにわたしは今ここに、森の小屋にいて、不安で惨めな思いをしている。ああ、わたしはなんて世間知らずだったのだろう。わたしは叔父なら救ってくれると信じこみ、叔父の命を危険にさらした。ダロはもうスコットランドの一部だ――国王はそう思ってはいないかもしれないが。父と同様に、叔父もこの国を祖国として選んだ。もし国王と戦ったとしても、ダロは北欧人の傭兵を援軍に招集したりはしなかっただろう。自力で戦い、そして死んでいたに違いない。今になってそれがはっきりわかるなんて、つらすぎる。わたしのせいで争いが起きるのをとめてくれたウォリックには、感謝してもしきれない。だけど、彼に感謝するべきだとわかっていても気持ちは少しも楽にはならない。むしろ、今の状況がますます厄介なものに思えてくる。

ウォリックにはわからないだろう。島々では、昔は女性にも権利が与えられていた。そこには法律が——別の法律があった。わたしは今でも声を大にして言いたい。〝スコットランドはノルマン人に征服されたわけではない。封建法は公正ではない。遠きよき時代ならば、わたしには自分の領地を持つ権利が、領地を治める権利が、わたし自身の人生を生きる権利があった〟と。

ウォリックは戦術にたけた国王の闘士だ。スコットランド人だと彼は言うが、ノルマン人の建物に、ノルマン人の法律、鎧、剣、そして権力に慣れ親しんでいる。そして国王のために命を懸けたことにより、褒美を受けとることになっているのだ。つまり、わたしの土地を。

「メリオラ、なかに入れ」

昔、母から聞いた物語によると、樫の巨木には妖精や精霊が住んでいるという。いたずら好きで、人の邪魔をするけれど助けてもくれる、不思議な生き物だ。

ああ、わたしも煙のように消え、樫の木にとけこんでしまえたらいいのに……。

「メリオラ！」

メリオラは震える手で小屋の扉を開けた。先に誰かが来ていたらしく、なかは掃除してあった。居間と寝室を隔てる扉は開けたままになっている。居間には、自然のままの厚板を使った大きなテーブルがあり、燻製肉やチーズやパンといった食べ物とワインが置かれていた。どちらの部屋の暖炉にも火が入れられている。寝室には、メリオラのために浴槽や純白のタオル、石鹼、そして香水が用意されていた。暖炉の上の大きなケトルには湯がわいている。浴槽の湯が冷めてしまったときに注ぎ足すための湯だ。枕や毛皮がいくつも置かれたベッドには、白いナイトガウンが置かれていた。メリオラはウォリックが入ってくるまで、自分が戸口で凍りついたように立ちつくしていたことに気づかなかった。

「さしでがましいかもしれないが、きみはワインがほしいんじゃないか？」

「ええ」

ウォリックはワインを注いだ杯を渡した。「ここは文字どおり愛の巣だ。違うかな？」

メリオラは黙ったまま、杯をぎゅっと握りしめてワインを飲み干した。

ウォリックは彼女から杯をとった。「もう一杯だ。そうしたら約束を果たしてもらう」

彼は二杯目のワインを注いで、戸口を指さした。「服を脱ぐのに手伝いは必要か？　きみの侍女のジリアンを先にここへ来させておくべきかどうか迷ったが、きみには手伝いよりも選択の自由のほうが大事だろうと思ってね」

「ええ。わたしはなんの手伝いも必要ないわ」

ウォリックはおじぎをし、愉快そうに目を輝かせて寝室を指さした。「浴槽は準備万端できみを待っている。おれと同じように。本当に約束を守るつもりはあるんだろうな？」

メリオラはウォリックをじっと見た。この茶番劇をおもしろがっている彼が憎らしくてたまらない。「ええ、約束は守るわよ！」彼女は憤然と言ってウォリックの横をすばやく通りすぎ、扉を勢いよく閉めた。

浴槽からはまだ湯気がたっていた。メリオラはワインの残りを飲み干して湯を見つめたあと、突然、服を脱ぎ捨てた。暖炉の火はあたたかく燃えている。彼女はケトルの湯も浴槽に入れると、髪をひとつにまとめ、なかに入って身を沈めた。ええ、約束は守りますとも。これが結婚よ。そんなに恐ろしいものじゃないわ。死ぬわけではないのだから。結婚する女性なんて毎日どこにでもいるわ。恋におちる女性だって。アンだってダロに恋をして……。

湯はあたたかく、浴槽に身を横たえているのはとても心地よかった。時が刻々と過ぎていくなか、なにも考えないでぼんやりとしているのも気持ちがいい。だけど……。

それほど恐ろしいことではないはずだ。ウォリックの愛撫やキスも、それによって呼び起こされた感情も覚えている。彼に触れられていなくても、考えるだけで、思いだすだけで、またあの奇妙な興奮を覚える。彼の味が、彼の香りがよみがえってくる……。

「レディ？」扉をノックする音がした。「生きているかい？　けっこう時間がたっているぞ。あんまり長くつかっていると、とけてしまう」

メリオラは歯噛みをした。ウォリックなら耐えられるかもしれないと思ったちょうどそのときに、よけいな口をたたくなんて。

メリオラは浴槽から出て、タオルで身を包んだ。そのタオルを抱きしめる。ジリアンが暖炉のそばの椅子にかけておいてくれたのだろう。タオルはとてもあたたかく、心が安らいだ。

「メリオラ？」

「恥知らずな人ね！」メリオラは怒りをこめてつぶやいた。だがウォリックが今すぐにも扉を開けるかもしれないと気づき、彼女は急いでナイトガウンを手にとって、頭からかぶって身につけた。まとめていた髪はほどいて垂らした。扉が開き始めると、メリオラはベッドに飛びこんで毛皮をかぶった。暖炉の火を落とす時間はなかったが、ウォリックが入ってきたちょうどそのとき、ベッドのそばで燃えていたろうそくの火は吹き消すことができた。

暖炉の薄暗い光のなかで、メリオラはウォリックを見つめた。「入ってきてもいいわ」ぶっきらぼうな口調で言った。

「もう入っている」

「そのようね。わたしはここにいるわ。約束したとおりに」

ウォリックはベッドの端に腰をかけてメリオラを見つめた。「だが、約束とは少し違う」

メリオラは眉をひそめて毛皮を抱き寄せた。「どういう意味？」

「これではまったくだめだという意味だ」

「どこがだめなの？」

ウォリックは片手をあげた。「そうだな。もしもあのままスターリング城にいたら、おれたちは大勢の酔っ払いたちに追いまわされて服を奪われ、見せ物になっていただろう。そのあげく、おれは彼らのみだらな要望にこたえるか、そうでなければこの先一生、友人や同胞の前で面目を失うところだった。だが、おれたちはこうしてここにいる。それにおれは、夜具に隠れて縮こまっていろときみに求めてはいない」

「縮こまってなんかいないわ。ただここにいるだけよ」

「だが、それは約束とは違う」

「わたしがどんな約束をしたと言うの？」

ウォリックはほほえんで腕組みをした。「まずはベッドから出てもらおう」

「どうして？　目的の場所はここでしょう？」

ウォリックはかすかな笑みを浮かべたまま、片眉をつりあげた。「立つんだ、メリオラ」

メリオラは歯を嚙みしめて立ちあがり、不安そうにベッドの横に立った。ろうそくの火を消しておいてよかった、と彼女は思った。今着ているナイトガウンはすべて透けて見えるような気がするからだ。ウォリックの視線が全身を走るのを感じる。彼が立ちあがると、メリオラは身がまえた。ウォリックがこちらに向かってくる。

「今度はなに?」メリオラは小声で尋ねた。

「もう少しワインを飲んだほうがよさそうだな」ウォリックは暖炉の上に置いてあったメリオラの杯をとり、居間へと向かった。「きみもこっちに来てくれ」

もっと明るい場所に。

「あなたがここに戻ってくるべきだと思うわ」

「きみは約束を守るべきだと思うぞ」

メリオラはゆっくりと居間に入った。ウォリックに手招きされて、大きな暖炉の前にあるテーブルへ行き、彼の前に立つ。ウォリックがワインをひと口飲むのを見てメリオラは、もう少しワインが必要なのは自分ではなく彼だったのだと気づいた。ウォリックは一杯しか飲んでいなかったのだ。彼はテーブルに寄りかかり、ワインを飲みながら片手を動かした。

「まわって」

メリオラは怒りを抑えて言われたとおりにした。ウォリックがもっと近くに来るよう彼女を手招きして、杯を置く。そして片腕でメリオラをしっかりと抱き寄せると、もう片方の手で顎を持ちあげ、唇を重ねた。その瞬間、彼女はまたしてもウォリックの体の熱さを感じた。彼の手のぬくもりと生命力が、愛撫を通して自分の全身を熱く焦がしていくような気がする。ゆっくりと動く彼の唇は驚くほどやさしい。メリオラは唇を開き、再びウォリックの味と香りを楽しんだ。心臓が早鐘を打っているのを感じる。体の力は抜け、彼に抱かれていなければ、立っていられそうもなかった。わたしはこれが恐ろしいものだと思っていた。いいえ、恐ろしいものであってほしいと思っていたのかもしれない。これは義務であるはずだった。こんな感覚を覚えるはずではなかった。身を焦がすような興奮が、激しい情熱が全身を駆け抜け、手足の力を奪い、体の奥底を……。

ウォリックは唇を離した。「これではだめだ」

メリオラは呆然として身を起こし、ぐらつかずに立っていようと、彼から離れようと、正気に戻ろうと努めた。

「なにがだめなの？」彼女は心ここにあらずという様子で尋ねた。

「そのナイトガウンだ」

「ナイトガウン――」

「脱いでしまえ」

またしてもメリオラは怒りがこみあげるのを感じた。彼はわたしをもてあそんでいる。

「メリオラ」ウォリックはまたワインの杯を手にとった。「それ以上強く歯をくいしばったら、顎が砕けてしまうぞ。せっかくすばらしい歯並びをしているのに」

「そう？　ちょうどよかったわ。あなたの歯並びもびっくりするくらいきれいだもの」

ウォリックはほほえんだ。束の間、目を伏せたが、またすぐにメリオラへと向けられた。

「つまりきみは、おれの歯並びは悪くないと気づいていたのか」

「ノルマン人にしてはね」メリオラは直感的に、これ以上ウォリックの神経にさわる言葉はないと思った。それに彼女は苦しんでいた。彼に触れてもらいたいと思う一方、それを恐れていた。彼に呼び起こされる感覚が、もっと先に進んだらどうなるのかが、とても怖かった。

ウォリックは相変わらず笑みを浮かべていたが、メリオラにはそれがつくり笑顔だとわかった。「脱ぐんだ」ウォリックが穏やかに言った。彼の声にさえもメリオラの心は動かされ、胸の奥が熱くなった。

彼女は首を横に振った。「こんなのずるいわ。わたしは――」

「きみは自由を得る代償として、おれとここで会うと誓った。そのあとも、城から逃がしてくれればその誓いを守ると言っただろう。さあ、おいで。もっと大胆になるんだ。そして、穏やかに、やさしく、官能的にふるまってくれ。もちろん、つべこべ言わずに」

だが、メリオラは黙ってはいなかった。声をひそめて、思いつく限りの罵詈《ばり》雑言をウォリックに浴びせ始める。だが同時に、ナイトガウンを脱ぎ捨てた。ナイトガウンは床に落ち、彼女が身にまとっているのは長い髪だけとなった。

ウォリックはしばらくのあいだじっとメリオラを見つめていた。彼の瞳の色は濃さを増したが、顔は無表情のままだった。

やがてウォリックはほほえんだ。「さあ、おいで」

メリオラはまたもや悪態をつき始めた。

「偉大なるアディンの娘なのに、怖いのか?」ウォリックは片眉をつりあげた。「今夜は剣も短剣も持っていないんだな。武器なしではしかたがないか」

「あなただって同じでしょう」

「まさか」ウォリックは真剣な口調で言った。「さあ……」

メリオラはウォリックの前に立った。彼がメリオラの手をとって口もとへ運び、震えるてのひらにキスをする。そのしぐさは意外なほどやさしく、彼女は思わず警戒を解いた。全裸のメリオラは、ウォリックの鋼のようにたくましい体を痛いほど意識していた。そして彼女の背筋をなぞり、抱き寄せるときの、筋肉のしなやかな動きを。

「いつでも遠慮なくおれを誘惑して、借りを返してくれ」

メリオラははっと身をこわばらせ、ウォリックをたたこうとした。するとウォリックは笑い、彼女の顎にそっと指をかけて上を向かせた。「さあ、メリオラ、キスをしてくれ……」

メリオラにはそんな行為ができるかどうかわからなかったが、いつのまにかふたりの唇は触れあっていた。キスはあまり深く感じられなかった。ウォリックに触れられて、われを忘れてしまいそうになっていたからだ。彼の手がメリオラの全身をさまよい、胸からウエスト、ヒップ、腹部、そしてまた胸へと移る……。彼女はもう少しで歓びの悲鳴をあげるところだった。体のなかも外も揺さぶられたような気がする。全身が耐えられないほど熱くなり、息ができない。立っていることも、動くこともできず、ただ彼を感じることしかできない……。

やがてウォリックは突然メリオラを放した。彼女はよろめいたり倒れたりしないよう自分に命じた。彼はメリオラをじっと見つめている。炉火の明かりのなかでは、その目は黒く見えた。「約束を果たすすべは知っているようだな」ウォリックはこともなげに言い、穏やかに付け加えた。「それにきみは、噂どおり完璧な体をしている」彼は片手をあげて、信じられないほどあっさりと、メリオラを退けた。

メリオラはしばらくのあいだ、ただウォリックを見つめていた。そのうちに、彼には今夜、夫としての権利を求めるつもりがないのだとわかった。ウォリックがこんなことをわたしにさせたのは、今や彼が領主であり夫であることを証明するためだ。つまり、仕返しだ。

「ひどい人ね！」メリオラは静かに言った。

「かもしれない。だが、こんな悪ふざけをしたのはきみのせいとも言える。いずれにしても、どこへきみを捜しに行けばいいのか考えながら疲れ果てるのは二度とごめんだ。もう寝ろ」

メリオラはじっと歯を噛みしめていた。拳を振りあげないよう、脇でぎゅっと握りしめる。

ウォリックはいらだたしげに悪態をついた。「黙って礼儀正しくふるまえという程度のことも受け入れられないのか？」

「黙ってあなたの親切を受け入れろと言うの？　こんなの親切でも思いやりでもなんでもないわ。あなたはわたしを信じるつもりなんてない――」

「おれが言おうとしていることはわかるはずだ！」

「あなたは、わたしが別の男性の子供を宿しているかもしれないと思っているんでしょう。そして、もしそうなら、この結婚を無効にするつもりでいるのよ」

ウォリックはこたえなかった。

「あなたも結婚したくなかったんですものね？　どこの誰かは知らないけれど、恋人がいるんだもの。だけど、ひとつ教えてちょうだい、偉大なレアード・ライオン。この先わたしがほかの男性と会うのをどうやってとめるつもり？」

ウォリックはガラスのように冷ややかな表情で、寄りかかっていたテーブルから体を起こし、一歩メリオラに歩み寄った。そして彼女の顎を持ちあげ、唇が触れあわんばかりに顔を近づけて言う。その押し殺した声は、怒鳴り声よりもはるかにメリオラをぞっとさせた。

「過去は過去だ。おれがきみの人生にかかわる前のことについてきみを責めるつもりはない。

むしろ、ときには、自由に憧れるきみに同情を覚えそうにもなった。だが、今後きみに愛人がいるのではないかと疑いを持つようなことがあれば、必ずや、ただちにその男を殺す。そしてきみは、その先一生、きみが望んでいたとおり自由気ままな暮らしを送るだろう……石の塔にひとりきりで」

メリオラは抵抗することなく、ウォリックを見つめ返した。やがてウォリックは彼女を放して後ろにさがった。メリオラは怒りに任せて飛びかかり、彼の顔を思いきり殴りつけたかった。だが、彼に触れるのは怖かったので、歯をくいしばって激しい怒りを抑えた。

「そう」メリオラは小声で言った。「それなら、今あなたが与えてくれた自由を大いに楽しむことにするわね。それにもちろん、今回はあなたに感謝するわ。酔った招待客たちの見せ物になるのを拒んでくれたんですもの」

「感謝などするな。別にきみのためを思ってそうしたわけではない。単に自分が恥をかくのがいやだっただけだ」ウォリックはいらだたしげに言った。「さあ、ベッドに入ってやすめ。明日は早くブルー・アイルに出発したい」

メリオラにはほかにも言いたいことがたくさんあった。彼女はまだ、ウォリックがとった思わせぶりな態度に、自分が嘘つきだと思われていることに、ひどく腹をたてていた。だがこの怒りをどこへぶつけていいかわからなかった。ウォリックはもうほしいものを手に入れた。彼はブルー・アイルの領主となったし、いつか子供も持つだろう。だけど、子供はもう少しあとになるはずだ。ウォリックは、わたしがほかの男性の子供を宿していないのを確かめるつもりなのだから。わたしは深い仲になった男性などいないと誓ったのに、なぜ彼はそう思いこんでいるのだろう? ウォリックがわたしを信用していないのは明らかだ。わたしはそのことがつらくてたまらない。結婚生活がこんなふうに始まるなんて、あんまりだわ。

もちろん、この状態がずっと続くわけではないだろう。メリオラはそう自分に言い聞かせようとしたが、心は癒されなかった。ただむなしいばかりだ。それにウォリックは、もうわたしをもてあそぶのをおもしろがっても楽しんでもいないようだ。彼の気分はのこぎりの刃のように鋭く、荒々しい。最後にひと言言ってそろそろ退いたほうがいい。

メリオラは怒りを、あるいはウォリックに対する感情をいっさい見せるまいと心に決め、冷ややかに彼を見つめた。

彼女はほほえんだ。

「わかったわ。お楽しみはもう終わりね。あなたはわたしをからかって嘲り、仕返しをしたわ。最初からこういうつもりで、わたしをさいなんだのね。あいにく、あなたがお膳《ぜん》だてをしたこの結婚生活こそ、名ばかりの結婚こそ、わたしが望んだものよ。おやすみなさい、レアード・ウォリック。ぐっすり眠れますように」

メリオラはナイトガウンを拾いあげようともせずに、くるりと背を向けた。ひどく腹だたしいのに、なぜか心が痛み、涙が出そうになる。だけど、少なくとも今度はわたしがウォリックを挑発する番だ。メリオラはゆっくりと、大胆にヒップを揺らして寝室へと入り、まっすぐベッドに向かった。今夜はもうウォリックがわたしに触れてくることはないだろう。

薄暗がりのなか、メリオラはベッドに横たわり、ぎゅっと目を閉じた。だが寒さに体が震え、毛皮を引き寄せる。再び目を閉じて眠ったふりをした。わたしは大喜びしてもいいはずなのに。ほくそえんでここに横たわっていてもいいくらい満足してもいいはずなのに……。まったく満足していない。なによりも望んでいたものを手に入れたのに、なぜか奪われてしまった気がする。気がつくと、ウォリックが隣に横たわっていたらどんな気持ちがするだろう、彼の腕に包まれて、彼のたくましさとぬくもりを感じながら眠るのは、彼に守られて眠るのは、どんな気分だろうと考えている。満足するどころか、孤独と寒さと惨めさを痛いほど感じる。ウォリックはわたしとの結婚を望んでいなかった。結婚したのは、彼が国王の臣下だから、ブルー・アイルとそれに伴う権力と地位がほしかったからだ。彼は何度も正直にそう言っていた。

メリオラはただじっと横たわっていた。ウォリックが外に出て口笛でマーキュリーを呼ぶ音を聞いたときには、ますます惨めな気持ちになった。サラの言葉がよみがえって心をさいなむ。ウォリックはどこへ行くのだろう？ 今夜は誰のベッドで眠るのかしら？

ウォリックが行ってしまったと確信すると、メリオラは立ちあがった。毛皮で身を包み、居間へと向かう。窓の隙間を覆う分厚い皮をよけ、外を眺めながら考えた。わたしがこんなにも動揺し、眠ることもできず、悲しい気分でいるのはなぜだろう？

そのとき、善良で忠実なアンガスが樫の巨木のそばに座り、木片をたたいているのに気づいた。森にひそんでいるかもしれない危険から、わたしを守ってくれているのだろうか？それとも、彼は牢獄の番人で、わたしがまた逃亡をたくらんで森に姿を消さないよう見張っているの？

メリオラは眠りたくて、静かに寝室へと戻った。だが、心地よい眠りは訪れなかった。数時間後にウォリックが戻ってきたとき、メリオラはまだ起きていたが、彼が剣をとってブーツを脱ぎ、彼女の様子を見に寝室へ来ると、眠ったふりをした。

メリオラにはウォリックの顔が見えなかったが、彼に見つめられているのは感じた。不思議な興奮がこみあげてくると同時に、キスの味や彼の香り、ぬくもりがよみがえってくる。ウォリックに触れられたときは、思わず飛び起きそうになった。彼の指がメリオラの髪を軽く撫でる。なぜか彼女はじっとしていた。

息をするのもためらわれた。

ウォリックは拳で、メリオラの顔にかかる髪をそっと撫でつけた。不思議なことに、彼の触れ方は思いやりがあると言っても過言ではないほどやさしかった。ウォリックがなにを見ているのかはわからなかったが、メリオラはもっと体を、心を、そして魂を覆い隠せればいいのにと思った。

ウォリックを敵にまわしたのはわたしだ。もう引き返すには遅すぎる。彼はわたしを信頼していないし、わたしも彼を信頼できない。わたしは今さらどうにもできないことを言い、してしまったのだ。彼を傷つけるつもりで、自分自身を傷つけていた。

ウォリックはなにを見ているのだろう? なぜいつまでもここにいて、わたしを見つめながら、そっとわたしに触れているの?

やがてウォリックは立ち去った。寝室の扉が閉まり、居間で彼が動きまわる物音がした。ワインを注ぎ、飲み、また注いでいる音が。

ウォリックはもう外に出てはいかなかった。それでも、メリオラは眠れなかった。しばらくしてようやくメリオラは眠りについたが、求めてやまなかった安らぎと休息のさなかに、ふとある事実が気になり、はっと目を覚ました。

ウォリックはわたしのことを知りすぎている。怒りと反抗心から、わたしはよけいなことまで話してしまった。

ウォリックは、わたしが結婚を考えていた男性はユーアン・マッキニーだと知っていた。誰かが彼に話したのだ。今までずっと、こんな状況でまたユーアンと会うだけでもつらすぎる、せつなすぎると思っていた。それなのに……。

ああ、神様。ウォリックはユーアンをどうするだろう?

ウォリックは、わたしに愛人がいるのではないかと疑いを持つようなことが少しでもあれば、すぐにその男性を殺すと脅していた。

メリオラはふいに深い孤独を感じた。

そして、恐怖を覚えた。

ウォリックのことがわかり始めてきたとはいえ、まだなにも知らないも同然だ。それでも、ウォリックの腕のなかで眠ってさえいれば、今夜はもっといい結末を迎えただろうと思うと、心が乱れた。

第二部　獅子とレディ

第十六章

　ウォリックは子供のころから領地を持っていた。亡き母から相続した土地と、父に与えられていた土地だ。どちらもよい土地だが、大勢の領民が暮らしているわけでもなければ、立派な城塞がそびえたっているわけでもない。だが、そんなことはどうでもよかったし、その荒々しい景観と穏やかな雰囲気が大好きだった。そしてなによりも、祖国であるスコットランドを心から愛していた。険しい断崖も、丘陵や渓谷と同じように美しく思えた。雄大なグランピアン山脈を前にすると、人間はちっぽけな存在だと思い知らされる。そしてゆるやかに起伏するロウランド地方の土地はいつもあたたかく迎えてくれた。ウォリックは国王に随行してイングランドへ行ったことも、戦いのあとノルウェーに招かれたこともある。騎士の武芸競技大会でブリタニー半島、ノルマンディー地方、パリ、それにスペインやドイツといった王国へ遠征したこともある。そうしたすばらしいものを数多く目にしてきたにもかかわらず、ブルー・アイルをひと目見るなり、これほどすばらしい光景は初めてだと思った。

　スターリングから馬に乗って一週間、一行はようやくこの地に、本土の高く切りたった断崖にたどりついた。もっと早く着いてもおかしくはなかったが、結婚祝いの品々や、城のウォリックの私室にあった身のまわりの品を荷馬車に積んでいたので、おのずと長旅となってしまった。旅の従者は、若い男性の召使いが八人と侍女がふたり、それからアンガスを筆頭に十人の兵士たちだ。ジリアンはメリオラと並んで馬に乗り、つねにそばで見守っている。この期に及んでなにからメリオラを守る必要があるのか、ウォリックにはわからなかった。だが、自分でないのは確かだ。彼はずっと、できる限り忙しくして、妻を遠ざけていた。メリオラのほうもこの長旅のあいだじゅう、ウォリックに対しては冷静でやけによそよそしい態度をとり続けている。彼にはもちろん、そんな妻のふるまいを責めることはできなかった。

だが本当はメリオラを怒鳴りつけ、揺さぶりたかった。あるいは、騎士道精神に反するが、投げとばしたかった。

メリオラはウォリックに対しては冷たいほど他人行儀なくせに、彼以外の者には愛想がよかった。彼の部下とはやさしく礼儀正しく話すし、召使いたちに対しても親切だ。トーマスと馬で競走をしたり、ガースの無精ひげをからかってみたり、サー・ハリーの髪に花をさしたりもしていた。夜になると、小さなハープをつま弾きながら歌を歌い、歩きながら次々と物語を話して聞かせた。全身を青く塗って戦いに臨んだピクト人の偉大な族長たちの話、豪胆なヴァイキングの話、それから、国王付きの語り手《シエネシャル》から聞いたに違いない、統一スコットランドの王座についたケネス・マカルピンの話を。メリオラの語り口はすばらしく、聞く者をうっとりとさせた。兵士たちも召使いと同じように焚き火を囲んで腰をおろし、幼い子供のように彼女に見とれ、夢中で話に耳を傾けていた。人の心をわくわくさせる話し方はメリオラが生まれ持ったものだろう。彼女の言葉や情熱に、男も女もみな心を動かされた。ブルー・アイルはメリオラのいるべき場所なのだ、とウォリックは改めて思った。アディンの娘であり、ケルト族の女相続人の娘でもある彼女は、その役割を十分にこなし、みんなから尊敬されている。デイヴィッド一世がメリオラからブルー・アイルをとりあげると言ったとき、おれが彼女との結婚をとりやめなかったのは、決して心が広かったからではない。だがそれでよかったのだ。彼女と結婚しないでブルー・アイルを手に入れることは、殺戮を意味する。

そう考えても、メリオラに対するウォリックの怒りはおさまらなかった。戦いはすでに始まっている。しかも、しかけたのは自分なのに、彼女のほうがはるかにうまく戦っていた。最初の数日間は、崖を越え、水たまりやぬかるみや泥のなかを走る荷馬車の世話で忙しく、なんとかメリオラを無視することができた。ときには、この土地を愛している自分にあきれることもあった。なにしろ、平坦《へいたん》な道などほとんどないのだから。ウォリックは、高価な浴槽や、鎖帷子や板金鎧などの武具を半分処分してもかまわないとさえ思った。もし自分が国王の臣下でなければ……。

だが、おれは国王の臣下だ。そして、いずれは国王に呼び戻されるはずだ。デイヴィッド一世のことならよく知っている。国王はイングランドに対して国境を押し広げるつもりだ。しばらくは足場をかためる時間を与えてくれたが、落ち着いたらすぐに呼ばれるに違いない。

ときおりウォリックは、焚き火を囲んで物語をつむぐメリオラの姿を木陰から見つめては、初めて彼女に出会った夜のことを思いだしていた。またあるときは背を向けて立ち去った。ふたりが互いを敵視するようになったのはメリオラのせいだ。彼女がその気なら、このいがみあいをとことん続けてやろう。だが、なぜか心がうずき、メリオラが礼儀正しくふるまえばふるまうほど怒りは募っていく。そもそもおれは彼女が礼儀正しくふるまうことを望んでいたのではなかったのか? ウォリックは折に触れて自分に問いかけずにはいられなかった。

毎日が長く、夜は永遠に続くかに思われた。野営は悲惨だった。毎晩、部下が森に用意してくれる寝床に、メリオラは先についた。そしてウォリックは森のなかを歩きまわってから、彼女のところへ戻った。

メリオラが眠ったあとで。

ウォリックは眠れないまま横になっていた。メリオラの隣にいるというのに、一度も触れなかった。つねに、ふたりのあいだに距離を保っていた。

日ごとにいらだちが募り、今にも爆発しそうだった。それでも今のところはうまく抑えられている、とウォリックは思った。とはいえ、メリオラが穏やかに話し、終始礼儀正しくしているというのに、彼女を怒鳴りつけたりできるわけがなかったが。

だが、この光景を見た今は……。

断崖《だんがい》の頂上に立つと海の彼方《かなた》に水平線が見えた。とたんになにもかもが平和に感じられた。

眼下には、何十軒という民家が点在していた。どの家も柵《さく》に囲われ、そのなかには納屋や家畜小屋も見える。おそらく岩だらけの断崖が自然の防壁となっているのだろう。巨大な岩礁がそこここに見られる浅瀬は広く、島へと続いていた。島の砂浜には豊かな緑の草木が生い茂り、その向こうには岩山が空に向かってまっすぐそびえている。その上に立つ城塞は、岩山と、そして空と同化しているように見えた。塔はみな、今にも雲に届きそうだ。

ずっと隣についていたアンガスがウォリックに言った。

「言ったでしょう、ウォリック様。ここは花嫁と同じくらい美しい場所だと。まあ、荒々しいとも言えるかもしれませんがね。ときおり海がしけて、激しい波が岩壁を打ちます。潮が引いているときは海を歩いて島へ渡れますが、島の南側は防護されていて港はありません」

「誰もいないわ」ふいに声がしたのでウォリックが振り返ると、メリオラがウォリックたちのいる断崖の縁までやってきて、心配そうな面持ちで海岸線を見おろしていた。

ウォリックは顔をしかめた。「じきに日が暮れるから――」

「誰もいない！」メリオラは繰り返した。

そのときウォリックは、民家の草ぶき屋根のひとつから煙がたちのぼっているのに気づいた。「アンガス、部下たちに知らせろ。客人が来ているようだ」落ち着いた口調で言った。

「客人」メリオラは小声で言った。「たしか武装兵がいるはずよ――」

「ああ、メリオラ。みんな城壁の上にいる。あそこだ。見えるか？」

高い塔や胸壁の上に兵士が並んでいるのが見えた。小舟が何艘《なんそう》か、海岸線をめざして北へ向かっている。そのとき簡素な鎧を身につけた男がひとり、仲間に手を振りながら、若い女性を引きずって民家から出てきた。女性は悲鳴をあげており、その声は断崖の上まで届いた。

「なんてこと！」メリオラはつぶやくと、ウォリックがとめるまもなく、海岸へ向かって断崖を馬で駆けおりていった。

「メリオラ！」ウォリックは叫び、マーキュリーがどの馬よりも速く、熟練した馬でよかったと思いながら、すぐさま彼女のあとを追った。メリオラは猛スピードで崖を駆けおりながら、早くも剣を抜いている。彼は激しい怒りに毒づいた。ようやく手に入れた故郷が襲撃にあっているというのに、最初にとる行動が妻を制することだとは。とはいえ、正体不明の敵に向かって妻を突進させるわけにはいかない。ウォリックはアンガスに反撃の指揮をとるよう大声で指示しながらマーキュリーを全速力で走らせ、メリオラの行く手を阻んだ。すると、彼女は頭がおかしくなったのかと言わんばかりにウォリックをにらみつけてきた。「ウォリック、わたしの領民が殺されそうに――」

「おれの領民だ、メリオラ。それに、連中にきみを殺させたりはしない」

「わたしは戦えるわ。わたしはヴァイキングの娘なのだから――」

「ヴァイキングの娘だったが、今はおれの妻だ」

メリオラはひどく興奮している。これではなおさらまずい、とウォリックは思った。自分も短気で向こう見ずな性格だが、経験上、戦いはやはり冷静に挑むべきだ。だがメリオラは、いったん馬をさがらせて脇をすり抜けようとする。ウォリックは毒づいて駆け寄り、彼女を馬から引きずりおろした。

ウォリックに押さえつけられると、メリオラは悔し涙を流した。「ウォリック――」

「メリオラ、おれがきみより強いことは知っているだろう? おれは、きみの島を襲ってくるどんな敵よりも強いんだ。頼むから、この戦いはおれに任せてくれ」

「ここはわたしの故郷よ、ウォリック。ふたりで戦って、ふたりで死ねば――」

「きみの役目は女主人として跡継ぎを産むことで、おれの役目はここを守ることだ。それが世の習わしなんだ」

メリオラは目を伏せた。「今はそんなことを言っている場合ではないでしょう」

「そう思うのなら、敵に対して攻撃の指揮をとるのはおれだということに早く慣れろ！」ウォリックは立ちあがり、すばやくメリオラも立たせたあと、彼女を残して馬へと向かった。メリオラは無力だというわけではないし、剣を扱えるのもわかっている。だが彼はなによりもそれが恐ろしかった。

ウォリックは再びマーキュリーにまたがって、メリオラを見おろした。見返す彼女の瞳には、依然として不満の色が浮かんでいる。「メリオラ、きみのために死ぬことを許せ！」ウォリックはくるりと馬の向きを変えた。灰色の牝馬に乗ったジリアンがすぐ近くまで来ているのが見えたので、マーキュリーに拍車をかけて先を急がせる。泥や草を蹴散らして海岸に着くと、部下たちが、少人数ながらも獰猛《どうもう》な襲撃者の一団と激戦を繰り広げていた。

島の海岸にも、ヴァイキングのものと思われる舟が何艘か着けられていた。沿岸に住む領民たちは、海から奇襲攻撃を受けたのだ。舟をこっそりと海岸ぎりぎりまで近づけて、襲撃態勢が整ったらまず民家の住民を打ちのめし、それから城塞の襲撃にとりかかる戦略だろう。城塞のなかは、農民が次々と殺されていくさまを見て、すっかり混乱していた。兵士たちは胸壁に出て反撃に備えているが、城の門は閉じられており、外へ出てきた部隊の姿はない。なぜなら、兵士を外へ出すために開門すると、城塞が攻撃を受ける恐れがあるからだ。

襲撃者の多くは鎧を身につけて盾を持ち、戦斧や槌矛《つちほこ》、剣などの武器を振るっていた。これに対し農民はほとんどが槍や小刀で、短剣を持っている者も数えるほどしかいない。男性があちらこちらで倒れ、女性は悲鳴をあげている。混乱のなかにとり残された赤ん坊がひとり、泥にまみれて泣き叫んでいた。襲撃者のひとりがその赤ん坊を押さえつけ、頭めがけて槌矛を振りあげた。

ウォリックは全速力でその場に駆けつけた。腿でしっかりマーキュリーの胴をはさんで赤ん坊を抱きあげ、すんでのところで槌矛の一撃から救いだす。アンガスはそれを見てすぐに馬を走らせ、赤ん坊を殺し損ねた男に強烈な一撃をくらわせた。

ウォリックの部下の兵士たちは、反撃の矛先を民家に向けた。襲撃者たちは叫びあいながら、舟のほうへと戻っていく。そのとき、先ほど煙のたつ民家から引きずりだされた若い女性の姿が見えた。彼は燃えさかる家から出てきた女性に赤ん坊を託し、若い女性のあとを追った。ウォリックがすぐそばまで迫ると、敵と女性はぬかるみでよろめいた。ウォリックはその隙に両刃の大剣を抜いて思いきり振るい、敵を切り倒した。悲鳴をあげる女性のそばに男がばたりと倒れる。ウォリックは彼女を立たせて、村へ戻るように言い聞かせた。「行くんだ!」女性は背を向けて、言われたとおり村へと走っていく。ウォリックは再びマーキュリーに飛び乗り、舟に乗って逃げだそうとするヴァイキングたちへと注意を向けた。舟はすでに岸を離れていた。舟に関しては、彼らは専門家だ。追いかけても無駄だろう。

ウォリックは遠くの城塞をじっと見つめたあと、海に目をやって潮の流れを判断した。

「海を渡れ!」こちらに向かってくるアンガスに、ウォリックは叫んだ。「襲撃者の気をそらすんだ。そうすれば、城塞にいる兵士が門を開けて戦いに合流できる！」

「わかりました！」アンガスは指示にしたがい、馬の向きを変えた。

ウォリックはマーキュリーを海へと急がせた。水がどんどん深くなっていく。三十センチ、六十センチ、百二十センチ……よし、ここまでだ。白い泡をわきたたせながら、ウォリックは巨大な軍馬を強引に島へと進めた。ほかの者たちもあとに続く。ウォリックは勢いよく岸へあがるなり、馬に乗っている利点を生かしてヴァイキングの歩兵に突進した。激しい怒りをこめて襲いかかり、歩兵を次々と倒していく。そのとき、城壁のほうから叫び声があがり、機械の動く音がして門が開いた。城の兵士もすぐに合流してくれそうだ。

突然、城塞のなかから武装兵が飛びだしてきた。騎馬兵が十名、そのあとにかなりの数の歩兵が続いている。騎馬兵の先頭に、めだつタータンと兜を身につけた兵士がいるのを見て、ウォリックはしばし動きをとめた。あれがユーアン・マッキニーだろうか？　だが、そのことを考えている時間はなかった。どうやら彼は有能な戦士らしく、背後に続く兵士たちに、敵を包囲して逃がすなと命じていた。

襲撃者は逃げ始めた。村での破壊行為や非道な殺戮に対する怒りからウォリックは執拗にあとを追い、海へ漕ぎだそうとしていた一艘の舟に追いついた。乗っている敵は三人だ。ウォリックは慎重に勝算を見きわめたうえで、マーキュリーから打ち寄せる白波のなかへ飛びおり、数十センチ先の舟へと狂戦士のごとく切りこんだ。まずは両刃の大剣を力の限りに振るって、鎧をつけていない男の体をまっぷたつに切り裂く。さらにふたり目の敵の戦斧をかわして反撃し、金属製の胸当ての下を切りつけた。最後の男とは、激しい一騎討ちとなった。鋼と鋼が何度も激しくぶつかりあう。敵はたくましい大柄の男で、前歯が一本もない歯ぐきをむきだしてにやにやと笑い続けていた。ようやくウォリックが相手の喉もとをとらえると、敵は両手でウォリックの首をつかみ、目を見開いたまま息絶えた。

そのとき、ウォリックは背後から誰かが突進してくる気配を感じた。振り返って襲撃者に立ち向かおうと身がまえたが、彼が剣を振るうまもなく、敵は倒れた。

海岸に目を向けると、先ほど兵士たちを率いて城壁から出てきた男が目に入った。彼は馬にまたがったまま、深さ六十センチくらいと思われる海中に立ち、石弓を握っている。それでウォリックに襲いかかろうとした敵をしとめたのだろう。男は黒みがかった金髪にグレーの瞳をした、実直でまじめそうな若者だった。まだ少しばかり青くささもうかがわせるが、その視線に揺るぎはなかった。

ウォリックはヴァイキングの舟からおり、血で赤く染まった泡のなかを、その若者のほうへと向かった。ウォリックが近づくと若者も馬からおりて会釈をした。「レアード・ウォリック」顔をあげた彼の瞳が、一瞬皮肉めいた光を放った。「手助けが必要かどうかわからなかったのですが、ああいう輩は早めにしとめたところで問題はないと思ったものですから」

ウォリックはお返しににやりと笑った。若者の言葉に驚きつつも、彼がなかなか優秀だとわかったことをなぜか心から喜べなかった。「きみがマッキニーか？」尋ねるまでもなかったが、ウォリックは尋ねた。

「はい、そうです。レアード・ライオン、このようなお出迎えになってしまい、申し訳ありません。ですが、襲撃者たちはどこからともなく突然現れたのです。もう長いあいだ、攻撃されたことはなかったのに……」

「アディンがこの島の領主になってからは、ということか？」

ユーアン・マッキニーは肩をすくめた。「それが妙なのです。城壁にはつねに見張りがいます。ブルー・アイルのような城塞は、門を閉じて初めて安全と言えるのです。なにかあれば当然、領民や家畜を城壁のなかへ避難させます。ところが今回の襲撃者は、ごらんになったとおり、信じられないほどひそかに忍び寄ってきました。やつらは入り江から断崖をまわって村へ直接攻撃をしかけたのです。砦のなかから見ているのは忍びなかったのですが、兵士を外に出すわけにもいかず――」

「そんなまねをしたら、島全体を危険にさらしていただろう。賢明な判断だった」

ユーアンはうなずいた。すべてをなげうってでも戦いに身を投じるべきだったととがめられなかったので、ほっとしたようだ。

「あなたが来てくださったおかげで、多くの領民の命を救えました。感謝しております。ご到着は明日になるとばかり思っていましたから……あなたの使者からそう聞いていましたので」ユーアンはため息をついた。「助けられた民のなかに、おれの妹もいたのです」

「そうだったのか？」

ユーアンは笑みを浮かべた。「顎ひげを生やした大柄の男に、家から引きずりだされた女性がいたでしょう。あれがイグレイナ。おれの妹です」

「被害状況は？」ウォリックは尋ねた。

「ここは大丈夫です。島にいる者は城塞のなかに避難させました。襲われたのは、本土の沿岸に住む村人だけです」

ウォリックはうなずくと、口笛を吹いてマーキュリーを呼び、従順に主人のもとにやってきた愛馬にまたがった。アンガスもほぼ同時に駆けつけて、ユーアンに挨拶代わりにうなずき、ウォリックの指示を待った。「村へ負傷者の救出に行く」

潮が満ち始めた海を渡っていると、トーマスが状況を伝えに来た。「われわれが早めに着いたのは不幸中の幸いでした。死者二名、負傷者四名、強盗にあった家が五軒、焼かれた家は三軒です」

「負傷者は――」

「手当てを受けています。レディ・メリオラが、薬草に詳しいファーギン神父と一緒に診てくださっています」

ウォリックは馬からおりた。「メリオラはどこにいる？」

トーマスが一軒の民家を指さす。ウォリックはうなずいて指示を与えた。「ここは石づくりの家が多いから、焼かれた家は建て直せる。石工と働ける者を集めて、日が暮れる前にできる限り修理させせろ」

「承知しました。レアード・ライオン、ここにはマッキニー家にマカリスター家、マクマハン家もおります。みんな互いに協力してくれるでしょう」

「それに、われらがレアードもいらっしゃいます」ユーアンは静かな声で付け加えた。「領民のためなら自らの命を危険にさらすのもいとわない勇敢な戦士が」

ウォリックは顔をあげてユーアンを見た。若者の目にはなんの感情も浮かんでいない。妻をよく知るこの男を、今すぐここで殺してしまうべきだろうか？　それとも、この若者の忠誠心は国王の言葉を受け入れたというしるしで、貴重な財産となるのだろうか？

ユーアンは優秀な戦士だ。訓練すれば、国王のよき兵士となるだろう。ウォリックは思った。島を離れるときには、彼を一緒に連れていこう。

「今夜は城塞だけでなく、海岸にも監視をつけろ」ウォリックはそう言い残し、先ほどトーマスに教えられた民家へと急いだ。

家のなかはかなり散らかっていたが、早くも暖炉の上でなにかがわかされ、ほっそりとした中年女性がそのそばでせっせと働いていた。メリオラは、腕に大きな傷を負った男が横たわるベッドのそばに座っていた。長くて白い顎ひげを生やした老人がしっかりと合わせて押さえる傷口を、慣れた手つきで細かく縫合している。「傷跡は残るけど、きれいにしあげてあげるわよ。わたしの刺繍みたいにね、ジョシュア」メリオラは冗談を言って男を落ち着かせながら、せっせと手を動かし続けた。

「棍棒を持った男を殺してやった……」ジョシュアは言いかけて顔をしかめ、口をつぐんだ。

「ええ、とっても勇敢だったわよ。マーゴット、湿布薬といちばん強いエールを持ってきて。ジョシュアは眠らせておいたほうがいいわ」

「そうそう。今は休息がいちばんの薬だ」白髪の老人が言った。

暖炉のところにいた女性はウォリックにちょこんとおじぎをしたあと、あたためておいた湿布とエールをベッドへ運んだ。メリオラが立ちあがって、こちらを向いた。彼女の頬がぱっと紅潮するのを見て、ウォリックはいつのまにかアンガスとユーアンが後ろに立っていたのに気づいた。結婚して以来、メリオラがユーアンに会うのはこれが初めてだ。

「うまくいっているか？」ウォリックは尋ねた。

「ええ、大丈夫よ」メリオラはつぶやくように答えて片手をあげ、丁寧に縫合されたジョシュアの傷口と、夫にエールを飲ませる彼の妻をさし示した。

ウォリックは白い顎ひげの老人に目を向けた。

「レアード・ライオン、まさに時宜《じぎ》を得たご到着でした！」老人はおじぎをすると、好奇心をあらわにしてウォリックを見つめた。「レアード・ライオン、わたしはファーギン神父です。ですが、わたしの父はヴァイキングの霊媒師、母はケルト族の魔女と噂されているゆえ、領民はみな、ただファーギンと呼んでいます。助言や治療、神との交信に最善をつくすのが、わたしの役目です」

このファーギンとやらは、神が返事をしてくれないと感じたときには別のものに頼りかねない、とウォリックは思った。だが、どのような手段を使うにせよ、やはりファーギン神父には霊能力があり、普通の人よりも密に神と言葉を交わしているという気がする。「亡くなったのはふたりだそうだな、ファーギン？」

「はい、若い鍛冶屋《かじや》のエイヴリーと、年老いた石工のジョセフです」

「今夜女たちに準備させて、明日葬儀を執り行なおう」

「わかりました、レアード・ウォリック。そしてサー、ブルー・アイルへようこそおいでくださいました」ファーギン神父はやや皮肉めいた笑みを浮かべた。「お着きになったときにはそう見えたかもしれませんが、ここの者たちはそれほど無能ではありません。長旅でお疲れでしょう。新居で落ち着かれたいのでしたら、この村のことはお任せください。この忌まわしい襲撃で受けた被害の後始末は、すべてわたしたちでいたします」

ウォリックはファーギンを見つめてうなずいた。メリオラは部屋の隅で、珍しく押し黙ったまま、打ちひしがれた様子で立ちつくしている。

ウォリックは彼女に手をさしだした。「さあ、行くぞ。新居へ案内してくれ。まずはおれたちの部屋へ行きたい」

メリオラの顔が青ざめた。またいつものように言い返してくるのだろうか、とウォリックはいぶかった。ましてやおれは、これからふたりが同じ部屋で暮らすことを、わざわざユーアンの前で強調して言ったのだ。言い返してきたとしても、かまわない。ここの領主はおれだとすぐさまわからせてやる。

だが、その必要はなかった。「ファーギン、あとで話があるわ。マーゴット、お祈りと、ジョシュアの世話を頼むわね」

「もちろんです、レディ。夫はわたしの命ですから」マーゴットは熱をこめて答えると、夫のかたわらに座って手をとった。ふたりとも若くもなければ、美男美女というわけでもない。だが、こうして寄り添って互いを思いやる姿は美しく輝いて見えた。ふたりの暮らしはおそらく貧しいに違いない。けれどもマーゴットの瞳を見れば、夫が生きていてくれるだけで十分だと思っているのがわかる。

気づくとウォリックは黙ってその姿に見入っていた。「これからのことなら心配いらない、ジョシュア。きみは勇敢に敵にたち向かった。必要なものがあれば、なんでも言ってくれ」

「ありがとうございます、レアード・ライオン」ジョシュアは恐れ入った様子で礼を述べた。「お心づかいに感謝します。それに、あの野蛮人どもを退治してくださって、本当にありがとうございました!」

「そのことなら神に感謝するのだな、ジョシュア。おれたちはたまたま運よく間に合っただけなのだから。さあ、メリオラ」

メリオラはようやくベッドのそばから離れた。そしてウォリックが手をさしだすと、一瞬ためらいながらも歯をくいしばってその手をとり、彼に導かれて家を出た。「潮が満ちてきているわ」ウォリックがマーキュリーのほうへ連れていこうとすると、彼女は言った。

「マーキュリーなら問題ない」

「水は冷たいわよ」メリオラは小声で言った。

たしかに冷たいかもしれない、とウォリックは思った。先ほど突撃したときは気づかなかった。だが、あのときは怒り心頭に発していたのだ。おれの領地が襲撃されたのだから。どんな敵であれ、今度また同じようなことが起きたら死ぬまで戦うつもりだ。

「わかった。それなら――」

「岸に小舟があるの。わたしの民に送ってもらうわ」メリオラは穏やかに言い、ウォリックの横を通りすぎようとした。

「ほう? じゃあ、先ほど襲ってきたのも、きみの民なのか?」

メリオラはぴたりと足をとめ、ものすごい剣幕で彼に向き直った。「どういう意味?」

「さっき襲ってきたのはヴァイキングだった」

「無法者よ。今ではスコットランド人になったヴァイキングも大勢いるわ。あなたやわたしのようにね」メリオラはきっぱりと言った。

「おもしろいことに、きみにはヴァイキングの親族がたくさんいるな。きみの父親もヴァイキングだった。つまり、ブルー・アイルが自分たちのものだと考えるヴァイキングはいる」

「よくもそんなことが言えるわね！　もしも叔父のことをさして言っているのなら――」

「ああ、言えるとも。襲ってきたのはヴァイキングなんだからな」

ウォリックは、背を向けて立ち去ろうとしたメリオラの腕をつかんで引き戻した。「だが、誰とは言っていない。ただ、ヴァイキングには敵もいることを、善人ばかりではないことをきみにわかってもらいたいだけだ！」

「放して。疲れているの。長旅だったし、いろいろとあったから」

メリオラはウォリックの手を振り払い、再び歩き始めた。彼はマーキュリーにまたがり、島へは一緒に行くと心に決めた。水が冷たかろうが、やけどするほど熱かろうが関係ない。彼はマーキュリーを前へと駆りたてた。メリオラはウォリックが追いかけてきたのに気づいて振り向いたが、反論するまもなく彼につかまれ、立派な軍馬の上に引きあげられた。マーキュリーは満潮をものともせず、打ち寄せる白波のなかを突き進んでいく。ふたりは再び陸地へたどりつき、一緒に岸へとあがった。ウォリックは馬を軽く走らせて城塞の大きな門を通り抜け、広い中庭へと入った。

ウォリックはしばらくのあいだ、馬に乗ったままあたりを見まわした。巨大な石壁に囲まれた中庭では、商人たちが品物を台に並べて売っていた。襲撃の際に連れてこられた家畜が、まだ多数うろついている。五つの塔は分厚く長い城壁でつながっていた。ふいに、襲撃から逃れるために城内へ逃げこんでいた領民たちがふたりのまわりに集まってきた。彼らはメリオラの帰郷を喜び、口々に〝おかえりなさい〟と声をかける。ウォリックもまた、新しい領主として興奮と熱狂で迎え入れられた。あのような混乱のさなかに到着していなければ、これほどの歓迎を受けることはなかったに違いない。

マーキュリーにも人が群がった。馬は、まるで賞賛の言葉がすべて自分に向けられたものであるかのように満足そうにしている。しばらくして、群集のなかからひとりの男が現われた。メリオラは彼を紹介した。

「ドナルドよ。彼は砦の管理長《アートゥ・イリアン・アン・ティーエ》なの」ゲール語を使って言う。

「わかった」ウォリックは小声でこたえた。

「レディ・メリオラ、おかえりなさいませ。レアード・ライオン、ようこそおいでくださいました。火のそばにワインをご用意しています。お部屋の支度も整っております」

「ああ、ドナルド。それはなによりだ」ウォリックはメリオラを先におろして、マーキュリーから飛びおりた。マーキュリーは厩番が引きとりに来てくれた。ドナルドのあとに続いて歩くあいだ、メリオラは領民たちに声をかけ、領民たちは好奇心に目を輝かせてウォリックを見ていた。彼はうなずいて領民たちの敬意にこたえた。

最北端の塔に入るとすぐに階段があった。多くの砦がそうであるように、下のほうの階には武器などの必需品がそろっていることを、ウォリックはすばやく見てとった。ドナルドの説明によれば、部下たちの部屋には西側の城壁が、客には東側があてがわれ、この北塔は昔から領主が使用しているのだという。移動するとき、ウォリックは片手をメリオラの腰に添えた。彼女の歩調はとても速かったが、ウォリックはそれに合わせた。

塔の大広間に入ると、ドナルドはふたりを主人の間へ案内した。部屋はとてつもなく広く、海に面していた。広い寝室と控えの間はカーテンのかかったアーチで仕切られており、寝室にはベッドや大きな暖炉のほか、細長い矢狭間《やざま》窓のそばにテーブルがひとつ、いくつもの収納箱、洗面化粧台、凝った彫刻が施された鏡台が置かれている。控えの間も同じように快適にしつらえられており、大きな革張りの椅子が数脚置かれ、暖炉の前には毛皮が敷かれていた。大きなテーブルには本や地図がどっさりと積まれ、壁にはありとあらゆる種類の武器がかけられている。

くれぐれも用心しておこう、とウォリックは思った。メリオラがその気になれば、いつでもここから好きな剣を選んで、おれを襲うことができる。

ドナルドが矢狭間窓からの眺めや、胸壁へ続く階段があるバルコニーの扉について説明しているあいだ、メリオラは部屋の中央で無言のままじっと立っていた。

「なにかご用はございますか？」ドナルドは尋ねた。

「荷馬車から舟へ荷物を移すのには時間がかかりそうだな。浴槽はあるか？」

「もちろんですとも、レアード・ライオン」ドナルドは憤然として答えた。「わたしどもをごろつきとか野蛮人とか呼ぶ者がいるかもしれませんが、本当は入浴が大好きなんですよ。すぐにおわかりいただけるでしょうが、スコットランド人は――」

「おれはスコットランド人だよ、ドナルド」

ドナルドは凍りつき、狼狽したように言った。「お許しください、サー。噂で、国王はノルマン人の領主をお選びになったと聞いたものですから。それに――」

「おれはスコットランド人だ。さて、これから妻は入浴する。海に入ったせいで冷えきっているからな」ウォリックはメリオラをじっと見つめた。彼女は今にも、壁にかけられた武器を手にとって襲いかかってきそうだった。「おれは大広間で、ファーギンとアンガス、それからマッキニーと話をする」

「かしこまりました、レアード」

ドナルドが出ていっても、メリオラはまだ黙りこんでいた。ウォリックは暖炉の前に立って妻に目を向けた。彼女が考えていることはわかる。おれが死ねばいいと思っているのだ。

「どう？　ご褒美は苦労したかいがあったかしら？」メリオラが口を開いた。

「さあ」

「さあ、ですって？　この土地と城塞を見たでしょう」

「ああ、いい土地だ。城塞もとてもすばらしい。陛下が、信頼できない人間には渡したくなかった理由がよくわかるよ」

「ヴァイキングの娘のような人間にはね」

「言っただろう。襲ってきたのはヴァイキングなんだ」

「ヴァイキングだからといって、みんな同じだとは限らないわ。みんなが仲間だとは限らないのよ！」メリオラは腹だたしげに言った。

「残念ながら敵の生き残りはいないから、彼らがどこからやってきたのかわからない」

「村人を殺したのはわたしじゃないわ」

ウォリックは肩をすくめた。

メリオラは自分でも驚いたことに、彼のほうへ一歩歩みでた。「叔父でもないわよ。叔父はこんなことはしないわ！」彼女は声を荒らげた。

「ダロを疑っているわけではない」

「わたしを疑ったくせに」

ウォリックの片眉がつりあがる。「おれにきみを信用しろとでも言うのか？」

メリオラは口ごもった。必死で怒りを抑えようとしているようだ。「あなたから逃げられると思っていたときは言えなかったけれど、わたしにとってブルー・アイルは、間違いなく苦労のかいがあるものなのよ。だって、ここは故郷なんですもの。ここにいるのはわたしの民よ。そしてわたしはみんなを愛しているの。みんなを頼りにしているし、頼りにされてもいるわ。わたしにとってはブルー・アイルがすべてなの。だから、この褒美のためなら、どんな苦労もしがいがあるわ。たとえあなたにとってはそうでなくてもね」

「苦労のかいがないとは言っていない」

「でも――」

「おれはまだ十分、褒美を探索しつくしてはいないものでね」ウォリックはあてつけがましく言うと、メリオラに軽く頭をさげて部屋から出ていこうとした。

「ウォリック」メリオラは彼を引きとめようと駆け寄った。

メリオラはウォリックの腕に触れたものの、あわてて手を引っこめた。ウォリックが立ちどまり、彼女を見おろす。メリオラは片手を振って部屋全体をさした。「この部屋で眠ったことはないの。父の部屋だったから。ここには父の武器がたくさん飾ってあるわ。あなたに信頼してもらえないのなら、わたしは今までどおり自分の部屋を使わせてもらうわね。そのほうがあなたもいいでしょう？　わたしの部屋は向かい側の中庭に面したほうで――」

「きみの父上は死んだんだ、メリオラ。父親の思い出に敬意を払うのはかまわないが、ここは領主の砦であって、修道院ではない」

「修道院だなんて。そんなふうには――」

「きみはこの城塞の女主人なのだから、ここで眠るんだ」

「じゃあ、あなたはどこでやすむの、レアード・ライオン？」

「もちろんここでだ」

「あら、本当に？　わたしの過去を信じることにしたの？」

メリオラはおれを挑発している、とウォリックは思った。彼女の瞳は、どこか愉快そうで挑戦的な光をたたえている。だが、彼は動じなかった。この場でメリオラを抱きあげ、彼女の父親と同じようなふるまいをしたら、いかにあっけなくその光が消えるか見てみたいという誘惑に駆られたが。

ウォリックはメリオラにほほえみかけ、寝室などどうでもいいと言わんばかりに肩をすくめた。「もういいだろう、メリオラ。おれは好きなところで眠るさ」

ウォリックはメリオラを脇へ押しやって部屋を出ていき、扉を勢いよく閉めた。

大広間では、ファーギン、アンガス、ユーアンが彫刻の施された大きなテーブルについていた。暖炉には火が入り、ワインが用意されている。ウォリックは自分でワインを杯に注いでテーブルの上座につき、ファーギン、そしてユーアンへと視線を移した。「襲撃者がどこから来たのか、誰にもわからないのか？」

「はい、レアード・ウォリック。敵は、まるで降ってわいたように襲ってきたのです。先ほども申しあげたとおり、ヴァイキングの襲撃などもう何年も受けてはいませんでした。アディン様に刃向かおうとするヴァイキングなどいるはずがありませんから」

「だが、やつらはたしかにヴァイキングでした」ファーギンが悲しげな口調で言った。

「ああ、間違いない」

「もしかすると傭兵かもしれません」ユーアンは当惑している様子だ。

「さほど奇妙な話ではないのかもしれません」ファーギンが言った。「アディン様が生きておられたころは、ヴァイキングも襲ってこなかっただけで」

「ああ。だが、舟に乗った襲撃者など久しくお目にかかっていない」ウォリックは言った。

「もしもヴァイキングだとしたら、ねらいはなんだ?」

「まさか城壁をよじのぼりたかったわけではないでしょう」ユーアンが言った。

「それに、村だって……」ファーギンは長い顎ひげをさすりながら、黒い瞳をウォリックに向けた。「あそこにはなにもないし、大金持ちがいるわけでもありません。農民と工芸職人、それと女たちだけです。たしかにヴァイキングが女をさらうことはよくありますが……」

「だが、襲撃する十分な理由とは言えない」

「もしかすると、われわれの兵力を弱めて、領地を荒らしたかっただけなのかもしれません。あなたが……」

「おれが、なんだ?」

ユーアンはしげしげとウォリックを見て、肩をすくめた。「あなたが到着される前に。どうしてそう思うのかは、自分でもよくわかりませんが」彼は少したためらってから話を続けた。「世のなかには、破壊したり強姦したり、人を殺したりするのをおもしろがる者もいます」

ウォリックは椅子に背中をあずけた。ダロが攻撃をしかけてくるとは思えない。だが、ダロの野営地を利用したやつがいる。最初はメリオラをさらうために。そして今度は……。おれには敵がいる。その敵はまだおれに直接手を出せるほど強力ではないが、兵士を――それも大勢の兵士を雇えるだけの権力と財力を持っている。そしてその兵士たちは、おれにことの真相を打ち明けるくらいなら自らの命を絶つよう脅されているのだ。

ウォリックは立ちあがった。「見張りを倍に増やせ。ユーアン、アンガスは長年おれの右腕として仕えてくれている。きみにもその役を務めてもらいたい。アディンに仕えていたときと同じように。今日はここまでだ。明日、この城塞を隅から隅まで案内してくれ。それが終わったら、始める」

「始める?」ユーアンはきき返した。

「訓練だ。部下を十人連れてきたが、いずれ国王に呼び戻されるときには、二十人に増やしたい。それに現状では、もっと大勢の男たちに適切な訓練を受けさせる必要がある。今日襲ってきたやつらは、きっとまたやってくるはずだ。もうこれ以上、人の命も家畜も失うつもりはない。襲撃を許してはならないのだ」

「承知いたしました！」ユーアンは立ちあがった。

ファーギンも立った。「じきに日も暮れますので、わたしはもう一度けが人の様子を見てきます。死者は夜が明けたら埋葬いたしましょう」

「人はおれが手配します」アンガスが言った。

「そうしてくれ」ウォリックが同意し、男たちは大広間から出ていこうとした。「ユーアン！」突然、ウォリックは呼びとめた。

ユーアンが不安そうに引き返してきた。どうやら緊張しているようだ。

「なんでしょうか？」

「おれは過去をとやかく言う人間ではない、ユーアン。メリオラがきみとの結婚を望んでいたのは知っているが――」

「それは無理だと彼女には言いました」ユーアンはそっと言葉をさえぎった。

「きみは立派な男のようだし、優秀な兵士でもある」ウォリックは穏やかに言った。「アデインに仕えたように、おれにも仕えてもらいたい。きみならできるはずだ」

「ありがとうございます」

「だが、前もって警告しておく。メリオラに触れたら、きみの命はないものと思え」

ユーアンはうつむき、少しためらってからウォリックを見た。「彼女に迷惑をかけたくはありません。ご存じのように、おれは彼女を心から愛しています。だからこそ、どんな形であろうとも彼女を傷つけたりはいたしません」

ユーアンを見ているうちに、ウォリックはなぜか気の毒に思えてきた。彼にはまだ経験も訓練も必要だが、もしかしたらこの城塞の領主となれたかもしれないのだ。

「すまない」ウォリックはユーアンにわびた。

ユーアンは肩をすくめた。「やさしくしてあげてください、サー。もしも彼女が怒鳴ったりわめいたりしたら、話をさせてあげれば気がおさまります。彼女は強くて勇敢で――」

「ユーアン?」

若者は顔をぱっと赤らめた。「失礼いたしました。彼女とは幼なじみなものですから」

「知っている。それに、念を押されなくともわかっている」

ユーアンは笑みを浮かべてうなずいた。

「今夜はもう自由にしてくれ」ウォリックは言った。「誰にとっても長い一日だったから」

「はい、レアード・ライオン」ユーアンは立ち去りかけたが、ふと振り返った。「あなたは、おれが想像していた以上の方でした。お仕えするのは、さほど難しくなさそうです」

ユーアンは出ていった。ウォリックはしばらくのあいだ指先でテーブルをこつこつとたたいていたが、ふと寒気を覚え、体が冷えていたのを思いだした。彼は立ちあがり、主人の間へと戻った。自分の部屋、妻とふたりの部屋へと。

ウォリックはそっとなかに入った。メリオラは寝室にいなかったので、アーチのほうへ歩いていくと、頼んでおいた浴槽があった。樫の巨木でできた古いケルト式の浴槽で、周囲にはケルト族の顔の彫刻が施されている。浴槽は深くて、ウォリックが持ってきたものよりも長かった。

湯気がたちのぼる浴槽のなかで、メリオラは目を閉じていた。髪を浴槽の縁から外へ垂らし、頭を木の頭置きにあずけてくつろいでいる。刈ったばかりの牧草地のような心地よい香りが漂ってくる。メリオラの体は湯で覆われているものの、そんな姿を目にすることがいかに残酷な拷問であるかに気づいて、ウォリックははっとした。

メリオラはウォリックの気配を察したのか、ふいに目を開き、体を起こして彼を見つめた。

「熱そうな湯だな」

「ええ」

ウォリックは収納箱の上に腰をおろして鞘ごと剣をはずし、靴下とブーツを脱ぐと、サーコートと鎖帷子、それからタータンも脱ぎ捨てた。そのあいだずっと、メリオラは暖炉の火や石鹸や浴槽の湯などに目をやって視線をそらしていた。だが、すぐにウォリックを見ざるを得なくなった。彼が浴槽に入ってきた瞬間、メリオラは驚きに目を見開き、逃げようと浴槽の縁に手をかけた。

「だめだ」ウォリックは彼女の手首をつかんだ。

メリオラの喉もとの血管が狂ったように脈打ち、心臓が激しく打っていることを告げている。ウォリック自身、苦しい思いをするのはわかっていたが、それでも彼女にはここにいてほしかった。彼はそっと笑みを浮かべた。「ユーアンと話をした」

「それで?」メリオラは歯噛みしてみせたものの、瞳に浮かぶ不安の色は消えなかった。

「彼が気に入った」

「そうなの? 心が広いのね」

「ほら、石鹸だ。背中を洗ってくれ」

「この部屋では眠らないつもりだと思っていたわ」

「今は眠っていない。きみだってそうだろう。背中を洗ってくれ」

石鹸を渡して背を向けたウォリックは、浴槽の大きさに改めて感心した。ケルト族には浴槽のなかで行なう妙なしきたりがあったに違いない。

メリオラはウォリックに触れようとしなかった。果たして彼女に背中を向けるのは、賢明な行為だったろうか、と彼は思った。「メリオラ、どうした?」

石鹸が背中に触れた。ウォリックは苦悶と恍惚《こうこつ》の意味を噛みしめながら、うつむいた。筋肉と素肌を軽くもむようにして進むメリオラの指の感触を背中全体に感じる。「実のところ、ユーアンには感服している」

「彼は立派な人よ」

「ああ、おれも彼のことは大好きだ」

「それはよかったわ」

「だが、はっきりと警告はしてきた。もしもきみに触れたら命はないと」

メリオラの指の動きがぴたりととまった。ウォリックはふと、部屋の壁に飾られている武器を思いだした。振り返ると、彼女は石鹸をぎゅっと握りしめていた。

ウォリックはメリオラの手から石鹸をとりあげた。

「後ろを向け」

「えっ？」

「後ろを向くんだ。背中を洗ってやる」

「もう汚れていないわ」

「確かめてやろう……」

ウォリックはメリオラに後ろを向かせ、長い髪を首筋のあたりでひとつにまとめた。まず石鹸で肩と首を洗い、それから両手を脇腹のほうへと滑らせる。彼女は緊張しているようだが、抵抗はしなかった。体が震えているのがわかる。しばらくして、メリオラが口を開いた。「今はわたしを求めないつもりだったわよね。覚えている？」

「ああ」

「じゃあ……いったいなにをしているの？」

「褒美を詳しく調べているのさ」ウォリックはそっけなく答えて、メリオラににじり寄った。彼は自分を抑えられなかった。再び両手をそっと彼女の肩へ、それから背中へ走らせたあと、今度は石鹸を持ってその手を前へ滑らせ、腹部に、そして胸に触れる。

メリオラが息をのんだ。

ウォリック自身も息ができなかった。胸のふくらみを両手で包みこみ、石鹸で何度も何度も円を描きながら、かたくなった先端とそのあいだの官能的な谷間の感触を味わう。

眉の上に汗が、湯とは関係のない汗が吹きだした。いったい、おれはなにをしているんだ？　将来や家族、自分の名前がなんだと言うのだろう……。

名前。父の名前。子供の名前。

ウォリックは目を閉じて石鹸を離した。

「出ていけ！」彼は声をしぼりだすようにして言った。

メリオラは初めて言われたとおりにした。立ちあがったかと思うと、すぐいなくなった。

そして、ウォリックはとり残された。とらわれの身となって……。

心から求めていた大きな褒美にとらわれて。

時間だ。ウォリックは自分に言い聞かせた。

もう少し待てばいいのだ。

第十七章

ファーギン神父はなかなか興味深い人物で、領民からとても愛されていた。

彼は語り手としてすばらしい声をしていた。その点ではメリオラとよく似ている。ファーギン神父が伝統的なラテン語でミサをあげる声は、教会のある南塔の壁を越え、中庭にいる多くの人々の耳にも届いた。神父が死者に捧げる賛辞から、ウォリックはこの土地の人々についていろいろと知ることができた。彼はぼんやりと考えた。ここの領民たちは、デイヴィッド一世がスコットランドに本格的な封建制度を導入したのを知っているのだろうか？　それとも、単にこれまでと変わらない生活を続けているだけなのか？　領民は領主に守ってもらう代わりに、自分たちが築き、つくり、育てたものの一部を提供する。問題が生じたときには、領主には領民の面倒を見る責任があり、領民は必要があれば奉仕する義務がある。封建制度によって多くの権利が保障され、ウォリックの故郷にも多くの自由民が暮らしているが、結局のところ、人々の生活は変わっていない。昨日ヴァイキングに殺された男たちは敬《けい》虔《けん》なクリスチャンであり、よき父親であり、一家の大黒柱だった。領民たちは彼らを愛し、彼らの死を心から嘆いた。年老いたほうの男性は、ほんの数ヵ月前に亡くなった妻のあとを追ったと考えれば少しは悲しみも和らいだが、若者の死を受け入れるのはむずかしかった。

葬儀のあいだ、ウォリックはずっとメリオラの隣にいた。葬儀が終わると、埋葬布に包まれた遺体は厳かに、深い畏敬の念をこめて城塞の外にある墓地へと運ばれた。墓地は、海を見おろすように高くそびえる丘の上にあり、美しい彫刻が施されたケルト風の十字架があちらこちらに立っている。さらなる賛辞が捧げられたあと、遺体はゆっくりと地面におろされ、土がかけられた。

メリオラが亡くなった若者の妻のそばへ行き、やさしく話しかけた。ウォリックもあとに続き、硬貨が入った袋を未亡人に渡した。「この先、苦労もあるだろう」静かに声をかけて横を向くと、十五メートル四方はありそうな小高い埋葬塚が目に入り、ウォリックは興味をそそられた。その広さに眉をひそめながら、埋葬塚のほうへ歩いていく。ふと振り返ると、メリオラはまだ若い未亡人と一緒にいたが、視線はウォリックに向けられていた。まもなくほかの者たちは丘をおり始めたが、メリオラは彼のあとを追ってきた。

ウォリックが尋ねる前にメリオラは言った。「父の墓よ」

ウォリックは振り向いた。「そうか。大柄な人だったようだな」

メリオラの顔がかすかに赤く染まる。彼女がむっとしているのがウォリックにはわかった。「舟と身のまわりの品も一緒に埋められているの。ヴァイキングのならわしよ」

「しかし、キリスト教に改宗したはずだろう？」

「葬儀はキリスト教式だったわ。騎士は剣と一緒に埋葬されるでしょう。それと同じよ」

「なるほど」ウォリックはきびすを返し、メリオラの横を通りすぎようとした。

「ウォリック」

「なんだい？」

「あの未亡人に銀貨を渡す思いやりには感動したわ」

「彼女にはもう支えてくれる夫がいないからな」

「父が生きていたら、きっと同じようにしていたでしょうね」

ウォリックは少し間を置いて言った。「それはほめているつもりかい？　偉大なアディンとおれが似ていると？」

メリオラはかすかに身をこわばらせた。「いいえ。あなたは父とは違うわ」

「そのことを神に感謝するべきかもしれないぞ」

彼が再び歩き始めると、メリオラが急いで追いかけてきた。「どういう意味なの？」

「別に。言葉どおりの意味だ」

「待って――」

「待てない。務めがあるのでな」

ウォリックはメリオラを残して丘をくだった。ドナルドやユーアン、それにアンガスと早く話がしたかった。城塞はとてつもなく広い。防御態勢と、その弱点について知る必要がある。なにもせずに外側から攻め落とされるつもりはない。もちろん内側からも。

メリオラにとって気の休まらない日々がゆっくりと過ぎていった。最初の晩、ウォリックがどこで眠ったのか、彼女は知らなかった。二日目の夜もだ。三日目の夜、メリオラが眠れずに起きていると、彼は広いベッドの反対側にもぐりこみ、そのまま端のほうで眠ってしまった。メリオラは息もつけなかった。

そして目覚めたときにはもうウォリックの姿はなかった。

毎日は不安に包まれていたが、不思議とふたりの生活はおさまるところにおさまっていた。この城塞はもともとメリオラの母親が受け継いだもので、昔ながらの役職が今も多く残っている。ドナルドは砦の管理長《アートウ・イリアン・アン・ティーエ》、アイオーナのアラリックは吟遊詩人《シャナヒー》、マロリー・マクメイソンは砦の財務係《アム・フエル・スポハン》、そしてメリオラが思うにファーギン神父よりも老齢のハムリン・ドゥーガルは、ハープ奏者《クラール・シル》だ。アディンが存命中は、ユーアンは島の族長《ギレ》の近臣《コーシエ》及び護衛だった。もっともアディンに護衛など必要なかったが。ウォリックにはアンガスという近臣がいるので、ユーアンは〝アン・クフクティーエ〟として近臣とほぼ同じような役目を果たしながら、引き続き領地内の兵士たちを指揮することになった。ジョンは警備長《アン・ゴーカマン》だ。めざといので、東塔の夜の見張り役として、つねに危険に目を光らせている。

ウォリックは彼らに与えられた役目を尊重し、これまでのやり方を変えたりはしなかった。メリオラにとっては不愉快なことに、ウォリックは彼女をまったく必要としていないようで、城塞内のことに関してはドナルドから、警備についてはユーアンとジョンから、財政はマロリーから話を聞いていた。彼が連れてきた部下と領地の兵士たちへの訓練は、ブルー・アイルに到着した翌日からさっそく始まった。ウォリックのような名高い騎士から教えを受けられることを島の兵士の多くが喜んでおり、訓練場からは鋼のぶつかりあう音とともに笑い声が聞こえてくる。またウォリックは彼らに騎馬術を仕込み、歩兵としての訓練も行なった。さらに武器のほか、農具の扱い方までも教えた。

初めのうち、メリオラは距離を置いて様子を眺めているだけだったが、やがてこれまでどおり自分の役目を果たそうと決心して、ドナルドやマロリーと一緒に予算をたてた。日中、ウォリックが訓練場へ出ているときは、大広間で領民のあいだに起きたいさかいの解決にあたった。本土ではけが人の手当てや、先日のヴァイキングの襲撃で焼かれた家の修理をした。

夕暮れになると、城塞の中心的な人々――ウォリック、ファーギン、ユーアン、アンガス、ジリアン、マロリー、そしてメリオラが一緒に夕食の席についた。ハムリンがハープなどの楽器を奏で、たいていはアラリックが一族の物語を披露した。アラリックはウォリックの家族の歴史を表情豊かに語って聞かせ、メリオラはその話を満足そうに聞いているウォリックの姿に心を引かれた。食事と余興が終わったあとは、ウォリックには決まって務めがあり、マロリーかファーギン、ジョン、アンガス、ユーアンの誰かと連れだって広間をあとにした。

最初のうちはメリオラもすぐに大広間から出ていった。だが日がたつにつれて慣れてくると、大広間に残ってユーアンとチェスをしたり、ハムリンとリュートやハープを弾いたり曲をつくったりして、わが家で過ごす時間を楽しむようになった。ある晩は、隣の会計室にウォリックがいるのを知りつつ、あえてユーアンとチェスをして、笑ったり、からかったりしながら、本当は彼と毎日こうして過ごしていたかもしれないのだと自分に言い聞かせてみた。それでも、むなしさを覚えただけで、詩歌に出てくるような深い悲しみは感じなかった。そしてウォリックは怒っているだろうか、それとも愚弄《ぐろう》されたと思っているだろうかと考えた。だが、彼はメリオラのことなどまったく眼中にないようだった。

ウォリックはメリオラを避けていた。彼はほとんど眠らなくても平気らしく、いつも夜遅くにベッドに入っては、朝早くに起きていった。最初のころ、メリオラはベッドの端のほうでやすむようにしていた。だがやがて、ウォリックに気をつかう必要はないのだ、彼が勝手に避ければいいのだと気づいてからは、隅のほうで身をひそめているのをやめた。ウォリックはメリオラが入浴している浴槽に入ってきても、彼女を無視した。メリオラがベッドのなかでウォリックに背中を押しつけてみても、彼は何時間も身じろぎもせずに横になっていた。

メリオラはそれを愉快に思う反面、いらだちも感じた。そして、胸を痛めもした。彼女の城塞に関する問題でドナルドやマロリーと話をすると、答えは決まってこうだ。〝わかりました。もちろん、すぐに手配しましょう。レアード・ウォリックのご了解を得たら〟メリオラは日が暮れる前まで、父が眠る埋葬塚で見張りに立つようになった。どうして死んでしまったの？　どうしてわたしを遺して逝ってしまったの？　彼女は父に対して怒りすら覚えた。

ふと、メリオラは誰かに見られているような気がして振り返った。ウォリックだ。丘の上に立つ彼はいっそう背が高く見えた。肩にかけたタータンが風で揺れている。「塔へ戻れ」

メリオラは顔をそむけた。絶対にウォリックの指図を受けるつもりはない。もう少し待てば、彼のほうからなにか言ってくるか、もう一度命令してくるだろう。そうしたら、とことん言い返してやればいい。だがウォリックは背を向け、彼女を残して行ってしまった。急に風が冷たくなったが、メリオラは埋葬塚に立ち続けた。それからしばらくして、ようやく大広間へと戻ろうと歩き始めた。

大広間へと続く二階のアーチで、ジリアンが迎えてくれた。「どこに行っていらしたんですか？」

「なんのために？」怒った口調でささやく。「国王陛下の使者がお見えになったのに――」

「まだわかりません。しばらく前にウォリック様と会計室に入られたきりです」

「どなたがいらしたの？」

「サー・パーシー・ウォリングですよ」アンガスがやってきて、小声で言った。ちょうどそのとき、会計室の扉が開いてウォリックとサー・パーシーが部屋から出てきた。

「妻のメリオラはご存じですか、サー・パーシー？」ウォリックが言った。

「ええ、もちろんですとも！」パーシーはメリオラの片手をとって慇懃《いんぎん》におじぎをし、その手に軽くキスをしたあと、彼女に賞賛の目を向けた。メリオラが男性からそんなまなざしを向けられるのは久しぶりのことだった。

年齢が自分の倍もあるヨークシアの女相続人と結婚したサー・パーシーは女好きで有名で、伯爵夫人から召使いにまで見境なく手を出すという。もちろんメリオラも彼の噂はよく知っているし、彼の手に引っかかるつもりもない。だがサー・パーシーもウォリックも言づての内容を教えてくれそうにないので、彼女は愛想のいい女主人を演じてサー・パーシーの女好きの性格につけこもうと心を決めた。

「サー・パーシー、ようこそおいでくださいました。お会いできて光栄ですわ。でも、いったいなにがあったのかしら？」

「国王陛下の命を受けてまいりました、レディ。おかげさまで用事はすみました」

「そうですの。サー・パーシー、一緒にかけて、スターリング城の話を聞かせてください」

メリオラは楽しそうに部屋を歩きまわって、ドナルドには料理の話を、サー・パーシーにはユーアンがいかに勇敢に敵に立ち向かったかを話して聞かせた。両脇にサー・パーシーとユーアンを座らせ、ふたりに笑顔を振りまいてお世辞を言ったりもした。幾度となくユーアンの杯に手をのばしては彼の指に触れ、自分の杯と間違えたと言って謝った。

メリオラは自分でもなにをしているのかわからなかった。

恐ろしくはあったが、どうにも歯どめがきかなかった。ハムリンと歌を歌い、踊りやゲームに興じ、冗談を言ったり、芸を披露したりしながら、声をあげて笑った。長い夜のあいだじゅう、メリオラはずっとウォリックの視線を感じていた。やがてふいにサー・パーシーが思いだして、ウォリックに贈り物をさしだした。それは精巧な金細工でつくられたヴァイキングの舟で、アン・ハルステッダーと正式に結婚したダロからのお礼の品だった。

「まあ、すてき。ふたりは無事に結婚したのね!」メリオラは叔父とアンの幸せを心から喜んだ。そして、ウォリックに目を向けた。ダロはスターリング城にいたのだから、領地を襲撃できるわけはない。ウォリックはそのことに気づいたかしら?

「ええ、レディ。しかし、スターリング城でではないのです。ダロはアンをスカル・アイランドへ連れていき、そこで二日前に式をあげました。わたしは国王陛下の代理として式に出席したのち、供の者を連れてまっすぐこちらへ向かった次第です。ふたりとも実に幸せそうで、あなたのご主人にはことのほか感謝していましたよ」

「こちらに来られたのは結婚式のためなんですか、サー・パーシー？」

「それと、別の用件で」

「別の用件というと？」

「おれとサー・パーシーとで処理する用件だよ」ウォリックが厳しい口調できっぱりと言った。メリオラは平手打ちをされたような気がした。みんながじっと彼女を見ている。

「あら、そうなの。別に口出しするつもりはないわ！」メリオラは立ちあがってウォリックをにらみつけると、すばやくサー・パーシーに向き直った。「サー、そろそろ失礼させていただきますわ。ほかにも国王陛下のご用があるかもしれませんものね」

「部屋まで送ろう」ウォリックは言った。

だが、メリオラはすでにユーアンがかけている椅子の後ろで足をとめていた。「ユーアンについてきてもらうわ。領主のあなたには、国王陛下のご用があるでしょうから」

ユーアンは顔をまっ赤に染めて立ちあがり、メリオラに付き添った。彼女は怒りをたぎらせながら、急いで大広間をあとにした。扉の前までついてきてくれたユーアンにも、おやすみなさいを言うのがやっとだった。メリオラは彼の頬にキスをし、あわてて謝った。「許してね。もう昔のわたしじゃないの。父が亡くなってから変わってしまったのよ」

そして、逃げこむようにして部屋に入った。

部屋にはジリアンがあたたかいワインを用意し、入浴の支度も整えておいてくれていた。

メリオラはワインをひと息に飲み干して、お代わりを注ぎ、それも喉に流しこんだ。それから服をぞんざいに脱ぎ捨てて、浴槽につかった。入浴中にウォリックが戻ってきても無視した。ウォリックは暖炉のそばのテーブルへ行き、ワインを杯に注いだ。彼の視線を感じつつも、メリオラは目を合わせようとはしなかった。ウォリックが戻ってきたのに気づかないふりをして、裸のまま浴槽から出ると、暖炉の前で体をふき、ナイトガウンを着た。そして控えの間を出て、彼には目もくれずにベッドにもぐりこんだ。

彼の存在がなんだというの？　問題ないでしょう？

ところが、その夜は問題があった。

横になっていると、突然ウォリックが触れてきたのだ。ウエストをわしづかみにされたかと思うと、そのまま後ろへ引きずられ、メリオラは思わず叫び声をあげそうになった。背中に彼の引きしまった体を感じる。そして耳もとでは辛辣な侮蔑の言葉がささやかれていた。

「あんな娼婦のような誘いにのったからといって、ユーアンを殺すわけにはいかない。だが、忠告しておく。もしまたあんなまねをしたら、サー・パーシーの目の前できみを殴りとばす。そうすればあの男にも、おれが決してきみの戯れを許さないということがわかるだろう」

メリオラはウォリックから離れようともがいた。猛烈に腹がたつあまり、今にも涙がこぼれそうだ。たしかに恥知らずなふるまいをしたのは自分でもわかっていたし、反省してもいた。だが、どうしても自分を抑えられなかったのだ。メリオラは言い返した。「たいしたものね！　国王の偉大なる闘士、偉大なアディンの跡を継いだ領主様は、妻を殴って言うことを聞かせるなんて！」

メリオラは殴られるのを覚悟した。これ以上強くつかまれたら、骨が折れてしまうだろう。目を閉じると、背中に触れるウォリックの体つきや大きさがありありと感じられた。薄いナイトガウンなど着ていないように思える。彼女は動揺と興奮、怒りと不安を覚えながらも、抵抗し続けた。力強い彼の腕、官能的な麝香《じゃこう》の香り、うなじや耳にかかる吐息、そして、焼けるように熱くなった彼自身を感じる……。

メリオラは思わず抗議の声をあげようとしたが、ふいに荒々しいウォリックの声がして、口をつぐんだ。「またおれときみの父親を比べたら、おれも彼がブルー・アイルへ来たときのようにふるまってやるぞ！」

ウォリックはそう言うと、突然手を離した。メリオラは冷たい空気に包まれたような気がした。彼が体を起こし、ベッドの足もとに落ちた毛皮とウールの上掛けを拾いあげる。

「ど……どういう意味なの？」メリオラは小声で言い返した。

「知らないほうがいいだろう。伝説や物語の世界にどっぷりとつかっているきみには、誰が知っている事実が見えないんだ。ここへ来たとき、アディンはヴァイキングだった。襲撃も略奪も人殺しも……強姦もした。そしてここにとどまり、きみの母親と結婚したんだ」

「そんなの嘘よ！　父はそんなこと――」

「したんだよ、レディ」ウォリックは扉をばたんと閉めて部屋を出ていった。

彼が出ていったあとも、メリオラは長いあいだベッドのなかで震えていた。やがてベッドから起きあがると、靴をはき、毛皮の飾りがついたローブをはおった。嘘よ。父は母と恋におちた。たしかに父はここにやってきてブルー・アイルを手に入れたけれど、母を愛していた。母も父を愛していた。

メリオラは寝室を出て、大広間へ行こうとした。あそこにはウォリックがいる。

彼女は反対方向へと向きを変え、廊下を足早に歩いていった。

大広間に誰もいないのを、ウォリックは心からありがたく思った。

暖炉の前ではまだ、大きな猟犬が数匹うろついている。木彫り細工が施された革張りの大きな椅子に腰をおろすと、猟犬もそのまわりに落ち着いた。ウォリックは消えかけた炎を見つめながら、うわの空で片方の耳をかいた。

メリオラはおれに正気を失わせる。

ほかの男の前では、彼女は燃えさかる炎のように生き生きと輝く。ほかの男には愛嬌を振りまき、ほほえみ、思わせぶりな態度をとり、魅惑的な表情を浮かべてみせる。まるで自分の女性としての魅力を見せつけておれを愚弄しているようだ。だが、その一方では……。

アディンが眠る埋葬塚で涙を浮かべて立っている。国王が浅ましい老いぼれのノルマン人を彼女に与えてくれてさえいれば、すべてはうまくいっていたのに。

おれはメリオラに触れられずにいる。

どうしてもその勇気が持てずにいる……。

物音が聞こえ、ウォリックは立ちあがってあたりを見まわした。ほかに武器になりそうなものがなかったので、しかたなく火かき棒を手に振り返った。だが、夜遅くに彼を訪ねてきたのはジリアンだった。ウォリックの顔と火かき棒を見て、彼女の顔がさっと青ざめた。

「レアード・ウォリック……」

「ああ、ジリアンか。どうしたんだ?」ウォリックは火かき棒を戻して椅子に座り直し、額をさすった。頭がひどく痛みだした。

「ここはあなたの城ですよ。まわりにいる人間を恐れる必要はありません」

「長いあいだ戦いに明け暮れてきたからだろう。それに、敵は内部にもいるかもしれない」

ジリアンはしばらくのあいだ押し黙っていた。「たぶん、考えていらっしゃるよりも少ないと思いますよ」

「そうだな。いったいどうしたんだ? まだ寝ていなかったのかい?」

「今夜のことを考えると、あなたにお話ししておいたほうがいいと思いまして……」ジリアンの声がとぎれた。

「話？」ウォリックは不機嫌そうに言った。

「あなたならこの状況を変えられますわ、レアード・ウォリック」

「ほう？」

「あなたはいつもここで何時間も、同じところを行ったり来たりして、炎をじっと見つめていらっしゃいます。毎晩毎晩、遅くまでこうしてお座りになって」ジリアンは困ったように肩をすくめた。「そんなことをなさる必要はないんですよ」うまく説明できないのがもどかしいのか、かすかにいらだった口調で言った。「レアード・ウォリック、数は数えられますよね？　メリオラ様と初めてお会いになってから、もうひと月になります」

ウォリックは片眉をあげてジリアンを見つめた。かわいそうに。彼女はすっかり困り果てているようだ。ウォリックとメリオラのどちらに忠義をつくすべきか、そして、今ここで正直に話さなければメリオラへの忠義を怠ることになるのではないのかと考えているのだろう。

「だから？」ウォリックは口もとにかすかな笑みを浮かべた。ジリアンがなにを言おうとしているのかは、はっきりとわかっていた。だが……。

「メリオラ様は別の男性の子供を宿してはいません。わたしが保証します」そう言うと、ジリアンはくるりと背を向け、逃げるようにして出ていった。

ウォリックはもうしばらく炎を見つめたあと、突然立ちあがった。その勢いで椅子が後ろに倒れ、猟犬が一匹びくりとして不安そうに鳴いた。だが彼は犬にはほとんど目を向けずに広間から出て、廊下を大股で歩いていった。

父は愛用していた舟とともに埋葬された。葬儀はキリスト教式だったが、埋葬はヴァイキングのしきたりにならった。

母はこの領主の塔にある小さな礼拝堂の地下聖堂で眠っている。埋葬布で包まれて冷たい石の棺《ひつぎ》に入れられ、母の両親やその先祖たちと一緒に聖堂に横たわっている。

メリオラは一階まで階段をおりて部屋を横切り、廊下へと進んだ。壁にかけてある松明を手にとって、暗闇のなかをさらに進むと、礼拝堂に着いた。こぢんまりとした礼拝堂で、祭壇の上にはノルマン様式のアーチがしつらえてある。樫材でできた信者席はせいぜい二十五人が座れるほどしかなかった。らせん階段をおりれば地下の聖堂へ行けるが、メリオラはためらい、この礼拝堂では唯一の宗教的シンボルであるケルト族の十字架を見つめた。礼拝堂のなかを歩いていくと、物音を聞いたような気がして、ふと足をとめた。

「誰?」メリオラはそっと呼びかけた。「誰かいるの?」

急に不安になり、背筋に悪寒が走る。「誰? 出てらっしゃい!」やや興奮しながらも、彼女は声を抑えて言った。

さっきは階段のほうから、かさかさという音が聞こえた。だが今度は真後ろでなにかが聞こえたような気がする。

メリオラはぱっと振り返った。

ウォリックだ。毛皮の飾りがついたローブを身にまとったまま、腕組みをして、薄暗がりのなかで目を細めている。

「ウォリック！」メリオラは不安な気持ちで声をかけた。

「ここで誰と会うんだ？」

「なんですって？」

「ここで誰と会うつもりだ？ 誰と待ちあわせをしていたんだ？」

メリオラは首を振った。「待ちあわせなんて誰ともしていないわ！」

ののしりの言葉が刃のように闇を切り裂いた。思わずひるんだメリオラは、あとずさりして両手を握りしめた。ウォリックがこちらへ向かって大股で通路を歩いてくる。「それなら、いったいここでなにをしている？」

「わたしはただ……」

「ただ、なんだ？」

「母のお墓に来ただけよ」

ウォリックはほんの十五センチ手前で足をとめた。メリオラは、足に力を入れて踏んばっていないと、祭壇のある台座につまずいてしまいそうだった。

「こんな真夜中に？　母親と話をするためにか？　父親が初めてここに来たとき、略奪や強盗、強姦を働いたかどうか確かめるためにか？」

「そうかもしれないわね！」

「きみは嘘をついている」

　メリオラが反論しようと口を開いたとたん、ウォリックが手をのばしてきた。彼の指が髪に絡みつき、メリオラの体を引き寄せて顔をあげさせる。ウォリックは彼女の目をじっと見つめたあと、唇を重ねてきた。彼の舌が強引に押し入ってくる。ウォリックのキスは荒々しく、不思議な熱い炎に包まれていた。メリオラはいつもと違うウォリックの雰囲気と、あまりに突然の出来事にうろたえ、離れようともがいた。これまでにも彼が触れてきたことはあったが、いつもすぐに押しのけられた。けれども今は、自分のなかでなにかが爆発したかのように、血が熱くたぎっているのが感じられる。メリオラはこの場から逃げだして、やり直したかった。彼を挑発しすぎたのはわかっている。今夜の出来事を最初からやり直したかった。こんな乱暴な形で、全身を焼きつくすような変化を感じたくはない……。

「やめて。ここは礼拝堂よ」メリオラはささやいて、ウォリックから離れた。

「じゃあ、告白しろ。誰と会うつもりだったんだ？」

「誰とも会わないわ！」

「嘘をつけ」ウォリックはメリオラの髪をぎゅっとつかんだ。彼がこれほど激高する姿を見たのは初めてだ。「ここで誰かと会うつもりだったんだろう。恥知らずの愚か者め。きみのせいで、大勢の男が命を失うはめになるんだぞ」

「そんなことをさせるものですか！」

「ああ、そうだとも。おれがきみにそんなまねはさせない」ウォリックはいきなり身をかがめ、メリオラを肩にかつぎあげた。

「ウォリック、なにをするの？　おろして。自分で歩けるわ。誰かに見られ――」

「ほう？　誰にだ？」

「おろして。自分で歩かせて。自分の足で立たせてちょうだい。あなたが言うとおりの場所へ行くから――」

「ああ、そうしてもらう」

ウォリックはメリオラが抵抗するのもかまわず、大股で歩いていく。「ウォリック、小麦粉の袋を運んでいるんじゃないんだから――」

「ああ、それにまだ運び始めたばかりだ」

ウォリックはメリオラをかついだまま階段をあがり、二階のふたりの部屋へと向かった。

メリオラをベッドに横たわらせると、ウォリックが覆いかぶさってきた。炉火の明かりが、氷のような彼の瞳を照らしだす。赤と黄金の光を放つ悪魔の目を。激しい怒りに満ちた、冷酷なまなざしを。メリオラは口を開き、彼に抗おうとした。戦おうとした。だがまたしてもう唇を奪われてしまった。キスの味が体じゅうに広がり、ウォリックの力強い唇と舌が、思考も理屈も、抵抗力も、知力も押し流していく。いつしかふたりのローブははだけ、肌が直接触れあっていた。ナイトガウンがウエストまでたくしあげられ、彼の指が素肌をかすめる。メリオラは息ができなかった。ベッドから飛び起き、叫び声をあげながら、城壁の上まで飛んでいきたい気分になる。それでもウォリックは探り続け、やがて……。

メリオラは本当に叫び声をあげた。爪がくいこむほど強くウォリックにしがみつく。さまざまな感情が胸に押し寄せてきた。なにか熱いもの……耐えがたいほど熱いものが全身を満たしていく。彼女はもうどうにかなってしまいそうだった。なにかはわからないが、とてもすばらしい感覚だ。メリオラはウォリックに触れ、彼を感じ、彼の香りを吸いこんだ。彼の香りはなんともいえず官能的で刺激的だ。たとえ……。

そのとき激痛が刃のように全身を貫いた。泣いたりしない。絶対に涙は見せないわ。メリオラは自分に言い聞かせた。ひるんではいけない。そしてウォリックに傷つけられたことを彼に知られてはいけない……。

だがウォリックにはわかったようだった。ぴたりと動きをとめて、暗闇のなか、メリオラをじっと見おろしていた。

「なぜ言わなかった？」彼の口調は厳しかった。

「言ったじゃない。あなたが聞こうとしなかっただけ……信じてくれなかっただけよ！　わたしは父にかけて誓ったのに……」

メリオラは口をつぐんだ。ウォリックがいらだたしげに鼻を鳴らし、再び動き始める。メリオラは息をのんで、毛皮に包まれた彼の肩にしがみついた。思わず叫び声がもれる。「やめて……」メリオラがウォリックの目を見つめて必死に訴えると、彼はキスでその口をふさいだ。すると、なにかが……変わり始めた。ウォリックの唇がやさしくなだめるように動き、舌は強引でありながらも招き寄せるように愛撫する。指先がメリオラの肌を滑り……。

痛みが少しずつ消えていった。やがてメリオラはなにも感じなくなった。いいえ……違う。ウォリックの体を感じる。引きしまった体を、どんどん激しくなる動きを、今にも圧倒されそうな熱気を。彼の吐息は北風のようにひんやりと冷たく、鼓動は雷鳴のようにとどろいている。メリオラは突然、体の芯まで刺し貫かれたような感覚を覚えた。そして自分のなかで目覚めた猛烈な力に驚き、身をよじった。ウォリックが動きを繰り返すあいだ、メリオラはただ彼にしがみついたまま、破られ裂かれていくのを感じた。そして驚いたことに、湿ったとても熱いものが体を満たし、全身にしみ渡っていく感覚に、不思議な満足感を覚えた。

ウォリックがゆっくりと体を離し、あおむけに寝転ぶと、急に寒く感じられた。たちまち先ほどの痛みが戻ってくる。なにが起きたかは、しっかりと自覚していた。当然、結婚するというのがどういうことかは知っていたし、こうなるのもわかっていた。だけど……。

こんな渇望を呼び覚まされるとは思ってもみなかった。痛みはまだ残っているけれど、今すぐウォリックに触れ、寄り添い、彼のなかに身をうずめたい。彼に抱きしめられ、なだめられ、愛撫され……。

求められたい。

今夜起きたことはすべて受け入れよう。

でも、求めるのはまた別の話だ。彼を求めるのは……。

メリオラは背を向けてウォリックの横で丸くなり、ナイトガウンを握りしめた。

「すまなかった」一瞬置いて、彼は言った。

「当然よ」

「だが、本当はきみの責任――」

「わたしの責任ですって！」

「きみはゲームを楽しんでいた。腕前もなかなかだったよ。おれを挑発し、おれが不機嫌になるのを見て喜んでいた」

「そんなことはしていないわ！」嘘だった。「わたしは真実を話したのに、あなたは信じなかっただけよ」

「おれは間違っていた」

あまりにも意外な言葉にメリオラはしばらくのあいだ口がきけなかったが、ようやく小さな声できき返した。「今、なんて？」

「明らかにおれが間違っていた」

「そうね」メリオラは自分が泣いていることに驚いた。彼に背中を向けていてよかった。「当然ながら、ほっとしてもいる。おれはユーアンが好きだからね」

それを聞いて、メリオラはくるりとウォリックのほうに向き直った。彼はメリオラには目もくれず、腹だたしいほど満足そうにじっと天井を見あげている。「ほっとした？　ユーアンが好きだから？」

「ああ」

メリオラはナイトガウンが絡みついた体を起こし、両手でウォリックに殴りかかろうとした。だが、振りあげた瞬間、両手首をつかまれた。「今度はなんだい？」

「あなたがほっとするべき理由はね、妻が真実を告げていたから……恋人と寝ていなかったからでしょう！」

「なるほど！」ふいにウォリックはメリオラの手を引いてあおむけに倒し、彼女の上にまたがった。「そうか、おれにユーアンを好きになってほしくないんだな。おれたちが苦しみ、にらみあって、つねに一触即発の状態でいるところを見たかったんだろう」

「違うわ！」メリオラは叫んだ。そのとき突然、ウォリックの体を覆っているのは肩にかけたローブだけだと気づいた。彼のたくましい体には傷跡がたくさん残っている。軽く触れただけで、彼女は自分の体がほてるような気がした。「お願いだから、どいてちょうだい。あなたはわかろうとしないのよ。あなたはただの卑劣な、卑劣な……」

メリオラは口をつぐんだ。ウォリックが笑みを浮かべてじっと見ている。

「なにがそんなにおかしいの?」

「おかしいのではない。楽しいんだ」ウォリックは穏やかに言った。

またしてもメリオラは体が熱くなるのを感じた。

「ウォリック、どいて……」

だが、最後まで言えなかった。ウォリックが唇を重ねてきたからだ。彼は口で、唇で、舌で繊細に味わい、探り、じらしてくる。メリオラは冷静でいたかった。不機嫌なままで、腹をたてたままでいたかった。だがこの特別な瞬間だけは、ウォリックのほうがはるかに我慢強かった。彼はわざと時間をかけてキスを味わっている。メリオラは体の奥のほうに、血管と骨のなかに、心臓と心に震えが走るのを感じた。ウォリックは彼女の頬をそっと撫でると、体を起こし、今度は親指の先でしっとりと濡れた唇に触れた。「傷つけるつもりはなかった」穏やかに言い、肩をすくめる。「たしかに、きみをたたきのめしてやりたいと本気で思ったことは何度かある。だが、これは別だ……」再び唇を重ねる。今度はほんの少し重ねただけでウォリックは身を起こし、ローブを振り払った。メリオラは腕をのばし、指をいっぱいに広げて彼の広い胸に触れたかった。肩にある傷跡のひとつひとつに触れ、それぞれの物語を聞きたかった。だが急に不安を覚え、メリオラはじっと動かずにいた。ウォリックに触れられるという不安ではなく、自分にとって彼がなによりも必要なものになるかもしれないという不安だ。ウォリックは、彼女の体に絡みついているローブをぐいと引っぱった。

「もうこんなものは脱いでしまうんだ」

「ちょっと待って。もう――」

「もう、おれたちは知りあった。今度は、もっとよく知りあおう」

「たった今、謝ったばかりじゃない。わたしを信用しなかったことを、傷つけたことを」

「いや、傷つけたことだけだ。信用しなかったことについては、きみにも責任がある」

「でも――」

「おれは褒美を詳しく調べてみたい。結婚しなくてもこの土地を与えると言われたのに、きみとの結婚に同意するとは、自分でもどうかしていると思った。だが当然、魂がなければ土地などなんの価値もない。それに今、もっとすばらしいものを見つけようとしている」

「でも、痛かったのよ――」

「もう痛まない。最後はそれほどつらくなかっただろう?」

「だけど――」

「もし痛い思いをさせたのなら謝るよ。おれはきみに押しつけられた、浅ましいよぼよぼの老いぼれ騎士だが、きみに求められるよう最善をつくそう」

「わたしは土地についてきたおまけよ。あなたがほしかったのは、わたしじゃないでしょう!」メリオラがそう言っているにもかかわらず、ウォリックはやさしく彼女を起こし、ローブとナイトガウンを脱がせた。

そして、荒れた海のように深いブルーの瞳でメリオラの目を見つめた。その笑顔は見せかけでもなければ、おもしろがっているのでもなかった。「ああ、メリオラ、猫をかぶるのはよせ! 今夜おれは、きみがほかの男たちを誘惑する姿を見ていたんだ。きみは自分の力を知っているはずだ。きみは美しい、メリオラ・マカディン。そのことは自分でも十分わかっているはずだ。きみのまわりにいる男が自分の心臓につまずいてもおかしくはない。きみが無残に引き裂いて、そのへんにばらまいたのだから」

「まあ、そんなふうに思っていたの?」

「おれはそれほど愚かではないよ、メリオラ」

「そうね。あなたにはわたしと結婚する意思などなかったんですものね」

「だが、そう悪いものではない」

「そんなに熱烈に欲望を告白されたら、どうしていいかわからないわ」

ウォリックはメリオラを見つめてほほえんだ。「おれの欲望を疑うのか?」彼女の背中を枕に押しつけ、熱い口調で続ける。「たしかに、きみと結婚するのは気が進まなかった。死にたくはなかったからな。だが欲望に関しては……それを言ってほしかったのか? ハイランド地方からロウランド地方にいたるまで、きみをうたった詩や歌があるのは知っているだろう。大勢の男がきみの父親や国王を訪ねたほどだ。みんな、きみがほしかった――」

「ブルー・アイルがほしかったのよ」

「もちろん土地は大切だよ、レディ。いつだってそうだろう？　まあ、いい。きみをうぬぼれさせるのはやめておこう。きみは今でも十分危険なのだからな」

メリオラは言い返したかったが、ウォリックの動きのほうが速かった。彼の唇が喉もとを滑り、舌が血管をなぞる。その下で激しく打っている脈動に気づいたのだろう、彼の唇はさらに胸の谷間へと進んでいった。メリオラはいつしか息をとめ、ウォリックの豊かな髪に指をさし入れていた。胸の先端を口に含まれたとたん、全身に稲妻が走る。熱が体の内にも外にも広がり、四肢を駆け抜け、下腹部に集まった。彼女はじっとしていた。できるものならいやだと言って抗いたかった。そのとき、ふと思った。わたしにもウォリックを歓ばせられるだろうか？　彼を歓ばせてあげたい。彼に求められたい。わたしが感じた不思議な衝動と渇望を、彼にも感じてほしい。たとえこれまでは、彼にわたしの人生を捧げることをかたくなに拒んできたとしても。

どうしてあんなにウォリックを拒みたかったのだろう？　メリオラはぼんやりと考えた。彼がわたしの人生を奪った……彼にわたしの人生が与えられたというだけで……。

その問いかけは今はどこかへ消えていった。息をしなければ。メリオラはあえぐように震える息をついた。ウォリックの髪にさし入れた指に力が入る。彼はヒップをまさぐったり、胸にキスの雨を降らせたりして、時間をかけて攻撃してくる。歯と舌でじらし、愛撫する。熱い吐息を吹きかけながら再び下へと移動して腹部にそっとキスをする。メリオラは彼の髪を強くつかんだままでいた。それでもウォリックは動き続け、ありとあらゆる場所に愛撫とキスを浴びせていく。腿に、腹部に、腰に、また腿に、そしてその内側に。

メリオラは息をのんだ。はっとして叫び声をあげたが、ほとんど声にならなかった。彼女は再び息をとめ、身をよじらせて抗い、そして……もだえた。

血管も、骨も、体じゅうが脈打っているような気がする。甘美な歓びと熱情と渇望とが心を満たしていく。もっともっとほしい。熱い液体が体のなかで激しく渦巻いている。もう耐えられない。だけど、やめてもほしくない。もしも彼がやめたら、死んでしまうだろう……。

ふいにウォリックが唇を重ねてささやいた。「もう二度とおれの欲望を疑うな」

ウォリックは唇に軽くキスをして、メリオラの片手をとり、てのひらにもキスをしたあと、そのままその手を下へと導いた。メリオラが身を震わせると、彼はからかうように言った。「メリオラ、触れてもいいんだぞ。噛みついたりはしない」

ウォリックは高まりをメリオラに握らせた。「いやよ。噛みつかれたほうがましだわ！」彼女は小声で言った。「こんなことをしたら……」

「なんだ?」

「息ができなくなって、魂を盗まれるわ」

ウォリックは笑みを浮かべて身を起こし、ゆっくりとじらしながらメリオラを貫いた。彼女がぶるりと身を震わせる。彼はメリオラと見つめあい、かすかにほほえんだ。「心だよ、レディ。魂を盗めるのは心だけだ」

メリオラが目を閉じると、ウォリックが動き始めた。彼に触れられてほてっていた場所が、さらに熱くなっていく。のぼりつめ、さらに求め、達したときには、まるで太陽に触れたかのように感じられた。太陽は頂ではじけ、メリオラのなかで粉々に砕けた。それとともに、無数のまばゆいほどの光のかけらが全身にとけこんでいった。

ウォリックはメリオラの隣に横たわり、腕をまわして引き寄せた。

「この褒美は」彼は穏やかに言った。「戦う価値がある」驚いたことに、メリオラは口がきけなかった。「どうだ。なかなかいいものだろう?」ウォリックがささやくように言う。「とはいえ、きみはどこもかしこも魅力的だと告白するつもりはないからな。きみがこのまま、よぼよぼの老いぼれノルマン人と夫婦でいてくれる限りは」

メリオラはいつのまにか笑みを浮かべていた。

「あなたはどこもかしこもいやな人ではないわよ」

「そんなふうにほめられると、一生きみのとりこになってしまいそうだ」

「あなたは歯も全部そろっているわ。それどころか、とてもきれいな歯をしている」

「明日になったら、髪が全部抜け落ちているかもしれない」

メリオラにはウォリックがなにをあてつけて言っているのかわかっていた。怒りよりも恥ずかしさから、思わず彼に殴りかかろうとする。だがウォリックは笑いとばし、彼女を抱きしめてキスをした。そしてその晩、メリオラはいつにも増して眠れない夜を過ごした。

それに、メリオラが言った言葉は真実だった。ウォリックは決していやな人ではないし、老いぼれでも、よぼよぼでもない。

もちろん、彼がどれほど魅力的かわかったということを認めるつもりもないけれど。

第十八章

ここ数日、メリオラはなにもかも忘れて幸せな気分で過ごしていた。朝は遅くまで眠り、午後には本土へ行ってけが人の手当てを続け、夕食の席ではサー・パーシーとのおしゃべりを楽しんだ。だが、ユーアンのことを思うと少々後ろめたい気がしたし、自分がこうして元気をとり戻し、将来に希望が持てるようになったのはなぜかみんなに気づかれているのではないかと心配してもいた。とはいえ、結婚生活が最初から親密なものではなかったことは、誰も知らないはずだ。もちろん、顔にもいっさい出していない。彼女はそう自分に言い聞かせたものの、ファーギン神父には、上機嫌であることを皮肉られてしまった。夕食の席であからさまに愛嬌を振りまいていたからだろう。だがそのあいだもウォリックのそばに立ち、彼の感触を楽しみながら、夫との仲を見せつけていた。メリオラはウォリックを刺激し、挑発していたが、彼がそれを不快に思っていないのはわかっていた。ウォリックが口に出してそう言ったわけではないが、寝室に入ってふたりきりになったとたん彼女を抱きあげることがすべてを物語っていた。

もちろんときおり不安になることはあるものの、目覚めたときウォリックが隣にいてくれるだけでほっとしたし、たくましい腕に抱かれていると安心感を覚えた。そんなふうに感じたのは初めてだった。

サー・パーシーはまだブルー・アイルにいた。ある朝、メリオラは大広間で朝食を終えたあと、外の胸壁を散歩していた。そこから城壁の向こうの丘に目をやると、ウォリックが戦闘訓練をしている様子を横で見ているサー・パーシーの姿が見えた。訓練を受ける兵士は二十五人ほどで、みな馬に乗り、鎚矛を持っていた。野原の端に立つ人形に向かってひとりずつ馬を駆り、頭に見たてた野菜めがけて鎚矛を振りおろしている。メリオラはその様子を眺めながら、物思いにふけった。サー・パーシーは魅力的な男性で、毎晩みんなを楽しませてくれる。近ごろはユーアンの妹イグレイナも加わったおかげで、男女の数も前よりバランスがよくなり、夜は実ににぎやかだ。でも、サー・パーシーの来訪にはなにか理由があるはずだ。そのとき、メリオラは気づいた。デイヴィッド一世がウォリックをいつまでも休ませておくはずはない。夫は国王に仕えるために、まもなくスターリングに呼び戻されるのだ。

夕食の席では、よく国王の話題が出た。デイヴィッド一世がイングランドの問題でマティルダ王女側につくのは自然の成りゆきだった。デイヴィッド一世の姉のモードがヘンリー一世の最初の妻なので、その娘のマティルダは彼にとって姪にあたる。モードは〝善き王妃〟としてイングランドの民に愛された。彼女はローマ街道を改修し、数多くの修道院を建設したほか、教会で物乞《ものご》いの足を洗い、その足にキスをして、他人に対するやさしさを示した。ヘンリー一世とのあいだには、娘のマティルダ王女と、征服王として知られた祖父の名をとったウィリアム王子が生まれた。だが、ウィリアム王子はノルマンディーからイングランドへ戻る途中、船が難破して命を落としたため、同じく征服王の孫であるスティーヴンがイングランドの王位を継いだ。だが八ヵ月間マティルダが統治したこともあり、結局は協定が結ばれたにもかかわらず、今も混乱は続き、無法が横行している。ウォリックは、イングランド北部へ国境を押し広げようとするデイヴィッド一世の考えに賛成しているわけではなかった。彼自身は、スコットランドをより強く、より統一された国にすることがいちばん重要だと感じているからだ。スコットランドの国王はこれまでイングランドの国王に忠誠を誓ってきた。それにイングランドの混乱に乗じたりすれば、スコットランド国民が苦労するように思えてならない。夕食の席で、ウォリックはそういう自分の考えを述べた。一方、サー・パーシーは現在の状況についていろいろと語って聞かせた。スティーヴンの妻もマティルダという名前で、マティルダ王女と同じく彼のいとこだ。マティルダ王女とスティーヴン国王は王位を争っているものの、その実、裏では激しく燃えるような恋愛関係にあり、マティルダ王女と二番目の夫アンジュー伯ジェフリーとのあいだにできた息子ヘンリーは本当はスティーヴンの子ではないかという噂さえあった。なにしろ成長すればするほど、ヘンリーには曾《そう》祖父《そふ》、征服王ウィリアム一世の血が流れていることが目に見えてわかるようになってきた。

政情が不安定であることに不満を抱くイングランド国民のあいだでは依然として憶測が飛び交い、多くの町や村が無法の地と化している。

メリオラは祖国の歴史については——特に最近の歴史はよく知っていた。もちろんデイヴィッド一世のことも知っている。あの国王なら、たしかにイングランドへ侵攻するだろう。だがサー・パーシーの話しぶりからすると、イングランド侵攻の計画はまだ確定してはいないようだ。それならばなぜ、サー・パーシーはここへ来たのだろう？　彼とウォリックは、なぜあんなに熱心に兵士の訓練をするの？　しかも、その人数は日々増えている。聖職に就くつもりだった金細工職人の息子は今、毎日石弓の訓練をしているし、石工頭の三人息子のひとりは剣の扱いが非常にうまいため引き抜かれた。それ以外にも農民や召使い、職人などの息子たちが訓練に参加している。

メリオラはサー・パーシーにここへ来た理由を尋ねてみたが、答えてはもらえなかった。もしもウォリックが国王に呼ばれているのなら、そむくことはできないだろう。今なにが起きているのか誰も正直に教えてくれないのは、どうしても納得がいかなかった。

あれこれと考えをめぐらせているうちに、メリオラは思った。野原で訓練している兵士の様子を見に行けば、なにかわかるかもしれない。そう心を決めると、彼女はマントをとりに行こうと主人の間へ向かった。すると部屋のなかから声が聞こえ、ふと足をとめた。イグレイナの声だ。部屋の掃除をしているジリアンも一緒だ。ふたりでなにか話している。

「みんな知っているの？」イグレイナが尋ねる。

「今？　ええ、サー・パーシーはもちろんご存じよ。だって、あの方がこの知らせを持ってきたんですもの。それからアンガス様も。あの方はなんでもご存じだから。それに……ユーアンも知っているわ。彼はここを守らなくてはならないから」

「たぶん、メリオラは知らない――」

「ええ。だけど、どうしようもないわ」

もう十分だわ。メリオラは扉を押し開けてなかへ入り、イグレイナをじっと見つめた。

「わたしがなにを知らないと言うの？」

イグレイナは青ざめた顔をして、答えようとしない。メリオラはジリアンに視線を向けた。「いったい、どういうことなの？　ジリアン、絶対に許さないわよ！　明らかになにかが起きているというのに、わたしだけなにも知らないでいるなんて。もしもあなたが――」

「ウォリック様は行かなければならないのです」ジリアンは言った。

「わかってるわ」メリオラは鋭い口調で言った。「国王陛下に呼び戻されたんでしょう？」

ふたりとも答えない。

「ふたりともいい加減にしてちょうだい。いったいなにが起きているの？」

ジリアンは咳払いをした。「国王陛下はイングランドを侵略なさるおつもりです」

「驚く話ではないわ」

「陛下がサー・パーシーをウォリック様に遣わされたのは、おふたりがイングランド国境のタイン領主ピーター卿と親交が深いからです。ウォリック様たちはタインに乗りこみ、スコットランド国王デイヴィッド一世を君主として受け入れるよう説得されるのです」

メリオラはその場に立ちつくした。しばらくのあいだジリアンとイグレイナを見つめながら、考えをめぐらせる。もっと早くこのときが来ていたら、どう感じていただろう？　ウォリックが出ていけば、ブルー・アイルはわたしひとりのものになると喜んでいただろうか？　いいえ。タインのエリアノーラとウォリックの関係を知ってから、わたしはずっと彼女に嫉妬していたのだ。彼を嫌悪していたときでさえも。メリオラは胃がしめつけられるような気がした。なんと愚かだったのだろう。わたしが生きているのは、無情で残酷な世界だ。わたしは国王の命令で恋人のいる男性と結婚したばかりか、その男性に魅了されてしまったのだ。わたしは彼のほほえみに、笑い声に、そしてぬくもりに浸った。宵闇のなかではずっと、彼に抱かれる感触を味わっていた……。

それなのに今、その夫は恋人のもとへ行こうとしている。

メリオラはきびすを返して部屋を出ていった。そのあとを、ジリアンが追いかけてきた。

「メリオラ様、ウォリック様は行かなければならないのです。ただ、それだけの話です。ウォリック様はあなたがユーアンを愛していたと思いこんで、恐れて——」

「わたしはユーアンを愛していたわ」メリオラは投げやりに言った。「でもウォリックはわたしと一緒にブルー・アイルへ来て、ユーアンを殺すと言って脅したのよ。わたしも同じことをしていい?」

「メリオラ様、どうか――」

「ほうっておいて!」メリオラは肩にかけられたジリアンの手を振り払い、廊下を駆けていった。なにがどうあろうと関係ない。心は決まっている。

メリオラは厩へと急いだ。灰色の愛馬に鞍をつけるよう頼もうとしたが、思い直して大きな軍馬に乗っていこうと決めた。大きな鹿毛のダブニーは、どっしりした牽引用《けんいん》の牡馬と駿《しゅん》足《そく》のアラブ馬との交配種で、地中海でのヴァイキング時代、父があえて略奪しなかったカリフからの贈り物だ。父の愛馬の一頭で、父の死後はユーアンが乗っていた。だがユーアンは今日、頑強な愛馬ピクトに乗っていったらしい。メリオラはすぐに鞍をつけさせてダブニーにまたがり、番兵に手振りで合図して城壁を抜けた。訓練場に近づくと、兵士たちが丘の頂上で横一列に並んでいるのが見えた。ウォリックはマーキュリーにまたがり、兵士たちに向かって話している。

「これまでにも十分に訓練を積んだ兵士が、油断したがために、逆上した農民の鍬《くわ》に倒されるのを何度も見てきた。とにかく周囲に目を配り、防具にはすべて弱点があることを忘れるな。その弱点を念頭に置いて、しっかり自分の身を守るんだ。戦いのときには、敵の弱点を見つけ、そこにつけ入る隙をねらえ。こちらに利があれば、いかなるものでも生かせ。杭《くい》につけた敵に対しては、みんな格段に上達した。しかし本物の敵は、そう簡単には攻撃させてくれない。敵を見くびるな。かといって恐れる必要もない。恐怖心のせいで戦いに負けることはよくある。もしかしたら、武器や防具の不足が原因で負ける場合より多いかもしれない。そして、強い敵には十分用心するんだ。絶望的な状況でも、退却時にも、戦略はある」

メリオラは背後から近づいていった。ウォリックは目の前の兵士たちに集中していたので、ユーアンとアンガスがおじぎをしたときに初めて彼女に気がついた。訓練場にメリオラが来たことをウォリックは快く思っていないようだ。

だけど、わたしほど不愉快なはずはないわ。

「みなの者、わがレディ、わが妻だ。みんなもよく知っていると思うが、ヴァイキングの娘である妻は十分訓練を受けている。自らの剣で戦士と戦えるというのが、妻の誇りだ」

「ええ、そのとおりよ。実際にヴァイキングの娘は剣を持って戦えるんだもの。わたしは何度も危険からこの身を守ってきたわ。これからももちろんそうするつもりよ」

「レディ」ユーアンが呼びかけた。「われわれは、あなたをお守りするために訓練しているんです。お忘れにならないでください！」

メリオラの怒りは燃えあがった。ユーアンまでわたしの味方ではなくなったらしい。

「ええ、そうね、ユーアン。あなた方の崇高な忠誠心には感謝するわ。でも残念ながら、危険が迫ったとき、いつもそばに戦士がいてくれるとは限らないとわかったの」メリオラはまっすぐにウォリックを見つめた。

「ああ。だが、城塞のなかにいれば安全だ。危険もそこまでは迫ってこない」ウォリックはあてつけるように言った。

「城塞のなかに危険がひそんでいないと言いきれない場合だってあるわ」メリオラは即座に、そしてやはりあてつけがましく言い返した。

「でも、あなたにはつねに護衛が必要です！」若者のひとり、ユーアンの親戚であるブレット・マッキニーが叫んだ。「レディ、これは単に体格の問題なんですよ！」

「体格はそれほど重要な問題じゃないわ」メリオラはダブニーを軽く突いて、ユーアンをまわりこむように進めた。「盾を貸してちょうだい、ユーアン」

「メリオラ様、だめです」

「ユーアン、お願い。貸しなさい！」

ユーアンが言われたとおりに盾を渡すと、メリオラは彼が次の演習で使うつもりだった槍に手をのばした。ユーアンは抵抗したものの、結局は槍も彼女に渡した。

「この槍で、おれはウォリック様に殺されます！」ユーアンは小声で言った。

メリオラはユーアンをにらむと、彼の横を通りすぎながら、槍の先が丸めてあるのをすばやく確認した。そしてさっとダブニーの向きを変え、ブレットに向かって言った。「かかってきなさい。体格が馬上槍試合の結果に影響するかどうか試してみましょう」

「いけません、レディ。そのようなことは――」ブレットは抵抗した。

「それならば、わたしのほうが有利ね。あなたは守りを放棄するのだから！」

「メリオラ！」ウォリックの警告もメリオラは無視した。

ほかの兵士たちは後ろへさがった。メリオラは必要な間隔をあけてから、馬に拍車をかけてブレットへと突進した。ダブニーは恐れを知らない熟練した名馬だ。ブレットはその衝撃で馬から振り落とされてしまった。メリオラは激しく揺られながらもなんとか体勢を維持し、ブレッドが落馬するのを見ていた。

メリオラをたたえる歓声と、ブレットを応援する叫び声がわき起こる。「レディ、もういいでしょう。ブレットは心のやさしい男です。美しいあなたにねらいを定めることなんてできませんよ！」アンガスが叫んだ。

「それなら自分の身をしっかり守ることね！」メリオラは毅然と言い放った。馬からおりて槍を捨て、訓練のために運ばれた武器のなかから剣をとる。彼女は左手に盾を持ち、体でしっかりと固定すると、決然とブレットの目を見すえて突き進んだ。ウォリックはたしかに優秀な指導者だが、若いブレットに剣術の基礎を教えこむだけの時間はなかったはずだ。「今日はわたしがレアード・ライオンの代わりに訓練の相手をしてあげるわ」メリオラに剣を四回振るわれたところで、ブレットは剣を落とした。彼はひざまずき、盾を持ちあげて最後のひと振りをかわした。「レディ……」ブレットが言いかけたとたん、メリオラはウォリックが背後にいるのに気づいて振り返った。彼が来るのは予期していた。

「これも訓練だ」ウォリックは怒りに燃えた目でメリオラをにらみつけ、きっぱりと言った。「戦場では、敵がたったひとりということはまずない。勝ったと思った瞬間、すぐにまた別の敵が襲ってくるものだ！」

「そうね。それが人生というものよね。たしかに、襲いかかってくる敵は絶えずいるようだわ！　だからこそ、つねに防御をかため、決して敵を見くびってはならないんでしょう」

「そのとおりだ、レディ。見くびってはならない」ウォリックは静かに警告した。

「わたしのことも見くびらないで！」

怒りに任せて剣を振るったとたん、メリオラはそれがウォリックの思うつぼだったのに気づいた。彼が激しい連打で反撃してきたので、メリオラは先ほどのブレットのようにかがみこみ、盾でかわさなければならなかった。だが、メリオラの剣を吹きとばしそうな勢いで両刃の大剣が振りおろされたとき、彼女はすばやく立ちあがって思いきり盾を振り、その大剣を地面にたたきつけた。メリオラはすぐさま反撃にかかろうとしたが、すんでのところでウォリックが剣を拾いあげた。猛烈な勢いで剣と剣がぶつかりあう。メリオラはよろめきながら後ろへさがり、体勢を整えた。剣を握りしめた瞬間肩に激痛が走ったが、無視した。

ウォリックが恐ろしい形相で迫ってくる。メリオラはダブニーの後ろにまわりこんだ。ウォリックもそのあとを追う。メリオラは彼の一挙一動から目を離さないようにしてあとずさりしていたが、石を踏みつけてしまい、バランスを崩した。痛みはなかったものの、思わず叫び声をあげて転倒した。

「メリオラ……」

ウォリックは剣をおろして彼女に手をさしのべた。

メリオラが剣を彼の喉もとにつきつける。ウォリックは身をこわばらせ、ぎらつく目で彼女を見おろした。「油断のならない小悪魔だな」彼は穏やかに言った。

「利はいかなるものでも生かすのでしょう？」メリオラは言い返した。

「ああ、そうだ」ウォリックは手が切れるのもかまわずに剣をつかみ、メリオラの手からもぎとってほうり投げた。

「これで決まりだ、レディ」

「あなたはもう死んでいるのよ。わたしがその気だったら」

「それは脅しか？」

「もう剣は持っていないわ」

「人生は武器に満ちあふれている。そうだろう？」

「危険にもね」

ウォリックはおじぎをして片手をさしだし、メリオラを立たせた。兵士たちがふたりに喝采を送る。おそらく彼らにはふたりの会話は聞こえていなかったのだろう。彼女は大声で訴えたかった。なにもかも嘘だと、ふたりのあいだには甘い恋愛感情などないのだと。そして自分は深く傷ついていて、この叫びは苦痛の叫び声なのだと。

「ユーアン、アンガス！　訓練を任せてもいいか？　妻がこんなふうに剣を振るったのは、おれになにか話があるからだと思う。ふたりだけの話が」

「承知しました、ウォリック様！」ウォリックがメリオラをマーキュリーのほうへ連れていくときには、アンガスはすでに兵士たちに指示を出していた。メリオラはウォリックに抵抗しても無駄だとわかっていたが、馬に乗せられ、彼がその後ろに乗るあいだも、ずっと身をこわばらせてよそよそしい態度をとっていた。城の門を抜けて中庭へ戻っても、領主の塔へ入り二階へと階段をあがるときも、彼女は歯をくいしばったままだった。

ウォリックは押しこむようにしてメリオラを寝室に入らせた。どうにか倒れずにすんだメリオラはさっと振り向き、彼をにらみつけた。ウォリックも負けじとにらみ返しながら、暖炉の前へ歩いていく。そして彼女に視線を据えたまま、炎に手をかざしてあたためた。

「メリオラ、なにが言いたいのかは知らないが、これだけは言っておく。今度またこのようなばかげたまねをしたら、部屋に鍵《かぎ》をかけて閉じこめてやるからな。おれの許しがない限りは、食事をしに大広間へ行くことすらできなくなるぞ」

「なんですって？」メリオラは信じられないという顔をした。

「きみは自分の命を危険にさらしたんだ」

「誰もわたしを殺そうとなんかしなかったじゃない！」

「だがきみの手足は、肉体は危険にさらされた！」

「ばかげたことを言わないで。あなただって毎日訓練しているじゃない。危険など——」

「危険はつねにある。訓練中にさえも」

「だけどもしも……」

「おれが危険にさらすのは自分の身だけだ」

「わたしだって自分の——」

「子供の身もあるかもしれない」

メリオラは歯を噛みしめて頭のなかを整理した。腹をたてているのはわたしのほうなのに、ウォリックはわたしを責めている！　彼女は愕然とした。これではまた、以前のふたりに逆戻りだ。彼は決してわたしを望んではいなかった。わたしはブルー・アイルについてきたおまけ——ブルー・アイルを手に入れるために必要だっただけだ。それにウォリックは子供を、嫡出子をほしがっている。わたしはそのためにも必要だというだけだ。

「ブルー・アイルを離れるんですってね」メリオラは責めるように言った。

「ああ」

「タインへ行くんでしょう」

「ああ。国王陛下の——」

「タインへ行くのは陛下の命令だからじゃないくせに！　陛下はイングランド侵攻の準備をなさっているのよ。戦いの準備ができたら――」

「タインのピーターは長年の友人だ。陛下がまず侵攻なさるのは、ピーターの領地になるだろう。国王の軍隊が攻め入って領地を剝奪《はくだつ》される前に、降伏の機会を与えたいんだ」

「なんとまあ、ご立派な友情だこと！　サー・パーシーが来たのはそれを伝えるため？　あなたの大切なお友達のピーターが窮地に陥っている。ここで兵士たちを訓練してタインへと急ぎ、ピーターに警告すれば、ことはすべてうまく運ぶと？」

「そうだ」

「それで、大切なお友達の妹さんはどうするの？」

ウォリックはその問いかけに驚いたりはしなかった。「彼女がどうしたというんだ？」ぶっきらぼうに尋ねる。

「知りたいのはこっちのほうよ」

ウォリックが片眉をつりあげ、口もとにゆっくりと笑みを浮かべた。それですべてがわかった。メリオラは背を向けて、猛然と部屋から出ていこうとした。だが扉に着く前に、ウォリックに出口をふさがれてしまった。彼に触れたくはなかったので、メリオラは押しのけてまで出ていこうとはしなかった。結局、凍りついたようにその場に立ちつくした。

「おれはこれまで、きみのなによりの願いはおれをここから追いだすことだろうと思っていた。そうすればきみはブルー・アイルをとり戻せる……おれに武器を振るうことなく」

「いいわよ。行きなさい」

「行かなければならないんだ」

「ええ。行けばいいじゃない」

「これは名誉の問題なんだ」

「名誉ですって！　よく言うわ。そこを――」

メリオラは扉の前からウォリックをどかせようとしたものの、無駄な努力に終わった。

「メリオラ――」

「どうしたというの？　行かなければならないのなら、どうぞ行ってちょうだい。あなたは恋人のところへ行く。けっこうよ。だから、手を離して！」

ウォリックは手を離したものの、道を空けようとはしなかった。眉間《みけん》にしわを寄せ、腕組みをしてメリオラを見つめている。「それがきみの望みなのか？」彼は穏やかに言った。

「ええ、そうよ。だからどいて――」

「おれは流血の惨事を防ぐために友人のところへ行くんだ。イングランド侵攻はやめるべきだと言っても、陛下は絶対に耳を貸そうとなさらない。戦いが起きるのは、もはや時間の問題だ。激戦になるだろうが、残念ながら陛下は無理をして突き進むだろうから、ピーターに勝ち目はほとんどない。だが今ならまだ、彼に話をして状況を変えられる。それなのにきみは、おれは恋人に会いに行くだけだと思いこんでいるのか?」

「違うわ」

「違う?」

「ええ。あなたは友達のピーターに会って笑い、酒を飲み、肩をたたきあうわ。偉大な戦士として、偉大な国王の臣下としてふるまうのよ! 恋人に会いに行くのはそのあとでしょ」

メリオラが部屋を出ていく必要はなかった。ウォリックは最後にもう一度怒りに燃えた目で彼女をにらみつけると、部屋から飛びだしていった。


イグレイナは本土の小さな家で祖母のグウィネスと祖父のラーズと一緒に暮らしていた。母親がイグレイナを出産したときに亡くなって以来、ユーアンと彼女は祖父母に育てられた。イグレイナはとても愛らしい女性で求婚者があとを絶たなかったが、当の本人は祖父母の面倒を見ようと心を決めており、誰からの申しこみにも応じていなかった。だが今、イグレイナはサー・パーシーに誘惑され、心を奪われていた。族長の妹としてある程度の社会的地位はあるものの、それがサー・パーシーのような人物の妻となるのにふさわしいものでないことはわかっている。たとえサー・パーシーの妻が彼女よりずっと年上で、老い先が長くないとしても。それでもサー・パーシーに魅力を感じているのは確かなので、イグレイナはそろそろ家に戻ったほうがいいと考えた。今日はもうずいぶん長いあいだ島にいた。島から本土へはいつもひとりで戻っているが、その日の午後は引き潮で、ユーアンが祖父母に会いたがっていることもあり、兄と一緒に馬で家へと向かった。

「兄さんもウォリック様と一緒に行くの?」イグレイナはユーアンに尋ねた。「それともここに残って城塞と……レアード・ライオンの花嫁を守るつもり?」

「おれは残るよ」ユーアンは慎重に答えた。

イグレイナがとがめるような目で兄を見る。

ユーアンはため息をついた。「イグレイナ、領主の妻によこしまな思いを抱きはしない」

「嘘つきね。メリオラはわたしの友達でもあるのよ。兄さんはずっと彼女を愛していたじゃない。彼女は美人で、強情で、情熱的で――」

「ああ、おまえの言うとおり、おれは彼女を愛しているよ。でも心配する必要はない。国王陛下がおれとメリオラの結婚をお許しにならないのは、アディン様が亡くなられたときからわかっていた。今では、陛下がウォリック様を選んでくださってよかったと思っているよ。もっと悪い事態になっていた可能性だってあるんだからな!」

イグレイナは兄に顔を向けた。「ええ、わたしもそう思うわ。ウォリック様は立派な領主であり、たくましい戦士だもの。彼にブルー・アイルを救っていただいたことは今でも感謝しているわ。わたしたちにはヴァイキングの血が流れているかもしれないけれど、少なくともわたしはこの土地の人間よ。ヴァイキングの奴隷になんかならないわ。ウォリック様が国王陛下に代わってここを守ってくださるのは間違いないと思う。でもね、兄さん、ウォリック様はブルー・アイルを離れるのよ。それに、メリオラが動揺しているのは確かだわ」

ユーアンは妹の黄褐色の髪を見おろした。「ああ、そうか。つまりおまえは、ウォリック様が恋人のところへ行ったらメリオラが怒り狂って、仕返しのためにおれを利用するんじゃないかと思っているんだな?」

「メリオラは兄さんを愛していたわ」

「ああ、愛されていた」

「もう愛されていないと思うの?」

「ずっと愛し続けてはくれると思うよ。意味は少しばかり違うだろうけどね。だから、メリオラは絶対におれを利用したりはしない」

「そうだといいけれど」

「まったく、おれがそんな簡単に誘惑されて、不義を犯すとでもいうのか?」

「兄さんが簡単に誘惑にのると言っているわけじゃないわ! ただ、ふたりとも愛しあっていたから……」

「だから、状況が変わったんだよ。メリオラはおれを利用したりはしないし……」

「兄さんも利用しない?」

「そんなふうにことが単純だったらいいんだが。現実には、メリオラはもうおれを必要としていないんだよ」

「なんですって？」イグレイナは信じられないという顔をした。

「メリオラはウォリック様を愛しているんだ。わかるだろう？」

「いいえ、わからないわ」

ユーアンはわざと困った顔をして、ため息をついた。「まったく女性ときたら！」


ブルー・アイルの城塞は高い岩山の上にあり、断崖や丘陵やごつごつとした岩肌、そして海を、威風堂々たるたたずまいで見おろしていた。日が落ちてもなお、その塔は天にまで届きそうに見える。ろうそくと松明の明かりに照らされたブルー・アイルは、まるで黄金の海に浮かぶ高価な宝石のように光り輝いていた。ウルリック・ブロードスウォードは島を眺めながら、これからどういう手を打つか考えていた。国境地帯ではノルマン人の仲間が混乱を引き起こしており、ウルリックにも多くの武器と兵士が分け与えられている。その見返りとして、今まで以上の成果を求められるのは間違いなかった。だが今までのところ、襲撃は効果的だったとはとうてい言えなかった。まったく腹だたしくてならないし、まだ復讐も果たせていない。ダロの野営地にもぐりこんだのは名案だったものの、アディンの娘には逃げられてしまった。ウルリックは腹いせに想像をめぐらした。あの娘を馬の鞭で打ったり、その喉もとをかき切ったりするのは、さぞかし楽しいだろう。アディンは娘を戦士としてよく鍛えた。だが今、おれはこれまで以上にメリオラをとらえたいと思っている。そうすることで、ようやく念願がかなって敵を完全に滅亡させることができるのだ。アディンはブルー・アイルを奪い、領有してきた。だがこの土地だって、ほかのスコットランドの島々と同じように、ノルウェー人に奪われて領有されることもあり得る。まさにそれこそ復讐になるのだ。しかしながら、これまでのところ、計画は失敗に終わっていた。ヴァイキングの野営地からメリオラを連れだしはしたものの、結局は逃げられ、多くのすぐれた兵士を失った。この地でも襲撃をかけて本土を荒廃させるつもりだった。それなのにウォリックが兵士を連れて到着したため、退却を余儀なくされた。そして今……。

今、ウォリックがタインへ出かけるという知らせが入った。タインは百年以上ものあいだイングランドとスコットランドのあいだを揺れ動いてきたし、間違いなくこれからもそうだろう。そのタインをデイヴィッド一世が侵攻する前に、ウォリックはその領主をスコットランドの仲間に引き入れようとしているのだ。スコットランド国王のデイヴィッド一世は、己の意のままにことを進める男だ。マティルダとスティーヴンが争っているあいだに、イングランド北部の有力な領主たちはそれぞれ小さな王国を築き、独自の法律をつくった。ウルリック自身、それはよく知っているし、その状況には感謝していた。

ウォリックは、鍛えあげ、完全武装した兵士をかなりの数率いて出かけるという。ウルリックに初めて戦術を教えてくれたのは、獰猛で野蛮なケルト族の子孫たちだった。だから彼は、森や断崖や丘陵の使い方、攻撃や退却の仕方、そして待ち伏せの撃退法を心得ている。田舎を移動するウォリックの部隊に攻撃をしかけるのは自滅行為だ。このブルー・アイルでも、本土になにか不審な動きがあればすぐに発見されるだろう。海からの襲撃や、丘陵から東部を覆う森に対しては、塔の上からつねに見張りが目を光らせているのだから。

この八方ふさがりの状況に、ウルリックは急に腹がたってきた。昔のことは今でも覚えている。父はよく、ヴァイキングが巨大な舟で海に乗りだし、彼らの襲来に人々が恐怖の悲鳴をあげた時代の話をしてくれた。まさにノルウェー人の猛々しさを物語る話を。修道士は祈りを捧げ、女は嘆き悲しみ、男は命を奪われた。キリスト教の神は破壊され、修道女は強姦され、教会は汚された。ヴァイキングはほしいものを奪うと去っていったが、なかには獰猛かつ巧みな戦い方で、侵略した土地の半分を征服し、支配する者もいた。彼らは実に偉大な戦士なのだ。実際、秀でた武勇を敵に見せつけたことで、多くの同盟関係も生まれた。彼らは戦士としての力量を買われて高い報酬で敵に雇われ、敵のために、敵とともに戦った。

丘の上に立つウルリックのもとへハンがやってきた。ハンはずっと機嫌が悪い。ダロの野営地からメリオラをさらって逃げる途中で骨折し、今も片脚を引きずっている。先日本土を襲撃した際にも負傷し、島の北側での野営にはもううんざりしていた。

「南からの伝言だ」ハンは不機嫌そうに言った。「おまえは十分な大混乱を引き起こしておらず、スコットランド国王も動き始めた。タインが襲撃されるだろうが、それまでに兵を集められるかどうかは……」

ウルリックは顔をしかめて、きらきら輝くブルー・アイルの海岸線に視線を戻した。「タインなどには誰も興味はない」ばかにしたように言う。

「タインは申し分のない土地だし、城も荘園もなかなかのものだぞ。デイヴィッド一世が姪のマティルダ王女を支持している今、土地であれ財産であれ、奪ったものをスティーヴン国王の名のもとに支配すれば、おれたちは国王の忠実な支持者として歴史に名を残せる。長子相続制という制度をもたらしたのはノルマン人だ。彼らはすべて男子が相続するものと考えている。おれたちは歴史によって身の証《あかし》をたてられ、スティーヴン国王直々に褒美をもらえるだろう。つまり、復讐を果たせると同時に褒美も手に入れられるというわけだ。ウォリックが行ってしまえば、ブルー・アイルの城塞も再び力を失う。もう一度メリオラをとらえるのならば、このときしか……」ハンの声がとぎれた。

「ああ、今度こそ手に入れる！」長年のあいだに募った憎悪で、ウルリックは震えていた。「やつがいちばん望んでいるものを奪うんだ。メリオラをやつの手の届かないところへ連れていき……」彼は笑いだした。「殺す……いや、生かしておこう。やつの子供を身ごもっていたら、産ませて……それから、その子をやつに返してやる。少しずつ。〝ほら、偉大なるレアード・ウォリック、これがおまえの息子……息子の心臓だ！〟というふうに。それとも、やつを悩ませてやろうか？　やつの妻をヴァイキングの愛人にし、この先何年も悩ませてやるのだ。育てているのは自分の息子か、それともヴァイキングの子か、とな！　あるいは……妻をおとりにして偉大なレアードをおびきだすか。まんまと殺せたら、女とブルー・アイルを奪い、ノルウェー貴族で支配するんだ！　なにがあろうと、おれはやつの心臓に短剣がねじこまれるところを見届ける。やつの父親は殺された。やつも父親とともに、あの戦場で死ぬべきだったんだ。だが、これでやつの血筋は途絶える。絶対にそうさせる！」

ハンが鼻を鳴らした。「ウルリック、おまえは怒りと復讐に燃えているんだろうが、もっと慎重を期すべきだ。部下のなかには、おまえのやり方に疑いを持ち始めた者もいる。おれたちは戦士だ。戦うのが仕事だ。戦って勝利を手に入れ、戦って命を落とす。利益のため、土地を奪うため、権力のために戦うんだ」

ウルリックはくるりとハンに向き直った。「まだわからないのか！　ウォリックはおれの父を殺しただけじゃない！　やつさえいなければ、浅ましいスコットランド人は敗れ、全員死んでいたはずだ。デイヴィッド一世が現われるまでにはすべて終わっていたはずなんだ。かつてのマックニー家の土地はおれたちのものになり、マキニッシュ家は滅びているはずだったんだ。もうずっと前に、すべておれたちのものになっていたはずなんだ」

「そうかもしれないが、忘れるな。おまえの父親はノルマン貴族の傭兵だったんだぞ。その貴族は信頼できる人間だったのか？　この復讐にかかわっているおまえの偉大なご友人とやらは、約束どおり土地と権力を与えてくれるのか？」

「ああ、彼の恨みはおれのよりも深いからな」

「それでも、用心はしておくべきだ。兵士の数がどんどん減っている」

「それなら、どんどん増やせばいい」

「ああ、島々に声をかけて、デンマーク人、ノルウェー人、スウェーデン人の長男以外の息子たちや、自分で仕事を見つけなければならない者たちを集めているが、まだ足りない。ほかにもノルマン人の農民や、サクソン人、不満を抱いているスコットランド人にも声をかけている。しかし、いずれは裏切り者が出るだろう。それに、今起きている国境地帯の小競りあいの原因が明らかになれば、国王軍が全力をあげておれたちに攻めかかってくるはずだ」

「ばれないようにするんだ」

「だが、いつかはけが人の口からもれるぞ」

「誰も口は割らないさ。死ねば家族に報酬が与えられるが、裏切れば息子や娘、妻や遠縁の者まで殺されるとわかっているんだからな」

ハンが押し黙った。ウルリックはしばらくのあいだ物思いにふけった。

「メリオラをとらえる」ウルリックは言った。

「砦は難攻不落だぞ。それにおそらく、彼女も夫の遠征に同行するだろう」

「いや、同行はしない。彼女は結婚を拒んでいた。夫が留守にすることを喜ぶはずだ」

「ウルリック、やつが妻を残していくとでも思うのか？」

「ああ。やつは恋人のところへ行くんだ」

「もう一度きくぞ。おまえはすでに一度、メリオラをさらったんだ。それでもやつが彼女を残していくと思うのか?」

「残していくはずだ! それに砦は難攻不落かもしれないが、彼女を砦の外におびきだせれば……。今、ダロはどこで野営している?」

「ここから東へ八十キロ行ったところだと聞いている。今やダロはしょっちゅうデイヴィッド一世に招かれているらしい。そのうちスターリングの近くの土地を与えられるだろうな」

「ダロはアンと結婚したんだな?」

「ああ、そうだ」

ウルリックは笑みを浮かべた。「では、かわいいいとこの顔でも見に行くとするか」

「何度も言うが、メリオラはおそらくウォリックに同行していくと思うぞ」

ウルリックは鋭い目でハンを見たあと、にやりと笑った。「それなら、同行できないようにするしかないな」

「だが、どうやって――」

ウルリックはいきなり笑いだした。「何十人という狂戦士ができなかったことを、ふたりの男でやりとげるのさ」

「まさか、おれたちで殺しに行くつもりじゃ――」

「いいや、ひとりの男に手傷を負わせに行くだけだ。そして疑惑と疑念の種をまく！　そうだ、メリオラにはここに残ってもらおう。おれたちがそうさせてやる」ウルリックはハンの肩に手を置いた。「外から崩せないのなら、なかから崩すしかない。ハン、考えれば考えるほど、想像していた以上の褒美がもらえる気がしてきたぞ。メリオラをさらう方法は必ず見つけだす。おれの父の命を奪った男を殺す方法もな。ブルー・アイルはおれが支配して、ノルウェー国王に忠誠を誓い、イングランドのスティーヴン国王とは和平を結ぶ。スコットランドのデイヴィッド一世はすごすごと自国へ帰ればいい。そうだ、ブルー・アイルはおれが支配する。そしてウォリックには死んでもらう。ただし、すぐには殺さない。妻をさらうのを見届けさせ、もし彼女がやつの子を身ごもっているのがわかったら、じわじわと少しずつ子供を殺していく。そのあとで島と女をおれのものにするんだ」

「用心したほうがいいぞ」

「わかっている。ウォリックは訓練を積んだ獰猛な戦士だからな」

「ウォリックのことを言っているのではない。やつの妻をさらおうとすれば、逆に命を奪われかねないぞ」

「まったくだ。だが、二度とあの女には隙を見せるものか。場合によっては、彼女に裏切られたと思いこませて、ウォリックのやつを死なせる方法もあるかもしれん。あの女はヴァイキングの娘だからな」

第十九章

日が暮れても、メリオラはまだアディンが埋葬された丘の上にいた。父は彼女が今寄りかかっているケルト十字架の下で眠っている。棺には、いちばん腕のたつ同郷の職人で、今でも丘のふもとの家で暮らすオギンワルド老人が彫刻を施し、舟と武器も一緒におさめられていた。彼女は、ここに来れば父のそばにいるような気がするかもしれないと思っていた。ここに来て目を閉じれば、父が亡くなる前に戻れるかもしれないと。世界がいつも自分の思いどおりに動くような気がしたあのころに。これほどつらい胸の痛みや嫉妬心を覚えることなど決してなかったあのころに。

それなのに、あたりが薄暗くなっても、願っていたほどには父を思いだせない。父はとても大柄で、金色の髪に、赤みがかった顎ひげをたくわえていた。笑い声は廊下に響き渡るほど大きくて、ひとつの文章を言い終えるまでに二度言語を変え、人々のあいだを歩きまわるのが大好きだった。父の戦術はウォリックのほど訓練されたものではなく、国王のために戦うときには遠方から友人を呼び集めた。そして、よくこの丘の上に座ってこうして海を眺めていた。父は海が大好きだったが、それ以上にスコットランドを愛していた。母の目を通してこの土地を見ていた父は、亡くなるその日まで母の話をしていた。父にとって、母と海は一体となっていた。どちらもつねに計り知れず、いつも美しく、嵐のときも凪《なぎ》のときもあり、永遠にとどまることなく絶えず変化する、とても魅惑的な存在だった。

メリオラは膝の上で組んだ両腕に頭をのせて、目を閉じた。父は自分が望む世界を思い描き、それを手に入れた。わたしもずっと、父のように人生を自分の手で切り開けるものだと思っていた。だけど、その人生は国王に奪われてしまった。

地面から馬の蹄の響きが伝わってきたかと思うと、マーキュリーの姿が見えた。メリオラは立ちあがった。ウォリックが迎えに来るとは思っていなかったので、驚き、少し緊張した。

ウォリックは埋葬塚の反対側でマーキュリーをとめ、しばらくそのままメリオラを見ていた。やがて彼は馬を軽く突いて、ゆっくり彼女に歩み寄った。メリオラは動かずに、その場で待った。ウォリックが彼女を見おろす。軍馬に乗った彼がいかめしく見えるのは、故意にそう見せているからだろうか？　メリオラはマーキュリーの鼻を撫でた。この馬は主人に忠実だが、これまで何度も流血の惨事をまのあたりにしてきたにもかかわらず、やさしい気性をしている。彼女がてのひらで柔らかい鼻先を撫でると、マーキュリーもそれにこたえた。

「やはりここにいたんだな」

「ここへは、父が亡くなるずっと前からよく来ていたわ。景色がよくて、いつもは静かなところだから」

「ああ、ここにいるのは死者ばかりだからな」

「死者に囲まれているほうが、生きている人間といるよりも居心地がいいときもあるわ」

「死者はきみに文句を言えないからかい？　ああ、それとも、偉大なるアディンがよみがえって、自分の土地から悪者を追いだしに来るとでも思っているのか？」

「それができれば、どんなにいいかしら」

「残念だが、まず無理だな。とにかくもう遅いし、日も暮れた。それに、きみの大広間で客人が待っている」

「わたしの大広間？　あなたの大広間じゃなかったの？」

ウォリックは片手をさしだした。「乗るんだ」

メリオラはあとずさりした。「けっこうよ」

「こんなことはもうやめよう、レディ」

「やめよう、ですって？　あなたは偉大な領主だけれど、わたしはしょせん捨て石よ。客人と言ったって、どうせサー・パーシーがあなたの親友に降りかかろうとしている不運に関する知らせを持ってきたんでしょう。早くその〝名誉ある救出〟とやらについて話しあいに行けばいいわ。わたしがいないほうが気兼ねなく話せるでしょう。サー・パーシーだって、わたしがいないほうが気楽なはずよ。ここに来た理由を懸命に隠していたくらいだもの」

「おれは明日発つ。だから、一緒に戻ろう」

メリオラは胃をよじられる思いがした。「明日？　明日発つことを、わたしはたった今ここで初めて知らされたというわけね。わたしから見れば、あなたはもういないのも同然よ。わたしのことはほうっておいて。情け深い任務を果たしに行く前に、ブルー・アイルをひとりで堪能《たんのう》したらいいわ」

「メリオラ、きみはブルー・アイルのためにおれと戦い、ブルー・アイルのために結婚した。おれは、ここがきみの土地だということを忘れるほど非情な人間ではない。きみはここの女主人なのだから――」

「ええ、いいわよ。あなたが留守のあいだはわたしが領地の面倒を見るわ、レアード・ライオン。もちろん、あなたなら誰の手も借りずに立派にここを治めていけるのはわかっているわ。なんといっても、国王の偉大な闘士ですもの。だけどヴァイキングだった父だって、何十年ものあいだひとりで治めてきたわ」

「ああ、またか！　きみのお父さんはさぞかし偉大な男だったんだろう！」

「そうよ。わたしの父は偉大な人だったわ。国王陛下に忠誠を誓っていたけれど、あなたみたいに陛下の言いなりになってはいなかったわ！」

「メリオラ、きみのお父さんが亡くなったことは残念に思う。だが、おれがなにかするたびにアディンの偉大さを聞かされるのには、いい加減うんざりだ」

「父はブルー・アイルの平和を守り続けたわ。父がすることはすべてが――」

「おれにアディンを見習えと言うのか？　もっと親切に、もっとやさしく、なにもかも彼のように行動しろと？」

「あなたはわたしの話を理解しようとしていないわ」

「いいだろう。父親を見習ってほしいのなら、そうしてやる」

ウォリックが決意と怒りをたぎらせて馬からおり、歩み寄ってきたので、メリオラははっとしてあとずさりした。「どうしようというの？　わたしの父は暴君なんかじゃ――」

「暴君じゃなかった、だと？」ウォリックはさらにつめ寄り、メリオラを父親の名前が記された大きな石づくりのケルト十字架まで追いつめた。「きみの知っているお父さんは、たぶん暴君ではなかったのだろう。きみが知っているのは、ここへやってきて土地を手に入れ、きみのお母さんと結婚し、デイヴィッド一世と和平を結んだあとのアディンだからな」彼は十字架に手を突いて、メリオラに顔を近づけた。「アディンは昔から穏やかな人だったわけではない。彼はノルウェー貴族の息子からヴァイキングになり、船首にドラゴンの像をつけた舟でこの土地へやってきた。そして襲撃し、破壊し、きみのお母さんをさらったんだ。結果的にはふたりの関係がうまくいって、おれもよかったと思う。妻とのあいだに子供もできて、アディンは間違いなく幸せだったろう。だがアディンがしたことは、ヨーロッパ大陸を越えて遠征してきたアレキサンダー大王と同じなんだ。まずやってきて、土地を見て、征服する――」

「それは、あなたが聞いた過去であって――」

「それが現実に起きた過去だ！」

「その場で見ていたわけでもないくせに！」

「見ていないのはきみだって同じだろう。聞いた話では、きみのお母さんがきみを身ごもったのは、ふたりが初めて出会ったときだそうだ」

「〝聞いた話〟が真実だというわけね？」メリオラは怒鳴った。「わたしが〝聞いた話〟では、あなたはノルマン人で、スターリング城の床に落ちているものならなんでも拾う、成りあがりだったとか！　聞いた話なのだから、まさにそれが真実のはずよ」

「もうやめないか、メリオラ」ウォリックは厳しい口調で言った。

「やめる、ですって？　わたしが始めたわけじゃないわ。わたしはひとりになりたくてここに来たの。それをあなたが邪魔したのよ」

「おれはきみを迎えに来たんだ。日も暮れてきたし、客人も待たせているからね」

「悪いわね。あなたはよくわたしがゲームをしていると責めるけれど、このゲームだけはできないわ。恋人のところへ行くつもりなら、その前に妻とおしゃべりできるなんて思わないでね。エリアノーラはノルマン人だそうじゃない。きっと、あなたとの共通点もたくさんあるんでしょう」

ウォリックはゆっくりと笑みを浮かべた。「おれの体にはいろいろな種族の血が流れているそうだ。ヴァイキングの血も、スコットランド人とノルマン人の両方を介して受け継いでいる。きみは、お父さんのような男性を望んでいるんだろう？　これからその望みをかなえてやるよ。今までかなえてやらなくて、本当に申し訳ないと思っている。きっと失望させてしまったに違いない。どうやらおれは変わらなければならないようだ。きみが望む男になるためには、変わらなければだめなんだ」

「やめて！」ウォリックが手をのばしてきた瞬間、メリオラは驚いて声をあげた。ケルト十字架をよけて逃げようとするが、彼が険しい表情で容赦なく追ってくる。

「ウォリック……」

メリオラは両腕をつかまれ、強く引き寄せられた。あの川岸のときと同じだ。ウォリックはもどかしげに彼女を肩にかつぎ、早足でマーキュリーのほうへ戻っていく。メリオラは必死で体を起こそうともがきながら言った。

「ウォリック、誓って言うけれど、父が母をこんなふうにかついでいるところは一度も見なかった――」

「それではきみのお母さんが、無礼にも自分の大広間で客人を長いあいだ待たせたり、夕食の席につくのを拒んだりするところを一度でも見たか？　まして客が滞在しているときに」

「ええ、食事をとらなかったときはあるわ！　病気にかかって――」

「きみは病気じゃない」

「重病よ。あなたのせいで、ひどい吐き気がするわ」

「それなら、気分がよくなるまでおれがそばについていてやる」

メリオラは歯を噛みしめ、両手の拳でウォリックの背中をたたいた。「今すぐおろして、ウォリック。こんなまねは許されない――」

「そんなはずはない！　許されるに決まっているさ。前の領主とまったく同じなのだから」

「背中に穴が開くまでたたき続けるわよ」

「やめたほうがいい。さもないと、きみのお尻に大きな水ぶくれができるはめになるぞ」

「おろして！　夕食の席について、なにもなかったふりなんてしない――」

「それなら、ふたりで一緒に夕食を抜こう」

ウォリックがそのままマーキュリーに乗ったので、メリオラの顎が彼の背中にぶつかった。ウォリックに膝で軽く突かれたマーキュリーが城塞へ、厩へ、えさへと向かって疾走し始めると、メリオラは抵抗をあきらめ、彼にしがみついた。門をくぐるときには、この姿を番兵に見られているかと思うと、恥ずかしくてたまらなかった。もう一度ウォリックの背中をてのひらで強くたたいてみたが、彼は気づいてもいない様子で、無性に腹がたった。「おろして。もう十分でしょう！」

「おろす？」ウォリックはマーキュリーの歩調をゆるめた。「自由に歩きまわらせるために？　好きなようにさせるために？　客人がいるというのに、おれに背を向けるのを許すためにか？　きみのお母さんがこんなふうに恥をかかせることを、アディンは許していただろうか？　そうは思えないな。女主人が大広間へ顔を出すのを拒むのは、ひどく思い悩んでいるからに違いない。そういうとき、親切で心やさしい領主なら、妻のそばから片時も離れないはずだ！」

「ウォリック……」

「ほら、メリオラ、着いたぞ。すばらしい走りだったな。気持ちのいい夜だ」

ふたりは中庭の中央へと進んだ。胸壁にいる見張りたちもふたりを見ている。ウォリックの部下もメリオラの召使いもいた。彼らはおもしろがっているのだろうか？　それとも怒っているの？　男も女も、多くの民はずっと以前から、メリオラが知らなかったことを知っていた——国王の流儀はノルマン式だということを。そして、メリオラが父親の領地をそのまま受け継ぐのを黙って許しはしないということを。おそらく、いずれ国王が臣下のひとりにブルー・アイルを与えるとわかっていた者は、今度来た新しい領主に感謝しているだろう。だから、この光景を見てこう思っているに違いない。〝メリオラ様はわがままを言って、強靭《きょうじん》な戦士であるレアードを手こずらせているのだ〟と。

「なんだ？」ウォリックはマーキュリーをとめて尋ねた。

「おろして」

ウォリックは馬からおりてメリオラを前に立たせたものの、手は離さなかった。彼女は、若い鎧持ちのジェフリーが、マーキュリーを引きとろうと待っているのに気づいた。

ウォリックはメリオラの目を見すえた。

「おろしたぞ」彼は穏やかに言った。

「手を離して。見張りが見ているわ」

「ああ、それが仕事だからな。それで、おれが手を離したらどうするつもりだ?」

「塔へ戻るわ」

ウォリックは片眉をつりあげて手を離した。メリオラはくるりと背を向けて領主の塔へと歩き、見張りにうなずきかけてアーチを抜けた。そしてすぐに階段をあがり、廊下を歩いた。すぐ後ろにはウォリックがいる。彼の存在感、彼の息づかいがあまりにも近くに感じられて、メリオラは今にも叫びだしそうだった。

ふとメリオラは、なにごともなかったようにふるまうのもいいかもしれないと思い、大広間へ向かおうとした。

「おや!」ウォリックはすぐ後ろから皮肉っぽく言った。「偉大なアディンなら、こんなふうに無視され、拒絶されたまま、夕食をとるのをよしとするだろうか? そうは思わないな」彼はメリオラの腕をつかんで振り向かせた。

「ウォリック、お客様がいらしているんでしょう?」

「今ごろ客人のことが心配になってきたのか? サー・パーシーなら、きみとおれがいなくてもなんとかするさ」

「ほかの者たちもいるわ」

「ああ、ほかの者たちも客人の相手をしてくれる。おれはアディンのようにふるまいたいんだ」

「あなたは父とはぜんぜん違うわ!」

「わかった。じゃあ、おれはおれらしくするよ」ウォリックの瞳にただならぬものを感じ、メリオラはつかまれている腕を引き抜こうとした。ところが逆に引き寄せられ、両腕に抱かれてしまった。彼はふたりの部屋へと向きを変え、怒ったような足どりで歩いていく。ウォリックが力いっぱい扉を蹴り開けたので、木がみしみしと音をたてた。彼は部屋に入り、またしても同じように扉を閉めた。

「ウォリック、やめて。ひとりにしてちょうだい!」メリオラは叫んだ。

「だめだ。そうさせるわけにはいかない」

メリオラはウォリックの腕のなかでもがき、胸をたたいた。彼はしばらくのあいだ、じっとしたままメリオラに胸をたたかせていたが、やがて彼女を暖炉の前に敷かれた毛皮の上へ連れていき、そこに寝かせた。

「よく聞け」ウォリックはメリオラに言った。

メリオラは彼を見すえたまま首を横に振った。目にこみあげてきた涙がこぼれないよう、なんとかこらえる。「いいえ、聞かないわ」

「聞くんだ」ウォリックは手をのばし、指の関節でメリオラの頬をそっと撫でた。「きみが信じようと信じまいと、おれは決してタインに行きたいとは思っていない」

「そんなことは気にしてはいない――」

「気にしているはずだ。そもそも、すべての原因はそこにある」

「でも、あなたはタインへ行く。そして彼女に会うんでしょう?」

「きみだって、毎日ユーアンに会っているじゃないか」

「それとこれとは違うわ。わたしたちは一度も……」

「だからどうだと言うんだ? きみはユーアンを愛していた。彼のためなら国王に逆らえるほどに! エリアノーラとおれが恋人同士だったことは否定しない。正直に言えば、すべてを解決するには、彼女に会うか、自分の目をつぶすしかないと思っている」

メリオラは顔をそむけて炎を見つめた。するとウォリックは彼女の顎をつかんで、もう一度自分のほうに向かせた。「これも正直に言う。きみと結婚するのは、両刃の剣と結婚するようなものだと思った。だが、それは心をそそられる剣で、きみをとても美しいと思うようになったのも事実だ。一方、きみのほうは、おれがほんの少しはましなやつだとわかったただけのようだがね」

「ウォリック……」

ウォリックは両手をメリオラの頰に添えて唇を重ねた。彼女は身をよじって逃げようとしたが、できなかった。彼のキスは力強く……魅惑的で……激しい。メリオラは必死に自分を抑えたものの、ウォリックが顔をあげたときには息をはずませていた。

「そう、エリアノーラは恋人だった。だからおれに反抗したりしなかったよ」

「わたしだって、反抗なんて一度もしていないわ」

ウォリックが片眉をつりあげる。

メリオラは歯を嚙みしめた。「あなたの妻であることは自覚しているわ」きっぱりと言う。

「きみにあるのは義務感というわけか。恋人にあるのは愛されたいという気持ち……そこが違うんだ」

「恋人にはもうすぐ会えるじゃない。目はつぶさないことに決めたようだから」

「まったく、手が焼けるな……おれのほうから愛してやるしかなさそうだ」ウォリックはメリオラのドレスに片手をあて、刺繡で飾られた紐に指を絡ませた。メリオラは彼の手を押さえつけながらも、このまま続けてもらいたいと思っている自分に驚いた。ウォリックの香りが五感にしみこんでいくような気がする。彼に触れられたところが燃えるように熱くなる。彼の瞳には情熱が揺らめき、まるで彼に包みこまれていくような気がした。

「だめよ」メリオラはウォリックの手を握ってささやいた。

「義務だぞ」ウォリックはそっけなく言った。

メリオラの体の下には柔らかい毛皮が敷かれていた。明かりは暖炉の炎だけだ。彼女はもう一度抵抗しようと口を開いたが、激しいキスに言葉を封じられた。ウォリックが手際よくドレスの紐をほどいていく。このまま屈服するわけにはいかないと思い、彼女は身をよじってウォリックから逃げようとしたが、ドレスがはだけ、肩と背中があらわになっただけだった。彼の両腕が体にまわされ、情熱的な愛撫が首筋から背中へ、そしてさらに下へと進むのを感じた瞬間、メリオラはうつむいた。ウォリックのてのひらが胸を覆い、乱れたドレスが体に絡みつく。彼に抱かれたままあおむけにされたかと思うと、再び唇が重なった。ウォリックの指が両脚の内側をそっと撫で、さらに奥へと滑りこむ。そして愛撫し、誘惑する……。

ウォリックのタータンがあっというまに脱ぎ捨てられた。

次の瞬間、ウォリックがなかに入ってくると、メリオラは目を閉じて彼にしがみついた。情熱がすべてを焼きつくすかのように、黄金と深紅の光を放つ。終わったとき、メリオラは思わず叫び声をあげそうになったが、なんとかのみこんだ。ほんのわずかな時間で、これほど強烈な歓びを覚えられるものだとは知らなかった。そして、そのあとにはこんなにも深い喪失感の波が押し寄せてくることも。決して彼を望んでは、求めてはいけないことはわかっていた。わかっていたのに……。

ウォリックのささやきが聞こえた。

「メリオラ、きみはおれの妻だから、おれと一緒に来るべきだ」

「なんですって？」メリオラは息をのんだ。

ウォリックは彼女を抱き寄せた。「一緒に来るんだ。一緒にいて、一緒に眠ってくれ」

「わたしに来てほしいの？」メリオラは驚きと疑いの入りまじった口調で尋ねた。

「ああ、そうだ。いつもきみがなにかをたくらんでいるのを知っていながら、おれが喜んできみを残していくと思っているのか？」

「どういう意味？」

「きみはすぐにどこかへ行ってしまうからな」

メリオラは炎に照らされたウォリックの瞳をじっと見つめた。彼がからかっているのか、本気で言っているのかはわからない。わかっているのは、自分がなによりもそれを望んでいるということだけだった。

「どうだい？」

「そうね。あなたがそうしてほしいと言うのなら、一緒に行くわ」彼女は澄まして答えた。

「そうか。では、一緒に行こう」メリオラはウォリックに抱き寄せられ、彼の胸に身をあずけた。ふたりは炉火に照らされながら、美しい炎を眺めていた。やがてメリオラは彼に抱きしめられたまま目を閉じた。あまりにも幸せで怖かった。

イグレイナは家のすぐ外で、牛たちを囲いに戻らせていた。そのときふと、なにか奇妙な感覚に襲われた。恐怖と不安がこみあげてくる。振り返ると、男が立っていた。

その長身でがっしりした体つきはまさにヴァイキングのようだったが、どこか怪しい雰囲気があった。まるでノルマン人のように、きれいにひげをそり、髪も短く刈りこまれている。

だが森のなかで眠っていたからか、きれいに刈りこまれた髪には草や枝がついていた。着ている服は破れていて、食べ物に飢えているような顔つきをしている。男は笑みを浮かべてイグレイナに歩み寄ってきた。

「娘さん、森ではさんざんな目にあったよ。舟は行ってしまったし、仲間に置き去りにされて、ほかにどうしようもないんだ。だが、もうすっかりほとぼりもさめただろう? 主人が城にいれば、見張りも眠る。今夜はおれも食事と……いろんなものにありつけそうだな。火にあたらせてもらって、女にあたためてもらって……」男はノルマンフランス語で話しかけてきた。おそらくイグレイナには理解できないと思ってのことのだろう。

腰には、鞘におさめられた大きな剣がぶらさがっていた。

男はイグレイナを見つめたまま、にやりと笑って、今度はゲール語で話し始めた。ここよりもずっと南東の地域の訛がある。「おまえだ。おまえをもらおう。腹もぺこぺこだ。一緒にあたたまって、ひとつになろう。満足させてくれれば、じいさんとばあさんの命は助けてやる。さあ、こっちへ来い」

イグレイナは男をしげしげと見た。飢えと荒れた暮らしが彼を狂気に追いやったのだろう。彼女はあとずさりして悲鳴をあげた。

すぐさまユーアンが家から飛びだしてきた。男を見て彼はイグレイナに駆け寄り、後ろに隠した。「こいつはなんだ?」体格のいい男が言う。「戦士になった農家の息子か? 主人の衣装を借りた羊飼いか? ほら、かかってこいよ……おまえにもキスをくれてやろう。おれの剣のキス、死のキスだ。いやなら、そこをどけ。その女をよこせば、おまえも年寄りどもと一緒に生かしてやるぞ」

「おまえは誰だ? なにをしに来た?」

「おれが誰だって? 剣に生き、剣に死ぬのを喜びとしている男だ。行き先は神の殿堂《ヴァルハラ》でも天国でも、あるいは地獄でもかまわん」

「ノルマン人か? ノルウェー人か?」

「ノルマン人でもあり、ノルウェー人でもある……飢えた戦士だ。家から漂ってくる肉のにおいで、頭がおかしくなっちまった。ばあさんは料理がうまいらしいな。おれは人間の血がついた手で、獣の肉を食うことを覚えた男だ。だから、おまえはそこをどいていろ。さもないと喉から股まで切り裂くぞ」

「おれは――」

「マッキニーの族長だろう？」

「誰の手の者だ？」

男は笑いだした。「敵の正体も知らないで、どうやって戦う気だ？　疑念は残忍な武器となって、人に襲いかかるぞ。まあ、おまえにはわからないだろうがな、マッキニー。さあ、その気があるなら、かかってこい」

ユーアンは手招きをした。「そうか、傭兵崩れだな。よし、相手をしてやろう。死のキスを受けるのはどっちか確かめようじゃないか」

ふたりの剣がぶつかる音を聞いて、イグレイナは悲鳴をあげた。

ふたりは庭を移動しながら、交互に攻勢をしかけていく。ユーアンは干し草の山に飛びのった。そのとき敵が転倒したので剣で突いたが、ぎりぎりのところでかわされてしまった。

男は声をひそめてなにか言っている。ユーアンを脅し、挑発しているのだ。

だが、ユーアンは守りをゆるめない。

ふいに男が体を回転させて、ユーアンを切り裂こうとした。ユーアンはすんでのところで後ろへと飛び、男の剣は空を切った。それからふたりは並んで走りだし、月明かりと影の下へ出た。

男が叫んだ。神の名を呼んでいるのだろう、とイグレイナは思った。男のほうが劣勢だからだ。兄は男を殺すだろう。それとも……。

生かしておくのだろうか？　そうすれば、ヴァイキングが襲撃してくる理由がわかる。だが、男が呼んでいるのは神の名ではなかった。男は助けを呼んでいるのだ。どうやら近くに仲間がいるらしい。ずっとこの様子を見ていた仲間が……。

「兄さん！」イグレイナは大声で警告しようとした。

男が倒れた瞬間、ふいに物陰から別の男が現われた。男の振りおろした剣が、ユーアンの剣とぶつかる。ふたりは死闘を繰り広げた。

やがて男はあとずさり、背を向けて物陰へと駆けていった。

「兄さん！」イグレイナはユーアンに駆け寄った。

ユーアンが妹のほうを向いた。

「兄さん？」

「イグレイナ……」

ユーアンは弱々しくほほえんだ。そのときイグレイナは、兄が腹部をつかんでいるのに気がついた。指のあいだからは血がしたたっている。

ユーアンは膝を突いてイグレイナの腕をつかんだ。「助けを呼ぶんだ。そしてひとりになるな。男はまだどこかにひそんでいる。やつらは……ダロの仲間だ」彼はささやいた。

「なんですって？」イグレイナは困惑と恐怖に、あたりを見まわした。ああ、神様。兄は出血している。それも大量に。

ユーアンは妹の目を見て、唇を湿らせてから言った。「今戦った男が言ったんだ。自分はダロの仲間だと。ここもローマ帝国のように内側から崩れると」

「ダロですって？　だけど兄さん――」

「家に戻って、助けを呼ぶんだ。塔の見張りに向かって叫べ……このことを知らせる必要がある。それから絶対にひとりになるな。あの男がまた戻ってくるかもしれない」

「兄さん、動かないで。助けを呼んでくるわ、わたしなら大丈夫だから」

「内部に敵がひそんでいる。そいつが城塞のなかの情報を流しているんだ」

「兄さん、もう話さないで。お願い！」

ユーアンは目を閉じて、ぐったりとイグレイナにもたれかかった。

「兄さん……」

低いうめき声がイグレイナの口からもれた。それから、彼女は叫んだ。

叫び続けた……。

第二十章

扉をたたく音でメリオラは目を覚ました。隣でウォリックも起きあがった。暖炉の火の勢いは弱まっていた。彼はすばやくベッドから毛皮をとってメリオラにかけ、自分はローブをはおる。ドアを開けると、アンガスとファーギン神父が心配そうに顔をしかめて立っていた。

「ユーアンがヴァイキングに切りつけられ、深手を負いました。今は家族の家で眠っているそうです」アンガスが言った。

メリオラは思わず息をのみ、さっと立ちあがった。「ユーアンが……殺されたの？」

「いや、レディ。なんとか持ちこたえています」ファーギン神父が答えた。

「ヴァイキングだと？　また襲撃されたのか？」ウォリックが尋ねた。

「森にいた一味の残党です」すぐさまファーギン神父が説明した。「どうやらこっそりひそんでいたようですが、空腹に耐えかねて出てきたと思われます」

「潮が満ちていますので、舟を待たせてあります」アンガスが言った。

「すぐに行く」ウォリックは扉を閉めると、手際よく、タータンに剣の鞘、ブーツ、そしてマントを身につけた。メリオラは心配のあまり、束の間、呆然と彼を眺めた。それからふいに毛皮を振り払い、一刻も早く服を着ようとドレスを探した。そのあいだもずっとウォリックの視線を感じていた。

「なにをしているんだ？」

「わたしも行くわ」メリオラはドレスの紐を結びながら答えた。

「きみは行かないほうがいいだろう」ウォリックがとげとげしい口調で言う。

メリオラは顔をあげて彼を見た。「わたしなら役にたてるかもしれないわ、ウォリック。行かなければならないの。お願い」

ウォリックは肩をすくめたものの、その目は熱くぎらついている。「それなら、急いでくれ。冷酷なことを言うつもりはないが、彼に死期が迫っているのなら、おれが先に話をしなければならない」

メリオラは急に指が大きくなったような気がした。まるで凍りついたかのように、思うとおりに動いてくれない。ウォリックがそばに来てドレスの紐を結び、マントをとって肩にかけてくれた。それから彼女の手をとって部屋を出た。

アンガスとファーギン神父は廊下で待っていた。一同が急いで階段をおりると、ウォリックの鎧持ちのジェフリーが、海岸まで乗っていく馬を用意して待っていた。岸には、メリオラの父親が遺した、速くて操作しやすいヴァイキングの舟がとめてある。

向こう岸には永遠に着かないように思われたが、彼らはようやく本土に到着した。ウォリックは水しぶきをあげて海におりたち、メリオラを抱きあげて乾いた砂の上におろした。村の家々にはみな炉火やたくさんのろうそくがともされている。ユーアンの家の外では村人がずらりと並び、レアードが彼らの愛する族長の見舞いに来るのを待っていた。メリオラは不安にさいなまれながら、足早にウォリックのあとを追った。ユーアン。わたしは彼に恋をしていたが、その気持ちはあっというまに冷めてしまった。にもかかわらず、彼はずっとわたしに忠実で、高潔であり続けてくれた。そして今、故郷を守って死んでいこうとしている。

メリオラがウォリックに続いてマッキニー家に入ると、背の高いベッドに横たわるユーアンの姿が目に入った。顔は死人のように青ざめ、武具も服も脱がされている。リネンの掛布が腰までさげられているため、むきだしになった胸に生々しい刺し傷がいくつもあるのがわかった。イグレイナが兄のかたわらで傷口をぬぐっている。ウォリックは戸口で立ちどまった。メリオラは彼を追い越して、泣きはらした顔をしたイグレイナに歩み寄った。ファーギン神父もすぐそのあとに続いた。「イグレイナ……」

イグレイナは脇に寄った。「メリオラ、止血をしていたの。浅い傷はもう大丈夫よ。たぶんいちばん深い傷は、この脇腹の……」

メリオラがすぐにユーアンの体を調べた結果、大半の傷はさほど深くないとわかった。この程度ならたやすく縫合できるし、海水と治癒《ちゆ》効果のある海草で湿布をすれば、ほとんど傷跡も残らないだろう。致命傷を探そうとさらに掛け布をめくった瞬間、彼女ははっと息をのんだ。脚のつけ根の少し上に大きな裂傷があり、まだ血がしみだしている。メリオラは片手でその傷を圧迫して出血を抑えるとともに、もう一方の手で、皮膚や筋肉の下で損傷している臓器はないかどうか慎重に触診した。どうか切れているのは筋肉でありますように。とにかく止血して、すばやく縫合し、湿布をしなければ。彼女はユーアンの顔を見るたび、罪悪感を覚えた。一方で、かつては結婚するつもりだった男性の裸体に触れている姿を、夫に見られていることも意識していた。一瞬、深い悲しみが胸をよぎった。深手を負い、意識不明の状態で横たわっていても、ユーアンは魅力的だ。若くて引きしまった体に、整った顔だち。しかも彼は勇敢で善良な男性だ。失敗は許されない。彼の命がかかっているのだから。

「ここを圧迫して」メリオラはファーギン神父に急いで声をかけると、あとずさりをして、心配そうに続けた。「皮膚と筋肉が切れているだけだと思うの。止血して縫合したら、はれを防ぐために海塩と海草で傷口を湿布するわ」

ファーギン神父はユーアンのそばに行き、メリオラと同じように傷口を調べた。長い指をユーアンの肌にそっと滑らせる。しばらくして、神父はうなずいた。「わかった、メリオラ」

神父はふいに振り向いて言った。「レアード・ウォリック、あなたなら手の力がお強いでしょうから、代わっていただけるとありがたいのですが」

ウォリックが歩みでて傷口に手をあてると、ファーギン神父が言った。「血管が切れたままの箇所を止血できるほど圧迫するのは、けっこう大変なんです」

「縫合用の針を持ってくるわ」イグレイナが言った。「祖母は湿布薬にする海草と海水をとりに行っているの」

出血は弱まったものの、ユーアンの顔は相変わらず青白い。果てしない時間が流れたように感じながら、メリオラは待った。やがて、とぎれがちに出ていた血もとまった。ファーギン神父がウォリックに代わって、慎重に手をあてた。

メリオラは、イグレイナが傷口をもう一度洗ったり、針と糸を手渡したりしてそばに立っているのに気づいていた。まだ指がとても冷たく感じられる。ファーギン神父とはずっと一緒に治療を施してきたし、傷口を細かく縫うのもお手のものだ。だが今、メリオラはほとんど動けずにいた。ユーアンに触れるのが怖くてたまらなかった。彼が死ぬのではないかと怖くてたまらないのだ。これほど大量に出血して、果たして生きのびられるだろうか?

「メリオラ」

ウォリックが鋭い声で名前を呼んだ。メリオラは彼と視線を合わせたあと、前に進みでた。イグレイナが傷口を再び洗浄し、ファーギン神父がユーアンの体をつかむ。明かりがちらついて、よく見えない。寒い夜だというのに、額から汗が吹きだした。ふいに、あたりが明るくなった。メリオラの視界がよくなるように、ウォリックがろうそくを持ちあげてくれたのだ。彼女は下唇を噛んで、縫合にとりかかった。ユーアンはぴくりとも動かない。縫合しているあいだ、メリオラは彼が息絶えてしまったのではないかと心配になり、何度も何度も顔に視線を走らせた。だが彼の胸はちゃんと上下している。呼吸をしている。生きているのだ。

メリオラは縫い終えた糸を手際よく結んだ。そこへユーアンの年老いた祖母が戻ってきた。彼女はゲール語で祈りを唱えながら、縫われたばかりの傷口に海草の湿布薬を塗っていく。メリオラが後ろを振り返ると、水の入った洗面器が置かれていた。彼女は布を水に浸してしぼり、ユーアンの額にあてたあと、首と肩と胸も冷やした。夜が明けるころには、予想どおり熱が出てきた。高熱に冒されて死なないよう、ユーアンの体はつねに冷やしておく必要がある。みんなひと晩じゅう、つきっきりで看病した。

最初の晩はどうにかのりこえることができた。メリオラがのびをして背筋の凝りをほぐしていると、ユーアンの祖母が冷たい水を持ってきた。ウォリックがいないことに気づいたのは、そのときだった。彼がいつ出ていったのかはわからない。わかるのは、いなくなったことだけだ。

ファーギン神父はメリオラと視線を合わせ、まるで心を読んだかのように言った。「ウォリック様は少し前に出ていかれたよ、メリオラ」

彼女はうなずいた。「そう」

ファーギン神父はまだメリオラを見ている。外に出ていたイグレイナが戻ってきて、兄の額に触れ、布をとり替えた。

「はっきりするのはいつでしょう?」メリオラは小声でファーギン神父に尋ねた。

「一日のりきるたびに、少しずつ回復していくだろう。丸一週間高熱が出なければ、助かるはずだ。ただし内出血がひどければ……」

イグレイナがむせび泣くような声をもらした。彼女はうつむいたかと思うと、ふいにメリオラへと視線を向けた。メリオラがこの島の女主人である事実と葛藤《かっとう》しているようなまなざしだ。だがイグレイナは突然、敵意のこもった口調で言った。「メリオラ・マカディン、あなたはここの女主人よ。でも、もしもあなたがこの件にかかわっているのなら……」

メリオラはとまどった。「かかわっているって、どういうこと?」

「これはダロのしわざなのよ」

「なんですって!」

イグレイナは憤然として涙をぬぐい、メリオラを見つめた。「あのヴァイキングはダロの差し金で来たと言っていたわ」

「嘘よ――」

「兄がそう言っていたのよ。兄は嘘などつかないわ」

メリオラは首を振った。「ユーアンが嘘をついたと言っているわけではないわ。嘘をついたのはそのヴァイキングよ。叔父がこんなことをするはずはないもの」

「なぜないと言えるの？　ここは彼の兄の領地だったのよ。アディンには娘しかいないから、この土地を支配する権利は自分にあると思っているかもしれないわ。実際に、大勢のヴァイキングたちがスコットランドの島々を支配してきたじゃない」

「絶対に叔父がそんなことをするはずは――」

「ないと言いきれる？」イグレイナは静かに言った。「もしかしたらあなたも仲間なのかもしれないわね。とにかく、兄がわたしと一緒に本土に戻ったことを知っている者が誰かいるのよ。大規模な襲撃は見張りの目につくけれど、ひとりかふたり、そっと森を抜けて一軒の家を襲うくらいはできると知っている者が」

「たぶん戻るところを見られたのよ！」メリオラは怒りもあらわに言った。

「あなたはこの土地をひとりで守ると誓ったわ。誰にも頼らず、国王に自分の力を見せつけると。ここにノルマン人の領主など来させないと。ブルー・アイルの城塞が陥落するとしたら、内部からしかあり得ないわ」

メリオラはぎゅっと拳を握りしめた。「わたしたちは幼なじみでしょう、イグレイナ！　わたしはそんなことをするつもりもないし、してもいないわよ！　わたしがユーアンを危険な目にあわせるというの？　わたしは彼を愛しているのに！」

そのとき、沈黙が流れた。室内は水を打ったように静まり返った。メリオラが振り向くと、ウォリックが戸口に立っていた。

メリオラを見つめるウォリックの目には疑念が浮かんでいる。

メリオラは悟った。わたしがユーアンの看病をしているあいだに、ウォリックはイグレイナを外に連れだしていたのだ。イグレイナは襲撃の様子を語り、ヴァイキングの遺体を見せ、たった今わたしに浴びせたのと同じ言葉を口にしていたのだろう。そして、わたしはユーアンの身に起きた出来事に打ちひしがれているふりをしていると非難されたあげく、たった今夫の前で、別の男性を愛していると宣言してしまった。

「今、兵士たちが丘陵から岩山、崖、洞窟、森にいたるまでくまなく調べて、逃げたヴァイキングや、先の襲撃の残党を探しているよ、イグレイナ。もう二度とこのような奇襲攻撃を受けないよう、大工たちが村のまわりに柵をつくり始めた。働ける者たちを総動員して作業させているし、つねに見張りを置いておくから、本土はもう安全だ」

「死んだ男の身元はわかったんですか?」イグレイナが尋ねた。

ウォリックは首を横に振り、妻を見つめた。「メリオラ……」

彼は片手をさしだした。メリオラはみぞおちが激しく震えているのを感じた。「ウォリック、わたしは……」そう言いかけたものの、声を失ってしまったかのように、弱々しい声しか出なかった。「彼はまだ危険な状態なのよ」

「メリオラ」ウォリックはきっぱりとした口調で繰り返した。

ユーアンを残してはいけない。だけどウォリックにはわたしの気持ちをわかってもらえないだろう。ユーアンはわたしの永遠の友で、マッキニー家の族長だ。いつだって、わたしのためなら喜んで命を懸けると言ってくれた。

「おれはきみの治療師としての能力に疑問を持っているわけではない」ウォリックは鋭い口調で言った。「ユーアンの命には非常に大きな価値があることもわかっている。それでも、今はおれと一緒に来るんだ」

メリオラは大きく息をのみ、イグレイナを見つめた。わたしが行かなければ、ウォリックは無理やり連れていこうとするだろう。そうせざるを得なくなったら、彼はきっと激しい怒りと疑念にとらわれるに違いない。メリオラはつんと顎をあげ、一瞬イグレイナをにらみつけてから、夫へと視線を移した。「襲撃は叔父の差し金ではないわよ、ウォリック。あなたは父が母を陵辱したと言うかもしれないけれど、最終的には母が父を説得して、スコットランド人にさせたのよ。ここはスコットランドの島で、わたしたちはスコットランドの古い習慣にしたがって日々生活してきたわ。父がこの島に持ちこんだのは、すぐれた舟と……そして父自身だけよ。ダロは父を尊敬し、あなたとともに戦ったわ。スコットランド国王のために、あなたとともに戦ったのよ」

「メリオラ。さあ、おれと一緒に来い」

「わたしはあなたも、誰のことも、ヴァイキングに売り渡してなどいないわ」

「メリオラ、早く来るんだ！」ウォリックの鋭い口調に、メリオラは狼狽した。彼はわたしを疑っているし、イグレイナは敵の言葉を疑いもせずにわたしを非難している。

後ろでファーギン神父が促した。「行きなさい、メリオラ」

「兄の看病はわたしとファーギン神父でするわ」イグレイナはメリオラに近づいて肩に手をかけた。ウォリックの口調を聞いてメリオラを気の毒に思ったのだろう。あるいは、ダロはともかくメリオラに罪はないと信じてくれたのかもしれない。

「ユーアンには四六時中誰かがそばについていなければだめなのよ」

「わかっているわ、メリオラ。わたしがついているし、ファーギン神父もいてくれるわよ」

メリオラはうなだれた。ウォリックがついに我慢できなくなって近づいてくるのに気づき、彼女ははっとわれに返って夫のもとへと急いだ。「メリオラ、またここに戻って愛する男性の看病をしてもいい。だが今はおれと一緒に来るんだ！」有無を言わせない口調で言った。

ウォリックがすさまじい怒りにとらわれているのを察して、メリオラは下唇を噛んだ。ふたりが一緒に家を出ると、すぐ外でアンガスが待っていた。

「ユーアンは？」アンガスは小声で尋ねた。

「生きているよ。なんとか一命をとりとめるかもしれない」

「今ディヴィッド一世の使者が着きました。国境地帯でまた反乱が起きているそうです」

「タインでか？」

「ピーター卿の領地の東側です。なにが起きているにせよ、連中が卿を引きずりこむつもりなのは間違いないでしょう」

「みんなに準備を整えさせろ。夜が明けたら出発だ」

ウォリックはメリオラをせきたてて、船首にドラゴンの飾りがついた舟へと向かった。ふたりはアディンの舟で満ち潮の海を渡るのだ。ウォリックが岸から舟を押しだし、中央の漕ぎ手の席についたとき、メリオラは彼に初めて会った晩のことを思いだした。

舟は水面を滑るように進んでいく。ウォリックにじっと見つめられているのに気づいたが、メリオラはまだ頭のなかを整理できていなかった。ユーアンへの愛は今や兄弟への愛のようなものだと、状況は変わったのだと説明できたらいいのに。だけどわたしはまたしても、今の正直な気持ちを告げて責められた。それにダロの人柄はよく知っている。わたしがそうであるように、叔父も潔白だ。ウォリックにわたしを責める権利はない。

「わたしはなにもやましいことはしていないわ！　絶対に――」

「なにも言うな。今は聞きたくない」

「でも――」

ウォリックの目に浮かぶ冷徹な表情に、メリオラはしばらく押し黙った。

やがてふたりは島に着いた。待っていたマーキュリーに乗せられ、ウォリックが後ろに乗ったときも、メリオラは抗わなかった。行き先はわかっている。城塞に、塔に戻るのだ。

塔のなかはすでに兵士たちや馬車、軍馬、武具などでごった返していた。ふたりが険しい面持ちで歩いていくと、あちこちで兵士たちが手をとめてはユーアンの安否を小声で尋ね、また仕事に戻っていった。メリオラには、ウォリックが軍を率いていく必要があることも、ブルー・アイルの守りをかためておく必要があることも、わかっていた。ウィックのジョンは門の持ち場についているから、彼はここにとどまるのだろう。ジョンほど遠くまで見渡せる者はいない。城壁の守りがこれほどかたいとは誰も思わないだろう。

たしかに、ウォリックが去っても城塞は守られる。

わたしのために……。

それとも、わたしから守るために？

メリオラはウォリックの先に立ってふたりの私室へ歩き、自分で扉を開けて暖炉の前まで行くと、さっと振り向き、くってかかった。「わたしは無関係よ。わたしがあなたとの結婚を承諾したのは、叔父と共謀して領土を荒廃させ、民を滅亡させるためではないわ」

ウォリックは扉を閉め、マントを脱いで刀の鞘をはずした。父親の形見の両刃の剣はベッドに置いた。

「聞いているの？」メリオラは叫んだ。

ウォリックは腕組みをして彼女を見つめた。「ユーアンはきみの恋人で、イグレイナはきみの友人だ」

「ええ、そのとおりよ！　いったいなぜ、わたしがその彼らを傷つけようと――」

「あの男たちは、撤退したヴァイキングの残党と思われている。だが、果たして本当にそうだろうか？　城塞は難攻不落だから、城を守る者たちを殺すにはひとりずつ倒さなければならないと、何者かが考えたのではないか？　興味をそそられるな」

　メリオラは憤然と息をついた。「あなたは本気で言っているの？　わたしがあなたとベッドをともにしているのは……叔父にこの城を奪わせるためだと？」

「きみは自ら進んでおれとベッドをともにしているのか？」ウォリックはよそよそしい口調で尋ねた。

　メリオラは顔をそむけ、石づくりの炉棚を握りしめた。「わたしはなにもかも承諾したわ。あなたの条件ものんだじゃない！」

「それさえも、なるほどと思えてくるな。きみには選択の余地がなかった。おれと結婚するか、相続人の権利を剥奪されるかのどちらかだった。そしてきみは憤慨して国王に盾つき、おれを嫌っていた。父親の親族に計画を持ちかけても不思議ではない」

　怒り心頭に発して、メリオラは大きく息を吸った。「たしかにあなたなんか大嫌いよ。よくもそんなふうにわたしを非難できるわね！」

「きみを非難したわけではない。そのような計画があったとしても、うなずけると言っただけだ」

メリオラはウォリックに歩み寄った。あまりの怒りに頭のなかがまっ白だ。「誰かになにか言われたら、すぐにわたしを非難するのね！　姿さえ見えない敵がつぶやいた言葉を疑わずに、わたしを非難するなんて。あなたは……人でなしよ！」

メリオラは殴りかかろうとしたが、ウォリックに腕をつかまれ、万力のように強靭な手で引き寄せられた。彼女は必死にその手を振りほどいた。ウォリックのそばにいて、彼の手の感触や香りを感じていると、ふたりの愛の行為や、自分のなかに芽生え始めた感情、彼を求め、嫉妬や不安を感じていることが思いだされてならない。メリオラは背を向けて、部屋の反対側へと向かった。

「そしてユーアンは死にかけている」

「ひどすぎるわ。わたしが誰かと共謀して彼を傷つけたりするはずは――」

「わかっているよ。きみは彼を愛しているんだからな」ウォリックはそっけなく言った。

メリオラは再び振り向いた。「ユーアンは友人で、とてもいい人よ。彼はあなたに仕えてきたし、あなただって彼はいい人だと――」

「彼の弁明をする必要はないよ。問題なのはきみの言動だ」

メリオラは息をのんで、うつむいた。「ユーアンは友人だと言ったでしょう――」

「だがもはや、おれと一緒にタインへ行く気はないんだろう？」

葛藤にさいなまれながら、メリオラはウォリックへと視線を向けた。「ユーアンは死ぬかもしれないのよ!」小声でささやく。「ここでいちばん治療が上手なのはわたしなの。わたしなら彼を救えるかもしれないのよ」

「きみが望むから、おれはきみを置いていくべきなのか?」

メリオラはしばらくのあいだウォリックをじっと見つめていたが、やがて両手をあげて静かに言った。「信じてくれるかどうかわからないけど……わたしは残りたくないのよ。あなたと一緒に行きたいの。だけど、今は……残らなければならないわ」

「おれが許せばな」

メリオラは息をのんだ。本当はウォリックに反対してほしかった。一緒に行くのだと言ってほしかった。でも、わたしが残ることでユーアンは助かるかもしれないのだ。ファーギン神父にどれほど知識があろうと、イグレイナがどれほど兄を愛していようと、いちばん治療ができるのはわたしなのだから。

「許すべきよ。ユーアンは死ぬかもしれないのよ。彼はあなたに忠実だったでしょう」

「そのうえ、きみは彼を愛している」

メリオラは首を振った。「わたしたちのあいだにはなにもないわ。以前にもなかった。それはあなたも知っているでしょう? あったのは単なる言葉とまやかしの約束、それにかなわない夢だけよ」

「夢は不貞よりずっと危険な場合もある」

「あなたは恋人のところへ行くんでしょう？　そして数えきれないほど不貞を働くのよ」メリオラは苦々しげに言った。

「だが、きみは一緒に来られる」

「でも、ここに残らなければならないのよ」

「残らなければならない？」

「ユーアンは死ぬかもしれないのよ！　お願い、だめだとは言わないで」

「ああ、だめだとは言えないし、そのつもりもないよ、メリオラ。きみの決めたことだ」目に涙があふれ、頬を伝ってきたことに動揺して、メリオラは顔をそむけた。いつしか後ろにやってきていたウォリックに抱きしめられ、はっとする。彼はメリオラの髪を指でなぞり、顎を持ちあげて自分のほうを向かせた。

「わたしは本当に、ヴァイキングの一団と共謀してあなたを裏切ろうとなんかしていないのよ！」メリオラが激しい口調で言うと、驚いたことにウォリックはほほえんだ。

「そんなことは一度も言っていない」

「でも……いいえ、言ったわ！　ほのめかしたじゃない」

「おれは、きみがダロに助けを求めても不思議ではないと言っただけだ。ユーアンに殺された男は、ダロの差し金だと言っていた。だがそのような証拠はないし、簡単に信じることもできない。おそらく何者かは、おれが安易にそれを信じて、きみやダロを非難すると思っているのだろう。場合によっては、ダロや……自分の妻に攻撃をしかけもするだろうと」

メリオラは驚いて、ゆっくりと息を吐きだした。ウォリックの言葉に安堵するあまり、体が震えだす。こんなふうに試されたことにはまだ怒りを覚えていたけれど。でも、そもそもわたしがユーアンを愛していると熱烈に告げたから、ウォリックは怒ったのだ。もちろんそのことはウォリックもすでに知っていた。でも、わたしはみんなの前ではっきりと口にしてしまった。さらにいえば、ウォリックとの結婚に同意したとき、その声にこもっていた、いかにも気のりしないという感情も、彼を怒らせたのかもしれない。

だけどわたしはあのとき本当は、結婚生活に幸せを見いだせるかもしれないとも思ったのだ。

「わたしを攻撃しないでちょうだい！」メリオラは小声で訴えた。「神に誓って、あなたを裏切ってなんかいないわ」

「教えてくれ。なぜきみはおれに逆らわなくなったんだ？」

「あなたと結婚したからよ」

「なんだって？」

「あなたを愛し、敬い、あなたにしたがうと約束したからよ」

ウォリックは突然、笑いだした。「きみが〝したがう〟という言葉の意味を理解しているとは思えないな」

「わたしはこの結婚に同意したわ」メリオラは小声で言った。

「そして……」

メリオラは大きく息をのんだ。どこかで何者かがわたしを陥れようとしているのだから、これだけは言っておかなければならない。

「あきらめたのよ」

「それだけか？　あきらめただけなのか？」

「結婚生活は……とても好ましいものだと思い始めてもいるわ」

「せっかくおれが好ましいものにした矢先に、出かけなければならないとはな」

ウォリックは軽い口調で冗談まじりに言っているだけだったが、メリオラは心配になった。「だけど、少しでも不安なら……あなたも残るべきではないの？　島が危険にさらされているのよ。イングランドの件はあとまわしにできないの？　あとから行けば――」

「今日出発しなくてはならない」

「もう少しだけ待てば？　ほんの二、三日だけ。時がたてば、ユーアンも回復するわ。もしかしたら、じきにわたしも一緒に行けるようになるかもしれない」

「時間がないんだ」

メリオラは再びうつむいた。ウォリックは彼女の頭をてのひらで包み、自分の胸に押しつけた。「おれは行かなければならないし、きみは残らなければならない。だから、別れの挨捗をしてくれ」

メリオラはなにも言わなかった。ウォリックが再び彼女の顔をあげる。メリオラは彼の目を見つめながら、つらそうに言った。「さよなら。神様のご加護がありますように」

ウォリックはほほえみ、メリオラの頬をやさしく撫でた。「神のご加護を祈ってもらえるとはありがたい。だがおれが別れのしるしに求めているのは、もう少し記憶に残るものだよ。まして、さほど不愉快ではない人間どころか〝好ましい〟人間に昇格したんだからね」

メリオラは、泣きながらもほほえむことができると知って驚いた。だがそれ以上に驚いたのは、自分が爪先立ちになってささやきながら、ウォリックの唇に軽いキスをしたことだった。そのあと彼に抱きついてしたキスは、とても軽いとは言えなかった。メリオラはウォリックに体をぴったりと寄り添わせ、舌で彼の唇を開いた。情熱と渇望、怒り、不安に駆りたてられ、すがりつくようにして、ウォリックがウールの下に着ているリネンのシャツの奥に手を滑りこませる。そしてじらすようにキスをし、大胆に舌でなぞった。まもなく彼のシャツの前がはだけると、メリオラは指先で素肌をなぞり、そのあとを唇や舌でそっとたどっていった。ウォリックがもどかしげに服をはぎとり、彼女の服も脱がせる。そのあいだも、メリオラは彼の素肌を味わい続けていた。暖炉の火は消えかかり、夜は明けようとしている。メリオラはウォリックの傷跡のひとつひとつに唇と舌を這わせながら、身をかがめていった。そして彼を撫で、包み、口に含む。ウォリックは彼女の髪に指をさし入れて、かすれた叫び声をもらした。そしてひざまずき、唇を重ね、彼女の喉もとへ、肩へ、さらに胸のふくらみへと唇を這わせていった。

弱々しく燃える火の前で、ふたりは柔らかな毛皮の上に横たわった。ウォリックはメリオラにキスをし、愛撫して、その感覚をしっかりと心に刻みこんだ。やがて無慈悲にも夜明けが訪れた。窓からさしこむ深紅や紫の光がふたりの素肌を照らし、少しずつ金色や黄色に染めていく。

ウォリックはメリオラを上にのせて愛を交わした。彼女はずっとこうしていたかった。どれほど情熱的に、荒々しく、そしてやさしくふるまっても、満足できなかった。これほど積極的に、貪欲《どんよく》に、そして必死になったのは初めてだ。頂にのぼりつめたくてたまらないくせに、近づくと身を引いてしまう。ウォリックはメリオラを見つめたあと、彼女を強く抱きしめ、稲妻のように体を動かし始めた。甘美な約束と嵐の海の猛々しさをあわせ持つ稲妻のように。やがて世界がばらばらに砕け散ったかのように思えた瞬間、メリオラは最後の嵐に襲われた。彼女は身を震わせながら、ウォリックとともに毛皮の上に横たわった。暖炉の火はすでに消え、太陽が顔を出し始めていた。

しばらくしてウォリックが立ちあがり、窓から海を見おろした。彼の体に日光が降り注いでいる。メリオラは彼の動作も、背の高さも、筋肉質の体も、肩や背中のあちらこちらにある傷跡さえも好ましく思いながら、その姿をじっと眺めていた。ウォリックがくつろいだ様子を見せてくれるのも、とてもうれしかった。でも、恋人といるときも同じなのだろうか？　男性は、妻よりも愛人といるほうがくつろげるの？　目を閉じると、ウォリックが動きまわる音が聞こえてきた。どうやら水差しの水を洗面器にあけて顔を洗い、身支度をしているようだ。音を聞いていれば、なにを身につけているところかわかる。シャツ、タイツ、タータン、ブーツ……。今鎧をつけないのは、鎧持ちのジェフリーが運ぶからだ。旗は旗持ちのタイラーが運ぶ。だからウォリックは手ぶらで馬に乗り、鎖帷子、盾、槍などの武器はあとで身につけるのだ。

もしかしたら、武器を身につける機会はないかもしれない。友人の城に行くのは、スコットランド国王に敬意を表わさないと土地を奪われる恐れがあると警告するためだ。そしてもしかしたら、先ほどのようにあっというまに服を脱ぐかもしれない。跡継ぎを産む義務のある妻ではなく、ずっと前から愛してきた女性のかたわらで。

だが、ウォリックは着替えをすませると再びメリオラに近づき、毛皮ごと彼女を抱きあげた。そして彼女の髪を撫でつけて、唇にキスをする。「おれたちの家を守っていてくれ」彼は静かに言った。

「わたしがそうすると信じてくれているの？」

「いかなる敵にも抵抗すると信じているよ」ウォリックの口もとにかすかな笑みが浮かぶ。

「だけどもちろん、あなたの部下たちもいてくれるのよね」

「アンガスは残る」

「わたしがユーアンと間違いを犯さないように目を光らせるためだとしたら、アンガスを残すのは無駄だと思うわよ」

ウォリックは肩をすくめた。メリオラが瀕死の男と不貞を働くわけがないとわかっているらしい。「アンガスが残るのは、おれの右腕だからだ。彼なら命を懸けてきみを守ってくれる」

「じゃあ、あなたは誰に守ってもらうの？」

ウォリックはメリオラの手をとって、てのひらにキスをした。「おれが戻ってこないかもしれないと疑っているのかい？」

メリオラは首を振った。「いいえ、レアード・ライオン。あなたのことは信じているわ」

彼はしばらくのあいだなにも言わなかった。「おれを信じていてくれ、メリオラ。絶対に」

ウォリックはメリオラを毛皮にあおむけに寝かせると、立ちあがって出ていこうとした。

メリオラは孤独でやるせない思いを感じている自分に戸惑いながら、遠ざかっていく彼を見つめた。ウォリックが扉の前に着いたとき、彼女はやむにやまれず声をかけた。

「ウォリック？」毛皮を引き寄せて体を起こす。

「なんだい？」

「わたしのことも信じて！」彼女は小声で言った。「お願いだから信じてちょうだい！」

意外にもウォリックは戻ってきて、再びメリオラの体を引き寄せた。彼女の額に、唇にキスをして、口もとでささやく。「ああ。きみはヴァイキングの娘だが、おれの妻でもあるんだ」

そしてウォリックはきびすを返し、足早に立ち去った。

メリオラはぎゅっと目を閉じて、あおむけに横たわった。ウォリックは行ってしまったし、ユーアンは瀕死の状態で横たわっている。起きなければならないのに、起きられそうになかった。下から、出発の準備をする兵士たちの声が聞こえる。

しばらくすると音が聞こえなくなった。どんどん時は過ぎていく。

起きなければ。わたしはユーアンの看病をするために残ったのだから。メリオラはようやく起きあがった。ああ、ユーアンのことがこれほど心配でなければよかったのに。わたしの胸が心配と嫉妬でつぶれそうでなければいいのに。

メリオラは冷たい水で顔と手を洗った。彼女は疲れ果てていた。ふと振り向くと、ベッドの上にウォリックの鞘と剣が置かれたままになっていた。

ふいに、メリオラは説明のつかない不安に襲われた。手早く服を着て鞘と剣をつかみ、中庭へと急ぐ。兵士たちの姿はなかった。胸壁には見張りがいるが、アンガスさえも途中まで見送りに行ったようだ。

メリオラは鞍をつける間も惜しんで牝馬に飛び乗り、全速力で海岸へと走らせた。本土で軍馬と馬車と兵士たちが編隊を組み直しているのが見えた。マーキュリーに乗って部下たちに指示を出すウォリックの姿もある。

岸には小舟が一艘とまっていた。メリオラは馬からおりて舟に乗りこみ、ウォリックに呼びかけた。ウォリックは彼女の姿を見て眉をひそめた。メリオラがひとりで城塞の外に出て舟に乗ったことを快く思っていないのだろう。ウォリックは任務を中断して岸へと戻り、馬からおりてけげんそうに彼女を見つめている。その様子を見て、メリオラは思った。彼は、わたしがここに残るのをやめて、一緒に行く決心をしたのかもしれないと思っているらしい。メリオラは思った。だけど、もしもわたしがその選択をしたら、彼はわたしに失望していたかもしれない。

「メリオラ――」

「剣よ、ウォリック。お父様の両刃の剣」メリオラは舟の上から叫んだ。

突然、ウォリックがほほえんで近づいてきた。浅瀬に立って剣をつかみ、腰の低い位置に鞘をつける。そして砂浜まで舟を引っぱってきてメリオラをおろした。

「ありがとう」

「どういたしまして。あなたがいつもお父さまの剣で戦うのは知っているの。それにこの剣が……あなたをわたしのもとに連れ戻してくれるような気がしたのよ」

「つまり、きみはおれに戻ってきてほしいのかい？」

「ええ」メリオラはウォリックと視線を合わせ、ためらいがちに言った。「実を言えば、あなたは好ましいだけではないわ。とても凛々《りり》しくて魅力的で、思っていたよりもずっとすばらしい人よ。だけどわたしは……」

「なんだい？」

「わたしは……」メリオラの声がとぎれた。彼女は勇気を奮い起こしてささやいた。「ようやくわかってきたの。わたしにはあなたが必要で……わたしは……」

メリオラの勇気はなえた。言いたいことはもう言いつくしたように思える。ウォリックのまなざしには、謎《なぞ》めいた感情と、意外なことにやさしさがあふれていた。そして彼の言葉もやさしかった。「メリオラ、おれは必ず戻ってくる。そしてそのときには……」

ウォリックは兵士たちの前でメリオラにキスをした。とたんにどよめきがわき起こる。どうやら彼らはふたりのことを認めてくれているようだ、と彼女は思った。

だがやがてウォリックはマーキュリーに乗り、最後にうなずいてみせると、きびすを返して軍隊の前に戻っていった。

そしてアイリッシュ海から吹く一陣の風とともに、ウォリックは行ってしまった。

メリオラは残された。

瀕死の男性とともに。

大きな不安を抱いたまま。

第二十一章

丸五日間、ユーアンは生死の境をさまよった。彼が発熱するのも、高熱こそ大敵だということもメリオラはわかっていた。彼女とファーギン神父、イグレイナ、そしてユーアンの祖父母はつきっきりで看病をした。メリオラとイグレイナは以前の親しさをとり戻し、ユーアンが高熱に冒されたときは丘の頂上から運んできた氷で体を冷やし、寒気に襲われたときは毛皮でくるんだ。さらに、化膿《かのう》を防ぐため傷に湿布をし、水や重湯を彼の口に入れた。

五日間、ユーアンは意識が戻らないまま横たわっていた。みんな静かに彼のそばに座り、声をひそめて話しかけ、そして祈った。

アンガスはつねに家の扉の前にいた。広大な城壁ではジョンがこれまで以上に警戒して見張っている。村のまわりに建築中の柵の前にも、今は見張りが何人か立っていた。

それでもアンガスは決してメリオラのそばを離れようとはしなかった。

メリオラはときおり考えた。アンガスが残ったのはわたしを守るためかしら？　それとも監視するためなの？　禿げ頭で傷だらけの屈強な老戦士は、見かけによらずやさしいところもあった。ほかの者たちの手がふさがっているときはよく手伝ってくれたし、意識の戻らないユーアンに向かって、まるで彼が聞こえているかのように話しかけた。いつしかメリオラも同じことをしていた。「死人のように扱えば、彼は死んでしまうかもしれません」アンガスはメリオラに言った。「でも、彼を必要としていると言わんばかりに話しかければ……」

「生きられるの？」

「その可能性は大いにありますね」

メリオラは来る日も来る日もユーアンのそばに座って手を握り、看病をした。彼のことはとても大切に思っているが、一緒に過ごした日々ははるか昔の出来事に思えた。もちろん、当時も今も、ユーアンを愛していることに変わりはない。実際、心から深く彼を愛している。だけど、あのころの愛はまったく別のものに変わってしまった！　寝ずの看病をしているとき、彼女はしばしば思った。わたしがユーアンを不幸にしてしまったのかもしれない。わたしはここの女主人にして偉大なるアディンの娘であり、自分の流儀でことを進めようとしていた。そのせいで幾度となくユーアンを窮地に陥れていたのかもしれない。

一方、ウォリックに対する感情はまったく違った。ウォリックに抱く感情は、嫌悪であれ、怒りであれ、情熱であれ、さらに欲望であれ、これまで感じたことがないほど強かった。それに起きているときはもちろん、夢のなかでも、彼のことばかり考えてしまう。いつ、なにがきっかけでそんなふうになったのかはわからない。だが、単にウォリックと結婚したからではないのは確かだ。国王に命じられても、わたしは彼を求めなかったし、愛さなかった。

そう、ウォリックを愛して初めて、わたしは知ったのだ。いちばん知りたくなかったことを。愛する夫を持つのが苦しいことだとは、愛がこれほどつらいものだとは知らなかった。

メリオラは毎日ユーアンを見守り、彼が助かりますようにと祈った。彼女は神に語りかけた。〝あなたは母を奪ったうえに、父までもあまりにも早く、あまりにも残酷な方法で奪ったのですから、どうかユーアンを連れていかないでください〟と。だがそう祈りながらも、心は別のところへとさまよい、心配になるのだった。ウォリックはタインに着いたのだろうか？　彼は今、なにをしているの？　戦っているのだろうか？　それとも穏やかに過ごしているの？　夜はどこで寝ているの？　本当なら彼と一緒にいられたのに。ヴァイキングがまた襲撃してきて、領民や友人までもがわたしがその件にかかわっていると思わなければ……。

五日目の午後、ユーアンの容態は悪化した。イグレイナは泣きながら、なにがいけなかったのだろうと考えているし、ファーギン神父は悔しそうにしている。メリオラ自身もどうすればよいのかわからず、悲嘆に暮れるばかりだった。ユーアンはまた高熱が出たため、兵士たちがとってきてくれた氷で彼の燃えるように熱い体を冷やした。アンガスは瀉血《しゃけつ》するべきだと言ったが、ファーギン神父が反対した。湿布によって感染を予防しているし、負傷時に大量に出血しているので、抜きとれるほど血が残っているかどうか疑わしいというのだ。何時間ものあいだ、みんなは水に浸したリネンのシーツでユーアンの体を覆い、布が体の熱を吸収すると、再び水に浸して覆った。傷のひとつが化膿していたので、傷口を切開して膿《うみ》を出し、またシーツで覆う。夕方、ファーギン神父がユーアンに触れたところ、彼は身じろぎひとつしなかった。メリオラは、ユーアンが死んでしまったのではないかと不安になった。だが、神父は言った。「どうやら……少し熱が引いたようだ。このまま続けよう」

ユーアンは生きていた。それからまた数時間、みんなでユーアンの体を冷やし続けた結果、ようやく熱もさがったようだった。それでもユーアンはまだ目を開けないし、ひと言も話さないため、ファーギン神父は深刻な表情を浮かべていたが。シーツに覆われていたユーアンは、体を清めて乾かしたあと、寒くないように毛皮にくるまれた。真夜中近くになるとファーギン神父とイグレイナは眠り、メリオラだけが夜通し看病を続けた。彼女はいつしかユーアンのベッドの端に突っ伏してまどろんでいた。

「メリオラ……」

夢うつつで、彼女は自分の名前を呼ぶ声を聞いた。髪に触れられたのを感じたときは、一瞬、城塞の私室でウォリックとともに暖炉の前に横たわっているのだと思った。それからはっとして飛び起き、本土にあるマッキニー家でユーアンに付き添っていたのを思いだした。

ユーアンは目を開き、メリオラを見つめていた。彼女の名前を呼ぼうとしていたが、まだ声がちゃんと出ないようだ。

　メリオラは喜びの声をあげてさっと立ちあがり、身をかがめてユーアンの額にキスをした。メリオラの声で、イグレイナとファーギン神父も、それにユーアンの祖父母も目を覚ました。彼らは代わる代わるユーアンにキスをして、水を飲ませた。ファーギン神父が、ほどほどにしないとユーアンを窒息させてしまうと釘を刺したが、アンガスまでもがやってきて彼の頬にキスをした。ユーアンは子猫のように弱々しく、神父の言うとおり、まだ看病が必要だ。

　けれどもいったん回復し始めると、ユーアンはみるみる元気になっていった。相変わらず一日じゅうベッドで過ごしてはいたが、日ごとに少しずつ体を起こせるようになり、腕の曲げのばしもできるようになった。そしてついには立ったり座ったりもできるようになった。完全に回復するにはまだ時間がかかるだろうとファーギン神父は言ったが、ユーアンは間違いなく快方に向かっていた。

　ある日の午後、ユーアンに付き添っていたメリオラは、彼の体力が質問に耐えられるほど回復したと判断して尋ねた。「イグレイナに聞いたのだけど、あなたを襲撃させたのはダロだと言ったそうね。それにイグレイナは、暗にわたしも一枚噛んでいるのではないかとも言っていたわ。ユーアン、わたしにはは叔父がかかわっているなんて信じられないの。それ以上に、あなたがわたしも仲間だと思うとは信じられないわ」

ユーアンは悲しそうにメリオラを見つめた。「メリオラ、おれが戦った男は、ダロ様に命じられて来たと言っていた。ここはヴァイキングの拠点だから、ダロ様がとり戻すのだと」

「でも、ユーアン……」

「めった切りにされたときには、死んだと思ったよ。とにかくイグレイナを助けたくて必死だった。きみを巻き添えにしたことは本当にすまないと思っている。きみは愛する人たちを、大切な人たちを、殺したり傷つけたりはしないとわかっているよ」

その言葉に感謝して、メリオラは目を閉じた。

「ウォリック様はダロ様を懲らしめに行ったのかい？」

メリオラはぱっと目を開けて、首を振った。「いいえ……そうではないと思うわ。タインに行くように命じられて、そちらへ向かっているの」

「おれはずいぶん迷惑をかけてしまったんだろうね、メリオラ。本当にすまない。ウォリック様が、きみは領民を裏切ったりしないと思ってくれるといいのだが」

「ウォリックは、わたしがヴァイキングに協力を求めても不思議ではないと言っていたわ」

メリオラはそっけなく言った。

「まさかきみを……」

「わたしを殴る？　地下牢にほうりこむ？　いいえ、今のところはまだ大丈夫よ。彼は、あの男たちがほかの人間に濡れ衣《ぎぬ》を着せている可能性もあるとも言っていた」

ユーアンは笑顔を見せ、物憂げに目を閉じた。「きみが殴られなくてよかったよ。今のおれは、きみの名誉を守るためにウォリック様に刃向かっていけるような状態ではないから」

メリオラはくすりと笑い、ユーアンの頬にキスをした。「あなたが元気になってくれて本当によかったわ。あなたを失うようなことになったら、きっと耐えられなかった――」

「だがおれはきみを失った。そうだろう？」

メリオラは息をのんでユーアンを見つめた。彼はかぶりを振った。「いいんだよ、メリオラ、こうなるべきだったんだ。今はただ、ダロ様の潔白と、ウォリック様の行き先がタインであることを、そしてみんなが平穏に暮らせることを祈るのみだよ」

「もちろんウォリックはタインに……」

ふと気づいて、メリオラは話を途中でやめた。たしかにウォリックはタインへ向かったが、部隊を率いている。もしも彼が本当にダロは黒だと思っていたら、ダロのもとへ行って戦うこともできるのだ。

「ああ、神様……」

「メリオラ、どうした？」

「いいえ、なんでもないの。ちょっと外に出てくるわね。イグレイナとファーギンは家にいるわ。今はちょっと休憩しているけれど――」

「おれは大丈夫だよ」

メリオラはうなずいて立ちあがり、アンガスが待機しているはずの外へと急いだ。アンガスは家の前にある長椅子に座って、ナイフで木片を削っていた。メリオラを見たとたん、彼は立ちあがろうとした。

「いいのよ、座っていて。それよりも教えてちょうだい、ウォリックは今どこにいるの?」

「タインですよ、レディ。ご存じでしょう?」アンガスは答えた。

「叔父の居所についてはなにか聞いている?」

アンガスはためらった。「スターリング郊外の野営地にとどまっていると聞いています」

「叔父への手紙を誰かに届けさせてほしいの。叔父に手紙で知らせるわ。結婚前にわたしを野営地から連れだした人間が、今またウォリックとダロを戦わせようとしているらしいと。叔父が自分の身を守れるように、濡れ衣を着せられていることを知らせたいの」

アンガスは彼女を見つめた。「あるいは、戦いの準備ができるように」彼は静かに言った。

メリオラはひざまずいた。「叔父は潔白だし、わたしも潔白よ。誓って言うわ。わたしには夫を追いだすつもりも、ほかの男性をこの土地の領主として迎えるつもりもないの」

アンガスのまなざしにはウォリックに対する忠誠心と愛情がうかがえた。メリオラは傷跡が残るアンガスの頬に触れた。「あなたに誓うわ、アンガス」

「なぜです?」アンガスが静かにきいた。

「わたしはウォリックを愛しているからよ」

しばらくして、アンガスは笑みを見せた。「わかりました。叔父上に手紙を書いてください。使者に届けさせます。ダロ様が陛下にこの件を報告すれば、真相がすべて明らかになるでしょう」

「ありがとう」メリオラは無邪気に言って、尋ねた。「アンガス？」

「はい？」

「ウォリックはいつまで留守にするの？」

アンガスは肩をすくめた。「作戦によっては何ヵ月もかかりますからね。だが、順調に話がまとまれば、すぐに戻ってこられるはずですよ」

「ユーアンは元気になったわ。日を追うごとに体力がついてきているし」

「そうですね」アンガスは重々しく相槌《あいづち》を打った。

「わたしをウォリックのところへ連れていって、アンガス」

「レディ、城塞から出ては――」

「お願い。あなたも一緒に行ってちょうだい」

アンガスが立ちあがると同時に、メリオラも立ちあがり、視線を合わせた。「使者が今日か明日には来るはずです。ウォリック様がまだタインにいるかどうかきいてみましょう」

メリオラは禿げ頭の戦士を抱きしめた。「ええ、アンガス！」彼女は彼の頬にキスをするなり、きびすを返した。そのときふいに、めまいに襲われた。目の前がまっ暗になり、壁に手を突いて体を支える。アンガスがすぐに気づいてそばに来てくれ、めまいもおさまった。

「レディ?」

「大丈夫よ。たぶん疲れているだけ」

「疲れている?」アンガスはけげんそうな顔でメリオラを見つめた。「あるいは……」

「たぶん疲れているだけよ。わたしは体が弱くはないし、ふらついたことも、気分が悪くなったことも、吐き気を覚えたことも、これまでに一度だって……」メリオラの声はとぎれた。長いあいだユーアンの看病をしていたし、ウォリックのことが心配でたまらなかった。

エリアノーラと一緒にいるウォリックのことが。

だから自分自身のことはまったく顧みなかった。少しは考えたり、注意を払ったりしていれば、気づいていたはずだ。あれから何日たったのか……。

まさか、そんなはずは……。いいえ、その可能性はあるわ。

そう思ったとたん、メリオラは胃がむかむかし、不安と興奮がこみあげてきた。

「いいえ、そうとは思えないわ」彼女はアンガスに言った。

アンガスは片眉をつりあげた。彼は無言で疑問を投げかけているのだ。〝なぜです?〟と。

なぜだろう? まさにウォリックの望んでいたことだ。だけどもちろんわたしには断言できないし、はっきりとはわからない……。

だが、アンガスにははっきりとわかっているようだった。「一緒にウォリック様を訪ねましょう、レディ。あなたが休息をとると約束してくだされば」

「まあ、アンガスったら！　この城の女主人は誰だと思っているの？」

「あなたですよ。だが、おれの仕事はあなたを守ることですし、そうするつもりです……たとえあなたに逆らうことになっても！」

「もしそうだったら……彼は喜んでくれるかしら？」メリオラは不安そうに尋ねた。

「言葉では言いつくせないほど喜ばれるでしょうね」

メリオラはウォリックに会いたいという思いを募らせながら長椅子に座った。


タイン城の門に通じる丘の上に整列した部隊はとても屈強そうに見えた。ウォリック自ら率いてきた騎馬隊のほかに、国王に遣わされた弓兵や歩兵の一団もいる。交渉になるにせよ、戦いになるにせよ、これらの兵士たちはしばらくここに駐留することになるだろう、と彼は思った。スコットランド国王の名においてあの城を獲得したあかつきには、警備する必要があるからだ。ウォリックは出発して五日後にスターリング城に入り、軍備を増強した。そのあとタイン城の郊外に到着すると野営の準備を命じ、全員を整列させて、デイヴィッド一世が今回の計画にどれほど力を入れているかをピーターに見せつけた。故郷を出て二週間後の今朝、旧友をしたがわせる準備は整った。

ピーターがどこにいるか、ウォリックにはわかっていた。城壁沿いに立ち、彼の到着を見ているはずだ。友を非難しているのか、国王が友に伝言を持たせたことに感謝しているのかは定かでないが、ピーターは相手が誰であれ、権力の座にある者に対して忠誠をつくすといつも言っていた。この地方は何世紀にもわたって、さまざまな権力者たちが入れ替わり立ち替わり支配してきたため、自分たちをスコットランド人と見なす者も、イングランド人と考える者も多い。君主が自分たちを飢えさせたり、殴ったり、追いだしたりしない限り、国王は誰でもかまわないのだ。封建制度を持ちこんだのはノルマン人だが、保護の見返りに奉仕することは太古の昔から行なわれていた。

ウォリックの横でトーマスが言った。「よろしいでしょうか、ウォリック様?」

「ああ、トーマス」

トーマスはスコットランド国王、デイヴィッド一世の伝言を口頭で伝える役目を果たしている。彼は旗持ちのタイラーだけを連れて出発した。タイラーはウォリックの旗だけではなく、国王の旗も掲げている。ウォリックはふたりを眺めながら、ふと不安を覚えた。城壁で石弓をかまえている兵士たちにとって、彼らをしとめるのはさぞ簡単に違いない。だがピーターはそれほど愚かではない。これはしきたりにのっとっているし、和解を求める者は使者を殺したりはしないはずだ。

タイン城の門が開き、馬に乗った兵士がふたり出てきた。双方の使者たちは広場で相対した。馬がいななき、足を踏み鳴らす。ウォリックの耳に、蝿《はえ》の音が聞こえてきた。部隊の誰かがときおり位置を変える音がするだけで、あたりは静まり返っている。

やがてトーマスとタイラーはタイン城の使者たちと別れて戻ってきた。何度もウォリックの供をしてきたトーマスは、ほっとしている様子だった。

「タインのサー・ピーターはウォリック様を歓迎されています。サー・ピーターは、この地域がイングランドとスコットランドの争いの狭間にあることを十分理解されていました。さらに、国王軍への降伏を拒めば、死や破壊行為がもたらされ、このタインが廃墟《はいきょ》となる可能性も承知されています。サー・ピーターは、デイヴィッド一世が自分にタインを領有させてくださり、マティルダとスティーヴンの争いに乗じて権力を得ようとする残忍な一派から守ってくださるならば、陛下とともに戦う意思がおありです。今や、イングランド北部の領主たちのなかには、国王軍に匹敵するほど強力な軍隊を持っている者もいるようです」

「ピーターの使者に伝えてくれ。陛下はピーターがイングランド人から攻撃を受ける可能性が高くなるのを承知しておられるし、そのためにわれわれは強力な部隊を率いてきたと。それから、城の門をくぐるのは百人の兵士だけで、残りの兵士は門の外で野営をすると」

トーマスがウォリックの伝言を伝えると、ピーターの使者と旗持ちは城内に戻っていった。やがて門が開いてピーターの部下たちが再び姿を現わした。そしてタイン城は、一滴の血も流されることなく、スコットランド国王デイヴィッド一世の名において獲得された。

ウォリックは野営組と同行組の双方に指示を出した。ピーターが裏切るとは思えなかった。忠誠心があるからというより、分別があるからだ。それに城内に大勢の武装兵があふれていては、異議を唱える気も起こらないだろう。もしも戦いになっていたら、城は包囲され、攻撃されて、たちまち苦境に立たされていたに違いない。タイン城がこれまで持ちこたえてきたのは、ひとえにピーターの機を見るに敏な性格のおかげだった。

ウォリックはトーマスやタイラーと並んで門をくぐった。ほかの側近たちが彼らを囲み、そのあとに騎兵や歩兵が続いた。ピーターはエリアノーラと並んで中庭で馬に乗って待っていた。ふたりとも戦いより野外劇見物にふさわしい立派な服を着ている。ウォリックと対面したピーターは外交手腕を如才なく発揮した。彼はウォリックの部隊を迎え入れ、自分の無力さを繰り返し述べた。そして降伏には納得しているが、イングランドの君主がこの土地を奪還した場合には、たとえ統治権は失っても、せめて首だけは失いたくないと言ったのだ。

ウォリックはピーターの言葉を受け入れ、彼は賢明な領主であり、彼の決断が領民の命と生活を守ったと告げた。そして必ずや、領民たち全員がスコットランドの大地で暮らせるよう、神がとり計らってくださるだろうとも言い添えた。話しているあいだ、ウォリックはエリアノーラがこちらを見てほほえんでいるのに気づいた。彼女はまったく変わっていないし、デイヴィッド一世がウォリックの結婚を決めたことにも驚いていないようだ。一連の成りゆきをおもしろがっていて、儀礼的なこともそのあとのことも楽しみにしているように見えた。

「レアード・ウォリック、新たにスコットランド国王の臣下となる誓いをたてた者として、あなた方を夕食に招待いたします。デイヴィッド一世のために祝杯をあげましょう」

ウォリックは招待を受け入れた。

実際に大広間で食事をするのは、ウォリックとトーマス、それにあと四人の部下となった。タイン城の大広間はそれほど広くないからだ。大広間に入ると、前回ここに来たときのピーターとの会話が思いだされた。ウォリックは国王の代理として、ピーターとエリアノーラのあいだに座った。ウォリックとエリアノーラのあいだには、ふたりで一緒に使う杯が置かれている。彼女は絶えずウォリックの指に触れながら、あたたかさとユーモアをたたえた瞳で彼の目を見つめていた。

「ねえ、サー、新しい領地の話をしてくださいな。ブルー・アイルのお話を。もちろん、噂は聞いたことがあるけれど。物語や歌にも出てくる伝説的な場所ですもの」エリアノーラはウォリックに言った。

「本当にすばらしいところだ。切りたった断崖もあれば、砂浜もあるし、その向こう側には波止場もある。ときには島から本土に歩いて渡れるよ。少々濡れるけれどね」

「城塞は?」ピーターが尋ねた。

「岩山の上に立っている。聞いた話では、ローマ人の占領下にあったとき、彼らが岩山の上に最初の外壁をつくったそうだ。壁の厚みが六メートルに及ぶところもある。ノルマン人に征服された時代には、ノルマン式の建築技術が城塞をさらに強く美しくした。それは誇り高きケルト族の領民すら認めているよ」

「さぞかし美しいんでしょうね」ウォリックとエリアノーラは同時に杯をつかみ、ふたりの指が触れあった。「そうなんでしょう?」

ウォリックはエリアノーラの目を見て、彼女が尋ねているのは城塞のことではなく、妻のことなのだと悟った。

「ああ、とても美しいよ」

「ひとりの男性の関心を生涯つなぎとめておけるほどに?」

「ああ」彼は重々しく答えた。

エリアノーラの唇にはかすかな笑みが浮かんでいたし、ウォリックを見つめるまなざしにも恨みがましさはうかがえなかった。やがて大広間に楽隊が入ってきて、陽気な曲を奏で始めた。道化師もやってきて、そのおどけたしぐさに笑い声がわきあがる。ピーターは杯を手に立ちあがり、スコットランドのデイヴィッド国王に乾杯した。そうして夜はふけていった。

ウォリックはその場を早めに辞した。寝室はタイラーに命じて確保させてあった。部屋にさがって三十分もたたないうちに扉をノックする音が聞こえ、エリアノーラが来たと悟った。

「ここにはあなただけなのね？」彼女はあたりを見まわして言った。

「ああ」

「ねえ、わたしは傷ついたりしないわ。だってそうでしょう？」エリアノーラは小声で言った。「あなたは既婚男性で、しかも結婚は国王がとり決められたことなんですもの。いつかこんな日が来るのは予想していたけれど……わたしにとってはなにも変わらないとわかっていたわ。不倫は罪だと言われている。でも、この罪を犯す男女は世の中に大勢いるから、地獄の入口はさぞかし混雑しているでしょうね。それに、わたしには罪だとは思えないの。神はわたしたちに自由な意思を授けたと言われているけれど、自由に望みどおりの相手と結婚できる人なんてひとりもいないようだもの。それはそうと、奥様はお若いんでしょう？」

「ああ、若い」

「長い金色の髪に、海よりも青い瞳をしているのよね？」

「ああ」

エリアノーラは腕組みをしてウォリックを見た。「美しさだけでは男性をつなぎとめられないわ」

ウォリックはエリアノーラに近づき、やさしく抱きしめて髪を撫でた。彼女とは長いつきあいだ。彼女の感触も香りもよく知っている。彼女と一緒にいれば気が休まるだろう。ブルー・アイルを発ったのは、もうずいぶん前のことに思えた。

エリアノーラと再会したらどんな気持ちになるだろうとずっと考えていた。ふたりは何年ものあいだ、できる限り一緒に時を過ごしたし、彼女はまるで自分の体の一部のようになじんでいる。しかもエリアノーラは相変わらず美しくてやさしく、おれが愛した女性のままだった。エリアノーラに会えば欲望が首をもたげるだろうか、彼女がほしくなるだろうかと思っていたが、エリアノーラをやさしく抱きしめて初めて気づいた。自分が今、そばにいてほしいのはメリオラだと。

その理由は山ほど考えられるが、なによりも大きな理由は、ユーアンに嫉妬を覚えているからだろうと思われた。どんなに冷静になろうとしても、その気持ちを抑えつけることはできなかった。勇敢で、大胆で、機知に富み、しかも道義をわきまえた男性のそばにメリオラを残していくことを、おれは恐れていたのだ。

おれはメリオラが、恋人になるはずだった男性の裸体に触れて治療するのを見ていた。負傷する前のユーアンはとてもたくましかったはずだ。それなのに、ふたりが一度も結ばれていなかったことには少々驚いた。メリオラは彼を愛していると言っていたのに……。

だが、メリオラに一緒に来るように誘ったのは、怒りや不安や嫉妬からではない。一緒にいてほしかったから、ただ彼女を求めていたからだった。

にもかかわらずメリオラを残してきたのは、それが唯一、正しいことだったからにすぎない。さまざまな問題があるとはいえ、彼女を信頼していたからだ。

なぜエリアノーラと一緒にいる今、自分の感情や欲望が変化したのかはわからなかった。エリアノーラは相変わらず美しいし、妻を迎えたからでもないだろう——エリアノーラと逢《おう》瀬《せ》を重ねながら、ほかの女性と関係を持っていたこともあるのだから。愚かにもおれは妻を愛してしまったのだ。ほかの女性を抱いているときに、突然、どれほど妻を愛しているか思い知らされた。メリオラのためなら命だって投げだせるだろう。だがそれはおれが騎士だからでも、彼女の夫だからでも、国王の闘士だからでもない。高潔さや名誉といった騎士道精神からでもない。メリオラのために命を投げだせるのは、彼女が自分の人生そのものになったからだ。おれの心にはすでに多くの思い出が刻みこまれている。ドラゴンの装飾が施されたアディンの舟で海を渡り、父の形見の剣を持ってきてくれたメリオラの姿は決して忘れられないだろう。そして、おれを拒んだり、ほんのわずかだが愛してくれたりしたとき、おれにじっと向けられた彼女の瞳は。

「エリアノーラ、きみは美しい女性だ、きみはずっと、おれにとって大切な人だったし、おれに安らぎを与えてくれた。だが……」

エリアノーラは体を離してウォリックをじっと見つめた。「奥様を愛しているのね？」

「すまない」

彼女はほほえんだ。「謝らないでちょうだい。すばらしいことじゃないの」

「きみのことは大切に思っているよ、エリアノーラ。傷つけるつもりはなかったんだ」

「わかっているわ、ウォリック。あなたにとってわたしがどんな存在かは。でももちろん、今は傷ついているわ。だって、あなたを求めているんですもの。それでも、ほかの女性を求めている男性と一緒に過ごしたくはないわ。だけど……」

「だけど？」

「万が一奥様への愛が冷めるようなことがあったら、どうか戻ってきてちょうだい。わたしはここにいるから」

「いないかもしれないじゃないか。きみはまた結婚するかもしれない」

エリアノーラは首を横に振った。「今後の結婚については、わたしは自分の好きなようにしていいと言われているのよ。だから将来、結婚するつもりはないの」

「先のことはわからないよ」

「ええ、そうね」エリアノーラはウォリックの頬に触れ、唇にそっとキスをした。それから、彼の腕をすり抜けて部屋を出ていった。ウォリックの心は重く沈んだ。

ケルト族が頬ひげをそり、口ひげを生やすのに対し、ノルマン人はきれいにひげをそる。ウルリックから見れば毛むくじゃらのアングロサクソン人は愚か者としか思えなかったが、ヴァイキングたちも長髪で顎ひげをのばす傾向があるので、前回ダロの野営地を訪れたときには彼も顎ひげを生やしていた。そこでウルリックはひげをきれいにそり、ノルマン人のように髪を短く刈って、手鏡に映る自分の姿を確かめた。これで見違えるようになった。前回同行していた者たちは、ハンを残して全員死んだ。だがハンが言っていたように、ヴァイキングは富と名誉のために戦い、戦死は立派なことだと考えている。彼らは自らの判断でおれとともに戦うことを決めたのだから、この死もしかたのないことと受け入れているに違いない。無理やり連れてきた農夫たちはそんなふうに思っていなかったかもしれないが、英霊として神の殿堂《ヴァルハラ》に葬られている今は、理解しているはずだ。

ウルリックはいとこの娘、アン・ハルステッダーを訪問するために立派な服を着た。彼女は今、ダロ・ソーソンの妻となっている。ハルステッダー家はデンマークに代々続く貴族の家柄で、ブリテンのノーサンバーランド地方を治めてきた。レンフルー卿が何十年も前にマキニッシユ家の土地を没収していれば、今ごろはウルリックの父親が国境地帯を統治し、彼も莫大《ばくだい》な財産の相続人となっていたはずだった。だが激高した少年が邪魔をしたせいで、ウルリックの父親もレンフルー卿も殺され、なにもかもが失われた。後継者たちは辛酸をなめるはめになった。レンフルー卿の息子エティエンヌは、この十年を費やして、父親が失ったものを再建してきた。数年前にイングランドでマティルダとスティーヴンが王位をめぐって争い始めて以来、イングランド北部の領主たちは再び武力によって権力を誇示し始めた。そして、ウルリックから見れば、やせっぽちで臆病な少年だったエティエンヌも、長じて狡猾な男となり、嘘をついたり脅したりして同胞から富を奪った。さらに結婚によって、エティエンヌは屋敷の西方にある肥沃な土地を手に入れた。妻は哀れにも、息子を出産したあと、体力が回復せずこの世を去った。もちろんなかには、エティエンヌが後妻をめとれるように毒殺したのだという者もいたが。二番目の妻は、フィッフェン及びホアーの荘園とそれに伴う収益をもたらした。長身で細身のエティエンヌはハンサムで頭もよかったが、戦士としての能力は低く、剣も満足に振るえないほどだった。だが剣を大量に買う財力はあるし、自分に仕えてきたナイトたちの死によって、財産をさらに増やしてきた。妻子のいなかったナイトたちの財産を没収したり、ときには高価な軍馬や飾り馬具の代金と称して、まんまと家や土地を奪ったこともあった。エティエンヌは国境地帯におけるデイヴィッド一世、スティーヴン、そしてマティルダの動きをウルリックに偵察させ、機会をうかがっていた。エティエンヌが好機だととらえると、ウルリックは兵士たちを率いて反乱を起こし、デイヴィッド一世の軍を右往左往させていた。軍隊の酷使は国力の低下につながるとわかっていたからだ。兵士を南部に引きつけておいて、北部で襲撃をくわだてる。北部の沿岸地帯を繰り返し襲っては、南部で大きな襲撃をしかける。その結果、士気はしだいにそがれ、勇敢で有能な兵士たちの命が失われるというわけだ。

一方、ウルリックはつねに戦士として戦ってきた。彼はエティエンヌを軽蔑していたが、十八歳のとき、彼自身も参加したレンフルー卿のスコットランド国境地帯襲撃で父親を殺され、エティエンヌがわずか十七歳で父親の荘園を継いでレンフルー領主《ロード》となったため、手を組むことにしたのだ。かつて老レンフルー卿はヴァイキングの傭兵を雇っていたし、スコットランド人はノルマン人の傭兵を雇っていた。国王となったマクベスはノルマン人の傭兵を雇ってマルカム三世と戦ったが、彼の王位を奪ったのは、そのノルマン人の騎士たちだった。誰だって品物のように売られる可能性はある。ほとんどの者に値段がつけられているのだ。

だがウルリックは依然としてエティエンヌを器の小さい男だと思っていた。むしろ敵のほうが尊敬できる人物が多いくらいだ。とはいえ、エティエンヌから多くを学んできたのも事実だった。ヴァイキングはみな果敢に戦い、己の武勇で雌雄を決するが、エティエンヌは武勇を発揮する代わりに頭を働かせる。ウルリックはエティエンヌから、裏切りという手を使って、敵を内部から倒す方法を教わった。

そこで今回、ウルリックはダロの野営地に入る前に、アンへの手紙を使者に届けさせた。手紙には、〝結婚したという噂を聞いたが、デンマーク人ではなくノルウェー人とはいえ、ヴァイキングを夫に選んだことは喜ばしい。ぜひ結婚祝いを持参したい〟と書いた。

アンからは感情のこもった返事が来た。〝父方の親族に会うのはとてもうれしい。母方のマキニッシュ家はハルステッダー家の人たちをひどく嫌っているが、それはハルステッダー家がかつてレンフルー卿と一緒にマキニッシュ家と戦った事実を知っているからだ。けれども自分はもう大人だし、結婚もした身だから、喜んでウルリックを歓迎する。もちろんマキニッシュ家の親族も歓迎するつもりだ〟と。

ウルリックは六人の従者を引き連れて、ダロの野営地へ向かった。従者たちは全員立派な服を着て、みごとな馬に乗っていた。以前スターリング近辺に来たとき同行していた者ではないが、国境地帯における襲撃で功名を得た者たちだ。彼らはイングランドの村を略奪してスコットランド人に罪をなすりつけ、スコットランドの村ではイングランド人に罪をなすりつけた。ウルリック自身で調達できないものはエティエンヌに要求した。だから彼はダロの野営地に入る際、アンに美しい銀のボウルとそろいの杯を持っていった。

ダロの広間の外で迎えられたウルリックは、ナイトのように礼儀正しくふるまった。彼はアンにキスをして、ダロを親族として歓迎した。ウルリックも親族として歓迎され、広間に案内された。ヴァイキングの一族は結束が強く、義理を重んじ、互いを歓迎する。ウルリックには最高の食事と極上のワインが供された。一同は話しあい、笑いあった。アンは、ウォリックのおかげで結婚を許可してもらえたいきさつを興奮気味に語った。「新しい時代が来たのよ。すぐに平和が訪れるわ。たとえ出身地が違っていても、わたしたちはみんなスコットランド人なのよ！」

ウルリックはグラスを持ちあげた。「平和に乾杯」彼は白々しい嘘をついている自分に、にやりとした。

今回ウルリックは、ダロとウォリックが剣を抜いて攻撃しあうよう仕向けるつもりでいた。

正直に言えば、ウォリックは自分の手で殺したかった。父親とレンフルー卿を殺した男は。だがウルリックはエティエンヌから多くを学んでいた。彼の望みはウォリックの死と、彼の妻――そしてブルー・アイルを自分のものにすることだ。そのためには、ダロにウォリックと死闘を繰り広げてもらい、そのまま死んでもらうのがいちばんんだ。そうなれば、ブルー・アイルを手に入れようとするライバルがひとり減るのだから。

「平和に乾杯！」ウルリックは繰り返し、ワインをひと息に飲んだ。

それから、当然の成りゆきとして、彼はふたりとウォリックとの関係について尋ねた。

「彼はおれの姪と結婚したんだ。偉大なるアディンの娘と」ダロが答えた。

「そのレディは結婚話にまったく乗り気でなかったと聞いたが」

「まあ！」アンは笑った。「たぶん最初はね。でも今はとても幸せだと思うわよ。たった今、彼女から手紙をもらったの。近いうちに会うことになると思うわ」

「ほう？」

「メリオラはどうしてもダロと会って話をしたいらしいの。ダロとウォリックはまた会うことになるでしょうね。ダロの名前をかたった、悪質な襲撃事件が起きているそうだから、その問題を解決しないと！」アンは熱っぽく言った。

「アン！」ダロが鋭い口調でたしなめた。

彼女は手を振った。「全部戯言《たわごと》だから気にしないでね。でも、ふたりにはじきに会えるわ。メリオラが受けとった手紙によると、ウォリックはタインのピーター卿と一緒に北へ向かっているそうよ。ピーターが国王陛下を表敬訪問するんですって。メリオラはそこに突然姿を見せて、ウォリックを驚かせるという計画をたてているそうなの。そんな不意打ちを考えているなんて、ご主人をとても愛しているんでしょうね。ウォリックという人をよく知れば、メリオラがそうなるのはわかっていたわ」

「彼を知っている者が彼に対して強い感情を抱くのはよくわかるよ。いい感情であれ、悪い感情であれ」

「あら?」アンは不思議そうに尋ねた。「ウォリックを知っているの?」

「評判を聞いただけだよ」

「ああ、そうなの」

「レアード・ライオンに乾杯!」乾杯のあと、ウルリックはダロに向かって言った。「それからきみの姪にも乾杯しよう。偉大なるアディンの娘、メリオラに」

「ふたりに乾杯!」アンが幸せそうに言った。

ウルリックは広間で夜通し歓待された。朝になると、彼は鞄にダロの旗とサーコート、ナイフ、さらには兜までを忍ばせて立ち去った。まさにノルマン風の衣装だ、とウルリックは思った。うまく役にたってくれるに違いない。

こうした小細工を利用するのはそれほど先のことではないだろう。エティエンヌからの連絡によれば、彼の部隊は合流地点に向かっているという。ウルリックは近いうちにスコットランドのいたるところで混乱を引き起こす予定だった――すべてイングランド国王スティーヴンの名において。

復讐劇が幕を開ける。しかも、すべて正義の名において。なんともすばらしい皮肉だ。

デイヴィッド一世はウォリックに、タインのピーターを連れてスターリングへ来るように命じていた。新たにスコットランド国王への忠誠を誓うことによって、ピーターは領地を維持し、スコットランドの領主として力を強めることができるというわけだ。

デイヴィッド一世はタインを失ったスティーヴンが憤慨している姿を想像してさぞ悦に入っているだろう、とウォリックは思った。

ピーターは友人だが、どういう人物かはよくわかっている。こんなにあっさりと忠誠の誓いをたてる領主は、誓いを翻したほうが得策だと考えれば、やはりあっさりと寝返るに違いない。デイヴィッド一世はそのことをわかっているのだろうか?

だがともかく、北へ向かえという命令はウォリックにとって好都合だった。早くブルー・アイルに戻りたかったからだ。イングランド人たちが襲撃を計画しているという噂があるが、いつどこで襲撃があるのかは誰も知らないようだ。タインを出発した一行は、西側の道を通ってスターリングへと向かっていた。ブルー・アイルのすぐそばを通るから、いったん妻を迎えに立ち寄って、再びスターリングへ向かってもいい。先日ブルー・アイルからタインに遣わされた使者によると、ユーアンは一命をとりとめて体力を回復しつつあるらしい。喜ばしいことだ。ユーアンは立派な男なのだから。

しかし、ウォリックは依然として疑念を振り払えないでいた。ユーアンの命が助かってほっとしたら、メリオラは彼とふたりきりでいることを意識するのではないだろうか？　なにしろ、半裸でベッドに横たわり、体力を回復しつつあるユーアンのすぐそばに彼女はいるのだから。男女が繰り広げるめくるめく恍惚の世界を教えたのは、このおれだ。そのような教えをメリオラが学びすぎていたとしたら？　今、そのすばらしさを知った彼女のすぐそばに、ユーアンがいたら……。

そんなことを考えていると胸をかきむしられるような思いがしたが、ゆっくりと移動していたので、旅自体はとても快適だった。エリアノーラはスコットランドの城塞をぜひ見たいと言って、兄に同行することを決めた。どうやら彼女は、ウォリックにつきまとって悩ませることにしたらしい。つねにウォリックのそばにいて、馬に乗りおりするときは彼の手を借りた。食事のときは隣に座り、彼の杯を使い、楽しそうに笑った。決して彼をとがめたりはせず、ただそばにいて、彼をじらした。ウォリックは頭がどうにかなってしまいそうだった。エリアノーラはいつもすぐそばにいて、その気もある。何年も自分に寄り添って歓びを与えてくれた女性に、なんの見返りも求めないこの女性に触れるのは簡単なことだった。

だがウォリックはエリアノーラに触れなかった。自分をそうさせているのがメリオラだと思うと、まるで狂戦士のように執拗に刃向かってきたメリオラなのだと思うと、当惑を覚えた。これまでのメリオラの言動を思いだして怒りがこみあげてきたら、おれが出かけなければならないと告げたときの彼女を思いだそう。おれに触れたときの手の感触や、どこまでも青い瞳の表情を……。

メリオラは父の形見の剣を持ってきてくれた。そして、おれが戻るようにと祈ってくれた。

だがウォリックは、エリアノーラもこれ以上傷つけたくはなかった。そこで彼はエリアノーラとともに過ごし、彼女に心を動かされていることや、彼女が相変わらず美しいこと、さらに彼女から離れていると苦しくてたまらないことを、それとなく気づかせた。

夜、野営地でテーブルにつくときには、エリアノーラとピーターのあいだに座った。ウォリックは彼女と同じ杯を使い、パンを分けあい、会話を楽しんだ。

ブルー・アイルの近くまで来た夜、ウォリックはエリアノーラの隣に座り、彼女が兄の馬術の腕前について話すのを笑いながら聞いていた。来る途中で雉《きじ》や魚をとったので、夕食にはそれらを焚き火で焼いて食べた。今夜は、食後の座興が用意されていた。先ほど谷間の小さな村を通りかかった際、老人が近づいてきて座興を供したいと申し出があったのだ。やがて語り手が現われて、デイヴィッド一世の感動的な物語を語ったあと、ハープの演奏と曲芸が披露された。その後、再びハープの奏者が現われ、仮面をかぶった踊り子がそのあとに続いた。踊り子は物語も語り始めた。謎に包まれた過去を持つ偉大な指揮官がゲール人の妻をめとり、ふたりのあいだに息子が生まれる話だ。国王の闘士にして、諸悪を正す領主でもあるその指揮官は、まだ少年のころに、屍《しかばね》の海から立ちあがって敵を討ち、祖国や家族の名誉、そして国王のために戦ったということだった。

踊り子の動きには不思議な気品があったし、声はまるで水晶のように澄んでいて魅惑的だった。彼女が語り始めたとき、一同は雑談をしていたが、そのうち水を打ったように静まり返った。踊り子はしなやかで均整のとれた体つきをしており、踊っている姿はとてもなまめかしい。やがてウォリックは、彼女が語っているのは自分の話だと気づいた。ただし、すべて実際よりすばらしく脚色してあった。彼の背丈は十センチ以上も高くなり、筋肉はギリシアの神々にも劣らないほど盛りあがっていることになっていた。

いったい、彼女はここでなにをしているんだ?

ウォリックは怒るべきか、愉快に思うべきか、あるいは喜ぶべきかわからなかった。

「すばらしい!」ピーターが隣で息をのんだ。「あの女性には実にそそられる! ぜひ彼女が誰なのか知りたい。あの娘と結婚するぞ。これほどの……欲望を感じるのは初めてだ」

「ピーター、あの女性とは結婚できない」ウォリックはつぶやいた。

「村娘だからか？　いや、ぼくは結婚するとも。ぼくは欲張りではないから、多額の持参金などいらない。欲望をかきたててくれるだけで十分だ！」

「お兄様、ワインの飲みすぎよ」エリアノーラは愉快そうに言い、ウォリックにもたれた。「本当のところを教えてちょうだい、ウォリック。男性の欲望はそれほど強いものなの？　目の前にいる金髪の妖精に欲望をかきたてられたら、あなたも奥様への貞節を忘れる？」

ウォリックは満面に笑みを浮かべてささやいた。「エリアノーラ、目の前にいる金髪の妖精はおれの妻だよ。それからピーター、きみは彼女と結婚できない。なぜなら彼女はすでに結婚しているからだ。それに、今ここでこれ以上男性の欲望をかきたてたら、彼女はひどく後悔するはめになるだろう！」

第二十二章

ウォリックは立ちあがった。妻に会えてうれしいのだからなにも問題はないのか、それとも、エリアノーラと一緒にいるところにメリオラが押しかけてきたことを怒るべきなのか、判断がつかなかった。おそらく彼女は、夫がなにをしているのか探りに来たのだろう。だがそもそも、メリオラがここまで来たことを考えると、恐怖がこみあげてきた。メリオラは領地の外へ出るべきではない。本土でユーアンの看病をしている彼女のことは、アンガスを始めとする部下たちが鷹さながらに見張っているし、今や島も本土も奇襲攻撃に対してちゃんと対策がとられている。

だが領土から出たら……。

ウォリックは、自分たちが得体の知れない悪魔に対して無防備でいるような気がした。その悪魔はたしかに存在する――理由はわからないが。何者かがブルー・アイルを襲撃し、しかもメリオラの叔父の命令で来ていると主張したのだから、彼女は今、自分が危険な状況に置かれていることを自覚しているはずなのに。

エリアノーラが眉をつりあげてウォリックの手に触れた。

「落ち着いて。まるで彼女の首をはねそうな顔をしているわよ」

「彼女はここにいるべきではないんだ」

「でも、ここにいるわ。あなたに会いに来たのよ」

「おそらく……きみに会いに来たんだと思う」

エリアノーラはほほえんだ。「それだってあなたのためよ。わたしは今まで嫉妬なんて覚えたことがなかったけれど、今は嫉妬しているわ」

ウォリックはエリアノーラの手に手を重ねた。「きみは嫉妬など覚える必要はないよ、エリアノーラ。きみは類《たぐい》まれな美女なんだから。自分でもそれはわかっているだろう？」重ねた手を強く握る。「ちょっと失礼させてもらうよ」

「冷静に話せるの？」

「ああ」

「でもウォリック……本当に大丈夫？」

「誓ってもいい」

ウォリックは立ちあがり、空き地に向かって歩き始めた。メリオラは彼に気づき、足をとめた。ウォリックが近づいていくなか、彼女は身がまえるようにじっと立っていた。

ウォリックはメリオラに歩み寄り、仮面をはずした。ふたりの視線がぶつかる。「見つかってしまったのね」彼女は静かに言った。「最後まで語るつもりだったのに」

「レディ、きみを思いきり殴りたくてたまらないよ」

「なんて乱暴で無作法なの！」メリオラはブルーの瞳を輝かせて言い返した。「いい物語でしょう。少し脚色して、うまく語れたわ。結末だって、きっと気に入ったと思うわよ」

「すばらしく脚色しすぎだよ。それに、どのみちきみは結末まで話せなかっただろうよ！気の毒に、ピーターはきみを村娘だと思いこんで、ベッドに連れていきたいばかりに、名前すら知らなくても結婚する気でいたんだぞ。ほかの男たちがなにを思っていたかは、神にしかわからないがな！」

メリオラは顔を赤らめて下唇を噛んだ。どうやら彼女は自分が男性にどんな影響を与えるか自覚していなかったらしい。

「いい物語だったわ」彼女は繰り返した。

「ああ、そしてきみはとてもうまく語った。きっときみは詩人としても、踊り子としても……そして娼婦としても生きていけるだろうよ」

「ウォリック！」

「きみは城塞の外に出てはならないはずだろう」ウォリックの声には怒りがたぎっていた。

「あなたが来ると知っていたのよ」

「危険はいたるところにあるということも知っていただろう？　ここに来たのは、おれに会いたいからか？　きみをここに引き寄せたのはエリアノーラじゃないのか？」

メリオラは顎をあげた。「あの人がエリアノーラなの？」テーブルのほうをさして尋ねた。

「ああ、そうだ」

「とてもきれいな人ね」

「ああ」ウォリックはほほえみ、メリオラの手をとった。「エリアノーラとピーターだ。紹介しよう」

「ウォリック、いやよ。わたし――」

「会いたかったんだろう。ぜひ会ってくれ」ウォリックはメリオラをテーブルのそばまで連れていき、彼女を紹介した。「エリアノーラ、ピーター、妻のメリオラだ。メリオラ、タインのピーターと、その妹のレディ・エリアノーラだ」

「この方が奥様なのね」エリアノーラはメリオラをじっと見てつぶやいた。

「はじめまして、ピーター、エリアノーラ」メリオラもつぶやく。

「ワインはいかが？」エリアノーラが尋ねた。「どうぞご主人の杯をお使いになって」

「おなかはすいていないかい？」ピーターがきいた。「あんな踊りをしたあとでは――」

「お兄様！」エリアノーラがたしなめた。

「いやはや、その……見ごたえのある踊りだった」

「お兄様、わたしたちの友情を壊すようなまねはやめてちょうだいな。なにか召しあがらない、メリオラ？」

メリオラは首を振った。「けっこうです。わたしたちは村で食事をしてきましたから」

「わたしたち？」エリアノーラが礼儀正しい口調で尋ねた。

「アンガスが一緒なんです。当然、ひとりで出てきたりはしませんわ」

ウォリックは空き地の向こう側に目をやった。たしかに、完全武装していかめしい表情を浮かべたアンガスがいる。ウォリックは笑わないように努めた。アンガスも笑いをこらえている様子だったが、やがて力なく肩をすくめ、にやりとした。それからうなずいて、ずっと警戒は怠っていないし、これからもそうするつもりだと暗に告げた。

「さて、ワインも食事もいらないのなら……」ウォリックは心ここにあらずでメリオラに言った。「おれたちはちょっと失礼させてもらうよ」突然、意を決したように、ピーターとエリアノーラに言う。「留守中のブルー・アイルの状況をきいておきたいのでね」

ウォリックはメリオラを連れて森の小道へと入った。満月が金色の光を投げかけ、ふたりの行く手を照らしている。ふと彼は妻の抵抗を感じた。どうやらメリオラはおれに会いたい――そして、おれの様子を探りたい一心でここまでやってきたものの、いざ実行してみると、おれがどういう反応を見せるのかはかりかねて少しばかりおじけづいているようだ。

「どこへ行くの？」

「湖の近くだ」

「なんのために？」

ウォリックはにやりと笑った。「あそこならきみの叫び声を誰にも聞かれずにすむ」

メリオラは立ちどまり、体を振りほどこうとした。「ウォリック、怒ったり脅したりするなんてひどすぎるわ！　喜んでくれたっていいじゃない。こうして妻がはるばる――」

「おれがエリアノーラとベッドをともにしているかどうか確かめに来たとでもいうのか？」

メリオラが顔を赤らめたのを見て、ウォリックはまさに図星だったのだと悟った。彼女は前もって使者も送らず、不意を突くつもりだったのだ。

「まあ、そんなところね」

「そうか。さあ、行こう」

彼がメリオラの手をつむと、彼女はその手を引き戻そうとした。「ウォリック――」

「さあ、湖まで行くぞ。ところで、ユーアンはどうしている？　すっかり元気になって、ぴんぴんしているそうだが」

「なんとか危機を脱したというところよ。それなのにユーアンを置いてここに来てみたら、あなたはエリアノーラと親密そうに――」

「ああ！　やはりきみはおれの様子をうかがうためだけに来たんだな！」

やがてふたりは真夜中の湖に着いた。水面に映る満月がさざ波に揺れている。水際の土はかぐわしく、湖をとり囲む木々の枝が月に照らされた風変わりな景色をやさしく撫でていた。ウォリックはメリオラを振り向かせて、柔らかな落ち葉が敷きつめられた湖のほとりに立たせた。そして両手をとって指を絡ませ、後ろにまわさせた。「きみは偵察に来たんだ」

「わたしは……」メリオラが言いかけたが、ウォリックに唇をふさがれて最後まで言えなかった。実を言えば、彼はメリオラが来た理由がなんであろうとかまわなかった。ずっと求めていたメリオラがここにいる。夢のなかでおれを悩ませ、眠れぬ夜を過ごさせてきた彼女が、今そばにいるのだ。ウォリックは激しくメリオラの唇を奪い、奥深くまで探り、味わった。彼がようやく顔をあげると、メリオラは話を続けようとした。「ウォリック、エリアノーラはきれいな人ね。もしもあなたが彼女と……」

「なんだい?」ウォリックは再び唇を重ねた。今回はやさしく、誘うように。

「ウォリック!」メリオラはウォリックの手を振りほどこうとしたが、彼は放そうとしなかった。彼女の目は涙でうるんでいる。「もしあなたが彼女と――」

「ああ……」ウォリックはメリオラの喉もとに唇を押しあて、歯や舌で耳たぶをもてあそんだあと、また喉もとにキスをした。

「放して……だって……」

「だって?」

「いやだもの。その気はないし……できないわ……」

ウォリックは顔をあげた。メリオラの瞳はとても美しく、かつてないほどはかなげに見えた。「キスをしたくないのか?」彼はやさしく尋ねた。「なぜだい?」

「それは……わたしにもプライドがあるからよ」

「プライド? なるほど。だが、プライドなど誰にでもある。それだけでは十分ではないな。別の理由を言ってくれ」

「それは……あなたが夫だからよ」

「いい答えだが、まだ十分ではない」

メリオラはウォリックの胸に頭をもたせかけた。

「メリオラ?」

彼女はつぶやいた。「あなたを求めているからよ」

ウォリックはメリオラの手首をつかんでいた手を離して彼女の顎にかけ、顔をあげさせた。「期待していた答えとは少し違うが、よしとしよう。おれもきみを求めずにはいられないからね」彼はかすれ声でささやいてマントを脱ぎ、岸辺にほうった。それから彼女を抱きあげて、そのままマントの上にひざまずく。

メリオラは彼にしがみついた。「ウォリック……」

「きみを裏切ってはいないよ、レディ」

「でも……」

ウォリックはメリオラをマントの上におろした。そしてその隣に片肘を突いて身をかがめ、柔らかなウールのドレスの下に手を滑りこませた。彼女の肌は薔薇の花びらのように柔らかく、太陽のようにあたたかい。胸を包みこむと、そのふくらみはいっそう豊かに、先端はいっそうかたくなった気がした。彼はメリオラのドレスをたくしあげ、頭から脱がせた。

「ウォリック、ここは森のなかなのよ」

「アンガスが見張っているから、ここには誰も来ない」

ウォリックはメリオラをあおむけに横たわらせた。まるで野の花のような香りがする。メリオラの胸に顔をうずめてかぐわしい香りに浸るうちに欲望がこみあげ、彼女がほしくて、彼女に触れたくてたまらなくなった。体が燃えるように熱い。彼は欲望を抑えこもうとした。急いで彼女を求めたくはない。ゆっくりと触れて、撫で、じらして……。

メリオラの両手がぎこちなくウォリックの服や、剣をおさめた鞘を探る。彼は自分で鞘と武器をはずし、服とタイツ、そしてブーツを脱いだ。月が象牙色の光をふたりに投げかけている。エリアノーラはメリオラを妖精にたとえていたが、彼女の黄金色の巻き毛が月明かりに照らされて銀色に輝く様子は、湖から現われた女神を思わせた。ウォリックはメリオラの体を地面に押しつけ、彼女の官能的な香りや、かぐわしい土の香りを吸いこんだ。メリオラはウォリックの体に腕をまわそうとしたが、彼は身を引いた。彼女の目を見つめながら、膝に手をかけてゆっくりと脚を開かせる。それから腿の内側を指でなぞった。ありとあらゆるところに手で触れてはキスをし、舌を這わせていく。左右の腿にかわるがわるキスをし、そのあいだにようやく身を沈めたとき、メリオラは身をよじってもだえた。ウォリックが貫くたびに、彼女はいっそう強くしがみついてくる。彼は自分の動きがますます深く、激しく、速くなっていくのを感じた。ウォリックは目を閉じ、歯をくいしばって、頂点に達するのをぎりぎりまでのばした。ふいになにかがはじけて、肩や眉から汗が吹きだし、体の力が抜けていった。まるで自分の魂が彼女のなかに入りこんでしまったかのように気が抜け、動くこともできなくなる。だが心臓は大きな音をたて、血潮はたぎり、甘い恍惚感が全身を包んでいた。メリオラも彼の肩に爪をくいこませて叫び声をあげたきり、動かなくなった。

ウォリックの横でメリオラが体を震わせた。ウォリックは彼女を抱き寄せて、脱ぎ捨ててあったサーコートをかけてやった。メリオラは彼にもたれかかり、しばらくのあいだ黙って横たわっていたが、やがて静かに尋ねた。「どうしてもピーターや……彼の妹さんとスターリングへ行かなくてはならないの？」

「ああ。おれたちは彼らと一緒にスターリングに行く」

「おれたち？」

「そうだ」

メリオラは喜んでいるようだった。彼女はウォリックの目を見つめた。「わたし、叔父とアンに手紙を書いて、ヴァイキングがわたしたちを襲い……叔父に濡れ衣を着せようとしていることを知らせたの。叔父たちはスターリングの近くにいるわ。叔父や国王陛下に会って、叔父の無実を明らかにしたいの」

ウォリックは突然不安を覚え、眉をひそめた。妻の顔がもっとよく見えるように、肘枕をする。「おれに会いに来ることも知らせたのか?」

「ええ」

「それは賢明だったとは思え……」ウォリックは言いかけたものの、メリオラが彼の後ろを見てふいに悲鳴をあげた。

「ウォリック!」

彼は転がり、かろうじて難を逃れた。ウォリックが横たわって場所には、斧が突き刺さっていた。メリオラも彼と同時に立ちあがったものの、ふたりは低木の茂みに隔てられてしまった。ウォリックはいつしか四人の男に囲まれた。

ヴァイキング? それともノルマン人だろうか?

男たちのうち、ふたりは金髪で、あとのふたりは赤毛だ。みな顎ひげを生やしている。男たちの兜はヴァイキング風だが、丈の長い鎖帷子はノルマン風に見えた。だが男たちのひとりに目を向けたとき、ウォリックはその武器に見覚えがあるのに気づいた。

ダロ・ソーソンが持っていたものだ。もうひとりの男が持っているのもダロの旗だ。

四人の男たちのうち、ひとりは棍棒を、ふたりは斧を持っている……。

ダロらしき男が剣を振りかざした。

ウォリックは生まれたままの姿だった。剣は離れた場所に置いたままだ。妻は……。彼女はサーコートを胸まで引きあげて目を凝らし、凍りついたように立ちすくんでいる。呆然としているのだろうか？

ウォリックは疑念を抱かずにはいられなかった。メリオラは本当に驚いているのだろうか？　彼女はたった今、ダロに手紙を書いたと告げたばかりだ。ダロに会いに行き、彼が濡れ衣を着せられていると警告しようと……。

だが、なぜおれにその話をするんだ？　するのが当然だろう？

スコットランド国王に降伏したタインのピーターがそうだったように、メリオラも慎重を期しているのかもしれない。おれを倒そうとするあらゆる動きに無関係なふりをしている可能性もある。戦いでおれが勝てば、彼女は負けることになるのだから……。

「ついにこのときが来たな、ウォリック！」男たちのひとりが吐き捨てるように言った。「国王の偉大な闘士、若き殺人鬼！　ようやくおまえに会うことができた。しかし、なんという格好だ。すっ裸で、剣も持っていないとは。臆病者を絵に描いたようだ。本来なら、おまえに武器を渡して戦うチャンスを与えるべきだが、やめておこう！　おまえは泥を噛みながら、犬死にするがいい」

ひとり目の男が斧を振りながら近づいてきた。ウォリックは身をかがめてかわし、前に転がって茂みの向こう側へと戻った。

「ウォリック！」

メリオラが駆け寄ってウォリックに剣を渡した。父の形見の剣だ。彼は両手で剣をつかむと、男たちに向かって前進した。

「後ろに隠れていろ、メリオラ」

「ウォリック、わたしも――」

「武器なしでは戦えない！」

斧を持った男たちのひとりが襲いかかってきた。ウォリックは脇によけて剣を振りおろした。剣が皮膚を貫通して骨を砕く、おぞましい音がする。そのとき、ふたり目の男が狂戦士のような声をあげて突進してきた。

ふたり目を倒すのには時間がかかった。ウォリックは突いては引き、突いては引いていたが、棍棒を持った男が後ろにまわったのを察して振り返った。男はののしりながら棍棒を振りまわしている。ウォリックはすばやく前に出て剣を振り、胴を深く切りつけた。だが先ほどの敵へと注意を戻したときは危なかった。間一髪で斧の攻撃をかわしたものの、至近距離だったため腕に衝撃が走った。それでもウォリックは、男の脚のつけ根から喉もとにかけてを切り裂いた。今すぐに一撃で殺さなければ、相手の斧が頭を直撃するのは必至だった。

その男は息絶えた。ウォリックは四人目の男が襲ってくるだろうと予測し、急いで振り向いた。ところが敵は襲ってこない。

ウォリックはもう一度振り向いた。誰も襲いかかってはこなかった。四人目の男は姿を消していた。メリオラとともに。ダロだ。ダロは逃げた……。

姪を連れて。


メリオラは斧を奪いに行こうとしていた。それが間違いだった。

斧をとろうとかがみこんだとき、ウエストのあたりを抱えこまれた。驚きと同時に恐怖に襲われ、メリオラは悲鳴をあげた。だがウォリックには聞こえなかった。ちょうどそのとき、ふたりの男が彼を殺そうとしていたからだ。

メリオラは手をのばしたが、斧には届かなかった。そして男に体をつかまれ、引きずられ、肩にかつがれ、あっというまに馬に乗せられてしまった。ウォリックのサーコートが体に絡まり、胸当てや鎖帷子で武装した男には抵抗できなかった。それでもサーコートを脱ぐつもりはなかった。それ以外はなにも身につけていないのだから。唯一の救いは、ひとりの男が倒れ、もうひとりに向かってウォリックが剣を振りあげるのを見たことだった。

彼らを乗せた馬は長いあいだ全速力で走った。夜は果てしなく続くように思えた。風が冷たさを増していく。ようやく海沿いの雑木林に着いたとき、メリオラはそこがブルー・アイルの近くであることに気づいた。ウォリックの野営地よりもずっと彼女の故郷に近い。

馬が足をとめると、メリオラは再び男にかつがれた。胸当てや鎖帷子のせいで、彼女の体にはすり傷やあざができている。やがて男がメリオラを投げつけるようにして地面におろすと、彼女は鷹の紋章がついたウォリックのサーコートをしっかりと体に引き寄せ、自分を誘拐した男からじりじりとあとずさりした。

男の兜にはダロの紋章がついている。

メリオラは男をにらみつけた。「あなたは誰なの?」

「ダロだ」

メリオラはかぶりを振った。「嘘つきね。あなたは叔父ではないわ。わたしには自分の叔父がわからないとでも思っているの? よくも叔父を利用して……」彼女はふいにこの男を知っているような気がして、言葉を切った。名前も、なぜこれほど冷酷なのかもわからないが、たしかにこの男は知っている。

「あのときの男ね。叔父が略奪や陵辱や領民の殺害をたくらんでいるように思わせているようだけれど、ウォリックがそんなことを信じると思っているの? 夫はそんなに愚かではないわ。彼があなたをとらえて、正体を突きとめたら――」

「口を閉じたほうがいいぞ。おまえの叔父も夫もここにはいない。今ごろ、おまえの夫はすでに死んでいるだろう。たとえまだ生きていても、自分のものをとり戻せはしない」

メリオラは名も知らぬ敵をにらみつけた。ふいに寒気を覚え、サーコートを引き寄せる。

「夫は死んでいないわ」

「ほう？　なぜそう思うんだ？　部下のうちひとりは殺されたが、まだふたり残っていた」

メリオラはかぶりを振った。残りの部下が倒れるのを見たとは言いたくなかった。

「ウォリックは父親の形見の剣を持っているのよ。決して負けはしないわ」

「父親の剣を持っている男はほかにもいるし、そんなものを持っているからといって、生きのびられるものでもない」男は不機嫌そうに言った。「まあ、どうでもいい。おれたちはおまえの夫よりも早く……あいつが死んでいたら、あいつの部下や国王軍よりも早くブルー・アイルに着く。おまえは、城塞の門を開けておれたちを入れるように命じるんだ。そのころには、ほかの部下やレンフルーの部隊とも合流しているだろう。おれたちが入ったとたん、ブルー・アイルは再びヴァイキングの城塞となる。おまえは大いに感謝すべきだぞ」

男の計画は理解できた。たしかにいったんブルー・アイルの城塞のなかに入れば、堅固な城壁に守られるので、安泰と言っても過言ではないだろう。だがそもそも、無事城塞までたどりつけると思うなんてどうかしている。たとえウォリックが殺されたとしても、国王軍が追ってくるのは間違いない。こんな無慈悲な計画をたてること自体、どうかしているのだ。だがこの男は、計画がひとつ失敗しても、次の計画に移ればいいと考えているのだろう。

「わたしたちはブルー・アイルまで行くことはできないわ」

「行けるさ。だが、それもどうだっていい。おれがおまえをつかまえている限りは。もちろん、おれはブルー・アイルがほしい。だがもっとほしいものがある」

「ほしいもの？」メリオラは用心深く尋ねた。

男は軍馬に乗ったまま、メリオラのほうに身をのりだした。「復讐だよ、レディ」

「わたしや父に対して？　それともウォリックに――」

「そうとも！　大あたりだ」

「なぜなの？」

「あいつはおれの父親を殺しただけでは飽き足らず、レンフルー卿までも殺して、おれたち家族の財産や、後世に引き継がれるべき地位までをも奪ったんだ」

「あなたのお父さんはウォリックと戦ったの？」

「夫が人殺しだとは知らなかっただろう、レディ？」

「そんな話は信じられないわ。ウォリックはできる限り流血は避けようとしてきたもの。大勢の男たちが剣を抜いて襲いかかってきそうな状況でも、話しあいで解決したわ。人殺しなんかではないわよ」

突然、男は剣を抜いてメリオラの喉もとに突きつけた。「あいつは人殺しだと言っているだろう」

メリオラは肩をすくめ、剣を無視しようと努めた。「わたしを殺せば彼を苦しめられると思うのなら、そうすればいいわ。でも、彼は望んでわたしと結婚したわけじゃないのよ」

「だがおまえはやつの子を身ごもっているそうじゃないか」

メリオラははっとした。なぜそんなことまで知っているのだろう？　まさかアンガスが？　彼女は突然、気分が悪くなった。ウォリックが信頼して自分と妻の命を託してきたアンガスが、彼を裏切ったというの？

「それはないと思うわよ」メリオラは嘘をついたものの、今や妊娠しているのは明らかだ。

男は馬からおりてメリオラに近づいた。「メリオラ・マカディン、おまえはまるで険しい岩山や嵐の海のように気性が激しい！　たいした戦士だ！　だがな、レディ、おまえは多くの点で間違っている。いずれにしても、おれはおまえの夫に苦痛を与えてやる。身も心もずたずたにしてやるのだ。おれはおまえを自分のものにする。もしおまえが生きのび、ウォリックも生きのびたとしたら、やつはおまえの身ごもっている子が誰の子だろうかと一生悩み続けるだろう。おまえの子は生まれたらすぐに殺すつもりだ。それでもやつは悩まざるを得ない。つねに悩まざるを得ないのだ。やつが死のうと生きようと、どうでもいい。おれはブルー・アイルをのっとる。そして偉大なるレアード・ウォリックのように、おまえをそばに置いておく。おれの妻として」

「あなたの妻になんてならないわ！　わたしの夫は――」

「おそらく死んでいるだろうよ」

「たとえ彼が死んだとしても、あなたとは結婚しないわ」

「勇ましいことを言っているが」男が歩み寄ると、メリオラはあとずさりした。「おまえはおれと結婚するんだ。おまえはウォリックとの結婚も望んでいなかったのに、しだいに受け入れるようになった。だからおれのことも受け入れるはずだ」

「いいえ――」

「受け入れるさ。死ぬ一歩手前まで殴ってやるからな。おれに服従するまで」

「本当に愚かな人ね。わたしがウォリックを受け入れるようになったのは、彼は決してわたしを傷つけなかったからよ。ほかの人に対しても言葉で説得しようとしたから、そして腕力だけではなく、慈悲の心も働かせたからよ。彼は礼儀を心得ていて……」メリオラははっと息をのんだ。男が剣の先でサーコートをとらえ、脇によけたのだ。今、剣の刃は彼女の喉もとにあてられていた。

「今すぐひざまずけ。おれがおまえを奪ってやる」

メリオラは絶望的な気分で男を見つめた。わたしは生きたい。子供を生かしたい。死ぬくらいなら、この男の言うとおりにしたほうがましかもしれない。

メリオラは目を閉じた。やはりできない。彼女は男の剣をつかんで喉もとに押しあて、叔父の兜の隙間から見える目をにらみつけた。「わたしに手を触れたら、自害するわよ。あなたの言うとおり、わたしはウォリックの子供を身ごもっている。だけど、あなたに利用させるつもりはないわ。それに赤ん坊が生まれてすぐに殺されるくらいなら、今殺されたほうがましよ。わたしが自害したら、あなたはブルー・アイルの門をくぐれないんですものね」

まったくのこけおどしだった。本当に自分の喉もとを貫くだけの勇気があるかどうか、メリオラにはわからなかった。ウォリックの子供を身ごもっているとわかっていながら、自害できるのかどうかもわからない。生きている限り、希望はあるのだから。

とにかく、このような試練にさらされたのは初めてだった。

意外にも、男はあとずさりして剣をおろした。「ブルー・アイルに案内しろ」

メリオラはつんと顎をあげた。「たしかに父はヴァイキングだったけれど、立派な人だったわ。戦いと虐殺の違いを、正義と殺人の違いを知っていた」

男はメリオラの髪をつかんで引きずりまわし、馬へと押しやった。彼女は立ちどまり、振り向いて男をにらみつけた。「寒いからウォリックのサーコートを返して。それに裸の女を引っぱりまわしていたら、あなたの仲間たちに会う前に人目を引いてしまうわよ」

一理あると思ったらしく、男はきびすを返してサーコートをとりに行った。

メリオラは男の馬を見つめて下唇を噛んだ。前回試したときには、うまくいかなかった。だけど、ウォリックの馬はよく訓練されていた。彼はマーキュリーに愛情を注いでいたし、マーキュリーも主人をよく理解していた。だが、この男はどうだろう？

男はかがんでサーコートを手にとろうとしていた。ここからは十メートル以上離れている。裸のため凍えそうだが、メリオラは男の馬に飛び乗り、かかとで脇腹を思いきり蹴った。背後で男の叫び声が聞こえた。〝おまえをつかまえ、落とし前をつけさせてやる〟風が容赦なく吹きつけるなか、馬の蹄が地面を激しく打つ音が響く。メリオラは祈った。どうか馬が引き返しませんように……。

どうやら馬は、メリオラよりもあの男を気に入っているわけではないようだった。彼女を乗せたまま、月明かりと暗闇のなかを疾走していった。

故郷は近い。すぐに助けてもらえるだろう。メリオラは一刻も早くブルー・アイルに着きたいと思う一方で、真実を知らせる使者をウォリックのもとに送らなければと考えた。

ウォリックは絶望と憤怒、そして大きな不安にとらわれ、服を身につけながら雑木林を抜けた。最初に会ったのは、アンガスだった。

ウォリックは友の名を叫んで、かがみこんだ。アンガスは土の上にできた血だまりのなかに横たわっていた。だがウォリックが名前を呼んで頰に触れると、うめきながら起きあがった。「よかった。生きていたんだな！」ウォリックは小声で言った。

「ええ」アンガスは額をこすった。

「あの血は……」

「いや、あれは敵のものですよ。おれは頭を打たれて倒れたんです！」アンガスはうんざりした様子で頭を振りながら言った。「ウォリック様たちから目を離すべきではなかったんですが、ダロ様を見かけて――」

「ダロだと！」

「ええ。ダロ様の兜やサーコートは覚えていますからね。おれはおふたりを警護していたんですが、メリオラ様が叔父上に手紙を書いていたのは知っていたので、彼がここまであなたに会いに来ても意外には思わなかったんです。ところが……」アンガスの声はしだいにとぎれた。「ウォリック様まで殺そうとするとは」彼はかすれた声で言った。「ああ。レディ・メリオラは……」

「姿を消した。やつと一緒だ」

「ダロ様が連れ去ったのですか？」

ウォリックは目を細めた。「そう願うのみだ。立てるか、アンガス？　けがはないか？　おれは兵を集めてダロの野営地へ行かなければならない。ブルー・アイルはここからさほど遠くない。おまえはエリアノーラに付き添って――」

「今回はだめですよ、レアード・ウォリック。おれは大丈夫です。あなたが戦いに行くなら、お供します」

ウォリックはうなずいた。「エリアノーラはトーマスとタイラーとジェフリーに送らせよう。ピーターには彼の従者がいる。よし、行こう」

エリアノーラは床につこうとしていたが、ピーターは焚き火のそばで起きていた。ヴァイキングの攻撃を受けてメリオラがダロに連れ去られたと聞き、ピーターはいてもたってもいられない様子だった。夜遅い時間だが、ウォリックは、エリアノーラを今すぐ部下にブルー・アイルまで送らせると言った。今夜は月明かりが十分に道を照らしてくれるし、部下たちは地理に詳しいから心配はないと。

「本当にお気の毒だわ」ウォリックが別れを告げたとき、エリアノーラは言った。

「ああ」彼は少しそっけなくこたえた。

エリアノーラはウォリックを見つめてかぶりを振った。「あなたは罠にかけられたわけじゃないわ。メリオラはあなたを陥れたり、裏切ったりはしていない。わたしにはわかるの」

「ほう?」

エリアノーラはウォリックの頰にそっと触れた。「メリオラがあなたを見つめるときの表情は、あなたも目にしているでしょう。彼女はあなたを心から愛しているのよ。わたしよりもずっと深く」

ウォリックはほほえむと、エリアノーラの手をとってキスをし、束の間強く握りしめた。「ありがとう。ブルー・アイルの城塞の門はジョンが守っている。海岸沿いの村に着いたら、すぐにユーアン・マッキニーを訪ねるんだ。彼がきみの身を守ってくれるだろう」

エリアノーラはうなずき、護衛の者たちと一緒に闇のなかへ消えていった。ウォリックは険しい表情で愛馬へと向かった。

ついにダロと戦うときが来た。

メリオラは馬をとめなかった。とまっている時間はなかったのだ。みごとな軍馬を酷使しているのはわかっていたが、夜通し猛スピードで馬を駆るしかなかった。

夜が明けるころには疲労困憊し、不安に怯えながら馬にしがみついていた。ようやく崖をのぼりきると、眼下に村が見えた。逆巻く海をはさんだ向こう側には、ブルー・アイルの城塞も見える。彼女は歓声をあげ、大声で助けを求めながら崖を駆けおりた。

村を囲む柵の門を開けてくれたのは、杖《つえ》を突いて歩くユーアンだった。ほかの村人たちも家から飛びだしてきた。ファーギン神父も長い法衣をはためかせながら急いで駆けつける。イグレイナもやってきて、馬からおりてなにがあったのかをうわごとのように話すメリオラを自分のマントでくるんだ。

「すぐにあたたかいものを飲ませるんだ」ファーギン神父が言った。

「ワインを火にかけて、あたためて。急いで、おばあちゃん」イグレイナは祖母にそう言うと、メリオラを家に連れていった。ユーアンがメリオラの前に座る。メリオラはイグレイナのマントと毛布にくるまれ、火のそばで暖をとった。そしてごくごくとワインを飲んだ。ワインはとてもおいしく、全身にしみわたって体をあたためてくれた。メリオラは震えながら一同を見つめた。「あの男の名前はわからない……でも、叔父でないのは確かよ。ユーアン、今すぐに誰かをウォリックのところへ行かせてほしいの。あの男は叔父ではないんだもの。でも、叔父の服と兜を盗み――」

「その男はどうやってダロ様のものを盗んだのかしら？」イグレイナが尋ねた。

「わからないわ！　でも、きっと叔父が信頼している人間に違いないわ」彼女はワインをもうひと口飲んでイグレイナを見つめた。「そうよ、叔父にとっては信じるべき理由がある人間だわ。あの男はウォリックを殺したがっていて……実際に彼を殺そうとしたの。あの男は誰かに合流すると言っていたわ。たしかレンフルーとかいう名前の――」

「レンフルーだって？」ファーギン神父が鋭い口調でさえぎった。

「ええ」

神父は扉に向かって歩き始めた。

「ファーギン！」メリオラが呼びかけると、神父は扉の前で振り返った。「レンフルー卿は十年ほど前、マキニッシュ家の領土を襲撃して、農民や商人を虐殺した男だよ。彼は莫大な富でヴァイキングの傭兵を雇っていた。ところがレンフルー卿も、ヴァイキングもあらかた死んだ。その多くを殺したのは、国王が後見人となった少年……つまりおまえの夫だ、メリオラ。その日、レンフルー卿たちによって親族を皆殺しにされ、ウォリックは無念を晴らしたんだ。そして今、問題のヴァイキングも親族の仇を討とうとしている。あの男のやり方は、彼の父親やレンフルー卿と同様、残忍で狡猾だ。わたしはこれからウォリック様やダロ様に会いに行く。神父の邪魔をする者はいないだろうが、このあたりは今ひどく物騒になっている。メリオラ、すぐに城塞へ行きなさい。あのヴァイキングの名前はハルステッダー、ウルリック・ハルステッダーで、ブロードスウォードとも呼ばれておる。やつとレンフルーの息子はブルー・アイルを襲撃に来るはずだ」

「ハルステッダー！」メリオラはさっと立ちあがった。「ハルステッダーですって？　アンのお父様はハルステッダー家の人だったわ。きっとあの男は――」

「ああ、アンを利用したのだろう。だが、今となってはそんなことはどうでもいい。それに、アンはこの件にはまったくかかわっていないはずだよ、メリオラ。わたしは出発する。さあ、おまえは城塞に行くんだ」

ウォリックは部下全員とピーターの武装兵たちを引き連れて、ダロの野営地をめざしていた。だがそのあいだも――ウォリックの軍隊が来るという情報を聞きつけてダロも準備を整えているはずだと確信していても、彼は自分の判断に自信が持てないでいた。ダロが森の野営地にやってくる必然性はない。ブルー・アイルを訪ねればすむ話だ。ダロが偉大なるアディンの弟であることは、みんなよく知っている。城壁のなかに入るのは簡単だろうし、そうすればおれが自分のベッドで寝ているところを殺すこともできるだろう。

そのときウォリックは、ダロがラグナーを始めとする側近たちをしたがえて、馬に乗って門へと向かってくるのを目にした。ダロは兜をかぶっていなかった。ウォリックが思っていたとおり、ダロは彼が来ることを聞きつけていたのだ。

野営地の外壁の前にはヴァイキングの弓兵たちがずらりと並んでいる。

ウォリックの兵士たちは完全武装していた。弓兵も歩兵も戦う覚悟でいるし、国王に使者を送ったから、さらに援軍も来るだろう。

ダロの目を見たウォリックは、彼も決死の覚悟で戦うつもりだと悟った。

「兵士たちに足をとめるよう命じろ、ウォリック。一対一で決着をつけよう!」ダロが吠えるように言った。

ウォリックは片手をあげた。ダロが野営地を囲む木の柵の外に出てくる。

ウォリックはダロに近づいた。白い軍馬に乗ったダロは、ウォリックの周囲をまわり、地面に唾《つば》を吐いた。「おれは一度もおまえに危害を加えてはいないぞ!」

「メリオラはどこだ?」

ダロは首を振った。「ここにはいない。おまえはおれをとがめに来たんだな……またしても、おれの血を分けた姪に対する注意を怠っておきながら!」

「おまえの野営地には敵がひそんでいる。注意を怠ったのはおまえのほうだ!」

ふたりは互いに相手のまわりをまわった。一回、二回、三回……。

ふいにダロが怒りに任せて剣を抜いて振りおろした。ウォリックは盾を掲げて、間一髪で攻撃をかわした。そしてマーキュリーを軽く突いて脇に飛びのかせ、ダロに激しい連続攻撃を加える。ダロも次々と攻撃をかわし、再び攻勢に転じた。ウォリックも負けじと反撃するが、すべてダロの盾に阻まれた。

「このろくでなし!」ダロが叫ぶ。「おまえには友人を見る目がない!」

「愚か者め! おまえこそごく近くにいる者に利用されたんだぞ!」

「血に飢えたノルマン人め」

ウォリックは歯噛みした。「おれは血に飢えたスコットランド人だ!」

「おまえはおれの姪にふさわしくない」

「おれたちにふさわしいのは真実を知ることだ!」

「おまえを殺してやる!」

「おまえこそ殺してやる!」

ウォリックは再び剣を振りあげてダロの盾に切りつけると、さっとマーキュリーを脇に飛びのかせた。だがウォリックを優位にたたせたのは技ではなく、幸運だった。ダロの馬が穴につまずき、彼は大きな馬もろとも倒れたのだ。

ウォリックはマーキュリーから飛びおり、剣を両手でしっかりと握ったまま相手に近づいた。ダロは地面に落ちた剣を拾って、ウォリックを見つめた。「殺したいなら殺せ」

しばらくのあいだ、ウォリックはダロを見つめた。やがて彼は剣をおろして片手をさしだした。「神はわれわれ両方をお助けくださるよ、ダロ。メリオラはどこにいる？ いったいなにがどうなっているんだ？」

ダロはためらいながら、ウォリックを見つめた。そしてようやく彼がウォリックの手をつかんだ瞬間、誰かの叫び声が聞こえてきた。ふたりは振り向いた。

ファーギン神父が白い顎ひげと黒い法衣を風になびかせながらこちらに向かってくる。「やめろ、愚か者ども、殺しあうな！」神父は息をはずませながら馬からおりると、手をさしのべたウォリックに寄りかかった。「わたしは年寄りだ。こんなまねをしていたら、心臓が持たん。ダロ様、あなたは濡れ衣を着せられたんですよ」

「そうだ、おれは濡れ衣を着せられたんだ！ おれはおまえを敵だと思ったことは一度もないぞ、ウォリック！」

ふいに女性の悲鳴がして、会話がさえぎられた。

アン・ハルステッダーが叫びながら走りでてきた。「やめて、お願い。やめてちょうだい。知らなかったのよ……」

ウォリックが視線を向けると、ダロは肩をすくめた。「広間に閉じこめておいたんだ。おれたちの邪魔をしそうだったからな」

ウォリックは悲しそうな笑みを浮かべた。「そうか」

「ダロ、ウォリック、神にかけて誓うわ。わたしはなにが起きたか――」

「待ってくれ、お嬢さん！」ファーギン神父がさえぎった。「わたしが話そう。せっかく死ぬ思いで、ここにいる血迷った男たちに真実を知らせようと駆けつけてきたんだからな。これはウルリック・ハルステッダーのしわざです。やつがレンフルーのばか息子と組んで復讐をくわだてたんですよ。幸い、メリオラはウルリックの手を逃れて城塞にいます。ダロ様、あのヴァイキングはあなたの服を身につけて、あなたとウォリック様が戦うよう仕向けたんです。あなたがようやく真相を知ってやつに襲いかかるころには、兵力が弱まるよう」

「すべてわたしのせいよ」アンが苦悩の声をあげた。「ウルリックから、わたしを訪ねたいという手紙をもらったの。彼は父のいとこなのよ」

「これは誰のせいでもない！」ファーギン神父は厳しい口調で言った。「ウォリック様、ダロ様、頼むから年寄りの話を聞いてください。すんだことなどどうでもいい。大事なのは今です。今はまだ城塞を包囲されていないとしても、ウルリックとレンフルーが到着したら、たちまち包囲されるでしょう」

ダロとウォリックは互いを見つめた。「アン、広間に戻れ！」ダロが命じた。

「でも――」

「言うとおりにしろ！」ダロは声を荒らげた。

アンの目に大粒の涙が浮かぶ。ウォリックは彼女の頬に触れた。「きみのせいじゃないよ、アン。安全な場所に行っていてくれ。でないと、きみの心配までしなくてはいけなくなる」ウォリックは再びマーキュリーに飛び乗り、ダロも足早に自分の馬へ向かった。ウォリックは兵士たちのもとへ戻ろうとした。

「ウォリック様！」ファーギン神父が叫んだ。

ウォリックはもどかしげに馬をとめた。

ファーギン神父が歩み寄った。「ウルリックが新たな策略を思いつく前に、城塞に着くよう神に祈るんです。やつの父親とレンフルー卿は、他人の弱みを見つけてはそれにつけこんでいました。ブルー・アイルの城塞は強固ですが、なかにいる人間たちは違います」

「ファーギン、おれは急がなければならない。あなたも戻られるのなら、あとに続いてくれ。ちゃんと用心する。では、もう行かないと――」

「もうひとつだけ言わせてください」

「なんだ？」

「メリオラはあなたの子供を身ごもっているようです。そのことを忘れないでください」

おれの子供……。

これほど恐怖の種を抱えているというのに、まだ足りないというのか。「ああ、ファーギン」簡潔にこたえると、ウォリックはマーキュリーの向きを変え、兵士たちのもとへ駆け戻った。「ブルー・アイルへ向かうぞ！」

第二十三章

ブルー・アイルに足を踏み入れたとたん、エリアノーラは大いに感銘を受けた。村は美しく、新たにつくられた木の柵に守られているし、住民も知的で賢明な者ばかりだ。ウォリックから訪ねるようにと言われていた男性の家へ行くと、あたたかく歓迎され、ワインでもてなされた。ユーアン・マッキニーは見るからにひどく具合が悪く、体力も弱っている様子だったが、それでもすぐにいろいろと面倒を見てくれたし、とても礼儀正しかった！　それにメリオラは無事で、すでに馬に乗って引き潮の海を渡り、城塞へ向かったという。だが今は潮が満ち始めていたので、ユーアンがエリアノーラのために舟を用意していた。水はとても冷たいし、馬で海を渡るのはエリアノーラには無理だと判断したのだ。

「でも、ダロとわたしの兄やウォリックのあいだで戦いになるんでしょう！」エリアノーラは悲しそうに言った。

ユーアンは首を振った。「いいえ、レディ。ファーギン神父がウォリック様とダロ様に真相を伝えに行っています。どのような軍勢が押し寄せてきて城塞を襲撃するにせよ、もう大丈夫だと思いますよ。レディ、体があたたまったら城塞へ行きましょう。あそこにいれば、誰もあなたに手出しはできません」

ユーアンはエリアノーラにおじぎをして、彼女が立つのに手を貸した。この人はきれいなグレーの瞳をしている、とエリアノーラは思った。それににこやかでまじめそうだし、指がとても長い。

「ありがとう」エリアノーラはにっこりほほえんだ。「でも、わたしのほうがあなたのお世話をしたほうがよさそうだわ。ずいぶんひどいけがをなさったのね」

「もうずいぶんよくなりましたよ」

「メリオラ・マカディンはそんなに優秀な治療師なの？」

「ファーギン神父はかつて十字軍にいて、イスラムの医師たちが手術ではなく湿布で傷を癒すのを見てきたのです。彼は学んだ知識をすべてメリオラ様に教えこみ、彼女はそれをさらに応用しました。母君が薬草や海水、海草などの効能に詳しかったので」

「わたしもぜひ学びたいわ」エリアノーラはそう言って、ユーアンと家の外に出た。

ふいに、ユーアンがはっとして上を見た。

エリアノーラは煙のにおいに気づいた。

新たにつくられた木の柵が油に濡れ、火をつけられている。

ユーアンはエリアノーラを抱きかかえるようにして走りだした。柵から出たところで、上から網が落ちてきて、彼女は悲鳴をあげた。

エリアノーラはもがいた。彼女とユーアンはともにとらえられ、網のなかで転げまわった。やがてふたりは蜘蛛《くも》の巣にかかった蠅のように動けなくなった。

「気を強く持ってください。すべてうまくいきますから」ユーアンはやさしくささやいた。うまくいくとは思えなかった。それでも不思議なことに、エリアノーラはユーアンの言葉で力を奮い起こすことができた。

網が持ちあげられた瞬間、ユーアンがなんとか立ちあがった。彼は拳を振りあげながら網の外に出て、ふたりの男を殴った。しかし、急いで歩みでてきた別の男に剣の柄で後頭部を殴られ、ユーアンは倒れた。エリアノーラは悲鳴をあげ、彼のそばにかがみこもうとした。だが、兜をかぶり鎖帷子を身につけた男につかまってしまった。見えるのは、兜からのぞく、薄いブルーの目だけだ。

「おや、これはこれは。美人で有名なエリアノーラだな。ぜひお近づきになりたいものだ！だが悲しいかな、われわれには時間がない……」

メリオラは城を守るすべを心得ていた。

城塞に着いた彼女は、すばやくリネンのスリップとあたたかなウールのドレスを身につけ、指示を出すために胸壁へと急いだ。

門は閉まっており、ジョンの命令がなければ開かない。開けてほしいときには、メリオラがジョンに門を開けるよう指示を出すのだ。今ジョンとマロリーは、彼女に助言したり忠告したりできるよう、そばについていてくれていた。だがメリオラは、ユーアンがそばにいてくれたらいいのにと思った。彼は父のいちばんの側近として父の仕事を補佐してきたからだ。

そしてウォリックがここにいてくれたらいいのに。

メリオラはユーアンがまだ来ないことが気がかりだった。村を囲む柵が燃えているということは、ウルリックが襲ってきたのだろう。

弓兵が弓をかまえ、胸壁に並んでいる。ウォリックが兵士を大勢率いていったので、城塞の警護は完璧とは言えなかった。だがブルー・アイルの強さは城の土台となっている岩山にある。岩と石でできた分厚い壁は燃えないし、突撃されてもびくともしない。そして非常時には、正門の後ろにある重い落とし格子が閉められる。最初の門を突破した襲撃者たちは、そこで煮えたぎった油を浴びせられるのだ。そして今、大鍋《おおなべ》では油がぐつぐつ煮えていた。

弱点があるとすれば、内部に敵がひそんでいる場合だけだろう。

向こう岸で燃えている火を見ると、メリオラの胸は痛んだ。ユーアンはまだ城塞に着いていない。危機に陥っているのだろうか？　それとも、命を落としたの？　それに、イグレイナやその家族に友人たち、老人や幼い子供、赤ちゃんは？

ウォリックは必ず来る。必ず来てくれるわ。

そう思い続けていると勇気づけられたものの、それでもメリオラは不安だった。心配でたまらない。ウルリックの本性はもう知っている。あの男は自分の部下の命さえ、平気で危険にさらす人間だ。森に逃げこめなかった本土の民たちはあの男に殺されていないだろうか？最初の襲撃は火事の直後だった。潮は満ちていたが、ウルリックの兵士たちは馬や徒歩で海を渡ってきた。部隊の先頭には、もうひとり別の男が合流している。その男の旗は赤く、サーコートにはドラゴンの紋章がついていた。あれがレンフルーだろう、とメリオラは思った。豪華な鎧に身を包み、大きくて頑丈そうな馬にも高価そうな飾り馬具がついている。後ろに続く旗持ちは彼の旗だけではなく、イングランド国王スティーヴンの旗も持っていた。ウルリックとレンフルーは兵士たちに襲撃を命じたものの、自分たちは見ていただけだった。兵士たちが死ぬとわかっていながらも、城壁の強さを試すためか、槌を持った者たちを門に突撃させたり、ひっかけ鉤《かぎ》を持った者たちに壁をよじのぼらせたりしている。

城塞の弓兵たちがすかさず矢を放つと、敵は槌を捨てて退却した。

「次はどうするかしら？」メリオラはジョンに向かってつぶやいた。

ジョンは首を振った。「城塞には近づけないとあきらめて立ち去るでしょう」

「やつらはあきらめませんよ」マロリーがきっぱりと言った。メリオラを見つめる彼の顔には、険しい表情が浮かんでいる。「城塞かあなたを手に入れたがっているのですから」

「メリオラ様を渡すものか！」ジョンが激しい口調で言った。

「メリオラ・マカディン、城を明け渡して出てこい。そうすれば、おまえの民は慈悲を与えられるだろう！」ふいに、ウルリック・ハルステッダーが城壁に通じる丘の向こう側から叫んだ。「今すぐ降伏すれば、すべてうまくいく。誰も命を落とさずにすむんだ」

メリオラは城壁まで歩いた。「撤退したほうがいいわよ。レアードが戻ってきてあなたたち全員を殺す前に」彼女も叫び返す。

男はまだダロの兜をかぶっているので、顔は見えなかった。実際、まだ一度も顔を見たことがないのだ。

突然、メリオラの心のうちを察したかのように男が兜をとって笑みを浮かべた。砂色がかった金髪に、冷酷そうな目をしている。ひげはきれいにそってあった。顔だちは端整で、どこかアンに似たところさえあった。けれども、なにかがまともではないと感じさせた。そのまなざしや、ゆがんだ顎のせいだろうか？

「降伏しろ、メリオラ」

「立ち去りなさい、ウルリック・ハルステッダー。さもないと命を落とすわよ！」

「ああ、レディ。おまえとは戦いがいがありそうだ！」

ウルリックはレンフルーのところへ行って、なにか話しあっていた。ウルリックの笑い声が聞こえてくる。その声にはどこか邪悪な響きがあった。メリオラはふいに、この男が恐ろしく思える理由を悟った。彼にとって意味があるのは、自分の欲望だけなのだ。自分の我を通せないなら死ぬつもりでいるから、彼はありとあらゆる危険を冒せるし、どんなことでもやってのけられる。たとえ道なかばで命を落としても、神の殿堂《ヴァルハラ》に主賓として迎え入れられると思っているに違いない。そしてもし命を落とさなければ……。

ウルリックの笑い声が響いた。

ウォリックとダロは並んで馬を駆った。すぐ後ろにはアンガス、ラグナー、ピーターが続いている。騎馬兵のなかでも駿足を誇る者たちも一緒だ。歩兵はあとから追ってくることになっているが、ウォリックたちはそれを待ったりはしなかった。

メリオラはもう敵のもとから逃げだしたとファーギン神父から聞いたにもかかわらず、ウォリックは不安にさいなまれていた。大いなる不安に。彼女が最大の危機にあったときは、不安など感じなかった。彼女はダロに連れていかれたのだとばかり思っていたからだ。ダロなら彼女に危害を加えるはずがない。だが、メリオラをさらったのがウルリックだったとは。まったく、あの男は頭がいい。毎年のように、新たな陰謀をくわだて、次々といらだちの種をまく。それでいて、決してぼろは出さない。そして今度は……。

メリオラはもう逃げだしたというが、ウルリックにとらえられていた。どのくらいのあいだ、あの男はメリオラを思うがままにしていたのだろう？　彼女をどこへ連れていき、なにをしたんだ？　彼女は耐えられただろうか？　おれが疑いを抱いたために、みんながこれほどの代償を払うはめになったことを、彼女は許してくれるだろうか?

おれはずっとメリオラを疑い続けてきた。ヴァイキングを疑い、ダロを疑ってきた。

だが初めからずっと、敵はおれをねらっていたのだ。昔おれが果たした復讐に対する復讐をしようとしていた……。

「走れ、マーキュリー。急げ。風のように走るんだ!」ウォリックがダロに視線を向けると、彼もまた馬に拍車をかけていた。

ウルリックは次になにをしかけてくるだろう?

おれを苦しめるためにメリオラを痛めつけ、利用し、苦しめる。そして、おれから彼女を奪う。彼女はヴァイキングの娘だから、自分が彼女を妻にするのは当然だと思っているに違いない。そしてブルー・アイルを領有するのも。とにかく、あの土地を支配するためにはメリオラが鍵であり、彼女がすばらしい褒美であることは明らかだ……。

メリオラはおれの子供を身ごもっている。だがウルリックがそのことを知っているはずはない。おそらくあの男は彼女を陵辱し、利用しようとするだろう。たとえおれを殺せなくとも、生きている限り、おれを苦しめ続けるに違いない。おれの妻がほかの男の子供を産むかもしれないと思わせて……。

だが、もはやそんなことはどうでもいい。おれが求めているものはただひとつ。

おれの妻だけだ。

ウルリックは馬からおりて、城壁の下の草地に立っていた。そこへ彼の部下たちがひとりの女性を引きずってきた。メリオラはそれがエリアノーラだと気づいてはっとした。「こいつをよく見ろ。こいつが安全を求めて村に逃げこんできたところをつかまえた！　さあ、早く門を開けるんだ、メリオラ。もう門をこじ開けている時間はない。おまえの夫がすぐ後ろに迫ってきているのはよくわかっているからな！」

「あの男に矢を放つことはできないかしら？」メリオラはジョンに尋ねた。

ジョンは首を振った。「遠すぎます」

「あの男はなにをするつもりなの？　エリアノーラをつかまえて……」

「おれがおまえの夫と交渉できるように、そこから出てくるんだ、メリオラ。さもないと、この女の喉をかき切るぞ」

エリアノーラの喉をかき切る、ですって？　いったいなんのために？

メリオラはその問いを口にはしなかった。いずれにせよ、ウルリックが答えるだろう。

「ピーターとエリアノーラはイングランド国王スティーヴンにそむいた裏切り者だ。処刑しても不都合はあるまい」エティエンヌ・レンフルーがハルステッダーに加勢して叫んだ。

「処刑されるのはあなたのほうよ、ウルリック！」思わずメリオラは叫び返したものの、はっとした。心配しているのを悟られてはまずい。

ウォリックはもうすぐ来るはずだ。ダロも一緒に。

ただし、ファーギン神父がふたりに会えなかったとしたら、話は別だ。もしもふたりがすでに殺しあっていたら……。

「実に単純明快だ」ウルリックが叫んだ。エリアノーラは両手を背中でしばられたまま立たされている。ウルリックは彼女を残して居並ぶ騎兵隊のあいだに入っていったかと思うと、タインのピーターの軍服を着た男を引きずりだしてきた。中年で白髪まじりの、貫禄《かんろく》のある男性だ。彼はウルリックを見ようともせず、背筋をぴんとのばして立っている。ウルリックはその男性をエリアノーラの隣に連れていき、なにか耳打ちして、門へと視線を向けた。

「メリオラ・マカディン。この男はタインのウォルターだ。彼はピーターやエリアノーラが幼いころから、ふたりに仕えてきた。ふたりのためなら喜んで死ぬと言っている」

話を終えると、ウルリックはにやりとした。そして、あっというまにウォルターの喉もとにナイフを突きたてて切り裂いた。エリアノーラが悲鳴をあげ、身をよじって離れようとする。何度も死をまのあたりにしてきたメリオラも、ここまで残虐で冷酷な行為を見たのは初めてだった。彼女は息をつまらせ、胃のあたりを押さえて城壁からあとずさりした。

ウルリックは人を殺すことをなんとも思っていない。

ウォルターが息絶えて倒れると、ウルリックはエリアノーラを引き寄せた。「おまえたちはみんな裏切り者だ！　おれはイングランドの臣民だから、天が味方してくれる。だがここにいる連中はみな、苦境の際にはスコットランド国王におべっかを使う裏切り者だ！　さあ、門から出てくるんだ、メリオラ。あと数分以内におまえの美しいブルーの目を見られなかったら、エリアノーラの喉を切り裂いてやる。この女は夫の恋人だそうじゃないか？　不倫をした罰に死なせるか？　それとも偉大なるアディンの娘は高潔だから、そのような理由でとがめたりはしないのかな？」ウルリックは嘲った。

ウォリックは必ず来るわ。必ず来る……。

そして、わたしは城塞を守れる。わたしはいつも自分の力を証明しようとしていた。そうするしかなかった。だけど今は……。

「おれが本気なのはわかっているだろう！」

「ええ、あなたならやるでしょうね。たった今みんな、自分の目で見たばかりだもの！」メリオラは落ち着いた声を出そうと努めた。「あなたの言うとおり、エリアノーラは長いあいだ夫の恋人だった人よ。だけどわたしはここの女主人で、ウォリックの妻なの」

「わがレディ！　おまえの氷のように冷たい心はおれの欲望をますますかきたてる」ウルリックは芝居がかった口調で叫んだ。

「わたしは冷たくなんかないわ、ウルリック。今、出ていくから――」

「ああ、なんとも賢明な行為だ！　自分を不当に扱った者たちに対する慈悲の心は称賛に値する。おれはエリアノーラにもう一度チャンスを与えてやろう。次にこの女のために死ぬのは誰か、見るがいい！」

ウルリックが部下のひとりに合図をした瞬間、メリオラは下唇を強く嚙んだ。引きずりだされたのは、まだ弱々しく、立つだけでせいいっぱいといった様子のユーアンだった。メリオラの心臓が早鐘のように打ち始めた。ユーアンは今もなお忠実で誇り高い。前に引きずりだされ、再び命の危機に瀕しているというのに……。

「あなたは半分死にかけているような人を殺すの？」

ウルリックはにやりと笑った。「そうだ、レディ」

「かまうな！」ふいにユーアンが力強く叫んだ。「城塞を明け渡してはならない……」

ユーアンの言葉がとぎれた。ウルリックが振り向きざまに、分厚い手袋に覆われた拳でしたたか殴りつけ、ユーアンは倒れて意識を失った。

「死にかけているのか、すでに死んでいるのか……どっちだろうな、メリオラ？　レディ・エリアノーラの喉はとても細く、とても切りやすそうだ……」

「わたしが出ていくと言ったでしょう。ただし、エリアノーラやほかの捕虜たちを引き渡してちょうだい。この条件が受け入れられるまでは、門を開けるつもりはないわ。わたしが降伏したあとも、ほかの者たちが冷酷に殺されるのを見たら、あなたについていかないわよ」

ウルリックは愉快そうに笑った。「ほかの捕虜たちはただのおまけだ。今すぐ門に向かわせよう。ただし、エリアノーラはおまえが門から出るのを見届けてから返す」

「正門と落とし格子のあいだで待つわ。捕虜たちが全員入って落とし格子が閉められたら、わたしはそちらへ行く」

メリオラは城壁からあとずさりした。ジョンが彼女に手をのばす。「だめです」

メリオラはかぶりを振った。「エリアノーラたちを殺させるわけにはいかないわ。あなただってさっきの仕打ちを見たで――」

「ええ。ですが彼は、エリアノーラ様のために命を懸けると誓っていたのです。あなたが彼女のために死ぬ必要はないんですよ、メリオラ様」

「ウルリックはわたしを殺すつもりはないわ、ジョン。わたしを利用したがっているのよ。ウォリックに対して」

「ええ、あいつはそうするでしょうね」

マロリーは彼らとともに城壁に立ち、思案にふけっていた。「あの男に身代金を渡そう」

「ウルリックが求めているのはお金じゃないわ、マロリー。復讐よ」

「あの男のところへ行ってはなりません」

「でも、行けば時間稼ぎができるわ。わたしたちには時間が必要よ」

「あなたを行かせるわけにはいきません」ジョンはなおも言いはった。

「じゃあ、どうすればいいの？　ウルリックは何人でも殺すわよ。領民を全員引っぱってきて、城壁の前でひとりずつ殺すに違いないわ。わたしだって行きたくはないのよ、ジョン」

「ああ、メリオラ様、あの男は危険です」

「ジョン！　それはもちろんわかっているわ。だけどわたしはここの女主人なの。それに、ほかに誰がつかまっているのかも、エリアノーラがここに来たとき誰と一緒だったのかもわからないのよ」メリオラはうなだれた。ユーアンはまたしても、故郷を守るために命を投げだそうとしている。この前負った傷がようやく治ったばかりだというのに。

わたしはウォリックの子供を身ごもっているし、ウルリックもそれを知っている。彼がそれほどわたしを求めているとは思えない。彼の望みは城塞の門を開けさせることだ。城塞に突入するチャンスはそのときしかないのだから。

「ジョン、聞いて。こうすればうまくいくかもしれない。わたしが正門と落とし格子のあいだに行き、捕虜たちを返してもらったら……ウルリックが襲ってくる前に正門を閉めるの」

ジョンは眉をつりあげた。「あの男はあなたと捕虜を交換すると言ってはいますが、信じることはできません。おそらくは、捕虜たちを通すために落とし格子を引きあげたとたん、部隊を門に突進させるつもりでしょう」

「ええ。でもわたしたちの作戦はその上をいっているはずよ。煮えたぎった油を浴びせて、火のついた矢を射かければ、敵の兵士たちは退却せざるを得なくなるわ！」

ジョンはため息をついて、うつむいた。

「ジョン、わたしはアディンの娘なのよ。戦いは心得ているわ。もしもわたしが領主だったら、わたしの言葉に異議を唱える？」

ジョンはメリオラの目を見つめた。「あなたのおっしゃることに異議を唱えているわけではありません。ただ心配しているのです」

メリオラはジョンの手をとり、ぎゅっと握りしめた。

「かまえろ！」ジョンは弓兵たちに向かって叫んだ。

「レディ・メリオラ！　おまえの愛らしい顔を今すぐに見られないのなら、ユーアンを殺す。その次は美しいエリアノーラだ！」

ウルリックはまたレンフルーと相談していた。レンフルーが片手をあげるのを見たメリオラは、別の部隊に門へ突撃するよう指示を出しているのだと悟った。

彼女は胸壁から階段を駆けおりて、すでに引きあげられ始めた落とし格子へと向かった。落とし格子は重く、門兵たちはウィンチを扱うのに苦労していた。「捕虜たちが入ったら、急いで閉めなければならないわ。兵を待機させて、捕虜たちを助けてあげて。みんな怯えて傷ついているはずだから」

その可能性はある。タインのウォルターのことは一生忘れられないだろう。あんなにも冷酷に、無慈悲に、またたくまに殺されたことは……。

門が開けられた。メリオラは正門と落とし格子のあいだに立って待った。彼女は身じろぎひとつせず、驚くほど落ち着いて見えた。

最初に来たのは小作農や職人、それに本土の村人たちだった。メリオラは自分の前を通りすぎていく者たちの視線に感謝が、そして同情がこめられているのに気づいた。

次に男たちがやってきた。トーマス、タイラー、ジェフリー……。彼らはユーアンをなかば抱えるように、なかば引きずるようにしていた。タイラーが言った。「レディ、こんなことをしてはなりません！」

「タイラー、お願いだから入ってちょうだい。ユーアンと、ほかの人たちも……」

男たちのなかにはメリオラの知らない顔もあった。エリアノーラの従者もいるのだろう。

「今すぐエリアノーラを来させて！」メリオラはウルリックに向かって叫んだ。

ウルリックに押しだされて、エリアノーラがやってきた。メリオラは束の間彼女の目を見て、そのなかに感謝と賞賛を読みとった。わずかながらもほっとし、メリオラは身を震わせた。なんとかうまく城塞に戻らなければ。彼女は自分に言い聞かせた。だが一瞬、ウルリックにつかまるかもしれないという懸念が胸をよぎった。わたしは死ぬかもしれない。そしてエリアノーラはここに残り……。

メリオラは目を閉じて待った。

「出てくるんだ、メリオラ・マカディン！」ウルリックが命じた。

突然、馬の蹄の音がとどろいた。やはり彼らは門に突撃する準備をしていたのだ！

「落とし格子を閉めて！」メリオラは叫び、落とし格子に向かって全力で走った。

突然、落とし格子の向こう側からマロリーが飛びだしてきて、メリオラはどきりとした。

「マロリー、頭でもおかしくなったの？　早く戻らないと——」

だがマロリーは口もとにゆがんだ笑みを浮かべていた。メリオラの両肩をつかんだ彼の手は、小作料の入金や出費の計算をして日々を過ごしてきた男とは思えないほど力強い。驚きのあまり、メリオラは最初、抵抗することもできなかった。やがて無情にも閉まりつつある落とし格子から離され、門の近くへと押しだされたとき、彼女はようやく悟った。理由はわからないが、マロリーは自分の意思でわたしを裏切ったのだと。ウルリックが城塞内の動きを知っていたのは、マロリーがなんらかの方法で情報を提供していたからに違いない。事実、ウルリックはウォリックの出発日も、戻ってくる日も知っていた。そして今は……。

「卑怯者！　なぜなの？」もはや手遅れだと知りながらも、メリオラは叫んだ。ヴァイキングたちやノルマン人たちが突進してくる。彼らは落とし格子に阻まれるだろう。でも、わたしはもう安全な場所には戻れない。

「おまえの父上のため、ヴァイキングのためだ！」

「父のためではないわ！　父はスコットランド人になったのよ！」

兵士たちが押し寄せるなか、マロリーは悲しげにほほえんだ。「ならば富のためだよ、わがレディ。おれはこれまでずっと、おまえたちの収入を計算してきた。莫大な……金銀財宝を。今や、富はおれのものになる。おれはヴァイキングらしく生きるのだ」

ウルリックが馬を駆ってやってきた。「彼女をお渡ししますよ!」マロリーは誇らしげに言った。「わたしの褒美は――」

メリオラは悲鳴をあげた。ウルリックがすばやく剣を振るい、マロリーは首を切られた。血がメリオラの体に飛び散る。彼女は走ろうとしたが、落とし格子はすでに閉まっている。ウルリックはメリオラに手をのばし、髪をつかんだ。彼女が痛みに悲鳴をあげると、ウルリックはいったん手を離し、今度はウエストのあたりを抱えて彼女を馬の背へと引きあげた。そして馬の向きを変え、門から離れていった。

城壁がどんどん遠さかっていっても、門と落とし格子のあいだにはさまれた敵たちのおぞましい叫び声が聞こえてくる。メリオラはウルリックに激しく抵抗した。

焼けただれた皮膚のにおいがする。

城壁の上では、ブルー・アイルの兵士たちが叫んでいた。弓兵がウルリックにねらいを定めたが、ジョンは制した。「やめろ、レディにあたるぞ!」

メリオラを連れ去るウルリックを妨げるものはなにもなかった。

ウルリックの馬は走り続けた。メリオラは、焼けた皮膚のにおいが鼻孔にしみついたような気がした。あちらこちらから断末魔の叫びが聞こえてくる。

これで城塞は守られた。

でも、わたしはどうしたらいいのだろう?

第二十四章

ウォリックたちの到着は遅きに失した。

彼はダロや部下たちと並んで馬を駆りながら、これほど勇猛な部隊を引き連れて戦うのは初めてではないかと思った。

だが結局、あまり意味はなかった。本土に着いたウォリックが見たものは、村のまわりに築かれた柵や家々が焼けた跡だった。それでも幸い、あたりに死体らしきものはない。島に渡ろうと海をめざしたとき、ふいに城塞から歓声がわき起こった。ウォリックは期待をこめて城壁を見あげた。ここからでも、エリアノーラの姿が見える。タイラーも、ジェフリーも、トーマスも、ジョンも、イグレイナも、ジリアンも……ユーアンさえもいる。

だが妻の姿はない。

ウォリックはマーキュリーを促して海を突き進んだ。上陸すると同時に門が開き、彼はそのまま坂をのぼって中庭に入った。そのとたん、みんなに囲まれた。ジョン、ユーアン、それにエリアノーラがいっせいに、ことの次第を話そうとする。

「城内に裏切り者がいたのです！」ジョンが憤然として言った。「メリオラ様が指揮をとり、作戦をたてておりました。捕虜たちを救いだしたあと、門を閉ざして、ウルリックをしめだす計画でした。しかし、マロリーに裏切られたのです！」ジョンは地面に唾を吐き捨てた。

ユーアンはまっ青な顔をしていた。タイラーに寄りかかりながらウォリックを見あげ、悲しそうに首を振る。「メリオラ様の作戦はみごとでした。うまくいくはずでした。あの男はさらに人を殺そうとしたので、彼女はしかたなく……」

ウォリックは体じゅうの血が凍りついたような気がした。

「メリオラはどこにいる？」彼はかすれた声できいた。

ユーアンは苦悩の表情を浮かべてかぶりを振った。「ウルリックにつかまって、連れ去られました。あの男は大軍を率いています。レンフルーがこの戦いをスコットランド人とイングランド人の戦いに仕立てあげたのです。彼は、スティーヴンを裏切った罪でタインのピーターとエリアノーラを処刑するために来たと主張しています」

「彼らはどこへ向かった？」ウォリックは尋ねた。

「北です。今でもヴァイキングが住民の大半を占める集落のほうへ。おれも一緒に……」

ユーアンは厩へ行こうとしたが、よろめいて倒れた。エリアノーラがはっと息をのんで彼に駆け寄る。「ユーアン、かわいそうに。わたしがそばについているわ。ほかの人たちはすぐに出かけなくてはならないから」

ウォリックは後ろを振り返って、ダロにピーターにアンガス、そしてラグナーたちもついてきているのを確かめた。沈痛な面持ちで中庭にたたずむジェフリーの姿も目に入った。「おれたちにも馬を持ってきてくれ、ジェフリー」ウォリックは疲れた様子で言った。「おれたちにも馬たちにも水が必要だ。水を飲んだら再び出発する。北へ向かって」

ようやく馬の歩みがとまったとき、メリオラは自分がどこにいるのかわからなかった。あたりは闇に包まれていたが、どうやら南側が天然石の壁となっている高台のようだ。今晩野営するのにうってつけの場所だとレンフルーは言った。

「このまま進むべきです」ウルリックが異議を唱えた。

「兵士たちが馬の鞍から落ちるようでは戦えない。それにまだ、ダロとウォリックが殺しあったのかどうかもわからないのだ。もしもふたりが死んでいないのなら……」レンフルーは肩をすくめた。「ここに陣をかまえて反撃すればいい。わが部隊とウォリックの部隊の兵力は同じようなものだ。ここなら勝利をおさめられるだろう」

ウルリックはまだ不満そうだったが、馬からおりて、大声で野営の指示を出した。たちまち、指揮官であるレンフルーのために大きなテントが組みたてられた。絨毯《じゅうたん》が地面に敷かれ、寝床が用意される。さらに、中央で火が焚かれた。

レンフルーの前に引きずってこられたとき、メリオラは疲労困憊していた。

「おまえがヴァイキングの娘か。ウォリックに与えられたすばらしい褒美なのか」

メリオラはつんと顎をあげて言った。「褒美は領地よ、ロード・レンフルー。あなたは領地を手に入れ損ねたわね」

レンフルーは眉をつりあげ、野営用の折りたたみ椅子にゆったりと腰をおろしたが、メリオラには椅子を勧めなかった。「たしかに男は領地を欲するが、同時に女も欲するんだ。そしてレアード・ライオンはおまえを……領地を持つ妻を手に入れた。さぞかし幸運に感謝していることだろう。アディンの娘であるおまえは、これまで多くの男たちを翻弄してきた。男たちはおまえを妻にしようと競いあい、父親に大金を与えようとした。そして今、おまえはウルリックの心を狂わせている」

「彼の心を狂わせるのはずいぶん簡単なのね」

レンフルーはにやりとした。彼に長いあいだしげしげと見つめられ、メリオラはさらに恐怖がこみあげてきた。「おまえはウルリックに、手を触れたら自害すると脅したそうだな」

「単なる脅しではないわよ」

レンフルーは笑った。「ああ。だが生きたいという気持ちがあるあいだは、想像以上に難しいことだ。どうやらおまえは、闘志にあふれた、我慢強い人間のようだ。メリオラ・マカディン、わたしはこれから、おまえという褒美を自分の目で調べてみようと思う。自害すると脅したって無駄だぞ。おまえは絶対に自害などしないはずだ。愛する男の子供を身ごもっていながら、自害する女がどこにいるというんだ?」

ふいにレンフルーが立ちあがり、メリオラのまわりを歩き始めた。彼女の顔に触れ、その手を胸へと移動させる。メリオラの心臓は早鐘を打ち始めた。思わずレンフルーに殴りかかりたくなったが、なんとかその衝動を抑えこむ。鞘に入れた短剣がふくらはぎにくくりつけてあるとはいえ、まわりを敵に囲まれているのだ。

「わたしを殺したくてたまらないのだろう、ヴァイキングの娘よ! だが、よく考えるといい。わたしはウルリックをおまえから遠ざけてやっているんだぞ」

本当だろうか? だけど、そんなことはどうでもいい。たとえレンフルーを殺しても、わたしは誰かに殺されるだろう。それにレンフルーの言うとおり、わたしは死にたくなどない。希望がある限り。

「今夜のわたしは魅力的ではないわよ」

「ほう。なぜだ?」

「わたしは疲れ果てているの。気分も悪いわ。もし体に触れられたりしたら――」

「自害すると言うのだろう。そんな脅しはきかないと言ったはずだ」

メリオラは首を横に振った。「いいえ、そうじゃないわ。たぶんわたしは吐いて、あなたの体じゅうを汚してしまうと思うの」

予想どおり、レンフルーはあとずさりして手を振った。「奥にある寝台で寝るがいい。逃げようなどとは考えるなよ。おまえが逃げたら、つかまえて足の指をたたき切れと命じてあるんだ。二度と歩けなくなるようにな。嘘ではないぞ」

おそらくレンフリーは本気だろうとメリオラは思ったが、もうどうでもよかった。ひどく疲れているのと、とりあえずはほっとしたのとで、今夜はとても逃げだす気にはなれない。

奥の寝台にはプライバシーなどないに等しかったが、洗顔用の水のほか、エール、パン、そしてチーズなどが用意されていた。チーズを食べる気にはなれなかったので、メリオラはパンをかじった。そして手や顔を洗って寝台に横たわると、暗闇を見つめながら思った。頭のなかはまっ白なのに、どうしてこれほど激しい胸の痛みを感じるの？　とにかく疲れた。ああ、どうかウォリックが生きていますように。ウォリックと叔父が和解していますように。

もしそうでなかったら？　殺しあっていたら？　わたしはどうやって生きていけばいいの？　どうすれば……。

明日にしよう。戦う方法は明日考えよう。

それに、ウォリックはきっと助けに来てくれる。彼は生きていて、必ず来てくれるわ。

メリオラは目を閉じた。意に反して、ぽろぽろと涙が出てきた。泣いたせいで心身ともにますます疲れ果て、ようやく彼女は眠りについた。

その晩、ウォリックたちはすぐに敵が通った跡を見つけ、たどっていった。あれほど多数の騎馬兵や荷車のあとを追うのは、難しくなかった。翌朝までにはかなり追いついたが、ウォリックがダロやアンガスと一緒に見たところ、敵が野営地に選んだのは、自然の地形に守られた高台だった。きちんと戦略をたてずに突撃したら、深刻なダメージを負うことになるだろう。「大きな盾をつくる必要がありますね。そうすれば、高台から弓兵の攻撃を受けても身を守れます」アンガスが言った。

「そうだな」ダロがもどかしげにこたえた。いらだちのあまり、ウォリックは歯をくいしばった。時間をかけて準備を整える必要があるのはわかっているが、メリオラの身が心配でたまらなかった。彼女は強い女性だが、ウルリックはひどく残忍な男だ。

ウォリックの部隊がここにいることは、まだ敵たちに気づかれていなかった。この谷に戻ってきたヴァイキングの女たちから聞いたところ、メリオラは無事だということだった。レンフルーのテントに閉じこめられており、野営地のなかを自由に動きまわることはできないが、元気な姿は見かけたそうだ。

ウォリックは思い悩んで眠れない夜を過ごした。妻はレンフルーに陵辱されたのだろうか？　もしそうなら、彼女が抵抗していないことを、あの男に傷つけられていないことを祈ろう。大事なのは妻をとり戻すことだけだ。

朝になると、ウォリックは兵士たちに盾づくりを急がせた。

その日の午後には、彼らが到着したことに相手も気づいたようだった。

日没の直前、ウォリックの陣営に矢の雨が降り注いできた。幸い、大きな移動式の盾を急いでつくりあげたところだったので、誰も命を落とさずにすんだ。その直後に使者がやってきて、ウォリックがブルー・アイルの城塞を明け渡せば、戦いをやめてもいいと伝えた。

「レンフルーとウルリックに、今すぐ妻を返せば命は助けてやると伝えろ!」ウォリックは恐ろしい形相で使者に言った。

ダロがウォリックをつかみ、引き戻した。「おまえが心配していることをやつらに知らせないほうがいい!」彼は小声で警告した。

「今すぐに妻が戻ってきたら」ウォリックは静かに言った。「命は助けてやろう。だがもし彼女に危害が加えられていたら、想像できないほど苦しんで死ぬはめになると伝えるんだ」

「ウルリック様はあなたを殺すつもりです、レアード・ウォリック。そして、あなたの奥方を連れてブルー・アイルに戻り、あなたの代わりに領主となられるでしょう」

「そんなことを受け入れられるわけがない。彼には死んでもらうしかないな」

使者は立ち去った。

また朝が来たのには気づいていたが、メリオラは寝台に横たわっていた。ここに来てから二日になるというのに、いまだに疲れがとれなかった。レンフルーはときおりやってきては罵声を浴びせていく。だがありがたいことに、戦いの準備で忙しいのか、しょっちゅう脅しに来るわけではなかった。

彼女は横たわったまま、興奮とうれしさと安堵感を抑えつけた。

ウォリックは生きている。そしてダロも。

もちろん、誰かが教えてくれたわけではない。だがこの耳で、たしかに聞いたのだ。わたしのレアードが来てくれた。スコットランド人の部隊や、タインのピーターのイングランド人部隊、それにダロのヴァイキング部隊を率いて。

ふたりは殺しあわなかった。手を結んでくれた。

最初はそれを知っただけで、希望と喜びがこみあげてきた。

だが時がたち、日がたつうちに、レンフルーがとても頭がいいことがわかってきた。彼は地の利のある場所に陣を張っていたのだ。この戦いに勝つのは簡単なことではないだろう。

昨夜、こっそりテントの外に出てみたときも、すぐに兵士たちに見つかってしまった。メリオラは斧で足の指を切り落とされるかもしれないと怖くなり、近くに水浴びのできる湖がないか尋ねたくて、彼らを探していたのだと嘘をついた。すると、数人の監視役に付き添われて小川へ連れていかれた。水のなかには下着をつけたまま入ったが、長旅のあとだったので、それでもとても心地よかった。だが今、この状態がいつまで続くのかと考えていると、再び悲しみがこみあげてくる。

ふいに、リネンの仕切りが揺らめいたので、メリオラは体を起こした。レンフルーが入ってきて彼女を見おろす。

レンフルーがひざまずくと、メリオラは肘を突いて腰を浮かせ、用心深くあとずさりした。「気分はよくなったかな?」彼は礼儀正しい口調で尋ねた。

メリオラは首を振った。

レンフルーは笑みを浮かべた。彼は修行僧のような顔つきをしたやせた男だが、まなざしも笑顔も、冷酷で残忍そうだった。

「おまえは病人とは思えない。どうやら嘘をついていたらしいな」

「嘘なんかついていないわ」

「まあ、すぐにわかることだ。わたしはもう待つのに飽きたんだよ、レディ。おまえの具合がどれほど悪いのか確かめてみよう。不愉快な思いはしたくないから警告しておくが、わたしの服をだめにしたり、悪臭を放つようにしたら、痛めつけてやるぞ」

レンフルーはメリオラのドレスをつかんで引き寄せた。彼女は力いっぱい彼の顔を殴ったが、すぐに殴り返された。あまりの痛さに耳鳴りがして目の前がまっ暗になる。メリオラが呆然としているあいだに、レンフルーはすばやく覆いかぶさってきた。短剣はまだふくらはぎにくくりつけられている。ああ、せめて……。

「おや、ここにいらしたのですか、ロード・レンフルー!」突然、ウルリックも姿を現わし、怒りに燃えた目でふたりを見おろした。「その女を利用する手だてが見つかるまで、手出しをしてはなりません」レンフルー自身に言われた言葉をまねて言う。

レンフルーは肩をすくめた。「そのような手だては必要ないと判断したんだ。おまえにもまわしてやる」

「そうさせてもらいますよ」ウルリックは苦々しげに言った。「この女はおれのものですからね。でも、今はそんなことをしている場合ではありません。ウォリックの部隊が丘をのぼってきています。すぐにも攻撃してきますよ」

レンフルーは即座に立ちあがり、メリオラも立たせた。

「戦いの準備をしなければなりません。彼女をどうするつもりです？」

「この戦いには欠かせない存在だ。愚か者め、わからないのか？　わが部隊の守護神だぞ」

ウォリックは丘をのぼりきったところで弓兵を集合させ、いっせいに矢を放つように命じた。

ウルリックとレンフルーの部隊から悲鳴があがる。そのあと突然、警告の声が響いた。

「用心しろ、ウォリック！　おまえがとり返しに来たものに矢が突き刺さるぞ」レンフルーが嘲るように言った。

丘の頂上にいる弓兵たちが移動した瞬間、ウォリックははっと息をのんだ。

レンフルーはメリオラをみごとに利用していた。彼女は地面に立てた旗竿《はたざお》にしばりつけられていた。最初に矢が放たれたときはレンフルーの兵士たちがメリオラを囲んでいたが、再び矢の雨を降らせたら、間違いなく彼女に突き刺さるだろう。

「退却だ！」ウォリックが命じた。

弓兵たちは盾を高く掲げて、命令にしたがった。

日はのぼったものの、風は冷たかった。頭上にあげさせられた腕が痛むし、足はかろうじて地面に届いている程度だ。水も、食料も与えられていない。時間がたつにつれて、メリオラは最初の矢に射抜かれていればよかったと思い始めた。それほど痛みはひどかった。だがメリオラはレンフルーにここにとどまるよう命じられ、ウォリックの部隊は退却した。

レンフルーとウルリックは待機している。

ウォリックの部隊は態勢を整え直してから、再びやってくるのだろう。

だがだいぶたってもその気配はないので、兵士たちはいらいらし始めた。レンフルーがしばしばやってきては、気を抜くなと注意する。彼らはそれぞれの持ち場で気を引きしめ直すものの、兵士の仕事は戦うことで、待つことではない。時がたつにつれて彼らの警戒心はさらに弱まり、賭《か》けごとをしたり、地面にルーン文字を書いたり、酒を飲んだり、話をしたりするようになった。

やがて日が沈んだ。ヴァイキングやノルマン人の兵士たちは持ち場を離れ、野営地のなかをうろつき始めた。おそらく彼らは、ウォリックの部隊がメリオラの命を奪ってしまうのを恐れて立ち去ったと考えているのだろう。

メリオラ自身も、激しい苦痛と寒さ、そして疲労感から、助けに来てもらえないとあきらめ始めた。

ふと遠くへと目を向けたとき、なにかが見えたような気がした。突然、暗がりからなにかが現われて、こちらに近づいてくる。

それらはどんどん近づき、あたり一面を覆いつくした。

どうやら兵士たちにはまだ見えていないようだ。やがて、旗竿の近くで馬にまたがっていたウルリックがつぶやいた。「いったい、どういうことだ？　矢を放て！」

矢が次々と放たれ、メーという鳴き声が暗闇に響き渡る。いくつもの影が飛びあがり、いくつもの影が倒れた。

「矢を放つんだ！」ウルリックは再び叫んだ。

レンフルーが彼に歩み寄った。「よせ、相手は羊だ」レンフルーは軽蔑したように言った。

メリオラは暗闇に目を凝らした。

「ああ、メリオラ！」レンフルーがやってきて、彼女の頬を撫でながらささやいた。「残念だが、おまえは助からないようだ。来たのは羊だけだからな。疲れたか？　痛むか？　おそらく今夜は、わたしのベッドさえも快適に思えるだろうよ！」

「羊だ！」ウルリックが毒づいた。「また来たぞ、何百匹も！」

羊たちは怯えて、あるいは怒り狂ってこちらへ向かってくる。倒しても倒しても、次から次へとやってきた。あちこちで羊たちが走り、飛びはね、鳴き声をあげている。

羊たちは丘の上にもやってきて、兵士たちに飛びかかった。兵士たちは悪態をつき、武器を捨てて羊を追い払った。なかには、スコットランドの羊飼いは自分の羊を追いかけることもできないと言って嘲笑する者もいた。やがて兵士たちは羊を追いかけ、つかまえようとし始めた。もう羊の死骸《しがい》はたくさんだと叫ぶ者もいれば、いい気晴らし《ディバージョン》になると言う者もいた。

陽動作戦《ディバージョン》だわ、とメリオラは思った。

混乱のさなか、馬に乗った男たちが現われた。低く、荒々しい鬨《とき》の声が聞こえた瞬間、メリオラは顔をあげた。

ウォリックだわ。

彼は先頭にいた。マーキュリーに乗って天然石の防壁を飛び越える姿は、まるでペガサスのようだ。後ろにはアンガスが、その次にはダロが控え、ほかの者たちも続いている。騎馬兵たちは次々に敵の隙を突いていった。

レンフルーは悪態をついた。メリオラを振り返って旗竿をつかみ、憎悪と怒りのこもった目でにらみつける。そして赤々と燃える焚き火に近づき、旗竿のまわりに並べてあった薪に火を放った。たちまち炎が燃えあがる。メリオラは熱気を感じた。炎は服や旗竿に燃え移り、またたくまにわたしを焼きつくすに違いない。

「地獄の業火で焼かれるがいい、レディ」レンフルーはそう言って、剣を抜いた。

兵士や軍馬、それに羊の死骸が散らばった戦場を、マーキュリーが飛ぶように横切ってきた。そして、メリオラの前に立っているレンフルーに向かって突進した。

ウォリックは兜をかぶり、鎖帷子の上にサーコートを着て、完全武装していた。彼はレンフルーに向かって剣を振るい始めた。まず、鎖帷子でもっとももろい脇腹のあたりを切りつけて致命傷を負わせる。さらに剣を振りあげ、レンフルーの兜めがけて打ちおろした。彼は口や目から血を流して倒れた。

「ウォリック！」メリオラは悲鳴をあげた。

ウォリックは炎の勢いが増すのも気にとめず、マーキュリーを台座へとのぼらせて、メリオラを旗竿に結びつけている手かせを剣で切った。メリオラがよろめくと、彼は馬に乗ったまますばやく身をかがめ、彼女の体に腕をまわして引きあげた。

マーキュリーが炎を飛び越えて走っていく。メリオラはウォリックにしがみつきながら、彼の両脇をダロとアンガスが援護しているのに気づいた。彼らに守られながら、ウォリックは石壁で仕切られた敵の野営地に向かって馬を駆っていく。だが野営地に着いたところで、騎馬兵がウォリックに襲いかかってきた。自分に向かって剣が振りおろされたので、メリオラは悲鳴をあげて首をすくめた。ウォリックが剣を振りあげて、その剣をとらえる。そのときふと、槍でねらいを定めようとしているヴァイキングの姿に気づいた。彼女は足にくくりつけた短剣をとって、力の限りに投げつけた。

短剣は敵の腕に命中し、ヴァイキングは悲鳴をあげて武器を落とした。ウォリックはその男のほうへとマーキュリーを向けたが、ダロが先に追いかけ、壮烈な戦いが始まった。どうやらウォリックの率いる部隊が彼らの不意を突いたようだ。メリオラは身を震わせながら、また彼にしがみついた。

ウォリックはマーキュリーに拍車をかけて再び石壁を飛び越え、丘をくだっていく。そしてメリオラを、戦場から遠く離れた彼らの野営地へと連れていった。さらにテントや、水をかけて消した焚き火のあいだを走り抜けて、小川のそばの静かな林へ向かう。そこで彼女をおろすと、ウォリックは抱きしめてきた。それから小川のほとりでひざまずき、兜をはずして、心配そうにメリオラの顔を見つめた。

「ウォリック……」

「レディ……」

「わたしのレアード！」メリオラはささやいた。

彼女は手をのばした。ウォリックに触れられたとたん、腕の痛みも感じなくなった。

だがウォリックは心配でたまらない様子だった。「彼らはきみを傷つけたんだな、メリオラ。立つことも動くこともろくにできないとは……」

「長いあいだ旗竿にしばられていたせいよ」彼女はほほえもうとした。「遅かったわね」

「すまなかった！　これでも最善をつくしたんだ。砲兵隊の援護なしに近づいても、きみを助けられない恐れがあったからね」

「ああ、ウォリック。わたしのために来てくれたのね！」

「そうだ、レディ。来ないはずがないじゃないか。メリオラ、きみはすばらしい褒美だよ」

ウォリックはやさしく言った。「これで間違いなくきみはおれのものだ」

メリオラはほほえんで彼の手をとり、キスをした。

ウォリックはメリオラを抱き寄せてから、彼女を鎖帷子に押しつけてしまったと気づき、悪態をついた。「今、ここで、思いのたけを打ち明けるのはやめたほうがよさそうだな」

戦場で男たちが戦っている音が聞こえる。メリオラは目を閉じて祈った。叔父が無事でありますように、そしてわたしを救いに来てくれた人たちが無事でありますように。そのとき、なにかが近づいてくる音が聞こえた。彼女は目を開けて警告した。「ウォリック……」

彼はすぐさま立ちあがり、剣に手をのばした。警告のおかげで、なんとか間に合った。

ウォリックはレンフルーを殺し、炎のなかからメリオラを救いだした。戦況から見て、彼の部隊の勝利は明らかだ。だがウルリックは殺されておらず、ふたりのあとをつけてきた。ふたりの男は互いに相手を追いかけ、円を描いた。先に剣を振りあげたのはウルリックだった。ウォリックめがけて剣が何度も振りおろされる。ウォリックがウルリックに負けるのではないかと心配になり、メリオラは思わず立ちあがろうとした。

「おまえはおれの父を殺した！　おまえなんか死んで当然なんだ！」ウルリックが叫んだ。

「おれは、おまえの父親に殺された父の仇をとっただけだ！」

「おまえも一緒に死ねばよかったんだ」

「そうかもしれない。だが、おれは死ななかった」

「ああ、おまえは死ななかった。だから教えてやる。おまえの妻はいただいた。なかなかよかったぞ。今ここでおまえが死ねば、この女は喜んでおれをブルー・アイルの領主として迎えるだろう」ウルリックは嘲るように言った。「陵辱したわけではないぞ。この女が自分からおれにすり寄ってきて、おまえを殺してくれと頼んだのだ」

メリオラはあまりの嘘に息をのみ、唖然《あぜん》とした。だがウルリックのねらいは、ウォリックを逆上させ、彼女に対して疑念を抱かせ……ひるませることだ。

だが、ウルリックのねらいははずれた。

「そんな話をおれが信じると思うか？」ウォリックはウルリックの剣を巧みによけて言っ

た。

「おれは……おれとレンフルーはおまえの妻を抱いたんだ。この女が誰の子を身ごもっているか、おまえには一生わからないだろう。おまえの血筋はおまえで絶える。そもそも、おまえの父親で絶えていればよかったんだ」

ウォリックはふいに、耳をつんざくようなうなり声をあげ、両刃の剣を何度もウルリックめがけて振りおろした。「妻は生きていて、おれと一緒にいる。大事なのはそのことだ」

「ばかげたことを言うな！　おまえは父親の血を絶やしたくないはずだ。だが残念ながら、いずれおまえの島を受け継ぐのはおれの息子だ！」ウルリックは再び攻撃を加えようと、両手で剣を持って前進した。

ウォリックはひらりと身をかわして形見の両刃の剣を振りあげ、ウルリックの鎖帷子の下を突き、腹部を貫いた。ウルリックは呆然として剣を落とし、胃のあたりを押さえてくずおれた。

ウォリックがその前に立ちはだかった。「いや、違う。島を受け継ぐ子供の父親が誰であれ、おれの子だ」そう言うと、メリオラを振り返った。彼女は立ちあがってウォリックに抱きつこうとしたが、急に動いたせいか、めまいを覚えた。

「ウォリック……」

メリオラは彼に寄りかかるようにして倒れた。宵闇が漆黒の世界に消えていく。ウォリックに支えられたとき、ぼんやりと彼の声が聞こえた。

「ああ、いとしいメリオラ……」

ようやく追いついてきたファーギン神父が、メリオラは大丈夫だと請けあった。神父がメリオラに付き添っていてくれるあいだに、ウォリックは部下に指示を出して、負傷者を集め、死者を埋葬させた。

戦いの勝者は誰の目にも明らかだった。

レンフルーにしたがってきたノルマン人たちの多くは殺されたが、慈悲を請うた者たちはスターリングへと送られた。彼らの運命はディヴィッド一世が決定すべきだとウォリックは判断したのだ。レンフルーがこれは国家間の戦いの一環だと主張した以上、最終的な決断はディヴィッド一世がくだすべきだろう。

一方、ウルリックに雇われていたヴァイキングたちは、殺されるか、北へ逃げるかした。彼らは完全に散り散りになったので、再びウォリックを襲ってくるとは思えなかった。

大々的に勝利が祝われた。宴席にはヴァイキングも、スコットランド人も、ノルマン人、それにイングランド人もいた。

ごちそうは子羊のローストだ。

メリオラは目を覚まし、祝宴の最中にテントから出てきた。髪を背中に垂らし、ブルーのドレスを着てウォリックのもとへと向かう彼女は、まるで少女のように純粋無垢《むく》に見えた。

男たちは酒を飲むのも騒ぐのもやめて、メリオラに向かって歓声をあげた。

ウォリックが立ちあがり、メリオラを腕に抱いた。ふたりは一緒に、ファーギン神父が語る物語に聞き入った。それは、虐殺をくいとめた美しいレディと、勇敢なレアードが馬で駆けつけて炎のなかからレディを救出した話、ブルー・アイルの大きな戦いの物語だった。

やがてメリオラはウォリックの腕のなかで眠りについた。彼はやさしくメリオラを抱いてテントに連れていき、ひと晩じゅう添い寝した。

ウォリックとダロはあまり言葉を交わさなかった。その必要はなかったのだ。ふたりは互いに苦しい経験を通して信頼関係を築いた。戦いが終わった直後、彼らは互いに酒をくみ交わし、すばらしいひとときを過ごした。

人生とはすばらしいものだ。

妻は生きており、こうしておれの腕のなかにいる。おれに必要なものはそれだけだ。彼女こそおれが求めていた褒美なのだ。

朝にはメリオラも元気をとり戻していた。だがウォリックは、帰路は彼と一緒にマーキュリーに乗っていくように言いはった。彼女もそれでかまわなかった。ウォリックのそばにいると、あたたかくて、安全で、大切にされていると感じることができた。

出発するなり、みんながふたりのまわりに集まってきた。ファーギン神父は戦いの様子をより鮮明かつ劇的に語り、ダロも戦いについて自分の意見を述べた。ピーターはダロとウォリックの対面について説明しようとしたし、アンガスも語りたがった。メリオラにとって、みんなの話を聞くのはとても楽しかった。彼らはみな大切な人たちで、心が通いあっていた。

メリオラは笑みを浮かべて人々の話に聞き入った。やがて、ウォリックの鎧持ちの役に戻ったジェフリーがやってきた。彼は、ウルリックがエリアノーラを殺そうとしたとき、勇敢にもメリオラがそれを拒んだことをウォリックに話して聞かせた。そして城内に裏切り者がいなかったら、彼女はとても巧みな方法で自分の身も城も守れただろうとも言い添えた。ウォリックが真剣な面持ちでメリオラを見おろすと、彼女は一瞬目を閉じてから再び開き、彼の目を見つめた。「決してきみのそばを離れないと誓えたらいいのだが」ウォリックは静かに言った。「おれは国王の闘士で……」

「危険は内にあるということを身をもって学んだわ」メリオラはほほえんで言った。「だから、もう大丈夫よ」

それからずいぶん時間がたったころ、ウォリックとメリオラはようやくふたりきりになり、誰にも邪魔されずに話しあうことができた。

メリオラはウォリックの腕のなかで後ろを向いて言った。「これだけは知っておいてほしいの。わたしは嘘をついていないし、あなたを安心させようとしてこんなことを言っているわけではないわ。ウルリックは自分が死のうと生きようと、あなたを苦しめるつもりでいたのよ。彼はわたしに手を触れなかったわ。そんなことをする機会がなかったのよ」

ウォリックはメリオラにまわした腕に力をこめた。「あの男がきみを少しでも傷つけていたら、おれは彼を殺しても殺したりなかっただろう」

「彼はあなたに復讐したがっていたの。わたしが身ごもっている子供はあなたの子供ではなく、彼の子供だと思わせたがっていた。だけど……」

「いずれにしても、そんなことは気にしなかったよ」

低くて深みのある男性的な声の響きに、メリオラの胸は躍った。マーキュリーの手綱をつかむ彼の手に自分の手を重ねる。

「だけどあなたは自分の子供をほしがっていた。なによりも大事なことだったでしょう」

ウォリックはメリオラの頬に手をかけて、自分のほうを向かせた。彼女を見つめるブルーの瞳は夏の日ざしよりもあたたかく、額にかかる濃い赤褐色の髪はとてもすてきだった。

「大事なことは変わるものだよ、メリオラ。あの男がきみをとらえたときから、きみが無事に生きて帰ってくれれば、それ以外のことはどうでもよくなった」

ウォリックに抱きしめられ、メリオラは身を震わせた。「あなたはあれほど自分の家族をほしがっていたのに」

ウォリックは肩をすくめた。「家族とはなにかがわかったんだ。自分のまわりにいる人たち、自分を愛してくれる人たち、そして自分が責任を負う代わりに、忠誠心を捧げてくれる人たちだと。きみはおれの家族だよ、メリオラ。きみの子供はみなおれの子供だ」

メリオラは震える手で彼の顔に触れた。「でもおなかにいるのはあなたの子供よ」

「ファーギンから聞いたよ」

「この騒動が起きる前に、あなたに知らせたかったわ。あなたに知らせて、驚かせたかった。だからあなたの野営地で踊ったり、早くふたりきりになろうとしたりしたのよ。わたし、とてもうれしかったわ。だって……」

「だって、なんだい？」

「あなたがとても喜んでくれると思ったから」

「喜んでいるよ」

「だけどあなたは――」

「メリオラ、おれは喜んでいる。おれたちに子供ができると知って、わくわくしているよ。おれの子供だとわかってうれしいのは確かだが、その子の父親が誰でも気にはしなかっただろう。これからはもっときみを大切にするよ。約束する」

メリオラはほほえみ、ウォリックの広い胸に身をあずけた。

「ウォリック？」

「なんだい？」

「愛しているわ」

しばらくのあいだ、ウォリックは黙りこんでいた。

「どうしたの？」

「その言葉を言うまでにずいぶん時間がかかったな！」

メリオラはにっこり笑みを浮かべた。「こうなるとは思いもよらなかったけれど、あなたを心から愛しているわ。わたしはいろいろと学んだの。愛したり、傷ついたり、嫉妬したり、不安を抱いたりすることについて……」

「もう二度と不安は抱かないでくれ。きみは嫉妬したり、苦しんだりする必要がないのだから。おれがどこにいようと、おれの心はきみのものだ。おれに必要なのはきみだけだよ」

メリオラの胸に喜びがあふれた。こんな気持ちになったのは生まれて初めてだ。ウォリックが話しているあいだにも、ふたりは丘の頂上に到達した。きらめく海の向こうにブルー・アイルの城塞が見える。

「ウォリック、わたしたち、帰ってきたわ」

「ああ、レディ」

「わたしたちの子供はあそこで生まれるのよ。もしかしたら、何十人も」

「何十人？」

「まあ、少なくとも五、六人は。わたしは大家族がほしいの」

ウォリックはメリオラの頭に頬を寄せた。「お望みどおりに、わがレディ。昔、国王陛下から、おれもいつか自分の家族を持てると言われたが、このことはおっしゃらなかった」

「なにを?」

「自分に必要なものはすべてきみのなかにあるということさ」彼は静かに言った。

メリオラはウォリックの頬に触れた。「誰にもわかるわけがないわよね……」

「なにがだい?」

「わたしが老いぼれでよぼよぼのノルマン人の騎士を愛し、尊敬するようになるなんて」メリオラはそう言って、ほほえんだ。

「言葉に気をつけたほうがいいぞ」ウォリックはうなるように言った。

「はい、だんな様。でも、あなたにはノルマン人の血もまじっているわ。それに、ヴァイキングやケルト人の血も、そしてもちろんアングロサクソン人の血も少し入っているそうね」

「ああ。そして、きみにはピクト人やケルト人や、ヴァイキングの血がまじっている。だからおれたちの子供はまさに……」

「スコットランドそのものだわ!」メリオラが小声で言った。

「そう、みんなおれたちの先祖だ。おれたちのように和解しあってきたんだよ」

「つまり、わたしたちも平和的関係にあるのよね?」

ウォリックは眉をつりあげ、口もとにかすかな笑みを浮かべた。「まあ、まだこれから何度も激しい議論を闘わせるはめになりそうだけどな」

「たぶんずっとそうだと思うわ」メリオラは楽しそうに言った。「そういったことがない人生なんて、考えられないもの」

「実際、自分の罪を償おうとしているきみは実に魅力的だよ」

「わたしがどんな罪を犯したというの？」そう叫んだとたん、メリオラはウォリックの目が笑っているのに気づいた。

「わかっているだろうが、妻としてのきみは恐ろしく反抗的だ」

「だって、ヴァイキングの娘ですもの。そしてあなたは勇敢な戦士で、国王の闘士だわ。意見の相違があるのは当然よ。でも……まあ、ウォリック！　島を見てちょうだい。城塞の石が日ざしを受けて銀色に輝いているわ。ああ、なんてきれいなの！」

「本当だな。全力で走っても大丈夫かい？」

「もちろん」

ウォリックはマーキュリーを強く突いた。そしてふたりは、スコットランドの風にさらされた険しい岩山や緑の谷を駆け抜けた。

故郷を。ふたりの領地を。

これから生まれるふたりの赤ん坊の領地を……。

将来生まれてくる息子たちや、娘たち全員の領地を。

著者からの手紙

わたしはとても幸せな子供でした。もちろん、そのことに気づいたのは大人になってからです。自分がどんなに恵まれているかがわかっている子供はあまりいないでしょう。けれども大人になり、多くの経験を積んだ今、自分がとても幸せだったと実感しています。

わたしにはやさしい両親がいました。

お金持ちではありませんでしたが、深い愛情を注いでくれました。かつてわたしは、自分のラストネームが不動産王アスターか鉄道王ヴァンダービルトか鉄鋼王カーネギーだったらよかったのにと思ったものです。でも今は、それが父の名前でない限り、どんな名前とも交換しようとは思いません。わたしは父が大好きでした。わたしにとって父はヒーローでした。父は背が高くてハンサムで、わたしが物心ついたときにはほとんど髪がありませんでした。そしてとてもきれいなブルーの瞳をしていて、話をするのが上手でした。わたしはいまだに、どれが本当の話でどれがそうでないのか、はっきりとはわかりません。

父はスコットランド人でした。もちろん国籍はアメリカですが、祖先はスコットランド人で、長身のたくましい体つきや、わずかに残ったウエーブのかかった黒い髪、そしてブルーの瞳は、まさにケルト族の血を受け継いでいました。父はわたしに祖父のスポーラン（スコットランド特有のポシェットのようなもの）を譲ってくれ、いろいろな話をして、バグパイプの音色を大好きにさせてくれました。

わたしたちは人が死ぬと、その人を聖人に変えてしまう傾向があります。悪い思い出は忘れ、いいことだけを思いだすというわけです。父は聖人ではありませんでした。実際わたしは、かつて父が放縦な生活を送っていたことも知っています。ですがその一方で父は、希望や夢をかなえられるようわたしを励まし、厳しく導き、愛してくれました。また父はわたしと妹に、世の中の善と悪の両方を見せ、そのなかで判断することを学ばせようとしました。当然ながら、わたしたちは反抗しました。父にひどく腹をたてたこともあります。わたしが生まれたときにはまだ残っていた父の髪の毛がごっそりと抜け落ちたのは、わたしのせいかもしれません。親子とはそういうものなのだと思います。父が亡くなってもうずいぶんたちますが、わたしには今でもときおり父の声が聞こえます。父の笑顔が見え、笑い声が聞こえるのです。ただ、大人として父とつきあえなかったことは残念でなりません。父が亡くなったのは、わたしの二十一歳の誕生日の直前でした。父の孫たちに父の面影を見てうれしく思うとともに、この子たちを父に見せてあげたかったと思います。でも父はきっと天国で孫たちを見守ってくれているでしょう。孫たちを祖父に会わせてあげたかったとも思いますが、彼らにも祖父が見えているはずです。なぜなら、父はわたしの思い出のなかで生きているのですから。そしてわたしは、物語の語り手としての才能を父から受け継いだと信じています。

幸いなことに、母はまだ生きています。これまでずっとわたしを助けてくれた母には、心から感謝しています。母は父が亡くなった数年後にビル・シャーマン氏と再婚しましたが、彼にも本当に感謝しています。ビルはありとあらゆる状況でわたしを助けてくれました。昔からずっと世界で最高の継父です。

この作品はもちろん母とビルにも捧げます——母はアイルランドのダブリン生まれですが、旧姓はジョンストン、そう、やはりスコットランドの一族の名前なのです。

ですがそれ以上にこの作品は、このシリーズは、父に捧げたいと思っています。

この作品は、最初にその名を名乗ったグレアム一族の物語です。歴史に雄々しく名を残した者も、そうでもなかった者も登場します。おおよその年代と憶測程度しかわかっていない部分は、著者の特権でわたしがその隙間を埋めました。わたしはこの作品を書くにあたり、スコットランドの建国にどれほど多くの魅力的な人たちがかかわったかを示すことに重点を置き、史実に忠実であるよう努めました。そして、多大なる愛情を注ぎました。わたしは自分が父の娘であることと同じくらい、スコットランド人の血を受け継いでいることを誇りに思っています。二作目以降では、歴史上ウィリアム・ウォレスの親友であり、忠実な支持者のひとりであったグレアムを紹介するつもりです。（きっとランダル・ウォレスとメル・ギブソンが彼の映画をつくりたくなりますよ！）彼はスコットランドの大義を支持して命を落としました。その数世紀後の話では、あなたが彼の味方ならば〝美しき《ボニー》ダンディー〟、そうでなければ〝血塗られた《ブラディ》クレイバーハウス〟として知られたグレアムを登場させます。歴史というものは当然ながら、それを書いた人間の信条や意見に左右されるものなのですよ！

いずれにしても、それはまだ先の話です。この作品でわたしたちが出会うのは、家系図によれば最初にグレアムを名乗った男性です。彼は激動の時代を生きました。ド・ブルス（のちのブルース家）同様、彼はノルマン人の派遣部隊のひとりとして、デイヴィッド一世とともにスコットランドへやってきて、スコットランド人の女相続人と結婚しました。わかっているのはそれだけで、そのほかのことは推測にすぎません。わたしはグレアム家が実際にその栄誉を受ける前に、領主《レアード》の称号をこのヒーローに与えてしまいました。グレアム家とスコットランド人に対する著者の特権だと、どうかお許しください。

そしてまた、父に対する特権だと。

父には財産などほとんどありませんでしたが、まわりの人々に愛されて亡くなりました。そういう意味で、父はとても幸せだったと思います。と同時に、父はとても大きな宝物をわたしに遺してくれました。わたしへの揺るぎなき信頼です。父は、わたしなら夢を必ず実現できると信じてくれていたのです。残念ながら、わたしが夢をかなえる前に――わたしの書いた小説が出版される前に亡くなってしまいましたが。父はまたわたしに、つねに感謝の気持ちを忘れてはならないことを教えてくれました。だからわたしは、大好きな仕事をして生計をたてられることに、日々感謝しています。

次の言葉で、この作品を父の思い出に捧げたいと思います。

父、エルズワース・デルー・〝ダン〟・グレアムに

心からの愛をこめて

年表

紀元前六〇〇〇年頃	最古の人類がヨーロッパ大陸よりブリテン島に移住する（石器時代）。石の斧を用いて土地を開墾した者たちもいた。
紀元前四五〇〇年頃	移民の第二波が到来（新石器時代）。〝溝付き土器〟という単純な形状の陶器が発見されている。彼らは重要な遺跡を残したが、もっとも有名なのは墓と石塚であろう。
紀元前三五〇〇年頃	オークニー諸島のメイズ・ホウに、注目すべき石室を持つ墳墓がつくられた。
紀元前三〇〇〇年頃	放射性炭素年代測定法により、スカラ・ブラエ集落、およびオークニー諸島に残る石づくりの家や、つくりつけの寝台、藁のマットレス、獣皮のカバー、骨や木製の調理器具、その他複雑な道具類は、この年代のものと判定された。

紀元前二五〇〇年頃	〝ビーカー族〟と呼ばれる人類が到達。新石器時代から、やがて青銅器時代へと移行する。青銅器時代は紀元前七〇〇年頃まで続く。
紀元前七〇〇年頃	鉄器時代始まる——鉄器は中央ヨーロッパからハルシュタット文化期の人々によって持ちこまれたと考えられている。現在は、彼らをギリシア語の〝ケルトイ〟から派生した〝ケルト族〟という語で呼んでいる。彼らはギリシア人とローマ人からは野蛮人と見なされていた。ケルト語には、Ｐケルト語とＱケルト語の二派がある。
紀元前六〇〇～一〇〇年頃	ブロッホという石の円塔を含む、ケルト文化最古の建造物が建てられた。暖炉や淡水の井戸がついているものも見られる。また、クラノグという人工島につくられた湖上住居も建設された。これらはたいてい大釘と杭の壁で囲われた。彼らの住居は石を利用した地下室で、長さ二十四メートルに及ぶ石も使われた。ケルト族は好戦的な性質のみならず、美しい宝石やカラフルな衣服を身につけていたことでも知られている。〝スラックス〟は、ケルト族が中東社会から伝わったものを持ちこんだと思われる。彼らはヴァラエティに富んだ色彩を使ったほか、芸術的な細工を施したブローチでとめる長いチュニックやスカート、マントなどを着用した。

紀元前五五年	ジュリアス・シーザーが南ブリテンを侵略。
紀元前五六年（訳者注：五四年か？）	ジュリアス・シーザーが再度襲撃するが、またしてもカレドニア（スコットランドの古称）までは到達せず。
西暦四三年	ローマ帝国のプラウティウス将軍の襲撃。西暦七〇年代後半までには、ローマ軍がカレドニアに到達していた。
西暦七八〜八四年	ローマ帝国の新総督に任命された、ゴール出身のアグリコラが、ケルト族襲撃を計画。八〇年代初頭、アグリコラは二面総攻撃を開始する。道路はなく、彼にはこれまでのローマ軍とは違って、建設する時間もなかった。三万人のローマ兵が行軍し、ほぼ同数のカレドニア人（彼らはのちに、顔や体に色を塗ったり入れ墨をしたりする習慣から、ピクト人と呼ばれる）たちと接触。モンス・グラウピウスの戦いのあと、ローマの歴史家タキトゥス（アグリコラの娘婿）は、カレドニアは一万人の死者を出して敗れたと記した。しかしながら、その後ローマ軍は南へと撤退する。
西暦一二二年	ローマ皇帝ハドリアヌスがブリテンに到達し、有名な防壁の建設を命じる。
西暦一四二年	絶え間ないカレドニアでの抗争をおさめるため、アントニヌス・ピウス皇帝

	が新たな軍隊を率いて到着。アントニヌスの防壁が建設され、その後二十年にわたって守備隊を駐留させた。
西暦一五〇～二〇〇年	ローマ軍、退却を余儀なくされる。伝染病により帝国内に多数の死者が出てマルクス・アウレリウス皇帝も逝去したのちは、能力に欠けた皇帝が続く。
西暦二〇八年頃	セウェルス皇帝がカレドニアを襲撃し、かなりの打撃を与えるが、ローマ軍の大規模な侵略はそれが最後となった。彼は二一一年にヨークにて逝去し、カレドニアはローマ帝国の干渉から逃れたにもかかわらず、たびたび南に侵攻して、ローマの支配地を襲撃した。
西暦三五〇～四〇〇年	北西ヨーロッパからサクソン人の海賊が侵略してきたため、ピクト人は防壁の南へと追いやられる。特にアイルランドからの侵略が激しかった。〝スコッティ〟は侵略者を意味する語である。のちにスコットランドは、彼らにちなんで国名がつけられた。
西暦四〇〇年頃	ブリテン・ケルト族の司教、聖ニニアンがウイットホーンに修道院を建設した。この修道院は〝カンディダ・カーサ〟として知られる。彼の使節団はオークニー諸島まで北上したと思われる。彼らの使命はスコットランド全体にキリスト教を広めることだった。

西暦四五〇年頃	ローマ帝国、ブリテン島から完全撤退。強力なピクト人がブリテン南部を侵略し、ローマカトリック教徒となった人々は、ジュート人、アングル人、サクソン人に助けを求める。当時のスコットランドはおおむね、ピクト人、ブリトン人、アングル人、そしてダルリアダのスコットランド人の四つに分かれていた。この頃から〝子供たち〟〝クラン（一族）〟での生活が始まる――〝クラン〟は、ゲール語で〝子供たち〟を意味する。一族は血縁集団であり、もっとも有力な、おそらくは力の強い男性が、家族および親族の長となった。時代が進むにつれて、一族は大きくなり、力を増していった。
西暦五〇〇～七〇〇年	アングル人が定住し、デイアラとバーニシアの二王国が建設された。五九三年～六一七年までバーニシア王位に就いたアゼルヴリスは、デグサスタンのスコット族に勝利したうえ、ピクト人とアングル人の板挟みになっていたブリトン人を屈服させた。また、彼はデイアラ国王エドウィンの王位も奪い、その後十五年間にわたって二国間には血の雨が降った。アングル人は、互いの国のみならず、隣国のピクト人やスコットランド人との武力衝突回避にも汲々としていた。五〇〇年頃、ファーガス・マックエルクとその弟、アンガスとローンが、新たなスコットランド人となる移民をアイルランドからダルリアダに連れてきた。彼ら移民の共同体は故郷（アイルランド）と近接して

	いたにもかかわらず、まもなく別れていった。五〇〇年代終盤までには、聖コロンバがアイオーナ島に拠点を築き、かつての聖ニニアンよりも広くキリスト教を広めた。六八五年のネクタンスメアーの戦いで、アングル人はピクト人に大敗し、エグヴリス王は殺害、兵も半分が虐殺された。これによって、スコットランドは早期からイングランドの一部になるのを免れた。
西暦七八七年	アングロサクソン人の記録によれば、最初のヴァイキングの襲撃。七九七年にはリンディスファーンが猛攻を受け、修道院が破壊された。〝北方人の猛威より、われらを救いたまえ、ああ神よ〟という叫びが有名になる。
西暦八四三年	スコットランド人の王子であり、母方の血筋はピクト人の王の子孫でもあるケネス・マカルピンが、両王国の王座に就く。二国をスコットランドという国に統合するのは簡単なことではなかったが、まもなく彼は首都をダナッドからスクーンに移し、現在はスクーンの石として知られる（そして最近スコットランドに返還された）〝運命の石〟も運ばせた。凶暴なヴァイキングの襲撃は、ピクト人とスコットランド人との団結に役だつ目標となった。襲撃と戦いを繰り返しながらも、十世紀までには、ヴァイキングの大半がスコットランドに定住した。北欧諸国の王たちは、有力な族長を通じてオークニー諸島を支配し、ほかにもスコットランド国内に、多くはヘブリディーズ諸島

	に支配地を持っていた。やがてヴァイキングは、スコットランド全体で五番目に数の多い民族となっていった。ケネスのあとには多数の子孫が王位を継いだが、その人選は、直系の子孫のみでも、母方の後継者を認めるというピクト人のシステムを起用したのでもなく、一族の有力者たちに後押しされた実力のある者だったようだ。
西暦八七八年	ウェセックス王国のアルフレッド大王が、デーン人（彼らはイースト・アングリアに定住し、ときおりイングランドの各所を支配していた）を破る。
西暦一〇一八年	ケネスの子孫、マルカム二世が、ついにカーハムでアングル人に勝利をおさめ、ロジアンをスコットランドの支配下に置く。同年、ストラスクライド王国のブリトン人王が後継者を残さず逝去する。マルカム二世の後継者ダンカン一世には、母方の血統によって、その王位継承権があった。
西暦一〇三四年	マルカム二世の死後、孫のダンカン一世が王位を継いだスコットランドは、ピクト人、スコットランド人、アングル人、およびブリトン人の土地を統合し、今やイングランドの領地に迫っていた。
西暦一〇四〇年	ダンカン一世、マーレイのモーマー（大領主）マクベスに殺害される。マクベスは自分の血統、そして妻の血統による王位継承権を主張していた。シェ

	イクスピアの話とは違って、彼は名君であり、敬虔なキリスト教徒であったと思われる——一〇五〇年にはローマへの巡礼に行っている。
西暦一〇五七年	マクベス、ダンカンの息子マルカム三世（イングランド育ち）に殺害される。マルカム三世は、マルカム・キャンモア、あるいはカン・モアすなわちビッグ・ヘッドとして知られている。
西暦一〇五九年	マルカム三世は、ノルウェー貴族、ソーフィン・ザ・マイティの娘と思われるインギビョーグと結婚する。
西暦一〇六六年	イングランド国王ハロルド二世は、領土の北部へ駆けつけて、ノルウェーの侵略軍と戦う。そこでは勝利をおさめたものの、南部のヘイスティングズへとんぼ返りをして、また別の侵略軍と戦うこととなった。征服王ウィリアムがイングランドを侵略し、サクソン人の王ハロルド二世を殺害する。
西暦一〇六九年	マルカム三世、イングランド王位を奪われたサクソン人後継者、エドガー皇太子の姉であるマーガレット王女と再婚。まもなくマルカム三世は、イングランド王位の真の継承者は義理の弟であるという大義のもとに、イングランドをたびたび襲撃する。イングランドはこれに応酬する。

西暦一〇七一年	マルカム三世、アバーナシーにてウィリアム一世への臣従を誓わせられる。両国に抗争があったにもかかわらず、マルカム三世に対するイングランド人の評判はよかった。
西暦一〇九三年	ノーサンバーランド侵攻中に（ノルマン人の侵略を回避しているとき、という説もある）奇襲攻撃を受けて、マルカム三世が戦死する。王妃マーガレットも三日後に死亡し、スコットランドは混乱に陥った。ヘブリディーズ諸島にてノルウェーの影響を受けて育ったマルカム三世の弟ドナルド・ベイン（ドナルド三世）が王位に就き、ノルマン式のヴァイキング政策を廃する。
西暦一〇九四年	征服王ウィリアム一世の息子、ウィリアム・ルーファス（赭顔王ウィリアム二世）がドナルド打倒のため、人質としてイングランドにいたマルカム三世の長男、ダンカン二世を送りこむ。いったんはダンカン二世が叔父ドナルド三世を倒すものの、ドナルド三世がダンカン二世を殺害して王位に復帰する。
西暦一〇九七年	ダンカン二世の異母弟エドガーが、アングロノルマン軍とともにスコットランドへ送られ、ドナルドはまたしても追放される。ドナルドはノルマン人の騎士や氏族を多数引き連れて、ノルウェー国王マグナス・ベアレッグス（マグナス三世）と和平を結び、長年支配していたヘブリディーズ諸島の領地を

	正式に譲る。
西暦一一〇七年	エドガーが逝去し、弟のアレグザンダー一世が跡を継ぐが、統治領はフォースとスペイ間のみで、スペイ以南は弟のデイヴィッド一世が統治した。妹のモードはイングランドのヘンリー一世の王妃となり、アレグザンダーはヘンリーの娘、シビラを王妃としていた。これらの婚姻関係によって、スコットランドおよびイングランド王家の絆はきわめて深いものとなる。
西暦一一二四年	アレグザンダー一世逝去。デイヴィッド一世（やはりイングランド育ち）がスコットランド全域の王となる。彼は三十年近く統治し続けた強力な国王で、自治都市や、有力な教会、町などを多数建設したほか、健全な司法システムを導入し、芸術と学問の後援者にもなった。王妃がイングランドの王位継承者である彼は、イングランドの貴族でもあり、ノーサンプトンおよびハンティントン伯爵、そしてカンブリアの王子でもある。彼はスコットランドに封建主義を持ちこみ、多くの友人を連れてきたが、そのなかには、ロバート・ブルースを子孫に持つド・ブルス一族、大学裁判所判事となるフィッツアレン——そしてもちろん、サー・ウィリアム・グレアムという名の男性もいた。

訳者あとがき

この作品は著者の父方の先祖、グレアム一族を主人公とした物語の第一作となります。このシリーズは主にスコットランドを舞台とし、史実に架空のキャラクターを織りまぜて紡ぎだされたヒストリカル・ロマンスです。スコットランドの歴史については学校の教科書にはあまり登場しませんが、このシリーズではどの物語も時代背景が丁寧に描かれており、そういった意味でも興味深い作品です。

第一作の舞台は十二世紀初頭のスコットランド。スコットランドという国の原型は九世紀にできあがりましたが、さまざまな民族が混在していたうえに、しばしば北欧のヴァイキングの襲撃に悩まされていたこの国が、ようやく国家と呼ぶにふさわしい国となったのは、本作品に登場するデイヴィッド一世の統治時代（一一二四〜一一五三年）になってからのことです。デイヴィッド一世は先王であった兄たち同様イングランド育ちで、ノルマン風の教育を受け、イングランド王とも姻戚関係にありました。当然、司法や行政にもノルマン流の改革を施して王権の強化に努めたほか、初のコイン鋳造や自由都市の開設など、スコットランドの発展に大いに貢献し、偉大な王と呼ばれています。とはいえ、まだ統一スコットランドとしての道を歩み始めたばかりで、王座は必ずしも安定しているとはいえません。隣国イングランドでは政治的混乱で王権が弱まり、権力を増したイングランド領主たちがスコットランドの南の国境地帯をたびたび侵略してきます。また、北の国境地帯はいまだにヴァイキングの脅威にさらされています。

そんな時代背景のなか、本作品に登場するヒロインは、かつてヴァイキングであり、防衛上重要な土地を有していた領主の娘です。その父親が急逝し、彼女はデイヴィッド一世が全幅の信頼を置くナイトとの結婚を命じられます。当時は十一世紀に導入された封建制によって女性には相続権がなく、身分の高い女性は政略結婚をするのが当たり前、という時代でした。けれども誇り高き彼女は、女性であるがゆえに国王に信頼してもらえず、話すら聞いてもらえないと反発を覚えます。また、結婚相手は憎き封建制度を持ちこんだノルマン人だと思いこみ、逃走を図るのですが……そこで当の相手と思わぬ出会いをすることになります。ヒロインの言動はひどくわがままで乱暴にも思えますが、女性が弱い時代にありながらもたくましく、有能な女領主の顔もうかがわせます。一方のヒーローは、まだ少年のころに親族の敵討ちを果たし、国王からナイトの称号を与えられた、武勇の誉れ高い戦士です。そのふたりがどのようなロマンスを繰り広げるのか……そこからのお話は、実際に物語を読んでお楽しみください。

余談ですが、本作品に登場するブルー・アイルという地名は、ゲール語にするとEilean Gormとなり、実際にスターリングから西三十五キロほどの場所にあるロホ・アードの北西にあるそうです。もしかしたらここがモデルになっているのかもしれませんね。

末筆ながら、ゲール語の表記などについては、スコットランド、アイラ島のツアー・プロモーションをなさっている茂木毅氏に多大なるご協力をいただき、心より感謝しております。この作品をお読みになって、ゲール語やスコットランドにご興味を持たれた方は、ぜひ茂木氏のウェブサイトにアクセスしてみてください。

(http://www.ii.e-mansion.com/~takeshi/ladyoftheisles/)

(http://www.ii.e-mansion.com/~takeshi/albanach/indexmain.htm)

二〇〇八年四月刊行予定の第二作では、グレアム一族のアリンが敵国イングランドの城にのりこみ、美しい女領主を幽閉します。敵対するふたりの恋の行方をどうぞお楽しみください。

二〇〇八年一月

訳者

獅子《しし》の女神《めがみ》

2008年2月1日　第1刷発行

訳者略歴

英米文学翻訳家。ロマンスをはじめとする、さまざまな分野の翻訳を手がける。

著者　シャノン・ドレイク
訳者　河村恵(かわむらめぐみ)
編集協力　有限会社パンプキン
発行人　武田雄二
発行所　株式会社 ランダムハウス講談社
〒162-0814 東京都新宿区新小川町9-25
電話03-5225-1610(代表)
http://www.randomhouse-kodansha.co.jp
印刷・製本　豊国印刷株式会社

ISBN978-4-270-10157-5